W0191316

# Inhalt

Philipp
# VANDENBERG

# Das Pharao-
# Komplott

Roman

BASTEI LÜBBE TASCHENBUCH
Band 11883

1.–2. Auflage: 1992
3. Auflage: 1993
4. Auflage: 1996
5. Auflage: 1998
6. Auflage: 2004
7. Auflage: 2007

Vollständige Taschenbuchausgabe

Bastei Lübbe Taschenbücher in
der Verlagsgruppe Lübbe

© 1990 by Verlagsgruppe Lübbe GmbH & Co. KG,
Bergisch Gladbach
Die Zitate aus dem Koran sind der Übertragung
von Ludwig Ullmann, neu bearbeitet von L. W. Winter,
im Goldmann Verlag, München, entnommen.
Einbandgestaltung: CCG, Köln
Titelfoto: Archiv für Kunst und Geschichte, Berlin
Gesamtherstellung: Ebner & Spiegel, Ulm
Printed in Germany
ISBN 978-3-404-11883-0

Sie finden uns im Internet unter
www.luebbe.de

Der Preis dieses Bandes versteht sich einschließlich
der gesetzlichen Mehrwertsteuer.

# Spurensuche

**B**ASTET, DIE ÄGYPTISCHE GÖTTIN DER LIEBE UND FREUDE, wird von alters her in Gestalt einer hockenden Katze dargestellt.

Auftrag Nr. 1723 im Münchner Hermes-Institut, einem weltweit anerkannten Forschungslaboratorium zur Prüfung und Datierung von Kunstwerken, war reine Routine. Eine altägyptische Bastet-Katze sollte für ihren Besitzer, einen privaten Sammler, mit Hilfe der Thermolumineszenzmethode auf ihre Echtheit untersucht werden. Für die vorgesehene Prüfung war es notwendig, drei Gramm Material an einer möglichst unsichtbaren Stelle abzuschaben. Wie üblich nahm die zuständige Assistentin die Probe von der Unterseite des Sockels, in diesem Fall von der Innenseite eines fingerdicken, etwa zehn Zentimeter tiefen Loches, um die Beschädigung so unauffällig wie möglich zu halten.

Dabei entdeckte die Wissenschaftlerin in der Höhlung einen eingerollten Zettel mit der Aufschrift »MURDERER No 73«, welchem sie zunächst keine Beachtung schenkte, den sie dann aber im Kuriositätenkabinett des Instituts ablegte, wo allerlei Fälschungen und Merkwürdigkeiten aufbewahrt werden.

Die wissenschaftliche Untersuchung der Bastet-Katze bestätigte zweifelsfrei deren Echtheit, und das Objekt konnte mit einer Genauigkeit von ± 100 Jahren in die dritte Dynastie datiert werden. Mit Datum 7. Juli 1978 wurde das Stück dem Sammler samt Expertise und Rechnung zurückgegeben und im Band 24/78 des Auftragsbuches archiviert.

Bei einem Besuch des Hermes-Instituts in der Münchner Meiserstraße, wo ich im September 1986 ein Stück aus meiner eigenen kleinen Sammlung ägyptischer Altertümer prüfen lassen wollte, wurde ich auf den seltsamen Zettel mit der Aufschrift »MURDERER No 73« aufmerksam, und ich erhielt auf Befragen die geschilderte Auskunft. Meinem Einwand, der Besitzer des Kunstobjekts müsse doch eine Erklärung für den Zettelfund haben, begegnete man mit dem Hinweis, dieser sei von dem Zettel in Kenntnis gesetzt worden. Er habe jedoch nur gelacht und sich dahingehend geäußert, irgendein Vorbesitzer des Kunstobjekts habe sich wohl einen Scherz erlaubt; im übrigen interessiere ihn nur die Echtheit des Stückes.

Daraufhin bat ich, mir Namen und Adresse des Besitzers des Kunstobjektes bekanntzugeben, was man aber aus prinzipiellen Erwägungen ablehnte. Ich hatte mich jedoch inzwischen gedanklich so in den Fall – das heißt, ob es ein Fall sein würde, wußte ich damals noch gar nicht –, ich hatte mich so in den Fall verbissen, daß ich nicht lockerließ und vorschlug, dem Besitzer der Bastet-Katze meinen Wunsch vorzutragen; vielleicht sei er bereit, sich mir zu offenbaren. Das Institut versprach, meinem Wunsch nachzukommen.

Ich war damals im Zweifel, welche Wege ich gehen sollte, falls sich der Eigentümer nicht meldete, ich dachte sogar an Bestechung im Institut, um so an den Namen des Besitzers der Katze mit der mysteriösen Inschrift heranzukommen; denn je mehr ich mich mit der Angelegenheit auseinandersetzte, desto mehr wurde ich überzeugt, daß sich hinter dem Zettel mit der Aufschrift »MURDERER No 73« alles andere als ein Scherz verbarg. Ein weiterer Versuch beim Direktor des Instituts, mir den Namen preiszugeben, endete immerhin mit dem Versprechen, man wolle den Zettel (den man dort gewiß insgeheim längst verflucht hatte), einer wissenschaftlichen Analyse unterziehen.

Zu meiner großen Überraschung wurde mir drei Wochen später über das Institut ein Brief zugestellt, in dem sich ein Dr. Andras B., ein Wirtschaftsanwalt aus Berlin, als rechtmäßiger Besitzer der Katzenskulptur ausgab; er habe von meinem Interesse Kenntnis genommen, müsse mich jedoch leider enttäuschen, das Objekt sei, da ein Erbstück, unverkäuflich.

Daraufhin rief ich Dr. B. in Berlin an, erklärte, daß es mir nicht um die Katze an sich ginge, sondern allein um den Zettelfund mit der mysteriösen Aufschrift »MURDERER No 73«, was bei meinem Gesprächspartner eine gewisse Skepsis erkennen ließ, so daß ich alle Überredungskunst aufbringen mußte, ihn zu bewegen, sich mit mir im Hotel Schweizer Hof in Berlin zu treffen.

Ich flog nach Berlin, und bei einem gemeinsamen Abendessen in dem genannten Hotel, zu dem Dr. B. einen Bekannten als Zeugen mitbrachte, was mich in meinen Verdächtigungen nur bestärkte, erfuhr ich, jedenfalls behauptete das mein Gesprächspartner, daß der derzeitige Besitzer die Katzenskulptur von seinem Vater Ferenc B., einem bekannten Sammler ägyptischer Antiquitäten, geerbt habe. Ferenc B. sei vor drei Jahren im Alter von sechsundsiebzig Jahren gestorben. Über die Herkunft des Objektes wußte Dr. B. nichts zu sagen, sein Vater Ferenc B. habe bei Händlern und auf Auktionen in aller Welt gekauft.

Auf meine Frage, ob nicht Kaufunterlagen existierten, wie das bei Sammlern üblich sei, wiegelte mein Gesprächspartner ab, alle diese Unterlagen halte seine Mutter in Verwahrung, die auch noch über den größeren Teil der Sammlung verfüge und sich in Ascona am Lago Maggiore bester Gesundheit erfreue. Die Unterredung dauerte insgesamt vier Stunden und endete, nachdem ich den beiden Gesprächspartnern versichert hatte, daß steuerliche Aspekte des Themas außerhalb meines Interesses lägen, unerwartet freundschaftlich.

Auf diese Weise hatte ich erfahren, daß Dr. B.s Mutter in der Zwischenzeit wieder geheiratet hatte und nun E. hieß. E. war ein etwas dubioser Charakter, und niemand in der Gegend wußte so recht, womit er sein Geld gemacht hatte, aber das ist in dieser Gegend nicht selten. Es erschien angebracht, Frau E. unangemeldet zu überraschen, denn ich mußte befürchten, sie würde ein Gespräch mit mir rundweg ablehnen. Ich ließ keine Zeit verstreichen und reiste umgehend nach Ascona, wo ich Frau E. alleine antraf, etwas verhärmt und leicht versoffen, was mir allerdings sehr entgegenkam, weil sich Frau E. sehr aussagefreudig zeigte. Zwar war Frau E. nicht bereit, die Kaufunterlagen der Bastet-Katze preiszugeben, sie erklärte, diese Unterlagen existierten nicht mehr, doch gab sie mir, ohne es zu ahnen, einen wertvollen Hinweis über die Herkunft des Stückes: Ja, sie erinnere sich gut, im Mai 1974 sei die Katze des Hausherrn auf rätselhafte Weise verendet und zu eben dieser Zeit habe Ferenc B. die Bastet-Katze in einem Auktionskatalog entdeckt und erklärt, er wolle das Stück zum Andenken an seine Lieblingskatze erwerben, was dann auch geschehen sei.

Zu meinem Bedauern wurde unser Gespräch jedoch unterbrochen, weil Frau E.s Mann plötzlich erschien und mir und meinem Anliegen mit größtem Mißtrauen begegnete und mich nicht unhöflich, aber sehr bestimmt hinauskomplimentierte.

Immerhin war ich nun schon so weit, daß die Dinge eine gewisse Eigendynamik entwickelten. Ein gleichlautender Brief an alle führenden Auktionshäuser mit der gleichlautenden Frage, ob ihre geschätzte Firma im Mai 1974 eine Auktion ägyptischer Kunst durchgeführt habe, hatte folgendes Ergebnis: Drei antworteten mit nein, zwei antworteten überhaupt nicht, eine Antwort war positiv. Christie's in London vermeldete eine Auktion ägyptischer Kunst am 11. Juli 1974. Ich fuhr nach London.

Das Head Office von Christie's in der King Street, St. James's, macht einen sehr vornehmen Eindruck, jedenfalls was die öffentlich zugänglichen Räume (vornehm in Rot gehalten) betrifft; die internen Räumlichkeiten vermitteln eher einen heruntergekommenen Eindruck. Vor allem das Archiv, in dem Kataloge und Ergebnislisten aller Auktionen aufbewahrt werden. Ich wies mich als Sammler aus und erhielt so bereitwillig Zutritt zu dem verstaubten Raum mit den alten Katalogen. Miss Clayton, eine sehr vornehme, bebrillte Dame, die bezaubernd ihrem Alter entgegenlächelte, begleitete mich und war mir behilflich, mich zurechtzufinden.

Wie dem Katalog *Ägyptische Skulpturen* vom 11. Juli 1974 zu entnehmen war, stammte ein großer Teil der Einlieferung aus dem Nachlaß eines New Yorker Sammlers, darunter ein Apis-Stier aus der VI. Dynastie und eine Horus-Statue aus Memphis. Unter Los Nr. 122 stieß ich schließlich auf die gesuchte Bastet-Katze, III. Dynastie, vermutlich aus Sakkara stammend. Ich gab vor, das Kunstobjekt befinde sich in meinem Besitz, und mir sei an einem lückenlosen Besitzernachweis gelegen; ob sie mir nicht Einlieferer und Käufer des Stückes nennen könne.

Das aber lehnte die resolute Dame ab, sie schlug den Katalog zu, stellte ihn an seinen Ort zurück und fragte unwillig, ob sie noch etwas für mich tun könne. Ich verneinte und bedankte mich für die Hilfe, weil ich merkte, daß ich so in der Angelegenheit nicht weiterkam. Beim Hinausgehen verwickelte ich Miss Clayton in ein Gespräch über die Londoner Gastronomie, die für einen Kontinentaleuropäer, gelinde gesagt, ein Buch mit sieben Siegeln darstelle, und ich blieb nicht ohne Erfolg. Jeder Engländer, auf die angelsächsische Kochkunst angesprochen, beginnt diese heftig zu verteidigen – so auch Miss Clayton. Man müsse, und dabei funkelten ihre Brillengläser heftig, nur die entsprechenden Lokale kennen. Die Diskussion endete mit einer Verabredung im *Four Seasons,* South Kensington.

Um es gleich vorwegzunehmen: Das Dinner wäre nicht der Rede wert gewesen, hätte sich nicht zwischen Horsd'œuvre und Sweets ein äußerst interessantes Gespräch ergeben, in dessen Verlauf sich mehrmals Gelegenheit bot, Miss Claytons profunde Kenntnisse der internationalen Auktionsszene zu belobigen. Mit weiteren Komplimenten, die über ihre berufliche Tätigkeit hinausgingen, erschlich ich Miss Claytons Vertrauen und die Zusicherung, mir entgegen der Vorschrift des Hauses und unter dem Siegel der Verschwiegenheit Einlieferer und Käufer von Los Nr. 122 zu nennen.

Als ich Miss Clayton tags darauf in ihrem Büro aufsuchte, wirkte sie sichtlich nervös, und sie schob mir einen Zettel zu mit zwei Namen und Adressen, von denen ich einen bereits kannte: Ferenc B. Sie beeilte sich jedoch hinzuzufügen, ich möge das Gespräch am gestrigen Abend vergessen; sie habe mehr ausgeplaudert, als ihr zu sagen erlaubt sei, der vorzügliche Wein habe ihre Zunge gelöst, sie bedaure. Auf meine Frage, ob wir uns nicht noch einmal sehen könnten, entgegnete Miss Clayton mit einem strikten Nein und bat, sie zu entschuldigen.

An der Bar des *Gloucester,* wo ich in London abzusteigen pflege, machte ich mir Gedanken, was Miss Clayton ausgeplaudert haben könnte, und obwohl ich den gesprächsreichen Abend minuziös Revue passieren ließ, fand ich keinen Ansatzpunkt. Immerhin hatte ich nun den Namen des Verkäufers, offenbar eines Ägypters mit Namen Gemal Gadalla, Wohnsitz

Brighton, Sussex, Abbey Road 34; es war Sommer, und ich beschloß, von London nach Brighton zu fahren, wo ich im Hotel *Metropol*, King's Road, abstieg. Der Portier, ein weißhaariger, freundlicher älterer Herr, den ich mir einfach nicht anders vorstellen konnte als im Cut, hob, als ich nach der Abbey Road fragte, indigniert die Augenbrauen und artikulierte umständlich vornehm, so wie es dem Ambiente des Hotels der Jahrhundertwende entsprach, bedaure, eine Straße gleichen oder ähnlichen Namens habe Brighton nicht aufzuweisen; nein, auch im Jahre 1974 habe es eine Straße dieses Namens nicht gegeben, das wüßte er. Daraufhin rief ich Miss Clayton in London an, ob sie sich vielleicht nicht geirrt habe, aber Miss Clayton war sehr aufgebracht, beteuerte, ein Irrtum sei ausgeschlossen, und beschwor mich, die Ermittlungen in der Angelegenheit einzustellen. Auf meine eindringliche Frage, ob sie mir etwas verheimliche, blieb sie stumm, und dann legte sie auf.

Damit war für mich die Geschichte an einem »point of no return« angelangt, und wenn ich – ich muß gestehen – vorher nur Ahnungen oder eine ausgeprägte Phantasie gehabt hatte, so wuchs die Vermutung zur Gewißheit: Hinter dem unscheinbaren Zettel mit der Aufschrift »MURDERER No 73« verbarg sich irgendein Geheimnis.

Mich trieb es nach London zurück. In der Fleet Street stattete ich dem *Daily Express* einen Besuch ab, von dem mir bekannt war, daß er über ein ausgezeichnetes Archiv verfügt. Ich ließ mir den Zeitungsband Juli 1974 vorlegen; denn, so überlegte ich, Auktionsberichte erfreuen sich in London seit jeher großer Beliebtheit, vielleicht würde ich dort einen Hinweis finden. Ich fand ihn nicht, jedenfalls entdeckte ich in dem Bericht vom 13. Juli 1974 nichts, was über die nüchterne Berichterstattung der Ergebnisse hinausging; aber ich gab nicht auf und begab mich zu einer weiteren Londoner Zeitung, wobei mir der Zufall zu Hilfe kam. *The Sun* hatte vor vielen Jahren über mein erstes Buch in großen Lettern berichtet. Also suchte ich die Redaktion auf und bat ebenfalls um den Band Juli 1974, und ich wurde fündig.

Am 12. Juli 1974 berichtete *The Sun* unter der Überschrift

»Ein Toter saß im Auktionssaal« folgendes (ich ließ mir die Meldung fotokopieren): »Bei einer Auktion ägyptischer Skulpturen bei Christie's, St. James's, kam es gestern zu einem tragischen Zwischenfall. Ein Sammler mit der Bieternummer 135 wurde während der Auktion vom Herztod ereilt. Der Vorfall blieb unbemerkt. Angestellte des Hauses Christie's entdeckten den Mann nach Ende der Auktion um neun Uhr p. m. zusammengesunken auf seinem Stuhl in der vorletzten Reihe und glaubten, er sei eingeschlafen. Als ihre Versuche, den Mann aufzuwecken, erfolglos blieben, wurde ein Arzt gerufen. Der stellte den Herztod des Mannes fest. Bei dem Toten mit der Bieternummer: 135 handelt es sich um den deutsch-ägyptischen Kunsthändler Omar Moussa aus Düsseldorf.«

Für mich stellte sich damit natürlich die Frage, ob Moussa eines natürlichen Todes gestorben war. Immerhin gab es da einen wenn auch unscheinbaren Zettel mit der Aufschrift »Mörder«. War es Zufall, daß sich gerade dieser Zettel in einem Kunstobjekt befunden hatte, das auf der Auktion mit dem Toten versteigert worden war?

Eine Rückfrage beim Hermes-Institut in München, das das Papier inzwischen analysiert hatte, brachte folgendes Ergebnis: Das Papier war Anfang der siebziger Jahre hergestellt worden, mit hoher Wahrscheinlichkeit außerhalb Europas.

Hatte der Mörder – falls es sich um einen solchen handelte – die Bieternummer 73? Wer verbarg sich hinter No 73? Um diese Frage zu klären, suchte ich Christie's auf, wo ich mit Staunen zur Kenntnis nahm, Miss Clayton habe überstürzt ihren Schreibtisch verlassen; sie habe familiäre Probleme geltend gemacht. Ich ließ mich nicht abweisen und suchte den Deputy Chairman Christopher Thimbleby auf.

The Hon. Christopher Thimbleby empfing mich in einem beengten, dunkel gehaltenen Büroraum und zeigte sich ganz offensichtlich wenig erfreut über meinen Verdacht, in den geheiligten Hallen seines altehrwürdigen Hauses – immerhin seit 1766 – habe sich ein Mord zugetragen. Vor allem, wandte er ein, und ich konnte ihm kaum etwas entgegnen, welches Motiv sollte dieser

Mann gehabt haben? Den Namen des Bieters No 73 bekanntzugeben wies Thimbleby mit Entrüstung von sich; ich hatte das nicht anders erwartet. Das, beteuerte ich, würde mich jedoch nicht von weiteren Recherchen abhalten, ja, er müsse damit rechnen, daß ich mit meinen Recherchen an die Öffentlichkeit ginge, auch wenn sich die ganze Geschichte vielleicht als ein Windei erweise. Mein Gesprächspartner wurde nachdenklich.

Also gut, meinte Thimbleby schließlich, in Anbetracht der außergewöhnlichen Situation erkläre er sich bereit, meine Nachforschungen zu unterstützen. Er stelle jedoch zur Bedingung, ständig auf dem laufenden gehalten zu werden und jede Öffentlichkeit zu vermeiden, solange ein Verbrechen nicht erwiesen oder nach Lage der Dinge wahrscheinlich sei.

Ich verschwieg meine vorausgegangene Kontaktaufnahme zu Miss Clayton und tat, als wir gemeinsam das Archiv aufsuchten, als sei ich zum ersten Mal hier, was mir schwerfiel, weil Thimbleby umständlich und an falscher Stelle nach den Akten suchte, die ich schon gesehen hatte. Thimbleby entschuldigte sich, die zuständige Dame sei nicht verfügbar, stieß nach nervösem Suchen jedoch auf das richtige Fach und – auf eine Lücke im Archiv. Ich traute meinen Augen nicht. Die gesuchte Akte, die ich vor wenigen Tagen noch gesehen hatte, war verschwunden.

Mir erschien die Sache nun einfach zu durchsichtig. Ich hinterließ meine Hoteladresse für den Fall, daß man doch noch fündig würde, und verabschiedete mich – ich muß gestehen – ziemlich verärgert. Überall, wo ich suchte, tat sich vor mir eine Wand auf.

In solchen Augenblicken der Ratlosigkeit, des Einfach-nicht-weiter-Wissens pflege ich ein Museum aufzusuchen und mit Exponaten Zwiesprache zu halten. Dies geschah im British Museum, und das Objekt meiner Gedanken war der Stein von Rosette, jene schwarze Basaltplatte, die von einem Offizier Napoleons nahe der gleichnamigen ägyptischen Stadt gefunden wurde und auf der ein dreisprachiger Text geschrieben steht, vierzehn Zeilen Hieroglyphen, einunddreißig Zeilen demotischer und vierundfünfzig Zeilen griechischer Schrift, welcher einem französischen Gelehrten einst als Vorlage diente zur Entschlüsselung der Hieroglyphen.

Als Ergebnis meiner Überlegungen vor dem Stein von Rosette traf ich die Entscheidung, den ganzen Weg meiner Recherchen noch einmal von Anfang an zu gehen; das jedenfalls hatte Champollion seiner Lösung nähergebracht. Vor meiner für den folgenden Tag geplanten Abreise kam mir plötzlich die Idee, nach Miss Juliet Clayton zu forschen. Ihre Adresse entnahm ich dem Telefonbuch: Queensgate Place Mews, Kensington. Schmale, einstöckige, weißgetünchte Häuser, im Parterre meist eine kleine Autowerkstätte oder ein Lagerraum, die Straße mit Kopfsteinen gepflastert.

Ob er Miss Clayton kenne, fragte ich den Automechaniker, der in regelmäßigen Abständen aus der Kühlerhaube eines alten Autos auftauchte.

Selbstverständlich, ja, aber Miss Clayton sei verreist, nach Ägypten, wann sie wiederkomme, wisse er nicht, sorry, Sir. Ich gab mich als alter Freund von Miss Clayton aus, fragte, ob er ihren Aufenthaltsort in Ägypten kenne. Der Automechaniker hob die Schultern. Ihre Mutter vielleicht, die betagte alte Dame wohne im Norden, in Hanwell, Uxbridge Road; am besten nähme ich den Zug von Victoria Station, man führe eine volle Stunde. Ich war sicher, Miss Clayton dort zu finden, und machte mich umgehend auf den Weg.

Auf der Fahrt nach Hanwell begann es zu regnen, und Regen macht die trostlosen Londoner Vororte noch trostloser. Ich war der einzige Fahrgast, der in Hanwell ausstieg, ein alter verlassener Bahnhof, zur Straße hin ein verglastes Häuschen: Taxi.

Uxbridge Road.

Ein Pfund fünfzig.

Mrs. Clayton, eine kleine, weißhaarige Dame, über deren faltiges Gesicht ständig ein Lächeln huschte, freute sich sichtlich über den unerwarteten Besuch und setzte Tee auf. Ich gab vor, ein Freund ihrer Tochter zu sein, und Mrs. Clayton begann bereitwillig über Juliet zu plaudern. Viel wichtiger war jedoch die

Information, daß Miss Clayton sich im Sheraton in Kairo aufhalte, wo sie regelmäßig abzusteigen pflege.

Regelmäßig?

Nun ja, ein-, zweimal im Jahr, ich wisse doch um ihre Vorliebe für Ägypten – oder etwa nicht?

Aber natürlich, beteuerte ich. Im Lauf des Gespräches erfuhr ich auch, daß Juliet Clayton mehrere Jahre in Ägypten zugebracht hatte, fließend Arabisch sprach und mit einem Ägypter, den Mrs. Clayton Ibrahim nannte, in näherer Beziehung gestanden hatte. Als sich das Gespräch dem Londoner Wetter zuwandte, zog ich es vor, mich höflich zu verabschieden.

Zurückgekehrt erwartete mich in meinem Hotel eine Überraschung. Der Portier überreichte mir eine Message von Christopher Thimbleby: No 73 sei ein Mann namens Gemal Gadalla. Wohnsitz Brighton, Sussex, Abbey Road 34, jenes Phantom, das ich bereits als Besitzer der Bastet-Katze gesucht hatte. Damit war wieder einmal eine Situation eingetreten, die entweder den Besuch eines Museums oder einen längeren Pub-Aufenthalt erforderlich machte, und da es schon spät war, entschied ich mich für das *Magpie and Stump*, Old Bailey, und fand einen jener Fensterplätze, die früher bei öffentlichen Hinrichtungen für teures Geld vermietet wurden. Ich trank »Lager« und »Stout«, ja, ich soff meine ganze Ratlosigkeit in mich hinein, und ich weiß nicht, wie der Abend geendet hätte, hätte nicht auf einmal mein Gegenüber, ein rotblonder Engländer mit unzähligen Sommersprossen auf den Handrücken, einen demonstrativen Seufzer ausgestoßen und, mit seinem breiten Gesicht mir zugewandt, geschimpft: Verdammte Weiber, gottverdammte!

Höflich erkundigte ich mich, was er damit meine, und der Angeredete erwiderte mit einer verächtlichen Handbewegung, ich müsse mich doch nicht schämen, aber man sehe es mir sogar in der Schummrigkeit von Old Bailey an, daß ich Kummer mit den Weibern hätte – ja, so pflegte er sich auszudrücken –, und augenzwinkernd und mit vorgehaltener Hand, so als ob es niemand hören sollte, fügte er hinzu, in Wales gebe es die besten Frauen, ein bißchen altmodisch, aber handsam und treu, und dann streckte er mir die sommersprossige Hand entgegen und sagte, er heiße Nigel.

Nigel vernahm mit Staunen, daß ich zum einen kein Brite und zum anderen weit entfernt sei von Liebeskummer oder dergleichen, worauf er glaubte, vom Krieg zu erzählen beginnen zu müssen. Ob es das Bier war oder meine Aversion gegen derlei Erzählungen, ich weiß es nicht, jedenfalls unterbrach ich Nigels martialischen Redeschwall mit der Frage, ob er wirklich interessiert sei, meinen Kummer zu erfahren, und als er bejahte und seinen Kopf zwischen die Fäuste steckte, begann ich mit meiner Geschichte. Während ich redete, sagte Nigel kein Wort, ab und an schüttelte er nur verständnislos den Kopf, und er schwieg auch noch, lange nachdem ich geendet hatte. Ich müsse, begann er schließlich, ein Schriftsteller sein, und die Geschichte sei wirklich gut erfunden, aber wahr sei sie nicht, jedenfalls könne er nicht daran glauben, nicht an so etwas.

Es kostete mich einen hohen Aufwand an Redekunst und ein halbes Dutzend »Stouts« mindestens, um meinen Freund vom Wahrheitsgehalt meiner Erzählungen zu überzeugen, bis er schließlich einwilligte; also gut, vielleicht gebe es wirklich verrückte Begebenheiten wie diese – was ich nun zu tun gedenke. Wüßte ich das, erwiderte ich, so hätte ich die ganze Geschichte wahrscheinlich nicht erzählt.

Nigel dachte nach, und dabei klopfte er mit der flachen Hand auf die schwarz gebeizte Tischplatte und murmelte irgend etwas von Verwirrspiel oder was immer *entanglement* auf deutsch bedeuten mag.

Meine Begegnung im *Magpie and Stump* wäre überhaupt nicht erwähnenswert, hätte nicht Nigel plötzlich aufgeblickt und gesagt, wenn es schon diesen rätselhaften Gemal Gadalla nicht gebe, dann sei vielleicht auch der Kunsthändler Omar Moussa nur ein Phantom, was meinen Sie?

Zwei Tage später in Düsseldorf ging ich dieser Frage nach, und zunächst schien es, als würde sich alles zu meiner Zufriedenheit entwickeln, denn ich entdeckte im Telefonbuch den

Namen Omar Moussa und den Hinweis: Antiquitäten, Königsallee – die feinste Adresse.

Ich erwartete natürlich, in Moussa den Sohn jenes bei Christie's umgekommenen Omar Moussa zu finden, wurde jedoch, nachdem ich das feine Ladengeschäft mit erlesenen Altertümern betreten und dem gebildeten älteren Herrn den Grund meines Kommens verraten hatte, eines Besseren belehrt. O nein, er selbst sei jener Moussa, den man in London tot aufgefunden habe, das könne er beschwören, und dabei hob er die Schultern und kicherte in sich hinein. Was blieb mir anderes übrig, als selbst ein bißchen verlegen zu grinsen, glaubte ich doch an einen Scherz des Alten. Schließlich wurde er ernst, brummelte, er wolle mit der Sache nichts mehr zu tun haben, und er muß dann wohl die Ratlosigkeit in meinem Gesicht gelesen haben, und als ob er sich meiner erbarmte, begann er plötzlich zu reden.

So erfuhr ich, daß jener Mann, den während der Auktion der Tod ereilte, eine Art Doppelgänger gewesen war, offenbar ein Geheimagent, ausgestattet mit Personalpapieren, die sich von den seinen nur durch das Paßfoto unterschieden. Paß, Führerschein, sogar Kreditkarten auf seinen Namen lautend habe der Doppelgänger mit sich geführt, und er wisse auch, wie das möglich war: Bei einem Autoeinbruch in der Düsseldorfer Innenstadt sei zwar sein Radio entwendet, die Brieftasche im Handschuhfach aber unbeachtet gelassen worden, was ihn, Moussa, damals fraglos gefreut hatte. Später sei ihm dann klargeworden, daß der Autoeinbruch nur als Vorwand gedient habe, um seine Personalpapiere zu kopieren und zu fälschen. Aber das alles habe er erst viel später erfahren. Zunächst sei er von der Angelegenheit überhaupt nicht behelligt worden – bis zu jenem Tag, an dem er und sein Doppelgänger, ohne es zu bemerken, einander begegnet seien; jedenfalls seien bei der Auktion in London zwei Männer mit dem Namen Omar Moussa im Saal gesessen, er, der echte Omar Moussa, und der andere, falsche – eine verrückte Situation.

Ich unterbrach meinen Gesprächspartner und fragte, ob es Zufall gewesen sei, daß Moussa gerade diese Auktion besucht habe.

Zufall? Moussa kehrte die Handflächen nach außen. Nichts sei Zufall im Leben; er habe im Kundenauftrag versucht, verschiedene Stücke zu ersteigern, nichts weiter. Er schwieg, und mir schien es, als dächten wir beide das gleiche, und da Moussa noch immer nicht weiterredete, stellte ich kurzerhand die Frage, wer, falls es sich wirklich um ein Verbrechen gehandelt habe, nun Ziel des Anschlages gewesen sei, der echte oder der falsche Moussa.

Der alte Mann holte tief Luft, verschränkte die Arme auf dem Rücken und ging auf dem großen Seidenteppich, der die Mitte des Ladens schmückte, auf und ab, und betont umständlich begann er zu erzählen, daß ein Arzt den Herztod des Mannes festgestellt hatte, und daß er, Moussa, makaber genug, bei seiner Heimkehr aus England von seinem eigenen Ableben unterrichtet worden sei. Auf sein Lebenszeichen habe Scotland Yard den Fall übernommen; er selbst sei nach London gebeten worden, und er habe der Aufforderung bereitwillig Folge geleistet, lag es doch in seinem eigenen Interesse, den Fall aufzuklären. Viele Stunden habe er am Victoria Embankment, dem Sitz von Scotland Yard, zugebracht, und ihm seien zahllose Fragen gestellt worden, bis er sich schon selbst schuldig fühlte, nicht der tote Moussa zu sein. Von Mord sei im übrigen nie die Rede gewesen, ein Arzt hatte ja den Herztod des Mannes festgestellt. Auch die Identität des Toten sei nie geklärt worden. Scotland Yard habe den Fall zu den Akten gelegt mit dem Ergebnis, der Doppelgänger sei Agent eines Geheimdienstes gewesen und bei der Beobachtung irgendeines Vorganges vom Tode ereilt worden.

Unser Gespräch wurde von einem Kunden unterbrochen, der sich für zwei chinesische Balustervasen interessierte: ob es sich um Wucai handele? Und während die beiden fachsimpelten, hatte ich Gelegenheit, mir diesen Moussa näher zu betrachten. Er war orientalisch-hellhäutig, mindestens eins achtzig groß, und seine schlanke Figur, der korrekte Zweireiher und eine gewisse Vornehmheit seines Auftretens verliehen ihm etwas Adeliges; kurz, er sah so aus, wie ein seriöser Antiquitätenhändler aussehen mag, und es fiel schwer, sich diesen Mann verstrickt in irgendwelche Geheimdienstangelegenheiten vorzustellen. Aber ehrlich gesagt erschien mir die Geschichte, die er mir zunächst schmunzelnd, dann mit einer gewissen Leidensmiene aufgetischt hatte, reichlich dubios; ja, sie hörte sich so an, als wolle Moussa unbedingt beweisen, daß er nichts mit dem Fall zu tun habe.

Als der Kunde gegangen war, fragte ich ihn unvermittelt, ob ihm der Name Gemal Gadalla bekannt sei. Nein, erwiderte er unwillig, im übrigen liege das alles weit zurück, worüber er froh sei. Und er ersuchte mich höflich, aber bestimmt, die Geschichte auf sich beruhen zu lassen, er habe genug darunter gelitten, guten Tag.

Ich wollte noch fragen, ob ihm der Name Juliet Clayton etwas sage, aber dazu kam ich nicht, denn Moussa hielt mir wortlos die Tür auf.

Die Situation, in der ich mich befand, war wie beim Poker, da muß man auch mit schlechten Karten versuchen zu gewinnen, und ich muß gestehen, ich hatte denkbar schlechte Karten; aber ich war gepackt von dieser Geschichte, und um eine solche handelte es sich ohne Zweifel.

Fassen wir zusammen, was bisher geschah, und lassen wir dabei alle Namen und Schauplätze außer acht: Eine Zufallsentdeckung deutet auf einen Mord hin. Zugegeben, die Entdeckung ist so absurd, daß sie zunächst niemand ernst nimmt. Doch schon die ersten Nachforschungen lassen sie in anderem Licht erscheinen. Da stirbt ein Mann während einer Kunstauktion. Herztod wird amtlich bestätigt. So weit, so gut. Der Name des Toten wird bekannt, es stellt sich heraus, daß dieser ein Doppelgänger war und daß sein Pendant sich zur selben Zeit im selben Raum aufhielt. Will man dem Hinweis glauben, so wurde dieser Mann auf hinterlistige Weise umgebracht, vielleicht durch Gift oder eine herzlähmende Injektion. Aber der Mann, der dieser Tat beschuldigt wird, ist ein Phantom, es gibt ihn nicht, jedenfalls nicht unter diesem Namen und dieser Adresse. Und was die Nachforschungen nicht gerade vereinfacht: Alle, die mit dem Fall irgendwie in Verbindung stehen, versuchen den Vorfall zu bagatellisieren, alle verhalten sich so, als verberge sich hinter dieser Tat eine ganz andere Geschichte.

In dieser Form aneinandergereiht machte die Kette der Indizien keinen Sinn, und ich kam zu dem Schluß, daß, wollte ich erfolgreich sein, die asphaltierten Wege der Logik verlassen werden mußten; denn wenn ich mir es recht überlegte, entbehrte eigentlich alles, was ich bisher zu dieser Geschichte erfahren hatte, der Logik.

Um über Moussa mehr in Erfahrung zu bringen, suchte ich andere Antiquitätenhändler auf, wobei ich mich als Anleger ausgab, der von der Sache weniger verstand, aber eine erhebliche Summe Geldes steuerfrei anzulegen gedenke. Das ersparte mir größere Kenntnisse in antiken Teppichen, barockem Mobiliar und fernasiatischer Keramik und ließ mein Auftreten dennoch glaubhaft erscheinen. Beiläufig ließ ich in den Verkaufsgesprächen einfließen, daß ich bei Moussa zwei chinesische Balustervasen, Wucai, gesehen hätte; ob diesem Moussa zu trauen sei?

Ich stieß die beiden ersten Male auf große Reserviertheit, man ignorierte meine Frage, und auch auf nochmaliges Nachfragen erhielt ich nur ein zurückhaltendes Lächeln; bekanntlich hackt eine Krähe der anderen kein Auge aus. Ein dritter, weit weniger vornehmer Händler, was schon die Lage seines Geschäftes in einer Seitenstraße der Königsallee andeutete, gab sich gesprächig und hielt mit seiner Meinung nicht hinter dem Berg. Alle Zeitungen hätten doch darüber berichtet, daß dieser Moussa zwei mittelalterliche Refektoriumstische für fünfstellige Summen veräußert habe, die in Wahrheit noch keine zehn Jahre auf dem Buckel gehabt hätten, und aufgedeckt worden sei die Fälschung von einem kundigen Sammler, der noch die Schrotkugeln entdeckte, mit welchen die Wurmlöcher in das »alte« Holz geschossen worden seien.

Ich hakte sofort ein und kam auf die mysteriösen Umstände um den Tod seines Doppelgängers in London zu sprechen, und das veranlaßte den Kunsthändler zu einer abwiegelnden Handbewegung und einer abfälligen, ja verunglimpfenden Bemerkung über Moussa, die ich hier nicht wiedergeben will, die mich aber in der Erkenntnis bestärkte, daß dieser Mann Moussa nicht zu seinen Freunden zählte.

Haß macht gesprächig. Insofern erwies sich der Mann als Glücksfund, und ich erfuhr in kürzester Zeit Dinge, die mich zwar in meinem Fall nicht weiterbrachten, die mir aber den Menschen Moussa plastisch vor Augen führten. Der Grund für diese Feindschaft lag in einer weit zurückliegenden Freundschaft der beiden begründet und dem gescheiterten Versuch, vor Jahren eine gemeinsame Geschäftsbeziehung aufzubauen. Er, meinte Kassar – so hieß der Enttäuschte –, glaube, daß sich hinter dem Vorfall in London mit dem mysteriösen Doppelgänger eine Riesenschweinerei verberge, an der Moussa beteiligt sei. Auf meine Frage, was man sich darunter vorzustellen habe, erwiderte Kassar, ich hätte ja keine Ahnung, was sich auf dem internationalen Antiquitätenmarkt abspiele, da herrsche Mord und Totschlag.

Nun schien es mir an der Zeit, den wahren Grund meines Kommens zu nennen. Ich erläuterte und begründete meinen Verdacht, daß der Doppelgänger ermordet worden sei, und berichtete, was ich bisher in Erfahrung gebracht hatte. Kassar war fasziniert und versprach sofort, mir bei weiteren Recherchen behilflich zu sein. Jetzt hatte ich einen Verbündeten.

Gegenüber der Rennbahn liegt ein von außen unscheinbares Lokal, *Zum Trotzkopf* genannt. Dort traf ich mich mit Kassar zum Abendessen und erfuhr den kompletten Lebenslauf Moussas in allen Details, von denen mir am interessantesten erschien, daß dieser mit einer Ägypterin verheiratet war. Die Art, wie er sie beschrieb, vermittelte den Eindruck, daß Kassar insgeheim in diese Frau verliebt war. Vorsicht war also angebracht bei allen Informationen über Moussa, doch schien festzustehen, daß jener weit über seine Verhältnisse lebte. Ein Haus auf Ibiza, eine Wohnung auf Sylt und ein Appartement samt Jacht am Las Olas Boulevard in Fort Lauderdale waren nur einige Dinge, von denen Kassar wußte und von denen er sagte, alle zusammen seien für einen redlichen Antiquitätenhändler unerreichbar.

Irgendwelche dunklen Geschäfte? Kassar hob die Schultern. Nachzuweisen sei Moussa nichts, obwohl er dessen Geschäfte seit Jahren beobachte. Auch meine Vermutung, daß er seine Firma nur zur Tarnung unterhalte und in Wirklichkeit ganz anderen Geschäften nachgehe, ließ Kassar nicht gelten. Moussa sei Experte auf seinem Gebiet, er gehe auf in seinem Beruf, und man könne ihm profunde Kenntnisse nicht absprechen; viele bezeichneten ihn sogar als allerersten Experten für ägyptische Antiquitäten in Europa, obwohl er nie studiert habe. Kassar sagte das nicht ohne eine gewisse Bitterkeit, die erkennen ließ, daß er wohl ein Studium aufzuweisen hatte. Als wir das Lokal verließen, wußte ich zwar vieles über diesen Mann, und ich war mir ganz sicher, daß Moussa eine Schlüsselrolle in diesem Fall spielte, aber einer Lösung nähergebracht hatte mich der Abend nicht.

In der Hoffnung, Miss Clayton zu treffen, flog ich nach Kairo, doch erwies sich dieser Schritt als Fehlschlag. Miss Clayton war bereits abgereist, ob ins Landesinnere oder zurück nach London, vermochte man mir im Hotel nicht zu sagen. So nahm ich meinen Ägyptenaufenthalt zum Anlaß, nach Spuren von Moussa zu forschen. Bei Antiquitätenhändlern und Ausgräbern in Kairo blieb ich erfolglos; ja, ich erntete so viel Mißtrauen, daß ich mich nach ein paar Tagen aus dem Staub machte und nach Minia in Mittelägypten weiterreiste, wo ich vor Jahren eine Familie kennengelernt hatte, Vater, Mutter und drei Söhne, die von der Grabräuberei im Gebiet von Tell el-Amarna lebten. Aber auch hier war der Name Moussa unbekannt, so daß ich unverrichteterdinge nach Hause zurückkehrte.

Ich hatte nun schon eine Menge Zeit investiert, ohne einen wesentlichen Schritt weiterzukommen, und da mir der Termin eines Buches im Nacken saß, legte ich diesen Fall fürs erste beiseite, ohne verhindern zu können, daß meine Gedanken immer wieder um dieses Thema kreisten.

Darüber verging beinahe ein Jahr, als mich ein Brief von Kassar erreichte, Moussa sei verstorben – diesmal wirklich, wie er sich auszudrücken beliebte –, und in seinem Nachlaß sei ein Fund gemacht worden, der mich interessieren würde. Ich reiste sofort nach Düsseldorf. Zu meinem Erstaunen fand ich Kassar mit Moussas Witwe in harmonischer Eintracht. Von dem Verblichenen war keine Rede. Dafür überreichte mir Kassar ein Bündel bräunlicher, mit arabischer Schrift versehener Papiere, die schmutzig und zerfleddert, das Ergebnis einer langwierigen Arbeit waren. Dies sei in einem Schließfach gefunden worden, das Moussa unterhalten habe.

Ich sah Kassar fragend an, doch der meinte nur, ich solle lesen, dann würden sich alle Fragen von selbst beantworten, und dabei grinste er vielsagend. Ich konnte nicht Arabisch und meinte, ich würde erst einen Dolmetscher engagieren müssen. Ja, meinte Kassar, das sei wohl angebracht.

Ob er denn wisse, was in diesen Blättern enthalten sei. Gewiß, meinte Kassar, zwar nicht alles, aber zumindest wisse er so viel, daß ihm Moussa und die Vorfälle um ihn herum nun weit weniger rätselhaft erschienen. Natürlich brannte ich darauf zu erfahren, was es mit diesen Papieren auf sich hatte; aber Kassar weigerte sich hartnäckig, beinahe sadistisch, auch nur eine Andeutung zu machen. Ich könne die Papiere haben, meinte er, vermutlich sei ich ohnehin der einzige, der den Inhalt dieser Schrift in seiner ganzen Tragweite begreife, und er zweifle nicht, daß daraus ein Buch entstehen würde.

Kassar behielt recht. Ich betraute Frau Shirin, eine in München lebende Ägypterin, mit der Aufgabe, mir täglich drei Stunden aus dem arabischen Text vorzulesen, aus dem Stegreif, so wie es der Unbekannte niedergeschrieben hatte, und dabei machte ich mir Notizen. Bisweilen war das, was ich zu hören bekam, so aufregend, daß ich meine Notizen vergaß, so daß ich später das Gehörte mühsam aus dem Gedächtnis rekonstruieren mußte. Vieles mußte ich ohnehin zum besseren Verständnis umformulieren, doch bemühte ich mich soweit wie möglich, die Ausdrucksweise des Tagebuchschreibers – denn um eine Art Tagebuch handelte es sich bei den Papieren – beizubehalten, anderes habe ich aus unabhängigen Quellen, die sich mir im Laufe der Arbeit erschlossen, ergänzt.

Dies also ist die Geschichte des Omar Moussa, eines Mannes, der sich dem Unbegreiflichen genähert hat wie noch kein Mensch vor ihm.

I

## Mena House und Winter Palace

Einem jeden Menschen haben wir sein Geschick bestimmt, und am
Tage der Auferstehung werden wir ihm das Buch seiner Handlungen
geöffnet vorlegen und zu ihm sagen: »Lies selbst in diesem Buche,
deine eigene Seele soll dich an jenem Tage zur Rechenschaft ziehen.«
*Koran, Siebzehnte Sure (14)*

I M NAMEN ALLAHS, DES ALLBARMHERZIGEN«, SO BEGINNEN
die Aufzeichnungen des Omar Moussa. »Dies sind die
Worte eines gealterten Frevlers, dem vielleicht ein paar Wochen
verbleiben, ein paar Monate, wenn es denn sei, und dem die
Pein seines Gewissens die Gedärme quält in schlaflosen Nächten. Dies sind die Worte des Omar Moussa, die er bisher keinem
anvertraut hat, zum einen, weil es unnötig ist, mit lauter Stimme
zu sprechen, da Allah das Geheimste und Verborgenste kennt,
zum anderen aber, weil niemand meine Worte glauben würde.
Gewiß habe ich Schuld auf mich geladen in meinem Leben,
doch war es ein vorgezeichnetes Schicksal nach dem Willen des
Allerhöchsten, der, wie er selbst sagt, alle Sünden verzeiht außer
jener, ihm ein anderes Wesen zur Seite zu setzen. Dies habe ich
nie getan. Auch habe ich nie die Fastenvorschriften gebrochen
im neunten Monat und stets der ungeraden Nacht gedacht, in
der der Koran zur Erde herabkam. Ich war zur großen Pilger-
fahrt in Mekka, die täglichen Gebete und Waschungen waren
mir Pflicht, und als es mir besserging, habe ich die Armensteuer
bezahlt aus freien Stücken. Wein, Schweinefleisch, Blut und
Verendetes entlockten mir Ekel. Frauen, denen ich begegnete,
hatten nie Grund zur Klage, und jene, die ich ehelichte, wird
mich mit Sicherheit überleben.«

25

Omar Moussa hätte zufrieden sein können mit seinem Schicksal, das namenlos wie das des Moses begann, und mit einem Auge dem Garten der Ewigkeit entgegenblicken können, der den Frommen zur Belohnung und Wohnung versprochen ist, wäre da nicht jene Bürde gewesen, die ihm vor beinahe einem halben Jahrhundert auferlegt wurde, als er Dinge sah, die noch niemand geschaut hat, und sein armseliges Leben sich änderte von einem Tag auf den anderen.

Um zu verstehen, wie dies alles geschah, soll hier sein Leben ausgebreitet werden, so wie er sich erinnerte oder wie es ihm selbst über sich erzählt wurde: Dunkel wie der Sandsturm war seine Geburt, er kannte weder Vater noch Mutter, denn er wurde, ein paar Tage alt nur, in einem Ledersack an die Klinke des Tores zur Karawanserei gebunden, die dem *Mena House*-Hotel gegenüber gelegen ist. Der alte Moussa, der über sieben Kamele verfügte und ebenso viele Kinder, sagte, bei so vielen Mündern komme es auf einen mehr oder weniger nicht an, und nahm ihn an Kindes Statt auf wie sein eigenes. Mehrmals im Jahr hing an der Klinke, an der man ihn gefunden hatte, ein Beutel mit Geld, dessen Herkunft niemand kannte, um dessen Bedeutung aber jeder wußte.

Seine ersten Erinnerungen gingen zurück, als er drei war, kaum älter, und als der alte Vater Moussa, ein hagerer, faltiger Mann mit schwarzem Bart und schwarzen Brauen über den tiefliegenden Augen, ihm einen gewaltigen Nabut in die kleinen Hände drückte – kaum war er in der Lage, ihn mit beiden Armen zu halten. Diese hölzerne, mit Nägeln beschlagene Keule, sagte Moussa, versinnbildliche die Macht des Mannes – ein Gerede, das er damals nicht verstand; aber er verstand sehr wohl mit ihr umzugehen, indem er sie mit aller ihm zur Verfügung stehenden Kraft gegen die Knie von Moussas Kamelen drückte, so wie er es oft gesehen hatte, daß die hohen Wüstenschiffe erst mit den Vorder-, dann mit den Hinterläufen einknickten. So ist es noch heute Brauch, um den Reiter aufsitzen zu lassen.

Die Fremden vom *Mena House*-Hotel, die Moussa auf diese Weise zu den großen Pyramiden transportierte, fanden sein

Treiben allzu drollig und sparten nicht mit Bakschisch, wenn er ihnen so auf den Rücken der Tiere und wieder herunter half. Ein oder zwei Piaster waren damals viel Geld für einen Jungen der Wüste, nicht selten aber kam er mit fünf oder sechs nach Hause. Das schaffte Neid unter seinen Stiefbrüdern, weil er, der jüngste, mehr verdiente als die anderen. Also grub er sich ein Versteck hinter dem Abtritt, wo es fürchterlich stank, wo er jedoch sicher sein konnte, daß nur selten jemand hinkam.

Es ist merkwürdig, obwohl er beinahe im Schatten der Pyramiden lebte, nahm er sie nicht wahr. Für ihn waren sie Berge, deren Gipfel bis zu den Wolken reichten. Von Menschenhand geschaffene Bauwerke erkannte er in den Pyramiden nicht. Darin lag auch der Grund, warum Omar die Ehrfurcht nicht verstand, mit der die Fremden vor die Pyramidenberge traten.

Vor allem waren es Engländer, sauber und vornehm gekleidete Herren, bisweilen auch in Begleitung ihrer weißgeschminkten Damen, die den Weg in die Wüste fanden, um die Pyramiden zu besichtigen. Sie stiegen im vornehmen *Mena House* ab, das kein Fellache betreten durfte, nicht einmal der alte, allseits geachtete Moussa, von dem die Rede ging, er habe Lord Cromer persönlich auf die Spitze der großen Pyramide geführt. Zwar gab es Eingeborene, die in dem verbotenen Hotel einer geregelten Arbeit nachgingen, doch war es ihnen bei Strafe untersagt, darüber zu berichten, was hinter den ockerfarbenen Mauern vorging.

Während die Alten sich weniger für die verbotene Ausländerherberge interessierten – jeder Erwachsene konnte sich ausmalen, wie die reichen Ausländer lebten –, wurde das Hotel für die Jungen der Umgebung zum Objekt unstillbarer Neugierde, und allein die Behauptung, schon einmal bis zur Portiersloge vorgedrungen zu sein, sei es als Kofferträger oder unter dem Vorwand, eine Botschaft zu überbringen, zog allgemeine Bewunderung nach sich. Deshalb hatte Omar keinen sehnlicheren Wunsch, als einmal einen Fuß in das verbotene *Mena House* zu setzen. Mehr als einmal kletterte er an einer verwachsenen Stelle über die Mauer und schlich an Gärtnern und Hauswächtern vorbei zum Eingang, wo er einen Blick in das verbotene Reich zu erhaschen hoffte; aber ein jedesmal entdeckten ihn die beiden langen weißgekleideten Türsteher, noch bevor er das unbekannte Treiben im Inneren zu Gesicht bekam, und jagten ihn mit Peitschenhieben davon.

So grub sich der Tag, an dem Omar zum ersten Mal die Hotelhalle betreten durfte, fest in sein Gedächtnis ein. An diesem Tag, den er auch später nicht zu datieren wußte, kam Sultan Fuad, der Sohn des Khediven Ismail, Enkel von Ibrahim Pascha und Urenkel des großen Mohamed Ali, in einer schwarzen Kutsche gefahren, um auf der großen Pyramide die ägyptische Flagge zu hissen. Der Sultan trug einen dunklen Anzug und unterschied sich auch sonst in keiner Weise von den Engländern, die im *Mena House* abstiegen.

Omar war irgendwie enttäuscht: Den Sultan hatte er sich anders vorgestellt. Aber der alte Moussa hatte am Morgen dieses Tages seine Kinder um sich geschart und eine Rede gehalten, die Omar im Gedächtnis blieb. Dies sei, so hatte er mit heftigen Armbewegungen gesagt, ein stolzer Tag in der Geschichte Ägyptens, und jeder einzelne von ihnen könne stolz darauf sein, ein Ägypter zu sein; und einmal werde der Tag kommen, an dem nicht die Engländer über die Ägypter herrschten, sondern die Ägypter über die Engländer.

Also empfand Omar Stolz, noch mehr freilich interessierten ihn die bewaffneten Soldaten, die, anders als der Sultan, orientalisch gekleidet und mit Säbeln und Flinten bewaffnet waren und jeden mit finsteren Blicken straften, der der Begleitung des Sultans zu nahe kam. Omar stand mit seinem Kamel abseits der großen Pyramide, so wie Moussa es ihm aufgetragen hatte, und winkte den Besuchern zu.

Fuad sah es und ging auf Omar zu, der in diesem Augenblick am liebsten fortgelaufen wäre, aber er stand wie angewurzelt und klammerte sich an seinen Nabut.

»Wie heißt du?« erkundigte sich der Sultan lächelnd.

»Omar«, sagte der junge artig, »der Sohn des Moussa.«

»Und du bist ein Kameltreiber?«

»Ja«, erwiderte Omar kleinlaut.

Der Sultan lachte laut, denn er hatte einen lustigen Einfall: »Könnte ich wohl auf deinem Kamel zurückreiten?« Die Aufpasser in der Umgebung des hohen Herrn sahen sich betreten an.

Omar nickte heftig.

Inzwischen war der alte Moussa hinzugekommen. Er entschuldigte sich beim Sultan wegen der Wortkargheit des Jungen. »Er ist schüchtern, hoher Herr, ein Findelkind, das ich aufgezogen habe mit meinen eigenen Kindern!«

In diesem Augenblick fühlte sich Omar klein und armselig. Warum mußte der alte Moussa seine dunkle Herkunft erwähnen? Omar schämte sich.

Nach der Besteigung der Pyramide, bei der ein gutes Dutzend Leibwächter den wohlbeleibten Sultan unter Schieben und Ziehen auf die Plattform transportiert hatten, kam Fuad auf Omar zu; der zwang sein Kamel in die Knie, und der Sultan nahm auf dem Rücken des Tieres Platz.

»Zum *Mena House*!« rief er Omar zu, und Omar führte sein Kamel mit dem Sultan zum Hotel. Soldaten bahnten ihm einen Weg durch die Menge, Menschen an beiden Seiten jubelten und klatschten in die Hände. Vor dem Eingang ließ Omar den Sultan absitzen. Aus der Begleitung Fuads drückte jemand dem jungen ein paar Piaster in die Hand, und Omar wollte sich mit seinem Kamel zurückziehen, da rief der Sultan dem kleinen Kameltreiber zu, ob er nicht mit ihm eine Limonade trinken wolle. Omar wollte eigentlich ablehnen, er hatte keinen Durst, aber da trat Moussa hinzu, nickte und schob Omar vor sich her auf den hohen Gast zu. An der Hand des Sultans betrat Omar die Halle des Hotels.

Kühle schlug ihnen entgegen. Auf dem Steinfußboden lagen Teppiche. Obwohl es Tag war, waren alle Fensterläden verschlossen, dafür leuchteten rote und blaue Messingampeln an der Decke. Ornamentkacheln schmückten die Wände. Vornehm gekleidete Damen und Herren bildeten eine Gasse, durch die Omar an der Hand des Sultans schritt.

»Eine Limonade für mich und meinen kleinen Freund!« rief der Sultan, und sogleich trat ein Hoteldiener in einer langen schneeweißen Galabija hervor. Er trug ein blitzendes Messingtablett, und auf diesem standen zwei tulpenförmige Gläser mit grüner Limonade. Nie hatte Omar so grüne Limonade gesehen. Die Getränkeverkäufer bei den Pyramiden verkauften roten Malventee, aber grüne Limonade?

Omar zweifelte, ob etwas Grünes überhaupt trinkbar sei. Aber dann griff Sultan Fuad nach seinem Glas, setzte es an die Lippen und wartete, bis der Junge es ihm gleichtat. Was blieb Omar anderes übrig, er nahm das andere Glas und trank. Der Geschmack des zuckerigen Wassers war nicht nur unbekannt, er widerte Omar an, so daß es ihn würgte, und hastig rannte er, sich mit den Armen einen Weg durch die dichtgedrängten Menschen bahnend, ins Freie, wo er die grüne Limonade ausspie.

Von diesem Tage an war Omar bei seinen Stiefbrüdern verhaßt, und oft bezog er Prügel für Dinge, die ihm zur Last gelegt wurden, mit denen er jedoch nichts zu tun hatte.

Der alte Moussa war ein ebenso frommer wie weiser Mann, auch wenn er nie eine Schule besucht hatte, und eines Abends scharte er seine große Familie vor der Hütte um sich, um eine Sure aus dem Koran vorzutragen. Wie jeder gute Gläubige konnte Moussa alle 114 Suren auswendig hersagen, und an diesem Abend entschied er sich für die Zwölfte.

»Im Namen Allahs, des Allbarmherzigen«, begann er bedächtig und dann erzählte er von Joseph, der seinem Vater Jakob berichtete, er habe im Traum elf Sterne und die Sonne und den Mond gesehen, und alle hätten sich vor ihm verneigt, und der Vater habe den Sohn ermahnt, den Traum nicht den Brüdern kundzutun, weil sie Neidgefühle gegen ihn hegten, was auch geschah! Die Brüder hätten Joseph in einen Brunnen gestoßen, wo er von einer Karawane entdeckt und für ein paar Dirhem an einen Mann namens Potiphar verkauft worden sei.

Während Moussas Vortrag erhob sich einer nach dem anderen, weil die Söhne die Absicht ihres Vaters erkannten, und als nur noch Omar dem Alten gegenübersaß, hielt dieser inne. Vom Kanalufer drang das millionenfache Zirpen der Zikaden, bisweilen nur gestört von Musikfetzen aus dem Park des *Mena House*. Feuer flackerten vor den Türen der Häuser der Karawanserei, und hier und da verlor sich ein kurzes lautes Lachen in der warmen Nacht.

»Du kennst den Fortgang der Geschichte?« beendete Moussa sein langes Schweigen.

Omar schüttelte den Kopf.

Da nahm Moussa seinen Vortrag wieder auf, und er rezitierte die Sure allein vor dem Jungen. Er erzählte vom Aufstieg des Joseph zum Verwalter des Hauses, von den Nachstellungen der Frau Potiphars, seiner Verurteilung aufgrund falschen Zeugnisses und seinen Erfolgen als Traumdeuter für den Pharao, der ihn daraufhin zu seinem Vertrauten machte. Moussa erzählte von dem Großmut Josephs, als seine hungernden Brüder zu ihm kamen und um Getreide baten und dieser ihnen verzieh.

Es war spät geworden, als Moussa geendet hatte, aber Omar war hellwach, denn er begann zu begreifen, warum sein Vater gerade aus dieser Sure zitiert hatte. Er, Omar, war ein Außenseiter, einer, der wohl nie von seinen Stiefbrüdern akzeptiert werden würde. Aber lehrte nicht diese Sure, daß gerade die Geächteten großer Taten fähig sind? In seinen Träumen sah er sich als Berater des Sultans, der europäische Kleidung trug und in einer schwarzen Kutsche spazierenfuhr, und in dieser Nacht faßte Omar den Entschluß, es Joseph gleichzutun.

Aber Omar war ein Kameltreiber, der Fremde für zwei Piaster vom *Mena House* zu den großen Pyramiden transportierte, und er trug eine lange Galabija statt der ersehnten Beinkleider, und seine Brüder nannten ihn Omar Effendi, was der respektvollen Anrede eines Herrn entsprach, ihn, den Halbwüchsigen, jedoch verächtlich machen sollte.

Es gab nur einen einzigen Menschen, dem Omar vertraute,

er hieß Hassan und war ein Mikassah, ein Krüppel, wie sie Kairo zu Tausenden bevölkerten. Hassan war alt, uralt, sein wahres Alter kannte er nicht, denn er wußte nicht, wann und wo er geboren wurde, und er hatte keine Unterschenkel. Seine Knie steckten in abgeschnittenen Autoreifen; so bewegte er sich fort, indem er ein mit Glasperlen und Spiegelscherben besetztes Holzkästchen vor sich her schob, mit dem er seinen Lebensunterhalt verdiente. Hassan war Schuhputzer, und in dem Holzkästchen, das seinen Kunden als Fußpodest diente, befanden sich Schuhcreme, Bürsten und Lumpen. So sah man ihn tagein, tagaus vor dem *Mena House* kauern, wo er den ein und aus gehenden Gästen seine Dienste anbot, indem er mit einer Schuhbürste lautstark gegen seinen Kasten schlug und das einzige englische Wort rief, das er kannte: »*Polishing, polishing!*«

Hassan pflegte das Leben aus der Schuhperspektive zu betrachten; das heißt, der Mensch endete für den Mikassah an der Gürtellinie, für alles Darüberliegende hatte er kein Auge. Über die Fesseln einer Dame konnte Hassan schwärmen wie über eine laue Mondnacht, und die Wade einer Französin in einer hohen Stiefelette erregte seine Sinne.

Er war es gewohnt, zu Menschen aufzublicken, und es machte ihm nichts aus. Es störte ihn auch nicht, mißachtet zu werden, wenn sich die Menschen in seiner Anwesenheit über Dinge unterhielten, die eigentlich für keines anderen Ohr bestimmt waren. Aber Hassan war ein Niemand, und so kam es, daß er mehr wußte als alle anderen.

Er kannte die meisten Gäste des Hotels mit Namen, wußte den Grund ihrer Anwesenheit, und wem er einmal die Schuhe geputzt hatte, den vermochte Hassan auch gesellschaftlich einzuordnen; denn, so behauptete Hassan: »Den Menschen erkennt man an seinem Schuhwerk!«

Staunend vernahm man die Botschaft des Alten, staunend vor allem deshalb, weil es nach Hassans Worten keinesfalls erstrebenswert erschien, neue Schuhe zu tragen, im Gegenteil. Nur Emporkömmlinge trügen stets neues Schuhwerk, ein wahrer feiner Mann pflege seine kostbaren gebrauchten Schuhe mit großer Achtsamkeit, vielmehr – er lasse pflegen, und das sehe man dem Schuhwerk einfach an. Schuhe müßten immer so aussehen, als habe sie schon der Vater bei seiner Hochzeit getragen, so gepflegt und gut erhalten; das verrate Stil, vor allem aber beweise es, daß sein Träger weder schmutzige Arbeit noch lange Wege nötig gehabt habe wie unsereins. Und dabei sah er auf seine untergeschnallten Autoreifen, und Omar blickte auf seine nackten Füße.

In einem Krüppelheim in Ain el Sira hatte Hassan lesen und schreiben gelernt, und wenn es die Zeit erlaubte, ließ der Alte den Jungen an seiner Fähigkeit teilhaben, indem er vor dem *Mena House* Suren des Koran mit einem Stock in den festgetrampelten Boden ritzte. Als Omar zehn war, konnte er die erste Sure schreiben und lesen, die mit den Worten beginnt: *al-hamdu lillahi rabbi l-alamima r-rahmani r-rahimi* – Preis sei Gott, dem Herrn der Welten, dem Barmherzigen, dem Erbarmer.

Omar war von dem Wunsch beseelt, eine Schule zu besuchen, aber der alte Moussa lehnte strikt ab; er selbst habe auch keine Schule besucht, trotzdem sei er etwas Rechtes geworden und immerhin so wohlhabend, daß er es sich leisten könne, einen wildfremden Jungen namens Omar Effendi aufzuziehen.

Die Bemerkung traf Omar schwer, und er lief weinend zu Hassan, der vor dem *Mena House* mit »polishing« beschäftigt war. Als er sein Werk an einer feinen Engländerin beendet hatte, winkte er Omar herbei, indem er mit der Bürste auf seinen Holzkasten klopfte und scherzhaft rief: »*Polishing, Sir!* Ein Piaster!«

Da erkannte er, daß sein junger Freund weinte, und er sagte: »Ein Ägypter kennt zwei Arten von Tränen, Tränen der Freude und Tränen des Schmerzes. Ich müßte mich sehr täuschen, wenn ich Tränen der Freude in deinem Gesicht erkennen würde.«

Der Junge wischte mit dem Handrücken über sein Gesicht und schüttelte den Kopf; dann kauerte er sich neben dem Mikassah auf die Erde. »Ich habe«, begann er stockend, »ich habe Moussa gefragt, ob er bereit sei, mich zur Schule zu schik- ken . . .«

Hassan fiel ihm ins Wort: »Ich kann mir denken, was er ge- antwortet hat«, und dabei spuckte er in weitem Bogen in den Sand. »Er hat gesagt, wozu brauchst du Schule; er selbst habe auch keine Schule besucht und sei etwas Rechtes geworden, stimmt's?«

Omar nickte. Und unter einem Schwall von Tränen brach es aus ihm heraus: »Und er hat sogar gesagt, daß er es sich leisten könne, einen wildfremden Jungen namens Omar Effendi aufzu- ziehen. Hörst du, Omar Effendi hat er gesagt!« Und weinend vergrub er sein Gesicht in den Armen.

»Hör zu, Junge.« Der Alte legte Omar seine schmutzigen, braunen Hände auf die Schultern. »Du bist jung, du bist ge- scheit, und du hast zwei Füße, die dich tragen, wohin du willst. Sei geduldig. Allah wird dir deinen Weg weisen. Dein Leben ist vorgezeichnet wie die Bahn der Gestirne. Wenn es Allah gefällt, dich in eine Schule zu schicken, so wird er dich schicken. Hat er aber in seinem Herzen beschlossen, daß du ein Kameltreiber bleibst, so wirst du es bleiben ein Leben lang. Malesch – einer- lei.«

Die Worte des weisen Mikassah trösteten Omar für kurze Zeit, und gewiß hätte er mit seinen Träumen gewartet, bis Al- lah ihm den vorgezeichneten Weg gewiesen hätte, wäre da nicht jener heiße, windige November gewesen, an dem der Chamsin den Sand in die Lüfte peitschte, daß der Himmel sich verdunkelte wie beim Jüngsten Gericht – sieben Tage ohne Unterlaß. Die Augen tränten, und ohne Tuch vor dem Mund, das den Sand von der Lunge fernhielt, wagte sich niemand ins Freie. Die Menschen beteten um Regen; aber Allah kannte nur den heißen, stickigen, gnadenlosen Wind, der einem den Atem raubte.

Am achten Tag endlich, als der Chamsin abflaute und Men- schen und Tiere wie benommen aus ihren Hütten hervorkro- chen und nach Luft rangen wie an Land gespülte Fische, da wurde einer nicht mehr gesehen: der alte Moussa. Sein Herz hatte dem tobenden Wetter nicht standgehalten.

Sie zogen ihm ein weißes Laken über den Kopf, und so saß er in seinem hohen Lehnstuhl zwei volle Tage mit dem Gesicht nach Mekka wie ein Gespenst, weil für eine Bahre kein Platz war in dem Haus, und der Leichenbestatter erst später Zeit fand für sein Werk. Zu viele Opfer hatte der Chamsin gefordert.

Es war das erste Mal, daß Omar so unmittelbar mit dem Tod konfrontiert wurde, und der unter dem weißen Tuch verstorbene tote Moussa erschreckte ihn so, daß er sich zu Hassan flüchtete und schwor, das Haus des toten Moussa nie mehr zu betreten.

»Du Dummkopf!« wetterte der Mikassah. »Glaubst du, er wird sich nachts, wenn in der Wüste die Schakale heulen, erheben und durch die Türe verschwinden oder in den Himmel fahren, wie es die Ungläubigen verkünden?« Und dabei spuckte er in hohem Bogen in den Sand.

Omar schämte sich; er schämte sich, weil er sich fürchtete, und er fürchtete sich vor etwas Unbekanntem. »Was verkünden die Ungläubigen?« fragte er unvermittelt.

»Ach was!« Hassan reagierte unwillig und wischte sich mit dem Ärmel über die Stirn; dann machte er mit dem Kopf eine Bewegung hin zum *Mena House:* »Alles Ungläubige, die Engländer, die Deutschen und die Franzosen. Alles Juden und Christen!« Und dabei spuckte er ein zweites Mal aus, als empfinde er allein bei der Aussprache Ekel.

»Aber du lebst von diesen Ungläubigen!« rief Omar. »Wie kannst du sie verachten?«

»Allah weiß, was ich tue«, erwiderte Hassan, »und er hat bisher nicht zu erkennen gegeben, daß es ihm nicht recht wäre.«

»Also ist es ihm recht.«

Der Mikassah hob die Schultern und drehte die Handflächen nach außen. »Was soll ich machen? Wenn Allah nicht will, daß ich bettle und stehle, dann muß er damit einverstanden sein, daß ich Ungläubigen die Schuhe putze.« Bei diesen Worten begann er auf einmal lautstark mit der Bürste auf seinen Kasten zu schlagen. »*Polishing, polishing, Sir!*«

Ein großer, in eine sandfarbene Khakiuniform gekleideter Herr trat aus dem Hotel und blinzelte in die diffuse Sonne im Westen. Dann sah er an sich herab, ging geradewegs auf Hassan zu und stellte wortlos seinen rechten Fuß auf den Kasten. Hassan begann sein Werk mit theatralischen Bewegungen wie ein Säbeltänzer.

»Ein feiner Herr«, sagte der Mikassah zu Omar, ohne von seiner Arbeit aufzusehen, »das sieht man am Schuhwerk.«

»Ein Ungläubiger mit feinem Schuhwerk!« korrigierte Omar.

Da lachte der feine Herr laut auf, und die beiden erschraken,weil er offensichtlich ihre Sprache verstand, und aus seiner Brusttasche fingerte er eine geschwungene Pfeife, und nachdem er sie liebevoll entzündet hatte, sagte er zu Hassan: »Du kennst viele Leute, Alter?«

Hassan nickte devot: »Viele, *ya Saidi.*«

»Hör zu, Alter«, begann der feine Herr, »ich bin Professor und werde die nächsten Jahre in Ägypten verbringen. Ich suche einen Diener, einen kräftigen jungen Mann, der für mich Botengänge erledigt, meine Frau auf den Markt begleitet, einfach ein Faktotum, verstehst du?»

»Ich verstehe, *ya Saidi.*«

»Kennst du jemanden, der für diese Aufgabe in Frage käme?«

»Man muß nachdenken, *ya Saidi;* aber ich bin sicher, daß ich jemanden finde.«

»Gut«, antwortete der feine Herr und warf dem Mikassah eine Münze zu. »Vielleicht findest du zwei oder drei zur Auswahl. Sie sollen morgen um diese Zeit hier im Hotel sein. Es soll dein Schaden nicht sein.« Grußlos ging er auf eine der schwarzen Droschken vor dem Hotel zu und verschwand.

Omar setzte sich auf Hassans Schuhputzkasten und zeichnete mit dem Finger Schlangenlinien auf das Holz. »Ob er mich nehmen würde, der ungläubige Said?«

»Dich? *Ya salaam* – du lieber Himmel!«

Omar ließ den Kopf hängen. Hassans Reaktion kränkte ihn, und er war den Tränen nahe.

Als er sah, was er angerichtet hatte, faßte der Mikassah den Jungen bei den Schultern und schüttelte ihn wie einen jungen Baum: »He, ist ja gut, ist ja gut!«

Am nächsten Tag döste Hassan vor dem Eingang des *Mena House,* als der vornehme Herr in Begleitung einer Dame auf ihn zutrat: »Ich hoffe, du warst erfolgreich, Alter?«

»*Inscha'allah* – so Gott will!« erwiderte Hassan. »Geht in die Hotelhalle.«

In der Hotelhalle trat den beiden Omar entgegen. Er machte eine eckige Verbeugung und sagte: »*Ya Saidi,* ich bin Euer Diener. Ich heiße Omar.«

Der feine Herr sah die feine Dame an, dann betrachteten beide den Jungen, der etwas verlegen vor ihnen stand und sich sichtlich mühte zu lächeln.

»Du bist der einzige?« fragte die Dame in feinstem Arabisch.

»Ich bin der einzige, *ya Sitti.*«

»Wie alt bist du?«

»Vierzehn, *ya Sitti.*«

»So, vierzehn, und du glaubst alt genug zu sein für diese Aufgabe?«

»Das glaube ich, *ya Sitti.*«

Der feine Herr entzündete umständlich seine Pfeife. »Und was sagen deine Eltern zu diesem Entschluß?«

»Ich habe keine Eltern«, erwiderte Omar, »mein Stiefvater, der mich an Kindes Statt annahm, ist gestorben, und meine Stiefbrüder haben mich davongejagt. Zum Glück hat mir Hassan Unterkunft gewährt; ich hätte nicht gewußt, wo ich bleiben soll.«

Die beiden murmelten etwas in englischer Sprache, das Omar nicht verstand, und dabei schüttelte die feine Dame immer wieder den Kopf. Omar hatte noch nie eine so schöne Dame aus der Nähe gesehen. Sie trug ein langes, purpurlilafarbenes Kleid mit einem ockerfarbenen Spitzenkragen. Die Taille war so eng geschnürt, daß die Hände eines ausgewachsenen Mannes sie umspannen konnten. Unter den Rüschen am Saum des Kleides schauten die geknöpften Stiefeletten in der Farbe des Kleides hervor. Was ihn jedoch am meisten beeindruckte: Ihr Gesicht war weiß und zart und nicht so von der Sonne gegerbt wie das ägyptischer Frauen.

»Also gut«, sagte der feine Herr, »du erhältst zwanzig Piaster Lohn, dazu Kost und Logis. Mach dich bereit, wir brechen morgen nach Luxor auf. Pünktlich um zehn am Hoteleingang.« Und ohne eine Antwort abzuwarten, verschwand das Paar.

*Inscha'allah.* Omar stand festgewurzelt wie ein knorriger Mangrovenbaum, er glaubte zu träumen, und seine Gedanken purzelten durcheinander, und er hörte die Worte des Mikassah: »Dein Leben ist vorgezeichnet wie die Bahn der Gestirne.«

»He, du, verschwinde da!« Die rauhe Stimme des Hoteldieners holte Omar in die Wirklichkeit zurück. Der baumlange Kerl versetzte ihm mit einem Rohrstock einen Schlag auf den Rücken. Es schmerzte nicht; was weh tat, war die Geste, mit der man ihn vertrieb wie einen lästigen Hund.

Vor dem Hoteleingang wartete der Mikassah. »Hassan«, rief Omar, »sie haben mich genommen!«

»Ich weiß«, antwortete dieser und grinste über das ganze Gesicht. In der Hand hielt er zehn Piaster. »Für die Vermittlung.«

In der Nacht schlich Omar zu seinem Versteck hinter Moussas Haus, um das Geld, das er dort gehortet hatte, abzuholen. Das Tuch, in das er die Münzen, Lohn jahrelanger Arbeit, geknotet hatte, wog schwer, und ihn überkam ein Gefühl des Stolzes. Am nächsten Morgen stand er schon früh vor dem *Mena House* und wartete. Zehn Uhr, das war für Omar kein Begriff. Kein Kameltreiber der Welt kennt eine Uhr oder richtet sich danach. Omar kauerte im Schatten der Mauer, die das Hotel umgab, und wartete geduldig, neben sich ein Bündel, in dem seine Habseligkeiten und sein Münzenschatz verstaut waren.

Eine Droschke fuhr vor, und der Said erschien. Hoteldiener brachten Kisten und Koffer mit bunten Bildern darauf und begannen die Droschke zu beladen. Omar trat hinzu und wünschte einen guten Morgen; kaum daß ihn der neue Herr eines Blickes würdigte. Als das gesamte Gepäck verstaut war, erschien die feine Dame in einem enganliegenden Reisekostüm und einem Schirm in der Hand, und der Said half ihr in die Droschke. Omar nahm mit seinem Bündel neben dem Kutscher Platz. Der schnalzte mit der Zunge, und die Pferde trabten los.

Die lange Straße nach Kairo schien endlos, und der Staub, den Kutschen und Fuhrwerke aufwirbelten, färbte die Palmen zu beiden Seiten grau. Lärmend liefen fliegende Händler neben der Droschke her, sprangen auf die Trittbretter und versuchten den Insassen Ketten, Tonfiguren oder Sesamgebäck aufzudrängen, bis der Kutscher mit der Peitsche auf sie einschlug. Und je mehr sie sich der Stadt näherten, desto lauter wurde der Lärm.

Bei den Gärten des Ismail bog die Droschke in die Nilpromenade ein, und Omar sah zum ersten Mal den großen grünen Strom und die Fellukas mit ihren hohen dreieckigen Segeln und Raddampfer, deren Schlote sich nach oben öffneten wie im Blühen begriffene Blumen, und ein Staunen übermannte ihn, daß er kein Wort hervorbrachte. Er nickte nur heftig, ohne sich abzuwenden, als der Kutscher lachend fragte, ob er denn zum ersten Mal Masr-el-Kahira sehe. Omars Welt hatte bisher geendet, wo der Horizont sich mit dem Himmel vereinigte, einen Tagesmarsch um Gizeh herum, und er hatte sich noch nie Gedanken gemacht, was wohl hinter dem Horizont liegen konnte.

Als die Droschke den Nil überquerte, zeigte der Kutscher mit der Peitsche auf die Hotels zur Rechten, vielstöckige Paläste, ganz anders als das *Mena House,* das von Palmen überragt wurde. Überhaupt wiesen hier auf dem rechten Nilufer alle Gebäude mehrere Stockwerke auf. Der Kutscher schien plötzlich verängstigt und stemmte sich mit voller Kraft in die Zügel. »Ein Automobil«, rief er mit einer heftigen Vorwärtsbewegung des Kopfes.

Omar stand auf und reckte den Hals, um das leibhaftige Wunder, das ihnen entgegenkam, besser zu sehen. Er hatte schon gehört, daß es jetzt Kutschen gab ohne Pferde, aber gesehen hatte er so ein Wunderding noch nie. Behäbig, sich schüttelnd und schnaufend näherte sich das Automobil auf niedrigen Rädern. Statt Zügeln hatte der Kutscher ein Lenkrad in den Händen. Bei

Allah, es bewegte sich in der Tat ohne Pferde, wie von Geisterhand gezogen. Kinder liefen lärmend nebenher, andere stellten sich dem Automobil mit ausgebreiteten Händen in den Weg, als wollten sie es mit jener Zauberkraft aufhalten, die das Fahrzeug bewegte. Der Kutscher des Automobils bahnte sich einen Weg, indem er Knallkörper auf die Straße warf, so daß die Kinder schreiend Reißaus nahmen. Das aber machte die Droschkenpferde scheu, und der Mann auf dem Kutschbock hatte alle Mühe, sie am Zügel zu halten.

»Es wird noch die Zeit kommen«, knurrte er unwillig, als das Vehikel vorbei war, »da wird man keine Pferde mehr brauchen. In Amerika, da gibt es heute schon Automobile, die haben soviel Kraft wie hundert Pferde. Hundert Pferde, hörst du? Weißt du, was hundert Pferde fressen? In ganz Kairo findest du keinen einzigen Droschkenbesitzer mit hundert Pferden!«

Omar nickte. Das alles ging über seine Vorstellungskraft: hundert Pferde vor einer Kutsche.

»In Amerika«, begann der Kutscher von neuem, »in Amerika stellt einer dreihunderttausend Automobile her – jedes Jahr. Kannst du dir das vorstellen?« – Omar schwieg, er konnte sich weder vorstellen, wo Amerika lag, noch konnte er sich die Zahl von dreihunderttausend Automobilen vorstellen; es machte ihm Schwierigkeiten genug, das, was er sah, zu begreifen.

Auf dem Platz vor dem Bahnhof drängten sich die Wagen, dazwischen feingekleidete Menschen in Eile, in der Hauptsache Europäer. Ägypter in heimischer Tracht oder livrierte Diener mit Koffern, Kisten und Truhen bahnten sich einen Weg, indem sie laute Schreie ausstießen wie Kamele, die mit dem Nabut gezüchtigt werden. Wo kein Weiterkommen war für die Fremden, nahmen Diener kleine Stöckchen zu Hilfe und schlugen auf die Drängenden ein. Es roch nach Staub, Pferdemist und süßlichem Gebäck, das von kleinen Jungen auf eisernen Öfchen gebacken wurde.

Kaum war die Droschke zum Stehen gekommen, umringte sie ein gutes Dutzend Kofferträger, und ein jeder versuchte sich ein Gepäckstück zu angeln, so daß die Kutsche im Nu entladen war. Erst jetzt stiegen die Herrschaften aus.

»Platz da für den Professor aus England!« rief der Kutscher und schwang, während er vorausging, seine Peitsche. »Platz da für Professor Shelley und seine Frau.« Doch weder das Rufen noch die Peitsche zeigten Wirkung, so daß es eine ganze Weile dauerte, bis die Reisegesellschaft sich einen Weg zum Bahnhofsgebäude gebahnt hatte.

Der Bahnhof aus weißen und roten Steinen sah aus wie ein Schloß. Türmchen, Erker und spitze Fenster mit rot-blauen Glasscheiben vermittelten den Eindruck, als ob hier ein mächtiger Pascha residierte. »Platz da für Professor Shelley und seine Frau!« wiederholte der Kutscher immer wieder, und Omar erfuhr auf diese Weise zum ersten Mal den Namen seines neuen Herrn, den er bis dahin noch nicht gekannt hatte. Da wurde gedrängt und geschubst und geschoben, und die Sitti stieß in unregelmäßigen Abständen spitze Schreie aus und rief: »O Gott, o Gott!« Dort, wo das Drängen und Schieben noch an Heftigkeit zunahm, trennte ein eisernes Gatter den für jedermann zugänglichen Teil des Bahnhofs von den Bahnsteigen, welche den Reisenden vorbehalten blieben. Rot und grün uniformierte Bahnbeamte, denen goldene Kordeln auf der Brust eine gewisse Würde verliehen, versperrten die schmalen Durchlässe und gewährten nur dem Zutritt, der ein Billett vorweisen konnte; und zum ersten Mal betrat Omar einen Bahnsteig.

Ein Ungetüm aus Eisen, schwarz, hoch wie ein Haus und mit roten Rädern dampfte, zischte und spuckte vor sich hin und ließ bisweilen einen Wasserstrahl zwischen die Geleise schießen wie ein breitbeiniges Kamel nach der Tränke. Dabei gab das Gerät metallische Laute von sich, wie sie Omar noch nie gehört hatte. Gleich hinter dem Kohlenwagen der Lokomotive waren die gelb und rot bemalten Coupes erster Klasse. Herren in weißen Anzügen und mit breitkrempigen Hüten und feine Damen in bunten Kleidern standen davor und parlierten, während von den Dienern das Gepäck verstaut wurde. Zeitungshändler riefen Schlagzeilen aus, Nüssehändler priesen ihre Kerne, und Losverkäufer riefen, immer wieder von den uniformierten Kondukteuren verscheucht, Gewinnchancen aus bis einhundert Pfund.

Omar raffte seine Galabija und kletterte in das Coupé, das dem Professor von einem Uniformierten zugewiesen wurde. Die Kofferträger reichten das Gepäck durch das Fenster. Das alles geschah ganz ohne Hektik, denn wie auf jedem Bahnhof der Welt gab es auch in Kairo festgesetzte Abfahrtszeiten, aber die galten nur als Anhaltspunkt; ein Zug fuhr erst dann, wenn wirklich alle Fahrgäste Platz genommen hatten.

In dem Coupé roch es nach lackiertem Holz, nach Samt und frischgestärkten Spitzendecken. Spiegel mit silbernen Knöpfen zierten die Holzwände in Kopfhöhe, unter dem Fenster war ein Tisch herausklappbar, ein Schrank in der Ecke entpuppte sich, wenn man dagegen tippte, als drehbares Waschbecken, weiße Spitzenvorhänge standen zu den roten, mit tiefen Knöpfen versehenen Polstern in starkem Kontrast. Omar konnte sich gar nicht satt sehen, und er erwachte wie aus einem Traum, als ihm der Kondukteur in den Rücken buffte und eine abwiegelnde Handbewegung machte: »Ab nach hinten, die letzten beiden Wagen sind die Coupés vierter Klasse.«

Einen Augenblick hatte Omar geträumt, wie ein Said im Coupé erster Klasse zu reisen; aber er war nicht traurig, auch die Reise im Coupé vierter Klasse schien aufregend genug. Beim Aussteigen trat ihm der Professor entgegen, er hielt eine lange schwarze Zigarre und blies eine große graue Wolke von sich.

»Und vergiß nicht«, rief er hüstelnd, »in Luxor aussteigen. Sonst landest du in Assuan!«

Omar nickte. »Schon gut, *ya Saidi.*«

Der letzte Waggon war überfüllt mit Kisten und Bündeln. Käfige mit Kleingetier und Geflügel hingen an den Wänden und verbreiteten ätzenden Gestank. Glücklich, wer auf einer der Holzbänke Platz fand. Die meisten hockten auf ihrem Gepäck, und es gab kein Durchkommen zur Mitte hin. So blieb Omar nichts anderes übrig, als sich neben der Tür auf seinem Bündel niederzulassen.

Türenschlagen und laute Abschiedsrufe entlang des Bahnsteiges kündigten die Abfahrt des Zuges an. Ein schriller Pfiff gellte durch die Bahnhofshalle, und langsam, kaum merklich zuerst, unter Ächzen und Schnaufen, nahm die Eisenbahn Fahrt auf. Durch die offenen Fenster zog stickige Luft. Omar war aufgeregt wie noch nie in seinem Leben, weil der Zug immer schneller wurde und der zerbrechliche hölzerne Waggon in den Geleisen hin und her geworfen wurde wie ein Spielball und die Häuser der großen Stadt vorbeiflogen, leicht wie Vögel.

Omars Hauptinteresse galt den Geleisen der Dampfeisenbahn. Er konnte es sich einfach nicht vorstellen, daß diese Geleise endlos seien und bis ins ferne Luxor, ja bis nach Assuan reichten und zu den Stromschnellen des Nils, von denen er schon gehört hatte; nein, er befürchtete, irgendwo am Rand der Wüste würden die Geleise enden und der Zug würde umstürzen und alle unter sich begraben.

Schließlich gewann die Dampfeisenbahn so schnell an Fahrt, daß ein Reiter zu Pferd ihr nicht hätte folgen können und daß ein Bremsen außerhalb jeder Möglichkeit lag, falls ein Kamel oder ein Büffel die Geleise blockierte. *Inscha'allah.* Um der rasenden Fahrt zu entgehen, verbarg der Junge den Kopf in seinen auf die Knie gestützten Unterarmen. So dämmerte er verängstigt vor sich hin. Nur einmal blickte Omar kurz auf, als im Waggon ein vielfaches »Ah« und »Oh« zu hören war, weil die Dampfeisenbahn sich dem Nilufer näherte und die Menschen auf den Schiffen, die stromauf und stromab kreuzten, den Reisenden mit bunten Tüchern zuwinkten.

Irgendwann mußte Omar wohl eingeschlafen sein. Das monotone Rattern und Schaukeln des Zuges half dabei nach, so daß er unerwartet hochschreckte, als die eisernen Bremsen kreischten, und die Dampfeisenbahn in eine Station einfuhr. »Beni Suef! Beni Suef!« rief der Kondukteur am Bahnsteig laut wie ein Muezzin, während Menschentrauben die Eingänge stürmten. Kaum jemand hatte die Eisenbahn verlassen, aber Hunderte drängten in den überfüllten Zug. Vor allem die Coupés dritter und vierter Klasse waren dicht umlagert, und Omar rückte sein Bündel noch dichter an das seines Nachbarn. Gestank und Hitze raubten ihm den Atem, aber die rauhen Burschen, kräftige Männer mit sonnengegerbter Haut, schoben und drückten, bis der letzte die Plattform erklommen hatte, darunter viele Halbwüchsige.

Der Zug hatte bereits seine Fahrt wieder aufgenommen, da fühlte Omar einen Stoß in der Seite. Er drehte sich um und blickte in das Gesicht eines hellhäutigen Mädchens.

»Hier, nimm«, sagte das Mädchen, und Omar griff nach dem Stöckchen, mit dem ihn das Mädchen angestubst hatte. Dann zog es ein weiteres Stöckchen aus ihrem Gewand hervor und begann zur Demonstration darauf herumzubeißen.

»Was ist das?« erkundigte sich Omar.

»Zuckerrohr«, erwiderte das Mädchen und spuckte ein paar Fasern des Zuckerrohrs von sich.

Omar versuchte das Unbekannte. Es schmeckte säuerlichsüß und löschte vorzüglich den Durst. Er nickte. »Gut«, sagte er. »Danke.«

»Kannst mehr haben, wenn du willst, ich habe genug davon.« Und damit zog es das lange Tuch beiseite, das es um Hals und Kopf geschlungen hatte und das von der Brust bis zum Boden reichte. In einer Art Schürze befand sich ein ganzes Bündel Zuckerrohr.

»Wir kommen von der Zuckerrohrernte. Alle hier kommen von der Zuckerrohrernte. Sie zahlen drei Piaster am Tag, Kindern die Hälfte.«

Omar betrachtete das Mädchen, und das Mädchen merkte, was im Kopf des Jungen vor sich ging. »Jetzt willst du wissen«, sagte es, »ob ich drei oder nur eineinhalb Piaster Lohn bekommen habe, stimmt's?« Und ohne Omars Antwort abzuwarten, fuhr es fort: »Drei Piaster. Ich habe in diesem Jahr zum ersten Mal drei Piaster bekommen. Macht zweiundvierzig in zwei Wochen. Und zusammen mit meinem Vater vierundachtzig Piaster.« Und dabei zeigte es mit dem Finger auf einen glatzköpfigen Mann, der an einer eisernen Haltestange schwitzend vor sich hin döste.

»Ich bin sechzehn«, sagte das Mädchen, »und du?«

»Vierzehn.«

»Ich heiße Halima, und du?«

»Omar.«

Halima zog das Tuch von ihrem Kopf, und Omar sah ihr glattes, schwarzes Haar.

»Woher kommst du?« fragte Halima.

Omar antwortete: »Ich komme aus Gizeh und fahre nach Luxor . . .«

»Nach Luxor!« Halima klatschte in die Hände. »Ich bin aus Luxor, genauer aus El-Kurna. Was tust du in Luxor?«

»Ein englischer Said hat mich aufgenommen. Er braucht einen Diener.«

»Ein Diener bist du also.« Das Mädchen schob die Unterlippe vor und nickte anerkennend. »Und was macht der englische Said in Luxor?«

Omar hob die Schultern: »Ich weiß nicht, er ist Professor.«

Da begannen Halimas Augen wild zu funkeln, und auf ihrer Stirne bildete sich eine senkrechte Falte. »Ganz Luxor ist voll von Ausgräbern. Sie kommen von überallher, aus England, aus Deutschland, aus Frankreich, sogar aus Amerika. Sie tragen alles fort, diese Halunken.«

Der Junge verstand Halimas Aufregung nicht. In Gizeh waren Ausländer sehr beliebt. Sie brachten Geld ins Land. Alle Kameltreiber in Gizeh lebten von den Ausländern. Omar konnte sich nicht erinnern, jemals einen Ägypter auf seinem Kamel zu den Pyramiden gebracht zu haben. So hielt er es für besser zu schweigen.

Die Sonne näherte sich dem Mittag, und die Hitze im Waggon wurde unerträglich. Zur Linken wälzte sich der Nil lindgrün und träge, zur Rechten pflügten Bauern ihre staubbraunen, abgeernteten Felder, dahinter flimmerte die endlose Weite der Wüste.

In Minia, wo der Zug zum zweiten Mal hielt, bot sich das gleiche Bild von Geschäftigkeit. Händler priesen Seife und Ölkuchen an, mit großen Trageschildern wurde für das Hotel *Savoy* und die Pension *Ibn Khasib* geworben. Wer das Glück hatte, nahe den Türen zu sein, stieg aus, um sich die Beine zu vertreten oder eine Handvoll Wasser aus dem dicht umlagerten

Bahnhofsbrunnen zu schöpfen. Omar war jedoch so in der Mitte des Waggons eingekeilt, daß an Aussteigen nicht zu denken war.

»Wie lange ist es noch bis Luxor?« fragte Omar, als die Eisenbahn sich wieder in Bewegung setzte.

Halima lachte. »Du wirst dich gedulden müssen. Die nächste Station heißt Assiut, das ist etwa die Hälfte.«

Omar wischte sich mit dem Ärmel den Schweiß von der Stirn. Er war hundemüde, und es fiel ihm schwer, die ständigen Fragen des Mädchens zu erwidern, bis auch Halima nachgab und beide mit den Schultern aneinandergelehnt einschliefen.

In der Abenddämmerung überquerte die Eisenbahn bei Nag Hammadi den Nil. Das Gitterwerk der Brücke dröhnte laut, und Omar und Halima fuhren hoch. Der Fluß und die Kühle der Nacht machten den Aufenthalt erträglicher. Endlich, gegen Mitternacht, erreichte der Zug Luxor.

Jetzt, wohlig an Halima gelehnt, hätte Omar noch weiterfahren wollen, aber nun drängten die Fahrgäste ungestüm ins Freie.

»Du besuchst mich doch?« rief Halima im Gedränge beim Aussteigen.

»Aber ich weiß doch gar nicht, wo du wohnst, Halima!«

»In Schech abd el-Kurna, auf der anderen Seite des Flusses. Frage nach Yussuf. Meinen Vater kennt jeder!« Dann war das Mädchen verschwunden.

Omar bahnte sich einen Weg nach vorne zu den Coupés erster Klasse. Immer wenn der Nachtzug in Luxor eintraf, schien es, als wäre die ganze Stadt auf den Beinen. Schwarzgekleidete Mütter wiegten ihre Kinder in den Armen, Halbwüchsige boten sich als Kofferträger an, Hoteldiener mit Glöckchen priesen ihre Herbergen, ein Blinder entlockte seiner Kamanga mit dem Bogen klagende Töne, ohne daß ihm jemand eine Münze zusteckte; es gab kaum ein Durchkommen, und selbst die Geleise waren von Menschen, von Eseln und Handkarren belagert.

Vorne an den Waggons erster Klasse war das Gedränge erträglich, und das Hotel, in dem der Professor abstieg, hatte Träger geschickt, die sich um das Gepäck kümmerten. Der Said befahl Omar, mit den Trägern zu gehen, sie würden ihm seine Unterkunft anweisen. Er selbst und die Sitti bestiegen eine Kutsche.

»He, pack an!« Einer der beiden Träger puffte Omar in die Seite. »Oder ist der Effendi zu fein dazu?«

»Nein, nein«, brummte Omar und wuchtete das Gepäck des Professors in einen zweirädrigen Karren, vor den ein Esel gespannt war. Obenauf warf er sein eigenes Bündel, und schließlich tat er es den beiden anderen gleich und stieg zu.

In den Straßen von Luxor herrschte Dunkelheit. Es gab keine Straßenbeleuchtung, und die Eseltreiber und Kutscher stießen in Abständen spitze Schreie aus, um Entgegenkommende zu warnen. So erreichten sie wohlbehalten das Hotel *Winter Palace*.

Der Professor und seine Frau logierten im linken Seitentrakt, und nachdem Omar das Gepäck abgeliefert und den Herrschaften angenehme Ruhe gewünscht hatte, ging er durch den finsteren Park des Hotels zu einem von hohen Oleanderbüschen verdeckten Holzhaus, das dem Hotelpersonal und dem Personal der Gäste als Unterkunft diente.

Der winzige Raum, in den Omar eingewiesen wurde, bot, soweit man das in der Dunkelheit erkennen konnte, sechs doppelstöckigen Betten Platz; kaum daß er sein Bündel Gepäck unterzubringen vermochte. Aber Omar war todmüde, er kroch auf eines der Lager und schlief sofort ein.

Der nächste Morgen. Luxor leuchtet, wenn die Sonne über der östlichen Hügelkette aufgeht. Dann werfen die Bäume lange Schatten, und am jenseitigen Ufer des Nils glühen die Felswände rot wie Feuer. Den schönsten Blick hat der Reisende von der Terrasse des Hotels *Winter Palace*. Dort traf sich die feine Gesellschaft zum Frühstück, man las die Zeitungen, empfing Post und tauschte Neuigkeiten aus, die Herren im weißen Anzug, die Damen in pastellfarbenen Reisekostümen und breiten Hüten.

Neuankömmlinge wie Professor Shelley und seine Frau boten anregenden Gesprächsstoff, vor allem für die große Zahl der wohlhabenden Nichtstuer, die in Luxor wegen des milden Klimas Herbst und Winter verbrachten. Beinahe täglich gab irgendwer irgendwo eine Gesellschaft, und wer auf sich hielt, mußte dort erscheinen. Einmal im Monat pflegte Mustafa Aga, der britische Konsul in Luxor, ein Fest zu feiern, das an diesem Abend stattfand – Aufregung genug für den Tag.

Professor Shelley grüßte höflich, als er vielbeachtet einem Tisch zustrebte, an dem ein Mann Platz genommen hatte, der sich von der übrigen Herrschaft sichtbar unterschied. Er trug einen ausgebeulten grauen Anzug und eine schwarze Fliege. Sein kurzes schwarzes Haar wirkte ebenso ungepflegt wie der kraftvolle Schnauzbart, und sein Gesicht war von der Sonne gebräunt wie das eines Einheimischen, was als äußerst unvornehm galt zu dieser Zeit.

»Mr. Carter?« fragte Shelley.

Der Gefragte erhob sich: »Howard Carter.«

»Ich bin Professor Shelley, und das ist meine Frau Claire.«

Nach dem Austausch britischer Höflichkeiten und allgemeiner nichtssagender Bemerkungen über die anstrengende Reise und das Wetter zog Shelley einen Brief aus der Tasche und legte ihn vor Carter auf den Tisch. Der las den Absender »Highclere Castle«, und als kenne er den Inhalt des Schreibens, schob er es unbeachtet in seine Jackentasche.

»Ich will es kurz machen«, sagte Shelley, ohne auf den Vorgang zu achten, »ich komme im Auftrag des *Egypt Exploration Fund.*«

Carter nickte. »Und der Grund, Professor?«

Shelley rückte näher und redete mit leiser Stimme: »Man ist ungehalten in London. Es wurde auch harte Kritik gegen Sie laut, Mr. Carter.«

»Sie glauben doch nicht, daß ich . . .«

»Was ich glaube, ist nicht maßgebend, Mr. Carter«, unterbrach der Professor, »ich bin nur vom *Fund* geschickt, um die Angelegenheit – wenn möglich – aufzuklären. Sie müssen Verständnis zeigen für die Herren, schließlich haben sie eine Menge Geld investiert . . .«

»Geld!« Carter lachte verächtlich.

»Tatsache ist, daß Pläne im Umlauf sind, die aufs Haar jenen gleichen, die Sie im Tal der Könige erstellt haben.«

»Ich habe auch in Tell el-Amarma gezeichnet.«

»Und eben diese Pläne kann man ebenfalls auf dem schwarzen Markt kaufen!«

Carter erstarrte. Er blickte ungläubig und schlug die Hände vors Gesicht. »Das wußte ich nicht«, stammelte er resigniert.

»Verstehen Sie jetzt das Mißtrauen im *Fund*? – Nun lassen Sie den Kopf nicht hängen, schließlich gibt es noch keinen Beweis gegen Sie. Ihre Pläne sind einfach zu gut, Carter. So gut, daß sie den Grabräubern als Wegweiser dienen.«

»Das ist doch verrückt«, erregte sich Howard Carter. »Hätte ich ungenaue Pläne gezeichnet, so hätte man mich wegen schlechter Arbeit entlassen. Nun sind meine Karten zu präzise, und nun übt man ebenfalls Kritik. Verrückt ist es, hören Sie!«

»Von Kritik kann keine Rede sein«, unterbrach der Professor. »Vielleicht gelingt es mir, die Sache aufzuklären. Ich wünsche es uns beiden.«

»Was wollen Sie tun?«

»Ich komme nicht als Ausgräber. Ich bin ein Reisender, der in Luxor seinen Urlaub verbringt, und ich werde mich verstärkt für antike Funde interessieren, vielleicht sogar etwas kaufen. So etwas spricht sich schnell herum. Habe ich erst einmal die nötigen Kontakte geknüpft, werde ich zu erkennen geben, daß ich auch an größeren Objekten interessiert bin.«

Carter sah auf: »Das ist gut!« sagte er nachdenklich.

Und deshalb sollten wir uns möglichst nicht kennen, verstehen Sie?«

Carter nickte und rührte in seinem Kaffee. »Es ist wirklich grotesk. Noch vor ein paar Jahren sollten alle Ausgrabungen im Tal der Könige eingestellt werden. Die Deutschen behaupteten, alles, was dort entdeckt werden könne, sei bereits entdeckt worden. Aber dann kamen die Franzosen, und sie entdeckten gegenüber, in jenem Seitental, wo Belzoni vor achtzig Jahren auf das Sethos-Grab gestoßen war, das Amenophis-Grab mit den Mumien von Amenophis, Thutmosis, Sethos, Merenptah und Siptah, und seither ist dort drüben der Teufel los. Beinahe täglich gibt es neue Gerüchte von unglaublichen Entdeckungen, von Schätzen und Reichtümern. Und diese ziehen allerlei Gesindel an. Ich gehe nie ohne Gewehr durch das Tal. Sehen Sie sich doch hier einmal um.«

»Sie meinen . . .«

»Die gepflegten Anzüge und die feinen Manieren täuschen, Sir, ich möchte nicht wissen, wie viele Jahrzehnte Gefängnis hier auf der Terrasse herumsitzen.«

Howard Carter pflegte stets eine sehr direkte Sprache, was ihm, man kann sagen, nicht gerade Freunde schaffte; ja, er galt deshalb als Sonderling und Einzelgänger und war auch nicht sehr beliebt. Mrs. Shelley jedoch faszinierte der wilde Engländer, und sie begann ungeniert die Gäste auf der Hotelterrasse auf mögliche Vorstrafen zu mustern.

»Liebste, bitte!« ermahnte der Professor seine Frau, und an Carter gewandt fuhr er fort: »Und Sie, sagen Sie Ihre ehrliche Meinung, erwarten Sie im Tal der Könige noch einen spektakulären Fund? Ich meine, die Altertumswissenschaft lebt nicht von Gerüchten . . .«

»Aber auch nicht von Akten und klugen Aufsätzen!« entgegnete Carter blitzschnell. »Der *Egypt Exploration Fund* mag zwar erlauchte Köpfe in seinen Reihen haben, aber ägyptische Geschichte wird nicht in London gemacht, nicht in Paris oder in Berlin« – Carter wies mit dem Daumen über die Schulter –, »Geschichte wird, wenn überhaupt, da drüben gemacht, im Dreck, im Geröll und bei vierzig Grad im Schatten – wenn Sie verstehen, was ich meine.« Und unvermittelt fragte er: »Sie sind zum ersten Mal hier?«

»Ja«, erwiderte Shelley, und Carter fuhr fort: »Sehen Sie, ich war siebzehn, als ich zum ersten Mal hierherkam, und seither hat mich dieses Land und seine Vergangenheit nicht mehr losgelassen. Ich habe seither hier gelebt, gearbeitet und ich habe

Erkenntnisse gewonnen, die Ihnen weder Oxford noch Cambridge vermitteln kann. Das Leben hier macht nicht reich, höchstens reich an Erfahrungen. Die Altertumswissenschaft ist eben ein schönes Mädchen ohne Mitgift.«

Der Professor lächelte: »Sie haben meine Frage nicht beantwortet.«

Carter wurde nachdenklich: »Ob ich noch einen spektakulären Fund erwarte?« Er blickte auf, sah hinüber zum anderen Ufer des Nils, und über seine Mundwinkel huschte ein süffisantes Lächeln. »Ich müßte«, sagte er, ohne den Professor anzusehen, den Blick nach drüben gewandt, »ich müßte verrückt sein, wäre ich nicht überzeugt, daß dort etwas liegt, das mich mit einem Schlag berühmt macht.«

Shelley sah seine Frau an, und die rief entzückt: »Erzählen Sie, Mr. Carter, erzählen Sie, bitte!«

Für einen Augenblick hatte Howard Carter die Selbstbeherrschung verloren, eine Andeutung gemacht, die ihm schon wieder leid tat; aber nun hatte er sich sofort in der Gewalt und versuchte die Bemerkung herunterzuspielen: »Wissen Sie, ein Ausgräber wie ich nährt seine Hoffnung mit Mosaiksteinchen. Je mehr Mosaiksteinchen er findet, desto näher kommt er seinem Ziel. Das schlimme ist, daß Mosaiksteinchen zunächst mehr Fragen aufwerfen als Erkenntnisse vermitteln. Doch dann macht man einen Fund, um im Bild zu bleiben, man findet ein weiteres Steinchen, unscheinbar zunächst wie alle anderen, aber dieses unscheinbare Mosaiksteinchen liefert auf einmal die notwendige Erkenntnis, aus der ein Ganzes zu rekonstruieren ist.«

Mrs. Shelley sah Carter angestrengt an.

»Ich will Ihnen ein Beispiel erzählen. Der Eingang zum Grab der Königin Hatschepsut war seit hundert Jahren bekannt. Aber es gab keine Inschriften, keine Reliefs, keine Zeichnungen, so daß niemand ahnen konnte, wohin der Zugang führte. Das Gestein war brüchig und der Gang mit Schutt angefüllt, zudem wand er sich wie eine Schnecke. Napoleon begann den Schutt wegzuräumen, nach sechsundzwanzig Metern gab er auf. Dann kamen die Deutschen, sie gruben zwanzig Meter weiter, dann kapitulierten auch sie. Für eine Höhle, deren Zweck man kannte, schien der Aufwand zu hoch. Als ich das Grab Thutmosis IV. fand, entdeckte ich im Schutt einen blauen Skarabäus mit dem Namen der Königin Hatschepsut. Das machte mich neugierig. Ich beschäftigte mich mit der legendären Königin und kam zu der Gewißheit, daß auch ihr Grab irgendwo in dieser Gegend zu finden sein müsse. Aber wo sollte ich ansetzen? Eines Tages stocherte ich mit meinem Stock im Geröll herum. Ich befand mich unmittelbar vor dem Höhleneingang, an dem sich schon Napoleon versucht hatte. Und was sehe ich da? Einen abgeflachten Stein mit dem Namen Hatschepsuts. Für mich gab es keinen Zweifel, daß dieser Stein mit dem Schutt aus dem unbekannten Grabgang geräumt worden war. Also mußte es sich um das Grab der Königin Hatschepsut handeln.«

»Und«, fragte Mrs. Shelley ungeduldig, »hat sich Ihre Vermutung bestätigt?«

Howard Carter klopfte unsichtbaren Staub von seinem Anzug, als wollte er den Eindruck vermitteln, es habe sich dabei um eine belanglose Sache gehandelt. Schließlich antwortete er: »Ja, meine Vermutung erwies sich als richtig, wenn auch das Resultat meiner Entdeckungen den Aufwand in keiner Weise rechtfertigte. Wir mußten Luftschläuche legen und uns durch drei Vorkammern hindurcharbeiten, bis wir nach über zweihundert Metern endlich auf die Grabkammer stießen.«

»Und?«

»Nichts und. Sie war leer, wie alle Pharaonengräber, die bisher entdeckt wurden. *Inscha'allah.*«

»Sie sagen das, als machte es Sie traurig«, wandte Claire Shelley ein.

»Traurig?« Carter stellte ein gequältes Lächeln zur Schau. »Ich habe meinen Posten verloren. Wie würden Sie empfinden, wenn Sie von heute auf morgen auf der Straße stünden?«

»Verzeihen Sie, das habe ich nicht gewußt!«

»Schon gut«, knurrte Carter, »Sie können mir glauben, es war kein Vergnügen. Ich habe mich jahrelang über Wasser gehalten, indem ich Postkarten malte für die Touristen, einen Piaster das Stück. Hier vor dem Hotel stand ich Tag für Tag wie ein Bettler, und an manchem Tag ging ich mit zwei Piastern nach Hause. Das war kein Honiglecken.«

Von Süden her wehte ein warmer Wind, der die rot-weißen Markisen, mit denen die Hotelterrasse gedeckt war, zum Flattern brachte. Flußaufwärts zog ein weißer Nilsegler mit hohem dreieckigem Segel; er steuerte die Anlegestelle an, die unmittelbar vor dem Hotel lag, und erregte höchste Aufmerksamkeit bei der vornehmen Gesellschaft.

»Sicher wieder so ein schrulliger Amerikaner«, bemerkte Howard Carter, »sie kommen über das Land wie die Heuschrecken, und jeder, der auf sich hält, chartert bei Thomas Cook eine Dahabija. So ein Hausboot kostet hundert Pfund im Monat. Dafür muß einer wie ich ein Jahr lang im Dreck wühlen und bis zur Selbstaufgabe Scherben zusammentragen.«

Shelley nickte zustimmend: »Die Amerikaner scheinen Ägypten entdeckt zu haben, seit Amelia Edwards auf Vortragsreise in den USA war. Wissen Sie eigentlich, daß es sogar eine amerikanische Sektion des *Egypt Exploration Fund* gibt?«

»Ich weiß. Mein Lehrmeister Flinders Petrie hat oft von Lady Amelia erzählt. Sie war auf ihre Weise genial, verstand sie es doch, ihre Forschungen bestmöglich zu vermarkten.«

»Ein Talent, das Ihnen abgeht«, stellte der Professor nüchtern fest.

»Sie sagen es. Sie sagen es.«

Von Süden näherte sich mit hoher Geschwindigkeit der Postdampfer aus Assuan. Er stieß schwarze Rauchwolken und unregelmäßige Heultöne aus, damit die weiße Dahabija, die soeben anzulegen im Begriff war, den Steg freimache.

»Sehen Sie«, sagte Carter und zeigte auf die Flagge am hinteren Mast des Schiffes. »Amerikaner!« Das Schiff hatte einen Aufbau mit schmalen hohen Fenstern und achtern eine verglaste Galerie, hinter der man einen Bibliotheksraum erkennen konnte. »*Seven Hathors*« stand in goldenen Lettern am Heck zu lesen.

»Das Schiff hat sich Henry Sayce bauen lassen«, bemerkte Howard Carter. »Es hat eine eigene Bibliothek an Bord mit zweitausend Büchern. So viele Bücher gibt es in ganz Oberägypten nicht!« Und zum ersten Mal lachte der sonst so ernste Mann herzlich. Auch Shelley lachte: »Viele meinten, Sayce schenke dem Luxus mehr Aufmerksamkeit als der Wissenschaft, aber ich frage Sie, Carter, wo steht geschrieben, daß Ausgräber wie Maulwürfe leben müssen? Oder gibt es einen Beweis dafür, daß der Erfolg eines Ausgräbers abhängig ist von seiner Armut?«

»O nein!« rief Carter verbittert. »Gewiß nicht, denn dann müßte ich wohl einer der erfolgreichsten sein.«

Während die *Seven Hathors* am Ufer vertäut wurde und der Postdampfer sich mit heftigen Schlägen der Schaufelräder dem Anlegesteg näherte, wurde es vor dem Hotel *Winter Palace* lebendig. Gepäckträger drängten mit Handkarren durch die Menge, Tee- und Limonadenverkäufer priesen Getränke an, und wie auf ein Kommando preschten alle Pferdedroschken von Luxor gleichzeitig heran. Zerlumpte Betteljungen, jeden Europäer mit hohler Hand um Bakschisch anstoßend, und schwarzgekleidete Mütter mit auf den Rücken gebundenen Kindern, dunkelhäutige Straßenmädchen, die sich mit einem Zungenschnalzen den Männern anboten, der Postmeister in gelber Uniform mit Goldknöpfen, und Hoteldiener in weißer Galabija und rotem Fez, sie alle riefen laut durcheinander, drängten, stießen und pufften, als spielte sich hier das wichtigste Ereignis ihres Lebens ab.

»Sehen Sie«, sagte Carter an Mrs. Shelley gewandt, »das ist Ägypten, das ist das Leben. Sie werden das vielleicht nicht verstehen, aber ich könnte mich nicht mehr in der Londoner Oxford Street in eine Schlange stellen und auf eine Droschke warten. Ich glaube, ich würde sterben. Ich lebe zwanzig Jahre in diesem Land, ich brauche diesen Trubel, das Geschrei und den Gestank von Kamelmist. Gewiß, die Themse ist ein respektabler Fluß, aber was ist sie gegen den Nil! Ist er nicht der aufregendste Strom der Welt, wild und träge, ungestüm und gezähmt, Kloake ebenso wie Traumstrand? Man kann dieses Land nur lieben oder hassen, und ich liebe es.«

Wie der sonst so trockene, beinahe spröde Mann auf einmal ins Schwärmen geriet, das war faszinierend, und irgendwie konnten Shelley und seine Frau ihn auch verstehen: Das Land und seine Menschen schlagen jeden Europäer in seinen Bann, und Europa, Großbritannien, schienen weit weg auf der anderen Seite der Erde.

»Haben Sie überhaupt mitbekommen, daß Seine Majestät, der König, verstorben ist?« fragte Shelley unvermittelt.

Carter lachte: »Sie dürfen nicht glauben, daß wir hier auf einem anderen Stern leben! Der Postdampfer aus Kairo kommt zweimal die Woche und bringt die neuesten Zeitungen aus aller Welt. Es lebe Seine Majestät, König Georg der Fünfte.« In Carters Worten lag ein Hauch von Ironie, der erkennen ließ, daß er gewiß kein Monarchist war.

»Es sind unruhige Zeiten in Europa«, bemerkte der Professor, »und niemand weiß, wie die Deutschen auf unsere Annäherung an Frankreich reagieren werden.«

»Vermutlich genauso negativ wie die Ägypter«, erwiderte Carter. »Die Einigung zwischen Frankreich und Großbritannien, Marokko den Franzosen und Ägypten den Engländern zu überlassen, wurde hier als Kuhhandel aufgefaßt und hat den Nationalismus nur noch mehr geschürt. Ich glaube, es ist nur eine Frage der Zeit, wann es zu einem erneuten Aufstand wie unter Arabi Pascha kommt. Der Mord an Premierminister Boutros Pascha Ghali zu Beginn des Jahres kann nur ein Alarmzeichen sein. Er wurde das Opfer ägyptischer Nationalisten.«

»Aber wir haben einen Generalkonsul in Kairo, er hat die Oberaufsicht über Ägypten!«

Carter lachte: »Das mag vielleicht für Lord Cromer gegolten haben, aber seit Sir Eldon Gorst dieses Amt innehat, herrscht hier das Chaos.«

»Sir Eldon ist ein schwerkranker Mann.«

»Das ist bekannt und sehr bedauerlich; aber im Vertrauen, Gorst hat weder die Autorität wie Cromer, noch verfügt er über dessen Einfluß, der nötig wäre, um die Gegensätze in diesem Land zu überbrücken. Bedenken Sie, bis vor wenigen Jahren herrschte in Ägypten noch das Gesetz der Peitsche. Mit der Karbatsche wurden die wahnwitzigen Steuern eingetrieben und Aussagen vor Gericht erpreßt. Offiziell ist die Peitsche abgeschafft, aber in entlegenen Gegenden, wo sich die arme Bevölkerung nicht zu beklagen wagt, gebrauchen die Beamten die Peitsche noch immer. Das ist ein offenes Geheimnis.«

»Man muß diese Fälle publik machen!« rief Professor Shelley empört, und seine Frau, die Carters Worten atemlos zugehört hatte, nickte zustimmend.

»Publik machen, wozu? Es weiß ohnehin jeder, und viele meinen, es sei sogar ein Fehler gewesen, die Peitsche abzuschaffen. Viele sahen darin ein Zeichen von Schwäche der Regierung. Die Mudirs, die Provinzgouverneure, und ihre Polizisten haben an Autorität verloren, die Zahl der Verbrechen steigt ständig, und die Steuermoral ist, seit nicht mehr mit der Peitsche nachgeholfen wird, auf dem Tiefpunkt. Wer dieses Land regieren will, braucht die Kraft eines Elefanten, die Dickhäutigkeit eines Wasserbüffels und die Sensibilität einer Eidechse.«

»Und alle diese Eigenschaften fehlen Sir Eldon?«

Carter hob die Schultern und drehte die Handflächen nach außen: »Wie ich schon sagte, er ist kein Cromer. Der britische Generalkonsul ist nicht da, um das Land zu regieren, er ist da, um dem Land zu helfen. Von Lord Cromer erzählt man sich die verrücktesten Geschichten. Er protestierte gegen die Entlassung des englischen Kutschers der Khediven, setzte sich für ein männliches Mitglied der Familie des Khediven ein, weil seine Frau ihm täglich mit dem Pantoffel auf den Mund schlug, er half einem jungen britischen Offizier, der beim Kartenspiel betrogen wurde, aus dem Schlamassel, und dem Herrn eines Sklavenmädchens, das heiraten wollte, trotzte er seine Zustimmung ab. Alles Aufgaben fern seines Amtes – aber Cromer kannte keine Hemmungen, und das schaffte ihm viele Sympathien.«

»Und der Khedive Abbas Hilmi?«

»Der Vizekönig von Ägypten unter Cromer war ein anderer

als der heutige Vizekönig, obwohl er denselben Namen trägt. Als Abbas Hilmi vor beinahe zwanzig Jahren den Thron bestieg, war er ein Jüngling; er kam frisch von der Militärakademie in Wien und konnte natürlich dem erfahrenen Generalkonsul Lord Cromer in keiner Weise das Wasser reichen. Aber das änderte sich mit den Jahren, und heute ist es umgekehrt, heute ist der britische Generalkonsul dem Khediven nicht mehr gewachsen. Jedenfalls ist das Verhältnis der beiden sehr gespannt.«

»Ich habe den Eindruck«, meinte Professor Shelley, »daß wir Engländer in diesem Land nicht besonders beliebt sind.«

»Ja, das sehen Sie richtig; aber das gilt für alle Ausländer, nicht nur für Untertanen Seiner Majestät. Man muß das verstehen: Ausländer unterliegen in Ägypten eigenen Gesetzen, die Polizei darf nicht einmal das Haus eines Ausländers betreten, und – was die meisten Neider schafft – Ausländer zahlen keine Steuern. Sehen Sie die Schiffe da, wunderschöne Jachten und Dahabijas. Und jetzt betrachten Sie die Flaggen. Amerikanische Flaggen, britische Flaggen, eine deutsche, eine italienische Flagge – aber keine einzige ägyptische Flagge.«

»In der Tat. Und was ist der Grund dafür?«

»Ganz einfach: Es gibt keine ägyptische Flagge. Und Schiffe sind hierzulande hoch besteuert; Ausländer jedoch brauchen überhaupt keine Steuern zu zahlen.«

»Ich verstehe.«

»Und dennoch, als Ausgräber können Sie hier nicht reich werden.« Howard Carter stützte den Kopf in beide Hände. »Manchmal weiß ich wirklich nicht, wovon ich im nächsten Monat leben soll. Ich habe schon für alle möglichen Leute gearbeitet, zuerst für den *Fund*, dann für die Altertümerverwaltung, für Davis, den amerikanischen Kupfermagnaten, und nun für Carnarvon.«

Nach einer langen Pause meinte Shelley: »Ihr Verhältnis zu Lord Carnarvon ist nicht das beste?«

»Wer sagt das?« fuhr Carter hoch.

»Carnarvon.«

»Nun ja, wenn er das sagt . . . Wissen Sie, Seine Lordschaft ist ein Abenteurer, und ich bin ein Ausgräber. Abenteurer sind die Feinde jeder Wissenschaft.« Und dabei fingerte er den Brief aus seiner Jackentasche, den der Professor ihm übergeben hatte. »Ich weiß ohnehin, was drin steht«, sagte Carter mit einem bitteren Unterton, während er die Zeilen überflog.

Der Professor und seine Frau sahen Carter fragend an.

»Das übliche, er möchte die Arbeiten einstellen, das Ergebnis meiner Ausgrabungen rechtfertige den Aufwand in keiner Weise, keine Funde – kein Geld.«

Wütend zerknüllte er den Brief und steckte das Papierknäuel in die Tasche. Dann erhob er sich, machte eine kleine Verbeugung und sagte, indem er vorsichtig nach beiden Seiten blickte: »Wie gesagt, es wäre für Ihre Arbeit besser, wenn man uns nicht allzuoft zusammen sähe. Aber wenn Sie meinen Rat brauchen – Sie können mir jederzeit hier im Hotel eine Nachricht hinterlassen. Ich hole zweimal in der Woche meine Post ab.«

Und hastig lief er über die Freitreppe des Hotels hinunter zur Anlegestelle und verschwand in der Menge.

Shelley und seine Frau sahen sich wortlos an. Sie dachten beide das gleiche: Er war schon ein eigenartiger Mensch, dieser Howard Carter.


Omar hatte den Besuch des fremden Herrn aus der Ferne beobachtet. Er wurde Zeuge der Aufregung bei der Ankunft des Postdampfers, ohne jedoch seine Herrschaft aus den Augen zu lassen. Ein Wink des Professors genügte, und Omar war zu Stelle.

»*Ya Saidi?*«

»Besorge uns ein Boot. Wir wollen auf die andere Seite des Flusses!«

Wenig später lag das Boot am Nilufer bereit, und ein langer hagerer Fährmann setzte den Professor, seine Frau Claire und Omar über.

Noch bevor das kleine Schiff anlegen konnte, lief am Ufer eine Traube schreiender Menschen zusammen, die allesamt ihre Dienste anboten, und als der Professor verlauten ließ, er suche einen Führer und zwei Esel zum Tal der Könige, da balgte sich ein gutes Dutzend Halbwüchsiger und älterer Männer um den Auftrag. Und selbst als die Fremden ihre Entscheidung getroffen hatten, ging das Feilschen weiter, so daß sich auf dem groben Schotterweg zum Tal eine Prozession in Bewegung setzte, voran der Professor, rittlings, seine Frau seitlings auf einem Esel, und Omar, der hinter ihnen her trottete.

Auf dem beschwerlichen, steinigen Weg ergab sich ein scheinbar belangloses Gespräch zwischen Ibrahim, dem Führer, und Professor Shelley, in dessen Verlauf Shelley ganz harmlos die Frage stellte, ob er, Ibrahim, nicht ein geheimes Grab kenne, er sei an Funden interessiert. Da aber stieß der Professor auf Unverständnis, beinahe auf Empörung; beim Leben seines kranken, alten Vaters, beteuerte Ibrahim, er sei ein ehrlicher Mensch und habe noch nie ein Unrecht getan, und Grabräuberei sei ein großes Unrecht. Dabei senkte er mehrmals heftig den Kopf, als müßte er allein für den Gedanken Abbitte leisten.

Vorbei am Sethostempel und dem Dorf Drah Abul Naga erreichten sie nach zwei Stunden das Tal der Könige, und Shelley äußerte den Wunsch, die beiden am besten erhaltenen Pharaonengräber Sethos' I. und Amenophis' II. zu besichtigen. Während die Engländer in dem ersten Grab verschwanden, wachte Omar über die beiden Esel. Es mochte gut eine Stunde vergangen sein, als der Professor und seine Frau zurückkehrten.

An dem Amenophis-Grab wartend, setzte sich Omar auf die schattigen Stufen, und er muß wohl eingeschlafen sein, als er plötzlich einen Puff gegen die rechte Schulter verspürte: »He, aufwachen!« Vor ihm stand ein stämmiger Junge, nicht viel älter als er, der eine Wassernuß zwischen den Zähnen hin und her schob und dabei grinste: »Du bist der Diener von dem englischen Said?«

»Ja, ich bin Omar, sein Diener.«

Der Junge ließ die Nuß von einer Backe in die andere gleiten, und dabei musterte er Omar vom Kopf bis zu den nackten Füßen. »Dein Herr sucht nach irgendwelchen Ausgrabungen, he?«

Omar war verwirrt. Er hatte das Gespräch zwischen Shelley und Ibrahim mitbekommen, aber er wußte nicht, wie er sich verhalten sollte.

Der andere überging das Schweigen grinsend, er neigte sich zu Omar herab und sagte nahe an seinem Ohr: »Bestelle deinem englischen Said, er könne Schätze erwerben, wie er sie noch nie in seinem Leben gesehen hat. Sage deinem Herrn, er soll sich nach Einbruch der Nacht am Fuße der Memnonskolosse auf dem Weg nach Gurnet Murrai einfinden, aber allein, verstehst du? Und wenn er dort ist, soll er zur Erkennung den Namen ›Yussuf‹ rufen. ›Yussuf‹, verstehst du?« Und er packte den Jungen bei den Schultern und schüttelte ihn.

Noch ehe Omar etwas erwidern konnte, war der andere verschwunden. Omar wartete geduldig. Als Shelley und seine Frau endlich zurückkehrten, erzählte er aufgeregt, was vorgefallen war.

»Du wirst doch nicht etwa hingehen!« rief Claire aufgebracht.

Der Professor nahm die Hand seiner Frau und meinte beschwichtigend: »Was kann schon passieren, Liebste; sie wollen doch Geld von mir, und wenn ich ihnen erkläre, daß ich kein Geld bei mir habe, werden sie sich hüten, mir was anzutun.«

Claire beschwor ihren Mann: »Du darfst nicht hingehen!«

»Aber es ist meine einzige Chance, an diese Verbrecher heranzukommen.«

Auf dem Rückweg nahm der Streit an Heftigkeit zu, und Omar, der bis dahin ohne ein Wort neben den beiden hergegangen war, begann auf einmal: *»Ya Saidi,* ich könnte für Sie zu den Memnonskolossen gehen!«

Der Professor sah zunächst Omar an, dann seine Frau Claire, dann rief er erstaunt, beinahe belustigt: »Du, Omar?«

»Omar kennt keine Furcht, *ya Saidi.* Wovor sollte ich Angst haben?«

Claire reagierte zuerst. »Warum denn nicht? Wenn Omar sich dazu bereit erklärt!«

»Unsinn«, knurrte Shelley, »der Junge weiß doch gar nicht, worum es geht.«

»Du wirst es ihm erklären. Omar ist doch nicht dumm!«

Shelley ritt schweigend auf seinem Esel. Er dachte nach. Schließlich meinte der Professor: »Also gut, hör zu, mein Junge«, und begann von den geheimnisvollen Plänen zu erzählen, die im Umlauf seien und in denen Gräber verzeichnet seien, die überhaupt noch nicht ausgegraben seien, und daß der *Egypt Exploration Fund* ihn geschickt habe, um aufzuklären, wer Urheber dieser Pläne sei und ob diese Pläne irgendwelchen Grabräubern als Vorlage für ihre Beutezüge dienten. »Hast du das verstanden?«

Der Junge, der den Worten des Professors mit großer Anstrengung gefolgt war, erwiderte aufgeregt: »Omar hat alles verstanden *ya Saidi.*«

Omar müsse, erklärte Shelley weiter, den Eindruck erwecken, daß er, beziehungsweise sein Herr, an Funden, gegebenenfalls auch an Karten für eigene Grabungen interessiert seien. Übergabe und Bezahlung sollten nach dem Wunsch seines Herrn jedoch nicht auf dieser Seite des Flusses stattfinden, sondern jenseits, in Luxor. Sein Herr, ein reicher englischer Geschäftsmann, verfüge nämlich über ebensoviel Geld wie Mißtrauen. Und dann forderte der Professor Omar auf, die ganze Geschichte zu wiederholen.

Mit Verwunderung vernahm Shelley, wie der Junge die Geschichte beinahe wörtlich wiederholte, und er hinterließ dabei keinen Zweifel, daß er seine Aufgabe verstanden hatte.

Nachdem sich die Klippen am westlichen Ufer erst dunkelrot, dann lila und schließlich dunkelbraun verfärbt hatten, ließ sich Omar vom selben Fährmann, der sie schon bei Tage übergesetzt hatte, zum anderen Ufer bringen.

Der Widerschein des Mondes tanzte auf dem ruhigen Strom in unzähligen Lichtern. Aus allen Himmelsrichtungen hallten Rufe über das Wasser, bisweilen unterbrochen vom Knarren der Mastbäume und Ruder träge dahingleitender Dahabijas. War in der Mitte des Stromes ein fließendes, wallendes Zischen des Wassers zu vernehmen, als rieben Millionen von Sandkörnern aneinander, so wurde dieses Geräusch von einem beinahe schmerzhaften Zirpen und Schrillen ebenso vieler Zikaden übertönt, je näher sie dem jenseitigen Ufer kamen.

Er müsse, meinte der Fährmann mit einer Armbewegung nach Süden, zweitausend Schritte auf dem Uferweg laufen bis zu jener Stelle, wo ein schilfbestandenes Altwasser des Flusses den Weg versperre. Dort solle Omar landeinwärts gehen in Richtung Gurnet Murrai und Der el-Medine, bis zur Rechten die Memnonskolosse auftauchten. Zu übersehen seien sie nicht, nicht einmal in der Dunkelheit, denn ein jeder messe mehr als das höchste Gebäude von Luxor. Er selbst werde die Zeit bis zu Omars Rückkehr schlafend auf dem Boot verbringen.

Omar sprang an Land. Am Ufer waren mehrere Boote vertäut, darunter ein hellerleuchtetes Hausboot, von dem lautes Lachen und der Klang einer heftig geschlagenen Daraboukka drang. Die Luft war lau, und der Boden unter seinen Füßen angenehm warm, und ohne es zu wollen, begann der junge zu laufen. Er wußte selbst nicht, was ihn zur Eile trieb, vielleicht war es die Aufregung, denn Omar war sich der Wichtigkeit seines Auftrages bewußt.

Die Stelle, wo ein Altwasser des Flusses den Weg versperrte, kündigte sich schon von weitem an. Es mußten riesige Frösche sein, die ein Schnarchen, Posaunen, ja, Brüllen von sich gaben wie auf einem Kamelmarkt. Im fahlen Licht erkannte Omar zwischen abgeernteten Zuckerrohrfeldern die Biegung des Weges, und er verlangsamte seinen Lauf. Sein Herz schlug bis zum Hals. Er mochte keine tausend Schritte gegangen sein, als er rechter Hand in einer breiten Senke, einen Steinwurf voneinander entfernt, zwei hohe Steinkolosse erkannte. Omar suchte mit angestrengten Augen im Halbdunkel nach einem Menschen, er blieb stehen, um ein Geräusch auszumachen, aber außer dem Zirpen der Zikaden und seinem eigenen Herzschlag vernahm Omar nichts, und zum ersten Mal empfand er ein Unbehagen.

Die monumentalen Kolosse, zwei verwitterte sitzende Figuren, mochten zehnmal so groß sein wie ein Mensch, und ihre dunklen Silhouetten hoben sich deutlich von der im Mondschein glimmenden Kette der westlichen Felsen ab. Omar überlegte, ob er hier auf dem Weg warten sollte, faßte dann aber den Entschluß, hinaufzulaufen zu den Memnonskolossen und zu warten.

Allein die Fundamente, auf denen die beiden Steinriesen thronten, überragten Omar beträchtlich. Er ging einmal um jeden herum, entdeckte jedoch niemanden und wollte gerade wegen des besseren Überblicks, den er von dort zu haben glaubte, auf den Sockel des einen Kolosses hinaufklettern, als er einen furchtbaren Schlag in den Nacken verspürte. Dann wurde es dunkel um ihn.

Omar wußte nicht, wie lange sein Dämmerzustand gedauert hatte. Er erwachte langsam und schmeckte auf der Oberlippe etwas penetrant Scharfes oder Süßliches, das er nicht kannte, und als er sich bewegte, was im Nacken Schmerzen verursachte, da hörte er ein Rascheln. Es dauerte eine ganze Weile, bis dem Jungen klargeworden war, daß er in einem finsteren, geschlossenen Raum auf einem Haufen Schilf lag. Die Luft war stickig, es roch nach Staub und verwittertem Gestein und sprödem Schilf. Omar setzte sich auf und lauschte. Einmal glaubte er, einen Hahnenschrei zu vernehmen, dann war es wieder still, totenstill.

Er erhob sich, streckte die Arme aus, spreizte die Finger und schlurfte so durch den dunklen Raum, bis er auf eine Wand stieß. An der Wand tastete er sich nach links, entdeckte nach etwa zwanzig Schritten eine Ecke und tappte in derselben Richtung weiter. Die Wand war nicht glatt. Omar fühlte handbreite Löcher und wohlgeformte Vertiefungen; schließlich stieß er auf eine Art Türrahmen, doch die Suche nach einer Tür blieb vergeblich: Dort, wo er den hohlen Klang einer Holztür erwartete, vernahm er, sooft er auch dagegenschlug, nur den tonlosen Widerhall von Gestein.

Ein anderes Geräusch drang von irgendwoher an sein Ohr. Es klang manchmal wie ein Zischen, bisweilen aber auch wie ein

Kreischen oder wie ein metallenes Schleifen, und je länger Omar dem seltsamen Geräusch lauschte, desto fremdartiger, desto unverständlicher erschien es ihm.

Als Omar tastend und tappend zum zweiten Mal den steinernen Türrahmen erreicht hatte, hielt er inne. Irgendwo mußte das Verlies doch einen Zugang haben. Ganz vorsichtig, als könnte sich bei jedem Schritt ein Abgrund auftun, versuchte der junge den Raum zu durchqueren, aber schon nach wenigen Schritten prallte er gegen ein Hindernis, tastete es ab und erkannte einen länglichen Trog, angefüllt mit Sackleinwand und allerlei Undefinierbarem; so gelangte er auf die andere Seite. Darauf versuchte er den Raum der Länge nach zu durchschreiten, stieß wiederum auf den steinernen Trog und erreichte die gegenüberliegende Wand, wobei seine Finger ein in den Stein geschärftes sechsspeichiges Wagenrad ertasteten und davor – jedenfalls schien es ihm so – ein Pferdegespann.

Auf der Suche nach einer Öffnung in dem Verlies kletterte Omar auf den Steintrog in der Mitte des Raumes. Eine Öffnung in der Decke schien ihm die letzte Möglichkeit. Jetzt stand er mit beiden Beinen auf dem Rand, reckte die Arme in die Höhe und versuchte die Decke zu ertasten. Aber sosehr er sich auch streckte, Omar griff ins Leere. Und dabei verlor er das Gleichgewicht und stürzte ab. Es krachte und staubte, aber zum Glück dämpfte das Sackleinen den Fall, so daß er sich ohne Verletzungen befreien konnte. Verzweifelt über seine Lage kroch Omar auf allen vieren zu dem Schilfhaufen, legte sich auf den Rücken und dachte nach, wie er aus diesem Gefängnis entkommen könnte.

2

## *Luxor*

Glaube nur nicht, daß Allah die Handlungen der Frevler unbeachtet
läßt. Ihre Strafe wird bis auf den Jüngsten Tag ausgesetzt, an dem sie
erstarren werden. Die Menschen werden dann auf den Ruf zum Gericht eilen und bleich ihre Häupter erheben, und einer wird den anderen nicht ansehen, und ihre Herzen werden vor Angst hohl sein.

*Koran, vierzehnte Sure (43, 44)*

DER KARAKOL, DIE POLIZEISTATION VON LUXOR, LAG IN
der Sharia el-Mahatta nahe dem Hotel *Winter Palace*, und
Professor Shelley hatte Mühe, den flachstirnigen Diensthaben-
den hinter dem mit halbhohen Milchglasscheiben versehenen
Tresen zu überreden, seine Zeitung wegzulegen und den Fall
schriftlich aufzunehmen.

Nein, der Mann im zerschlissenen dunklen Anzug und rotem
Fez auf dem Kopf weigerte sich beharrlich, überhaupt davon
Notiz zu nehmen, und auch die Drohung, sich bei höherer Instanz zu beschweren machte wenig Eindruck, er sei – und dabei
reckte er den Oberkörper hinter dem knarzenden Schreibtisch
– die höchste Instanz, zumindest in Luxor, er sei der Sub-Mudir
von Luxor. Erst die Drohung, seinen Fall dem Konsul Mustafa
Aga Ayat zu melden, bei dem er, Shelley, heute abend dinieren
werde, stimmte den Ordnungshüter um. Mustafa Aga war der
britische Konsul in Luxor, ein kleiner König, bei dem sich die
High-Society jede Woche einmal ein Stelldichein gab.

»Sie kennen Mustafa Aga?«

Der Professor nickte, obwohl das nicht den Tatsachen entsprach.

»Ich bin Ibrahim el-Nawawi«, meinte der Ordnungshüter

65

und legte die rechte Hand zum Gruß an seinen Fez, »und Mustafa Aga weiß meine Dienste zu schätzen, Sir.«

»Ich hoffe, daß auch ich Ihre Dienste zu schätzen wissen werde, Sir!«

Das Wort »Sir« klang in gewisser Weise verächtlich, und Ibrahim el-Nawawi faßte es auch so auf, doch ohne sichtliche Regung zog er einen gelben Bogen aus einem Seitenfach seines knarzenden Schreibtisches, streifte es vor sich glatt und wurde amtlich:

»Ihr Name?«

»Professor Christopher Shelley.«

»Wohnhaft?«

»Lensfield Road 34, Cambridge, England.«

»Und Sie melden das Verschwinden Ihres Dieners . . .«

». . . Omar Moussa. Er ist von der Bootsfahrt über den Nil heute nacht nicht zurückgekehrt.«

»Vielleicht ist er ertrunken.«

»Hören Sie, der Fährmann beteuert, Omar am jenseitigen Ufer abgesetzt und dann die ganze Nacht auf seine Rückkehr gewartet zu haben. Erst bei Sonnenaufgang kam er zurück und meldete Omars Verschwinden.«

»Aber was sagt das schon, Professor! Ich will Ihnen sagen, was geschehen ist: Ihr Diener Omar fuhr bei Dunkelheit über den Fluß. Dort begegnete er einer Houriyat. Jeder Mann in Luxor weiß, wo nachts die Freudenmädchen auf und ab gehen. Die Houriyat nahm ihn mit zu sich nach Hause, und irgendwann im Laufe des Tages kehrt Omar mit glasigen Augen zurück.«

»Omar ist vierzehn!« meinte Shelley entrüstet.

»Das hat nichts zu sagen«, erwiderte der Sub-Mudir. »Ein Ägypter mit vierzehn ist ein ganzer Mann.«

Professor Shelley, der bisher den Grund von Omars nächtlichem Überfall verschwiegen hatte, sah nun den Zeitpunkt gekommen, sich dem Sub-Mudir zu offenbaren. Also erzählte er, er sei an archäologischen Funden interessiert, was – *Inscha'allah* – jedoch niemand erfahren dürfe, ein Unbekannter habe ihn, Shelley, nach Einbruch der Nacht zu den Memnonskolossen bestellt, und Omar habe ihm freiwillig diesen Weg abgenommen.

Ibrahim el-Nawawi sah den Professor lange an, dann schob er das gelbe Blatt mit den Notizen beiseite und sagte: »Warum haben Sie das nicht gleich gesagt, Sir?«

»Was ändert das an der Tatsache, daß mein Diener spurlos verschwunden ist?«

»Sehr viel, Professor, um nicht zu sagen alles. Kein Mensch geht freiwillig des Nachts den Weg nach Der el-Medine. Das ist seit alters ein unheimlicher Ort, über dem ein jahrtausendealter Fluch liegt. Die Bewohner in Der el-Medine waren es, die vor dreitausend Jahren die Pharaonengräber im Tal der Könige schaufelten, und man sagt, sie seien nach vollendeter Arbeit getötet worden, damit niemand die Lage des jeweiligen Grabes verraten könne, und noch heute irrten ihre Seelen nachts in der Gegend umher.«

»Dummes Geschwätz.«

»Sagen Sie das nicht, Professor. Noch heute werden die Bewohner von Der el-Medine wie Aussätzige behandelt, man will mit diesen Leuten nichts zu tun haben. Sie werden ›Jenseitige‹ genannt – zum einen, weil sie jenseits des Nils leben, zum anderen, weil sie mit dem Jenseits in Verbindung stehen. Sie können das glauben oder nicht, aber Tatsache ist, daß jeden Monat zum Fest des Mondgottes Chons Menschen spurlos verschwinden, und die Leute erzählen, sie würden im Tal der Könige bei lebendigem Leib eingemauert.«

»Und dem sehen Sie als Sub-Mudir tatenlos zu?«

»Aber was glauben Sie?« El-Nawawi tat entrüstet. »Meine Leute haben viel Zeit damit verbracht, in Der el-Medine nach Vermißten zu suchen – vergeblich. Es gibt keine Beweise, nur Gerüchte.«

Sichtlich erregt fingerte Shelley seine Pfeife aus der Jackentasche und zündete sie an. Kleine Wölkchen, die er regelmäßig wie eine Lokomotive in die Luft paffte, verrieten seine Nervosität. »Es kann doch nicht angehen, daß ein Dorf von Fanatikern oder Verrückten eine ganze Stadt terrorisiert!«

Der Sub-Mudir hob die Schultern, daß sein kleiner Kopf im Kragen des Anzuges zu verschwinden drohte. »Bei allen Ermittlungen in Der el-Medine rennt man gegen eine Wand. Sie halten zusammen wie Pech und Schwefel. Bei Tag trifft man nur alte Weiber an, und nachts wagt sich keiner hinüber.«

Aus einem verstaubten Regal an der Wand, in dem gebündeltes Papier aufbewahrt wurde, zog el-Nawawi eine Akte und warf sie auf den Schreibtisch: »Alles ungeklärte Fälle. Menschen, die über Nacht spurlos verschwunden sind. Zuletzt ein Deutscher mit seiner Ehefrau. *Inscha'allah.*«

»Und Sie haben noch nie einen der Vermißten gefunden?«

»Doch. Einen Amerikaner. Aber um ehrlich zu sein: Nicht die Polizei hat ihn gefunden, sondern die Geier, die morgens und abends über dem Tal der Könige kreisen. Und dem Mann fehlte etwas ganz Wesentliches – der Kopf.«

Shelley sog heftig an seiner Pfeife. Schließlich fragte er, und es klang beinahe flehentlich: »Was wollen Sie jetzt tun?«

El-Nawawi wischte mit dem Handrücken Staub von der Akte und blickte verlegen auf die Schreibtischplatte. »Ich will Ihnen den Gefallen tun und eine Streife nach Der el-Medine schicken, obwohl ich Ihnen schon jetzt Brief und Siegel geben kann, daß diesem Unternehmen kein Erfolg beschieden sein wird.«

Darauf verabschiedete sich der Professor, und im Gehen rief ihm der Sub-Mudir nach: »Wenn ich Ihnen einen Rat geben darf, Sir, versuchen Sie nicht, in den Besitz von irgendwelchen Grabungsplänen zu gelangen. Denn wie Sie sehen, endet jeder Versuch tödlich.«

Professor Shelley hielt inne: »Was wollen Sie damit sagen?«

»Oh, nichts, nichts! Das Verschwinden Ihres Dieners stünde mit all diesen Fällen« – und dabei klopfte er auf die staubige Akte – »nur in *einem* Zusammenhang: Alle diese Leute waren auf der Suche nach geheimen Plänen von den Gräbern im Tal der Könige.«

Shelley sah el-Nawawi ungläubig an. Was wußte dieser Mann?

Das Haus des Konsuls Mustafa Aga Ayat lag außerhalb auf einer kleinen Anhöhe in einem Hain von Eukalyptusbäumen und uralten Palmen, die für die »Fantasia« mit leuchtenden Glaskugeln und bunten Messinglaternen geschmückt waren. Am hohen eisernen Eingangstor des Gartens standen vier Türhüter in weißen Phantasieuniformen, sie trugen Fackeln und glichen einander wie ein Ei dem anderen. Vom Haus her, das mit seiner hellerleuchteten, überdachten Terrasse, den spitzbogigen roten Fenstern und den Türmchen zu beiden Seiten eher einem Palast aus Tausendundeiner Nacht glich, wehte der Geruch von scharfgewürztem gegrilltem Fleisch, süßen gerösteten Nüssen und herbem Pferdemist. Ein Kamanga-Trio spielte herzzerreißende Musik. Die meist männlichen Gäste preschten in beleuchteten offenen Kutschen heran, sie trugen Cut und Zylinder, die wenigen europäischen Damen erschienen in langen, mit Rüschen besetzten Kleidern. Professor Shelley reichte seiner Frau Claire den Arm, so schritten sie grüßend und komplimentierend auf die weiße Steintreppe zu, vor der sich der Hausherr, umgeben von einer livrierten Dienerschar, aufgebaut hatte.

Mustafa Aga Ayat war ein kleiner, dicker Mann unbestimmbaren Alters. Er trug europäische Kleidung. Sein krauses schwarzes Haar verbarg er jedoch unter einem roten Fez, dessen Quaste ständig hin und her tanzte. Das runde Gesicht rahmte ein buschiger Bart, und über seinen unverhältnismäßig kleinen Äuglein wucherten kräftige, nach oben gedrehte Brauen.

»Sie sind gewiß der Professor aus Cambridge«, begrüßte Mustafa die Ankommenden mit ausgebreiteten Armen, »willkommen, willkommen!« Der Konsul sprach ein drolliges Englisch, indem er alle Konsonanten verdoppelte und die meisten Vokale verschluckte.

Shelley stellte dem Gastgeber seine Frau vor, die von Mustafa Aga kaum eines Blickes gewürdigt wurde, und machte Komplimente, das traumhafte Haus betreffend.

Mustafa Aga winkte ab: »Noch lange nicht fertig! Ich zweifle schon, ob es überhaupt jemals fertig werden wird. Wahrscheinlich wird es mir ergehen wie meinem Vater; er hatte sein Haus auf den Säulen des Amun-Tempels errichtet, die feinste Adresse in Luxor, dann kamen die Archäologen und sagten, er müsse verschwinden.« Und dabei lachte er, daß alles an dem kleinen dicken Mann zitterte.

Als Mustafa Aga die ungläubigen Blicke seiner englischen Gäste erkannte, fragte er höflich: »Sie glauben das nicht? Beim Barte des Propheten, ich spreche die Wahrheit! Sie müssen wissen, der ganze Tempel lag unter einem Hügel begraben, nur die oberen Stümpfe ragten heraus. Sie boten sich an als Fundamente. Aber das ist lange her. Und jetzt amüsieren Sie sich!«

Mit einer heftigen Armbewegung winkte Mustafa den Nazir von Luxor zu sich und forderte ihn auf, die Engländer bei den übrigen Gästen einzuführen. »Er ist Bürgermeister«, fügte er erklärend hinzu, »er kennt die Leute besser als ich.«

Unter den Gästen, es mochten wohl hundert sein, befand sich ein Dutzend Konsule verschiedener Länder, der Bahnhofsvorsteher, dessen offizieller Titel »Direktor der Eisenbahn« lautete, der Leiter des Telegrafenamtes, der Sub-Mudir und Polizeidirekter Ibrahim el-Nawawi, ein amerikanischer Boxer im weißen Tropenanzug mit seiner kichernden Geliebten, ein Ölmagnat aus Kalifornien und die halbe Besatzung seines Schiffes, ein Daguerreotypist aus Paris, der seinen weit abstehenden Oberlippenbart durch andauerndes Zwirbeln in Form hielt, daneben Abenteurer und Bonvivants, die den Sommer an der Côte d'Azur zu verbringen pflegten und sich alljährlich im Oktober in Luxor einfanden, und ein Völkchen Forscher und Archäologen aus aller Welt, die sich von den übrigen Gästen durch abgetragene Kleidung und die Ernsthaftigkeit ihrer Rede unterschieden.

Eine auffällige Erscheinung zog alle Blicke auf sich: Die weißgeschminkte Dame mit schwarzem Pagenkopf trug einen weißen Herrenanzug, der Kragen ihrer weißen Bluse war mit einer roten Krawatte gebunden. »Lady Dawson«, stellte der Nazir die Dame vor. Die sog an ihrer armlangen Zigarettenspitze, paffte eine Wolke über die Schulter, musterte den Professor von oben bis unten und fragte knapp: »Engländer oder Amerikaner?«

»Cambridge«, erwiderte Shelley.

»Glück für Sie«, entgegnete Lady Dawson. »Amerikaner müssen Sie wissen – sind hier nicht besonders beliebt. Sie haben zuviel Geld und zuwenig Manieren. In Luxor erzählt man sich noch heute die Geschichte von jenem amerikanischen Colonel, der sich in Nubien eine Pygmäenfrau kaufte. Sie war nur einen Meter groß, aber wohlgenährt und meistens nackt, und der Colonel hielt sie wie ein Hündchen. Franzosen und Italiener hingegen gelten als Spitzbuben – nicht ganz zu Unrecht, denn sie haben die besten Ausgrabungen außer Landes geschafft. Und die Deutschen – mein Gott, sie sind zuverlässig und arbeitswütig, aber leider auch sparsam und geizig, und manchmal hausen sie in ausgeraubten Gräbern, um Hotel- oder Pensionskosten zu sparen. Das macht sie hier nicht gerade beliebt. Nein, wir Engländer kommen dem Bild, das die Ägypter von einem kultivierten Europäer haben, noch am nächsten.«

»Sie leben hier in Luxor?« erkundigte sich Professor Shelley. Die Lady streifte die Asche ihrer Zigarette in eine bereitstehende Schale und machte eine ausladende Armbewegung. »Heute in Luxor, morgen in Assuan, nächsten Monat in Alexandria . . .«

»Wie darf ich das verstehen?«

»Ganz einfach, ich lebe auf einem Hausboot. Vielleicht haben Sie es gesehen, es trägt den Namen *Isis.*« Und dann erzählte Lady Dawson, daß ihr Mann, Sir Archibald Dawson, Besitzer mehrerer Baumwollspinnereien in Mittelengland, während ihrer Hochzeitsreise in Ägypten vor fünf Jahren von der Malaria hingerafft worden sei. Seither habe sie Ägypten nicht mehr verlassen und kreuze mit dem Boot, auf dem sie die glücklichsten Stunden ihres Lebens verbracht habe, nilauf, nilab; warum, das könne sie auch nicht erklären. Lady Dawson sprach mit einer tiefen, samtig gefärbten Stimme, und während sie redete, warf sie den Kopf kokett in den Nacken und blickte zur gewölbten Decke, die blau und mit gelben Sternen bemalt war.

»Eine eigenwillige Erscheinung«, bemerkte Claire Shelley im Weitergehen, und der Professor nickte. Trotz ihrer Redseligkeit umgab diese Frau etwas Geheimnisvolles; ja, es schien, als genieße sie mit vollem Bewußtsein die Rätselhaftigkeit ihrer Erscheinung.

Jacques Guilberg, der Daguerreotypist – jedenfalls legte er Wert auf diese künstlerische Berufsbezeichnung – stolzierte wie ein Pfau, eine Mahagonikamera auf hölzernem Stativ vor sich her tragend, durch die Gäste, verschwand, kaum hatte er ein neues Motiv erspäht, unter einem schwarzen Tuch und brachte, um das nötige Licht für seine fotografische Aufnahme zu entfachen, einen in die Höhe gehaltenen Blitzbeutel zur Explosion, was den Gastgeber Mustafa Aga Ayat jedesmal so sehr in Entzücken versetzte, daß er übermütig in die Hände klatschte wie ein kleines Kind.

Natürlich entgingen auch der Professor und seine Frau nicht dem Kameraobjektiv, und ehe sie sich versahen, waren sie eingerahmt von Matrosen, dem Boxer, dem Direktor der Eisenbahn und einem halben Dutzend anderer Gäste, die Guilbert alle zusammen ins Bild drängte mit der Aufforderung, aufrecht, gerade und regungslos zu stehen und das Kinn zu heben. Guilbert trieb die unnatürliche Haltung seiner fotografischen Objekte so weit, daß ein Matrose, der in der hinteren Reihe ganz außen stand, ins Straucheln geriet und die ganze Reihe zu Fall brachte wie eine Reihe Dominosteine. Im selben Augenblick löste Jacques Guilbert seinen Pulverblitz aus.

Belustigt, aber im Grunde gleichgültig betrachtete Howard Carter das verrückte Treiben aus einem rot und blau gemusterten Fauteuil heraus. Er fand keinen Gefallen an den illustren Gästen, und die duldeten seine gelangweilte Anwesenheit nur deshalb, weil der eigenbrötlerische Engländer immer für eine Überraschung gut war, wobei freilich nicht der wissenschaftliche Wert seiner Entdeckungen im Vordergrund stand, sondern der materielle. Shelley vermied es, mit Carter ins Gespräch zu kommen. Niemand sollte glauben, daß zwischen ihnen eine allzu enge Verbindung bestehe. Statt dessen suchte Shelley das

Gespräch mit Ayat und bat ihn um Rat, was im Falle seines verschwundenen Dieners Omar zu tun sei.

Mustafa Aga Ayat wurde von einem Augenblick auf den anderen ernst, und seine speckige Stirn legte sich in Falten. Er tat überrascht, aber Mustafa Aga war wie alle Ägypter ein schlechter Schauspieler, und der Professor erkannte sofort, daß er über die Angelegenheit längst informiert war. Das Verschwinden des Jungen, meinte Mustafa und verschränkte seine Hände über der Brust, sei ein sehr ernstes Problem, weil schon viele verschwunden und nie mehr aufgetaucht seien. Wenn er, Ayat, dem Professor einen Rat geben dürfe, so diesen, keine eigenmächtigen Nachforschungen anzustellen, dies sei viel zu gefährlich.

Shelley wollte antworten, aber da wurde die Musik lauter, und hinter einem grüngoldenen Brokatvorhang trat eine schwarzgelockte füllige Bauchtänzerin hervor, die rechte Hüfte in zuckenden Bewegungen vor sich her schiebend. Unter stürmischem Applaus brachte die Schöne ihre wogenden und nur mit Mühe von einem glitzernden Oberteil gebändigten Brüste zum Schwingen, während sie die Arme angewinkelt über dem Kopf hielt, als seien sie an den Handgelenken zusammengebunden. Ihre Nägel waren rotbraun mit Henna gefärbt und die Augen schwarz eingerahmt, wie man es von Kleopatra kannte. So blickte sie mit halb geöffnetem Mund provozierend in die Runde und zeigte zwei Reihen makellos weißer Zähne.

»Sie heißt Fatma«, raunte Mustafa dem Professor zu, und während er die Augen verdrehte, stieß er einen tiefen Seufzer aus und meinte: »Sie ist die Beste zwischen Kairo und Assuan.«

Shelley, der nicht wußte, was er darauf antworten sollte, nickte und klatschte Beifall, und zur selben Zeit begannen auch alle anderen rhythmisch zu klatschen und Fatma zu immer ekstatischeren Bewegungen anzustacheln. Dabei stampfte sie mit ihren nackten Füßen auf die Teppiche, die den weißen Steinfußboden der Terrasse bedeckten, und wirbelte kleine Staubwolken auf. Kamangas wiederholten immer wieder ein und dieselbe klagende Tonfolge, und auf Fatmas seidig glänzender Haut bildeten sich funkelnde Schweißperlen.

Unbeeindruckt von soviel Geilheit saßen vier ihrer Kleidung nach Einheimische hinter einer Säule im Kreis; sie sogen an schwarzen Mundstücken, von denen bunte Schläuche zu einer auf dem Boden stehenden Wasserpfeife aus Messing führten, aus deren filigraner und mit einem kegelförmigen roten Stein versehenen Haube weiße Wölkchen aufstiegen. Die augenfälligste Erscheinung unter ihnen war ein ältlicher Glatzkopf, der die steife Prothese seines linken Beines unter der Galabija weit von sich streckte und mit beschwörenden Armbewegungen auf die anderen einredete, wobei er bisweilen mißtrauisch um sich blickte, als fürchte er ungebetene Lauscher.

»Die Zeitungen schreiben«, raunte er, »der Generalgouverneur Eldon Gorst sei zum Sterben nach England zurückgekehrt.«

»Um den ist es nicht schade«, meinte ein hagerer, braunhaariger, junger Mann zu seiner Rechten. »Er hatte nie das Format Cromers.«

»Format hin, Format her, es heißt, der Khedive wolle nach Wiltshire reisen, um ihm einen Krankenbesuch abzustatten.«

»Unmöglich!«

»Die Pest über ihn!« erregte sich ein anderer.

»Das ist demütigend für das ganze ägyptische Volk«, der dritte.

Der Einbeinige neigte sich zu seinem Nachbarn, legte seine Hand auf dessen Unterarm und sagte ruhig: »Man muß Abbas Hilmi an dieser Reise hindern. Unsere Freunde in Alexandria haben schon einen Plan.«

»Wie willst du den Khediven hindern, nach England zu reisen?«

»Abbas Hilmi reist mit der Fregatte *Komombo.* Nach England ist ein weiter Weg. Ihr versteht, was ich meine?«

Die anderen nickten. »Jedenfalls«, fügte der Einbeinige hinzu, »Ibn Khadar, der Kapitän, ist auf unserer Seite.«

»Und er ist verläßlich?«

»Absolut. Für Geld beginnt sogar Mohammed, der Prophet, zu tanzen.«

Gerade in dem Augenblick, als Fatma mit gespreizten Beinen auf dem Boden kniend den Oberkörper nach hinten bog, daß ihre langen Haare den Boden berührten, wurde die aufreizende Musik jäh unterbrochen: Man hörte Hufe klappern, irgendwo knallte ein Schuß, vom Park her drangen aufgeregte Schreie, und noch ehe die bewaffneten Wächter des Agas reagierten, preschte eine Schar vermummter Reiter heran. Es mochten fünf oder sechs sein, die plötzlich von allen Seiten auf die Terrasse sprengten, Tische und Leuchter umrannten und mit dem Ruf: »*La illah il'allah*«, was soviel bedeutet wie: »Es gibt keinen Gott außer Allah«, Schüsse auf die ahnungslosen Gäste abgaben.

Shelley riß seine Frau Claire zu Boden, warf sich auf sie und rollte mit ihr in fester Umklammerung hinter eine Balustrade, wo er sich sicher glaubte.

Der Überfall dauerte nur Sekunden. Ebenso schnell wie sie gekommen waren, verschwanden die Reiter in der Nacht. »Mir nach!« brüllte der Sub-Mudir Ibrahim el-Nawawi, riß einem der verdatterten Wächter die Flinte aus der Hand und stürmte in die Dunkelheit, wo die Reiter verschwunden waren, die Wächter des Agas hinterher. Mustafa Aga Ayat zitterte am ganzen Leib, mühte sich aber, den Vorfall herunterzuspielen, indem er immer wieder rief: »Nichts passiert, nichts passiert!«

Der Boxer grinste und hielt sich den Arm, wo ein roter Blutfleck zu erkennen war, Guilbert, der Daguerreotypist, zeigte sich vor allem um seine Kamera besorgt, von dem Einbeinigen und seinen Begleitern fehlte jede Spur, und Fatma, die Tänzerin, lag regungslos auf dem Teppich, auf dem sie sich eben noch verrenkt hatte.

»Alles in Ordnung?« Der Professor hob seine Frau auf und klopfte ihr den Staub von den Kleidern.

Claire nickte. »Sieh nur!« sagte sie auf einmal und deutete auf die halbnackte Tänzerin.

An der linken Schulter Fatmas konnte man ein kleines schwarzes Loch erkennen. Shelley bückte sich und drehte behutsam ihren Kopf nach vorne. Aus dem rechten Mundwinkel kam ein kleiner Strom Blut.

»Schnell, einen Arzt!« rief Shelley, und der Aga fuchtelte wild in der Luft herum und schrie: »Wo ist Doktor Mansur?«

Dr. Shafik Mansur, der angesehene Leiter einer kleinen Krankenstation in Luxor, legte seinen Daumen auf Fatmas rechtes Augenlid und versuchte es hochzuziehen, dann griff er nach ihrem linken Handgelenk, ließ es aber nach einer Weile zu Boden sinken. Mansur schüttelte den Kopf und preßte zwei Finger gegen Fatmas Hals. »Sie ist tot«, sagte er leise.

Claire begann zu weinen, und der Professor nahm seine Frau in die Arme. »Mir ist das alles einfach zuviel«, schluchzte sie.

Zwei Tage später konnte man in den *Luxor News* lesen, daß bei einer Schießerei zwischen verfeindeten Nationalisten die Tänzerin Fatma aus Nag Hammadi ums Leben gekommen sei.

Omar wußte nicht, wie lange er vor sich hin gedämmert hatte. Waren es zwei, drei oder vier Tage? In der Stille und Dunkelheit war dem Jungen jede zeitliche Orientierung verlorengegangen. Er wußte auch nicht mehr, wie oft er sich an den durchlöcherten Wänden entlanggetastet hatte auf der verzweifelten Suche nach einem Mauerdurchlaß, einer Tür oder Öffnung. Irgendwie mußte er doch in dieses furchtbare Verlies gelangt sein!

Manchmal glaubte er Stimmen zu hören, dann riß Omar den Mund weit auf, als könnte er so besser lauschen, aber schon im nächsten Augenblick war nichts weiter als endlose Stille zu vernehmen. Allmählich verflachten seine Gedanken, und er war nicht einmal mehr in der Lage, über das Ende nachzudenken, das ihm bevorstand. Vor Durst und Hunger oder auch nur als Zeichen dafür, daß er noch lebte, kaute Omar das schmutzige Schilf, das ihm als Lager diente, aber jedesmal wenn er wieder damit begann, auf dem Kraut herumzubeißen, spuckte er es weit von sich, weil Sand zwischen seinen Zähnen knirschte. Und irgendwann begann er vor sich hin zu kichern wie ein Betrunkener, weil ihm der Gedanke kam, daß Sterben eine verdammt langweilige Angelegenheit sei.

Er hatte es aufgegeben, gegen die Wände zu brüllen, nur um irgend etwas Menschliches zu erfahren; denn wenn er überhaupt noch zu einer Empfindung fähig war, so dazu, zu begreifen, daß er sich genau an jener Grenze befand, an der das Leben aufhört und der Tod anfängt.

Das Geräusch, das von oben her auf einmal auf ihn eindrang, berührte Omar nicht; er glaubte nicht daran, meinte eher, es sei eine von jenen Sinnestäuschungen, die ihn schon hundertmal genarrt hatten. Er reagierte auch nicht, als sich über ihm die Decke öffnete und ein rötlich gelber Lichtstrahl auf ihn eindrang und stechenden Schmerz in seinen Augen verursachte. Erst als durch das Loch in der Decke eine Strickleiter nach unten fiel, setzte sich Omar auf und starrte nach oben. Sein Körper zitterte vor Aufregung; eine vermummte Gestalt zwängte sich durch die Öffnung, zog eine Petroleumlampe nach und stieg behutsam auf der Leiter herab. Dies nahm, obwohl die Decke kaum vier Meter hoch war, unendlich lange Zeit in Anspruch; jedenfalls kam es Omar so vor.

Er sah nun im schaukelnden Schein der Laterne auf einmal die Wände, die er unzählige Male mit den Händen abgetastet hatte; er erkannte einen von Pferden gezogenen Streitwagen, das sechsspeichige Rad, Götter mit Tierköpfen, kniende und laufende Gestalten und unzählige Hieroglyphen. Ein Grab! Omar hatte die letzten Tage in einem Grab zugebracht. In der Mitte des Raumes stand ein Sarkophag, und wenn er sich reckte, erkannte er darin die Überreste einer Mumie.

Inzwischen war der Vermummte mit seiner Laterne auf dem Boden angelangt. Er trug eine zerlumpte Galabija und hatte einen Sack über den Kopf gestülpt – so kam er langsam auf ihn zu.

Omar wich zurück in eine Ecke des Raumes, ließ sich mit dem Rücken an der Wand zu Boden gleiten, als wolle er sich klein machen, als könnte er so seinem Schicksal entgehen. Mit einem Blick maß er die acht bis zehn Schritte zur Strickleiter, aber noch ehe er mit einem mächtigen Satz zu der Leiter springen konnte, warf sich der Unbekannte auf Omar. Er verspürte einen Schlag gegen den Kopf und verlor das Bewußtsein. Und irgendwann in dieser endlos scheinenden Leere traf ihn ein glühender Schmerz am linken Arm, und er wollte schreien, hätte sich nicht bleierne Müdigkeit seiner Glieder bemächtigt.

So dämmerte Omar – nur Allah mag wissen wie lange – in tiefer Bewußtlosigkeit, bis er, unter einem milchigweißen Schleier erwachend, seine bleiernen Glieder vom Wasser umspült glaubte und aufgeregte Stimmen vernahm: »Er lebt! Er lebt!« Er spürte, wie er von starker Hand an den Armen gepackt, über sandigen Boden geschleift und in stacheliges Gras gebettet wurde. Dann schwand sein Bewußtsein abermals.

Als er die Augen aufschlug, blickte Omar in das faltige Gesicht eines Mannes, dessen Augen hinter einer dicken Brille unwirklich groß erschienen.

»Ich bin Doktor Mansur«, sagte der Mann, »kannst du mich verstehen?«

Omar brachte kein Wort hervor. Er nickte und betrachtete den rotierenden Ventilator an der Decke.

Der Doktor blickte zur Seite: »Erkennst du diesen Mann?«

Dort stand Professor Shelley. »*Ya Saidi*«, sagte der Junge leise. Und Claire trat hinzu. Sie hatte Tränen in den Augen und umarmte Omar und legte ihre Wange auf die seine, daß es ihm wohltat, und verlegen fragte sie: »Wo hast du nur so lange gesteckt, mein Junge?«

Da wagte Omar ein zaghaftes Lächeln, und ohne auf die Frage einzugehen, erkundigte er sich seinerseits, auf welche Weise er hierhergelangt sei.

»Du befindest dich in der Krankenstation von Luxor«, erwiderte der Professor. »Eine Ziegenhirtin hat dich auf der anderen Seite des Nils in einem Tümpel gefunden. Wie um alles in der Welt bist du dort hingekommen?«

Omar versuchte seine Gedanken zu ordnen, aber so sehr er sich auch mühte, seine verworrenen Eindrücke in einen zeitlichen Ablauf zu bringen, es mißlang. »Ich weiß nicht«, antwortete er müde, »ich weiß überhaupt nicht, was passiert ist. Wie lange war ich denn weg?«

»Sechs Tage«, antwortete Shelley. »Und du kannst dich an nichts erinnern?«

»Doch«, erwiderte der Junge, »da ist dieses finstere stickige Loch mit den Göttern und Hieroglyphen an den Wänden, ich glaube, es war ein altes Grab, und da ist dieser schwere süßliche Geruch . . .«

Shelley sah Doktor Mansur fragend an. Der verließ den Raum und kehrte kurze Zeit später mit einem kleinen weißen Tuch zurück, das er Omar entgegenhielt: »War es dieser Geruch?«

Omar erkannte die süßliche Schwere sofort.

»Chloroform«, stellte Mansur fest.

»Das kann doch nicht sein!« Professor Shelley war erschüttert.

»Doch. Ich habe es, ehrlich gesagt, sofort vermutet.«

»Aber dann haben wir es mit gefährlichen Gangstern zu tun, die vor nichts zurückschrecken!«

»Haben Sie daran gezweifelt, Professor? Wir können von Glück reden, daß wir den Jungen lebend gefunden haben. Es ist immerhin das erste Mal, daß ein auf der Seite des Nils Vermißter lebend wieder auftaucht.«

Omar, der das Gespräch mit einer gewissen Gleichgültigkeit verfolgte, blickte an sich herab. Er trug ein langes, weißes Hemd. Arme und Beine schmerzten; sie waren umwickelt, und noch ehe er eine Frage stellen konnte, erklärte Doktor Mansur: »Ich weiß nicht, wie lange du in dem Tümpel gelegen hast, es müssen viele Stunden gewesen sein, und das ist im Brackwasser des Nils nicht ungefährlich.« Mansur nahm den Arm Omars und begann vorsichtig die Binde zu lösen, bis auf demUnterarm eine dunkel gerötete Schnittwunde zum Vorschein kam, und sagte erklärend: »Bilharzia.«

»Was bedeutet das?« fragte Shelley.

»Die Bilharzia ist ein Saugwurm von der Länge eines Fingernagels, der vor allem in stehenden Gewässern vorkommt und sich mit Vorliebe in die Haut des Menschen einbohrt. Dabei überträgt sie die Bilharziose, eine gefürchtete Tropenkrankheit.

Omar hatte sieben solcher Saugwürmer am Körper. Sie waren nur durch Schnitte zu entfernen.«

»Und damit sind alle Gefahren beseitigt? Ich meine, könnte nicht . . .«

»Nein«, unterbrach Mansur, »ich habe den Jungen gründlich untersucht. Dabei machte ich allerdings eine merkwürdige Entdeckung.« Er schwieg, während er den Verband weiter löste. »Hier«, meinte er schließlich und deutete mit dem Finger auf eine Wunde am Oberarm des Jungen. Omar betrachtete sie und zog dabei eine Grimasse. Shelley trat näher, musterte die Wunde, dann sah er den Doktor an, als erwarte er eine Erklärung.

Doch der meinte nur: »Sie wollen etwas bemerken, Professor Shelley?«

Shelley schüttelte den Kopf. »Nein, nein, Doktor. Einen Augenblick hatte ich nur den Eindruck, als hätte die Wunde die Umrisse einer sitzenden Katze.«

»Ihr Eindruck trügt nicht«, erwiderte Mansur, »die Wunde ist das Brandmal eines zum Glühen gebrachten Katzensiegels.«

»Mein Gott«, stammelte Claire und klammerte sich am weißgestrichenen Eisengestell des Bettes fest.

Shelley betrachtete die handtellergroße, mit einer schwarzen Kruste bedeckte Wunde von allen Seiten. »Tut es sehr weh?« fragte er schließlich. Omar nickte.

»Und du weißt nicht, wie du dazu kommst?«

»Nein, *ya Saidi.* Aber nachdem ich in dem finsteren Verlies das Bewußtsein verloren hatte und nicht wußte, ob ich träumte oder schon tot war, da war mir auf einmal, als verspürte ich einen brennenden, stechenden Schmerz im Arm.«

»Katzenidole dieser Form und Art wurden in Pharaonengräbern gefunden. Sie sind zumeist aus Gold geschlagen.« Der Professor ging in dem kleinen weißen Raum unruhig auf und ab, und Claire rief aufgeregt: »Aber was gibt es für einen Grund, sie glühend einem Menschen auf die Haut zu drücken?«

Doktor Mansur blickte über den silbernen Rand seiner dicken Brille: »Wenn Sie mich fragen, Mistress, so ist das ein Zeichen oder die Warnung einer geheimen Organisation, die damit auf sich aufmerksam machen will. Ägypten ist ein Land großer Gegensätze, ein Land von zahllosen politischen Gruppierungen, ein Land, dessen Menschen nicht wissen, wo sie hingehören. Offiziell sind wir ein britisches Kondominium, aber in manchen Angelegenheiten unterstehen wir noch dem türkischen Sultan, in anderer Hinsicht übt der ägyptische Vizekönig, der Khedive, legitime Vorrechte aus. Aber der Khedive darf keine Verträge mit anderen Ländern abschließen, es gibt keine ägyptische Staatsbürgerschaft, ja, wir haben nicht einmal eine eigene Flagge.«

Shelley blieb stehen. »Ich gebe zu, Doktor, das sind nicht gerade ideale Verhältnisse, aber ich frage Sie, was hat das alles mit meinem Diener Omar zu tun, einem Jungen von vierzehn Jahren?«

»Omar ist *Ihr* Diener!« antwortete Mansur kühl.

»Sie meinen, der Anschlag habe eigentlich mir gegolten?«

Mansur hob die Schultern.

»Eine abenteuerliche Theorie!« entgegnete der Professor. »Vor allem entbehrt sie jeder Logik. Soweit ich es überblicken kann, halten sich in Luxor ein paar hundert Engländer auf, viele sind schon seit Jahren hier. Ich sehe keinen Grund, den Diener eines Neuankömmlings zu bestrafen, noch dazu einen Ägypter.«

Mehr hörte Omar nicht mehr, denn die Entbehrungen und die Müdigkeit forderten ihren Zoll, und er konnte die Augen nicht mehr offenhalten. So sah er auch nicht, wie Dr. Mansur und die Anwesenden auf Zehenspitzen den Raum verließen.

Professor Christopher Shelley meldete den Vorfall dem *Egypt Exploration Fund* und fragte an, ob er angesichts der explosiven Lage seine Recherchen fortsetzen solle. Vor allem Claire hatte Angst. Doch in London nahm man die Angelegenheit nicht so ernst, und die Antwortdepesche lautete knapp: »Weitermachen. Bewaffnung wird angeraten.«

Tags darauf suchte Shelley Carter auf, der in einem Haus,

oder besser: einer Hütte, zwischen Dra abu el-Naga und el-Tarif wohnte. Carter hatte sich, obwohl die Entführung Omars überall Tagesgespräch war, merklich zurückgehalten; er hatte geschwiegen, obwohl doch gerade er die Situation am jenseitigen Nilufer besser kannte als jeder andere. Und das machte ihn irgendwie verdächtig, jedenfalls kam es Shelley so vor.

Shelley kam unangemeldet, als die Sonne schon schräg stand über dem Tal der Könige und er erwarten konnte, daß der Ausgräber zu Hause war. Er mußte ihn schon von weitem gesehen haben, denn Carter kam Shelley wild mit den Armen fuchtelnd entgegen. Er trug einen staubigen Anzug und ein Hemd ohne Kragen und rief, noch ehe der Professor etwas sagen konnte: »Habe ich Ihnen nicht gesagt, wir sollten uns besser nicht treffen! Es ist nicht gut, wenn man uns zusammen sieht.«

Der Professor streckte Carter die Hand entgegen: »Ach, wissen Sie, ich sehe nicht ein, warum. Wenn ich wirklich beobachtet werde, und nach den Vorkommnissen der letzten Tage kann man davon ausgehen, dann wissen diese Leute auch längst von unserem Zusammentreffen. Im übrigen machte sich ein Engländer, der nach Luxor kommt und nicht mit Howard Carter zusammentrifft, eher verdächtig als jemand, der sich mit ihm trifft. Carter ist nun einmal eine Institution.«

Der Ausgräber fühlte sich geschmeichelt. »Nun, dann treten Sie näher!« Dabei machte er eine einladende Armbewegung in Richtung seines Hauses.

Das Haus maß kaum vier mal fünf Meter und war aus Nilschlammziegeln gebaut wie alle Häuser in dieser Gegend. Beim Eintreten durch die grünbemalte hölzerne Haustür befand man sich sofort im Wohn-, Schlaf- und Eßzimmer, aber auch in Küche, Bad und Bibliothek, denn das Haus hatte nur einen einzigen Raum. Die Läden des einzigen Fensters nach Osten waren nur halb geöffnet, so daß kaum Licht ins Innere fiel, und Shelley hatte Mühe, sich in der Ansammlung von Kisten und Kästen, welche weitgehend das Mobiliar ersetzten, zurechtzufinden. Der einzige Tisch, ein quadratisches, hochbeiniges Ungeheuer aus roh gezimmertem Holz, war beladen mit Töpfen und Geschirr, Stößen von Papier und einer schwarzen Schreibmaschine, Tonscherben und zahlreichen Fundstücken.

»Wenn ich gewußt hätte, daß Sie kommen, hätte ich natürlich aufgeräumt«, entschuldigte sich Carter, »aber das ist nun mal *meine* Welt.« Und dabei wischte er mit dem Ärmel Staub von einem Hocker, den er unter dem Tisch hervorzog. »Setzen Sie sich doch!«

Er selbst nahm auf einer durchgesessenen Liege unter dem Fenster Platz, in der er zu versinken drohte. »Hier hause ich also«, stellte Carter fest, »ich gebe zu, nicht gerade vornehm. Es gibt kein Wasser, keinen Strom, und eine Nachricht nach Luxor dauert eine gute Stunde, aber« – er hielt inne und stieß die Fensterläden auf – »wer hat schon solch einen Ausblick!«

Shelley erhob sich. Vor ihnen lag der Grüngürtel des Nilufers, dahinter zog träge der Strom vorbei, und im gelben Dunst auf der anderen Seite des Flusses konnte man Luxor erkennen, den großen Tempel, das *Winter Palace* und die schlanken Minarette der Stadt.

»Ich habe von Ihren Schwierigkeiten gehört«, sagte Carter nach einer langen Pause des Staunens.

»Schwierigkeiten?« Shelley lachte bitter. »Man hat den Jungen halb totgeschlagen, mit Chloroform betäubt und in einen Tümpel geworfen. Es grenzt an ein Wunder, daß er überlebt hat.«

»Wird er durchkommen?«

»Doktor Mansur ist davon überzeugt. Er meint, der Junge sei kräftig und widerstandsfähig wie ein junger Stier.«

Die Rede des Professors wurde von einem heiseren Krächzen unterbrochen, das aus der hinteren Ecke des Raumes kam. »Das ist Jenny«, bemerkte Carter, »mein Papagei. Jenny ist nicht gewöhnt, daß außer ihr jemand spricht.« Jetzt erblickte Shelley den großen gelben Vogel, der mit dem Kopf nach unten in einem aus Bambus geflochtenen Käfig hing.

Shelley nahm seine Rede wieder auf: »An der Sache ist einiges rätselhaft, Carter, und ich könnte mir vorstellen, daß Sie mir vielleicht weiterhelfen können.«

»Ich? Wieso ich?« Der Ausgräber wurde unruhig.

»Nun, Sie leben seit beinahe zwanzig Jahren in diesem Land, Sie sind doch beinahe selbst ein Ägypter, Sie kennen die Menschen, und die Menschen kennen Sie . . .«

»Ich weiß nicht, worauf Sie hinauswollen, Professor.«

»Nun, da gibt es im Zusammenhang mit der Entführung ein paar Ungereimtheiten. Vielleicht wissen Sie eine Erklärung. Da ist einmal die Tatsache, daß bisher ein Dutzend Menschen spurlos verschwunden sind. Omar aber tauchte nach sechs Tagen wieder auf.«

»Allah sei Dank.«

»Allah sei Dank.«

»Wo hielt er sich auf?«

»Omar kann sich an nichts erinnern, außer, daß er in einer stockfinsteren Höhle, vermutlich einem Grab, eingesperrt war. Eine Ziegenhirtin entdeckte ihn in einem Tümpel, bewußtlos. Bis hierher könnte alles noch ein Zufall sein oder auf einer Verwechslung beruhen, aber als man den Jungen fand, trug er auf dem rechten Oberarm ein Brandmal, eine sitzende Katze.«

»Eine Katze?«

»Sagt Ihnen dieses Symbol etwas?«

Carter legte seine Stirn in Falten, als dächte er angestrengt nach.

»Eine Katze, nein, ich habe keine Ahnung«, bemerkte er auffallend gleichgültig.

»Aber es muß doch irgendein Sinn dahinterstecken, Carter?«

Der jedoch schwieg, und irgendwie wurde Shelley das Gefühl nicht los, daß Carter nicht sprechen wollte. Wie aber konnte er diesen Querkopf zum Reden bringen?

Shelley besann sich seines eigentlichen Auftrages und begann unvermittelt: »Was ich Sie im Zusammenhang mit dem Auftauchen der Grabungspläne schon immer fragen wollte: Wo bewahren Sie Ihre Aufzeichnungen auf?« Und dabei sah sich Shelley in dem düsteren Raum um, musterte die übereinandergestapelten Kästen, eine Art Bücherregal aus rohen Brettern, die von Ziegeln getragen wurden, und er konnte sich beim besten Willen nicht vorstellen, wo hier geheime Pläne aufbewahrt werden sollten.

Carter schien die Gedanken des Professors zu erraten: »Nicht hier!« sagte er mit einem stolzen Lächeln, und er erhob sich, ging zur Tür und verschloß sie von innen. Dann schloß er die Fensterläden, entzündete eine Petroleumlampe und bat den Professor, mit ihm den Tisch anzuheben. Auf dem Steinfußboden lag ein zerschlissener Teppich. Carter zog ihn beiseite, und darunter kam ein hölzerner Einsatz zum Vorschein. Mit einem geschickten Griff zog er die Klappe an einer Seite hoch; darunter gähnte ein tiefes, finsteres Loch.

Er nahm die Laterne und sagte wie selbstverständlich: »Wenn Sie gestatten, ich gehe voraus.« In der einen Hand die Lampe haltend, stieg Carter auf einer Leiter, die Shelley nicht sehen konnte, nach unten. Dort angelangt rief er: »So, jetzt sind Sie dran, Professor. Halten Sie sich gut fest!«

Shelley war sprachlos; er zwängte sich durch die Öffnung im Boden, und unten angekommen, blickte er sich um. Die Wände des niedrigen Raumes waren mit mannshohen Figuren bemalt, heilige Szenen, aber auch Szenen aus dem täglichen Leben im alten Ägypten. Links und rechts in den Wänden zwei Nischen, Platz genug für einen Menschen, an der einen Seite ein Steinportal, das Ganze in einem Goldton gehalten, und immer wieder senkrechte Spruchbänder von Hieroglyphen. Shelley blieb sprachlos.

»Willkommen im Hause des Pet-Isis!« sagte Carter lächelnd.

Es dauerte eine ganze Weile, bis Shelley seine Sprache wiedergefunden hatte. »Carter«, stammelte er, »Carter, was ist das?«

»Sie befinden sich in der letzten Ruhestätte des Sem-Priesters Pet-Isis, Erster Prophet Gottes unter dem Pharao Ramses II., Tempelhüter und Verwalter der Liegenschaften des Amun-Tempels von Luxor.« Und dabei zeigte er auf die Darstellung an der Wand, einen kahlrasierten, ausschreitenden Mann im Profil in einem langen, weißen Gewand, gefolgt von Horologen, Stundenpriestern, und Astrologen, den Hütern des mythologischen Kalenders, sowie seiner Frau, kleiner in der Darstellung, und einer unüberschaubaren Schar von Kindern. Und vor dieser Prozession tierköpfige Göttergestalten: Amun, Mut und Chons, Isis und Osiris.

Shelley trat an die Wand, fuhr mit dem Finger über die Hieroglyphen und begann langsam zu lesen:

»Ich näherte mich den Grenzen des Totenreiches und wurde über alles Irdische emporgehoben. In tiefer Nacht erblickte ich die Sonne in strahlendem Licht. Ich näherte mich den Göttern von unten und oben und stand ihnen von Angesicht zu Angesicht gegenüber.‹« Die Hand des Professors zitterte vor Ergriffenheit. »Ist das Ihre Entdeckung?« fragte er schließlich.

»Leider nein«, erwiderte Howard Carter. »Sie müssen wissen, hier in dieser Gegend ist jedes Haus über einem Grab aus der Frühzeit der ägyptischen Geschichte errichtet, und damit will ich gleich Ihre nächste Frage beantworten: Nein, das Grab war bereits leer, als ich zum ersten Mal in dieses Haus kam, und die alten Leute, die es mir vermieteten, sagten, auch sie hätten die Stätte bereits leer vorgefunden.«

»Glauben Sie daran?«

Carter hob die Schultern. »Ich kann das Gegenteil nicht beweisen. Sie wissen doch, daß die ersten Gräber schon vor dreitausend Jahren ausgeraubt worden sind. Ich hoffe nur, Sie verraten mich nicht, Professor!«

»Verraten? Wie meinen Sie das?«

»Nun, bisher weiß niemand von diesem Grab. Ich wollte nicht, daß es bekannt wird, und ich will einfach meine Ruhe haben – wenn Sie verstehen, was ich meine. Ich habe viele Nächte hier unten zugebracht, die Darstellungen betrachtet, mit anderen verglichen, die Texte an den Wänden abgezeichnet und übersetzt, und dabei machte ich eine merkwürdige Entdeckung. – Sie verraten mich nicht?«

»Ehrenwort, Carter.«

»Sie fragten mich, wo ich meine geheimen Pläne aufbewahre. Meine Antwort ist: hier in diesem Raum!«

Shelley nahm Carter die Lampe aus der Hand und leuchtete

alle vier Wände ab. In einer Ecke stand ein Sack mit goldgelbem Wüstensand, sonst war der Raum leer. Shelley klopfte gegen die Wände, auf der Suche nach einem Hohlraum, konnte aber nichts dergleichen entdecken und sagte: »Das verstehe ich nicht, Sie sagten, Sie bewahrten Ihre Pläne hier in diesem Raum auf.«

Carter nickte. »Die alten Ägypter waren verschlagen und hatten eine teuflische Phantasie. Pet-Isis nahm offenbar, als er starb, ein Geheimnis mit ins Grab, ein Geheimnis, das ich nicht kenne, vielleicht Unterlagen über geheime Reichtümer des Tempels, möglicherweise sogar Beweise über Verfehlungen des Pharaos – jedenfalls entdeckte ich hier unten einen Text, den ich nicht verstand und der mich nachdenklich stimmte.«

Carter bückte sich und leuchtete an der vorderen Wand auf ein Hieroglyphenband. »Hier, lesen Sie selbst!«

Der Professor kniete sich auf den Boden und begann mühevoll die Hieroglyphen zu entschlüsseln: »Nur die Götter des Südens und Nordens wissen um mein Geheimnis, und der Schlüssel zu diesem Geheimnis liegt im großen Säulensaal von Karnak verborgen.«

»Das verstehe ich nicht, Carter, was hat das zu bedeuten?«

Der Ausgräber schmunzelte. »Diese Worte sind nur in einem ganz bestimmten Zusammenhang zu verstehen.«

»In welchem Zusammenhang, Carter?«

»Wissen Sie, Professor, ich habe alle Inschriften in diesem Grab aufgezeichnet und sie immer wieder gelesen, und dabei blieben drei Sätze übrig, die ich nicht verstand. Ich hätte andere Archäologen zu Rate ziehen können, aber das wollte ich nicht, denn dann hätte ich ja sagen müssen, woher die Hieroglyphentexte stammen. Der eine Satz war dieser.«

»Und die beiden anderen?«

»Hier.« Carter hielt die Laterne nahe an den Kopf des widderköpfigen Gottes Amun. »Sehen Sie?« Vor dem Kopf des Gottes waren Hieroglyphen zu erkennen, und ihr Inhalt lautete in der Übersetzung: *Stehe eine halbe Säule von hier gen Norden, und du wirst die halbe Wahrheit erkennen.* Dann ging er zu der im rechten Winkel gelegenen Querwand, wo der bärtige Osiris als Mumie dargestellt war. Der Kopf des Osiris war eingerahmt von den Worten: *Stelle den vierten Teil einer Säule gen Westen, und du wirst die ganze Wahrheit erkennen.*

»Mehr als rätselhaft«, stellte Christopher Shelley fest. »Vermutlich nehmen die Texte Bezug auf irgendein Totenritual.«

»Das wäre durchaus denkbar«, erwiderte Carter. »Das ägyptische Totenbuch enthält zahlreiche Texte, die wir nicht verstehen, aber ich habe das ganze Totenbuch nach ähnlichen Sätzen durchforstet – Fehlanzeige.«

Shelley tapste nervös von einem Fuß auf den anderen. »Sie machen mich neugierig, Carter. Haben Sie die Lösung gefunden?«

»Natürlich«, meinte Carter ruhig, als handelte es sich um die einfachste Sache der Welt. »Zuerst stellte sich die Frage nach den vier Himmelsrichtungen.« Carter nahm in der Mitte des Raumes Aufstellung, zeigte auf den widderköpfigen Amun und sagte: »Dies hier ist Süden.« Dann deutete er auf Osiris und meinte: »Und das ist Osten, klar?«

Der Professor nickte.

»Die zweite Frage, die sich mir stellte, war die der Maßangabe ›eine halbe Säule‹. Aber diese Maßangabe erklärte sich mit dem Hinweis auf den Schlüssel, der im großen Säulensaal von Karnak verborgen sei. Die Säulen dort sind die höchsten in ganz Ägypten, eine jede mißt siebzig Fuß. Die Hälfte davon sind fünfunddreißig Fuß. So lang ist der gesamte Raum hier nicht. Ich habe gerechnet und Zeichnungen angefertigt, und ich war nahe daran aufzugeben, als mir eines Tages in den Sinn kam, eine Säule zu halbieren und sie senkrecht in zwei Hälften zu zerteilen. Dann hatte ich doch eine halbe Säule! Eine Säule von Karnak hat zweiunddreißig Fuß Umfang. Die Hälfte sind also sechzehn Fuß, der vierte Teil acht Fuß. Und jetzt wollen wir ausprobieren, ob meine Theorie richtig war!«

Carter faßte den Professor bei den Armen, ging mit ihm von der Wand des Osiris, indem er einen Schuh vor den anderen setzte, acht Fußlängen in Richtung Westen und bedeutete, er möge sich nicht von der Stelle rühren.«»Und jetzt passen Sie auf, Professor! Blicken Sie immer nach vorne auf diese Scheintüre!« Dann ging Carter zu der Wand mit der Amun-Darstellung, drehte sich um und setzte, laut mitzählend, wiederum einen Schuh vor den anderen, insgesamt sechzehnmal, so daß er kaum zwei Armspannen hinter Shelley zu stehen kam.

Im selben Augenblick begann der Boden des Raumes zu zittern, und man vernahm ein mahlendes, kreischendes Geräusch. Shelley blickte ängstlich zur Decke, als fürchte er, das Gewölbe könnte auf ihn herabstürzen. Carter riß die Petroleumlampe hoch und rief: »Stehenbleiben, Professor! Rühren Sie sich nicht vom Fleck!« Und auf einmal bewegte sich das vermeintlich in Stein gehauene Portal vor ihm, nicht wie eine Tür nach links oder rechts, sondern es kippte, sich um seine Mitte drehend, vornüber und blieb nach ein paar Sekunden in einer Staubwolke waagerecht schwebend stehen.

»Carter, Sie sind ein Teufelskerl!« Shelley hustete sich den Staub aus der Lunge.

»Sie wollten doch sehen, wo ich meine Pläne aufbewahre. Hier, sehen Sie!« Der Ausgräber leuchtete in die Öffnung in der Wand. Dahinter waren in einer Nische Akten und Papiere gestapelt.

»Und als Sie diese Tür zum ersten Mal öffneten«, fragte Shelley zögernd, »was fanden Sie da?«

»Sie werden es nicht glauben, Professor, die Nische war leer.«

»Leer? Aber das bedeutet doch, daß schon vor Ihnen jemand das Geheimnis dieses Mechanismus ergründet hat!«

»Das bedeutet es in der Tat«, antwortete Carter, der nun deutliches Mißtrauen in Shelleys Gesicht zu erkennen glaubte. »Sie glauben mir nicht?«

»Doch, doch«, entgegnete der Professor. »Nur, Sie haben gesagt, von diesem Versteck wußte niemand außer Ihnen.«

»Das stimmt.«

»Carter!« rief Shelley erregt. »Sie lügen. Sie können den Mechanismus allein gar nicht geöffnet haben. Denn wie Sie mir soeben vorgeführt haben, brauchen Sie zwei Menschen, um das Ganze in Bewegung zu setzen.«

Carter war gewöhnt, daß man ihm mit Mißtrauen begegnete. Er machte auch keine Anstalten, sich mit Worten zu verteidigen. Wortlos ging er auf die in der Waagerechten hängende Steinplatte zu, stützte sich mit beiden Armen auf, der schwere Koloß bekam das Übergewicht und fiel mit demselben mahlenden, kreischenden Geräusch in seine ursprüngliche Position zurück. Dann ging Carter in die Ecke, wo der Sandsack stand, und schleifte ihn zu der Stelle, wo zuvor Shelley gestanden hatte. Er selbst trat auf die vorherige Position, und wie von Geisterhand gesteuert wiederholte sich der Vorgang, und das Scheinportal öffnete sich.

»Das ganze Geheimnis«, meinte er, und es klang beinahe traurig, »das ganze Geheimnis beruht auf einer Mechanik, die durch das Gewicht von mindestens sechzig Kilo auf diesen beiden gekennzeichneten Steinplatten ausgelöst wird. Soviel wog wohl ein erwachsener Mann zu Zeiten Ramses II. Ich habe es ausprobiert: nur zehn Kilo weniger Sand in dem Sack, und alle Mühe ist vergebens.«

Der Professor ging auf den Ausgräber zu, streckte ihm die Hand entgegen und sagte: »Carter, ich möchte mich entschuldigen. Ich glaube, ich habe Sie unterschätzt. Ich glaube, Sie werden überhaupt unterschätzt.«

»Schon gut, Professor!« Der Ausgräber machte eine beschwichtigende Handbewegung. »Ich bin das gewöhnt. Wer aus Swattham kommt und immer nur vom Geld anderer Leute gelebt hat, der ist das gewöhnt.«

Später, als Christopher Shelley vorbei an den Felsklippen die kahlen Hügel hinab zum Nil ging, dachte er, daß ein Mann wie Carter viel mehr wußte, als er zugab.

Omar genas schneller, als Doktor Mansur in Aussicht gestellt hatte, was, wie der Junge erst viel später erfuhr, auf die teuren Medikamente zurückzuführen war, die der Professor aus eigener Tasche bezahlte. Shelley fühlte sich mitschuldig am Schicksal Omars, und er versuchte dies auf jede nur erdenkliche Weise wiedergutzumachen. Er war sogar soweit gegangen, Omar einen Wunsch freizustellen; so er ihn erfüllen könne, werde er es tun. Der Junge erbat sich einen Tag Bedenkzeit, und Claire, die Frau des Professors, hegte schon Bedenken ob der Unerfüllbarkeit möglicher Wünsche; doch dann waren sie beide überrascht, denn Omar hatte nur den einen Wunsch, lesen und schreiben zu lernen. Seither ging Omar an jedem Tag zu dem alten Taha, einem geachteten Koran-Rezitierer, in die Schule, der ihn die Worte des Propheten zu lesen und zu schreiben lehrte.

Nach ein paar Wochen fand Shelley an der Sharia el-Bahr ein Haus zur Miete, in dem Omar ein zwar kleiner und finsterer, aber eigener Raum neben der Küche zur Verfügung stand. In der Küche waltete Nunda, eine hochgewachsene Nubierin mit breitem Gesicht und Brüsten wie Melonen aus dem Faijum, welche sie selbstbewußt in einen weißen Kittel geschnürt zur Schau stellte. Nunda war von freundlichem Wesen, und ihr Lachen dröhnte vom frühen Morgen bis abends durch das Haus. Nach Art der Nubier weigerte sie sich strikt, die Leute beim Namen zu nennen, das erschien ihr zu gewöhnlich, und so titulierte sie den Professor »Bewunderungswürdiger Prophet«, seine Frau »Duftende Tamariske«, und Omar wurde von Nunda nur »Doktor« genannt. Wie es zu diesen Namen kam, blieb Nundas Geheimnis, aber Omar fühlte sich geschmeichelt. Vielleicht zum ersten Mal in seinem Leben fühlte er sich nicht klein und niedrig, sondern würdig und geachtet.

Nunda, die Nubierin, war es auch, die Omars sexuelle Begierden schürte, die ihn mit ihrer aggressiven Körperlichkeit reizte. Dann suchte er schüchtern und unter irgendeinem Vorwand ihre Nähe und gab sich damit zufrieden, Nunda heimlich zu berühren. Nunda war gewiß doppelt so alt wie Omar, und sie bemerkte natürlich das quälende Verlangen, das allein ihre Anwesenheit in dem Jungen hervorrief. Zuerst spielte sie mit ihrer Macht, es schien ihr Spaß zu machen, seine Sinne zu verwirren, ja, sie fühlte sich geschmeichelt von seinen Gefühlen und provozierte ihn mit aufreizenden Bewegungen und Berührungen, und sie wartete nur auf ein Wort des Jungen. Aber das blieb aus.

Mein Gott, Omar war vierzehn, er brauchte eine Mutter und keine Geliebte! Also übernahm Nunda die Initiative. Eines Tages, beim Bade im Holztrog im Garten, für das sie das Wasser erwärmte, trat Nunda mit einem Eimer grauer Seife hinzu und begann wortlos, den Jungen einzuseifen. Omar reckte ihr seinen schlanken Körper entgegen, und Nunda seifte mit scheinbarer Gelassenheit und vergaß auch nicht sein aufgeregt aufragendes Glied. Sein Gesicht verzog sich dabei zu einer Fratze, und verzückt drehte er seine Augen in den Nachmittagshimmel, daß beinahe nur noch das Weiße zu sehen war. In diesem Augenblick wünschte sich Omar eine klebrige Schmutzschicht auf seinem Körper, damit Nunda ihre Anstrengungen noch verstärkte und nur nicht aufhörte mit der Reinigung. Die Brüste in ihrem weißen Kittel hingen über ihm wie reife Früchte, und als Nunda einen Krug aufhob, um heißes Wasser über ihn zu gießen, da geschah es, daß eine der Brüste aus dem Gewand fiel und nun bloß und nackt und verletzbar vor ihm hing, er stöhnte leise auf, als hätte ihn ein Schmerz getroffen, und griff mit der nassen Hand nach dem hellhäutigen Etwas vor seinen Augen. Die runzelige Spitze des Hügels war umgeben von einem beinahe handtellergroßen, dunkler getönten Hof. Nunda sah die Hilflosigkeit des Jungen und lachte. Aber dieses Lachen war ganz anders als das Lachen, das er von ihr kannte. Es entbehrte jeder Koketterie, vielmehr war es ein gütiges Lachen, ein Lachen von unsagbarer Wärme. »Doktor«, sagte Nunda ganz ruhig, »warum kämpfst du gegen deine Gefühle an? Sei froh, wenn du welche hast!«

Da mußte auch Omar lachen, und er begann Nunda zu streicheln, erst zaghaft, dann mit wachsender Begierde heftiger, und dabei wand er sich wie ein Fisch im seichten Wasser des Nils. Er tauchte in das schäumende Badewasser, kam pustend hoch, faßte nach Nunda, versuchte sie ins Wasser zu ziehen, die aber sträubte sich, daß ihr Kittel zerriß und sie nun völlig nackt vor ihm stand. Einen Augenblick zögerte Nunda, dann stieg sie zu dem Jungen in den Trog, sie setzte sich auf ihn, und Omar spürte, wie er sanft in sie eindrang. Er griff nach ihren Brüsten und merkte mit Wollust, wie ihr Körper sich versteifte und in kurzen Abständen wie in einem Schauer zusammenzuckte.

Nundas Bewegungen wurden immer heftiger, sie stieß gurrende Laute aus, und ihre Finger krallten sich in seine Brust, daß es schmerzte. Und hatte er soeben noch höchste Wonne empfunden unter ihren Bewegungen, so schlug dieses Gefühl von einem Augenblick auf den anderen um in Ekel und Empörung, alles in ihm rebellierte, und er versuchte sich mit heftigen Bewegungen aus seiner Lage zu befreien. Aber Nunda hielt ihn mit ihren Schenkeln so fest umklammert, daß Omar sich auch mit höchster Kraftanstrengung nicht lösen konnte.

In hemmungsloser Wut bäumte der Junge sich auf und biß Nunda in die Brust. Ein gequälter Schrei, und sie ließ von dem Jungen ab, der nun, aus der Umklammerung befreit, wie wild um sich schlug. Dabei klatschte er ihr mit der Faust ins Gesicht, ein rotes Rinnsal träufelte aus der Nase herab, benetzte ihre nasse Haut mit widerlichen Flecken, und die pralle Nacktheit, die ihm soeben noch Lust und Vergnügen bereitet hatte, ließ ihn erschauern.

»Houriyat!« stammelte Omar. »Houriyat!« Und noch einmal: »Houriyat!« Und er spuckte das Seifenwasser, das in seinem Mund einen widerwärtigen Geschmack hinterlassen hatte, in den Sand.

Weder Professor Shelley noch seine Frau Claire, der sonst kaum etwas entging, hatten den Vorfall bemerkt, und zwischen Nunda und Omar schien es, als habe das Ereignis nie stattgefunden. Fortan begegneten sich die beiden mit Zurückhaltung, keiner verlor je ein Wort darüber, und doch – Omar war ein anderer geworden.

In der ersten Zeit vermied es der Professor, Omar zu seinen Forschungsarbeiten jenseits des Nils mitzunehmen. Shelleys Aufgabe bestand darin, alle möglichen Spuren, Hinweise und Funde aufzunehmen und mögliche Fundstellen aufzuspüren, an denen der *Egypt Exploration Fund* neue Grabungen beginnen konnte – eine mühevolle Aufgabe, wie sich bald herausstellte: Denn wo immer er auftauchte, stieß der Professor auf Mißtrauen. Grabungsteams aus aller Herren Länder wurden durch Erfolgsberichte angelockt wie Fliegen von Kamelmist, und schuld daran war vor allem ein junger Engländer namens William Carlyle, weitläufig verwandt mit dem gleichnamigen berühmten Historiker, der seine Zeit, nach einem abgebrochenen Studium in Oxford, in Ägypten verbrachte.

Keiner wußte eigentlich so recht, womit der vielsprachige Mann seinen Lebensunterhalt verdiente; denn daß er nicht wohlhabend war, konnte man schon an seiner heruntergekommenen Kleidung erkennen, die sich deutlich von der anderer Engländer unterschied. Nein, es stimmte schon, was Carlyle behauptete, daß er als Sonderkorrespondent für die *Times* und andere Zeitungen in Europa tätig war und von dem Erlös seiner Berichte lebte. Dazu reiste er zwischen Alexandria und Abu Simbel hin und her, quartierte sich oft wochenlang in einer kleinen, billigen Pension ein, unterhielt sich mit Ausgräbern und Einheimischen, immer auf der Suche nach einer Sensation. Man sah Carlyle geschwätzig auf dem Kamelmarkt, im Basar genauso wie im Tal der Könige. Auf diese Weise gelangte er an Informationen, die anderen verborgen blieben, und man wußte nie, ob Carlyles Auftauchen zufällig oder erstes Anzeichen für eine bevorstehende Entdeckung war.

Omars erste Begegnung mit Carlyle erfolgte in dem kleinen Zeitungsladen unter den Arkaden des Hotels *Winter Palace,* wo Omar für den Professor die *Times* holte. Carlyle sprach ihn an, aus Neugierde, wie es seine Art war, und erkundigte sich, ob er, Omar, *Times*-Leser sei. Der erklärte, er sei Diener seines Herrn, des Professors Christopher Shelley vom *Egypt Exploration Fund,* und so ergab sich ein Gespräch, in dessen Verlauf der Journalist mehr und mehr Interesse an dem jungen Ägypter zeigte.

Omar wunderte sich, daß ausgerechnet er das Interesse eines Engländers erregte, der für die Londoner *Times* schrieb, ja, er fühlte sich geschmeichelt, und er erzählte mehr, als ihm einem

Fremden gegenüber zukam. Nilabwärts schlenderten sie die Sharia el-Bahr entlang, und Omar berichtete von seiner mysteriösen Entführung und ihrem glücklichen Ausgang, und er äußerte die Vermutung, daß er das Opfer einer Verwechslung geworden sei, daß möglicherweise der Professor hätte entführt werden sollen – aus welchen Gründen auch immer.

Ein Mann wie William Carlyle witterte sofort eine Geschichte, und er erbat bei Professor Shelley einen Termin für den folgenden Tag. Shelley gab bereitwillig Auskunft, aber Carlyle erfuhr nicht mehr, als er ohnehin schon wußte; das heißt, eine Kleinigkeit hatte Omar nicht erwähnt – das Brandmal auf seinem linken Arm. Carlyle versprach, den Professor auf dem laufenden zu halten; er werde der Sache nachgehen.

An den folgenden Tagen hielt Omar, wenn er die *Times* holte, Ausschau nach dem Journalisten, aber Carlyle kam nicht. Vom Zeitungsverkäufer erfuhr er, daß Carlyle im *Edfu*-Hotel wohne, in Bahnhofsnähe. Nach zwei Wochen hatte der sich noch immer nicht gemeldet, und Omar beschloß, Carlyle in seinem Hotel aufzusuchen.

Das Hotel erwies sich als windige Absteige aus Holz mit einer Altane zur Straße hin. Perlenschnüre bildeten die Türe. Einen Portier gab es nicht, statt dessen hing in dem schmalen Eingang, von dessen Wänden grüne Farbe abblätterte, ein brauner Schlüsselkasten. Nach lautem Rufen kam ein alter gebeugter Mann, auf einen Stock gestützt. Auf die Frage nach Carlyle geriet er in große Aufregung. *Ya salaam,* der Engländer sei seit einer Woche verschwunden, sein Bett unbenutzt, das Gepäck unberührt, die Miete eine Woche im Rückstand.

Omar lief nach Hause und meldete dem Professor, was er erfahren hatte. Darauf suchten sie gemeinsam das *Edfu*-Hotel auf, und Shelley bat, das Zimmer des Engländers sehen zu dürfen. Ein Bakschisch in Höhe einer Tagesmiete öffnete das Zimmer im ersten Stock. Der Raum war nicht größer als drei mal drei Meter. Um überhaupt etwas sehen zu können, öffnete Shelley die Fensterläden, die anstelle von Glasfenstern angebracht waren. Das Bett war geordnet, ein Rohrgestell mit seitlichen

Stoffverspannungen, vorne offen, diente als Schrank; darin hingen verschiedene Kleidungsstücke.

Unter dem Fenster stand ein kleiner quadratischer Tisch, darauf ein Stoß unbeschriebenes Papier, ein Federhalter aus Elfenbein, eine Telegraphenquittung über sechzig Piaster vom 20. November, ein Buch von W M. F. Petrie, *Methods and Aims in Archaeology*, der Innenteil der *Times* vom 22. November 1911, eine dunkle Fotografie mit mehreren Personen und Reste eines Sesambrötchens, an dem Mäuse Gefallen gefunden hatten. Das Zimmer machte weder den Eindruck, als sei es überstürzt verlassen worden, noch konnte man aus dem Zustand schließen, daß der Mieter sich aus irgendeinem Grund aus dem Staub gemacht hatte. Dagegen sprach vor allem ein Kuvert mit fünfzehn Pfund, das Shelley in der Innentasche einer Jacke entdeckte.

Der Professor überflog die Zeitung, in der über den Halleyschen Kometen, die Abschaffung der Sklaverei in China und den Tod des russischen Dichters Leo Tolstoi berichtet wurde, fand aber weder einen Vermerk noch irgendeine mit Carlyle in Verbindung stehende Meldung. Als er die Fotografie zur Hand nahm, machte Shelley jedoch eine erstaunliche Entdeckung: Bei dem Bild handelte es sich um eine jener fotografischen Aufnahmen, welche Jacques Guilbert auf dem Fest des Mustafa Aga Ayat aufgenommen hatte, und es zeigte ihn, Shelley, und Claire inmitten anderer, ihm nicht bekannter Gäste in ausgelassener Stimmung.

Wann genau er William Carlyle zuletzt gesehen hatte, vermochte der gebeugte Alte nicht zu sagen. Auf die Frage, ob er das Verschwinden des Mannes der Polizei gemeldet habe, hob er verlegen die Schultern. Es sei öfter einmal vorgekommen, daß der Mieter eine Nacht aushäusig verbracht habe, aber nun, da er mit dem Mietzins eine Woche im Rückstand sei, gedenke er, im Karakol vorzusprechen.

Dies sei nicht nötig, erklärte Professor Shelley, er werde das übernehmen, und zusammen mit Omar verließ er den Raum und stieg über die enge Treppe nach unten.

Ibrahim el-Nawawi begrüßte den Professor wie einen alten Freund, und gekonnt weinte er eine Krokodilsträne wegen der wundersamen Errettung Omars. Das Verschwinden Carlyles erschien dem Sub-Mudir keiner Akte wert, denn, bemerkte er ironisch, wenn alle Menschen, die für ein paar Tage aus Luxor verschwinden, aktenkundig gemacht würden, hätte er viel zu tun. Erst auf die Drohung, den britischen Konsul Mustafa Aga Ayat einzuschalten, erklärte sich el-Nawawi bereit, Nachforschungen anzustellen; er würde von ihm hören.

Professor Shelley verbrachte die nächsten Tage mit der kartographischen Aufnahme neuer Funde im Tal der Könige, welche allesamt auf Pharao Thutmosis II. Bezug nahmen. Dabei kreisten seine Gedanken um das Verschwinden Carlyles und die Hinterlassenschaft in seinem Hotelzimmer. Nach drei Tagen suchte Shelley den Sub-Mudir auf, aber wie nicht anders zu erwarten, hatten die Nachforschungen der Polizei nicht den geringsten Hinweis erbracht. Darauf begab sich Christopher Shelley in das *Edfu*-Hotel, um nochmals das Zimmer Carlyles unter die Lupe zu nehmen.

Das Zimmer schien unverändert, jedenfalls auf den ersten Blick. Shelley machte auch keine neue Entdeckung, aber etwas fiel ihm sofort auf: Auf dem Tisch vor dem Fenster lag alles an seinem alten Platz, nur etwas fehlte, die Fotografie. Der gebeugte Alte schwor beim Barte des Propheten, er habe nichts angerührt in diesem Raum, könne sich an eine Fotografie auch gar nicht erinnern. Nervös begann er mit gichtigen Fingern auf dem Tisch herumzuwühlen, das Buch durchzublättern, und dabei fiel ein Zettel heraus. Shelley hob ihn auf. Auf dem Zettel stand ein Wort, zweimal unterstrichen:

IMHOTEP.

Sonst nichts.

Sein nächster Weg führte den Professor in die Sharia el-Isbitalja; dort, gegenüber dem Französischen Hospital, hatte Jacques Guilbert Atelier und Labor, was er mit großen roten Buchstaben über dem Eingang annoncierte. Shelley äußerte den Wunsch, die fotografischen Aufnahmen vom Fest des britischen

Konsuls zu sehen, und Guilbert zog einen Stapel belichteter Glasplatten hervor mit der Aufforderung, sie gegen das Licht zu halten und seine Wünsche zu äußern, er benötige nur einen Tag für die Ausarbeitung der Aufnahmen. Der Professor war sicher, jene Aufnahme zu finden, die in Carlyles Zimmer verschwunden war, aber nach zweimaliger Durchsicht der Platten war Shelley nicht fündig geworden und er beteuerte, er habe eine weitere fotografische Aufnahme gesehen, auf der er und seine Frau Claire abgelichtet seien. Das, erwiderte Guilbert, sei schlichtweg unmöglich. Außer ihm gebe es keinen Daguerreotypisten in Luxor, und nur ihm sei es erlaubt, die erlauchten Gäste des Konsuls abzulichten; wo er die Aufnahme gesehen habe?

Das aber behielt Shelley für sich, jedenfalls erschien es ihm angebracht, den Grund seiner Nachforschungen zu verschweigen.

In der folgenden Nacht schreckte Omar aus dem Schlaf, er glaubte, am Fenster ein leises Klopfen zu vernehmen. Das Fenster, ungewöhnlich hoch und schmal, war mit einem Laden verschlossen, durch dessen Lüftungsschlitze man hinaussehen konnte. Aber so sehr er seine Augen auch anstrengte, die Nacht gab nichts zu erkennen. Omar hatte keine Furcht, er überlegte nicht lange, schob den Riegel zurück und öffnete den Fensterladen. Einen Augenblick blieb es still, nur vereinzelt hörte man das schrille Zirpen einer Zikade, in der Ferne schlug ein Hund an, da trat eine kleinwüchsige Gestalt auf das Fenster zu. Omar erkannte sie sofort. Es war Halima, das Mädchen aus der Eisenbahn.

»Du?« rief der Junge leise.

Halima legte im Näherkommen einen Finger auf die Lippen, kletterte flink wie eine Gazelle auf einen Mauervorsprung und schob ihren Oberkörper durch die schmale Fensteröffnung. Auf die Unterarme gestützt, begann sie mit gepreßter Stimme auf den Jungen einzureden.

»Ich bitte dich, stell jetzt keine Fragen, hör zu, was ich dir zu sagen habe. Du bist in Gefahr. Ich kann dir nicht sagen warum, aber wenn dir dein Leben lieb ist, dann geh weg von diesen Ungläubigen, geh irgendwohin, wo dich keiner kennt, geh dorthin zurück, wo du herkommst, und erzähl niemandem, was du erlebt hast.«

Omar stand sprachlos; er starrte das Mädchen an, obwohl er ihre Augen nicht sehen konnte. Als er die Hand hob, sah er sie zittern. Gerührt und doch hilflos strich er über ihr glattes Haar, und ohne auf eine Antwort zu hoffen, sagte er: »Warum tust du das, Halima?«

Halima schwieg. Die Unregelmäßigkeit ihres Atems verriet, daß sie weinte. Omar wollte das Mädchen in die Arme nehmen, aber dem stand die Enge der Fensternische entgegen, und bevor er zu irgend etwas anderem fähig war, sagte Halima: »Leb wohl!«, sprang von der Brüstung und verschwand in der Dunkelheit.

Was Omar nicht ahnte: Die nächtliche Begegnung hatte einen Augenzeugen. Aufgeschreckt durch das Klopfen des Mädchens, war Claire, die Frau des Professors, erwacht und hatte die Szene hinter dem Vorhang ihres Schlafzimmers beobachtet.

Omar fand in dieser Nacht keinen Schlaf, er wußte nicht, was ihm mehr Aufregung verursachte, das schöne fremde Mädchen oder ihre angsteinflößenden Worte. »Geh irgendwohin, wo dich keiner kennt, geh dorthin zurück, wo du herkommst!« Der Singsang ihrer sanften Stimme schwang in seinem Kopf wie der Ton der Messingglöckchen, mit denen die Kamele geschmückt sind. Omar sah ihre sich langsam bewegenden Lippen, und er spürte ihre Nähe. Und in der Verwirrung seiner Gefühle ließ er seinen Tränen freien Lauf, unfähig, einen klaren Gedanken zu fassen.

Zu Omars Aufgaben gehörte es, morgens den Tisch zu decken und, wenn die Herrschaften Platz genommen hatten, Tee zu servieren. An diesem Morgen wartete Claire, bis Omar den Salon betrat; dann begann folgendes Gespräch:

»Christopher?«

»Ja, mein Liebes.«

»Hast du heute nacht das Klopfen am Fenster gehört?«

»Nein, Claire, du hast sicher schlecht geträumt.«

»Aber ich habe es ganz deutlich gehört, und als ich ans Fenster trat, sah ich im Garten einen Schatten.«

»Du hast dich sicher geirrt, Liebste. Ich habe einen sehr leichten Schlaf, aber ich habe nichts gehört.«

Darauf an Omar gewandt: »Omar, hast du heute nacht irgend etwas gehört?«

Der Junge fühlte, wie ihm das Blut in den Kopf schoß; aber es klang ruhig, als er antwortete: »Nein, Madam, ich habe nichts gehört.« Dann verschwand er in die Küche. Er hörte, wie die beiden leise miteinander redeten, aber die Küchengeräusche, die Nunda verursachte, machten es unmöglich, auch nur ein Wort zu verstehen.

»Christopher!« begann Claire aufs neue.

»Ja, mein Liebes.«

»Omar belügt uns, er ist falsch wie alle Ägypter.«

»Wie kommst du dazu, dies zu behaupten?«

»Omar hatte heute nacht Besuch. Von einer Frau.«

»Bist du sicher?«

»Absolut sicher. Ich habe sie mit eigenen Augen gesehen.«

Professor Shelley sah seiner Frau ins Gesicht. »Heute nacht? – mein Gott, der Junge kommt eben in die Jahre ...«

»Er lügt!«

»Mag ja sein, Claire, aber versetze dich doch einmal in seine Lage. Würdest du in seiner Situation eingestehen, ja, heute nacht war eine Frau in meinem Bett?« Er lachte laut, und darauf entstand ein langes Schweigen.

Schließlich nahm Claire das Gespräch wieder auf: »Bist du sicher, daß Omar ehrlich ist? Ich meine, wer garantiert, daß man uns nicht eine Laus in den Pelz gesetzt hat? Den Jungen kannte doch niemand, außer dem Mikassah. Oder sehe ich das falsch?« Claire klopfte, um ihrer Rede Nachdruck zu verleihen, mit den Fingernägeln auf den Tisch.

Shelley nahm die Hand seiner Frau: »Liebste, für einen Spion halte ich Omar einfach nicht für raffiniert genug. Ich glaube, wer einen Kundschafter auf mich ansetzen würde, würde einen erfahrenen alten Hasen einsetzen, nicht einen naiven netten Jungen wie Omar.«

»Tarnung«, stellte Claire nüchtern fest.

»Tarnung? Dann war Omars Entführung wohl auch nur Tarnung? Dann war es wohl Tarnung, daß man ihm beinahe den Schädel einschlug, daß man ihn in einen Tümpel warf, wo er beinahe von Würmern aufgefressen wurde, alles Tarnung! Ich verstehe deine Besorgnis, Claire, aber hier gehst du wohl einen Schritt zu weit!«

Der Besuch des Mädchens hatte Omar in Unruhe versetzt, und wenn er auch Halimas Warnung ernst nahm, es waren nicht ihre Worte, die ihn aus der Fassung gebracht hatten, sondern schlicht die Begegnung mit ihr. Von ihr ging irgend etwas aus, das ihn magisch anzog, etwas, das alle Warnungen vergessen machte. Nein, er wollte nicht dorthin zurück, wo er herkam. Wovon sollte er leben? Sollte er sich etwa in Gizeh als Kameltreiber verdingen?

Omar bat den Professor, ihn bei seinen Streifzügen durch das Tal der Könige begleiten zu dürfen, er könne ihm bei der Kartographie zur Hand gehen, und Shelley müsse keine Bedenken haben. Hinter dem Wunsch stand die Hoffnung, Omar könnte am anderen Ufer des Nils Halima begegnen. Shelley willigte ein. Omar war dem Professor eine spürbare Hilfe; er maß Abstände, notierte Markierungen, die Shelley in seine Karten aufnahm, schleppte Zeichengeräte und einen zerfransten Sonnenschirm, der an jedem Arbeitsort zuerst in den Boden gerammt wurde.

Auf dem Weg zum Tal der Könige kam Omar jeden Morgen durch el-Kurna und hielt nach Halima Ausschau. Jeden Morgen bot sich das gleiche Bild: Schwarzgekleidete Frauen, die jüngeren mit offenem Gesicht, die älteren verschleiert, trugen Lasten auf dem Kopf, andere schleppten Tonkrüge mit Wasser auf den Schultern, ungewaschene Kinder hingen an ihren langen Gewändern, Hunde kläfften nach Hühnern, die im sandigen Boden scharrten. Von ein paar Greisen abgesehen, die teilnahmslos auf dem Boden kauerten, sah man keine Männer.

»Frage nach Yussuf! Meinen Vater kennt jeder!« hatte ihm

Halima damals am Bahnhof zugerufen. Und eines Tages – der Professor bekam Besuch aus London – bot sich Omar Gelegenheit, allein nach el-Kurna überzusetzen. Der Fährmann, den er fragte, kannte Yussuf und beschrieb den Weg zu seinem Haus. Es liege unmittelbar neben dem des Steinschleifers Haziz, und dies sei kenntlich an den großen Steinrädern vor dem Eingang.

Vor dem Haus brannte eine Fackel, aus dem Innern drangen Klagelaute und monotone Gebete. Omar zögerte, an die Tür zu klopfen; aber eine alte Frau mit aufgelösten grauen Haaren kam aus der Tür, schlug sich mit beiden Händen auf die Brust und lief wie von Furien gejagt und laute Gebete ausstoßend davon. Durch die offene Tür konnte Omar eine Menschenansammlung erkennen, vielleicht zwanzig Männer und Frauen, die sich betend wie in Trance bewegten, Schilfhalmen gleich, die der Wind zum Wanken bringt.

Sein Eintreten wurde nicht bemerkt, und so, als gehöre er dazu, stimmte Omar ein in eines der Klagegebete: »La illah il'allah . . .« Die Beter standen um das Lager eines kleinwüchsigen, glatzköpfigen Mannes. Seine Augen waren halb geschlossen, der Mund weit aufgerissen, er rang nach Luft. Omar erkannte ihn sofort, es war der Mann aus der Eisenbahn, es war Yussuf. An seiner Seite kniete Halima. Ein langes schwarzes Tuch verhüllte ihr Haar. Sie hielt die rechte Hand ihres Vaters und preßte sie immer wieder betend gegen ihre Stirn. Auf dem Gesicht des Mannes glänzte Schweiß. Halima tupfte ihn mit einem Tuch ab, und dabei fiel ihr Blick auf Omar. Ihr Gesicht war bleich, die Augen eingefallen. Omar nickte, aber Halima zeigte keine Regung, sie starrte den Jungen an, als blicke sie durch ihn hindurch. Wie lange hatte er auf diese Begegnung gewartet, was wollte er dem Mädchen alles sagen, doch nun, in dieser beklemmenden Situation, blieben selbst ihre Blicke stumm. Halima wandte sich wieder ihrem Vater zu.

Es dämmerte bereits, als er das Haus verließ, und Omar zweifelte, ob der schwerkranke Yussuf diesen Tag überleben würde. Nun loderten auch vor anderen Häusern Fackeln. Sie standen in Krügen oder waren einfach in den Sand gesteckt. Man sah keinen Menschen. Omar legte den Weg zur Anlegestelle im Laufschritt zurück. Der Fährmann sprach kein Wort, und ihm war auch nicht nach Reden zumute.

Am Morgen des folgenden Tages verbreitete sich die Nachricht wie ein Lauffeuer: Cholera! Angeblich zog die Seuche vom Delta nilaufwärts. Der Bahnhofsvorsteher verbot Eisenbahnfahrgästen, die aus dem Norden kamen, auszusteigen. Züge mußten geschlossen weiterfahren. Doch weder diese Maßnahme noch das Verschanzen der Menschen in ihren Häusern konnten verhindern, daß die Cholera auch Luxor heimsuchte.

Menschen von gesundem Aussehen knickten auf der Straße ein wie Schilfhalme und starben wenige Stunden später mit weit aufgerissenen Augen und Mündern. Vermummte Helfer vom Roten Halbmond schoben hochrädrige Karren mit Leichen durch die Stadt, denn es gab nicht genügend Särge. Manche Toten mußten von der Polizei gewaltsam aus den Häusern gezerrt werden, wenn die Angehörigen entgegen der Anordnung des Mamurs ihre Toten aufbahren wollten. Vor dem Hotel *Winter Palace* patrouillierten schwerbewaffnete Wächter und vermehrten jedem den Zutritt. Überall stiegen Rauchwolken auf, denn jedes Sterbezimmer mußte nach strenger Vorschrift ausgeräuchert werden. Ekelhaft hing über der ganzen Stadt der pestilente Gestank von Karbol und Schwefeldämpfen.

Wenn sich die Nacht auf Luxor senkte, wurden vor allen Häusern, in denen die Cholera Einzug gehalten hatte, Fackeln entzündet als Warnung, dieses Haus zu meiden, und auch nachts setzten die Leicheneinsammler ihre Arbeit fort, ratterten die Karren laut durch die menschenleeren Straßen. Das war die Zeit der Ratten. Zu Hunderten tauchten sie aus den Kanälen auf, die fettesten beinahe so groß wie Katzen, sie belebten die Rinnsteine, und die meisten ließen sich auch durch den trockenen Kalk, der besonders dort zur Desinfektion ausgestreut war, nicht vertreiben. Wo einer der fetten Nager verendete, fanden sich Schwärme von Artgenossen ein, um ihn zu verzehren, und weder Stockschläge noch lautes Geschrei vermochten die rotgeschwänzten Parasiten zu vertreiben.

Vor dem Haus von Professor Shelley brannte noch keine Fackel, aber die Angst ging um, und als Claire über Wadenkrämpfe und eine trocken-heisere Stimme klagte, begann Nunda aus Furcht lauthals zu singen, und Omar rannte, so schnell er konnte, zu Doktor Mansur. Der Arzt kam mit einer bauchigen Tasche und untersuchte Claire. Shelley sah Mansur fragend an. Er nickte.

In dieser Nacht entzündete Omar eine Fackel und stellte sie in einen Krug vor die Tür. Er schauderte vor der Dunkelheit des Hauses und verbrachte den Rest der Nacht, fröstelnd an der Hauswand kauernd, im Freien.

Angst tötet jede Müdigkeit. Omar wollte gar nicht schlafen, er war vor allem damit beschäftigt, das Befinden seiner Waden und den Klang seiner Stimme zu prüfen, denn – so seine Gedanken – welchen Grund sollte es geben, daß ausgerechnet er von der Seuche verschont bleiben könnte.

Claires Zustand verschlechterte sich zusehends, sie fröstelte, zitterte am ganzen Körper und bäumte sich auf. Der Doktor verabreichte Laudanum und andere bittere Tränke und sagte, wenn sie den folgenden Tag überstehe, habe sie Chancen zu überleben. Shelley hielt es für angebracht, seine Frau über ihren Zustand zu informieren, um ihren Lebensmut zu aktivieren.

Auf diese Weise wurde Omar Zeuge eines Kampfes auf Leben und Tod. Er erlebte den Kampf einer Frau, die, so kam es ihm vor, mit dem verschlagenen Tod um ihr Leben rang. Claire stöhnte, schrie, schlug um sich, als wollte sie einen unsichtbaren Gegner vertreiben. Sie schüttete Medizinen in sich hinein, übergab sich und schluckte neue Tränke. Shelley hielt ihre Hand und drückte den bebenden Körper in die Kissen. Dann, mitten in der Nacht, stieß Claire einen gequälten Schrei aus, kurz darauf einen zweiten, so als habe sie sich aus der Umklammerung des Feindes gelöst, danach lag sie ganz ruhig. Nur ihr Atem ging laut und keuchend.

Wie durch ein Wunder überlebte Claire, und wie durch ein Wunder hatte sich niemand im Hause angesteckt. Omar aber bewegte nur die eine Frage: Wie mochte es Halima ergangen sein? Hatte die Seuche sie verschont?

Eine vom Mudir verhängte Seuchensperre verbot es, die Stadt zu verlassen. Polizeistreifen patrouillierten Tag und Nacht mit entsicherten Gewehren. Wer den Nil überqueren wollte, mußte einen vom Mamur unterzeichneten Firman vorweisen, und diesen Firman erhielten nur Ärzte, ihre Helfer vom Roten Halbmond und Totengräber. Was sollte er tun?

Die Vorstellung, mehrere Wochen in Ungewißheit verbringen zu müssen, quälte ihn. Er war kaum noch imstande zu essen, und je länger dieser Zustand andauerte, desto mehr wurde ihm klar, daß er daran zugrunde gehen würde. So gesehen war Omars Entschluß, auf irgendeine Weise zum jenseitigen Ufer zu gelangen, weniger selbstmörderisch, als es den Anschein haben mag.

Tags darauf erklärte Omar dem Professor, er habe beschlossen, sich freiwillig beim Seuchendienst zu melden. Den wahren Grund verschwieg er natürlich.

Shelleys Reaktion schwankte zwischen ernster Warnung vor den möglichen Folgen und ehrlicher Bewunderung für den selbstlosen Einsatz. Auf diese Weise bekam Omar einen Firman, eine weiße Armbinde und einen Mundschutz und konnte sich frei bewegen.

Die Hoffnung auf ein Wiedersehen mit Halima ließ Omar all die furchtbaren Dinge vergessen, die er in den nächsten Tagen zu sehen bekam: im Tode verkrampfte Menschen, Angehörige, die mit Gewalt von einem Leichnam gezerrt werden mußten, kleine Kinder mit blauunterlaufenen Körperchen. Die Toten mußten auf Bretter gelegt und mit dem Handkarren zu den Seuchenfriedhöfen abtransportiert werden, die rings um die Stadt ausgehoben wurden. Omar versuchte bei der Verrichtung seiner Arbeit an Halima zu denken, aber mehr als kurze Gedankenfetzen, mehr als das frische Bild ihres Gesichts in der Fensterhöhle seines Zimmers vermochte er in seinem Gedächtnis nicht aufzubauen, dann fiel sein Blick auf das Leid vor ihm auf dem Karren.

Am dritten Tag sagte Omar, er fühle sich schwach, was nicht einmal gelogen war, und er lief, von der Arbeit entbunden, geradewegs zum Nilufer, wo er mit Hilfe seines Firman alle Wachen passierte und dem Fährmann befahl, ihn überzusetzen. Er legte den Weg nach el-Kurna im Laufschritt zurück. Vor Yussufs Haus zögerte er einen Augenblick, da aber öffnete sich die Tür.

»Halima!« sagte Omar überrascht. In den letzten Tagen hatte sich soviel angestaut, was er ihr sagen wollte, aber nun, da sie unerwartet vor ihm stand, wußte er nichts zu sagen. »Halima!« wiederholte er tonlos.

Das Mädchen trat aus der Tür, kam näher, und wie auf ein gemeinsames Zeichen stürzten beide aufeinander zu und fielen sich in die Arme. Beide weinten und versuchten sich gegenseitig die Tränen mit bloßen Händen abzuwischen. Dann schob sie ihn ins Haus.

Es roch streng. Omar erkannte die Stelle, an der noch vor wenigen Tagen das Lager des alten Yussuf gestanden hatte. »Ist er tot?« fragte er zaghaft.

Halima nickte stumm, dann holte sie tief Luft und sagte: »Zwei Tage haben genügt, um mich zur Waise zu machen.«

»Deine Mutter ist auch umgekommen.«

»Ich hätte nie geglaubt, daß es so schnell gehen könnte.«

»Hast du Brüder oder Schwestern?«

Halima schüttelte den Kopf.

»Was willst du tun?«

»Allah wird mir den Weg weisen.«

Omar ging in dem karg möblierten Raum unruhig auf und ab.

»Dabei war er ein so starker Mann«, begann das Mädchen, »klein, aber zäh. Er wußte selbst nicht, wie alt er wirklich war; ich glaubte, er würde noch fünfzig Jahre leben.«

»Du hast ihn sehr geliebt?«

»Ich habe ihn geliebt, und ich habe ihn gehaßt. Ich habe ihn sogar sehr gehaßt, aber nun, da er tot ist, ist mir beinahe, als hätte ich ihn nur geliebt.«

Omar sah Halima an. Er genoß die Anwesenheit des Mädchens wie trunken, da war es nicht nötig, ihre Worte zu verstehen.

»Er war ein geheimnisvoller Mann; er war mein Vater, aber wenn ich ehrlich bin, dann muß ich sagen, eigentlich habe ich ihn überhaupt nicht gekannt. Er war eigenwillig, und vieles, was er tat, erschien mir rätselhaft. Selbst noch im Sterben.«

»Was meinst du damit, Halima?«

»Als ich merkte, daß es mit ihm zu Ende ging, da nahm ich seine Hand. Er war ganz ruhig, aber seine Augen flackerten, als er mich ansah, und dann sagte er etwas. Zuerst dachte ich, er nannte meinen Namen; aber dann wiederholte er sich drei-, viermal, und ich verstand, was er sagte: *Imhotep.*«

»*Imhotep?* Was könnte das bedeuten?«

»Ich sagte doch, Yussuf war ein geheimnisvoller Mann.«

»Hat es vielleicht mit der Warnung zu tun, die du mir überbracht hast?«

»Nein«, antwortete Halima schnell.

»Aber die Warnung gilt noch immer?«

Halima schwieg, und Omar zog das Mädchen an sich. Sie wandte den Kopf ab, und ohne ihn anzusehen, sagte Halima: »Ich habe Angst um dich, Omar, aber ich kann dir nicht sagen warum. Du mußt fort von hier, verstehst du. Auch wenn es schmerzt.«

Omar antwortete: »Taha hat mich die Schrift und den Koran gelehrt. Dort ist in der dritten Sure zu lesen: Kein Mensch kann sterben ohne den Willen Allahs, wie es geschrieben steht in dem Buche, das die Zeitbestimmung aller Dinge enthält. Wozu also fliehen? Wäre es der Wille Allahs, mein junges Leben zu beenden, so hätten sich schon viele Gelegenheiten ergeben. Und wäre mir aufgetragen zu sterben, der Wille Allahs würde mich auf dem Gipfel des Gebel el-Schajib wie in der Senke von Kattara treffen.«

Auch auf eindringliches Fragen gab Halima keine Auskunft, wer sich hinter den Drohungen verberge. Omar hielt es deshalb für angebracht, den Nachhauseweg einzuschlagen. Er küßte Halima auf die Stirn und sagte, er würde wiederkommen, morgen oder tags darauf.

Schnell und unvermittelt, wie sie gekommen war, verschwand die Seuche beinahe über Nacht. Immer mehr Totenfeuer verloschen, die Überlebenden hielten inne, es schien, als wäre die Erde auf ihrer himmlischen Kreisbahn zum Stillstand gekommen. In die Totenklagen der schwarzen Frauen mischten sich Freudengesänge der jungen, die Allah, den Allbarmherzigen, den Allerbarmer, priesen. Straßen und Plätze waren auf einmal wieder belebt, die Menschen krochen aus ihren Häusern wie Termiten nach dem Gewitter und zeigten Übermut und gegenseitige Zuneigung, und damit nicht genug, tanzten spärlich bekleidete oder auch nackte Menschen um stinkende Feuer, die sie mit ihren Kleidern schürten. So nahe liegen Hölle und Paradies zusammen.

Die Seuchenhelfer, von denen nur jeder Dritte überlebt hatte, wurden wie Helden gefeiert, so auch Omar, den ob der Lobsprüche und Geldgeschenke das schlechte Gewissen plagte. Aber was sollte er tun? Sollte er öffentlich bekennen, nicht Opferbereitschaft habe ihn zu dem Selbstmordunternehmen getrieben, sondern die zarte Liebe zu einem Mädchen? Omar zog es vor zu schweigen. Es war jene Art von Schweigen, der Omar in seinem Leben noch häufiger begegnen sollte, das der ausgesprochenen Lüge in nichts nachsteht, aber viel länger im Gedächtnis bleibt.

Aus diesem Grund und weil der Professor in dieselbe Angelegenheit verwickelt war, zog Omar es vor, Shelley von seinem Besuch bei dem Mädchen, von ihrer Warnung und dem letzten Wort des sterbenden Yussuf in Kenntnis zu setzen, was ihm schwer genug fiel.

Shelley sah Omar fassungslos an: »Imhotep, sagst du? Imhotep?«

»Ja, Imhotep, *ya Saidi*. Was hat das zu bedeuten?«

»Das wüßte ich selbst allzu gerne!«

»Aber Sie sind überrascht, *ya Saidi*.«

»Ja, überrascht. Vielleicht ist es wirklich ein Zufall, aber als du davon erzähltest, kam mir sofort das Buch in den Sinn, das auf dem Tisch in Carlyles Hotelzimmer lag.«

»Ein englisches Buch, wenn ich mich recht erinnere.«

»Ganz recht. Als ich das Buch durchblätterte, fiel ein Zettel zu Boden, und auf diesem Zettel stand ein Wort, ein Name: Imhotep!«

»Wer ist Imhotep, *ya Saidi?*«

»Imhotep war Arzt, Baumeister, Priester und Weiser. Er lebte zweieinhalb Jahrtausende vor der Zeitenwende unter dem Pharao Djoser und gilt als Erfinder der Pyramide. Ihm wird aber auch die älteste ägyptische Weisheitslehre zugeschrieben. Er soll als Arzt wahre Wunder gewirkt haben, und deshalb verehrten ihn die alten Ägypter in Memphis und hier in Luxor als Gott der Heilkunst. In Statuen, die man fand, wird er als Kahlkopf dargestellt, der in einer Papyrusrolle liest. Für seinen König Djoser errichtete er eine standesgemäße Begräbnisstätte, die Stufenpyramide von Sakkara – man sagt, das älteste Bauwerk der Welt. Um diese Pyramide herum entdeckten Archäologen eine Fülle von Scherben mit seinem Namen, so daß die Vermutung naheliegt, er habe irgendwo in dieser Gegend seine letzte Ruhestätte gefunden. Mit anderen Worten: das Grab eines Gottes! Die Überlegungen der Forscher sind nun folgende: Wenn die alten Ägypter schon ihre Könige mit so viel Pomp bestatteten, welchen Aufwand mögen sie erst mit einem leibhaftigen Gott getrieben haben . . .«

Omar hörte fasziniert zu, aber er konnte die Erzählung des Professors nicht in Zusammenhang bringen mit Carlyle und Yussuf. Obwohl – ungewöhnlich erschien es wohl.

»Was weiß das Mädchen?« fragte der Professor unvermittelt.

Omar erschrak über den schroffen Ton, und er versuchte Shelley zu beschwichtigen: »*Ya Saidi,* Halima ist ein guter Mensch, sie würde nie etwas Böses tun, *Inscha'allah.*«

»Ach was«, entgegnete Shelley unwillig, »sie hat dich gewarnt, also weiß sie irgend etwas. Auf jeden Fall weiß sie mehr, als sie sagt.«

»Das ist gewiß, *ya Saidi.*«

». . . und deshalb sollten wir der Polizei Bericht erstatten.«

»Keine Polizei, keine Polizei«, winselte Omar, »Halima ist ein gutes Mädchen.«

»Aber es ist in deinem eigenen Interesse!« gab der Professor zu bedenken.

Da richtete Omar sich auf, so als wollte er mit seiner Körpergröße seinen Worten Nachdruck verleihen, und er sagte streng: »*Ya Saidi*, geben Sie mir ein paar Tage Zeit, nur ein paar Tage, und ich werde Halima zum Sprechen bringen. Bitte!«

Professor Shelley äußerte sich zunächst ablehnend und meinte, man sollte besser doch die Polizei einschalten, um auf das Mädchen Druck auszuüben, aber dann gab er dem Drängen Omars nach; denn, so hatte dieser argumentiert, wer garantiere, daß Halima der Polizei die Wahrheit sage? Das leuchtete dem Professor ein. Wenn es jemanden gab, sagte er sich, der das Mädchen zum Reden bringen konnte, dann war es Omar.

Früh am nächsten Morgen begab sich Omar nach el-Kurna. Wie gewöhnlich in den Monaten Dulkada und Dulhedscha zog milchigweißer Nebel vom Brachland herauf. Es roch nach feuchtem Sand, und unsichtbare Raben und Geier krächzten ihren Morgengesang. Der Steinschleifer war schon bei der Arbeit, denn überall hörte man das zischende Geräusch, das entsteht, wenn Metall auf einen rotierenden Stein trifft.

Vor Halimas Haus saß ein alter Mann, er schnitzte an einem Stock und ließ von seiner Arbeit auch nicht ab, als Omar herantrat und grüßte. Er komme zu Halima.

»Zu Halima?« Der Alte sah auf, musterte den Jungen mit zusammengekniffenen Augen, dann machte er sich wieder an seine Arbeit, und eher beiläufig bemerkte er: »Halima ist fort.«

»Fort? Wohin?«

Der alte Mann hob die Schultern: »Fort! Jetzt wohne ich hier.«

»Aber das Haus, es gehört . . .«

». . . Mustafa Aga Ayat«, fiel ihm dieser ins Wort, »er hat es mir vermietet.«

»Und wo ist Halima hin?« fragte der Junge eindringlich.

»Wie ist dein Name?« erkundigte sich der alte Mann.

»Omar Moussa.«

Ohne ihn anzusehen, erhob sich der Alte, ging ins Haus und kehrte mit einem Brief zurück, den er Omar wortlos hinhielt. Omar nahm ihn und las:

»Mein Liebling! Der Mann, der Dir diesen Brief übergibt, kennt den Inhalt, denn er hat jedes Wort, das ich sagte, niedergeschrieben. Ich wußte, daß Du kommen und daß Du meine Warnungen in den Wind schlagen würdest. Du bist ein eigensinniger Junge. Aber verfalle nicht in Hochmut. Allah liebt nur die, welche Demut zeigen. Wenn Du demütig bist gegenüber dem Allbarmherzigen, so verlasse den Ort, der Dir so viele Qualen bereitet hat, denn das Böse lauert noch immer.

Mich wirst Du nicht wiedersehen. Frage nicht warum. Es gibt Dinge, die entziehen sich jeder Einsicht. Mein Herz blutet, und meine Seele weint bei dem Gedanken, von Dir Abschied nehmen zu müssen für immer, aber es ist gewiß besser so. Liebe mich in Gedanken, so wie ich das tue. Im Namen Allahs, des Allbarmherzigen, Halima.«

Als Omar aufblickte, war der Alte verschwunden. Die Sonne drang rötlich durch den Morgendunst. Vom Ufer hallten die Rufe der Fährleute. Ein Esel schrie störrisch, und Ziegen sprangen über die unbefestigte Straße. Omar machte sich auf den Weg.

Am Dorfrand von el-Kurna, dort, wo sich der staubige Pfad gabelt und sich linker Hand nach Der el-Bahari, rechter Hand zum Tal der Könige windet, war noch immer das hohe Geräusch des Steinschleifers zu vernehmen, leise zwar, aber von durchdringendem Ton. Omar blieb stehen. Woher kannte er dieses Geräusch? Er ging weiter, blieb wieder stehen. Keine Frage: Er hatte dieses Zischen in dem Grab vernommen, in dem ihn die Entführer gefangenhielten.

Omar blickte sich um. Im Westen begannen die Felsen zu leuchten, und im Osten, jenseits des Nils, löste sich der Tempel von Luxor aus dem Morgendunst. Welches Geheimnis barg diese gewaltige Landschaft? Wo in Vergangenheit oder Gegenwart mochte der Schlüssel zu all diesen seltsamen Geschehnissen liegen?

# 3

## Berlin, Unter den Linden

Allah kennt die Geheimnisse im Himmel und auf Erden, und er kennt auch das Innerste des menschlichen Herzens, und er ist es, der euch auf Erden euren Vorfahren hat nachfolgen lassen. Wer ungläubig ist, über den komme sein Unglaube; der Unglaube vermehrt den Ungläubigen nur den Unwillen ihres Herrn, und der Unglaube vergrößert nur das Unheil der Ungläubigen.

*Koran, fünfunddreißigste Sure (39, 40)*

FRÜHLING IN BERLIN. AUS DEM EINGANG DES HOTELS BRIstol in der Wilhelmstraße trat eine auffallend vornehm gekleidete Dame. Ihr kurzes blauschwarzes Haar wurde beinahe gänzlich von einem breiten Hut mit bunten Federn verdeckt. Einen hellen, mit Rüschen verzierten Sonnenschirm als Spazierstock gebrauchend, ging sie auf eine der vor dem Hotel wartenden Motordroschken zu, der Fahrer riß die Tür auf und hielt der Dame als Einstiegshilfe den Arm hin.

»Zum Admiralspalast!« sagte die schöne Dame kühl, und an ihrer Aussprache konnte man erkennen, daß sie aus dem Ausland kam.

»Admiralspalast, Friedrichstraße.« Der Motordroschkenfahrer legte zwei Finger an den Hut und machte sich gleich an der Kurbel zu schaffen, die vorne aus dem Wagen hervorragte. Er riß heftig den Handgriff nach oben, und das Automobil begann zu schnurren.

Es war den neumodischen Automobilen – angeblich gab es bereits siebentausend in der Stadt – verboten, schneller als fünfundzwanzig Kilometer pro Stunde zu fahren, und so hatte die ausländische Dame Gelegenheit, aus dem Coupé heraus die Straßen zu betrachten, breite Boulevards mit Blumenanlagen und Brunnen, hochherrschaftliche Häuser der Gründerzeit, Fassaden mit voluminösem Bildhauerschmuck, statt Haustüren hohe Portale aus Glas und schwarzem Schmiedeeisen und Fensterbrüstungen aus schimmerndem Kupfer oder protzig vergoldet.

Das große Promenieren, einst der Prachtstraße des Reiches Unter den Linden vorbehalten, verlagerte sich mehr und mehr nach Westen, zum Kurfürstendamm, in die Tauentzienstraße und in die Gegend zwischen Nollendorfplatz und Viktoria-Luise-Platz, wo in wenigen Jahren unzählige Cafés mit Musik, Bars und Wohnungen – mit Telefonanschluß – für sogenannte Schauspielerinnen aus dem Boden schossen. Auffallend die vielen Litfaßsäulen mit Vergnügungsanzeigen verschiedenster Art, Werbung für Waschmittel, aber auch der Warnung des Berliner Polizeipräsidenten: »Bekanntmachung. Es wird das Recht der Straße verkündet. Die Straße dient lediglich dem Verkehr. Bei Widerstand gegen die Staatsgewalt erfolgt Waffengebrauch. Ich warne Neugierige.« Das Plakat richtete sich vor allem gegen linke Demonstranten, und der Satz »Ich warne Neugierige« wurde zur vielbespöttelten Redewendung.

Bei der englischen Botschaft bog die Droschke nach rechts in die Straße Unter den Linden ab. Die Bäume standen jetzt, Anfang Mai, in hellem Grün, und der Chauffeur benutzte die gefahrlose Breite der Straße, um seinen Fahrgast im Rückspiegel zu mustern.

Eine alleinstehende Dame nachmittags um fünf zum Admiralspalast? Na, wenn das mal sauber bleibt! Schließlich hatte dieses Warenhaus des Amüsements nicht den besten Ruf. Hier traf man um diese Zeit die Tauentzien-Girls, jene leichten Mädchen, die sich auf der gleichnamigen Straße tagsüber zu einem Eis einladen ließen, später jedoch, grell geschminkt und weiß gepudert, den unverschämt teuren Cocktails zusprachen. Schwer zu sagen: Für »so eine« schien sie wohl einen Hauch zu geschmackvoll und zu gepflegt, aber eine »anständige« Frau war sie auch nicht – vielleicht Demi-Vierge, ein bißchen lala, wie so vieles in dieser Stadt.

Die Droschke hielt vor dem Admiralspalast. Über dem Eingang, der in seinem pompejanisch-byzantinischen Prunkstil eher einem Tempel glich, prangte in mannshohen roten Buchstaben der Titel einer Monstre-Eispantomime: »Yvonne.« Livrierte Diener rissen die Türen auf: Inmitten von Säulen und Mosaiken, rotem Plüsch und hohen Fächerpalmen ein Orchester, darum herum gehobene Caféhausatmosphäre, Herren im Warenhaus-Cutaway, Damen in Flitterkleidern. Die Musik spielte »Es war in Schöneberg, im Monat Mai«.

Die ausländische Dame suchte nach einem freien Tisch, nahm in einem Plüschsessel in der Nähe des Orchesters Platz und kramte umständlich in ihrer Handtasche. Endlich zog sie eine lange Zigarettenspitze hervor, steckte eine Zigarette auf und wartete, bis ein älterer Herr ihren hilflosen Zustand bemerkte und ihr Feuer gab. Verlegen hüstelnd versuchte er ein Gespräch anzufangen, doch die Dame tat, als verstünde sie ihn nicht. Sie antwortete englisch, und weil der Herr diese Sprache nicht sprach, verabschiedete er sich höflich.

»Hallo, Lady Dawson!«

Die Dame sah auf und blickte in das Gesicht eines schwammigen jungen Mannes. Er trug Anzug und steifen Kragen, aber man sah auf den ersten Blick, daß er nicht täglich in dieser Kleidung steckte und sich offensichtlich darin auch nicht wohl fühlte. »Ich habe Sie der Beschreibung nach sofort erkannt«, sagte er in etwas schwerfälligem Englisch, »wenn Sie gestatten.«

»Und Sie sind also Mr. Kellermann«, stellte die Lady fest. »Sie wissen, worum es geht.«

Kellermann rutschte in seinem Sessel hin und her. »Also, wissen ist vielleicht ein bißchen übertrieben. Aber Sie werden mir sicher sagen, was Sie von mir erwarten, Lady Dawson.«

Lady Dawson nahm aus ihrer Handtasche einen Umschlag. Argwöhnisch blickte sie nach allen Seiten, ob sie beobachtet würde, und erst als sie sich vergewissert hatte, daß niemand zusah, zog sie ein Papier hervor und entfaltete es vor Kellermann. Es zeigte den Grundriß eines weitläufigen Gebäudes.

»Das hier«, Lady Dawson zeigte mit dem Mundstück der Zigarettenspitze auf den Plan, »ist der Eingang, hier die Vorhalle, linker Hand führt eine Treppe zu der Abteilung im ersten Stock. Hier stehen die Wachen, zwei meist ältere Männer in Uniform. Sie muß man vor allem auf dem Rückweg im Auge behalten. Der Eingang zu dem Ausstellungsraum ist hier gegenüber dem Fenster, also außer Sicht- und Hörweite der Aufpasser – es sei denn, Sie verwenden Dynamit!« Lady Dawson schmunzelte.

Kellermann musterte den Plan mit zusammengekniffenen Augen. »Bis hierher ist alles klar, Lady. Und wo ist dieser gottverdammte Stein?«

Die Engländerin deutete auf ein Kreuz in dem Plan: »Hier. In dem Raum stehen drei Vitrinen. Die hintere enthält drei Objekte, einen lebensgroßen Porträtkopf aus Kalkstein, die kleine Statue eines hockenden Schreibers und daneben den schwarzen Stein, auf den es mir ankommt. Dabei handelt es sich um eine abgebrochene Platte, eigentlich nur den Teil einer Steinplatte, etwa handtellerbreit und ellbogenhoch mit winzigen Schriftzeichen.«

»Und auf dieses Stück kommt es Ihnen an?«

»Nur auf dieses Stück.«

Kellermann prüfte den Plan noch einmal, nickte verstehend und sagte mit betonter Freundlichkeit: »Wird gemacht, Lady; und was ist Ihnen die Sache wert?«

Lady Dawson faltete den Plan zusammen und schob ihn mit dem Umschlag über den Tisch. »Im Umschlag ist die Hälfte. Rest bei Lieferung.«

Nachdem er einen Blick in den Umschlag geworfen und die Lady längere Zeit ziemlich unverschämt betrachtet hatte, sagte Kellermann: »Ich darf Sie doch zu einem Cocktail einladen, Lady«, und ohne die Antwort abzuwarten, schnippte er mit den Fingern und rief nach einem befrackten Ober quer durch das Lokal.

Lady Dawson schwieg, sie war mit den Mustern des angeregten Ambientes beschäftigt.

»Es geht mich ja nichts an, Lady«, begann Kellermann mühevoll die Konversation, »aber so ein alter kaputter Stein ist Ihnen so viel Geld wert?«

»Stimmt.«

»Was?«

»Es stimmt, daß Sie das nichts angeht, *Herr* Kellermann!« Sie benutzte das deutsche Wort, aber so, wie sie es sagte, klang es eher ironisch, so als wollte sie sich über ihr Gegenüber lustig machen.

Kellermann schien es nicht zu bemerken, und er ließ nicht locker: »Es geht mich ja nichts an, Lady, aber wenn sich in dem Stein eine Goldader befindet, ich meine, ich könnte ja abhauen mit dem wertvollen Stück.«

Lady Dawson lachte: »Für Sie ist das Ding wertlos, absolut wertlos sogar. Und wenn Sie das volle Honorar verdienen wollen, dann sollten Sie den Stein möglichst schnell beschaffen, und bitte keine Umstände!«

Die Lady erhob sich, paffte sichtlich verärgert an ihrer Zigarette, und mit den Worten »Ich höre von Ihnen!« drehte sie sich um und verschwand im Trubel der Menschen.

Drei Tage später, am 6. Mai 1912, erreichte Lady Dawson in ihrem Hotel eine Depesche: »Auftrag ausgeführt. Treffen im Piccadilly-Kasino abends acht. – K.«

In der Leipziger Straße riefen die Zeitungsjungen die druckfrischen Abendzeitungen aus: »Dreifacher Raubmord vor dem Geschworenengericht.« – »Oberbürgermeister droht mit Rücktritt.« – »Ankunft des Kaisers in Genua.« – »Kunstraub am Lustgarten.«

Lustgarten? Das Alte Museum lag am Lustgarten! Am Potsdamer Platz ließ Lady Dawson die Droschke anhalten, um das *Berliner Tagblatt* zu kaufen. Hastig überflog sie die Meldung »Kunstraub am Lustgarten«:

»Unbekannte Täter haben gestern aus dem Museum am Lustgarten ägyptische Kunstschätze von unschätzbarem Wert geraubt. Dabei handelt es sich um Statuen und Porträtköpfe aus der Frühzeit Ägyptens, die von den Professoren Hermann Ranke und Ludwig Borchardt bei einer früheren Expedition ausgegraben wurden. Die Täter, welche nicht die geringsten Spuren hinterließen, drangen nachts über eine Brüstung durch ein Fenster ein. Sie hatten nicht nur ausgezeichnete Ortskenntnisse, sie verfügten vor allem über verblüffende Sachkenntnis, weil sie nur die wertvollsten Stücke mitgehen ließen. Der Polizeipräsident hat eine Großfahndung eingeleitet.«

Lady Dawson schlug heftig die Zeitung zu und rief: »Fahrer, so schnell wie möglich zum Piccadilly-Kasino, Bülowstraße!«

Das Kasino in einem säulenbewehrten, weißgetünchten, großbürgerlichen Haus gab sich nach außen betont seriös. Neben dem Messingklingelknopf ein auf Hochglanz poliertes Schild: *Eingetragener Verein für Geselligkeit,* und so war es durchaus nicht ungewöhnlich, wenn sich alleinstehende Damen einfanden. Die Portiersfrau, eine überkorrekt gekleidete Fünfzigerin mit kurzem Herrenhaarschnitt, öffnete erst nach Nennung des Namens Kellermann und sagte knapp: »Letzte Türe rechts!«

Der Eingangsraum war ganz in Weiß gehalten: ein hoher weißer Kachelofen, ein weißer Bartisch, weißes Klavier und Korbmöbel – ebenfalls in Weiß. Auffallend hübsche Jungen saßen gelangweilt rauchend herum, die meisten vielleicht ein wenig zu hübsch und ein wenig zu fett. Daran schloß sich, nur durch einen bauschigen Brokatvorhang getrennt, ein Raum in Rosé mit allerlei Damen an, und von hier aus gelangte man in eine Reihe kleinerer Separées. Letzte Türe rechts, die Lady klopfte.

Kellermann öffnete, aber noch ehe er irgend etwas sagen konnte, überfiel ihn Lady Dawson mit einem Wortschwall: »Kellermann, Sie müssen verrückt geworden sein! Ich wollte von Ihnen ein einziges Stück, diesen Stein, über dessen Verlust sich kaum irgend jemand aufgeregt hätte. Und jetzt das!« Dabei schlug sie mit dem Handrücken auf ihre Zeitung.

»Pst.« Der Mann legte einen Finger auf die Lippen. »Die

Wände haben Ohren.« Dann drückte er die Lady in ein wuchtiges Fauteuil und sagte ruhig: »Lady, Sie wollten von mir diesen Stein haben, und ich habe diesen Stein beschafft. Ich weiß nicht, warum Sie sich so aufregen.«

»Warum ich mich so aufrege? Weil die Polizei hinter Ihnen her ist, Kellermann! Und es wird nicht lange dauern, dann sind sie hinter mir her!«

»Es gibt keine Spuren. Nicht eine einzige.«

»Ach was, das ist doch nur eine Frage der Zeit! Haben Sie sich überhaupt schon überlegt, was Sie mit Ihrer Beute anfangen wollen? Glauben Sie, Sie fänden für so heiße Ware einen Käufer?«

Kellermann ließ sich in den gegenüberliegenden Sessel fallen und nickte heftig. »Natürlich. Sie!«

»*Ich?*« Lady Dawson stieß einen Schrei aus, daß Kellermann erschrak. Dann lachte sie laut und provozierend. »Also, das sollten Sie sich ganz schnell abschminken, *Herr*!«

Der aber setzte ein hämisches Lächeln auf und trat ganz nahe an die Lady heran: »Entweder alles oder nichts.«

»Sie wollen mich also erpressen. Nun gut. Wieviel?«

»Ich dachte an fünftausend.«

»Sie sind verrückt, Kellermann. Fünftausend!«

»Fünftausend und keine Mark weniger. Sie können sich die Sache ja noch einmal überlegen. Vielleicht gibt es noch andere Interessenten. Hier ist meine Adresse. Lassen Sie mich wissen, wenn Sie zu einer Entscheidung gekommen sind.«

Lady Dawson erhob sich. Ihre Augen funkelten zornig, als sie Kellermann die dargebotene Visitenkarte aus der Hand riß und ohne ein Wort verschwand.

Der Museumsraub regte die Berliner nicht weiter auf. Man redete über andere Themen. Der Untergang der *Titanic* zum Beispiel, der vor drei Wochen eineinhalbtausend Menschenleben gefordert hatte. Doch dann, am Sonnabend, dem 11. Mai, nahm der Fall eine unerwartete Wende.

Aus der *BZ* desselben Tages: »*Museumsraub aufgeklärt – Räuber begeht Selbstmord. Berlin – In den Abendstunden des gestrigen Freitags wurde die Polizei in eine Pension in der Alten Jakobstraße gerufen. In einem angemieteten Zimmer im ersten Stock fand man die Leiche des Gelegenheitsarbeiters Herbert K. Er hatte seinem Leben mit einer Pistole ein Ende gesetzt. Bei der Durchsuchung des Zimmers stieß die Polizei auf die in der vergangenen Woche am Lustgarten geraubten Kunstschätze. Sie wurden bis auf ein kleineres, unbedeutendes Stück allesamt sichergestellt und an den Ausstellungsort verbracht. Der Räuber ohne festen Wohnsitz hatte bei seiner Tat offenbar nicht bedacht, daß Kunstschätze dieser Größenordnung auf dem Hehlermarkt unverkäuflich sind, und aus Verzweiflung seinem Leben ein Ende gesetzt.«*

Die kleine Pension am Königsgraben gegenüber dem Kaufhaus Tietz machte einen ziemlich heruntergekommenen Eindruck. Nachts hörte man den Lärm vom Bahnhof Alexanderplatz, jedenfalls in den Zimmern nach hinten, die im vierten Stock von zwei Ägyptern bewohnt wurden. Die fremden Herren fielen nicht weiter auf, denn in dem Haus stiegen beinahe ausschließlich Ausländer ab, in der Hauptsache Handlungsreisende und Geschäftsleute aus Südeuropa.

Die zwei hatten sich in Zimmer 43 eingeschlossen, einem düster möblierten Raum mit einem runden Tisch in der Ecke. Um ihn herum saßen die Männer in leicht abgewetzten Sesseln und starrten mit verklärten Augen auf das schwarze Etwas vor ihnen, kaum handtellerbreit und ellbogenlang.

»Wenn man wissen will, wo der Honig ist, muß man der Biene folgen«, sagte Mustafa Aga Ayat und rollte mit den Augen.

»Aber mußte man den Kerl gleich erschießen?« gab Ibrahim el-Nawawi zu bedenken.

Mustafa brauste auf, versuchte aber im selben Augenblick leise zu sprechen: »Er hat uns erpreßt, und mit Erpressern macht man kurzen Prozeß. Im übrigen – Kompliment, du hast gute Arbeit geleistet. Ich habe alle Zeitungen studiert, nicht der geringste Verdacht, eindeutig Selbstmord. Es lebe Ägypten!«

»Es lebe Ägypten«, wiederholte el-Nawawi tonlos, und nach einer Weile fügte er hinzu: »Und unsere ruhmreiche Vergangenheit.«

Unterdessen zog Ayat ein gerolltes Packpapier hervor und breitete es auf dem Tisch aus. Auf dem Papier waren Umrisse wie die eines Schaffelles gezeichnet, nur kleiner. Der Aga legte den schwarzen Stein auf das Papier und versuchte ihn wie bei einem Puzzle dem Umriß einzupassen. Das gelang ohne große Anstrengung, und Ayat unterdrückte einen Freudenschrei: »Kein Zweifel, es paßt!«

»Bist du sicher?« Ibrahim el-Nawawi blickte skeptisch.

»Hier, sieh dir das an!« Der Aga schob das Papier mit der daraufliegenden Steinplatte zu el-Nawawi und zeigte auf die Abbruchstelle. Sie verlief unregelmäßig, aber exakt parallel zu einer aufgezeichneten Linie. »Paßt wie der Bart zum Propheten.«

El-Nawawi betrachtete die Vorlage interessiert, dann lehnte er sich in den Sessel zurück und sagte: »Ich wünschte, du hättest recht. Ich wünschte, dieser gottverdammte Stein brächte uns ans Ziel.«

»Ans Ziel?« Mustafa Aga Ayat zündete sich mit Hingabe eine Zigarre an. »Wir können froh sein, wenn uns diese Aktion einen Schritt weiterbringt. Vom Ziel kann noch keine Rede sein.«

»Kannst du die Zeichen auf dem Stein deuten, ich meine, kannst du überhaupt feststellen, ob dieses Ding den ganzen Aufwand rechtfertigt?«

»Natürlich nicht!« erwiderte Aga ärgerlich. »Könnte ich das, so würde ich nicht Stempel in die Pässe fremder Leute drücken. Ich weiß nur, daß die Schrift demotisch ist, also noch älter als die koptische, und daß der Stein ursprünglich aus Raschid stammt, im westlichen Nildelta.«

»Und wie kam er ausgerechnet nach Berlin?«

»*Inscha'allah.* Das ist eine lange Geschichte. Sie beginnt mit Napoleon. Als der vor über hundert Jahren in Ägypten landete, ließ er in Raschid ein Fort errichten. Bei den Bauarbeiten stießen die Franzosen auf einen Stein aus schwarzem Basalt, so groß wie ein Wagenrad. Und auf dieser Platte war eine Bekanntmachung der Priester von Memphis verewigt. Der Inhalt war belanglos, von Bedeutung war allerdings, daß ein und derselbe Text in drei verschiedenen Schriften aufgezeichnet war, in Hieroglyphen, Demotisch und Griechisch. Und anhand dieses Steines konnten zwanzig Jahre später die Hieroglyphen entschlüsselt werden.«

»Und was hat das mit unserem Stein zu tun?«

»Abwarten! – An der Stelle, wo vor über hundert Jahren der Drei-Sprachen-Stein gefunden wurde, haben sich seither viele Ausgräber versucht, Franzosen, Italiener, Engländer, zuletzt die Deutschen. Sie alle hofften auf kostbare Funde, auf Gold, Edelsteine und wertvolle Skulpturen. Hoffnung ist ein Seil, auf dem viele Narren tanzen.«

»Sie fanden also nichts.«

»Nichts, außer ein paar Schriftfragmenten, und die erhielten die Forscher zum Geschenk, als Andenken sozusagen. Soweit man den Bruchstücken entnehmen konnte, gehörten sie, wie der Stein von Raschid, zu einer Urkunde der Priester von Memphis. Davon gibt es Hunderte, und niemand wäre auf die Idee gekommen, daß diese Fragmente eines Tages solche Bedeutung erlangen würden. Den Rest der Geschichte kennst du ja.«

»Du meinst die Sache mit Kemal?«

»Die meine ich.«

»Und dieser Kemal ist wirklich Ziegenhirte?«

»Er weidet seit sieben Jahren seine Tiere in der Gegend. Eines Tages steckte er seinen Hirtenstab in den Boden, so wie es alle Hirten tun, aber dabei stieß er auf Widerstand. Er grub ein flaches Loch und entdeckte eine kleine, brüchige, schwarze Steinplatte, von der drei der vier Ränder fehlten. Wenig später kam Kemal zu mir und wollte mir das Fragment verkaufen. Ich lachte ihn aus, sagte, er solle seinen Hauseingang damit pflastern, so etwas sei unverkäuflich, da begann er zu weinen, und ich gab ihm, mehr aus Mitleid, zehn Piaster. Seither lag das Ding auf dem Fensterbrett in meinem Büro. Dort läge es noch heute, hätte nicht eines Tages Carlyle, dieser Schnüffler, gefragt, welche Bedeutung die Schriftzeichen auf der Platte hätten. Da erzählte ich ihm die

Geschichte von Kemal und den zehn Piastern, und wir lachten beide, und der Engländer fragte, ob er den Stein mitnehmen dürfe, er wolle ihn jemandem zeigen. Ich hatte nichts dagegen. Nach ein paar Tagen kam er aufgeregt und erkundigte sich nach Kemal und dem genauen Fundort, man müsse nach weiteren Bruchstücken forschen. Ich stellte Carlyle zur Rede, ob er mich nicht einweihen wolle, aber er tat geheimnisvoll, meinte, mich hinhalten zu müssen wie einen dummen Jungen. Aber er hatte die Rechnung ohne Mustafa gemacht. Ich nahm ihm das Stück wieder ab und ließ es von einem unserer Freunde in Kairo übersetzen, und das ist es, was er gefunden hat.«

Er zog ein Papier aus der Brusttasche und glättete es auf dem Tisch:

erhabene Götter, die ihr voll

Freude in der Ewigkeit

die Priester von Memphis, welche

ris Beschlüsse mit Ehrfurcht

haben den Auftrag vernommen,

göttlichen Imhotep zu schützen,

Schatten des Pharaos Horus

hat und das mehr

alles Gold und

»Alles Gold«, las der Sub-Mudir. »Genau das, was wir brauchen.«

»Und ich werde es finden.« Mustafa schlug sich mit der Faust auf die Brust. Dann wickelte er den Stein in das braune Papier und murmelte etwas von ungläubigen Christenhunden und vom Stolz der Söhne Ägyptens und meinte, nachdem er das Paket in einem sperrigen Koffer verstaut und den Koffer auf einen Schrank gewuchtet hatte: »Jetzt ist Nagib ek-Kassar an der Reihe.«

»Kann man ek-Kassar überhaupt trauen?« erkundigte sich der Sub-Mudir vorsichtig.

»Ich würde meine Hand für ihn ins Feuer legen«, erwiderte Ayat. »Er ist ein alter Weggefährte Zaghluls und ebenso lange Anhänger unserer Sache wie er. Was täten wir ohne ihn? Er ist der einzige, der die alte Kultur unseres Landes studiert hat und uns in dieser Sache helfen kann. Die meisten Experten sind gottlose Ausländer, nur daran interessiert, unsere ruhmreiche Vergangenheit außer Landes zu schaffen. Sie haben uns alles genommen, unsere Götter, unsere Obelisken, sogar die Mosaikböden, über die unsere Ahnen geschritten sind. Eines Tages werden sie noch unsere Pyramiden forttragen und in Berlin, Paris oder London wieder aufbauen.«

El-Nawawi pflichtete dem Aga bei, indem er heftig mit dem Kopf nickte. »Für diese Europäer sind wir nichts weiter als ungebildete Kameltreiber, Ziegenhirten, Straßenhändler und Schuhputzer, Menschen dritter Klasse, ach was, vierter Klasse, die zu dumm sind, das Erbe ihrer Väter zu bewahren. Alle Europäer, die unser Land seit über hundert Jahren heimsuchen, glauben, unseren orientalischen Charakter verändern zu müssen. Und was das schlimmste ist: Viele von uns glauben daran, viele haben die besten Eigenschaften der Muslims abgelegt und die schlechtesten der Europäer angenommen, und daran wird sich auch unter Lord Kitchener nichts ändern. Er ist und bleibt ein Christenhund, ein Kolonialist, und wenn er noch so oft beteuert: ›Ich bin einer von euch!‹ Er ist und bleibt ein Brite, und alle Briten sind Feinde. – Hörst du mir überhaupt zu?«

Mustafa Aga Ayat hatte sich auf das zugedeckte Hotelbett gelegt, die Hände im Nacken verschränkt und blickte zur Decke. Er hörte wirklich nicht zu, was jedoch nicht als Unhöflichkeit, schon gar nicht als Gleichgültigkeit ausgelegt werden durfte, nein, alles, was der Sub-Mudir von sich gab, war bei den geheimen Zusammenkünften der Nationalisten tausendmal gesagt und für richtig befunden worden.

»Ich überlege gerade«, sagte Mustafa, ohne den Blick von der Decke zu wenden, die an den Rändern mit einem voluminösen Stuckrahmen versehen war, »ich überlege gerade, wo die undichte Stelle liegen könnte. Ich meine, Lady Dawson war doch nicht hinter irgendeinem schwarzen Stein her. Sie suchte wie wir nach dem Bruchstück, das der Schlüssel sein könnte für eine große Entdeckung. Ich frage dich, Ibrahim, woher weiß das die Lady?«

»Die Frage ist berechtigt«, erwiderte el-Nawawi. »Sie muß nicht nur erstaunlich gut informiert sein, sie muß auch Verbindungen zu Archäologen haben, und nicht nur zu englischen!«

»Was weiß man eigentlich über diese Dame?«

»Sie ist Engländerin und unterliegt nicht der Meldepflicht. Außerdem lebt sie, wie du weißt, auf einem Schiff. Auf diese Weise ist sie allen ägyptischen Gesetzen und Vorschriften entzogen. Eigentlich müßtest du mehr über sie wissen als ich.«

Der Aga brummelte unwillig vor sich hin und gab schließlich zu verstehen, daß er auch nicht mehr wisse als das, was ihm Lady Dawson anvertraut habe, und das könne stimmen, aber auch nicht, und nach Lage der Dinge halte er alle ihre Aussagen eher für zweifelhaft. Aber bei den Festen, zu denen sie geladen gewesen sei, habe sie nur den besten Eindruck hinterlassen. »Aber«, fügte Ayat hinzu, »vielleicht habe ich mich auch von ihrer Schönheit blenden lassen, vielleicht steckt hinter der schönen Maske ein Teufel.«

Während Mustafa so redete, wirkte sein Ausdruck auf seltsame Weise verändert, ja verträumt. Die senkrechten Falten, die seinem Gesicht sonst etwas Herrisches gaben, schienen sich auf einmal in nichts aufgelöst zu haben, und die schwarzen Brauen, die gewöhnlich tief über den Augen hingen, hatten sich keck aufgerichtet.

»Darf ich mir die Frage erlauben, wie du das meinst?« erkundigte sich el-Nawawi, dem die Wandlung des Aga keineswegs entgangen war.

Mustafa kaute auf irgend etwas herum, was es gar nicht gab, eine Angewohnheit, die bei ihm Verlegenheit andeutete.

»Ich glaube, die Lady ist eine große Märchenerzählerin«, meinte er dann, »und besser als unsere besten im Basar. Jedenfalls habe ich ihr die Geschichte von dem Ehemann, der auf der Hochzeitsreise verstarb, nie recht geglaubt.«

Die Suche nach Nagib ek-Kassar gestaltete sich komplizierter als erwartet. Ek-Kassar studierte Archäologie im fünfzehnten oder siebzehnten Semester und war mindestens dreißig Jahre alt. Er nahm das Studium nicht sonderlich ernst, was weniger an seinem Desinteresse als an der Aussichtslosigkeit seines Vorhabens lag, das ihm nicht die geringste Chance für eine Anstellung in Ägypten bot. Deshalb studierte er mehr oder weniger vor sich hin und bestritt seinen Lebensunterhalt durch Gelegenheitsjobs, bei denen er nicht wählerisch war. In einem Café an der Friedrichstraße, das nur so hieß, um der Konvention genüge zu tun, verdingte er sich bisweilen als Eintänzer für Damen gesetzteren Alters. Er war schlank und hochgewachsen, und seine dunklen Augen versetzten manche Kommerzienratswitwe in Entzücken. Pro Tanz bekam Nagib fünf Pfennige, und nicht selten wurde ihm eine Adresse zugesteckt mit dem Versprechen, es solle sein Schaden nicht sein.

In dem genannten Café war ek-Kassar nicht zu finden, und eine blonde, beleibte Matrone, die hinter einem mit grünen Jugendstilscheiben versehenen Schalter Tanzmarken verkaufte, reagierte auf eine entsprechende Frage ziemlich unwillig und schimpfte über Nagib, er sei ein Betrüger, der besonders schlau zu sein glaube und in die eigene Tasche gewirtschaftet habe, und das sei der Grund, warum sie ihm Hausverbot erteilt habe. Nein, wo er wohne, ob er überhaupt eine feste Wohnung habe, wisse sie nicht, es interessiere sie auch nicht, und höflich aber bestimmt komplimentierte sie Ayat und el-Nawawi hinaus.

Die beiden wandten sich gerade der wuchtigen Drehtüre aus rotem Mahagoni zu, als ein junger Mann den Aga am Ärmel zupfte und fragte, was ihm der Aufenthaltsort Nagibs wert sei. Mustafa sah den Jüngling an. Er trug einen enganliegenden Anzug mit kurzer, taillenlanger Jacke. Kragen und Manschetten waren aus weißer Pappe mit Leinenstruktur, und seine Augen waren dunkel geschminkt.

Er heiße Willi, sagte der Junge, und kenne Nagib gut. Der Aga schob dem Eintänzer eine 5-Mark-Note in die Brusttasche, darauf drängte dieser die beiden Besucher in eine Ecke hinter der Türe und erklärte, daß Nagib ek-Kassar beim Zirkus Busch anzutreffen sei, nur eine Station von hier mit der Stadtbahn Richtung Alexanderplatz. Nagib arbeite dort vorübergehend als Assistent eines Feuerschluckers und Schlangenbeschwörers. Und im Gehen rief Willi den beiden noch nach, wenn Nagib dort nicht zu finden sei, sollten sie bei Aschinger, Georgen-Ecke Friedrichstraße nachsehen.

Der Zirkus Busch war eine Berliner Institution und residierte in einem festen Haus am Ufer der Spree. Vor der Nachmittags-vorstellung in sein Inneres zu gelangen war beinahe ein Kunst-stück für sich. Für ein fürstliches Trinkgeld erwies sich ein Platz-anweiser-Girl mit runder roter Kappe bereit, die Freunde zu Ali Pascha zu bringen – wie sich der Feuerschlucker mit klangvol-lem Namen nannte. Dieser erwies sich schließlich als waschech-ter Berliner mit italienischer Großmutter und dem exotischen Namen Kalinke, und die erste Frage, die er den Besuchern stellte, war, ob sie von der Polizei seien; alle, die bisher nach Nagib ge-fragt hätten, seien von der Polizei gewesen. Ali Pascha studierte vor seinem Wohnwagen gerade eine neue Nummer ein und ließ sich dabei durch die beiden nicht abhalten. Es stank nach Petro-leum, das Ali Pascha Kalinke schluckweise in den Mund nahm und in den verrücktesten Variationen brennend in die Luft spuckte. Dabei ging ihm ein zierliches Mädchen mit langen schwarzen Haaren zur Hand. Es trug eine weite graue Männer-hose und eine rote Bluse, und der Künstler nannte das Mädchen Emma. Es habe, erklärte der Feuerschlucker lachend, Nagibs Stelle angetreten. Nagib sei mehrmals betrunken zur Arbeit er-schienen, außerdem habe Emma schönere Beine.

Auf dem Weg zu Aschinger gab el-Nawawi zu bedenken, ob ein Mann wie Nagib ek-Kassar nicht ein erhöhtes Risiko be-deute, falls man ihn mit der Angelegenheit vertraut mache. Der Einwand war nicht von der Hand zu weisen; man einigte sich, Nagib nur soweit wie unbedingt nötig einzuweihen.

Nagib saß bei Aschinger vor einem Krug Schultheiss, kaute an einem Brötchen und döste mit glasigen Augen vor sich hin. Es gab in dem Lokal keine Vorhänge und keine Tischdecken, dafür war es laut. Nagib war so voll, daß es eine Weile dauerte, bis Ayat und el-Nawawi ihm klargemacht hatten, wer sie überhaupt waren, und als er es endlich begriffen hatte, stellte er ihnen anheim, morgen wiederzukommen, am besten vormittags, wenn er – vielleicht – nüchtern sei. Den Grund ihres Kommens verrieten sie nicht.

Als Ayat und el-Nawawi am Vormittag des folgenden Tages bei Aschinger erschienen, machte Nagib einen etwas nüchterneren Eindruck. Jedenfalls erkannte er sie auf Anhieb wieder, und er konnte auch ihrem Ansinnen folgen, den Text auf einem Steinfragment zu übersetzen, das sie in ihrem Hotel aufbewahrten. Der Frage, warum sich die beiden in Berlin aufhielten und woher der schwarze Stein stamme und ob die Angelegenheit etwa mit dem Museumsraub am Lustgarten in Verbindung stehe, kam der Aga mit einer braunen Banknote zuvor, die er Nagib mit dem Hinweis zusteckte, es sei besser, keine Fragen zu stellen, aber es gehe um ihre gemeinsame Sache.

Ayat und el-Nawawi hatten beschlossen, Nagib in ihre Pension am Königsgraben gegenüber dem Kaufhaus Tietz zu bringen, mit einigen Flaschen Schultheiss zu versehen und in ihr Zimmer einzuschließen, bis er seine Aufgabe erfüllt habe. Ek-Kassar erklärte sich einverstanden. Er erkannte den Text sofort als demotisch und gab zu bedenken, ob Wortfetzen aus dem Zusammenhang heraus überhaupt zu entschlüsseln seien.

Die Bedenken schienen sich zu bestätigen; denn als der Aga gegen mittag nach Nagib schaute, hatte der zwar alle Flaschen geleert, aber noch keine Zeile zu Papier gebracht. Er kündigte jedoch an, umgehend mit der Arbeit zu beginnen, falls ihm noch einige Flaschen Schultheiss zur Verfügung gestellt würden.

Als Ayat und el-Nawawi am Nachmittag das Zimmer öffneten, lag ek-Kassar auf dem Bett und schlief. Der Aga war über diesen Anblick so erregt, daß er mit bloßen Händen auf den Schlafenden einschlug, ihn als Trunkenbold beschimpfte, der die Gebote des Islam verletze und ihre gemeinsame Sache verraten habe. Nagib ek-Kassar schrie wie am Spieß und war nicht in der Lage, sich verständlich zu machen, bis el-Nawawi sein wildes Fuchteln erkannte und zum Tisch ging, auf dem der schwarze Stein lag.

»He, laß ihn los!« rief Ibrahim, aber Ayat war so in Rage, daß er weiter auf den Betrunkenen einschlug und erst wieder zu sich fand, als el-Nawawi ihn mit Gewalt von seinem Opfer fortzog.

»Hier!« sagte er und deutete auf das braune Papier auf dem Tisch, in das der Stein gewickelt war.

Nagib hatte sechzehn schmale Zeilen mit Kopierstift untereinandergeschrieben.

```
Jauchzen

weilt.

des Ra und

empfangen,

das Grab

das der heiße

Djoser vom Sand

und Gold

der Menschen.

Ra flüssig

Nacht auf

dieses

und wer es

Deshalb

der Stelle

Arme des
```

Ayat und el-Nawawi sahen sich wortlos an, während Nagib vor sich hin winselte wie ein geprügelter Hund. Nachdem er es ein zweites und drittes Mal gelesen hatte, baute sich der Aga vor dem Bett auf, stemmte die Hände in die Hüften und ließ seinen Bauch unheilvoll wachsen wie eine Gewitterwolke.

»Nagib«, sagte er in bedrohlichem Tonfall und machte eine lange Pause, »bist du sicher, daß das stimmt?«

Ek-Kassar setzte sich auf, dann nickte er und antwortete mit schwerer Zunge: »Was heißt schon sicher in diesem Zusammenhang. Solche Texte kann man nur im Zusammenhang interpretieren; aber die Übersetzung ist auf jeden Fall korrekt.«

»Ich befürchte nur«, wandte Ibrahim el-Nawawi ein, »das hilft uns nicht viel weiter.«

Nagib hob die Schultern und ließ sich wieder auf das Bett fallen.

»He, Kerl, nicht einschlafen!« Ayat sprang auf Nagib zu und schüttelte ihn. »Angenommen, deine Übersetzung stimmt, fällt dir irgend etwas daran auf?«

Ek-Kassar erhob sich mühsam, tapste schweren Schrittes zum Tisch, stützte sich dann auf, starrte auf das braune Papier, und ohne aufzusehen erwiderte er: »Klar fällt mir etwas auf!«

»Und?« fragte Ayat drohend.

Nagib lachte und blickte auf, als wollte er sagen, so besoffen, wie ihr glaubt, bin ich noch lange nicht. Dann pochte er mit dem Finger auf das Papier und sagte: »Das ist möglicherweise eine Fälschung – ist das . . .« und er machte eine lange Pause.

Dem Aga dauerte das alles viel zu lange, er packte Nagib bei den Schultern, stieß ihn zu dem Wandtisch neben der Tür, drückte seinen Kopf über die Porzellanschüssel und goß Wasser aus einem Krug über seinen Kopf. Nagib prustete und schüttelte sich, daß das Wasser durch das Zimmer spritzte, und der Aga warf ihm ein Handtuch zu.

»Wieso Fälschung?« rief er erregt. »Antworte!«

Nagib trocknete sich ab. Das kalte Wasser hatte ihn von einem Augenblick auf den anderen ernüchtert. Er ging zu dem Tisch zurück und deutete auf das Papier: »Hier ist von Djoser die Rede. Pharao Djoser regierte in der dritten Dynastie, also vor viereinhalbtausend Jahren.«

»Ja, und?«

»Zur Zeit des Königs Djoser war die demotische Schrift noch

gar nicht bekannt, sie kam erst zweitausend Jahre später auf. Und deshalb glaube ich an eine Fälschung. Fälschungen dieser Art waren gar nicht so selten. In der Spätzeit machten sich die Priester oft einen Spaß daraus, Urkunden zu fälschen.«

»Und der Grund? Gibt es dafür eine Erklärung?«

»Es gibt Vermutungen. Eine ist die, daß auf diese Weise falsche Spuren gelegt werden sollten, um von irgendwelchen geheimen Dingen abzulenken.«

Mustafa Aga Ayat unterbrach das Gespräch. Er riß Nagibs Aufzeichnungen aus dem Papier, und Nagib spürte, daß die beiden von einer plötzlichen Erregung gepackt waren, aber er wagte nicht, irgendeine Frage zu stellen. Auch als Ayat überraschend zum Abschiednehmen drängte, hielt sich Nagib zurück.

Am nächsten Tag traten die beiden die Heimreise an. Sie nahmen den Nachtzug nach München mit Kurswagen nach Ascona, von wo eine Schiffspassage nach Alexandria gebucht war. Ayat und el-Nawawi teilten sich im Zug eine komfortable Schlafkabine. Sie lagen in voller Kleidung auf ihren Betten, an Schlaf war nicht zu denken, nur ihre Gespräche waren hinter Leipzig eingeschlafen.

Es mußte nachts gegen zwei gewesen sein, als der Aga im endlosen Singsang der Eisenbahn ein fremdartiges Geräusch zu vernehmen glaubte. Es kam von der Tür, die sie von innen verschlossen hatten, und hörte sich an, als hantierte jemand mit unpassendem Werkzeug am Türschloß. Mustafa setzte sich auf. Das gedämpfte grüne Nachtlicht an der Decke warf einen dunklen Schatten auf den Eingang.

»Ibrahim«, zischte der Aga leise.

Der reagierte mit einem unwilligen Knurren.

»Hast du nichts gehört?«

El-Nawawi verneinte und schimpfte, Mustafa solle ihn in Ruhe lassen.

Der döste im Halbschlaf vor sich hin. Ihm kamen Zweifel, ob die Berlin-Reise den Aufwand gelohnt habe, ob die Spur, die sie verfolgten, überhaupt zum Ziel führte. Mustafa zweifelte auch, ob ek-Kassar der richtige Mann für diese Sache gewesen war. Gewiß, er hatte sich schon in jungen Jahren ihrer Bewegung angeschlossen, aber er lebte nun schon beinahe acht Jahre im Ausland. Was, wenn er sie an der Nase herumführte, wenn er sie betrog wie ein ausgebuffter Kamelhändler? Die Probleme, die Fragen, alles erschien auf einmal so riesenhaft, unlösbar, und darüber schlief Mustafa ein.

Er erwachte – das heißt, erwachen kann man den Zustand nicht nennen, in dem er sich im nächsten Augenblick befand, eher das Gegenteil –, jedenfalls spürte er einen furchtbaren Schlag auf den Kopf, der gleichzeitig Schmerz, aber auch eine lähmende Ohnmacht verursachte, und von nun an nahm er alles, was um ihn vorging, nur skizzenhaft und wie aus weiter Ferne wahr: das Durchsuchen ihres Gepäcks, eine plötzliche Flamme, Qualm, Rauch, schreiende Menschen und die kreischenden Räder der Notbremse.

Bewußtlos wurden Mustafa Aga Ayat und Ibrahim el-Nawawi aus dem qualmenden Abteil gezogen. Als sie hustend und keuchend erwachten, lagen beide auf den Bahndamm gebettet. Über ihren Köpfen fauchte die Lokomotive. Mitreisende hatten das Feuer erstickt. Auf die Frage, was geschehen sei, erklärte ein blauuniformierter Kondukteur, vermutlich habe sich eine Achse heißgelaufen. Der Zug werde langsam bis zur nächsten Station fahren, dort werde der Waggon abgekoppelt, selbstverständlich erhielten sie ein neues Abteil; ob sonst alles in Ordnung sei?

Die Fahrt ging langsam weiter. Das Abteil bot einen verheerenden Anblick: durchwühlte und angesengte Gepäck- und Kleidungsstücke. Ayat suchte zuallererst nach dem schwarzen Stein, aber – was er vermutet hatte, bewahrheitete sich – die Steinplatte war verschwunden.

»Inscha'allah«, bemerkte Ayat trocken, er zog aus der Hosentasche ein braunes Papier und hielt es el-Nawawi unter die Nase.

Ibrahim el-Nawawi, der sich noch immer die Lunge aus dem Leibe hustete, lachte: »Ya salaam!«

# 4

## *Sinai*

O Gläubige, erinnert euch der Gnade Allahs. Als die Heere der Ungläubigen gegen euch heranzogen, da schickten wir ihnen einen
Wind entgegen und ein Heer von Engeln, das ihr nicht sehen konn-
tet, und Allah beobachtete damals euer Tun. Als nun die Feinde von
oben und von unten gegen euch herankamen und ihr eure Augen vor
Angst abwandtet und vor Furcht euch das Herz bis an die Kehle
stieg, da erdachtet ihr mancherlei Gedanken über Allah.

*Koran, dreiunddreißigste Sure (10, 11)*

**D**IE ZEIT IN LUXOR WURDE FÜR OMAR ZU EINER ZEIT DES
Lernens. Omar lernte bei Taha lesen und schreiben und
deklamierte schon bald die Suren wie ein Koranrezitier in der
Moschee. Claire, die Frau des Professors, lehrte ihn die englische Sprache, und zu Omars täglichem Vergnügen gehörte es,
die Todesanzeigen und Nachrufe auf der ersten Seite der *Times*
zu studieren und auswendig zu lernen, was zur Folge hatte, daß
Omar sich auch in der täglichen Umgangssprache recht schwül-
stig auszudrücken pflegte. Zur Verblüffung Shelleys zeigte der
Junge nicht nur großes Interesse an seinen archäologischen Forschungen, er erwies sich sogar als ausgesprochenes Talent, und
die einunddreißig Dynastien bis zu Alexander dem Großen
hatte er auswendig im Kopf.

Professor Shelley hatte nach langwierigen Recherchen insge-
samt vier Forschungsprojekte ausgearbeitet, um sie dem *Egypt
Exploration Fund* vorzulegen, darunter die Suche nach zwei
Pharaonengräbern im Tal der Könige, veranschlagt auf je zwei
Grabungssaisonen mit je 120 Arbeitskräften.

Vergessen war das schreckliche Erlebnis seiner Entführung;

Omar hatte es zwar aufgegeben, weitere Nachforschungen anzustellen, aber bei der Forschungsarbeit des Professors, an der er sich mit wahrer Begeisterung beteiligte, stieß er zwangsläufig immer wieder an Grenzen, die zu überschreiten nicht ratsam erschien.

Intrigen, Betrug, Mord und Totschlag gehörten im Ägypten dieser Zeit zur Tagesordnung, und Luxor machte da keine Ausnahme. Staat und Regierung befanden sich in beklagenswertem Zustand; nur die wenigsten wußten zu sagen, wer wen zum Freund, wer wen zum Gegner hatte. Offiziell war Ägypten noch immer ein Teil des Ottomanischen Reiches unter der Oberhoheit des Sultans. Sein Statthalter am Nil war der Khedive Abbas Hilmi, ein Vizekönig mit bescheidener Macht. Regiert wurde das Land von einem Premierminister, doch sowohl er als auch der Khedive unterstanden einem britischen Generalkonsul, der das eigentliche Sagen hatte, denn Ägypten war seit dreißig Jahren ein britisch-ägyptisches Kondominium.

Man hätte meinen können, der Generalkonsul, Lord Kitchener, wäre in Ägypten im selben Maße verhaßt gewesen, wie der Khedive beliebt war. Aber das Gegenteil war der Fall. Der stolze Ire mit dem weit ausladenden Schnauzbart hatte sich schon als Sirdar, als Oberbefehlshaber der ägyptischen Armee, äußerst beliebt gemacht. Als Generalkonsul zeigte er viel Verständnis für die Belange der kleinen Leute, vor allem der Fellachen, die nicht wagten, einen Turban oder ordentliche Gewänder zu tragen, weil sie fürchteten, gnadenlose Beamte würden sie mit Steuern belegen, die zu bezahlen sie außerstande waren. Der Khedive hingegen, trotz oder gerade wegen seiner europäischen Erziehung ein selbstsüchtiger, eigennütziger, despotischer Intrigant mit gewissenlosen Geschäftsinteressen, fand bei seinem Volk nur wenig Zuneigung. Abbas Hilmi unterstützte alle erdenklichen politischen Gruppierungen und Parteien, wenn sie nur in irgendeiner Form gegen die Engländer gerichtet waren. Daß viele dieser Parteien sich untereinander befehdeten wie Todfeinde, trug zur Brisanz der politischen Situation bei.

Vor allem die Nationalisten machten von sich reden. Unter

ihnen gab es Gemäßigte und Radikale, Extremisten und Terroristen. Premierminister Boutros Pascha Gali wurde erschossen. Ein Komplott zur Ermordung seines Nachfolgers Mohamed Pascha Said und des Khediven sowie Lord Kitcheners konnte in letzter Minute vereitelt werden. Bewaffnete Horden zogen durch das Land, und niemand war vor ihnen sicher.

In diesen Tagen wünschte Omar nichts mehr, als daß sich die vielen Nationalisten unterschiedlichster Anschauungen einigten und für ihr gemeinsames Ziel kämpften, für ein freies Ägypten, in dem alle vor dem Gesetz gleich wären. Professor Shelley hatte keine hohe Meinung von diesen Leuten, nannte sie tükkisch, korrupt und weltfremd, Marionetten des Khediven, und prophezeite, es werde mit ihnen ein schlimmes Ende nehmen. Omar widersprach nicht; aber in seinem Herzen wuchs die Liebe zu seinem Land, ja, er fühlte eine sonderbare Wärme in seinem Herzen, wenn er an die Zukunft Ägyptens dachte, die auch seine Zukunft war.

Es traf ihn sehr, wenn im Kaffehaus *Kom Ombo* hinter dem Bahnhof, wo nur Einheimische verkehrten, Kaffee, Tee und grüne Limonade tranken und zu zweit oder zu viert die hohen Wasserpfeifen rauchten, wenn er dort keine Beachtung fand, man ihm sogar mit Mißtrauen begegnete und hinter vorgehaltener Hand flüsterte, als wäre er ein Fremder und nicht einer von ihnen. Dazu trug auch bei, daß er eines Tages beim Teetrinken die *Times* las, was hier als Provokation empfunden wurde wie das Hissen der britischen Fahne.

Eines Tages kam das Gespräch auf Yussuf, den die Cholera dahingerafft hatte und von dem alle in Hochachtung redeten, und auf einmal fiel der Name Halima. Der Name des Mädchens traf Omar wie ein Keulenschlag, und mit gespielter Gleichgültigkeit rief er über den Tisch, ob jemand ihren Aufenthaltsort kenne. Da verstummten plötzlich alle Gespräche, und alle blickten auf Omar.

Ein schwammiger, dicklicher Jüngling, von dem bekannt war, daß er das eigene Geschlecht favorisierte, erhob sich, trat auf

Omar zu, grinste und sagte in unverschämtem Ton: »Sieh einer an, er hat Sehnsucht nach Halima.« Und dabei kam er mit seiner fetten Visage ganz nahe an Omar heran.

Omar stieß den Schwulen zurück; er spürte, wie ihm vor Wut das Blut in den Kopf schoß, dennoch beherrschte er sich, und er erwiderte scheinbar gelassen: »Wo steckt Halima? Weiß das jemand? Wir kennen uns« – und fast entschuldigend fügte er hinzu – »flüchtig.«

»Er kennt Halima flüchtig!« rief der Dicke ein paarmal hintereinander, klatschte rhythmisch in die Hände, und die anderen stimmten ein und riefen immer wieder: »Er kennt sie flüchtig, er kennt sie flüchtig!«

Nachdem das Grölen geendet hatte, baute sich der Dicke vor Omar auf, machte ein paar unbeholfene Bewegungen wie eine Bauchtänzerin und prustete heraus: »Wir alle kennen Halima ziemlich gut, diese kleine Houriyat. Wir haben ihr alle schon zwischen die Beine gefaßt.«

In diesem Augenblick verlor Omar die Beherrschung, er stürzte sich wütend wie ein verletztes Tier auf den Dicken, versetzte ihm einen Schlag in die Magengrube, daß dieser aufschrie, und würgte ihn, bis seine wulstigen Augen hervortraten. Die anderen johlten, aber als sie erkannten, daß Omar dabei war, den Dicken umzubringen, daß er auch dann nicht von seinem Gegner abließ, als dessen Kopf blau anzulaufen begann, da stürzten sich ein paar Mutige auf ihn und versuchten ihn mit Gewalt von seinem Gegner zu trennen. Aber wie eine Schlange, die sich in ihre Beute verbissen hat, gab Omar nicht auf, obwohl drei erwachsene Männer an ihm zerrten, und er hätte seinen Gegner erwürgt, wäre nicht unverhofft etwas eingetreten, auf das niemand gefaßt war: Einer der zu Hilfe eilenden Männer zerrte an Omars Ärmel, der derbe Stoff riß wie ein Segel im Sturm und entblößte den rechten Arm, wo, deutlich sichtbar, das Brandmal zum Vorschein kam.

Dieser Vorgang hatte unerwartete Wirkung. Sowohl Omar wie die zu Hilfe geeilten Schlichter des Streites ließen vom jeweils anderen ab und verharrten einen Augenblick in einem Zustand der Fassungslosigkeit. Und während der Dicke unter krächzenden Lauten nach Luft rang und zu Boden sank, starrten alle wie versteinert auf das Katzen-Mal.

Im Lokal wurde es ganz still. Omar erwartete irgendeine Reaktion, eine Bemerkung, eine Frage, irgend etwas, das die verhängnisvolle Situation erklärte; aber dazu kam es nicht. Endlich wandte sich Omar dem Ausgang zu und ging ohne ein Wort, aber mit dunklen Gedanken im Herzen.

Von diesem Tag an wurde Omar Moussa in Luxor geächtet. Jedenfalls kam es ihm so vor, denn die, deren Freundschaft er suchte, weil ihnen, wie er glaubte, das Schicksal Ägyptens am Herzen lag, mieden ihn nun noch mehr als früher. Was sollte er tun? Alle Versuche, mit irgendeinem Menschen wegen des Mals ins Gespräch zu kommen, scheiterten; alle, die er darauf ansprach, wandten sich ab, als sei er von einer furchtbaren Krankheit befallen, und selbst jene, mit denen er zuvor wenigstens freundlichen Umgang gepflegt hatte, die aber nicht Zeuge des Vorfalls waren, ließen ihn nun links liegen.

In dieser Zeit der Isolation, die ihn mehr mit Ausländern zusammenbrachte als mit seinesgleichen, verlegte sich Omar auf private Studien, wobei ihm Professor Shelley und seine Frau jede nur erdenkliche Unterstützung zukommen ließen. Lange Zeit verschwieg er den Vorfall im Kaffeehaus *Kom Ombo*, als er jedoch nach Wochen des Nachdenkens von einer Lösung weiter entfernt war als je zuvor, vertraute sich Omar dem Professor an.

Shelley wollte zunächst nicht glauben, daß das Brandmal die Ursache allen Mißtrauens sei, aber Omar blieb dabei, er sei sich seiner Sache ganz sicher. Die Vermutung lag nahe, daß das Katzen-Mal einer nationalistischen Gruppe als Erkennungszeichen diente, doch erklärte dies noch lange nicht, wie gerade Omar dazu kam. Er hatte sich politisch nie geäußert, und seine Entführung war damals erfolgt, als er – jedenfalls hatte es den Anschein gehabt – mit irgendwelchen Leuten ein Geschäft machen wollte. Der Sub-Mudir von Luxor hatte die Ermittlungen nach einem Jahr eingestellt – ergebnislos, versteht sich. Wollten sie weiterkommen, so mußten sie den Fall selbst in die Hand nehmen, was Shelley nicht ganz ungefährlich erschien.

Auf der Suche nach einem Ansatzpunkt brachte Omar die Gruft zur Sprache, in der er gefangengehalten wurde. Sie müsse, sagte er, in einem bestimmten Umkreis des Steinschleifers liegen, denn er habe in seiner Einsamkeit das typische Geräusch vernommen, das die rotierenden Steine verursachen. Nach Rücksprache mit Howard Carter, der das Dorf el-Kurna archäologisch und kartographisch erfaßt hatte, kamen im Umkreis von dreihundert Fuß um die Steinschleiferei sieben Gräber in Frage, drei hatten einen freien Zugang, vier lagen unter Häusern verborgen, alle sieben waren bekannt und wissenschaftlich ausgewertet. Omar beteuerte, sein Gefängnis blind wiederzuerkennen, auch wenn er es bei Licht nie richtig gesehen habe.

Bei den frei zugänglichen Grüften handelte es sich um die Gräber des Amun-Priesters Antef, des Weisen Hapuseneb und des Generals Perreseneb. Von diesen Gräbern hatte keines die Ausmaße oder die Architektur, die für Omars Versteck in Frage kam. Sie mußten von der Liste gestrichen werden. Die vier überbauten Eingänge führten zu den Gräbern von Ipuemre, einem Hohenpriester unter Amenophis III., Imseti, einem Wundarzt, Duamutef, einem Haushofmeister unbekannter Zuordnung, und Teta-Ky, einem Weisheitslehrer der 18. Dynastie. Aber auch nach Untersuchung, dieser Grabstellen mußte Omar eingestehen, daß er in keinem dieser Gräber gefangen gewesen sein konnte.

Natürlich machte Professor Shelley bei den Nachforschungen in el-Kurna wissenschaftliche Interessen geltend, aber dennoch begegneten die Dorfbewohner dem Eindringling mit großem Mißtrauen, und das Unternehmen hätte beinahe erfolglos abgebrochen werden müssen, wäre ihnen nicht der Zufall zu Hilfe gekommen.

Ein streunender Hund jagte eines Morgens ein Kaninchen durch das Dorf. Das Kaninchen schien sich seiner Sache sicher, schlug wilde Haken und gab dem Köter immer wieder das

Nachsehen. Omar beobachtete die Jagd mit Vergnügen und lief hinter dem Hund her. Plötzlich waren Hund und Kaninchen verschwunden, und Omar befürchtete schon das Schlimmste, da fand er den Köter hinter einem Haus vor einer Grube, die mit dicken Balken abgedeckt war. Knurrend starrte der Hund in einen Spalt, durch den ihm das Kaninchen entwischt war.

Omar verscheuchte den Köter, hob einen Balken hoch und spähte nach dem Kaninchen. Er sah es nicht, dafür entdeckte Omar eine in den Sandstein geschlagene Treppe. Die Stufen waren verwittert, zum Teil verfallen, und führten gut zwanzig Fuß steil nach unten zu einer Holztür, aus rohen Brettern gezimmert und mit grüner Ölfarbe bemalt, so wie in el-Kurna die meisten Haustüren aussehen. Ein einfacher Riegel verschloß den Zugang von außen. Shelley schob ihn zurück und leuchtete mit einer Karbidlampe in das Innere. Der anschließende, roh behauene Gang machte eine Wendung nach rechts, nach wenigen Schritten abermals nach rechts und leitete zu einem Absatz, von dem aus eine weitere Steintreppe in die Tiefe führte. Omar konnte sich schwer vorstellen, daß dies der Zugang zu seinem Versteck sein sollte. Er erinnerte sich gut an die Reliefs und Malereien an den Wänden, bisher begegneten sie jedoch nur rohem Felsgestein.

Am Fuße dieser Treppe hielt Shelley inne, denn die Stufen endeten geradewegs vor einem senkrechten Schacht, etwa zehn Fuß im Quadrat und so tief, daß der Schein der Lampe den Grund nicht erreichte. Der Weg ging unerreichbar auf der gegenüberliegenden Seite weiter. Das also war der Grund, warum der obere Zugang nur mit einem einfachen Riegel verschlossen war.

Es stank süßlich nach Fledermäusen, die Karbidlampe fauchte. Omar schlug vor, eine der Bohlen von oben zu holen, mit denen der Zugang abgedeckt war, aber der Professor überzeugte ihn, daß die Bretter viel zu kurz waren und längere nicht durch die Windungen des engen Korridors transportiert werden konnten. Ratlos leuchtete Omar in den unüberwindbaren Schacht, da fiel der Lichtschein nach oben, und er erkannte ein mächtiges Gewölbe, von dem ein Seil herabhing, dessen Ende seitlich hinter einem Mauervorsprung vertäut war. Das Seil war neu und machte einen kaum benutzten Eindruck. Der Professor knotete es los, prüfte es auf seine Festigkeit und ließ es ein paarmal von der einen Seite des Schachtes zur anderen schwingen, um es wieder aufzufangen.

Omar sah Shelley an, sie dachten wohl beide dasselbe. Würde das Seil halten? Oder war das Pendel eine Falle? Gefahr macht Mut. Wortlos nahm Omar dem Professor das Seil aus der Hand, prüfte es noch einmal auf seine Festigkeit, zog sich mit den Armen hoch und schwang sich über den Abgrund. Dann schickte er das Seil zurück, und Shelley befestigte die Karbidlampe an seinem Gürtel und tat es ihm gleich.

Nachdem sie das Seil an einem offensichtlich dafür vorgesehenen Haken festgezurrt hatten, wandten sie sich dem weiterführenden Weg zu und gelangten in einen größeren Raum. In der Mitte des Bodens klaffte ein Loch, daneben lag ein aus Holz gezimmerter Deckel, darauf eingerollt eine Strickleiter, und Omar befiel eine Ahnung. Er erinnerte sich, wie sich nach endlosen Tagen einsamer Finsternis die Decke geöffnet hatte, wie eine Strickleiter nach unten gefallen war, und der zitternde Schein einer Laterne die Wände der Gruft furchterregend erleuchtet hatte.

Omar klinkte die Strickleiter an dem hölzernen Deckel ein, nahm den Henkel der Lampe zwischen die Zähne und begann vorsichtig den Abstieg, Shelley folgte nach. Unten angelangt hielt Omar die Karbidlampe in die Höhe.

»Ja«, sagte er leise, »ich erkenne alles wieder, die Göttergestalten, den Streitwagen mit den sechsspeichigen Rädern und hier« – er leuchtete nach unten – »den Sarkophag mit den Überresten einer Mumie. Ja, hier war ich gefangen, auf diesem Schilfbündel habe ich gelegen. Allein Allah weiß, wie ich hier wieder herausgekommen bin.«

Professor Shelley nahm Omar die Karbidlampe aus der Hand, um die Hieroglyphen näher zu begutachten. »Wenn mich nicht alles täuscht«, meinte er, nachdem er die Zeichen eingehend geprüft hatte, »befinden wir uns im Grab eines Edlen namens Antef, der als Rossebändiger für den Pharao tätig war.«

Fasziniert von der unerwarteten Entdeckung, nahm Shelley nicht wahr, daß Omar wie vom Fieber befallen am ganzen Körper zitterte. Erst als er eine Frage stellte und keine Antwort erhielt, richtete er die Lampe auf den Jungen. Omar klammerte sich an der Strickleiter fest. Die Erinnerung an die endlose Zeit im Verlies war zuviel für ihn, und er drängte zum Aufbruch.

Als sie das Tageslicht erreicht hatten, ging Omar um das Haus herum, hinter dem sie auf den Grabeingang gestoßen waren, und was Omar vermutet hatte, wurde zur Gewißheit: Es war das Haus des alten Yussuf.

In den Tagen nach dieser Entdeckung lag Omar darnieder ohne ersichtlichen Grund. Sein Körper verweigerte jede Nahrung, und während alle seine Gedanken um das Mädchen kreisten und die unselige Verquickung der Verhältnisse, fragte er sich in seinen Wachträumen, ob das Leben für ihn überhaupt noch einen Sinn habe, ja, er litt mit einer Lust, die für gewöhnlich nur geheime Laster verschaffen. Zu Unrecht hatte Omar sich, wenn er zurückblickte, für eine starke Natur gehalten. *Ya salaam*, er war das Gegenteil, ein Schwächling, zwar fähig, körperliche Schmerzen mit Heldenmut zu ertragen, aber wenn es um Seelenleid ging, ein Hasenfuß.

Der Sommer war gnadenlos heiß wie seit Menschengedenken nicht mehr, und der Nil führte, trotz regelmäßiger Wasserzufuhr aus dem Stausee des Dammes von Assuan, nur noch die Hälfte seines Wassers. Dankbar nahm Omar feuchte Tücher entgegen, die ihm Nunda in regelmäßigen Abständen auf die Stirn legte. Sie hatten kaum ein Wort gewechselt seit jenem denkwürdigen Vorfall im Garten; und obwohl er seine Grobheit längst bereut hatte, war er seinem harten Verhalten treu geblieben.

Nun aber, in einem kaum erklärbaren Kurzschluß der Gefühle, riß Omar Nunda, als sie gerade dabei war, das Handtuch auf seiner Stirn zu wechseln, an sich, daß sie einen kleinen Schrei ausstieß. Ihr sanftes Gesicht, die Wölbungen ihrer

Brüste und Schenkel steigerten sein Verlangen, und flink, wie es einem Kranken überhaupt nicht zukam, wand er sich unter Nunda hervor, bestieg sie mit einem unanständigen Blick des Triumphes und nestelte das dünne Kleid von ihrem Körper. Als Nunda lustvoll entblößt vor ihm lag, da nahm er sie wild und ungestüm wie ein Reitknecht, der der Stute die Peitsche gibt, und mit dem unwiderstehlichen Zwang, ihr Schmerz zuzufügen; und jenes Erlebnis machte ihn Halima vergessen.

Auf diese seltsame Weise gesundete Omar unerwartet von einem Tag auf den anderen, so unerwartet, daß er vor sich selbst erschrak und, von trüben Gedanken befreit und befreit von Gefühlen, nicht verstehen konnte, warum er all seine Gedanken für Halima verschwendet hatte. Ein treuer Hund, ein treues Pferd, bedeuten mehr als tausend Weiber.

Omar war nun sechzehn, hellhäutig, stattlich hochgewachsen und von kräftiger Statur, und er befand sich gerade in jener Phase des Lebens, in der ein Mann zum ersten Mal glaubt, daß er alles Erlebenswerte auf dieser Erde erlebt hat, einer Mischung aus Dummheit und Hochmut, welche Männer im Laufe eines Lebens in steter Regelmäßigkeit befällt.

Und so wurde auch Omar bald eines Besseren belehrt. Seit Wochen gab es Gerüchte, es werde Krieg geben, irgendwo in Europa: Österreich gegen Serbien, Deutschland gegen Rußland und Frankreich, Großbritannien gegen Deutschland und die Türkei. Europa schien weit, und Ägypten zeigte das Antlitz einer Sphinx.

Es war am ersten Freitag im August, als Professor Shelley alle im Hause zusammenrief und ernst wie ein Koranprediger bekanntgab, der ägyptische Premierminister habe am 5. August ein Dokument unterzeichnet, das Ägypten praktisch zur Kriegserklärung gegen die Feinde Großbritanniens verpflichte. Kein Ägypter dürfe mit Untertanen eines mit Großbritannien im Krieg befindlichen Staates Verträge schließen, kein ägyptisches Schiff dürfe einen feindlichen Hafen anlaufen, britische

Streitkräfte seien ermächtigt, in ägyptischen Häfen und auf ägyptischem Boden das Kriegsrecht auszuüben.

Claire faltete die Hände, als wollte sie ein Gebet sprechen, aber sie schluckte nur und sagte: »Was soll nun werden, Christopher?«

Shelley hob die Schultern; er saß steif wie eine Puppe in seinem Korbstuhl, den Blick an die Decke gerichtet, und ohne die Augen abzuwenden, sagte er leise: »Ich muß jeden Tag gefaßt sein, daß man mich ruft.«

»Heißt das . . .«

»Ja, das bedeutet, daß wir zurück nach England müssen.« Shelley sagte *müssen;* denn nun, da seine Einberufung drohte, empfand er dieses Land, diesen Ort als wahres Paradies. Als er vor zwei Jahren hierhergekommen war, da hatten er und Claire im Kalender die Tage abgehakt und gezählt, wie lange sie noch bleiben wollten; aber das hatte sich schnell geändert. Seit sie das Haus bezogen hatten, fühlten sie sich hier zu Hause. Und wie es schien, dachten sie in diesem Augenblick beide das gleiche.

»*Ya Saidi*«, fragte Omar kleinlaut, »wenn Sie zurück nach England müssen, was wird dann aus mir?«

Der Professor schwieg. Omar konnte sich denken, was das bedeutete. Der Krieg hatte ihn bisher nicht berührt; aber nun war er auf einmal selbst betroffen, er mußte fürchten, von heute auf morgen auf der Straße zu stehen, ohne Arbeit, ohne Dach über dem Kopf, und er verfluchte den Krieg.

Wochenlang lebte Omar so dahin, versunken in der Monotonie von Hoffen und Bangen und dem Bewußtsein eigener Ohnmacht. Der Professor hatte ihm zwar fest versprochen, für sein Fortkommen Sorge zu tragen, falls er Ägypten verlassen müßte, aber Omar wußte nur zu genau, daß in den Zeiten der Not jeder sich selbst der Nächste ist. Inzwischen verschärfte sich die Lage; und in den Kaffeehäusern und auf den Straßen stellten sich die Menschen die Frage: Wie soll das weitergehen?

Am 18. Dezember hingen an allen öffentlichen Plätzen der Stadt, vor Ämtern und Behörden gelbe Plakate:

»Der Staatssekretär für auswärtige Angelegenheiten Seiner Britannischen Majestät gibt bekannt, daß Ägypten angesichts der sich aus dem Vorgehen der Türkei ergebenden Kriegslage unter den Schutz Seiner Majestät gestellt und hinfort einen Teil des britischen Protektorates bilden wird. Die Souveränität der Türkei über Ägypten hat damit aufgehört. Die Regierung Seiner Majestät wird alle Maßnahmen zur Verteidigung Ägyptens und zum Schutz seiner Bewohner und Interessen ergreifen.«

Am folgenden Tag wurde der Khedive Abbas Hilmi, der sich in Konstantinopel aufhielt, von den Engländern abgesetzt, Prinz Hussein Kemal, der älteste lebende Prinz aus dem Hause Mehmet Alis, trat die Thronfolge an und durfte sich fortan Sultan von Ägypten nennen.

Auf dem Weg nach Der el-Medine erreichte den Professor ein Stellungsbefehl nach Syrien. In Syrien konzentrierten sich türkische Armeen, und die Engländer mußten einen feindlichen Vorstoß zum Suezkanal befürchten. Da traf es sich gut, daß Omar und Shelley auf dem Nachhauseweg, den sie schweigend zurücklegten, einem Lautsprecherwagen der britischen Armee begegneten. Auf dem Dach des Automobils, das im Schritttempo durch die Straßen rollte, war ein großer schwarzer Trichter befestigt, aus dem, lauter als der Ruf des Muezzins, schrille Musikfetzen ertönten, unterbrochen von einem unsichtbaren Rufer, der zum Eintritt in das ägyptische Arbeiterkorps aufforderte.

Zwei Tage später saß Omar in der Eisenbahn nach Kairo.

Er hatte, wie er glaubte, nichts weiter als seine Arbeitskraft feilgeboten, in Wirklichkeit jedoch hatte Omar seine Seele verkauft. Aber das wußte er zu diesem Zeitpunkt noch nicht. Geld läßt sogar den Teufel tanzen, und zwei Pfund die Woche waren viel Geld für einen Jungen von sechzehn Jahren. Der Zug bestand nur aus Coupés vierter Klasse, was Omar nicht weiter störte – er war noch nie dritter Klasse gereist –, störend wirkte eher, daß die Freiwilligen in die Waggons gepfercht wurden wie Kälber auf dem Weg zum Schlachter. Guter Lohn, freie Kost und Unterkunft hatten Tausende angelockt; sie kamen von überall her aus Assuan, Kom Ombo, aus Edfu und Armant, Kus und Kena, und ihr Ziel hieß Ismailia am Suezkanal. Von dort, so lautete ihr Auftrag, sollte eine Eisenbahnlinie durch die Sinaiwüste getrieben werden.

In den zwei Tagen, die der Zug nach Ismailia brauchte, verließen die Freiwilligen ihre Coupés nur zweimal, jeweils auf freier Strecke zur Verrichtung der Notdurft. Während der Fahrt wurde Zwieback verteilt, Fladenbrot aus schlechtem Mehl und Tee in Blechtassen, vier Stück pro Coupé. An Schlaf war nicht zu denken, weder bei Nacht noch bei Tag. Die einen grölten markige Lieder, andere erzählten Zoten. Abgestumpft und seiner Umgebung ausgeliefert, hockte Omar auf seinem Bündel und versuchte trübe Gedanken zu vertreiben. Er war versucht, in Ismailia die Eisenbahn zu verlassen und eigene Wege zu gehen; aber wohin sollte dieser Weg führen?

Früh am Morgen, im Osten dämmerte rötlich das Licht, erreichte die Eisenbahn Ismailia. Britische Colonels in khakifarbenen Uniformen brüllten Kommandos mit schneidenden Stimmen, die niemand verstand. Unter heftigen Bewegungen gelang es ihnen jedoch, die Freiwilligen vor dem Bahnhof zu Aufstellungen von jeweils dreihundert Mann zu formieren.

Durch die schmalen Gassen der Stadt, deren niedrige Häuser halb zerfallen waren, fegte ein schneidender Wind. Vor den Häusern standen Becken mit glühenden Kohlen, Berge von Unrat türmten sich auf, es stank erbärmlich. Verschleierte Frauen mit auf den Rücken gebundenen kleinen Kindern huschten verängstigt vorbei und verschwanden in niedrigen Türen, andere traten vor die Häuser und machten sich über die Männer lustig und begegneten ihnen mit obszönen Gesten. Kleine Jungen hüpften neben den Kolonnen her und versuchten ihren Gleichschritt nachzuäffen. Straßenköter kläfften, und Hühner stoben aufgeregt auseinander. So erreichten die Männer das riesige Zeltlager am Rande der Stadt.

Um einen Fahnenplatz, den eine unübersehbare Reihe britischer Flaggen säumte, waren schachbrettartig Zeltstraßen angeordnet, schmutziggrüne längliche Zelte, wohl dreitausend an der Zahl, dazwischen Vorrats- und Lagerzelte, offene Pferche mit Kamelen, Maultieren und Eseln, Jauchewagen als Trinkwasserreservoire und mit senkrechten Zeltplanen abgezäunte Bezirke, Latrinen.

Der Sinai zwischen Suez und dem Golf von Akaba ist eine steinige, steppenartige Wüste, im Süden zu hohen Gebirgen aufragend, nach Norden hin karstig und mit weiten Ebenen, in denen nur selten ein Wadi oder eine Oase Dattelpalmen, Malven, Stechginster und Saxaul Nahrung bietet. Dafür gibt es viele wilde Tiere, Steinböcke und Gazellen, die nachts von Hyänen und Schakalen gejagt werden, und gefährliche Schlangen. In dieser menschenfeindlichen Gegend fallen die Temperaturen zur Winterzeit nachts bis auf den Gefrierpunkt, während tagsüber die Sonne stechendheiß vom Himmel brennt.

Lärmend stürmten die Männer die Zelte, als hätte nicht eines dem anderen geglichen in seiner primitiven Ausstattung: Planen auf dem sandigen Boden, pro Mann eine Decke, in der Mitte ein zerlegbares Eisengestell mit Blechgeschirr, mit Filz bezogene Feldflaschen. Und unversehens befand Omar sich in Gesellschaft von neun anderen, die meisten gut doppelt so alt wie er. Omar nahm den Schlafplatz gleich neben dem Eingang in Beschlag, indem er sein Bündel auf die Decke am Boden warf, doch das mißfiel einem hochgewachsenen, hageren Alten, er drängte den Jungen, ohne ein Wort zu sagen, zur Seite und zeigte mit dem Kopf in die hintere Ecke. Omar gehorchte. Der Mann hieß Hafiz, mehr war aus ihm nicht herauszulocken, zumindest nicht in den ersten Tagen.

Der erste Tag verging mit einer Ansprache von Oberst Robert Salt auf dem Fahnenplatz, in der er, unterstützt von einem ägyptischen Dragoman, die Arbeitsbedingungen bekanntgab: zehn Stunden täglich mit Schaufel und Hacke, Arbeitsziel eine Meile Geleise pro Tag. Ein paar Männer murrten. Salt griff sie wahllos aus der Menge, brüllte sie an, daß der Dolmetscher Mühe hatte, seinen Worten zu folgen, und trieb sie eigenhändig mit einer ledernen Reitpeitsche, die er für gewöhnlich dazu benutzte, seine Rede mit Schlägen auf seine linke Handfläche zu unterstreichen, aus dem Lager. Der Vorgang machte Eindruck, Salt war von diesem Augenblick an gefürchtet.

Noch während er, auf einem kleinen Holzpodest stehend, umgeben von einem Dutzend britischer Soldaten, redete, erhob sich von Norden ein Sturm. Zuerst fegte er zaghaft kleine Wirbel Sand und Staub über den Boden, dann, als er heftiger wurde, begannen den angetretenen Männern die Augen zu tränen. Salt schien dies nicht zu bekümmern, er schrie gegen den Wind an und verkündete, daß die Eisenbahnlinie durch den Sinai eigentlich keine britische Angelegenheit sei, sondern vor allem dem ägyptischen Volk zugute komme, und es sei eine Ehre für jeden Ägypter, in dieser Pioniertruppe arbeiten zu dürfen. Als ein paar Männer Anstalten machten, sich den Sand aus den Augen zu wischen, da fuhr er sie mit drohender Haltung an, es sei ihre Pflicht, regungslos an Ort und Stelle zu verharren, und noch sei Gelegenheit, die Truppe zu verlassen für den Fall, daß sie nicht bereit seien, sich britischer Zucht und Ordnung zu fügen. Aber nicht einer folgte der Aufforderung, und Salt hatte das auch gar nicht anders erwartet.

Salt, ein eleganter Endvierziger mit maßgeschneiderter Uniform und einem schmalen Oberlippenbärtchen nach Art eines Dandys, war ein alter Fuchs, der es verstand, mit Söldnern umzugehen. Der Sohn eines walisischen Buchhändlers hatte nach dem Wunsch des Vaters Pfarrer werden sollen, doch im Alter von achtzehn Jahren vor die Entscheidung gestellt, nahm er statt der Soutane die Uniform. Seine Noten auf der Kadettenschule waren bescheiden bis schlecht, doch Robert tat sich von Anfang an durch Wagemut und Härte hervor. Und weil Schlachten nicht mit dem Kopf, sondern mit der Faust entschieden werden und weil er zunächst weder mit Weibergeschichten noch durch den Genuß von irischem Whisky auffiel – zwei Eigenschaften, welche in der Armee sehr verbreitet waren –, machte Salt eine erstaunliche Karriere. Als Neunzehnjähriger hatte er mit Gordon erfolglos in Khartum gekämpft, später unter Lord Kitchener mit mehr Erfolg als Kommandeur einer Einheit, und sein Aufstieg hätte ungeahnte Höhen genommen, wäre er nicht einer mysteriösen Krankheit zum Opfer gefallen, die allen Ärzten ein Rätsel blieb. Jedenfalls hatte Salt zwei Monate im Fieber verbracht, unfähig, sich auf den Beinen zu halten, und resistent gegen alle Medikamente. Als er sich wieder erhob – von Genesung konnte keine Rede sein –, da war Robert Salt ein anderer geworden, seine Persönlichkeit schien sich verändert zu haben. Whisky und Weiber wurden zum Lebensinhalt, vor allem aber verfolgte ihn die Spielleidenschaft bis in die Truppe. Bei jeder Gelegenheit, die sich ihm bot, zockte er mit Karten, und seine Spielschulden in Casinos und bei seinen Soldaten überstiegen sein Monatsgehalt bei weitem. Für den Einsatz beim ägyptischen Arbeiterkorps, so hieß es, habe er sich freiwillig gemeldet, doch die Aufgabe kam einer Degradierung gleich; nicht nur das, sie war das Ende seiner Karriere.

Salt brüllte seine Rede zu Ende und befahl jenen, die lesen und schreiben könnten, vorzutreten. Es waren etwa zweihundert. Dann fragte er, wer von ihnen so gut die englische Sprache spreche, daß er Befehle an die Arbeiter weitergeben könne.

Omar meldete sich.

»Wie heißt du?«

»Omar Moussa, Sir.«

»Wie alt bist du?«

»Achtzehn, Sir«, log Omar.

Der Oberst ging einmal um den Jungen herum, musterte ihn von oben bis unten, schlug sich mit der Reitpeitsche in die Hand und fragte: »Schule?«

»Keine, Sir.« Und als er den verwunderten Blick des Obersten sah: »Ich habe vier Jahre für einen englischen Professor gearbeitet. Er wurde eingezogen in die Armee Seiner Majestät, Sir.«

Omar stand steif, die Hände an die Oberschenkel gelegt, als trüge er nicht seine Galabija, sondern eine britische Uniformhose, dazu hielt er das Kinn hoch, wie es militärischer Haltung entsprach – oder besser: wie er glaubte, daß es militärischer Haltung entsprach –, und er rührte sich auch nicht vom Fleck, als Salt sich den anderen zuwandte und dieselben Fragen stellte.

Etwa zwanzig waren übriggeblieben, zwanzig, die lesen und schreiben und Englisch konnten. Von ihnen hatte einer einen Holzstumpf statt des Unterschenkels, ein anderer war krumm und konnte sich nur auf einen Stock gestützt fortbewegen. Salt musterte sie mit einer unwilligen Handbewegung aus, als wären sie lästiges Ungeziefer.

Während die übrigen zu Tausenden in ihre Zelte drängten, um vor dem Sandsturm Schutz zu suchen, hielt der Oberst die Auserwählten fest und unterwies sie in ihrer Aufgabe als Vorarbeiter, in Disziplin und Anstand, und wiederholt betonte Salt, daß auch im Arbeitslager Grußpflicht gegenüber den Soldaten Seiner Majestät bestehe.

Der Sturm heulte und zerrte an den Zeltwänden, um den Platz knatterten die Fahnen wie geschundene Motoren, und Omar fühlte, wie Sand zwischen seinen Zähnen knirschte.

»Stillgestanden!« brüllte Salt gegen den Sturm an, als er sah, daß sich einer aus der Reihe bewegte. Dann verlas er unter Schwierigkeiten die Dienstverordnung, welche von den Vorarbeitern dem Arbeiterkorps weitervermittelt werden sollte, vierzehn einzelne Punkte, die das Leben im Lager und bei der Arbeit regelten und die den Wachposten Fußtritte und Stockschläge zugestanden.

Die Geschwindigkeit, mit der der feine Wüstensand auf die Haut traf, schmerzte im Gesicht, und Omar wünschte, er hätte sich zurückgehalten und seine Fähigkeiten verschwiegen. Er fühlte, wie sein Gesicht rot anlief, wie seine Augen hervortraten und zu tränen begannen, daß er den starrsinnigen Oberst nur noch schemenhaft erkennen konnte. Einen Augenblick schoß es ihm durch den Sinn, aufzuschreien und sich auf den Engländer zu stürzen, ihm mit der Faust ins Gesicht zu schlagen, damit der Wahnsinn ein Ende fände, aber dann hielt ihn sein Verstand zurück, und irgend etwas in ihm weigerte sich, dem Oberst diesen Triumph zu gönnen. Der stand da mit einem Gesichtsausdruck provozierender Überlegenheit, die bisweilen zu einem sadistischen Lächeln ausglitt, und Omar konnte sich denken, daß er nur darauf wartete, bis einer in der Reihe aufgab.

Salt indes fuchtelte wie ein Wahnsinniger mit seiner Peitsche herum, um seinen Worten mehr Nachdruck zu verleihen, er gefiel sich sichtlich in der Heldenrolle, die selbst dem Sandsturm auf dem Sinai trotzte, und er brüllte sich in einen Rausch, wie ihn irischer Whisky nicht nachhaltiger hätte bewirken können.

Doch Allah straft den Hochmut. Ganz unerwartet geschah, worauf keiner gefaßt war: Die schneidende, stechende Stimme des Obersten Salt erfuhr auf einmal eine seltsame Wandlung, sie wurde leiser, er stieß nur noch unverständliche Laute hervor, stockte, und wie ein Baum, der lange dem Sturm standgehalten hat, aber irgendwann am Ende seiner Wurzelkraft angelangt ist, wankte er mit letzter Kraft und stürzte, selbst im Fallen noch militärische Haltung bewahrend, zu Boden. Offiziere schleppten ihn in sein Zelt.

Auch am folgenden Tag kam der Sandsturm nicht zur Ruhe. Die Arbeiter rebellierten in ihren Zelten, weil der Verpflegungsnachschub ausgeblieben war. Es gab nur Wasser und gekochten Reis, und auch von diesem nur einen Blechnapf pro Mann und Tag. Untätig lagen die Männer in ihren Zelten herum, würfelten, redeten oder versuchten zu schlafen. Omar hatte von Anfang an einen schweren Stand, er hockte im hintersten Winkel des Zeltes und studierte die Arbeitspläne, die man ihm ausgehändigt hatte. Die anderen mochten ihn nicht. Kein Wunder, wenn sie sich vorstellten, daß er, der jüngste, ihnen Befehle geben durfte. Vor allem bei Hafiz, dem hageren Alten, spürte Omar Haß in den Augen, wenn dieser ihn lange und durchdringend ansah.

Am folgenden Tag flaute der Sandsturm ab, und vom Hafen bewegte sich ein endloser Zug von Karren und Maultiergespannen, welche Schwellen und Schienen herantransportierten. Britische Ingenieure begannen damit, Pfähle in den Schotterboden zu rammen, welche die Trasse der Eisenbahnlinie markierten. Die Ausgabe der Werkzeuge, Schaufeln, Hacken und Körbe, verzögerte sich, weil das Magazinzelt zum großen Teil mit Sand zugeweht war. Oberst Salt hatte wieder zu sich gefunden und kommandierte seine Offiziere, die wiederum ihre Vorarbeiter kommandierten. Ziemlich wahllos wurden die Arbeitskräfte in Gruppen von je dreihundert Mann eingestellt.

Omar diente einem Offizier namens Clarendon, von seinen Kameraden wegen des langen Namens einfach Claire genannt, Sohn eines reichen Schaffarmbesitzers in Shrewsbury, mehr Abenteurer als Soldat, was er in Indien unter Beweis gestellt hatte. Claire gab den Tagesauftrag bekannt, und Omar übersetzte seine Worte ins Arabische. Das Tagessoll eines Arbeiters betrug einen Kubikmeter; nur in schwierigem Gelände wurden Maschinen eingesetzt. Nach Berechnung der Briten mußten jeden Tag eine Meile Geleise gelegt werden. Der erste Lohn wurde bei sieben Meilen in Aussicht gestellt. Mit übermütigem Geschrei stürzten sich die Ägypter auf die Arbeit; aber schon nach wenigen Stunden erkannte Omar, daß seine Arbeitskräfte zwar wild herumschaufelten, daß aber der Bahndamm auf der abgesteckten Strecke von hundert Fuß um keine Elle wuchs, weil den Männern der Gebrauch von Schaufeln fremd war. Was sie auf ihre Schaufeln luden, verloren sie unter großem Amüsement, noch bevor die Schaufelladung ihr Ziel erreicht hatte.

Omar lief zurück zum Magazin und forderte 150 Körbe an, die ihm jedoch verwehrt wurden; jeder Einheit stünden nur dreißig Körbe zu. Nach zehn Stunden Arbeit hatten sie nicht einmal die Hälfte des Tagessolls bewältigt, und wie es aussah, stand zu befürchten, daß sich die Bauarbeiten doppelt so lange wie veranschlagt hinziehen würden.

Oberst Salt rief Offiziere und Vorarbeiter zu einer Krisensitzung zusammen, er tobte, nannte seine Offiziere hirnloses Gesindel und die Arbeiter faules Pack und kündigte an, jeden, der sein Soll nicht erfüllte, eigenhändig auszupeitschen.

»Sir!« Omar trat aus der Reihe der Vorarbeiter hervor. »Gestatten Sie mir eine Bemerkung.«

Salt baute sich vor ihm auf, in gewohnter Manier mit seiner Peitsche hantierend.

»Sir!« begann Omar. »Ich habe die Arbeiter beobachtet, sie können nicht schneller arbeiten . . .«

»Sie können nicht, sie können nicht!« Salt lachte hämisch. »Ich werde dem faulen Pack Beine machen.«

»Nein«, beharrte Omar, »die Ägypter sind den Umgang mit Schaufeln nicht gewöhnt. Ich weiß das von vielen archäologischen Ausgrabungen. Geben Sie den Männern Körbe, flache und breite Körbe, in die sie mit den Händen Sand und Geröll schaufeln können, und sie werden die Leistung verdoppeln.«

Oberst Salt sah Omar an. Sein Vorschlag schien ungewöhnlich, aber einleuchtend. Nach einigem Zögern meinte er: »Angenommen, du hättest recht, wie viele Körbe bräuchten wir dann?«

»Mindestens fünfzehntausend. Für je zwei Mann einen Korb.«

Einer der Offiziere, dem das Magazin unterstellt war, wandte ein: »Wir haben nur tausend Körbe zur Verfügung.«

Salt brüllte: »Dann besorgen Sie die restlichen vierzehntausend, Mann!«

Zwei Tage später waren die notwendigen Körbe da, die Arbeit ging sichtlich schneller voran, und die Offiziere meinten, das Arbeitssoll könne nun ohne weiteres heraufgesetzt werden, zunächst auf eineinhalb, später auf zwei Kubikmeter. Omar protestierte, gab zu bedenken, ob die Arbeitskräfte nicht rebellierten, außerdem müsse der Lohn heraufgesetzt werden; aber seine Einwände blieben ungehört bei den Oberen.

Der Schienenstrang wuchs. Nach einer Woche lagen acht Meilen Geleise, über die mit Zugtieren bereits Nachschub transportiert werden konnte. Salt gab Befehl, ein neues Lager zu errichten, damit An- und Abmarschwege verkürzt und die eingesparte Zeit der Arbeit zugeschlagen werden konnte, was bei den Arbeitern, die sich inzwischen an die weiten Wege gewöhnt hatten, Proteste hervorrief.

Was die Eisenbahnlinie betraf, die für Omar anfangs nur ein verschwommener abstrakter Begriff war, beinahe ein Traum, den Schienenstrang schnurgerade durch die Wüste zu legen, so erfüllte ihn das Unternehmen nun auf einmal mit Stolz; ja, das Wachsen der Geleise in Richtung Osten stärkte sein Selbstbewußtsein, weil er mit seinen Leuten jeden Tag dazu beitrug. Auf einer Karte, die jeder Vorarbeiter mit sich führte, zeichnete er täglich mit blauem Kopierstift den erstellten Gleisabschnitt ein und ließ das Papier unter den Arbeitern herumgehen.

Omar hatte die Galabija abgelegt und trug nun einen oliv-braunen Arbeitsanzug der britischen Armee, der ihm mit seinen vielen Taschen praktischer erschien. Hätte er geahnt, was er damit auslöste, er hätte es nie getan. Denn nun unterschied er sich schon in der Kleidung von den übrigen Ägyptern, er erschien ihnen als ein anderer, mehr noch, als habe er sie verraten.

Eines Nachts träumte Omar, das Zelt, in dem er schlief, stehe in Flammen. Der stinkende Qualm von vermengtem Gummi-tuch drohte ihn zu ersticken. Er schlug verzweifelt um sich und erwachte und merkte, daß der Traum kein Traum war, sondern furchtbare Wirklichkeit. Das Zelt war leer. Übereinandergesta-pelte Werkzeugkisten verstellten den Ausgang, die Zeltwände um ihn herum brannten, der stechende Schmerz in seinen Lun-gen wurde unerträglich, und Omar fühlte, wie ihn das Bewußt-sein allmählich verließ. Mit dem Mut der Verzweiflung rannte er halbnackt gegen die in Flammen stehende Zeltwand. Feuer schoß ihm ins Gesicht, verbrannte seine Waden, aber im selben Augenblick riß die lodernde Plane mit einem zischenden Ge-räusch, Omar landete im Freien und wälzte sich schreiend auf dem Boden. Sein Körper schmerzte, und als er mühsam die Au-gen öffnete, erkannte er über sich den alten Hafiz und eine Handvoll Männer aus seiner Mannschaft.

Wütende, böse, kranke Augen starrten im Feuerschein auf ihn herab. Er konnte gerade noch erkennen, daß einer der Män-ner seine Schaufel erhob, daß er mit beiden Armen ausholte, mit irrem Blick auf ihn zielte, und in einem Reflex, wie ihn nur Menschen in Todesangst kennen, rollte Omar blitzschnell zur Seite, stürmte auf allen vieren durch die Beine der Umstehen-den, rappelte sich hoch und rannte mit letzter Kraft zum Hauptplatz, wo die Zelte der Offiziere standen. Ein paar Eng-länder kamen ihm schreiend entgegen. Omar stammelte irgend etwas von Brandstiftung und Männern, die ihm nach dem Le-ben trachteten, dann verlor er das Bewußtsein.

Seine Brandwunden erwiesen sich als nicht so gefährlich, wie es zunächst den Anschein gehabt hatte. Oberst Salt bekam einen Wutanfall, tobte durch das Lager, schlug mit seiner Peitsche gegen die Zelte und brüllte: »Sabotage! Niederträchtiges Gesindel! Ich bringe euch alle vor das Kriegsgericht!« Den britischen Offizieren gelang es nur mit Mühe, ihn zu beruhigen.

Am folgenden Morgen mußte Omars Einheit auf dem Fahnenplatz antreten, dreihundert Männer in Reih und Glied. Zusammen mit Omar schritt Salt die Reihe ab. Er stieß mit dem Griff seiner Peitsche jedem einzelnen gegen die Brust und sah Omar fragend an, Omar schüttelte den Kopf. Als Hafiz an die Reihe kam, zögerte er einen Augenblick, aber dann verneinte er, ging weiter, und bei den übrigen, die er erkannte, verhielt er sich ebenso. Er sei, verteidigte sich Omar, viel zu aufgeregt gewesen, als daß er sich die Gesichter der Männer eingeprägt hätte.

Mit dieser Haltung, die er instinktiv einnahm, ohne zu wissen, warum er so handelte, bewirkte Omar einen unerwarteten Stimmungsumschwung. Aus dem abgrundtiefen Haß, der selbst vor dem Töten nicht zurückschreckte, wuchs auf einmal Respekt und Bewunderung, ein Vorgang, der seltsam erscheinen mag, der einem Ägypter aber keineswegs fremd ist.

Abends vor dem Feuer studierte Omar seine Pläne, als wäre nichts gewesen, da trat Hafiz an ihn heran. Der alte Hafiz, der in den drei Wochen, die sie nun zusammen waren, noch kein Wort mit ihm gewechselt hatte, blickte teilnahmslos in die Flammen und fragte: »Warum hast du das getan?«

Omar tat, als wäre er in seine Pläne vertieft, und ohne aufzusehen entgegnete er: »Warum hast *du* das getan?«

Das Feuer, mit trockenem Kamelmist geschürt, verbreitete penetranten Gestank, es verursachte zischende, singende Geräusche, die nun, da keiner dem anderen eine Antwort gab und sich langes Schweigen breitmachte, besonders auffielen. Die Geschwindigkeit, mit der Hafiz die Perlen seiner Gebetsschnur durch die Finger gleiten ließ, verriet Unruhe.

»Wir hielten dich für einen Verräter«, begann er zögernd, »für einen Verräter an unserem Volk.«

»Weil ich Hosen trage und ihre Sprache spreche?« ereiferte sich Omar und wies mit dem Kopf in Richtung der Offizierszelte. »Ich stamme aus Gizeh, wo die großen Pyramiden stehen, ich war Kameltreiber bis zu meinem zwölften Lebensjahr. Dann bekam ich die Chance, einen britischen Professor nach Luxor zu begleiten, als Diener, ich habe lesen und schreiben gelernt und die englische Sprache. Was – beim Barte des Propheten – ist daran verräterisch?«

Immer mehr scharten sich, als das Gespräch in Gang kam, um Omar und Hafiz, sie hockten mit angewinkelten Beinen im Sand und verfolgten jedes Wort der beiden Kontrahenten.

»Über unser Land«, begann Hafiz, »herrscht Kriegsrecht. Das bedeutet, wir, die Söhne Ägyptens, haben nichts mehr zu sagen im eigenen Land. Das ist furchtbares Unrecht. Man hat uns in einen Krieg hineingezogen, den wir nicht wollen, man hat uns Völker zum Feind gemacht, denen wir Freund waren. Die Briten behandeln uns wie dumme, unmündige Kinder, denen der Lehrer mit dem Schlagstock droht. Dabei lebten wir schon in kultureller Blüte, noch ehe Britannien auf irgendeiner Landkarte verzeichnet war.«

Omar erwiderte: »Dem kann ich nicht widersprechen, und mich schmerzt es nicht minder, wenn ich sehe, wie mit unserem Land und unserem Volk umgegangen wird. Nur scheint es mir besser, auf der Seite Großbritanniens zu stehen als auf der Seite des Osmanischen Reiches. Die Briten haben uns zumindest einen Sultan gegeben und uns die Unabhängigkeit nach dem Krieg versprochen . . .«

Diese Worte brachten Hafiz in Wut, seine Augen funkelten wild, er griff hektisch mit der Hand in den Sand, schleuderte mehrere Handvoll in das Feuer und rief: »Alles leere Versprechungen, und du bist dumm genug, ihnen zu glauben. Was ist ein Sultan, der von Christenhunden eingesetzt wird! Eine erbärmliche Erscheinung. Wie sprach Mohammed, der Prophet, als einige Araber von ihm verlangten, er solle ein Jahr lang ihre Götter verehren, dann wollten sie Allah verehren? Er sagte: ›O ihr Ungläubigen, ich verehre nicht das, was ihr verehrt, und ihr verehrt nicht, was ich verehre, und ich werde auch nie das verehren, was ihr verehrt, und ihr wollt nie das verehren, was ich verehre. Ihr habt eure Religion, und ich habe meine!‹ So und nicht anders sprach er. Ein Engländer wird nie orientalische Religion und Politik verstehen, und Religion und Politik der Briten sind für einen Orientalen unbegreiflich.«

Die Umsitzenden nickten zustimmend, und Hafiz fragte an Omar gewandt: »Begreifst du das, du britischer Knecht?«

Omar sprang auf, als wollte er sich auf Hafiz stürzen, aber zwei von den Männern stellten sich ihm in den Weg, und so schrie er den Alten nur an: »Ich weiß nicht, wer von uns beiden verwerflicher handelt, ich oder du! Ich habe den Briten meine Arbeitskraft freiwillig verkauft, aber ich handelte nicht gegen meine Überzeugung. Du, Hafiz, bist eine jämmerliche Kreatur, nimmst Geld aus einer Hand, die du lieber heute als morgen abschlagen würdest.«

Nach diesen Worten erhob sich ein aufgeregtes Geschrei, dem man entnehmen konnte, daß Omar mit seiner Meinung keineswegs alleine dastand. Er hatte sich jedenfalls mit seiner festen Haltung Respekt verschafft. Zwar traten ihm die Arbeiter nun nicht freundlicher gegenüber, aber Omar hatte, im Gegensatz zu vorher, nicht mehr das Gefühl, um sein Leben fürchten zu müssen.

Die Gleisarbeiten schritten zügig voran, schneller sogar als vorausgeplant, weil der Nachschub über das neue Gleis herbeitransportiert wurde. Zweimal am Tag befuhr eine kleine Dampf und Feuer speiende Lokomotive, ein Dutzend Güterwagen im Schlepp, den Wüstenweg von der Baustelle nach Ismailia und zurück.

Eines Tages im Februar tauchten am Horizont im Nordosten dunkle Staubwolken auf, sie wurden größer und kamen näher, und unter den Arbeitern machte sich Unruhe breit. Britische Offiziere verkündeten schließlich, es seien türkische Gefangene auf dem Weg nach Kairo.

Die Begegnung inmitten der Wüste Sinai wurde zu einem denkwürdigen Ereignis. Schweigend, entmutigt und gequält von der Furcht vor der Zukunft trotteten Tausende zerlumpter, ausgemergelter Türken an den gaffenden Ägyptern vorüber. Hier und da ein scheuer Blick, die meisten ließen die Köpfe hängen, viele trugen schmutzige, verkrustete Verbände. Britische Soldaten zu Pferde hielten sie mit harten Kommandos in der Reihe. So zogen sie willenlos am Bahngleis entlang in Richtung Westen und verschwanden am Horizont wie das Erscheinungsbild einer Fata Morgana.

Omar empfand Mitleid, weil er vom Gefühl her auf seiten der Schwächeren stand – war er doch selbst immer einer der Schwächeren –, und es fiel ihm schwer, das seltsame Erlebnis zu verdrängen. Obwohl die Türken Ägyptens Feinde waren und die Engländer auf ihrer Seite standen, brachte er mehr Sympathie für die Feinde als für die Freunde auf, vielleicht weil die Feinde zu Feinden und die Freunde zu Freunden *gemacht* worden waren, von einem Tag auf den anderen. Omar kämpfte mit der Vorstellung, daß es genau umgekehrt hätte kommen können, daß die Briten Ägyptens Feinde und die Türken ihre Freunde hätten sein können, und es dauerte Tage, bis er jenes Stadium erreicht hatte, in dem Gleichgültigkeit seine Gedanken besiegte.

Entlang der Eisenbahnlinie wurden im Abstand von fünf Meilen Zeltlager aufgeschlagen, von denen aus die Männer ihre Arbeit aufnahmen. Nach weiteren fünf Meilen errichteten sie wiederum ein neues Lager, doch bauten sie von den vorhergehenden nur jedes zweite ab, so daß entlang des Bahndamms alle zehn Meilen eine kleine Zeltstadt angetroffen wurde, die als Magazin und Nachschublager diente. Kleine Mannschaften hielten die Bewachung aufrecht.

Dort, wo der schnurgerade verlaufende Bahndamm die Hügel von Gebel el-Kasr kreuzt, wurde die größte Baustelle errichtet. Oberst Salt zog das gesamte Arbeiterkorps zusammen und teilte es in drei Gruppen. Ein britisches Sprengkommando legte mit Hilfe von drei Tonnen Dynamit eine Schneise durch den Gebel el-Kasr. Die erste Gruppe räumte das Bruchgestein beiseite, die zweite planierte den Damm, die dritte legte Schwellen und Geleise – nach zwei Wochen war das Hindernis überwunden, und das Arbeiterkorps bewegte sich weiter nach Osten.

Von Salt hatte Omar den Auftrag erhalten, zusammen mit Gerry Buxton, einem britischen Offizier, das Lager el-Kasr zu bewachen, eine durch und durch langweilige Aufgabe, für die ihnen zehn britische Soldaten und doppelt so viele ägyptische Arbeiter zur Verfügung standen. Zum ersten Mal in seinem Leben hielt Omar ein Gewehr in der Hand, und zum ersten Mal wünschte er, er hätte im Korps keine Verantwortung übernommen. In drei Schichten sicherten jeweils zehn Mann das Lager rund um die Uhr. Mehr als die Hitze des Tages und die Kälte der Nacht, mehr als die schwere Arbeit am Bahndamm quälte die Männer die Einsamkeit des unendlichen, steinigen Sinai und die Langeweile, wenn sie tatenlos in ihren Zelten herumlagen, Tabak qualmten und sich, entgegen strenger Verbote, aus den Whisky-Vorräten bedienten. Buxton deshalb zur Rede zu stellen erwies sich als sinnlos, weil Buxton sich selbst an dem Übelstand beteiligte.

Beinahe täglich kam es zu Reibereien zwischen Ägyptern und Briten, wer wem Anweisungen zu geben habe, und zu Schlägereien, deren Schlichtung bald mehr Aufwand erforderte als ihre eigentliche Aufgabe. Und weil der Koch krank wurde und von den übrigen keiner in der Lage war, seine Arbeit zu übernehmen, gab es seit Tagen zu allen Mahlzeiten nur Tee, Kastenbrot und Sardinen, was die Stimmung nicht gerade förderte; man kann sagen, die Stimmung war explosiv, und nach massiven Drohungen erklärte sich Gerry Buxton bereit, mit der nächsten Dampfeisenbahn nach Osten zu fahren, wo sich Salt aufhielt, um ihn über die Lage zu informieren und Abhilfe zu schaffen. Inzwischen hielt Omar die Stellung.

Als Buxton nach zwei Tagen noch immer nicht zurück war, verweigerten Briten und Ägypter gemeinsam den Dienst, und auch Omars beschwörende Reden halfen nichts. Das Lager lag Tag und Nacht offen und unbewacht, und Karawanen und Ziegenhirten, die zufällig des Weges kamen, konnten sich nach Bedarf bedienen. Am dritten Tag entschloß sich Omar, Buxton zu suchen. Er fuhr am Morgen mit der Eisenbahn in östlicher Richtung und fand ihn am Ende der Strecke in angeregter Unterhaltung im Kreise britischer Offiziere, als hätte er seinen Auftrag vergessen. Noch während der anschließenden Unterredung mit Oberst Salt hörte man in der Ferne eine gewaltige Detonation. Kurz darauf quoll im Westen ein schwarzer Rauchpilz in den Wüstenhimmel.

»Sabotage! Sabotage!« Salt schrie wie ein angestochener Stier, rannte aufgeregt durch das Lager und sammelte bewaffnete Soldaten um sich. Noch wußte niemand, was eigentlich geschehen war, aber der Oberst drohte, falls das Pulvermagazin am Gebel el-Kasr in die Luft geflogen sei, werde er Omar und Buxton vor ein Kriegsgericht stellen.

Das tatsächliche Geschehen übertraf alle Vermutungen. Als die Dampfeisenbahn sich dem Gebel näherte, gab der Lokomotivführer aufgeregte Zeichen nach hinten, wo Salt, Buxton und Omar und eine Handvoll bewaffneter Offiziere auf den Holzbänken eines offenen Güterwaggons Platz genommen hatten. Omar lehnte sich weit aus dem Waggon heraus, um irgend etwas erkennen zu können, aber der Dampf der Lokomotive nahm ihm die Sicht, jedenfalls solange, bis das stählerne Ungetüm unerwartet und kreischend auf freier Strecke anhielt.

»Endstation!« rief der Lokomotivführer, während er über eine Eisenleiter seinen Führerstand verließ. Salt und die anderen folgten ihm nach und näherten sich vorsichtig einem verwüsteten Krater, der sich vor ihnen auftat. Wie Schilfrohre geknickt hingen die Geleise über dem Erdtrichter, der zwanzig Fuß in der Breite maß, in der Tiefe nicht weniger. Die Gewalt der Explosion hatte die Eisenbahnschwellen von den Schienen gerissen und zusammen mit Geröll und Felsgestein in das angrenzende Lager geschleudert und dabei Zelte und Gehege zerfetzt wie ein tobender Chamsin.

Die Männer überfiel lähmendes Entsetzen. Vor allem die unheimliche Stille und das Fehlen jedes Lebenszeichens ließ sie erschauern, und sie schienen geistesabwesend, bis Salt begann, umständlich den obersten Knopf seiner Uniformjacke zu öffnen und nach Luft zu schnappen.

»Das ist Sabotage!« sagte der Oberst leise, beinahe flüsternd, und mehr als einmal wiederholte er diesen einen Satz: »Das ist Sabotage!« Es schien, als verschafften ihm die Worte auf eigentümliche Weise Beruhigung in einer Situation höchster Erregung, als sammelte er Kraft für einen gewaltigen Zornesausbruch, wie er allen aus seiner Umgebung geläufig war. Aber nichts von all dem geschah. Salt schlich schweigend um den Erdkrater, zog zerfetzte Zeltbahnen beiseite und stocherte im Unrat herum, mit dem das Lager übersät war. Von der Besatzung fehlte jede Spur.

Es lag nicht allein an den winzigen Ausmaßen des Fensters, daß kaum Licht in die Zelle drang: Das vergitterte Fenster führte in einen Lichtschacht, der zu ebener Erde mit einem weiteren Gitterrost versehen war. Die Zellen, ein Stockwerk unter der Erde, gehörten zu einer ehemaligen Kaserne am Rande von Ismailia, die dem britischen General Sir Archibald Murray als Hauptquartier diente.

Omar war am Gebel el-Kasr verhaftet und von zwei bewaffneten Soldaten nach Ismailia gebracht worden. Oberst Salt beschuldigte ihn des Hochverrats; er hatte Omars Beteuerungen, das Komplott habe sich hinter seinem Rücken und ohne sein Wissen abgespielt, keinen Glauben geschenkt. Salt fehlten zwar Beweise, er kündigte jedoch an, beim anstehenden Kriegsgerichtsverfahren Zeugen zu benennen.

Die Zelle, zehn Schritte in der Länge, in der Breite weniger als die Hälfte, wobei an jeder Wand eine Pritsche stand, verbreitete einen säuerlichen, ekelerregenden Geruch, daß Omar am Anfang kaum zu atmen wagte. In den ersten Tagen, die er allein in dieser beklemmenden Umgebung verbrachte, überkam Omar das panische Gefühl seines unabwendbaren Endes. Er wußte, was ein Prozeß vor dem Kriegsgericht bedeutete und daß jeder Schuldspruch den Tod durch Erschießen zur Folge hatte. In seiner Verzweiflung über das Unabwendbare, das jede Widerstandskraft schwinden läßt, steigerte er sich in eine Art Wahnsinn, der ihn dazu brachte, mit theatralischen Gesten laute Verteidigungsreden zu führen und Verse des Koran herauszuschreien, welche die Gerechtigkeit Gottes zum Inhalt hatten, so wie es Taha ihn gelehrt hatte. Nahrung, zweimal am Tage durch eine Klappe in der Tür geschoben, verweigerte er, nicht aus Trotz oder Protest, sondern aus Unfähigkeit, in dieser Situation irgend etwas zu sich zu nehmen.

Am vierten Tag seines Aufenthaltes, als sein klares Bewußtsein zu zerbrechen drohte, erhielt Omar unerwartet einen Zellengenossen. Im fahlen Licht, das durch das hohe Milchglasfenster einfiel, erkannte er die dunklen, verhärmten Züge eines Ägypters, gewiß keines Bauern oder Hirten, eher eines lese- und schreibkundigen Beamten aus einer Behörde.

Omar streckte dem Neuen die Hand entgegen und sagte freundlich: »Ich heiße Omar.« Aber der andere mißachtete die Anbiederung und drehte ihm wortlos den Rücken zu.

In der Nacht schreckte Omar hoch, er konnte nichts sehen, der Neue hatte ihn am Arm gepackt und schüttelte ihn heftig. »He!« rief er leise. »He, du hast geträumt, du redest wirres Zeug.«

Omar stammelte irgendeine Entschuldigung und starrte angstvoll in die Dunkelheit.

»Was faselst du von Dynamit?« erklang die Stimme aus der Dunkelheit. »Du hast gerufen: ›Ich sprenge euch alle in die Luft!‹«

»Ich weiß nicht«, log Omar.

»Ich heiße Nagib ek-Kassar«, kam es von gegenüber.

»Omar Moussa«, entgegnete dieser, dann entstand eine lange Pause. Schließlich nahm Omar allen Mut zusammen und sagte in leisem Ton: »Die Briten werfen mir Sabotage vor. Sie machen mich für die Sprengung der neuen Eisenbahnlinie durch den Sinai verantwortlich . . .«

Nagib pfiff durch die Zähne, und es klang beinahe anerkennend. »Und?«

»Was und?«

»Ich meine, hast du es getan?«

»Natürlich nicht!« rief Omar entrüstet, und im selben Augenblick überfiel ihn der Gedanke, der andere könnte ein Spitzel sein, um ihn auszuforschen. »Und du?« fragte er neugierig.

»Spionage«, antwortete ek-Kassar, und wieder entstand eine endlose Pause.

»Was hast du ausspioniert?« erkundigte sich Omar.

»Nichts, überhaupt nichts«, erregte sich Nagib ek-Kassar. »Ich habe in Raschid und Sakkara Karten gezeichnet, archäologische Karten. Ohne es zu wissen, wurde ich von Briten wochenlang beschattet.«

»Archäologische Karten, sagst du?«

»Ja. Ich bin Archäologe. Ich habe in Berlin studiert. Bei Ausbruch des Krieges mußte ich zurück nach Ägypten.«

Omar setzte sich auf, und während er ins Dunkel starrte, überlegte er, ob er sich dem Fremden anvertrauen und ihm sagen solle, daß er bei Professor Shelley gearbeitet habe, aber sein Mißtrauen war zu groß, er schwieg.

»Sie haben kein Recht, uns so zu behandeln«, polterte der andere los. »Kolonialistenpack! Aber die Zeit wird kommen, da ...«

»Leise!« mahnte Omar. »Die Wachen lauschen nachts vor den Türen.«

Im Verlauf des Gespräches, das die ganze Nacht andauerte, gewann Omar den Eindruck, daß ek-Kassar die Wahrheit sagte, daß er keineswegs ein britischer Spitzel war, dennoch entschloß er sich zu allergrößter Vorsicht. Der Haß, mit dem Nagib gegen die Briten redete, konnte eine Falle sein.

Nach einer Woche gemeinsamen Schicksals begannen Omar und Nagib allmählich Zutrauen zueinander zu fassen. Es war ein behutsames gegenseitiges Abtasten, und dabei erwiesen sich die endlosen Nächte, in denen keiner den anderen sehen, nur hören konnte, dieser Entwicklung am dienlichsten. Im Dunkeln gesprochene Worte, ohne jede Geste und Mimik, gewinnen an Intensität. Und Nagib redete sich, wenn er des Nachts zu sprechen begann, jedesmal in eine ungezügelte Wut gegen die Briten und alle Kolonialisten, und er gebrauchte dabei so überzeugende Argumente, daß Omars Zweifel an der Lauterkeit seines Zellengenossen schwanden.

Nagib schien, im Gegensatz zu Omar, der in immer größere Mutlosigkeit verfiel, aus seiner radikalen Überzeugung Kraft zu beziehen, eine Haltung, die Omar Bewunderung abnötigte. Er beruhigte Omar, er müsse keine Angst vor der Zukunft haben, er, Nagib, habe viele Freunde, und die würden niemals zulassen, daß ihm auch nur ein Haar gekrümmt würde, und er, Omar, könne sich ganz auf ihn verlassen.

Omar schenkte den beschwichtigenden Worten Nagibs keinen Glauben, er hielt sie für einen billigen Trost in auswegloser Situation. Dann aber, eines Nachts, kam es zu einer seltsamen Begebenheit: Omar erwachte; ihm schien es, als klopfte jemand gegen das vergitterte Zellenfenster.

»Nagib, Nagib!« flüsterte Omar. »Hörst du?«

»Ja«, erwiderte Nagib.

»Was bedeutet das?«

»Bin ich Allah?« fragte Nagib zurück.

Das Klopfen wurde lauter.

»Steh auf!« flüsterte Nagib. »Stelle dich mit dem Rücken zur Wand und verschränke deine Hände.«

Omar tastete sich in der Dunkelheit zur Wand und tat, wie ihm geheißen. Mit dieser Hilfestellung konnte Nagib das Fenster erreichen und den Querriegel öffnen, so daß sich zwei Fensterhälften nach außen öffneten.

»Was ist los, Nagib?« rief Omar von unten ungeduldig. Das Gewicht des Zellengenossen schmerzte in seinen Fingern. Er hörte, wie Nagib mit irgend etwas herumhantierte, und fragte bange: »Wie lange muß ich dich noch so halten?«

Nagib kicherte, und Omar hätte am liebsten losgelassen, damit Nagib heruntergefallen wäre, weil er nicht antwortete, aber dann hörte er seine Stimme: »Gar nicht so einfach, eine Flasche durch das Eisengitter zu kriegen. Runter!«

»Was ist los?« wiederholte Omar, während er Nagib auf den Boden gleiten ließ.

»Jemand schickt uns was zu trinken für die Nacht?«

»Was?«

»Ja, vor dem Fenster hing an einer Schnur diese Flasche.« Er drückte sie Omar in die Hand.

»Eine Flasche? Was hat das zu bedeuten?« Omar gab die Flasche zurück.

Und während Nagib mit den Zähnen den Korken entfernte, sagte er selbstbewußt: »Ich habe dir doch gesagt, daß ich viele Freunde habe.« In der Dunkelheit war zu hören, wie Nagib aus der Flasche trank. »Whisky«, zischelte er zufrieden, »irischer Whisky.«

Omar war sprachlos. Auch als Nagib ihm die Flasche in die Hand drückte mit der Aufforderung, einen tiefen Schluck zu nehmen, brachte Omar kein Wort hervor. Er roch an der Flasche, aber ihn ekelte vor dem Inhalt; er gab sie zurück, ohne auch nur daran genippt zu haben, und legte sich auf seine Pritsche.

Nagib genoß den Whisky wie eine lange entbehrte Droge, er gab wohlig grunzende Laute von sich und führte, weil Omars Schweigen ihn störte, Selbstgespräche, in denen er im Überschwang die Freundschaft und Ägyptens Zukunft pries. Wenn er dabei bisweilen zu euphorisch-laut wurde, mahnte Omar zur Ruhe.

Er glaubte schon, der Alkohol habe ihn eingeschläfert, da begann Nagib im Flüsterton eine flammende Rede zu halten auf Sa'ad Zaghlul, den Führer der ägyptischen Nationalisten, und ihre gemeinsame Sache. Und jedesmal wenn auf dem Zellengang die Stiefelschritte der Wachposten erschallten, sah sich Omar gezwungen, dem betrunkenen Zellengenossen den Mund zuzuhalten. Zurück auf seiner Pritsche, die ein Teil seines Lebens geworden war, hörte er Nagib zu, der selbst im Suff durchaus vernünftige Dinge predigte, daß Ägypten den Ägyptern gehöre und niemandem anderen auf der Welt und daß den Briten das Schicksal Ägyptens in diesem Krieg ganz egal wäre, ging es nicht um den Suezkanal und den Seeweg nach Indien. Gegen Morgen, als durch das hohe Fenster das erste Licht fiel, wurde Nagibs Zunge immer schwerer, die Pausen seiner Rede immer länger, und irgendwann – Omar hatte es zunächst gar nicht bemerkt – schlief Nagib ein.

Noch vor dem Morgenappell versuchte Omar die leere Flasche zu verstecken, er dachte daran, sie in dem Zinkeimer zu versenken, der für die tägliche Notdurft in einer Ecke stand. Dabei betrachtete er die eckige Flasche von allen Seiten und machte eine seltsame Entdeckung: Auf der Rückseite des Etiketts, die nur zu erkennen war, wenn man durch die Flasche hindurchsah, waren mit flinken Strichen die Umrisse einer Katze gezeichnet, geradeso wie das Brandmal auf seinem Arm.

Omar erschrak. Was hatte das zu bedeuten? Er betrachtete den schlafenden Zellengenossen und lauschte seinem schweren Atmen. Omar war nicht leicht in Angst zu versetzen, aber in diesem Augenblick wünschte er, er hätte sich nie zum Arbeiterkorps gemeldet. Die Flasche in seinen Händen zitterte, und Omar spürte kalten Schweiß im Nacken. Durch die Zellentür drangen die Schritte der Wachsoldaten, danach die Rufe: »Morgenappell – Morgenappell!«, so wie er es nun schon seit einem Monat gehört hatte. Nagib schlief tief.

Als der Schlüssel sich im Schloß der Zellentür drehte, steckte Omar die Flasche blitzschnell unter seine Matratze. Dem Wachoffizier erklärte er, Nagib sei krank, er habe die ganze Nacht mit Magenkrämpfen zugebracht, man möge ihn in Ruhe lassen. Nach dem kargen Frühstück – Tee und dunkles, trockenes Stangenbrot – und dem Morgenappell kehrte Omar in seine Zelle zurück. Nagib röchelte vor sich hin, ein ziemlich unangenehmes Geräusch.

Die Hände hinter dem Kopf verschränkt, starrte Omar auf seiner Pritsche zur Decke, wo sich vergilbte Ölfarbe in kleinen Dreiecken löste. Beinahe fünf Jahre waren seit jener seltsamen Entführung verstrichen, die ihn um ein Haar das Leben gekostet hatte, deren genaue Hintergründe jedoch nie geklärt worden waren. Omar hatte das mysteriöse Ereignis, das so viele Spuren hinterlassen hatte, die jedoch allesamt keinen Sinn gaben, schon vergessen, oder besser: verdrängt, aus seinem Gedächtnis getilgt; alle weiteren Nachforschungen waren ihm reichlich sinnlos erschienen, ja, gefährlich, und Unwissenheit hatte sich als das beste Heilmittel erwiesen. Möglicherweise war er das Opfer eines Irrtums geworden, einer Verwechslung, was freilich nicht die Rolle erklärte, die Yussuf und seine Tochter Halima dabei spielten.

Halima – noch immer hatte er dieses Mädchen nicht vergessen. Er hatte lange mit der Enttäuschung gelebt, Halima habe ihn hintergangen, sie habe ihn mit ihrer Zuneigung von einem Geschehen ablenken wollen, das hinter seinem Rücken ablief. Gewiß, er war damals jung und unerfahren gewesen, aber er wollte nie an eine derartige Hinterhältigkeit glauben. Ganz gleich, aus welchen Gründen sie über Nacht verschwinden mußte, sie hatte es nicht freiwillig getan. Vielleicht war sie auf ebenso unerklärliche Weise in ein Komplott verwickelt wie er, jedenfalls rechtfertigte ihr Verschwinden nicht, sie zu verurteilen.

Das alles kam Omar in den Sinn, während er dalag und Nagibs schwerem Atmen lauschte. Daß ihn ausgerechnet hier, in dieser Gefängniszelle, die Vergangenheit einholen würde, das hatte er am allerwenigsten erwartet. Welche Zusammenhänge gab es zwischen den britischen Besatzern und der Gruft unter Yussufs Haus, zwischen ihm und Nagib? Gab es *überhaupt* solche Zusammenhänge? Oder hatte der Zufall die Hand im Spiel? Er erinnerte sich an Worte des Professors, der einmal bemerkt hatte, die bedeutendsten Entdeckungen verdanke die Menschheit nicht der Wissenschaft, sondern dem Zufall.

Wie sollte er sich in dieser Situation verhalten? Sollte Omar die Flasche verschwinden lassen und seine Entdeckung verschweigen? Oder sollte er Nagib darauf ansprechen und von ihm eine Erklärung fordern, welche Bedeutung das Katzensymbol habe? Omar fand keine Antwort, und je mehr er sich bemühte, das Knäuel von Fakten, Fragen und Ungereimtheiten zu entwirren, desto weniger schien er imstande, klare, logische Gedanken zu fassen.

Es war eine momentane Eingebung, und der Gedanke wäre

ihm noch einen Augenblick vorher fremd gewesen: Omar erhob sich, ergriff den rechten Arm seines schlafenden Zellengenossen und schob den Ärmel seines grauen Kittels hoch.

Es gibt Situationen im Leben, da flößt das Erwartete mehr Angst ein als das Unerwartete. Erwartet hatte Omar auf Nagibs Arm das gleiche Brandmal wie auf seinem. Aber nun, da er es deutlich vor Augen sah, überkam ihn ein Schauer. Ängstlich, als hätte er irgend etwas Verbotenes entdeckt, ließ er seinen Arm sinken. Dabei erwachte Nagib.

Am liebsten wäre Omar davongelaufen, er hätte sich am liebsten irgendwohin verkrochen, wo er sicher sein konnte, aber daran hinderten ihn die Zelle, die eisenbeschlagene Tür und die Wachen, die den langen Korridor auf und ab gingen. Er fühlte sich zu schwach, zu unterlegen, als daß er nur abwarten wollte, was nun geschehen würde. Deshalb zog er mit einer schnellen Bewegung die Flasche unter seiner Matratze hervor und hielt sie Nagib vor das Gesicht.

Der schrak zurück, er wußte nicht, was das zu bedeuten hatte, aber mit einer auffordernden Bewegung, die ihm bedeutete, sich die Flasche näher anzusehen, zwang Omar den anderen, das Ding in Augenschein zu nehmen.

Nagibs Mund verzog sich zu einem breiten Grinsen. All die Wochen, in denen die beiden nun zusammen waren, hatte Omar seinen Zellengenossen nie lachen gesehen. Aber Nagib schwieg, und dieses Schweigen brachte Omar beinahe zur Raserei. Er beugte sich entschlossen zu Nagib hinab, schob seinen Ärmel hoch und hielt ihm das Brandmal auf seinem Oberarm vor die Nase.

Der fuhr hoch, als hätte ihn der Blitz getroffen, als erwachte er aus einem bösen Traum, und so, als mißtraute er seinen Augen, wischte er sich mit der flachen Hand über das Gesicht und rang nach Luft. Es dauerte eine Weile, bis Nagib Worte fand. Schließlich stammelte er: »Das ist doch nicht möglich. Das kann nicht sein.«

Omar musterte Nagib mit festem Blick. Obwohl er nicht wußte, was im nächsten Augenblick geschehen würde, schwand seine Angst mit einemmal. Er genoß die Unsicherheit, in die er seinen Zellengenossen gebracht hatte, obwohl das alles andere als logisch war; denn Nagib wußte um die Zusammenhänge, Omar nicht.

Sollte er eingestehen, daß er keine Ahnung hatte, wie das Brandmal auf seinen Arm gelangt war? Das schien wenig glaubhaft in diesem Augenblick. Also schwieg er und nahm sich fest vor, dieses Schweigen so lange wie möglich durchzuhalten.

Nagib schüttelte den Kopf. »Da sitzen zwei wochenlang in einer Gefangenenzelle und wissen nicht, daß sie beide dem Tadaman angehören.«

*Tadaman?* Omar hatte nie davon gehört, aber er hütete sich, dies gerade jetzt einzugestehen. Erst wollte er mehr erfahren, was es mit dieser Organisation auf sich hatte.

»Woher, sagtest du, kommst du?« fragte Nagib.

»Luxor«, erwiderte Omar knapp.

»Sehr gut. Der Tadaman braucht überall seine Leute. Du wirst sehen, die holen uns hier heraus.«

»Bist du sicher?«

Nagib nickte. »Ganz sicher. Das mit der Flasche war doch ein Zeichen. Sie wissen genau, wo wir uns aufhalten, und wollten uns nur signalisieren, daß wir uns keine Sorgen machen.«

»Mit einer Flasche Whisky?«

»Nun ja.« Nagib blickte verlegen zu Boden. »Es ist beim Tadaman nicht unbekannt, daß ich lieber Whisky trinke als Tee, verstehst du?«

Omar verstand. Doch er zweifelte an Nagibs Optimismus. Wem sollte es gelingen, sie aus dem britischen Hauptquartier zu befreien, und wie sollte das geschehen? Vor allem aber beschäftigte ihn die Frage, wie die Tadaman-Leute reagieren würden, wenn sie plötzlich zwei von ihrer Sorte entdeckten.

»Ich habe dir von Anfang an nicht geglaubt«, begann Nagib von neuem. »Die Sprengung der neuen Eisenbahnlinie – alle Achtung, ein Meisterstück.«

Omar schwieg.

»Ein Meisterstück«, wiederholte Nagib anerkennend. »Es

würde dich, wenn unsere Leute nicht handelten, den Kopf kosten. Aber du kannst sicher sein: Sie werden handeln!«

»Mit der Güte Allahs!« murmelte Omar, und um das unangenehme Gespräch abzulenken, meinte er: »Ich habe dir auch nicht geglaubt, als du sagtest, du habest archäologische Karten gezeichnet. Archäologische Karten, daß ich nicht lache!«

Nagib machte ein ernstes Gesicht. »Du kannst ruhig lachen; aber dein Lachen wird dir im Hals steckenbleiben, wenn du erfährst, worum es sich handelt.«

»*Ya salaam.*« Omar ging zur Tür und lauschte. »Die Luft ist rein, du kannst reden.«

»Schwöre bei Allah, dem Allbarmherzigen, daß du nie ein Wort ausplaudern wirst von dem, was ich dir jetzt sage, du würdest es mit deinem Leben bezahlen.«

»Ich schwöre es bei Allah, dem Allbarmherzigen.«

»Du bist ein Tadaman, und als Tadaman hast du das Recht, alles zu wissen.«

Omar nickte, und Nagib begann mit ernster Miene zu sprechen:

»Um die Jahrhundertwende kam ein britischer Professor nach Ägypten, er hieß Edward Hartfield und war ein bekannter Archäologe. Ihm ging der Ruf eines Sprachgenies voraus, denn Hartfield sprach nicht nur alle modernen Umgangssprachen, er war auch perfekt in Hieroglyphen, Hieratisch, Demotisch, Hebräisch, Hethitisch, Babylonisch und Aramäisch, ein Genie, wie es nur alle paar Jahrzehnte zur Welt kommt. Dieser Hartfield forschte mit Erlaubnis der Regierung in Sakkara nach dem Grab des Imhotep . . .«

»Des *Imhotep?*« Bei Nennung des Namens durchfuhr Omar ein Blitzstrahl, er spürte, wie ein Strom, vom Gehirn ausgehend, in seinen Körper fuhr und ihn für Augenblicke lähmte. Als ob der Wind in die Seiten eines aufgeschlagenen Buches führe, tauchten Erlebnisfetzen in seiner Erinnerung auf: Der Zettel in dem von William Carlyle, dem Journalisten, verlassenen Hotelzimmer trug die Aufschrift »Imhotep« (zweimal unterstrichen, sonst nichts), und Professor Shelley hatte ihm ausführlich über die Suche nach Imhotep berichtet. Was, beim Barte des Propheten, hatte Nagib, was hatte er, Omar, mit Imhotep zu schaffen? Welch verschlungene Wege ging das Schicksal bei den Erklärungsversuchen unerklärlicher Ereignisse?

»Du weißt um die Bedeutung Imhoteps?« fragte Nagib.

Omar bejahte.

»Zu Beginn«, fuhr Nagib fort, »erregten Hartfields Forschungen nicht mehr Aufsehen als die Arbeit anderer Archäologen. In diesem Beruf verbringt man oft ein ganzes Leben auf der Suche nach etwas Bestimmtem, um dann etwas zu finden, was niemand erwartet hat, und die meisten geben sich damit zufrieden. Bei Hartfield war das alles anders. Er machte zahlreiche Entdeckungen, so bedeutsam Funde wie Mariette, Maspero und Petrie, aber sie schienen den eigenwilligen Forscher nicht zu interessieren. Gerüchteweise hörte man, er sei auf Gräber der 3. Dynastie gestoßen, habe sie jedoch aus Furcht, sie könnten ihn von seinen eigentlichen Forschungen abhalten, wieder zugeschüttet. Natürlich blieb dieses eigentümliche Verhalten nicht verborgen. Die Kairoer Altertümerverwaltung, sogar die Polizei stellten Nachforschungen an, aber weder die eine noch die andere konnten Hartfield irgend etwas Illegales nachweisen. Und als Carter ihn zur Rede stellte und nach dem eigentlichen Grund seiner Aktivitäten fragte, antwortete dieser, er suche das Grab des Imhotep, das sei wohl Grund genug.

Die Männer, die für Hartfield arbeiteten, verdienten gut, jedenfalls besser als bei allen anderen Ausgrabungen im Lande, und deshalb war es auch beinahe unmöglich, von den Arbeitern nähere Angaben über die Tätigkeit des Professors zu erhalten. Keiner wollte seine Arbeit verlieren. Im Laufe der Zeit sickerte jedoch durch, warum Hartfield sein ganzes Interesse auf das Grab des Imhotep richtete. Genaugenommen gab es drei verschiedene Versionen: Die erste besagte, im Grab des Imhotep sei der größte Goldschatz der Menschheit gehortet; nach einer zweiten Version berge Imhoteps Gruft Dokumente mit dem gesamten damaligen Wissen der Menschheit, darunter Kenntnisse, die unserer Zeit längst entschwunden sind und die ihrem Entdecker Macht über die ganze Welt verleihen.«

»Und die dritte Version?« fragte Omar aufgeregt.

»Die dritte Version besagt, daß Imhotep beides mit ins Grab genommen hat, alles Gold und alles Wissen der Menschheit.«

Omar schien bestürzt, er versuchte mit Mühe, seine Gedanken zu ordnen und das eben Gehörte mit seinem eigenen Erleben in Zusammenhang zu bringen, doch er erntete nur noch mehr Verwirrung. »Aber das alles«, wagte er zu bemerken, »sind doch nur Vermutungen. Oder gibt es dafür Beweise? Welche Beweise hat dieser Professor Hartfield in Händen? Er soll sie vorlegen!«

»Dazu ist Hartfield leider nicht mehr in der Lage.«

»Wieso nicht? Was soll das heißen?«

»Hartfield ist verschwunden. Es ist, als hätte er sich in Luft aufgelöst.«

»Quatsch!« entgegnete Omar verärgert. »Ein britischer Professor kann nicht einfach verschwinden. Er ist nach England zurückgekehrt, vielleicht, weil er sein Unternehmen aufgegeben hat, vielleicht ist er aber auch fündig geworden und will seine Entdeckung verheimlichen. Auf jeden Fall kann ich mir nicht vorstellen, daß sich ein Professor in Luft auflöst. Er hatte doch eine Grabungsmannschaft, diese Männer müssen doch Auskunft geben können, wo er sich zuletzt aufgehalten hat.«

Mit einer Handbewegung dämpfte Nagib Omars aufgeregte Stimme. »Ja, natürlich, der Tag von Hartfields Verschwinden ist genau bekannt. Er wurde zuletzt am Abend des 9. Ramadan in der Nähe von Raschid gesehen. Das bezeugen zwei seiner Leute. Seither fehlt von ihm jede Spur.«

»Wieso in Raschid? Raschid liegt über hundert Meilen von Sakkara entfernt. Was suchte Hartfield in Raschid?«

»Hör zu, mein Freund. In Raschid sind Ausgräber vor langer Zeit auf ein altes Priesterarchiv gestoßen. Zu diesem Archiv gehörte unter anderem auch der Sprachenstein, der von Soldaten Napoleons entdeckt und zum Schlüssel für die Entzifferung der Hieroglyphen wurde. Die meisten der zahllosen Steintafeln waren jedoch zerbrochen, von manchen existierten nur noch fingergroße Bruchstücke, und es wäre eine Sisyphusarbeit, aus Zehntausenden Scherben historisch wichtige Dokumente zusammenzusetzen. Aber selbst wenn sich irgendein Institut bereit erklärt hätte, diese Aufgabe zu übernehmen, wären die Aussichten sehr gering gewesen, weil sich in Raschid inzwischen Ausgräber aus aller Welt versucht und scheinbar wertlose Bruchstücke mit nach Hause genommen haben. Diese Fragmente befinden sich inzwischen in Museen und Magazinen in London, Berlin, Paris, vielleicht sogar in New York; und die darüber wachen, wissen vermutlich nicht einmal, welchen Schatz sie hüten. Zurück zu Hartfield: Er hatte vermutlich das wichtigste Bruchstück in Händen, das ihm den Hinweis auf das Grab Imhoteps und seinen mysteriösen Inhalt gab; aber die Informationen reichten nicht aus, um ihn an den Fundort heranzuführen. Und das ist auch der Grund, warum er in Raschid nach weiteren Bruchstücken forschte.«

»Mein Gott!« Omar schien sichtlich betroffen. Er schwieg, er ließ Nagibs Erklärungen noch einmal vor sich ablaufen, und dabei kam in ihm ein Gefühl der Bewunderung für diesen versoffenen Nationalisten auf. Seine Darlegungen waren durchaus einleuchtend und glaubhaft, wenngleich er die Zusammenhänge zwischen dem Geheimbund und der Suche nach Imhoteps Grab nicht verstand. Beides widersprach sich zwar nicht, aber es machte auch keinen Sinn, und deshalb meinte Omar: »Ich verstehe nur eines nicht. Was hast *du* mit der Sache zu tun? Ich meine, wie kommst du zu deinem Wissen?«

Nagib lachte. »Eine berechtigte Frage, obwohl sich die Antwort eigentlich aufdrängt. Omar, wenn die Erkenntnis des Professors stimmt, daß der, der das Grab des Imhotep findet, Macht über die ganze Welt gewinnt, dann dürfen wir, die Ägypter, die Nachfahren Imhoteps, diese Entdeckung keinem anderen auf der Welt überlassen. Dieser Schatz gehört uns, den Söhnen des Nils, und nicht den Engländern, Deutschen, Franzosen oder Amerikanern; uns allein, verstehst du?«

»Da gebe ich dir recht, Nagib. Aber sind denn überhaupt andere hinter dem Geheimnis her?«

»Wie viele es wirklich sind, vermag niemand zu sagen. Ich bin sicher, daß die Briten verstärkte Anstrengungen machen. Nur so ist meine Verhaftung zu erklären. Der Vorwurf der Spionage ist doch nur ein Vorwand, um mich von Sakkara fernzuhalten. Daneben gibt es aber auch eine Gruppe professioneller Grabräuber in Luxor, die auf irgendeine geheimnisvolle Weise auf Imhoteps Spuren gestoßen sind.«

»Wer sind die Männer?«

»Ihre Köpfe heißen Mustafa Aga Ayat und Ibrahim el-Nawawi, der eine ist der britische Konsul, der andere Polizeichef und Sub-Mudir von Luxor.«

»Die?«

»Du kennst sie?«

»Ja, ich kenne sie nur zu gut. Bist du sicher?«

»Ganz sicher. Sie haben die Unvorsichtigkeit begangen, mich zu unterschätzen; sie haben geglaubt, Nagib ek-Kassar ist ein dummer, versoffener Taugenichts, den man für seine kriminellen Machenschaften mißbrauchen kann. Versoffen mag ja sein, aber dumm ist Nagib nicht, bei Allah. Jedenfalls ist es uns mit Hilfe dieser Clique gelungen, an ein Fragment der ominösen Tafel heranzukommen. Ayat und el-Nawawi haben sich in Berlin auf rücksichtslose Weise in den Besitz dieses Teilchens gebracht, eines schmalen schwarzen Steines mit demotischen Schriftzeichen. Ich lebte damals in der preußischen Hauptstadt, und für ein paar lumpige Mark ließen sie mich den Text übersetzen. Ich habe korrekt gearbeitet, es schien mir viel zu riskant, eine falsche Übersetzung zu liefern. Früher oder später wäre das ohnehin aufgekommen und hätte nur den Verdacht gegen mich geschürt. Aber was die beiden nicht bemerkt haben: Ich habe mir selbst eine Abschrift angefertigt.«

»Wenn ich dich recht verstehe, Nagib, sind bisher also drei Fragmente von jenem Dokument, das auf Imhotep hinweist, aufgetaucht: Eines befand sich in Hartfields Besitz und ist – sagen wir einmal – verschollen, ein zweites befindet sich im Besitz des Aga Ayat und ein drittes wurde in Berlin aufbewahrt, ist inzwischen jedoch ebenfalls in den Besitz des Agas übergegangen. Das bedeutet: Der britische Konsul besitzt derzeit die meisten Informationen.«

»Das ist logisch, aber falsch. Bedenke, Mustafas einziges Motiv ist das Geld; es geht ihm nur darum, einen riesigen Goldschatz zu entdecken, von dem ihm nach den Gesetzen des Landes die Hälfte zustünde. Die Motive des Tadaman aber sind ehrenhaft. Keiner von uns wird je einen materiellen Vorteil aus der Entdeckung ziehen. Wenn wir Imhotep finden, soll unser Land, unser Volk davon profitieren. Wir alle arbeiten unter Einsatz unseres Lebens für die gemeinsame Sache: Mustafa Aga Ayat befindet sich schon lange nicht mehr im Besitz seines Fragmentes. Wir bewahren es an geheimem Ort auf.«

»Aber er kennt den Inhalt, vermutlich hat er irgendwo eine Abschrift.«

»Daran besteht kein Zweifel. Aber um deine Frage zu beantworten: Der Tadaman hat nicht weniger Kenntnisse als Konsul Ayat.«

»Und was geht aus den beiden Fragmenten hervor, von denen du Kenntnis hast?«

»Zuwenig, um daraus Schlüsse zu ziehen. Es werden die Priester von Memphis erwähnt, das Grab des göttlichen Imhotep und Pharao Djoser; im übrigen sind es nur einzelne Wörter ohne Zusammenhang, die folglich keinen Sinn ergeben. Da ist von Sand die Rede, von Geheimnissen der Menschheit, von der Nacht und einer Flüssigkeit. Das alles stiftet mehr Verwirrung, je länger man sich damit beschäftigt.«

»Waren diese Fragmente Professor Hartfield bekannt?«

»Das halte ich für unmöglich. Hartfield muß ein eigenes Fragment gehabt haben, das ihn auf Imhoteps Fährte brachte.«

»Aber das bedeutet doch, wer auf welche Weise auch immer in den Besitz von Hartfields Bruchstück gelangt, der hat die größten Chancen, Imhotep zu finden.«

»So könnte man sagen. Man könnte aber auch davon ausgehen, daß Hartfields Dokument verloren ist.«

Omar ereiferte sich: »Daran will ich nicht glauben. Das Verschwinden Hartfields ist gewiß kein Zufall. Es ist doch nur logisch, daß sein Verschwinden im Zusammenhang mit diesem Dokument steht. Irgend jemand hat es an sich gebracht und mußte dazu den Professor beseitigen. Also existiert das Fragment noch; mehr noch, es wird vermutlich irgendwo wie ein Schatz bewahrt.«

Nagib dachte lange nach, dann meinte er: »Du bist ein kluger Kopf, Omar, du bist des Tadaman würdig.«

»Für mich gibt es da keinen Zweifel«, erwiderte Omar, »Hartfield wurde das Opfer von Leuten, die sein Geheimnis kannten, und um in den Besitz der Steinplatte zu kommen, haben sie den Professor beseitigt. Nun stellt sich allerdings die Frage, wer könnte das gewesen sein? Wer wußte von Hartfields Vorhaben?« Omar sah Nagib an.

Der verstand seinen Blick und fuchtelte wild mit der flachen Hand: »Ich weiß, was du jetzt denkst; aber das ist ein Irrtum: Der Tadaman hat mit Hartfields Verschwinden nichts zu tun. Steckten unsere Leute dahinter, dann wären wir ja im Besitz dieses Fragments, und wir wären ein gutes Stück weiter.«

Nagibs Erklärung klang überzeugend. Was Omar jedoch nicht begreifen wollte, war, daß es nicht *einen* Hinweis auf Hartfield geben sollte. Omar bohrte nach: »Der Tag, sagst du, an dem Hartfield verschwand, ist bekannt. Es muß doch noch Leute geben, die mit ihm zusammengearbeitet haben.«

»Natürlich gibt es die.«

»Sind sie jemals befragt worden?«

»Ja. Von einem unserer Männer.«

»Und was hat er herausbekommen?«

»Nichts.«

»Nichts! Das ist unmöglich. Er muß doch irgend etwas, irgendeinen Hinweis, ein auffälliges Verhalten, eine Spur, die der Professor hinterlassen hat, herausgefunden haben.«

»Nein.«

»Und damit habt ihr euch zufriedengegeben?«

»Ja. Was sollten wir tun?«

Omar schüttelte den Kopf. »Weitersuchen. Wer war dieser Mann?«

»Ich weiß es nicht, ich habe seinen Namen vergessen, aber es ist ein verläßlicher Mann, dem Tadaman treu ergeben.«

Das Gespräch der beiden zog sich bis in die Nacht hin. Sie lagen im Dunkeln auf ihren Pritschen und redeten, unterbrochen nur von den Schritten der Posten, die sich in regelmäßigen Abständen und mit dem präzisen Klang eines Uhrwerks ihrer Zellentür näherten und leiser werdend entfernten. Aber während die Regelmäßigkeit eines Uhrwerks für gewöhnlich ein Gefühl wohltuender Harmonie vermittelt, erzeugte die Präzision der britischen Wachposten im Gefängnis des Hauptquartiers von Ismailia das genaue Gegenteil. Es waren jede Nacht dieselben Posten mit denselben Stiefeln und denselben Beschlägen, die im selben Tempo denselben Weg gingen, was regelrecht Unbehagen verursachte. Man konnte die Schritte zählen, die durch den Gang hallten, siebenundvierzig nach der einen, sechsundzwanzig nach der anderen Seite von ihrer Zellentüre aus. Dieser Rhythmus wurde, Gott weiß warum, nur selten unterbrochen, und dies erregte in schlaflosen Nächten dergestalt Aufsehen, daß Omar jedesmal neugierig in die plötzliche Stille lauschte, was sich wohl ereignet haben könnte. Dabei gibt es nichts Ereignisloseres als den Korridor eines britischen Gefängnisses bei Nacht, und der plötzliche Einhalt der Schritte wurde vielleicht von einem abseitigen Gedanken oder einem Kribbeln im Knie verursacht.

Omar war geneigt, Nagib und den Befreiungsplänen des Tadaman zu glauben, doch je länger sich sein Aufenthalt in der Zelle hinzog, desto mehr wuchs seine Angst. Er wußte um die Verfahren vor dem Kriegsgericht, die so schnell abliefen, daß kaum Zeit für die Ladung von Zeugen blieb, und dessen Urteile, falls es zum Schlimmsten kam, noch am selben Tag vollstreckt wurden. Nagib hatte gut reden; wenngleich der Spionage beschuldigt, hatte seine vermeintliche Tätigkeit den Streitkräften Seiner Majestät keinen meßbaren Schaden zugefügt, wohingegen das Verbrechen, welches Omar zur Last gelegt wurde – so ein Beweis erbracht werden konnte oder mußte –, durchaus in die Kategorie Kapitalverbrechen eingeordnet werden konnte. Zudem war beim täglichen Hofgang zu hören, daß der Krieg sich dem Ende nähere, daß Deutschland, Rußland, Österreich-Ungarn und das Osmanische Reich vor dem Untergang, die Briten aber vor einem großen Sieg stünden, was in Omars Augen die Gefahr mit sich brachte, der Tadaman könnte seine Befreiungspläne aufgegeben haben, während die Briten noch alle Gefangenen der »gerechten« Strafe zuzuführen versuchten.

Zu einem Zeitpunkt, da er bereits fast alle Hoffnung aufgegeben hatte, erwachte Omar des Nachts, weil die Tritte des Wachhabenden derart aus dem monotonen Rhythmus der Gefangenenbewachung fielen, daß er einfach hochschrecken mußte. Omar vernahm, entgegen aller Gewohnheit, ein paar heftige, kurze Schritte, eine geräuschlose Pause und Sekunden später einen dumpfen Fall, an den sich jenes unnachahmliche Geräusch anschloß, das ein gut bestückter Schlüsselbund verursacht. Die Intensität, mit der er dieses Ereignis wahrnahm, war nur mit der totalen Dunkelheit erklärbar, in der Omar den Vorgängen lauschte.

Kurz darauf drehte sich ein Schlüssel in der Zellentür, und unkenntlich gegen das eindringende Licht, erschienen zwei kleinwüchsige Gestalten. Es schien, als hätten sie Säcke über die Köpfe gestülpt, und der eine rief leise: »Nagib, komm, schnell!«

Nagib, den Omar schlafend wähnte, sprang auf, flüsterte den Eindringlingen irgend etwas zu, das Omar nicht verstand und womit er offensichtlich auf strikte Ablehnung stieß, denn sie riefen beide, beinahe gleichzeitig: »Nein!« und versuchten Nagib aus der Zelle zu zerren.

Der aber widersetzte sich, trat auf Omar zu, schob seinerseits ihn durch die Türe, riß ihm den Ärmel seines grauen Kittels herunter und zeigte auf das Brandmal auf Omars Arm. Einen Augenblick standen die beiden Männer starr. Nagibs Vorgehen traf sie unerwartet; sie sahen sich durch die Löcher in ihren Kapuzen an, dann zischte der eine: »Im Namen Allahs, des Allbarmherzigen, kommt!«

# 5

## *London im Herbst*

Heuchlerische Männer und Frauen sind sie, die einen wie die anderen, sie halten zueinander. Sie gebieten nur, was böse, und verbieten, was recht und billig ist, und verschließen den Armen ihre Hände. Sie haben Allah vergessen, darum vergißt er auch sie; denn Heuchler sind Frevler.

*Koran, neunte Sure (67)*

WAS DAS MÄCHTIGE HAUS MIT SEINEN NEUN STOCKWERKEN und dem Säulenportal, zu dem man über eine breite Freitreppe gelangte, von allen anderen Gebäuden dieser Art am Victoria Embankment in der City of London unterschied, waren die scheinbar unscheinbaren Menschen, die dort ein und aus gingen – nicht wenige übrigens. Anders als vor den Ministerien, Versicherungen und Schiffahrtsgesellschaften zwischen Charing Cross und Blackfriars Bridge, wo Chauffeure die Lords und sorgfältig gebürsteten Beamten unter Anteilnahme des Pöbels der gegenüberliegenden Stadtteile Lambeth und Southwark zu ihren Dienststellen karrten, steuerten das Gebäude des Intelligence Service nur schwarze Cabs an; meist aber lösten sich die Besucher zu Fuß aus der Menge, um hurtig über die Steintreppe in einer der beiden Drehtüren zu verschwinden.

Die Melancholie, welche die Themse sogar in den Sommermonaten nie ganz ablegt, hatte in diesem Herbst schon früh vernebelter Witwentrauer Platz gemacht, ein Zustand, der den richtigen Briten nicht ab- oder umstößt – im Gegenteil, beginnt doch mit der Zeit der Überschuhe und Wachstuchkragen im Westend die Theater- und Gesellschaftssaison, die einzige Jahreszeit, die ein Mann von Stand in London zu verbringen hat, von König Georgs Geburtstag am 3. Juni einmal abgesehen.

In diesem Jahr übertraf der Gegenstand der Konversation alles bisher Dagewesene, denn Großbritannien war, *God Save the King,* aus dem verheerenden Krieg als Sieger hervorgegangen, und in den Clubs an der Pall Mall und der Old Brompton Road gab es ein nicht enden wollendes Brüsten und Großtun in nicht enden wollenden Reden. Gewiß, der Krieg hatte zahllose Opfer gefordert, in der Hauptsache aber im Ausland, London hatte als Folge deutscher Luftangriffe mit Flugzeugen und Zeppelinen »nur« 670 Opfer zu beklagen, viele, aber doch weit weniger, als man seit den Zeiten König Edwards befürchtet hatte. Hatte doch der Präsident der Deutschen Gesellschaft für Motorballonflug prophezeit, man werde mit Graf Zeppelins Flugmaschinen zuwege bringen, was Napoleon mißlungen sei, und könne mit tausend Luftkreuzern einhunderttausend Soldaten auf einmal absetzen. Jetzt erzählte man sich schenkelschlagend die Märe, der Urheber dieses Alptraums sei im Irrenhaus geendet.

Die Arbeit des Nachrichtendienstes der Regierung Seiner Majestät war deshalb nicht geringer geworden, sie verlagerte sich nur auf andere Gebiete. Colonel Geoffrey Dodds stand der Behörde seit sieben Jahren vor, was bei der Brisanz dieser Aufgabe auf eine ungewöhnliche Begabung schließen ließ – wenn man im Zusammenhang mit nachrichtendienstlicher Tätigkeit (ohnehin nur eine euphemistische Umschreibung für Spionage) von Begabung sprechen kann. Dodds näher zu beschreiben hieße jeden Rahmen sprengen, weshalb hier nur auf das Wesentliche seiner Haltung eingegangen sei.

Colonel Geoffrey Dodds gehörte zu jenen Menschen, die andere nach ihren Lastern beurteilen. Tugenden, meinte er, können vorgetäuscht sein, Laster nie. Dodds hätte das Ansinnen, sein Leben hinter einem viktorianischen, mit Karyatiden versehenen schwarzen Schreibtisch zu verbringen, entrüstet von sich gewiesen, wäre er nicht bei der Annektion Oberbirmas auf eine eigene Mine getreten, die ihm schweren körperlichen Schaden zufügte. So war der Colonel aus Indien mit einem steifen Bein zurückgekehrt und der Überzeugung, wollte er dem Vereinigten Königreich auch weiterhin dienen, so müsse er diesen Dienst in sitzender Haltung verrichten. Seine Bewunderung galt den Worten des sterbenden Königs Edward, der meinte, was nütze es, am Leben zu sein, wenn man nicht arbeiten könne.

Man hätte Dodds, weißhäutig, rothaarig und in einer Laune der Natur mit einem dunklen, seitlich abstehenden Schnurrbart ausgestattet, für den Türsteher eines Etablissements in Soho halten können – es gab auch Anzeichen für eine ehedem kurze Tätigkeit als Zuhälter ebendort –, wäre da nicht seine überaus korrekte Kleidung gewesen, für die Dunn & Co. verantwortlich zeichnete und die jedem, der ihm begegnete, Bewunderung abverlangte. Es gibt Männer, die Tweed und Cashmere anziehen, und solche, die es tragen. Dodds gehörte zu letzteren; er trug seine vornehme Kleidung mit der Selbstverständlichkeit eines Landedelmannes, so als wäre er damit zur Welt gekommen, wenngleich er aus seiner Herkunft aus Lambeth, gleich hinter Waterloo Station, kein Geheimnis machte. Dem vornehmen Äußeren lief nur bisweilen seine Ausdrucksweise zuwider, welche mit Obszönitäten nicht geizte oder sich in sprachliche Niederungen verirrte.

Davon abgesehen, hatte man es mit einem hochgebildeten Mann zu tun, der sein Wissen im Selbststudium erworben hatte, gegen den Willen des früh verwitweten Vaters, der einen Gewürzstand am Covent Garden unterhielt, was gerade zum Leben reichte, aber weit davon entfernt war, eine höhere Bildung zu ermöglichen. Heute lebte er in Kensington Gardens, samt wertvoller Büchersammlung und Pferdegemälden aus dem vergangenen Jahrhundert, war Mitglied der Bibelgesellschaft und zweier Klubs, denen auch Rudyard Kipling und Claude Johnson, der Manager von Rolls-Royce, angehörten, und pries den Krieg als den Vater aller Dinge (frei nach Heraklit).

Die Unternehmungen des Intelligence Service liefen allesamt unter einem Codenamen, den Colonel Dodds herausgab, und in diesem Zusammenhang pflegte er seinen Agenten die Geschichte des russischen Außenministers Alexander Iswolskij zu erzählen – gleichsam als Warnung, um zu demonstrieren, wie wichtig Codewörter seien: Iswolskij, damals noch russischer Gesandter in Kopenhagen, hatte Kunde erhalten von einer Umbildung im gesamten diplomatischen Dienst des Zaren und machte sich Hoffnungen auf den wichtigen Botschafterposten in Berlin. Deshalb schickte er seinen Kammerdiener, einen klugen, gewitzten Deutschen, nach St. Petersburg, um in gewissen gut informierten Kreisen Nachforschungen anzustellen, wie seine Chancen stünden. Um unentdeckt zu bleiben, vereinbarten der Botschafter und sein Diener, er solle, je nach Lage, nur ein Codewort telegraphieren, *Sauerkraut,* falls er als deutscher Botschafter ausersehen sei, *Makkaroni,* falls ihn das Schicksal nach Rom verschlage. Das Telegramm aus St. Petersburg enthielt jedoch ein ganz anderes, rätselhaftes Codewort: *Kaviar.*

An dieser Stelle seiner Erzählung ließ Dodds es sich nicht nehmen, jedesmal in heftig schüttelndes Gelächter auszubrechen. Er ging dabei bis an die Grenze der Belastbarkeit seiner weit ausladenden Bartspitzen, und nachdem er sich beruhigt hatte, pflegte er zu beteuern, Iswolskij sei ein begabter Diplomat gewesen, aber ein unbegabter Spion. Denn sein Diener habe das einzig richtige Codewort für seinen neuen Posten gebraucht: Iswolksij wurde russischer Außenminister.

Das Codewort der Aktion, die an diesem Tage zur Debatte stand, lautete *Pharao,* und Dodds hatte unter dieser Tarnung ein junges Team aufgeboten, um eine undurchsichtige Affäre zu erhellen, die in der Londoner Öffentlichkeit Aufsehen erregt hatte. Der Premier persönlich hatte unter dem Siegel der Verschwiegenheit – man wußte ja nie, ob geheimdienstliche Ermittlungen mit einer Blamage endeten – den Auftrag für dieses Unternehmen gegeben.

Anlaß war ein ungezeichneter Bericht in der *Times* vom 4. September 1918, in dem vom mysteriösen Verschwinden Professor Edward Hartfields in Unterägypten berichtet wurde. Hartfield galt als Eigenbrötler, aber auch als Koryphäe auf seinem Gebiet, seit er die Fayum-Tafeln, eine Ansammlung hieratischer Texte der 18. Dynastie, entschlüsselt hatte.

Die Zusammenkunft fand im Kartenraum des Intelligence Service, im obersten Stockwerk, statt: holzgetäfelte Wände und beleuchtbare Landkarten des Britischen Königreichs und seiner Kolonien, die dem Raum den Namen gaben, in der Mitte ein langer, dunkelgebeizter Tisch und Armstühle, für die Thomas Chippendale gewiß widerwillig Pate gestanden hätte. Geoffrey Dodds hatte an der schmalen Stirnseite Platz genommen, auf die beiden Längsseiten verteilten sich insgesamt sechs Agenten, ein Protokollführer, der bei Begegnungen dieser Art grundsätzlich anwesend war, sowie ein älterer, den meisten Anwesenden unbekannter Herr, der mit dem Habitus eines Gelehrten zerstreut in einem Stapel Papiere blätterte. An einer Tafel hinter dem Rücken des Colonels waren Fotografien und Zeichnungen angeheftet, und Dodds begann seine Erklärungen mit einem Zeigestock aus Schilfrohr.

»Dies ist das einzig existierende Lichtbild von Professor Edward Hartfield, 54 Jahre alt, zuletzt wohnhaft in Bayswater, 124 Gloucester Terrace, Angehöriger der protestantisch-pietistischen ›low church‹, verheiratet mit Mary, geborene Fisher, beide britische Staatsangehörige.«

Die Anwesenden machten eifrig Notizen.

»Die Fotografie ist vermutlich zwanzig Jahre alt. Nach Zeugenaussagen sieht Hartfield heute etwa so aus.« Dabei zeigte Dodds auf eine Zeichnung, die das faltige Gesicht eines viel älteren Mannes zeigte, als es seinen Jahren entsprach. Hartfield trug eine kleine, runde Nickelbrille und einen Backenbart, der die Kinnspitze frei ließ.

»Gesehen wurde Professor Hartfield zuletzt zwischen dem 21. und 23. Juni – so genau läßt sich das nicht mehr feststellen – in Raschid, einem Ort im westlichen Nildelta. Über Hartfields Qualifikationen brauche ich Ihnen nicht zu berichten, sie sind allgemein bekannt. Erwähnenswert erscheint mir, daß die genannte Person weder im Auftrag des *Egypt Exploration Fund* noch einer anderen Organisation mit ähnlichen Zielen arbeitete. Hartfield war Privatgelehrter und konnte auf beträchtliches ererbtes Vermögen, in der Hauptsache Mietshäuser in

Bayswater und Paddington, zurückgreifen. Seine Konten bei der Westminster Bank Marylebone zeigen keine Auffälligkeiten, außer der Tatsache, daß seine letzte unterschriftlich bestätigte Transaktion auf den 4. April zurückgeht. Seither fanden keine Abhebungen in seinem Namen statt.«

Gerry Pincock, ein kleiner, untersetzter junger Mann mit langen Haaren, wie man sie zu Zeiten Queen Victorias getragen hatte, den sie »barker« nannten, was soviel wie Kläffer bedeutet, weil er sich in seine Fälle zu verbeißen pflegte wie ein Hund, unterbrach den Colonel und stellte die Frage: »Sir, kann man ausschließen, daß die fragliche Person einem Unfall, einem Verbrechen oder einem anderen Vorkommnis, das unser Eingreifen nicht rechtfertigt, zum Opfer gefallen ist?«

»Das ist nicht die Frage, die uns hier zu beschäftigen hat«, erwiderte Dodds sichtlich verärgert. »Jeder der von Ihnen genannten Gründe könnte Ursache sein für das Verschwinden Hartfields, und in diesem Fall müßte uns die Angelegenheit nicht interessieren. Es gibt jedoch Anhaltspunkte, die den Fall, selbst wenn es sich um einen ganz gewöhnlichen Mord handeln würde, in anderem Licht erscheinen ließen. Ich bitte um Ihre Aufmerksamkeit!«

Während Dodds sprach, wirkte sein Körper auf geheimnisvolle Weise entspannt, und über sein Gesicht huschte ein beinahe glückliches Lächeln. Er liebte es, seine Mitarbeiter mit Problemstellungen zu überraschen, und der Sachverhalt einer neuen Aufgabe, die er seinen Leuten zu erklären hatte, versetzte ihn jedesmal in euphorische Stimmung wie einen orientalischen Märchenerzähler.

Satt zurückgelehnt, die kurzen Arme locker vor der Brust verschränkt, mit dem Blick abwechselnd die kahle Tischplatte und die weißgetünchte Decke betrachtend, fuhr er fort:

»In Ägypten, das, wie Sie wissen, britischem Protektorat untersteht, werden alljährlich bedeutsam Entdeckungen gemacht. Ich nehme an, Sie kennen die Ausgrabungen im Britischen Museum. Selbst Experten sind nicht in der Lage darzulegen, ob die bedeutendsten Entdeckungen bereits gemacht sind oder ob die eigentlichen Sensationen noch bevorstehen. Diese Frage spaltet die Archäologen in zwei Lager: Die einen behaupten, alle Pharaonengräber, die bisher entdeckt wurden, seien schon in alter Zeit ausgeraubt worden und jene, die es noch zu entdecken gilt, würden folglich ebenso geplündert sein. Eine andere Gruppe ist der Ansicht, es existierten Gräber, die so gut getarnt oder versteckt seien, daß sie schon in dynastischer Zeit vergessen waren.

Von einer der faszinierendsten historischen Persönlichkeiten im alten Ägypten fehlt jede Spur, das heißt, so ganz stimmt das nicht; denn seit vielen Jahren werden Hinweise entdeckt, die glauben machen, man sei diesem Mann auf der Spur. Aber kaum hat irgendein Forscher eine Fährte aufgenommen, sind auch schon wieder alle Spuren verwischt. Der Mann heißt Imhotep.«

In seiner Beschreibung Imhoteps erging sich Colonel Dodds in der ihm eigenen Blumigkeit und Breite, daß einige der Anwesenden die Augen zu verdrehen begannen und sich fragten, ob sie sich in ein ägyptologisches Seminar verlaufen hätten.

Charles Whitelock, ein muskulöser Schotte aus Glasgow, mit buschigen blonden Brauen, war es schließlich, der unruhig mit der Faust auf den Tisch klopfte und ausrief: »Sir, können wir nicht, bitte, zum Thema kommen?«

Irritiert ob der Eilfertigkeit gegenüber seiner Annäherung an die Geschichte Ägyptens, nahm Dodds seinen Faden wieder auf. »Das Grab Imhoteps«, fuhr er fort, »könnte, weil die alten Ägypter Gold im Überfluß horteten, mehr Gold enthalten als alle gegenwärtigen Goldvorräte der Welt.«

Pincock pfiff leise durch die Zähne. Darauf ergriff der ältere, den meisten Anwesenden unbekannte Herr, der bislang geschwiegen hatte, das Wort: »Man sollte das Augenmerk vielleicht nicht in erster Linie auf Gold richten, wenn Sie mir den Einwand erlauben. Es gibt in überlieferten Texten immer wieder Hinweise auf Dinge, die wir nicht verstehen, deren Beschreibung vermuten läßt, daß sich die alten Ägypter wissenschaftlicher Methoden und Systeme bedienten, mit denen es möglich war, Pyramiden zu bauen und Obelisken von tausend Tonnen aus dem Fels zu schneiden und über tausend Kilometer zu transportieren und verwinkelte Gräber in zweihundert Meter Tiefe mit Licht und Sauerstoff zu versorgen. Das Grab des Imhotep zu finden wäre eine wissenschaftliche Sensation.«

»Professor Shelley«, übernahm Dodds den Faden, »ist Experte für ägyptische Altertümer. Um es kurz zu sagen, das Grab des Imhotep ist zu wichtig, um die Entdeckung anderen zu überlassen. Auf Wunsch der Regierung Seiner Majestät soll der Intelligence Service die Initiative übernehmen.«

Whitelock fand als erster die Sprache wieder: »Wer ist sonst noch hinter dem Projekt her? Ich meine, außer Hartfield?«

»Das ist«, erwiderte Dodds, »die erste Problemstellung bei diesem Fall. Wir wissen nicht, wem was in der Angelegenheit bekannt ist, ob auch andere Geheimdienste in der Sache ermitteln. Fest steht, daß bisher mindestens zwei Gruppen versuchten, einander die Entdeckung abzujagen. Da ist der britische Konsul in Luxor, Mustafa Aga Ayat« – Dodds zeigte auf eine zweite Fotografie an der Tafel –, »und der Polizeichef von Luxor, Ibrahim el-Nawawi, von dem kein Lichtbild vorliegt. Beide gehören zu einer Bande von Antiquitätenschiebern, die beste Kontakte zu Archäologen unterhält, möglicherweise auch zu britischen. Sie arbeiten mit hohem Aufwand und hätten uns beinahe schon einmal aus dem Feld geschlagen, aber sie hatten die Rechnung ohne Lady Dawson gemacht.«

Bei Nennung des Namens der schönen Lady ging ein Raunen durch den Raum. Beim Intelligence Service genoß Lady Dawson nicht nur wegen ihrer angenehmen Erscheinung hohe Sympathie, ihre Fähigkeiten im Geheimdienst, die sie mit weiblicher List und Tücke ausspielte, waren allgemein anerkannt. Daß sie die Tage nach dem Tod ihres Mannes in einem Hausboot auf dem Nil verbrachte, schuf ihr vielleicht Neider, aber keine Feinde. Auf der Suche nach dem Tafelfragment im Berliner Museum hatte sich Lady Dawson durch das Auftreten Ayats und el-Nawawis schon beinahe um ihren Erfolg gebracht gesehen, und sie hatte Verstärkung angefordert, die dann den Überfall im Nachtzug nach München inszenierte. Der Bericht veranlaßte Pincock zu der Frage, welche Rolle die Bruchstücke jener Steintafel spielten, und er bekam zur Antwort, daß Hartfield bemüht gewesen sei, die einzelnen Bruchstücke zu finden, weil er der Tafel einen Hinweis auf die Lage des Imhotep-Grabes zu entnehmen hoffte. »Professor Shelley«, fügte Dodds hinzu, »dürfte Ihnen etwas Näheres dazu sagen können.«

Der Professor erhob sich und verteilte die Zettel, die vor ihm auf dem Tisch lagen, wie in einem Seminar. »Das erste dieser Teile habe ich im Rahmen meiner Forschungen zu neueren Funden aus Raschid, das die Franzosen Rossette nennen, im Britischen Museum gemacht. Als ich von Ihrem Vorgesetzten die als geheim eingestuften Informationen zu den hier bekannten Teilen bekam, konnte ich den Text wie folgt zusammenfügen:

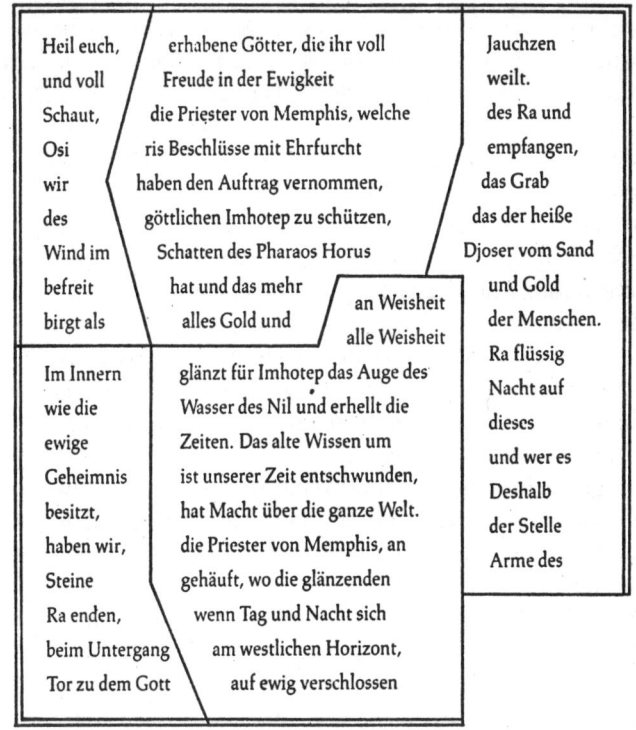

Heil euch, erhabene Götter, die ihr voll Jauchzen
und voll Freude in der Ewigkeit weilt.
Schaut, die Priester von Memphis, welche des Ra und
Osi ris Beschlüsse mit Ehrfurcht empfangen,
wir haben den Auftrag vernommen, das Grab
des göttlichen Imhotep zu schützen, das der heiße
Wind im Schatten des Pharaos Horus Djoser vom Sand
befreit hat und das mehr und Gold
birgt als alles Gold und an Weisheit der Menschen.
alle Weisheit Ra flüssig
Im Innern glänzt für Imhotep das Auge des Nacht auf
wie die Wasser des Nil und erhellt die dieses
ewige Zeiten. Das alte Wissen um und wer es
Geheimnis ist unserer Zeit entschwunden, Deshalb
besitzt, hat Macht über die ganze Welt. der Stelle
haben wir, die Priester von Memphis, an Arme des
Steine gehäuft, wo die glänzenden
Ra enden, wenn Tag und Nacht sich
beim Untergang am westlichen Horizont,
Tor zu dem Gott auf ewig verschlossen

»Sie sehen«, fügte der Professor hinzu, »daß der Schluß des ersten Abschnittes unvollständig ist, aber es geht um Gold und vermutlich eben um mehr als das. Von dem Rest ist so wenig erhalten, daß sich nichts darüber sagen läßt. Vielleicht ergäben mehr Bruchstücke mehr Hinweise.«

Er setzte sich. Unter den Agenten herrschte eine gewisse Ratlosigkeit. Keiner wußte so recht, was er sagen sollte.

»Wer interessiert sich außerdem noch dafür?« fragte Pincock, der »Kläffer«.

»Die zweite Gruppe«, sagte Dodds, »erscheint mir weit gefährlicher als die erste. Es handelt sich um eine, vielleicht sogar um mehrere Verbindungen radikaler Nationalisten. Und Gegner, die aus politischen Motiven handeln, sind stets die gefährlichsten. Wir kennen weder den Kopf der Organisation noch die Zahl ihrer Mitglieder. In ihrem Wahn, jeden ausländischen Einfluß in Ägypten zu beseitigen, schrecken sie vor keinem Mittel zurück. Sie verüben Anschläge auf britische Einrichtungen, sprengen Eisenbahnlinien in die Luft und versenken Nilschiffe, um auf sich aufmerksam zu machen, und genießen dabei beim Volk weitgehende Unterstützung, so daß es schwer ist, diesen Leuten beizukommen. Sie haben überall im Land Anhänger, Mitglieder und Schlupfwinkel, und die gefährlichste dieser Splitterorganisationen, gefährlich deshalb, weil sie hochintelligente und zu allem entschlossene Mitglieder in ihren Reihen hat, ist der Tadaman. Wir schätzen seine Mitgliederzahl auf ein paar hundert Aktivisten und ein paar tausend Sympathisanten. Als Erkennungszeichen dient ihnen die Zeichnung einer Katze, wie sie in Hieroglyphentexten zu finden ist. Warum sie gerade dieses Erkennungszeichen favorisieren, ist unbekannt, könnte aber der Schlüssel für den Ursprung oder die Kommandozentrale dieser Organisation sein – eine Hypothese, mehr nicht.«

Dodds war mit seinen Erläuterungen nun an einer Stelle angelangt, wo die Anwesenden aus ihrer Haltung bezahlter Pflichterfüllung und einer Selbstbeherrschung, die kaum noch Staunen erlaubte, herausgerissen wurden. Dies zeigte sich in erster Linie durch die atemlose Stille, die dadurch hervorgerufen wurde, daß ein jeder für sich selbst nachdachte, wie er dem genannten Problem gerecht werden könnte, eine Stille, vergleichbar jener unheimlichen Ruhe, bevor der Gewittersturm losbricht. Gewöhnt über Problemen zu grübeln, von denen sich erst nach umfangreicher Recherchenarbeit herausstellte, ob es sie überhaupt gab, fühlte sich jeder der Männer gefordert wie ein Rezitator angesichts der Verse Byrons, und Dodds überbrückte die Zeit mit der Pflege seines Bartes, indem er die Enden zwischen Daumen und Zeigefinger rieb und auf diese Weise in spitze Form brachte.

»Sir!« Der Kläffer Pincock nahm als erster den Faden auf, um ihn weiterzuspinnen: »Wenn ich Sie richtig verstanden habe, Sir, so haben wir es bei der Lösung des Problems mit einer Reihe von Unwägbarkeiten zu tun. Nicht nur, daß wir den wirklichen Grund unserer Nachforschungen nicht kennen, unbekannt ist auch der Ort des Geschehens, die Zahl der Beteiligten und das Risiko, das sich dahinter verbirgt. Das entspricht einer Gleichung mit lauter Unbekannten, eine Problemstellung, die es nach dem Verständnis der Mathematik überhaupt nicht gibt.«

»Pincock!« entrüstete sich der Colonel. »Wir sind hier nicht auf der Universität, sondern beim Geheimdienst Seiner Majestät.« Dabei verfinsterte sich sein eben noch vergnügtes Gesicht und machte zornigen Stirnfalten Platz, so daß der Zurechtgewiesene Haltung annahm und militärisch knapp erwiderte: »Jawohl, Sir!«

Dodds' Zornesausbrüche waren gefürchtet, und Pincock wußte den Gesichtsausdruck des Colonels, der besagte: bis hierher und nicht weiter, zuverlässig zu deuten. Wie er Geoffrey Dodds kannte, hatte dieser längst einen Schlachtplan ausgearbeitet, der die Linien absteckte für das weitere Vorgehen und der allen an dem Unternehmen Beteiligten eine vorgezeichnete Rolle zuschrieb nach festen Regeln wie den Figuren eines Schachspiels; und es war ratsam, diese Regeln zu beachten. In der Tat brauchte Pincock nicht lange zu warten, und Dodds begann seine Strategie zu entwickeln.

Davon ausgehend, das Edward Hartfield mehr als jeder andere in die Angelegenheit verwickelt war, sei die Spur des Professors aufzunehmen. Zu diesem Zweck sollte sich die Mannschaft teilen, die eine Hälfte (im folgenden A genannt) solle, unterstützt von Professor Shelley, in England, die andere (im folgenden B genannt) in Ägypten nach Hartfield fahnden. Im Fall des Nichtauffindens der gesuchten Person oder seiner Ehefrau sollte das Interesse auf Zeugen (Freunde, Bekannte, zufällige Begegnungen) verlagert, bei Erfolglosigkeit dieses Schachzuges auf Publikationen, Dokumente und schriftliche Hinterlassenschaften ausgedehnt werden. Sollten sich in Verfolgung dieser Aufgabe neue, bisher nicht berücksichtigte Erkenntnisse, insbesondere in bezug auf politische Gruppierungen und hier vor allem auf die ägyptische Geheimorganisation Tadaman ergeben, so seien diese umgehend der Zentrale zu melden und von dort unverzüglich an alle am Unternehmen »Pharao« beteiligten Agenten weiterzuleiten.

Anlaufs- und Befehlsstelle für A und alle Aktivitäten in Großbritannien sei die Zentrale des Intelligence Service, Viktoria Embankment, für B und Ägypten das Hausboot *Isis* der Lady Dawson, Liegeplatz Luxor. A und B wurden mit denselben finanziellen Mitteln und gleichen Kompetenzen in bezug auf die interne Satzung des Intelligence Service ausgestattet, zum Schußwaffengebrauch im Rahmen der gegebenen Verhältnisse ermächtigt und befugt, sich staatlicher Institutionen unter Angabe falscher Namen und Personen zu bedienen. Bei Aufdeckung des Unternehmens, Festnahme oder Verhaftung eines Mitgliedes dürfe weder die Identität des einzelnen noch seine Aufgabe im Rahmen der Ermittlungen preisgegeben werden. Das dem Intelligence Service übergeordnete W. O. (War Office) würde jede Zugehörigkeit dementieren.

Im Bewußtsein einer bedeutsamen Aufgabe richtete Colonel Dodds sich in seinem Sessel auf, blickte mit der Miene eines Triumphators in die Runde und sprach langsam, wobei er jedes Wort einzeln betonte: »Meine Herren, Sie sind die Elite eines Weltreiches, das ein Fünftel der Welt beherrscht, und der Nachrichtendienst Seiner Majestät ist der beste der Welt. Vergessen Sie das nicht bei allen Ihren Aktionen.«

Noch während der Colonel redete, war ein Bote eingetreten und hatte vor Dodds eine Nachricht auf den Tisch gelegt. Dodds hatte sie zunächst verärgert von sich geschoben, dann aber mit einem Auge zu lesen begonnen, wobei er zunehmend unruhiger auf seinem Sessel hin und her rutschte.

»Soeben«, begann er umständlich, »erhalte ich folgende Mitteilung von Lady Dawson aus Luxor: Am Fuße einer Wanderdüne, drei Meilen westlich von Sakkara, wurde die mumifizierte Leiche einer Frau gefunden. Bei der Toten handelt es sich vermutlich um Mary Hartfield, die Frau von Professor Edward Hartfield. Hinweis auf die Identität der Toten gibt ein an Mary Hartfield adressierter Brief, den man in den Kleidern der Toten fand. Er ist auf den 4. Oktober 1918 datiert und trägt als Unterschrift das Initial ›C.‹. In dem Brief wird auf einen Steinabdruck Bezug genommen, der gegen die Summe von 10 000 Pfund übergeben werden soll. Treffpunkt: Savoy-Hotel, Kairo. Tag der Übergabe: 12. Oktober, 11 Uhr a. m.«

»Wer ist ›C.‹?« rief Pincock aufgeregt, im Raum machte sich Unruhe breit, und alle redeten durcheinander.

Colonel Dodds hatte Mühe, seine Leute zu beruhigen, schließlich verschaffte er sich mit lauter Stimme Gehör: »Sie sehen, meine Herren, hier haben wir es offensichtlich mit einem weiteren Konkurrenten zu tun.«

# 6

## Von Kairo nilaufwärts

Die Zahl der Monate ist zwölf im Jahr nach göttlicher Vorschrift. So ist es im Buch Allahs aufgezeichnet, seit dem Tag, an welchem er Himmel und Erde geschaffen hat. Vier von diesen Monaten sind heilig. So lehrt es die wahre Religion. In diesen Monaten versündigt eure Seelen nicht; doch die Götzendiener mögt ihr in allen Monaten bekämpfen, so wie sie auch euch in allen angreifen, und wißt, daß Allah mit denen ist, welche ihn fürchten.

*Koran, neunte Sure (36)*

DIE BEZIEHUNG ZWISCHEN OMAR UND NAGIB EK-KASSAR als Freundschaft zu bezeichnen, würde nicht den Tatsachen entsprechen. Zwar hatte sein Leben mit der gewaltsamen Befreiung aus dem Militärgefängnis von Ismailia eine unerwartete Wendung genommen, doch ihre Verbindung war eine Zweckgemeinschaft, und Omar genoß die daraus erstandenen Vorteile einzig und allein wegen seines Brandmals auf dem rechten Oberarm, dessen Herkunft ihm nun etwas klarer war, während seine Urheberschaft weiter im dunkeln lag wie der Wasserspiegel einer Zisterne. Obwohl der große Krieg ihre abenteuerliche Flucht nur wenige Wochen überdauert hatte und die ihnen zu Unrecht zur Last gelegten Verbrechen nur im Zusammenhang mit dem furchtbaren Krieg zu erkennen waren, wußten Omar und Nagib nicht, ob sie noch auf der Fahndungsliste des britischen War Office standen, und es erschien ratsam, zunächst einmal unterzutauchen.

Es gibt keine Stadt auf der Welt, in der man so unbemerkt leben und sterben kann wie in Kairo. Jeden Tag stürzt irgendwo zwischen Mokattam und dem Bahnhof ein schmalbrüstiger, überbevölkerter Wohnblock ein und begräbt hundert Namenlose, nirgends gemeldet, nirgends bekannt, unter sich, weil Generationen seit Jahrhunderten ohne Genehmigung *ein* Stockwerk auf das andere türmen, wenn Bedarf ist, bis die schwächlichen Fundamente nachgeben und Ziegel und Balken der Schwerkraft gehorchen und einstürzen. So war es den beiden ein leichtes, sich in einem alten heruntergekommenen Mietshaus in einer Seitenstraße der Sharia Assaliba zwischen der Ibn-Tulun-Moschee und der Sultan-Hassan-Moschee, im Schatten der Zitadelle, zu verstecken. Dort teilten sie sich, dank der Hilfe eines ihnen unbekannten Tadaman-Angehörigen, zwei winzige Räume im sechsten Stock mit Blick auf die Rückfront eines dahinterliegenden Mietshauses, das sich in keiner Weise von ersterem unterschied und das ihnen so nahe kam, daß ihnen das Leben gegenüber auch bei größter Gleichgültigkeit nicht verborgen blieb, einschließlich der Verletzung der heiligen Gesetze des Fastenmonats Ramadan.

Obwohl von Geburt ein Kind dieser Stadt, fühlte Omar sich in dieser übervölkerten Umgebung nie heimisch, wo die Menschen wie lichtscheue Termiten lebten, im Gegensatz zu diesen aber ohne die Möglichkeit, sich einmal im Leben in die Lüfte zu erheben und einen neuen Anfang zu machen. Er fühlte sich nicht wohl in dem schmutzigen, heruntergekommenen Labyrinth der malerischen Altstadt im Osten, wo es ständig nach Staub roch und nach abgelagerten Fäkalien, vor allem aber nach Armut.

Hier lebten die Ägypter wie vor Jahrhunderten, nicht anders gekleidet und unter gleichen Entbehrungen. Die kleinen Freuden waren die gleichen und beschränkten sich in der Hauptsache auf die verrauchten Kaffeehäuser mit den auf die Straße gestellten kleinen, runden Tischen, wo zwei Piaster genügten, um die Langeweile eines endlosen Nachmittags zu vertreiben. In den Häusern gab es kein Wasser, und natürlich fehlte jede Art von Hygiene. Männer gingen, wenn es – selten genug – nötig erschien, zum Baden in die Gewölbe der Hammams; Frauen hielten Wasser von ihrem Körper fern, sie trugen Schleier vor dem Gesicht und gebaren Kinder in steter Regelmäßigkeit, denen dasselbe Leben in denselben verwinkelten Gassen vorgezeichnet war.

Nun hätte man meinen können, Omar habe sich angezogen gefühlt von dem anderen Kairo im Westen jenseits des Stromes und am Bahr al-A'ama, von den Villen und Palästen im Al-Gamaleya-Viertel oder im Darb-el-Masmat, wo der Khedive Ismail zur Welt kam. Dort hatten europäische Einwanderer, Italiener, Griechen, Malteser, Franzosen und Briten, im vergangenen Jahrhundert westlichen Bau- und Lebensstil eingeführt und die Nilinsel, die bis zum Bau des großen Dammes von Assuan alljährlich mit schmutzigbraunem Schlamm überflutet wurde, in einen botanischen Garten, einen exklusiven Tennisklub und eine Pferderennbahn verwandelt. Hier gab es weißgetünchte Prachtbauten – eine Farbe, die im anderen Teil der Stadt provoziert hätte wie ein beschuhter Beter in der Moschee –, Schifffahrtsagenturen wetteiferten mit mannshohen, bunten, gemalten Plakaten um die Gunst, eine Passage erster Klasse zu buchen, Banken versprachen die Diskretion verdunkelter Glasscheiben, und in *Shepheard's Hotel* oder im *Semiramis* kosteten die Suiten mit Blick auf den Nil das dreifache Jahresgehalt der weißgekleideten Türsteher.

Nein, auch dies war nicht Omars Welt, und die Menschen, die dort ihr luxuriöses Leben führten, weckten in Omar keine Neidgefühle. Er war am Rande der Wüste geboren, vor den Toren der unüberschaubaren Stadt, und er brauchte die Nähe der Wüste. Die Hitze des Tages, das Zittern der Nacht, der endlose Horizont im Westen und die Stimmen, die sich in dieser Weite verloren, das war Omars Welt, sie zog ihn magisch an wie der Duft einer Frau. Wie aber sollte er der Großstadt entkommen?

Nagib meinte, nur hier in den Häuserschluchten von Kairo, wo jeder Mensch nicht einmal, sondern tausend Male existiere, weil einer so aussehe wie der andere, seien sie sicher. Omar hatte eingesehen, daß eine Rückkehr nach Luxor nicht in Frage kam, aber hierbleiben wollte er nicht. Auf Anraten Nagibs trug Omar nun das Haar kurz geschoren und einen schmalen dunklen Kinnbart, der sein Aussehen stark veränderte, und mit Vorliebe europäische Kleidung.

In dieser Erscheinung machte er sich eines Tages auf den Weg nach Gizeh, das er vor acht Jahren verlassen hatte, das aber nie seinem Gedächtnis entschwunden war.

Man ist geneigt, die Vergangenheit gnädig zu beurteilen, weil ein unerklärlicher geistiger Mechanismus alles Unangenehme, Schreckliche und Furchtbare aus dem Leben verdrängt oder wenigstens mit einem freundlicheren Anstrich versieht, aber Omar mußte in dieser Hinsicht keine Anstrengungen unternehmen. Am Fuße der Pyramiden hatte Omar die schönsten Jahre seines Lebens verbracht, seine Welt hatte von einem Horizont zum anderen gereicht. Von allem, was dahinter lag, hatte er nichts gewußt, und es hatte ihn auch nicht interessiert.

Auf der Pyramidenstraße von Kairo nach Gizeh verkehrten nun Autobusse, krachende und schwarz qualmende Ungeheuer, welche die Pferdekutschen vertrieben, weil sie billiger waren als diese und obendrein schneller. Das Hotel *Mena House,* einst der verbotene Traum eines kleinen Jungen, hatte nichts von seinem kolonialen Charakter verloren. Noch immer warteten gegenüber dem Eingangstor die Kameltreiber und riefen lautstark nach Kundschaft.

»*Polishing, Sir, polishing!*«

Omar hatte das niedrige, unscheinbare Menschlein zu seinen Füßen übersehen; nun aber starrte er fassungslos auf den beinamputierten Mikassah zu seinen Füßen, der ihm freundlich lächelnd eine Schuhbürste entgegenhielt: »*Polishing, Sir!*«

»Hassan!« rief Omar in einem Aufschrei der Betroffenheit. »Guter, alter Hassan!«

Das Lächeln auf dem Gesicht des Krüppels wich einem Ausdruck zaudernder Unsicherheit, die ihre Ursache darin fand, daß der Mikassah einen langen Augenblick zweifelte, ob er so tun sollte, als würde er den Fremden erkennen, oder ob er der

Wahrheit den Vorzug geben und geradeheraus fragen sollte, wer der andere sei, wann und wo man sich schon begegnet sei.

Omar nahm dem Schuhputzer die Entscheidung ab, er kniete sich auf das warme Pflaster, legte dem Mikassah eine Hand auf die Schulter und sagte: »Ich bin es, Omar. Haben mich die Jahre so sehr verändert?«

Da gewann der Alte sein freundliches Lächeln zurück; wohl eher aus Verlegenheit als der Not gehorchend wischte er sich mit dem Ärmel die Nase und erwiderte zaghaft: »Omar Effendi. Daß Allah mich diesen Tag erleben läßt!« Und ungeachtet der umstellenden Menschen fielen die beiden sich in die Arme.

»Omar Effendi«, wiederholte der Schuhputzer, er schüttelte den Kopf. »Ich habe oft an dich gedacht, Effendi, ich hatte ein schlechtes Gewissen, weil ich dich damals für zehn Piaster an einen fremden Engländer verkauft habe.«

Omar lachte. »Er war ein guter Mensch – für einen Engländer. Ich habe lesen und schreiben gelernt und die englische Sprache, und ich hatte mein Auskommen; aber dann kam der Krieg, und auf einmal war alles anders.«

Hassan verstaute seine Schuhbürste in dem mit Glasperlen verzierten Kasten, den er noch immer beim Gehen vor sich her schob, und sagte: »Du mußt mir alles erzählen, Effendi.«

Omar nahm den Kasten, und beide begaben sich in den Garten des *Mena House.* Einen Hoteldiener, der ihnen den Zutritt verwehren wollte, fuhr Omar mit ein paar unflätigen englischen Redensarten an, daß dieser dienernd die Flucht ergriff. Bis in die Abendstunden, bis sich die Sonne über der Großen Pyramide senkte, so wie er es tausendmal erlebt hatte, dauerten Omars Erzählungen, bei denen er nichts ausließ. Nicht nur, daß er diesem sanftmütigen Krüppel vertraute, er fühlte sich zu dem Alten hingezogen wie zu einem Vater und hatte die Empfindung, daß Hassan ihn liebte wie einen Sohn.

Darüber hinaus kam in ihm die alte Bewunderung auf, die er dem Mikassah schon als Junge entgegengebracht hatte, eine Bewunderung seiner ungebrochenen Lebenskraft. Hassan gehörte zu jener seltenen Art von Leuten, die, obwohl das Leben ihnen übel mitgespielt hat, weder klagen noch Schmerz empfinden, die gewiß nicht glücklich sind, aber immer zufrieden, und deren vollkommene Selbstbeherrschung beispielhaft ist für jene Menschenhasser, die aufgrund bitterer Schicksalsschläge im Unglücklichsein großes Vergnügen empfinden. Sie kennen kein anderes Schicksal als das eigene, und im Umgang mit anderen, denen sie prinzipiell nur mit Argwohn begegnen, ist von nichts anderem als von ihrem eigenen schweren Los die Rede. Sie lassen sich gehen und fallen, ergehen sich in Selbstmitleid und nehmen Almosen, nicht weil sie bedürftig sind, sondern weil das ihr Unglück unterstreicht.

Hassan wäre viel zu stolz gewesen zu betteln, er ließ sich seine Arbeit am Schuhwerk anderer bezahlen, verabscheute Almosen und erzählte mit Stolz die Geschichte eines reichen Juden, der ihm vor dem *Mena House* eine Fünf-Piaster-Münze hingeworfen hatte in der Absicht, Gutes zu tun, wie es sein Glaube fordert. Hassan fing die Münze auf, warf sie zurück und rief, er solle sie einem Armen schenken.

Als Omar seinen Bericht beendet hatte, machte der Mikassah ein besorgtes Gesicht. »Tadaman? Tadaman?« wiederholte er ein ums andere Mal. »Ich habe nie davon gehört. Aber das bedeutet, bei Allah, nicht, daß diese Organisation nicht existiert. Ja, ich glaube, ich wünschte sogar, daß es sie gibt; denn unserem Volk geschieht viel Unrecht, und manche Tat ist Balsam für die Wunden unseres Landes. Gewiß mag nicht jedes Mittel dazu recht sein, aber die Briten halten auf das, was sie für Recht und Ordnung ansehen, und das ist in ihrem und nicht in unserem Sinne. Wenn sie dich finden, werden sie dich bestrafen.«

»Ich habe mein Aussehen verändert«, entgegnete Omar, »wenn ich morgens in den Spiegel schaue, kenne ich mich selbst nicht, und für einen Briten sehen ohnehin alle Ägypter gleich aus.«

»Ich bete zu Gott, dem Allbarmherzigen, du mögest recht behalten.«

Omar nickte. »Viel gefährlicher erscheint mir der Tadaman, der mich unfreiwillig zu einem der Seinen gemacht hat. Ich gebe zu, manchmal fürchte ich mich vor meinen eigenen Leuten. Sie glauben, daß ich Ihnen verpflichtet bin, weil sie mich aus dem Gefängnis befreit haben. Ich habe mich schon mit dem Gedanken getragen zu fliehen, aber das ist ein riskantes Unternehmen. Der Tadaman hat überall seine Spitzel sitzen, und während du einem Engländer in der Regel ansiehst, daß er ein Untertan Seiner Majestät ist, steht keinem Ägypter die Zugehörigkeit zum Tadaman ins Gesicht geschrieben. Dabei war vermutlich alles ein Irrtum . . .«

Es blieb kaum noch Zeit, einen Blick auf die Hütte zu werfen, in der er die ersten Jahre seines Lebens verbracht hatte. Seine Stiefbrüder hatten das kleine Anwesen samt den Kamelen verkauft und suchten ihr Glück nun in der großen Stadt. Gegen Mitternacht kehrte Omar nach Kairo zurück. In der Sharia Assaliba herrschte reges Leben. Kaffeeverkäufer balancierten Tabletts mit kleinen Glöckchen durch die Menge. Es roch nach Erdnüssen, die von kleinen Jungen am Straßenrand in alten Fisch- und Marmeladenbüchsen geröstet wurden, Bäckerjungen trugen Sesamgebäck auf dem Kopf, und dazwischen Houriyats jeden Alters, die sich durch Zungenschnalzen zu erkennen gaben.

Im Kaffeehaus Royal an der Ecke zu Omars Wohnung, wo Tische auf dem Gehsteig Fußgänger am Vorbeigehen hinderten und aus diesen, aber auch anderen Gründen ständig besetzt waren, stieß Omar auf Nagib, der sich in angeregter Unterhaltung befand.

Nagib stellte sein Gegenüber als Ali ibn al-Hussein vor, einen hageren Mann mit hart geschnittenem Gesicht und grauem Kraushaar, einen aus dem Libanon stammenden Gewürzhändler. Ali hatte kleine, listige, vielleicht sogar hinterlistige Augen – jedenfalls vermittelten sie Omar von Anfang an diesen Eindruck. Der Kaufmann habe, so führte Nagib den Fremden ein, für sie beide einen lohnenden Auftrag, und als er das Mißtrauen in Omars Gesicht erkannte, fügte er beschwichtigend und hinter vorgehaltener Hand hinzu, al-Hussein gehöre der Organisation an, er verstehe schon.

Der Auftrag, der für jeden von ihnen fünfzig Pfund und den Ersatz aller Auslagen vorsah, barg bei oberflächlicher Betrachtung kein großes Risiko: Nagib und Omar sollten zu Schiff nilaufwärts reisen und in Assuan eine Karawane aus dem Sudan erwarten, die mit Gewürzen aus Khartum unterwegs war.

Omar sagte spontan zu. Die Chance, dem namenlosen, chaotischen Treiben der großen Stadt zu entrinnen, ließen ihn alle Bedenken hinsichtlich der Seriosität Ali ibn al-Husseins vergessen. Jugend und Unerfahrenheit standen solcherlei Skrupeln entgegen, und in Verbindung damit eine gewisse Vertrauensseligkeit, welche mehr als jede andere Eigenschaft Omars Geschicke bestimmte. Obwohl im Umgang mit Menschen keineswegs ungeschickt, verfügte er über wenig Menschenkenntnis, und seine leutselige Art, die seiner Lebensfreude und der Unruhe seines Geistes entsprach, erwies sich mehr als einmal im Leben als verwundbare Stelle.

Nagib, obgleich älter als er, bedeutete Omar weder Stütze noch Beistand; im Gegenteil, zu Zeiten, da er dem Whisky zusprach – und diese waren häufiger als die Tage der Abstinenz –, kam es ihm zu, einem willenlosen Geist Zügel anzulegen, ihn mit Redeverbot zu belegen oder von fremden Menschen fernzuhalten, um so ihr gemeinsames Schicksal zu bewahren. Längst war ihr Verhältnis zueinander in ein Stadium gelangt, wo ihre Verbundenheit vom Mißtrauen aufgeweicht worden und der ihnen gemeinsame Patriotismus zur einzigen Veranlassung für ihr Zusammenleben geworden war. Sie gingen seit langem keiner geregelten Tätigkeit nach, zum einen aus Furcht, ihre Identität preisgeben zu müssen, zum anderen aber, weil Nagib die Ansicht vertrat, der Tadaman lasse seine Mitglieder nicht verkommen.

Ob der jüngste Auftrag auf Vermittlung der Organisation zustande kam oder ob es sich dabei um eine Privatangelegenheit Husseins handelte, vermochten Omar und Nagib nicht zu ergründen, weil der Libanese, kaum hatte er ihre Aufgabe erklärt, unter Zurücklassung eines Umschlages, der Berechtigungspapiere und eine Summe Geldes enthielt, verschwand. In Husseins Auftreten lag etwas, das keinen Einwand und keinen Widerspruch duldete und das die beiden davon abhielt, irgendwelche Fragen zu stellen. Am siebzehnten des Monats, so hatte Hussein verkündet, werde er sie hier im Hafen zurückerwarten.

In den Papieren, die der Libanese zurückgelassen hatte, fand sich zu ihrer Verblüffung nicht Husseins Adresse, die sie nicht einmal kannten, sondern ihre eigene; aber die in Aussicht gestellte Prämie und die Vorstellung, der finsteren Wohnung für zwei Wochen zu entfliehen, ließ aufkommende Zweifel vergessen. Also buchten sie getrennt, um kein Aufsehen zu machen, zwei Passagen für den Postdampfer nach Assuan, der dreieinhalb Tage brauchte und winzige Schlafkabinen aufwies, jeweils zwei Pritschen übereinander – von Betten konnte nicht die Rede sein.

Der alte Postdampfer mit Namen *Bedraschein* hatte breite Schaufelräder, einen hohen Schlot, der sich an der Spitze tulpenförmig verbreiterte, und bot auf drei übereinanderliegenden Stockwerken gut hundert Reisenden Platz. Im dunklen Bauch lagerte das Postgut des Schiffes. Hinter von gußeisernen Säulen getragenen Arkaden, die vor der Sonne schützten, lag im obersten Stockwerk der mit Korbstühlen möblierte Speiseraum, der in der Hauptsache von Engländern genutzt wurde.

Omar und Nagib hatten allen Grund, diesen Raum zu meiden. Sie hielten sich meist auf dem Mitteldeck auf, wo gestrichene Holzbänke aufgestellt waren wie in einem Eisenbahnabteil dritter Klasse. Hier aßen die Einheimischen ihr Mitgebrachtes, redeten, spielten Trick-Track, schliefen oder ließen einfach das Niltal an sich vorüberziehen. Hier konnten sie sich sicher fühlen, aber sie vermieden es dennoch, gemeinsam aufzutreten.

Weil die Nacht die Glut des Tages noch immer nicht ausge-

löscht hatte, zog Omar es vor, sich in einer Nische des Achter-
decks niederzulassen und vor sich hin zu dösen. An Schlaf war
nicht zu denken. Samalut lag hinter ihnen, gegen Mitternacht
sollte die *Bedraschein* in Minia anlegen. Die Sterne, die nirgends
so nahe erscheinen wie über dem nächtlichen Nil, versetzten
Omar in einen Zustand ehrfürchtiger Betrachtung, und der
Zauber des Augenblicks ließ ihn für kurze Zeit sein Schicksal
vergessen.

Die Stimmen zweier Engländer auf dem Oberdeck holten
Omar in die Wirklichkeit zurück. Wie lange, ging es ihm durch
den Kopf, wollte er so weiterleben wie ein Straßenköter, ständig auf der Flucht vor Hundefängern, ohne ein Zuhause, ausgeliefert dem Tadaman und seinen Hintermännern im verborgenen? Der Auftrag, den zu erfüllen er sich gerade anschickte,
trug keineswegs dazu bei, seine Einstellung gegenüber der Organisation zu verändern, im Gegenteil. Tief in seinem Inneren
saß eine unerklärliche Furcht vor allem Unbekannten und Namenlosen, während er sich von Angesicht zu Angesicht vor
keinem Gegner fürchtete. Und insgesamt trug Omar sich mit
dem Gedanken, sich von Nagib und damit vom Tadaman zu lösen.

Seine Überlegungen wurden gestört von den englischen
Wortfetzen, die vom Oberdeck an sein Ohr drangen, ohne zunächst sein Interesse zu erregen, bis die beiden Gesprächspartner sich offenbar in die Haare gerieten und den Tonfall ihrer
Unterhaltung änderten, so daß Omar ohne große Anstrengung
Zeuge ihres Gesprächs wurde. Der eine, pedantisch-eigen, warf
dem anderen, gewitzt-vorlaut, Unüberlegtheit und Dummheit
vor und überhäufte ihn mit einer Ansammlung unfeiner
Schimpfwörter, jedenfalls waren die, welche Omar verstand,
von der übelsten Art. Er sei, meinte jener, nur noch äußerlich
von ihrem Chef zu unterscheiden, jedenfalls benutze er dieselben dummen Worte und ebensowenig unterscheide er sich in
seinen Argumenten.

Irgendwann im Laufe des hitzigen Gesprächs auf dem Oberdeck fiel ein Name, der Omar aufhorchen ließ: Hartfield. Mit

einem Male war Omar hellwach. Und zweifelte er zunächst noch, ob es sich dabei um den verschwundenen Professor handelte, so wurde seine Vermutung schon bald zur Gewißheit: Die beiden Engländer waren auf der Suche nach Professor Edward Hartfield.

Unerwartet rasch gelang es dem einen, den anderen zu besänftigen, so daß Omar Mühe hatte, die Unterhaltung weiterzuverfolgen. Ihren aus dem Zusammenhang gerissenen Worten war zu entnehmen, daß sie nach Luxor wollten, und dabei fiel der Name Carter.

Omar handelt schnell: Er eilte in seine Kabine, zog seinen breiten Hut, den er seit den Tagen in Kairo liebgewonnen hatte, über den Kopf und stieg über die steile, eiserne Treppe hinauf zum Vordeck, wo er betont gelangweilt nach achtern schlenderte, unterbrochen von kurzen Pausen, während deren er scheinbar verträumt in die Nacht blickte. Auf diese Weise näherte er sich, ohne Verdacht zu erregen, den beiden Männern.

Der eine war klein, kaum älter als dreißig, und trug langes Haar. Seine Bewegungen waren abgehackt und heftig und standen in augenfälligem Gegensatz zu dem anderen, einem bulligen Alten, von dem Ruhe, beinahe Trägheit ausging. Das Gespräch war, als Omar sich den beiden genähert hatte, abrupt verstummt, so daß er, nachdem er sie unauffällig gemustert hatte, den Rückweg antrat.

Nach Mitternacht, als der Dampfer unter heftigen Schlägen der Schaufelräder und begleitet von lärmenden Menschen am Ufer in Minia anlegte, kam Nagib verschlafen aus seiner Kabine. Omar gab ihm ein Zeichen, er habe ihm eine wichtige Mitteilung zu machen. So beobachteten sie scheinbar gelangweilt von der Reling das Anlegemanöver der *Bedraschein*, in Wirklichkeit aber berichtete Omar von seinem Erlebnis.

Nagib war sofort hellwach: »Zwei Engländer, sagst du?«

Omar nickte, ohne seinen Blick vom Ufer zu wenden. »Der eine vielleicht dreißig, der andere beinahe doppelt so alt.«

»Und sie wollen in Luxor von Bord gehen?«

»So habe ich jedenfalls den Jüngeren verstanden.«

»Wann sind wir in Luxor?«

»Morgen früh.«

Nach einer langen Pause sagte Nagib: »Ich glaube, wir denken jetzt beide das gleiche.«

»Du meinst, daß wir uns den beiden Engländern an die Fersen heften sollten?«

»Das meine ich.«

»Aber der Auftrag!«

Nagib blickte um sich, ob sie beobachtet würden; aber in dem Durcheinander und Gedränge fiel ihre Unterhaltung überhaupt nicht auf. »Wir müssen uns trennen«, sagte Nagib, »der eine fährt, wie verabredet, nach Assuan und übernimmt die Karawane, der andere verfolgt die beiden Engländer. Wir treffen uns in Kairo.«

Frühmorgens am folgenden Tag verließ Omar als erster das Schiff mit Gepäck. Das Unternehmen war nicht ohne Gefahr. Omar mußte darauf achten, daß ihn niemand erkannte. Vor allem aber durfte er den beiden Engländern nicht auffallen. Deshalb beobachtete er im Schutz einer Bretterbude, wie die Engländer von Bord gingen. Ein jeder schleppte einen großen altmodischen Reisekoffer und ein Bündel, so als hätten sie sich auf einen längeren Aufenthalt eingerichtet.

Eigentlich hatte Omar erwartet, daß die beiden von der Kutsche eines Hotels abgeholt würden, aber nichts dergleichen geschah. Sie warteten, bis sich die Leute verlaufen hatten, lehnten das Anerbieten eines höflichen Droschkenkutschers ab und gingen schließlich zu einem der Fährboote am Ufer, deren geraffte Segel im Morgenwind knatterten. Jetzt, im ersten Sonnenlicht, erkannte Omar, daß der Größere von beiden viel jünger war, als es in der Dunkelheit den Anschein gehabt hatte. Der andere hatte rötlich helle Haut, was auf irische oder schottische Herkunft, zumindest aber einen überbeanspruchten Blutkreislauf schließen ließ.

Angesichts der Tatsache, daß es am anderen Nilufer kein Entrinnen gab – es sei denn, die beiden Briten wollten nach Charga oder in eine der Oasen der Libyschen Wüste –, versuchte Omar gar nicht erst, sie zu verfolgen. Er betrachtete ihr Ziel als einen glücklichen Umstand, so daß es ihm ein Leichtes sein würde, sie zu beobachten. Wo konnten sie schon hin, nach el-Kurna vermutlich, vielleicht nach Deir el-Medina, oder sie wurden von Carter erwartet, dessen Namen sie erwähnt hatten.

Der Aufenthalt in Luxor barg für Omar nicht geringere Risiken. Er mußte auf der Hut sein, erkannt zu werden, und deshalb setzte er die Verfolgung der beiden Briten erst einmal aus, um sich auf die eigene Sicherheit zu konzentrieren. Nachdem der Postdampfer abgelegt hatte und die Engländer übergesetzt waren, nahm Omar seinen Seesack und machte sich auf den Weg in Richtung Bahnhof, um in einem der billigen Stadthotels, von denen hier ein halbes Dutzend zu finden war, ein Zimmer zu nehmen.

Dabei ergab sich eine Situation, die, im nachhinein betrachtet, unerklärlich scheint; aber ist es nicht gerade das Unerklärliche, das unser Leben bestimmt? Als Omar an dem alten *Edfu*-Hotel vorüberkam, das sich, seit er es zuletzt gesehen hatte, überhaupt nicht verändert hatte – davon abgesehen vielleicht, daß die hölzerne Altane vor dem Eingang noch morscher und baufälliger geworden war –, da verspürte er den widersinnigen Drang, nach dem gebeugten Alten zu sehen, dem das Hotel gehörte.

Im Inneren hatte sich nichts verändert. Wie früher blätterte in dem schmalen Zugang die grüne Farbe von der Wand, und auch der braungestrichene Schlüsselkasten fand noch dieselbe Verwendung. Hinter dem Tresen hatte ein wohlbeleibter Glatzkopf Stellung bezogen, der auf Befragen mit stolzer Miene kundtat, er sei der neue Besitzer, was er für den Fremden tun könne. Auf die Frage, ob ein Zimmer frei sei und was es koste, meinte der Dicke, es sei keine Saison, das Haus stehe leer, er könne wählen, und wegen des Preises werde man sich gewiß einigen.

Omar entschied sich für das Zimmer im ersten Stockwerk, in dem einst der Journalist William Carlyle gewohnt hatte; es machte im Vergleich zu den anderen Räumen noch den besten

Eindruck. Ins Fremdenbuch trug er ein: Hafiz el-Ghaffar, Sharia Quadri 4, Kairo, den Namen seines Hausbeschließers, und eine Straße, die ein paar Häuserblocks von seiner Wohnung entfernt war. So glaubte er sich einigermaßen sicher.

Nun galt es zu überlegen, wie den beiden Briten am besten beizukommen war. Omar überdachte noch einmal das Gespräch an Bord der *Bedreschein,* dessen Zeuge er geworden war, und dabei gewann er den Eindruck, daß die beiden Männer keinesfalls Archäologen sein konnten. Er kannte diese Spezies Mensch seit den Jahren bei Professor Shelley und wußte, wie sich Leute dieses Standes auszudrücken pflegen. Was aber wollten sie von Hartfield?

Omar ließ sich auf sein Bett fallen, verschränkte die Hände hinter dem Kopf und betrachtete die gegenüberliegende Wand, deren ehemals weiße Tapete mit einem Gewirr pornographischer Kritzeleien, Liebesbezeugungen, arabischen und englischen Namen und Berechnungen der Zimmerkosten übersät war. Omar überlegte: Professor Hartfield galt als verschollen. Stand sein Verschwinden im Zusammenhang mit dem Tafelfragment, von dem Nagib gesprochen hatte, so gab es zwei Möglichkeiten: Entweder suchte Hartfield in aller Heimlichkeit weiter nach dem Grab des Imhotep. Oder eine rivalisierende Gruppe hatte seine Informationen an sich gebracht und den Professor beseitigt – verschleppt, gefangen, getötet. Vielleicht aber hatte Hartfield nicht sein gesamtes Wissen preisgegeben, vielleicht brauchte man den Professor jetzt nötiger als je zuvor, vielleicht waren die, die den Professor am nötigsten brauchten, die beiden rätselhaften Engländer.

In derlei Überlegungen verstrickt, packte Omar der Gedanke, daß auch er einem dunklen Schicksal zustrebte, einem Schicksal, dem eine Reihe von Menschen in einer Kette von Ereignissen verfallen war, allesamt mit demselben Ziel vor Augen. Es fiel ihm schwer, sich nicht von diesem Unternehmen loszusagen, irgendwo ein neues Leben anzufangen und ohne die quälende Furcht zu leben, die einen Illegalen wie ihn stets begleitete. Aber dann war da jene unerklärliche, beinahe magische Anziehung, die Omar immer wieder auf diese eine Fährte lenkte wie einen Hund, der nur die eine Witterung kennt. Vielleicht hatte dieses Verhalten seine Ursache in einer gewissen Überheblichkeit, mit der er sich gegenüber den anderen, die dasselbe Ziel hatten, messen wollte, eine Eigenschaft, die ihm ansonsten fremd, in diesem Fall aber nicht von der Hand zu weisen war.

Es hätte ihn gereizt, Professor Shelley aufzusuchen; aber Omar wußte ja nicht einmal, ob er nach dem großen Krieg zurückgekehrt war. Zum anderen erschien es ihm viel zu riskant, mit einem Briten in Kontakt zu treten. Gewiß, Shelley hatte ihm viel Gutes getan, was in Omar sogar ein Gefühl der Zuneigung hervorgerufen hatte; jedenfalls war ihr Verhältnis weit über das des Herrn zu seinem Diener hinausgegangen. Angesichts des Vorwurfs, mit dem Omar nun schon ein halbes Jahr lebte und den zu widerlegen ihm die Möglichkeit fehlte, war es zweifelhaft, wie Shelley reagieren würde. Shelley war ein Brite, und Omar stand auf der Fahndungsliste der britischen Protektoratsverwaltung.

Sein erster Weg führte Omar zu dem Fährmann, der die beiden Engländer zum jenseitigen Nilufer übergesetzt hatte. Gegen Entrichtung eines Bakschisch erinnerte sich der Mann, daß er die beiden Saids zum Hausboot *Isis* gebracht habe, das einer feinen englischen Lady gehöre. Der Fährmann plauderte auch, Mr. Carter habe im Tal der Könige eine große Entdeckung gemacht und Gold und Edelsteine gefunden, jedenfalls erzählten sich das die Leute von el-Kurna, aber gesehen habe den Schatz noch niemand, weil er den Eingang zu der Höhle wieder zugeschüttet und eine Wachmannschaft eingesetzt habe, die das Areal Tag und Nacht bewache. Geschichten dieser Art kursierten freilich, seit Howard Carter das einsame Tal zu seinem Lebensinhalt gewählt hatte, und das war schon über zwanzig Jahre her.

Im Westen sank die Sonne über der Gebirgskette und tauchte die Felsen in stumpfes Lila. Omar ließ sich etwas abseits an Land setzen und legte das letzte Stück Wegs zu dem Hausboot zu Fuß zurück. In sicherer Entfernung machte er halt und wartete. Auf dem Hausboot wurden Lampen entzündet, und nun, im Schutze der Dämmerung, konnte Omar es wagen, näher an das Schiff heranzutreten, ohne bemerkt zu werden.

Durch die halbgeöffneten Luken drangen Fetzen angeregter Unterhaltung zwischen zwei Männern und einer Frau. In der Kombüse, die achtern lag, wurde ein Dinner bereitet. Omar schloß das aus den Küchenabfällen, die in unregelmäßigen Abständen aus dem Küchenfenster flogen. Der Koch stand in regem Gespräch mit einem zweiten Ägypter an Bord, den er Gihan nannte und der bisweilen aus der Kombüse verschwand und mit irgendwelchen Dingen zurückkehrte. Nun, da die Hitze des Tages von einer angenehmen Kühle abgelöst wurde, ächzten und knarrten die weißgestrichenen Planken des Bootes, und Omar nützte die Gelegenheit, unbemerkt über den Laufsteg auf das Boot zu gelangen. Dort kroch er auf allen vieren auf das Vorderdeck, wo er sich, wie er ausgespäht hatte, hinter zwei großen Fässern, die zur Wasserversorgung dienten, verbergen konnte und Einblick in den Salon des Hausbootes fand.

Die Jalousien waren geschlossen, aber durch die Lüftungsschlitze erkannte Omar die beiden Engländer. Sie saßen an einem länglichen, dunkelgebeizten Holztisch in der Mitte des Raumes über eine Landkarte gebeugt, ihnen gegenüber die Lady in einem langen weißen arabischen Gewand, das Haar unter einem Kopftuch verborgen. Dazwischen tummelte sich eine feuerrote getigerte Katze. Der kleinere der beiden Männer, von dem anderen Gerry genannt, zeichnete mit einem Stift Verbindungslinien zwischen einzelnen Punkten und umrandete eine Reihe von Ortsnamen, während der andere eifrig Notizen machte.

Es dauerte eine Weile, bis sich Omar in der Unterhaltung, die dabei geführt wurde, zurechtfand. Angelpunkt war der namenlose Fundort einer Leiche irgendwo im Nildelta, die, nach Gerrys Zeichenstrichen zu schließen, in Beziehung zu verschiedenen Orten in Unterägypten stand und irgend etwas mit der Suche nach Imhotep zu tun hatte. Das Rätselhafte in dieser Angelegenheit schien jedoch nicht die Leiche an sich, sondern ihr Fundort zu sein, der, abseits des eigentlichen Geschehens, zu vielerlei Spekulationen Anlaß gab.

Unvermutet fiel auf einmal der Name Hartfield, und Omar glaubte zunächst, bei der genannten Leiche würde es sich um Professor Hartfield handeln, bis er im Verlaufe der Unterredung erkannte, daß von der Frau des Professors die Rede war.

Lady Dawson verfügte über erstaunliche Detailkenntnisse, sie gebrauchte Namen und nannte Fakten, die Omar zu der Erkenntnis brachten, daß sie in der Angelegenheit eine führende Rolle spielte: Lady Dawson, eine Agentin des britischen Geheimdienstes? Omar erinnerte sich an die Zeit bei Professor Shelley, und dabei kam ihm ins Gedächtnis, daß auch Shelley und seine Frau mit der schönen Lady Umgang gepflegt hatten. Sollte er, Omar, ohne es zu wissen, im Hause eines Spions Dienst getan haben?

In diesem für ihn so erregenden Augenblick schien alles möglich. Konnte er ausschließen, daß Shelley ihm nur deshalb Schule und Sprachenbildung hatte zukommen lassen, um ihn als Agenten gegen das eigene Volk einzusetzen, und daß er von diesem Vorhaben nur durch den Ausbruch des Krieges abgehalten wurde? War es denkbar, daß der nächtliche Überfall bei den Memnonskolossen von den Briten inszeniert worden war, um seinen Haß gegen die ägyptischen Nationalisten zu schüren? Wen wunderte es, wenn Omar in diesem Augenblick das unwiderstehliche Bedürfnis verspürte, aus seinem Versteck hervorzutreten und sich auf die beiden Männer und die hinterhältige Lady zu stürzen, auch wenn er ihn dieser Begegnung den kürzeren gezogen hätte?

Es liegt in der Natur der Ägypter, daß sie jeder Demütigung und Kränkung mit überschwenglichem Zorn und der Forderung nach Blutzoll begegnen, doch entspricht es ebenso ihrem Wesen, daß sie nach kurzem Feuer in große Duldsamkeit verfallen. Sie ähneln da den Elefanten Afrikas, von denen man weiß, daß sie mit scheinbarem Gleichmut viel Schmerz ertragen, bis sie, wenn das Maß voll ist, mit Planmäßigkeit und Überlegung gegen ihre Feinde vorgehen. Hätte er sich in diesem Augenblick preisgegeben, so hätte Omar diesen Leuten gewiß einen Schock versetzt, er hätte dabei gewiß kurze Genugtuung empfunden, aber im Endeffekt wäre er ein bedauernswerter und ziemlich dummer Verlierer gewesen, der sich wohl selbst am meisten geschadet hätte. Wollte er den Briten wirklich etwas anhaben, so mußte er sie im Falle Imhotep irreführen; dieser niederträchtigen Meute durfte er die Beute nicht gönnen.

Während Omar mit einem Ohr der Unterredung folgte, versuchte er, was er bisher vernommen hatte, zu ordnen. Mary Hartfields Leiche war irgendwo zwischen Raschid und Fuwa in der Wüstengegend des Nildeltas gefunden worden. Aber keine Spur von dem Professor. Von ihm jedoch, seinem Wissen und seinen Dokumenten, versprachen sich die Engländer den entscheidenden Hinweis. Waren Hartfield und seine Frau von einem Sandsturm überrascht worden – und beinahe alles deutete darauf hin –, so war auch der Professor dabei umgekommen. Denn wäre er mit dem Leben davongekommen, so hätte er gewiß nicht geruht, bis er die Leiche seiner Frau gefunden und bestattet hätte. Andererseits kannten alle, die nach Imhotep suchten, Professor Hartfield. Es konnte daher nicht ausgeschlossen werden, daß Hartfield entführt oder ermordet worden war, um in den Besitz seiner Dokumente zu kommen, und daß man den Tod seiner Frau nur inszeniert hatte, um von dem ersten Verbrechen abzulenken.

Jedem, von dem Omar in diesem Zusammenhang wußte, wären diese Morde zuzutrauen gewesen: dem Tadaman, der Macht und Einfluß suchte; dem britischen Geheimdienst, der diese Macht keinem anderen gönnte; und dem Aga Ayat, der einen großen Coup witterte und den alles faszinierte, was Geld versprach.

Omar versank in tiefes Nachdenken über seine Lage, und dabei verlor er den Blick für seine Umgebung, die mit Fässern, Kisten, Flaschen und Eimern verstellt war, und in einer unachtsamen Bewegung stieß er gegen eine Flasche, die auf den Boden stürzte und in tausend Scherben zersprang. Einen Augenblick zögerte Omar, ob er kopfüber in den Nil springen oder ob er den Fluchtweg längsseits des Bootes über den Steg wählen sollte, aber dann entschied er sich instinktiv für die letztgenannte Möglichkeit, und noch ehe die Engländer, einer von ihnen mit einem Gewehr bewaffnet, an Deck erschienen, hatte Omar das Ufer erreicht und war in der Dunkelheit verschwunden.

Aus sicherer Entfernung, einen Steinwurf flußaufwärts, beobachtete Omar das Geschehen, wie die Männer das Deck durchsuchten. Omar hörte, wie der eine die Vermutung äußerte, die Katze habe die Flasche umgestoßen. Darauf zogen sich die Männer zurück, und Omar ging seinen Weg zu der Stelle, wo der Fährmann auf ihn wartete.

# 7

## *Ein Konsulat in Alexandria*

Würde Allah den Menschen das Böse so schnell bringen, wie sie das
Gute beschleunigt wünschen, wahrlich, so wäre ihr Ende schon
längst entschieden; darum lassen wir die, welche nicht hoffen, uns
einst zu begegnen, in ihrem Irrtum umherirren.

*Koran, zehnte Sure (12)*

ALS OB DER TEUFEL IN SIE GEFAHREN WÄRE, STÜRZTEN SICH
die Kofferträger, Hoteldiener, Zimmervermieter und fliegenden Händler auf die Passagiere, die über die schmale, schau-
kelnde Gangway von Bord der *Mediterrané* kamen. Die Hafen-
aufseher in ihren verwaschenen weißen Uniformen gebrauchten
Rohrstöcke, um die Aufdringlichsten von ihnen von den Passagieren aus Europa fernzuhalten. Der Westhafen von Alexandria,
wo die großen Luxusliner der europäischen Schiffahrtsgesellschaften anlegten, glich jedesmal einem Hexenkessel, und die Hafenleute vermittelten den Eindruck, als gehe es um Leben und Tod.

Seewolf, Tintenfische, Seeigel pries ein Halbwüchsiger mit
schneidender Stimme an. Er trug sein Angebot an einem Stock
über der Schulter. Ein zweiter rief Fladenbrot und Honigku-
chen aus; Getränkeverkäufer boten Tee und Limonade an; ein
Blinder, der sein Leid mit Stolz unter einer schwarzen Brille zur
Schau trug, annoncierte Blumen für die Damen; und gebeugt
unter der Last seines Sortiments lockte ein buckeliger Alter mit
geflochtenen Körben und Koffern.

*Die Mediterrané* hatte die Überfahrt von Marseille in fünf
Tagen, vierzehn Stunden und dreißig Minuten zurückgelegt
und galt nicht nur als eines der schnellsten, sondern auch als eines der komfortabelsten Schiffe im Mittelmeer. Kein Wunder

also, wenn nur vornehme Herrschaften die Gangway herunterkamen, und kein Wunder, wenn die Hafenleute von Alexandria verrückt spielten. Hinter einer vielköpfigen Familie – Vater, Mutter und drei halbwüchsigen Töchtern samt Gouvernante –, die allesamt durch vornehme Kleidung und züchtige Kopfbedeckung auffielen, betraten vier dunkelgekleidete Herren den Landungssteg, ein jeder reichlich mit Gepäck versehen. Durch das lärmende Spalier drängte ein feiner Herr mit Stock und weißen Handschuhen, die er in wohldosierter Erregung dazu benutzte, um den vier Herren auf der Gangway zuzuwinken.

»Gestatten, Sachs-Villatte!« stellte er sich höflich vor und hielt dabei die Füße eng zusammen. Dr. Paul Sachs-Villatte war französischer Konsul in Alexandria, ein Mann von Geschmack und Manieren und jeder Art von Kultur zugetan. Er stammte aus dem Elsaß, was seinen Namen und in gewissem Sinn auch seine Vorliebe für Beethoven erklärte, obwohl er im übrigen alles Deutsche haßte wie die Pest.

Die dunklen Herren mittleren Alters, die sich daraufhin hintereinander vorstellten, waren Professor François Milléquant, Archäologe und Leiter der Ägyptischen Abteilung im Louvre, Paris; Professor Pièrre d'Ormesson, Historiker an der Universität Grenoble und Mitglied der dortigen Akademie der Wissenschaften; Edouard Coursier, Sprachforscher am Collège de France in Paris; und Emile Toussaint vom Deuxième Bureau.

Auf ein Handzeichen stürzte sich eine Meute Kofferträger auf das Gepäck der Ankömmlinge, und Sachs-Villatte nannte das Ziel Sharia el-Horria 12, französisches Konsulat. Die Männer komplimentierte er in ein abseits parkiertes riesiges Motorcabriolet von Lorraine-Dietrich, das zu chauffieren dem Konsul höchste Freude bereitete.

Die Comiche von Alexandria, eine breite, mit einem von hohen Palmen bewachsenen Grünstreifen versehene Küstenstraße, umfing das Meer mit weiten Armen in einer natürlichen Bucht. Paläste, Gesandtschaften, Reedereien und mondäne Hotels gaben der Stadt, die Alexander der Große gegründet haben soll, indem er seinen Mantel zu Boden warf und die Umrisse mit dem Schwert in den Sand zeichnete, ein europäisches Aussehen, ein bißchen Nizza, ein bißchen Monte Carlo.

Vornehm gekleidete Herren und vereinzelt sogar europäische Damen saßen in den Straßencafés, tranken, rauchten und plauderten und diskutierten über das in Amerika verhängte Alkoholverbot, über eine Grippewelle, die ganz Europa heimsuchte und Millionen Tote forderte, und über Experimente in Deutschland und Amerika, Sprache und Musik durch den Äther zu funken. Fernab der neuen Zeit, in der zwei kühne Flieger in sechzehn Stunden von Neufundland nach Schottland flogen und eine fremde Art von Musik, Jazz genannt, nach Europa kam, um Konzertsäle, Clubs und schummrige Bars im Sturm zu erobern, trug diese Stadt das Gesicht des Abendlandes zur Schau, während sie ihre orientalische Seele verheimlichte. Mudirs, Mamours, Omdahs und Scheichs in langen weißen Galabijas trafen auf stolz uniformierte Offiziere der britischen Besatzer, und Militärs der heimischen Armee wetteiferten mit ihnen in Glitzer und Glanz ihrer Uniformen. Die schattenhafte, armselige Welt der Gauner, Taschendiebe, Krüppel und Hungerleider, die in Kairo selbst vor den vornehmen Vierteln nicht haltmachte, war hier in die Vororte zurückgedrängt, oder sie zeigte sich zumindest von einer freundlicheren, malerischen Seite.

Das französische Konsulat in der Sharia el-Horria hätte auch in der Pariser Rue de Saint-Honoré, in Londons Pall Mall oder Unter den Linden in Berlin stehen können, so pompös, gepflegt und architektonisch vollendet war der Eindruck, den es vermittelte. Zwei dezent gekleidete Hausdiener rissen, als der Konsul vor dem Eingangsportal vorfuhr, die Türen des Cabriolets auf. Sachs-Villatte bat in den zur Gartenseite gelegenen Salon, museal mit seinen roten Seidentapeten und feuervergoldeter Louis-XV.-Möblierung und doch nicht ohne orientalischen Einschlag, was zumindest die Messing- und Kupferkannen sowie die schwarzweißen Damaszener-Kacheln auf dem Fußboden betraf.

Von den Dienern wurde ohne Aufforderung schwarzer, geschäumter Kaffee in winzigen schlanken Täßchen und mit Honig und Zitronensaft übergossenes Blätterteiggebäck gereicht, dazu Cognac, französischer versteht sich. Das alles geschah mit so viel Geschmack und Umsicht, daß dahinter die ordnende Hand einer Frau Konsul zu vermuten gewesen wäre, und das Gegenteil mag verwundern: Paul Sachs-Villatte, ohne Zutun der esoterisch-verschrobenen Mutter von einer breitbrüstigen Gouvernante aufgezogen und auf Wunsch des Vaters nach dem Studium der Jurisprudenz drei Jahre und drei Monate mit einer elsässischen Tochter von Adel verlobt, hatte nie rechten Zugang zum anderen Geschlecht gefunden und war, nach Lösung des unglücklichen Verlöbnisses, ledig geblieben, was zunächst kein Aufsehen machte, bis er im diplomatischen Dienst, der ihn zu Beginn seiner Laufbahn nach Marokko führte, als Einzelgänger auffiel, vor allem als Veranstalter eigenwilliger Herrenabende.

Eine handfeste Affäre mit einem stämmigen Leibwächter des marokkanischen Königs hätte seine Karriere als Kulturattaché beinahe jäh zum Einsturz gebracht, wäre da nicht die Fürsorge eines hohen Beamten des französischen Außenministeriums gewesen, der über sein weiteres Schicksal zu befinden hatte und mit Disziplinarmaßnahmen unterschiedlichster Art drohte. Dieser von allen, die mit ihm Umgang pflegten, nur »Dr. C.« genannte Beamte stellte in Aussicht, das unausweichlich scheinende Verfahren niederzuschlagen und seine Karriere dergestalt zu fördern, daß ihm andernorts ein höherer Rang und ebensolche Gehaltsgruppe zugewiesen würde, falls – ja, falls er in Zukunft neben seiner offiziellen Tätigkeit die Aufgaben eines Agenten beim Deuxième Bureau wahrnehme.

Das ganze lag sieben Jahre zurück, und Sachs-Villatte hatte damals keine andere Wahl gehabt, als sich nach Alexandria versetzen zu lassen, von wo er nun die Spionageabteilung für Ägypten und den Nahen Osten leitete, die in erster Linie gegen Großbritannien, weniger gegen die hiesigen Länder gerichtet war. Denn seit der englische Admiral Nelson vor 120 Jahren Napoleon Bonapartes Flotte bei Abukir geschlagen hatte, gebärdete sich England als Herr des Mittelmeeres, und seither gab es, trotz beschwichtigender Verträge, eine anglo-französische Rivalität, bei der den Geheimdiensten eine entscheidende Rolle zufiel.

Sachs-Villatte mühte sich, die Zusammenkunft so familiär und persönlich wie möglich zu gestalten, um die Wissenschaftler aus Frankreich nicht zu erschrecken, die unter einem Vorwand nach Ägypten gelockt und erst kurz vor ihrer Abreise über den wahren Grund ihrer Ägyptenreise informiert worden waren. Sachs-Villatte hatte für Frankreich eine offizielle Grabungslizenz in Sakkara erwirkt. Ziel der Forschungen und Grabungen, für die aus unbekannten Quellen die Summe von 25 000 Francs zur Verfügung stand, war der Grabkomplex nördlich der Stufenpyramide, wo sich vor gut einem halben Jahrhundert bereits einmal Mariette, der große französische Archäologe, versucht, aber nach zwei vergeblichen Wochen enttäuscht aufgegeben hatte.

Doch diese Lizenz diente Sachs-Villatte nur als Vorwand. Das wahre Ziel des Unternehmens, das beim Deuxième Bureau unter dem Codewort »Vacance« lief, was sowohl »Ferien« als auch »freie Stelle« bedeuten kann, war die Beobachtung der Aktivitäten anderer Geheimdienste und Organisationen in bezug auf das Grab des Imhotep und seine mögliche Entdeckung.

Die Erfolgsaussichten schienen nicht geringer als jene der anderen Kontrahenten, im Gegenteil. Professor Milléquant hatte sich, als er gerüchteweise von den Hinweisen auf Imhoteps Grab erfuhr, die auf verschiedenen Schriftfragmenten aufgetaucht sein sollten, eines Briefwechsels zwischen dem Berliner Museum und dem Louvre erinnert, der in den Annalen des Archivs verzeichnet war. In diesem akademischen Briefwechsel ging es um zwei Bruchstücke einer Tafel aus Basalt, welche – so die Vermutung der Franzosen – zusammengehören könnten, deren Inhalt jedoch aufgrund weiterer Fehlstellen im dunkeln blieb. Auf diese Weise war der Louvre in den Besitz einer Abschrift des Berliner Textes gekommen, hatte aber weitere Forschungen eingestellt, weil ihr Inhalt wissenschaftlich wenig ergiebig erschien.

Französische Archäologen genossen in Sakkara gleichsam Heimrecht, seit Auguste Mariette dort ein unterirdisches Labyrinth mit den Sarkophagen von 24 Apis-Stieren entdeckt hatte, und die neuerliche Grabungslizenz in derselben Gegend konnte kaum Verdacht erregen. Sakkara, die Nekropole der alten Reichshauptstadt Memphis, erstreckte sich links des Nils von den Felsen bei Abu-Roasch bis nach Lischt über eine Länge von dreißig Meilen, und ihr Name, so wurde vermutet – vermutet wie so vieles in dieser Gegend –, ging auf Sokar, den Totengott zurück. Als anderswo in Ägypten bereits nach Schätzen gegraben, in alten Bauten geforscht wurde, da interessierte sich niemand für diese gottverlassene Gegend, in der nur kleinere verfallene Pyramiden an die große Zeit des Landes erinnerten, und auch Mariettes Entdeckung war nicht das Ergebnis mühevoller Forschungsarbeit, sondern kam durch einen Zufall zustande. Bei einem Ritt nach Süden wäre er beinahe in ein tiefes, dunkles Loch gestürzt, das sich mitten im Wüstensand auftat und sich als Zugang zu dem unterirdischen Labyrinth entpuppte.

So sehr sich Sachs-Villatte auch mühte, im Konsulat herrschte gereizte Stimmung; nicht nur, weil die Männer müde waren von der fünftägigen Überfahrt und dem Sturm, der eine ganze Nacht vor Malta getobt hatte, der wahre Grund lag in der Art und Weise, wie jeder einzelne zu seiner Aufgabe verpflichtet worden war. Gezielt hatte das Deuxième Bureau die Wissenschaftler monatelang beschattet und dabei Dinge ausgespäht, die Forschern ihres Ranges unwürdig und geeignet waren, Ansehen und Karriere zu zerstören.

Man stelle sich einmal vor, es wäre bekanntgeworden, daß Professor François Milléquant, ein stattlicher Herr in den besten Jahren, verheiratet und Vater einer erwachsenen Tochter, die sich Hoffnungen machen durfte, von einem leibhaftigen Staatssekretär des Innenministeriums geehelicht zu werden, daß dieser Milléquant seiner eigenen Stieftochter, einem zierlichen, schwarzäugigen Mädchen von neunzehn Jahren, das seine verwitwete Ehefrau Justine mit in die Ehe gebracht hatte, näherstand, als es Sitte und Gesetz erlaubten; man könnte auch sagen, er war ihr verfallen.

Natürlich wußte keiner von der Achillesferse der anderen; ein jeder ahnte, daß auch sie sich dem Unternehmen nicht freiwillig angeschlossen hatten. Von d'Ormesson zum Beispiel, dem Professor von altem Adel, hätte niemand erwartet, daß er sich im Spielermilieu und in zwielichtigen Kreisen des Kunsthandels bewegte und nachweislich falsche Gutachten erstellte. Der hochdotierte Nebenerwerb diente dazu, d'Ormessons Spielschulden zu begleichen, die ihm, nach Verkauf seines Schlosses am Ufer der Isère, längst über den Kopf gewachsen waren.

Und gewiß hätte auch Coursier, der Sprachforscher am Collège de France, ein unverheirateter Lebemann von vierzig Jahren mit einer Narbe auf der rechten Wange, der seinem Beruf mehr aus Neigung denn als Broterwerb nachging, seit er sein Erbe, Ländereien um Aubusson, verkauft hatte, gewiß hätte Coursier das Ansinnen des französischen Geheimdienstes empört von sich gewiesen, wäre da nicht jene unglückliche Geschichte gewesen: Sie lag schon drei, vier Jahre zurück und hatte in Paris großes Aufsehen erregt. Damals war bei Suresnes, abseits der Allée de Longchamp, der Opernsänger Louis de Bergerac erschossen aufgefunden worden. De Bergerac hatte zu Coursiers besten Freunden gezählt, bis sich die beiden wegen einer Balletttänzerin namens Cleo de Merode, die einst dem belgischen König Leopold die Zeit in Paris versüßt hatte, in die Haare geraten waren. Der Streit endete mit einem Pistolenduell abseits der Allée de Longchamp, bei dem der Sänger den Tod fand, was damals sogar Coursier überrascht haben mußte, denn er hatte bis zu diesem Tag noch nie eine Pistole in der Hand gehalten. Die Suche nach dem Mörder blieb erfolglos, denn es gab nur zwei Zeugen, die Sekundanten Coursiers und de Bergeracs, und die hatten Stillschweigen geschworen. Wie das Deuxième Bureau die Affäre aufgehellt hatte, sollte Edouard Coursier ein Rätsel bleiben. Vor die Wahl gestellt, für den Geheimdienst zu arbeiten oder eine Zelle im Stadtgefängnis von Paris zu beziehen, entschied er sich jedenfalls für die Aufgabe des Deuxième Bureau.

Sie alle standen gleichsam unter Aufsicht des Abteilungsleiters Naher Osten, Emile Toussaint, Mitte Dreißig, klein von Wuchs, mit schwarzen, bis über die Nasenwurzel gewachsenen Brauen, das Haar nach Art der Cäsaren in die Stirn gekämmt und ständig mit einer seiner vielen Pfeifen beschäftigt, die er aus allen möglichen Taschen hervorzog, aber nur höchst selten in Brand setzte. Im Bewußtsein der erpresserischen Machenschaften, die von seiner Abteilung ausgingen, pflegte Toussaint einen rüden Umgangston mit den Männern, und selbst sein gelegentliches breites Lächeln, mit dem er sein finsteres Gesicht aufzuhellen bemüht war, wirkte in gewisser Weise provozierend auf die anderen. Sogar Sachs-Villatte begegnete Toussaint mit Vorbehalt, weil er nicht wußte, aber ahnen konnte, daß dem Spitzenagenten auch seine Vergangenheit bekannt war.

So ist die lange Pause peinlichen Schweigens zu erklären, die auf einmal entstand und endlos erschien und nur durch gelegentliches Räuspern unterbrochen wurde, das die Lage jedoch nicht verbesserte, sondern, im Gegenteil, verschlimmerte, weil es das Unbehagen jedes einzelnen dokumentierte. Toussaint stopfte seine Pfeife; Coursier, der die Situation noch am besten zu meistern schien, trommelte mit den Fingern auf den Tisch; der Konsul rührte endlos in einer kleinen Kaffeetasse, und alle beobachteten diese Tätigkeit.

In dieser seltsamen Lage kamen Sachs-Villatte zum ersten Mal Bedenken, ob er von diesen Männern den notwendigen Einsatz erwarten durfte. Es war seine Idee gewesen, ein Team von Fachleuten mit der Aufgabe zu betrauen, und seine Idee war es auch, die Männer auf die geschilderte Art und Weise anzuheuern. Ein halbes Dutzend Agenten, das bereits mit dem Problem befaßt war, hatte mehr Verwirrung als Lösungen hervorgebracht, in der Hauptsache deshalb, weil ihnen die nötigen Fachkenntnisse fehlten.

»Ich möchte«, begann der Konsul umständlich, nachdem er den Löffel aus der Hand gelegt hatte, »einen kurzen Lagebericht geben. Sie sind mit der Problemstellung vertraut und wissen, worum es geht. Die Angelegenheit erscheint dem Deuxième Bureau zu wichtig, als daß wir sie den Briten oder irgendwelchen Nationalisten überlassen dürften. Zudem ist es eine Sache von nationalem Interesse. Immerhin war es ein Franzose, der den Stein von Rossette, das sie heute Raschid nennen, entschlüsselt hat.« Er machte eine Pause. »Wir wissen nicht genau«, fuhr er fort, »wer alles hinter dem Geheimnis her ist, aber machen Sie sich darauf gefaßt, einer Menge Konkurrenten zu begegnen. Meine Leute haben drei weitere Gruppen ausgemacht, die Imhotep auf der Spur sind: Da sind die Briten. Ihre genaue Zahl ist unbekannt, wir schätzen die Zahl ihrer Agenten auf etwa zehn. Sie verfügen über ein schwimmendes Hauptquartier, ein Hausboot, das den Namen *Isis* trägt, und derzeit bei Luxor vor Anker liegt. Aufwand und Möglichkeiten der Briten lassen darauf schließen, daß sie unsere größten Konkurrenten sind. Die zweite Gruppe ist zahlenmäßig die größte, für uns jedoch am wenigsten überschaubar. Vermutlich handelt es sich um mehrere Gruppen, die sich alle zusammen als Nationalisten tarnen. Soweit bekannt, verfügen sie über keine Experten, Wissenschaftler und Archäologen; ihre Aktivitäten sind aber nicht zu unterschätzen, denn sie haben breite Schichten der Bevölkerung auf ihrer Seite. Die dritte Gruppe setzte sich aus Kunst- und Antiquitätenschiebern zusammen, deren Fäden in Luxor zusammenlaufen. Sie arbeiten professionell und vor allem mit Bestechung. Sie verfügen über großen finanziellen Rückhalt. Wer weiß, welch bedeutende Rolle Korruption in diesem Lande spielt, der muß diese Leute ernst nehmen. Nur Vermutungen gibt es über Aktivitäten von deutscher Seite. Wir haben keine Beweise, daß auch die Deutschen hinter Imhotep her sind, es gibt auch keine offizielle Grabungslizenz; aber, ehrlich gesagt, es würde mich wundern, wenn die Deutschen nicht unter irgendeiner Tarnung unterwegs wären.«

Coursier, der an der Problemstellung irgendwie Gefallen fand, stellte dem Konsul die Frage: »Wer, glauben Sie, verfügt über die beste Ausgangsposition? Oder anders gefragt: Wie schätzen Sie unsere Chancen ein?«

Die Antwort übernahm Toussaint: »*C'est clair comme l'eau de roche* (das ist sonnenklar)! Wir haben alle Trümpfe in der Hand. Denn wenn wir davon ausgehen, das die Tafel von Raschid der Schlüssel zu dem Problem ist, dann haben wir immerhin Kenntnis von *drei* Fragmenten, alle anderen nur von zwei.«

»Vorausgesetzt, die Deutschen sind nicht ebenfalls hinter Imhotep her!« mischte sich Milléquant ein.

»Und sie haben den Briefwechsel mit dem Louvre vergessen!« ergänzte d'Ormesson.

»Das vermag ich zum gegenwärtigen Zeitpunkt nicht zu sagen«, erwiderte der Konsul. »Aber gehen wir, bis sich das Gegenteil erweist, einmal davon aus, so ist unser Informationsstand der beste.«

Sachs-Villattes Worte lösten bei Coursier ein Lachen aus. Er nahm aus seiner Reisetasche ein paar eng beschriebene Blätter, befeuchtete den Zeigefinger und zog ein bestimmtes Blatt hervor, das er vor den anderen auf dem Tisch ausbreitete.

erhabene Götter, die ihr voll
Freude in der Ewigkeit
die Priester von Memphis, welche
ris Beschlüsse mit Ehrfurcht
haben den Auftrag vernommen,
göttlichen Imhotep zu schützen,
Schatten des Pharaos Horus
hat und das mehr
alles Gold und

Jauchzen
weilt.
des Ra und
empfangen,
das Grab
das der heiße
Djoser vom Sand
und Gold
der Menschen.
Ra flüssig
Nacht auf
dieses
und wer es
Deshalb
der Stelle
Arme des

Im Innern
wie die
ewige
Geheimnis
besitzt,
haben wir,
Steine
Ra enden,
beim Untergang
Tor zu dem Gott

Coursier lachte, er lachte laut und übermütig und zum Ärgernis Toussaints, der dieses Gelächter als höchst überflüssig empfand.

»Monsieur!« sagte Toussaint bestimmt. »Das Deuxième Bureau hat Sie in Ihrer Eigenschaft als Schriftforscher gerufen; wäre ein Spaßmacher gewünscht worden, so hätten wir uns an die Comédie Française gewandt.«

Die Bemerkung traf, und Coursiers eben noch so heitere Miene versteinerte zu einer gorgonischen.

»Im übrigen«, fuhr Sachs-Villatte fort, »sollten Sie sich an Champillon halten. Er lehrte, wenn ich nicht irre, ebenfalls am Collège de France und hat die Hieroglyphen unter viel schwierigeren Voraussetzungen entschlüsselt, und das, obwohl Deutsche und Engländer behaupteten, das Geheimnis der Hieroglyphen längst zu kennen.«

Coursier erkannte, mit diesem Toussaint war nicht zu spaßen. Wer in seine Fänge geriet, durfte keine Nachsicht erwarten, und jedes Widerstreben hätte nur noch größere Verstrickung nach sich gezogen wie bei einem Beutetier, das sich aus dem Schlund der Schlange zu befreien sucht. Toussaint hatte recht: Ihre Ausgangsposition war nicht so schwach, wie es den Anschein hatte. Und daß die anderen von den Franzosen nichts wußten, konnte nur von Vorteil sein.

»Wenn ich Sie recht verstehe«, meinte Professor Milléquant an Sachs-Villatte gewandt, »werden wir in Sakkara Grabungen durchführen, aber das nur zum Schein, und unser Hauptaugenmerk auf die Suche nach Imhotep richten.«

Der Konsul nickte. »Ich habe fünfundzwanzig Arbeiter für Sie engagiert. Das sind nicht zu viele, um unseren Etat zu belasten, und nicht zu wenige, um Verdacht zu erregen, die Ausgrabungen könnten nur zum Schein durchgeführt werden. Sie stehen von übermorgen an zur Verfügung. Für Unterkunft ist im Grabungshaus der französischen Mission am Rande der Wüste gesorgt. Heute mögen Sie mit den Gästezimmern im Gartenhaus vorliebnehmen.«

Coursier rutschte unruhig auf seinem Stuhl hin und her. Man

sah, daß er irgend etwas sagen wollte, und Sachs-Villatte stellte ihm die Frage: »Haben Sie einen Einwand, Monsieur?«

»Nein, nein«, beteuerte Coursier und war bemüht, betont seriös zu wirken, als er fragte: »Nur einmal angenommen – es könnte doch sein, daß wir bei unseren Grabungen in Sakkara unerwartet auf das Grab des Imhotep stoßen. Was dann?«

Eine lange Pause entstand. Als hätte Coursier etwas Unfaßbares, etwas Unbegreifliches wie die Quadratur des Kreises ausgesprochen, sah Sachs-Villatte den verdutzten Toussaint an, Toussaint blickte auf d'Ormesson; der hob die Schultern und musterte Milléquant. Der Professor wiederholte: »Ja, was dann?«

Da hatte sich Sachs-Villatte nun mehr als drei Monate mit nichts anderem als der Suche nach dem Grab des Imhotep beschäftigt, hatte alle Möglichkeiten und Eventualitäten in Betracht gezogen, die fähigsten Männer aufspüren lassen und beim Deuxième Bureau einen Etat erwirkt, der ausreichte, ganz Sakkara zu erforschen, nur mit der Frage, was passieren würde, falls sie wirklich auf das geheimnisumwitterte Grab stießen, damit hatte er sich nicht befaßt. Jedenfalls lag keine Planung vor, wie sich wer in diesem Fall zu verhalten habe. Und weil der Konsul, in die Enge getrieben, keine andere Möglichkeit sah, die Antwort zu verzögern, erwiderte er: »In diesem Fall ist der Zugang sofort zuzuschütten und Stillschweigen zu bewahren, bis weitere Instruktionen aus Paris eingehen.«

Die Antwort war nicht dazu angetan, den Arbeitseifer des Teams zu fördern, und die Männer ließen das in ihren Fragen und Antworten auch merken, aus denen in der Hauptsache Gleichgültigkeit sprach. Der Teufel sollte sie alle holen, das gesamte Deuxième Bureau. Die Ausweglosigkeit, Ratlosigkeit, ja, Hilflosigkeit, die jeden von ihnen zu Hause in Frankreich dazu gebracht hatte, sich dem Unternehmen anzuschließen, weil diese Leute in der Lage waren, das Leben eines jeden von ihnen zu zerstören, schlug um in Widerspenstigkeit und Empörung. Sachs-Villatte, ausgerechnet, sah sich deshalb veranlaßt, mahnende Worte an die Anwesenden zu richten: Jeder von ihnen wisse, warum er hier sei, und jeder habe seine Pflicht zu erfüllen gegenüber dem Vaterland.

»*Vive la France!*« Coursier, vom Schicksal mit einer guten Portion Ironie bedacht, reagierte auf die Worte des Konsuls mit jenem Ausruf, über den zu spotten keinem Franzosen erlaubt ist. Und als Coursier alle Augen auf sich gerichtet sah und er im nächsten Augenblick einen peinlichen Eklat befürchten mußte, da stellte er unvermittelt die Frage: »Früher oder später werden wir den Briten, den ägyptischen Nationalisten oder den Deutschen begegnen – was dann?«

Auf diese Frage war Sachs-Villatte gefaßt: »Zu dieser Situation darf es einfach nicht kommen! Aber dem Deuxième Bureau ist klar, daß ein solcher Fall nicht auszuschließen ist. In dieser Situation heißt der oberste Grundsatz Geheimhaltung, und das bedeutet: Sie dürfen an Ihrer archäologischen Tätigkeit keinen Zweifel aufkommen lassen. Deshalb müssen Sie bemüht sein, dem Unternehmen einen streng wissenschaftlichen Anstrich zu geben. In Ihren Aufzeichnungen und Grabungsskizzen darf der Name Imhotep überhaupt nicht erwähnt werden. Lagebesprechungen und Diskussionen in Gegenwart oder Hörweite von Arbeitern sind verboten, denn Sie müssen gewahr sein, daß einer die französische Sprache beherrscht. Sollte sich eine unerwartete Konfrontation oder ein Konflikt oder eine Situation ergeben, welche die sofortige Einstellung der Arbeiten notwendig macht, so kommt das Codewort ›Pharao‹ zum Einsatz. Es hat sowohl im Sprachgebrauch untereinander als auch im Schrift- oder Telegraphenverkehr zwischen dem Team vor Ort und der Zentrale in Alexandria Gültigkeit. In diesem Fall sind Spuren, soweit möglich, zu beseitigen und neue Weisungen abzuwarten.«

Das Codewort mag beim Leser insofern ein Schmunzeln hervorrufen, als es die Einfältigkeit dokumentiert, mit der Geheimdienste bisweilen an Problemstellungen herangehen, und es ist nicht außergewöhnlich, wenn gezielte Aktionen, die mit hohem Aufwand an Menschen und Material betrieben werden, an einfachsten Dingen scheitern. Natürlich lag die Idee, im beschriebenen Fall das Codewort »Pharao« anzugeben, nahe, man könnte auch sagen zu nahe, so nahe jedenfalls, daß Franzosen wie Engländer ein und dasselbe, unter strengster Geheimhaltung laufende Projekt unter demselben Codewort betrieben. Daß es sich bei Imhotep um gar keinen Pharao handelte, sei als Pikanterie nur am Rande bemerkt.

Inzwischen hatte Emile Toussaint seine Pfeife angezündet und paffte süßlich duftende Wölkchen in die Luft wie der Schlot einer Lokomotive. Er schielte verbissen auf das Blatt vor Coursier, und der verstand seinen Blick, schob ihm das Papier hinüber und meinte: »Ich habe diese Zeilen schon hundertmal gelesen, glauben Sie mir, ich bin keinen Schritt weitergekommen.«

In einem Anflug von Wut, provoziert durch die spürbare Gleichgültigkeit aller Beteiligten, schlug d'Ormesson auf den Tisch. Er war der einzige, der sich mit seinem Schicksal abgefunden hatte und sogar eine gewisse Lust verspürte, sich an diesem ungewöhnlichen Forschungsauftrag zu beteiligen. »Auf diese Weise«, rief er aufgeregt, »werden wir nie zu einem Ergebnis kommen. Was wollen wir mit diesen lächerlichen Zeilen mit ebenso lächerlichen Wortfetzen, von denen nicht einmal sicher ist, ob sie zu der Tafel gehören, die den entscheidenden Hinweis gibt. Was wir brauchen, sind Tatsachen, Spuren, Hinweise, keine Vermutungen!«

Mit diesen Worten traf d'Ormesson den Professor vom Louvre zutiefst. Nichts ist verletzbarer als die Würde eines Professors. Milléquant zog eine kleine Brille mit runden goldgeränderten Gläsern aus der Brusttasche seines Jacketts, legte die Drahtbügel mit einer grazilen Handbewegung um seine Ohren, ließ sich das Blatt reichen und begann, als wollte er einen Vortrag halten: »Bei dem vorliegenden Text, Messieurs, handelt es sich ohne Zweifel um Fragmente jener Basaltplatte, von der in Paris, Berlin und Ägypten Bruchstücke aufgetaucht sind. Die Zusammengehörigkeit des Berliner und des ägyptischen Fragments steht insofern außer Frage, als sich die beiden Textpassagen nahtlos ergänzen und, zusammen gelesen, keinen Widerspruch ergeben. Was das im Besitz des Louvre befindliche Segment angeht, so läßt es sich zwar nicht in einen direkten Zusammenhang mit einem der beiden Bruchstücke bringen, aber wenn Sie die Zeilenfolge beachten, kann über die Zusammengehörigkeit kein Zweifel bestehen. Zudem liefern Schriftgröße, Tiefe der Gravierung und Eigenheiten der Buchstaben den Beweis, daß wir es mit ein und demselben Objekt zu tun haben. Der glatte linke und untere Rand unseres Bruchstückes deutet auf ein Ecksegment hin.«

»*Ce sont de contes en l'air* – alles leeres Gerede!« unterbrach Professor d'Ormesson den Kollegen aus Paris. »Angenommen, Sie haben recht, einverstanden, dann müssen Sie aber doch zugeben, daß Ihr Bruchstück solange nicht einen Pfifferling wert ist, bis alle dazwischenliegenden Teile gefunden sind, von denen wir nicht einmal wissen, ob es sich um ein Fehlstück oder um zwei oder drei handelt, ob diese noch im Wüstenboden von Raschid ruhen oder ob sie vielleicht schon vor hundert Jahren ausgegraben wurden und heute in einem Museumsmagazin unter tausend anderen Scherben herumliegen.«

Milléquant hob die Schultern und drehte die Handflächen verlegen nach außen. Ihre Ausgangsposition war, das mußte auch er zugeben, nicht die beste. Archäologie kann berauschend sein wie Opium und erregend wie Champagner, aber auch trocken wie gedörrtes Leder. Aber beruhte nicht gerade darin der Reiz ihrer Aufgabe?

# 8

## *Auf der Flucht*

Woher du auch kommen magst, wende dein Gesicht stets nach Al-Haram zur Moschee; wisse, diese Wahrheit kommt von deinem Herrn; und Allah bleibt nicht unbekannt, was ihr tut.

*Koran, zweite Sure (150)*

IN DER KARAWANSEREI, EINE GUTE MEILE SÜDÖSTLICH VON Assuan, übernahm Nagib ek-Kassar am vereinbarten Tag fünf Kisten Gewürze aus dem Sudan. Das Klima, die Hitze und ein Millionenheer fetter, schwarzer Bremsen und Fliegen, die sich mit Vorliebe auf Augen, Nase und Mund niederließen, machte den kurzen Aufenthalt unerträglich, und Nagib beeilte sich, ein Ochsengespann anzumieten, das die Ladung zur Anlegestelle transportierte.

Ein alter Fellache mit dunklem, tausendfaltigem Gesicht versprach die Erledigung gegen Zahlung der Summe von fünfzig Piaster, was einem Wucherpreis entsprach, aber Nagib hatte nur den einen Gedanken, möglichst fortzukommen von hier; seit Tagen lebte er in Angst.

Die letzte Nacht hatte er im Hotel *Abtal el-Tahir* verbracht, einer billigen Absteige, deren Fenster gegen die Hitze vernagelt waren; er hatte das malerische Hotel *Cataract* mit seiner rostrot gestrichenen Altane gemieden, nicht nur, weil es teuer war, sondern vor allem seiner Gäste wegen, in der Hauptsache Engländer. Aber auch im *Abtal el-Tahir* wimmelte es von Ausländern, und Nagib zog sich, ständig in Angst vor Entdeckung, früh auf sein Zimmer zurück, wo er nur unruhigen Schlaf fand. Die Angst saß tief und auch der Haß. Briten hielten die schönsten Flecken des Landes besetzt, und die Ägypter warteten noch immer auf das vor dem Krieg abgegebene Versprechen, ihnen ihr Land zurückzugeben.

Schweigend ging der Alte neben dem Ochsenkarren her, während Nagib, mit einem Tuch auf dem Kopf zum Schutz gegen die brennende Sonne, sich fahren ließ. Er würde froh sein, ging es ihm durch den Kopf, wenn er sein Ziel samt Ladung erreicht hatte. Erst jetzt wurde ihm richtig klar, worauf er sich da eingelassen hatte. Polizei, meist unter Beobachtung britischer Soldaten, stand beinahe an jeder Weggabelung.

War es ein Wunder, wenn Nagib, in tiefes Nachdenken über seine Lage versunken, keinen Blick für die Schönheit dieser Landschaft hatte? Für die ockerfarbenen Sandsteinfelsen, die rund und gewaltig wie Elefanten aus dem Wüstensand ragten und sich am Ufer des Nils wie Tiere drängten auf dem Weg zur Tränke? Für die im heißen Wüstenwind fächelnden Palmen, die, einzeln stehend, als duldeten sie keine Rivalen, laszive Bewegungen vollführten wie eine Tänzerin?

Die Ungewißheit, warum Ali ibn al-Hussein die Ladung nicht selbst abgeholt, warum er gerade ihn und Omar mit der Aufgabe betraut hatte, obwohl er doch gar nicht wissen konnte, ob ihm und Omar zu trauen war, all das steigerte seine Unruhe. Nagib betrachtete die Kisten. Sie waren aus rohen Brettern gezimmert, von Bändern aus dünnem Blech zusammengehalten und trugen auf der Oberseite die arabische Aufschrift »Khartum–Kairo«. Nagib fühlte sich unwohl in seiner Haut, unwohl ob der Ungewißheit über den Inhalt dieser Ladung, und je mehr er über seine gefährliche Mission nachdachte, desto größer wurden seine Zweifel, ob er wirklich Gewürze transportierte, ob sich darin nicht etwas Geheimnisvolles, Verbotenes verbarg. Man hatte ihn schon einmal eines Verbrechens bezichtigt, das er nicht begangen hatte; so lag es nahe, daß Nagib auch dieses Mal eine Falle witterte.

Nagib schreckte hoch, als der Alte das Gespann mit einem langgezogenen »Eeeja« zum Halten brachte. Ein Bediensteter der Postschiffahrtsgesellschaft mit einer Augenklappe unter dem Turban half beim Entladen und teilte mit, die Abfahrt des

Dampfers würde sich bis in die späten Abendstunden verzögern; wohin er mit seiner Ladung wolle.

Nach Kairo, erwiderte Nagib und deutete auf den Schriftzug auf einer der Kisten, worauf der Bedienstete gestattete, die Fracht schon an Bord zu bringen. Vor zehn würde der Dampfer nicht ablegen, und mit einem Augenzwinkern meinte er, in der Sharia Amir el-Goush gebe es Mädchen für fünf Piaster.

Mit einem Bakschisch und dem festen Vorsatz, nicht mehr zu seiner Fracht zurückzukehren, verabschiedete sich Nagib, um im Trubel des Basars von Assuan unterzutauchen. Rings um ihn her herrschte geschäftige Aufregung. Händler aus dem Süden, verwegene Söhne der Wüste, versuchten mit heimischen Kaufleuten zu handeln und Früchte, Felle und kunstvolle Teppiche gegen Nahrung und Kleidung einzutauschen. Kreischendes Geflügel in geflochtenen Käfigen wetteiferte in der Lautstärke mit den fliegenden Händlern, die, große Messingtabletts auf den Köpfen balancierend, Zucker- und Backwerk und rote und grüne Getränke anboten. Es gab Galabijas in leuchtenden Farben und Säcke mit roher, weißer Baumwolle zu kaufen, Galanterie aus buntem Glas und Essenzen und billige Parfüms, die tausenderlei Düfte verströmten. Dazwischen Fische, gedörrt, blutiges Fleisch und brodelnde Kessel mit teuflisch scharfem Gemüse zum Kauf in kleinen Portionen.

Das Fest für das Auge quälte selbst abgestumpfte Nasen mit ständig wechselnden Eindrücken und war wenig geeignet, Nagibs Unruhe zu dämpfen. Hinter jedem Kaufmann, jedem Fremden sah Nagib einen Spitzel, einen Verräter, hinter jedem, der sich durch die Menge drängte, einen Verfolger, und allmählich verfiel er in einen Zustand nahe dem Wahnsinn.

Nagib wagte nicht stehenzubleiben, hetzte wie von Furien getrieben durch die zum Schutz gegen die Sonne mit zerschlissenem Sackrupfen überspannten Straßen, unfähig, einen Entschluß zu fassen. Als stünde er unter dem Einfluß einer lähmenden Droge, die in seinem Innersten Chaos und Ungewißheit bewirkt und ihn all seiner geistigen Kräfte beraubt hatte, ließ Nagib sich treiben wie ein Papierschiff im Wind, ließ geschehen, was da kommen mußte, ohne dabei das Bewußtsein für seine Lage zu verlieren. Ermattet und zerschlagen ließ er sich in den Stuhl eines Straßencafés fallen, kippte mehrere Gläser Anisschnaps und Tassen eines schwarzen Gebräus in sich hinein und verfiel in einen Dämmerzustand tiefer Verzweiflung, der alles um ihn her vergessen machte.

In seiner Niedergeschlagenheit merkte er nicht, daß es Abend geworden war und daß goldene Lichter den Basar in ein blinkendes Spiegelkabinett verwandelten wie eine Szene aus Tausendundeiner Nacht. Auch die klagende, bisweilen wilde Musik, mit der wandernde Musikanten von Haus zu Haus, von Café zu Café zogen, drang nicht in Nagibs Bewußtsein, und er wäre wohl eingeschlafen, hätte er nicht plötzlich eine Hand auf seiner Schulter gespürt.

Die Berührung wirkte auf Nagib wie ein Peitschenschlag, und er glaubte das Ende seiner Freiheit gekommen. Fluchtgedanken tauchten überhaupt nicht auf, als er sich umständlich von seinem Stuhl erhob. Erst als der Fremde zu reden begann und meinte, es sei Zeit, wenn er das Schiff noch erreichen wolle, erkannte Nagib den Einäugigen.

Bei Allah, dem Allbarmherzigen, er hatte sich selbst in eine Angst hineingesteigert, die ihn unfähig machte, zwischen Trug und Wirklichkeit zu unterscheiden, und auch noch in diesem Augenblick wußte er nicht mit Sicherheit zu sagen, ob er sich das alles nur einbildete oder ob er wirklich willenlos neben dem Einäugigen herging. Nagib tat es wirklich: Er schlenderte neben ihm her, antwortete, ohne sich Gedanken zu machen, auf dessen Fragen und lauschte dem unablässigen Gerede des Mannes, ohne zu verstehen, was er sagte.

Auf dem Schiff, das nun vollgestopft war mit Menschen, kassierte der Einäugige Passage und Fracht für die Kisten und überließ Nagib seinem Schicksal. Die wenigen Kabinen waren belegt und der Hitze wegen auch gar nicht empfehlenswert, und Nagib ließ sich im Bug, wo die Fracht lagerte und wo der kühlende Fahrtwind Erleichterung verschaffte, nieder.

Auf zwei seiner Kisten liegend, die Arme auf der Brust verschränkt, starrte Nagib in die sternklare Nacht. Vom Hauptdeck drang lautes Gerede an sein Ohr, und unter dem Bug schlugen unregelmäßige Wellen einen unverständlichen Rhythmus, im Gegensatz zu dem Stampfen der riesigen Schaufelräder. Die Angst, die ihn über Stunden getrieben hatte, wich allmählich wohliger Gleichgültigkeit, ja, der Gewißheit, daß er sich sicher fühlen konnte.

Nagib hatte gehofft, daß Omar in Luxor zu ihm stoßen würde, und er hatte tausendmal verflucht, daß er ihn seinen eigenen Weg hatte ziehen lassen. Wollte er zum festgesetzten Termin in Kairo sein, so mußte Omar dieses Schiff nehmen; aber Omar kam nicht. Also setzte Nagib die Reise allein fort, allein mit seiner rätselhaften Fracht. Flußabwärts dauerte die Reise zweieinhalb Tage und Nächte, und vor allem die Nächte waren es, die Zeit zum Grübeln ließen, und je mehr er über seinen Auftraggeber und seine seltsamen Methoden nachdachte, desto mehr kam ihm die Schlechtigkeit Ali ibn al-Husseins zu Bewußtsein. Mochte er dem Tadaman angehören oder nicht, mochte er Ägypten lieben oder nicht, er hatte ihre Lage schändlich ausgenutzt und sie für Geld in eine gefährliche Situation gebracht, die er selbst nicht bereit war auf sich zu nehmen. Lief alles nach Plan, dann würde er die Ladung morgen unversehrt in Empfang nehmen und sie mit einem Trinkgeld abspeisen. Andernfalls bliebe er, was er war, ein Gewürzhändler unbekannten Namens und unbekannter Adresse.

Das brachte Nagib auf den Gedanken, was geschehen solle, wenn al-Hussein ihn nicht erwartete. Er hätte sich genau an die Abmachung gehalten, aber was sollte mit den Kisten geschehen, wenn al-Hussein nicht käme? Neue Unruhe befiel Nagib, wuchs zu zügelloser Wut, und in der Nacht, bevor der Dampfer in Kairo anlegen sollte, begann er mit einem Dolch eine der Kisten zu bearbeiten, bis er ein schmales Brett lösen und ein paar Fingerbreit anheben konnte. Nagib konnte nichts erkennen, aber er fühlte derbe Sackleinwand und schlitzte mit dem Dolch in das Gewebe. Weißes Pulver rieselte heraus. Opium!

Was Nagib seit Tagen vermutet, ja, befürchtet hatte, jetzt war es Gewißheit: Ali ibn al-Hussein hatte ihren Patriotismus und ihre Gutgläubigkeit für seine dunklen Geschäfte mißbraucht. Wenn das die Sache des Tadaman sein sollte, dann wollte er, Nagib ek-Kassar, damit nichts zu tun haben. Und während er vorsichtig, damit niemand seine Tätigkeit bemerkte, die Kiste verschloß, während ein Schauer, nackte Angst vor Entdeckung, seine Hände zum Zittern brachte, zermarterte Nagib sein Gehirn, auf welche Weise al-Hussein auf sie aufmerksam geworden sein konnte, warum er gerade sie für dieses schmutzige Geschäft ausgewählt hatte. Er konnte sich keinen Reim darauf machen.

Dafür schossen ihm tausend andere Gedanken durch den Kopf. Wie sollte er sich nun, da er al-Hussein durchschaut hatte, verhalten? Er hatte den Schurken in der Hand, gewiß. Er konnte ihn erpressen, viel Geld für sein Schweigen verlangen, im Handumdrehen ein reicher Mann sein wie al-Hussein. Warum nicht halbe-halbe machen? Aber dann würde al-Hussein ihn an die Engländer verraten, und das wäre das Ende.

Bebend sog Nagib die Nachtluft ein. Am Ufer funkelten die Lichter von Beni Suef. Wie konnte er es anstellen, daß al-Hussein bemerkte, daß er den Inhalt der Kisten kannte? Eine kleine Anspielung, ein scheinbar bedeutungsloser Hinweis würde genügen, um al-Hussein in Unruhe zu versetzen und ihn dazu zu bringen, die Honorierung des gefahrvollen Unternehmens neu zu überdenken.

Dagegen sprachen al-Husseins Härte, seine Verderbtheit und der rücksichtslose Egoismus, mit dem er seine Ziele verfolgte. Gewiß, er, Nagib ek-Kassar, war ein kleines Licht im Vergleich zu diesem Banditen, und er würde ihm in jedem Duell unterliegen. Aber dann erinnerte er sich der Geschichte mit Konsul Mustafa Aga Ayat und seinem korrupten Sub-Mudir in Berlin. Sie hatten ihn unterschätzt; er aber hatte sich unbemerkt in den Besitz der Abschrift des Raschid-Fragments gebracht. Wahrscheinlich freuten sie sich noch heute über seine maßlose Dummheit.

Unsicher und von Zweifeln geplagt, wie sie Leuten mit gebrochener Lebenskraft eigen sind, erreichte Nagib am nächsten Morgen Kairo, wo al-Hussein mit einer Handvoll Lakaien auf ihn wartete. Al-Hussein, wie immer europäisch gekleidet und trotz Hitze mit einem steifen weißen Kragen samt spitzbübischer Fliege ausgestattet, was seinem Aussehen etwas dandyhaft Lächerliches verlieh, legte die gewohnte Arroganz an den Tag, die Emporkömmlingen seines Schlages eigen ist, und verlor kein Wort des Dankes oder der Anerkennung.

Das kränkte Nagib, und wenn er bisher noch gezögert hatte, wie er sich verhalten sollte, so gab er sich daraufhin einen Ruck und ließ sich zu der Bemerkung hinreißen, in Anbetracht des gefährlichen Auftrages – er wisse schon, wovon er rede – sei er mit dem vereinbarten Honorar nicht einverstanden, schließlich hätte ihn der Auftrag Kopf und Kragen kosten können.

Ali ibn al-Hussein überging Nagibs Äußerung; vielmehr schien ihn Omars Fehlen zu beunruhigen. Er schimpfte ihn einen unzuverlässigen Kerl und war nicht geneigt, Nagibs Erklärung zu akzeptieren. Vielmehr drohte er, ihn seine Peitsche spüren zu lassen, falls er Omar nicht bis übermorgen herbeigeschafft habe.

Von den Lakaien wurde die Fracht auf einen hochrädrigen Eselskarren verladen, wie sie zu Tausenden über die schlechten Straßen der Altstadt holperten. Auf Ali wartete eine Kutsche mit einem Rappen, und sie nahm einen anderen Weg als der Karren. Nagib überlegte, welchem Fahrzeug er folgen sollte.

War es wichtiger, al-Husseins Schlupfwinkel zu kennen oder das Versteck des Opiums? Schließlich entschied er sich für al-Hussein, weil er meinte, wenn er al-Husseins Aufenthaltsort kenne, so würde ihn dieser auch zu dem Versteck führen.

In den verstopften Straßen kam die Kutsche nur langsam voran. Auf der Sharia al Quasr el Ali am rechten Nilufer mischten sich hupende Automobile, Ochsen- und Eselskarren in den Verkehr, der sich hier so dicht staute, daß bisweilen an ein Fortkommen nicht zu denken und es für Nagib ein Leichtes war, dem Gefährt zu folgen. Am Midan el Tahrir, wo sich die großen Straßen der Stadt kreuzen und der Platz von prachtvollen hohen Gebäuden gesäumt wird, bog die Kutsche al-Husseins nach Osten ab, änderte am Midan al-Falaki abermals die Richtung und nahm Kurs auf den Bahnhof Bab el-Lug, den sie jedoch rechter Hand liegen ließ, um in südlicher Richtung weiterzufahren.

Einen Augenblick zweifelte Nagib, ob al-Hussein ihn bemerkt hatte, denn al-Hussein fuhr zweifellos einen Umweg, jedenfalls hätte er sein Ziel auch auf geradem Weg erreichen können; aber dessenungeachtet blieb er der Kutsche auf den Fersen. Diese änderte abermals ihre Richtung, bis sie schließlich nahe der Ibn-Tulun-Moschee in eine Seitenstraße einbog. Von hier konnte es nicht weit sein zu dem Kaffeehaus Royal, wo sie al-Hussein unverhofft begegnet waren, und nur ein paar Schritte weiter zu seiner Wohnung.

Vor einem Haus, das sich von den übrigen in der Straße durch seine hellgrüne Farbe unterschied – die wenigsten Häuser in Kairo weisen eine andere Farbe als ockerbraun auf –, hielt die Kutsche an. Ein hohes Tor, das jede Einsicht verwehrte, wurde geöffnet, und das Gefährt verschwand. Nagib ließ einige Zeit verstreichen, dann wagte er sich in die Nähe des Hauses. Es trug ebenso wie die Straße keinen Namen, was keine Seltenheit war in dieser Gegend, und wies, außer der Farbe, keine Besonderheit auf. Die Fensterläden aller vier Stockwerke waren geschlossen, vor der Tür lag ein Haufen Müll, und auch in dieser Hinsicht unterschied sich das Gebäude in keiner Weise von den übrigen; und doch schien es für Nagib von seltsamer Anziehung. Ein paarmal ging er, heftig ausschreitend, die Straße auf und ab, während er das Haus fest im Auge behielt.

Er konnte sein Tun nicht begründen, er hatte nur das unbestimmte Gefühl, daß sich in diesem Haus, von dem er nicht einmal wußte, ob es al-Hussein oder jemand anderem als Wohnung diente, irgend etwas abspielte, das auch für ihn Bedeutung hatte. Ein Diener, ein Bote oder ein Küchenmädchen, das das Haus verließ, hätte genügt, um ihm ein paar Fragen zu stellen; aber die hohe Tür blieb verschlossen, und Nagib entfernte sich, um nicht entdeckt zu werden, nachdem er wohl fünfmal die Straße auf und ab gegangen war.

In der Wohnung angelangt, die er mit Omar teilte, zeichnete er aus dem Gedächtnis einen Plan, wie er durch das Gewirr enger Gassen zu dem grünen Haus gelangte; denn Nagib hatte fest vor, noch bevor Omar zurück war, al-Hussein aufzusuchen, unter dem Vorwand, seinen Lohn abzuholen. Aber es kam anders.

Am Morgen, Nagib hatte nach der anstrengenden Reise tief und gut geschlafen, wurde er durch heftiges Klopfen geweckt. Zwei Männer, Ägypter in heruntergekommener europäischer Kleidung, forderten Einlaß. Ali ibn al-Hussein habe sie geschickt und aufgetragen, ihn zu ihm zu bringen. Nagib dachte an das Geld, das Ali ihm schuldete, schlüpfte in seine Galabija und folgte den beiden Gestalten ohne Widerspruch.

Auf halbem Wege, als Nagib erkannte, daß die beiden ihn zu einem anderen Haus führten als dem, in welchem Ali am Vortag verschwunden war, stellte er die Frage, wohin sie ihn brächten. Der eine, ein bulliger Mensch mit den hängenden Brauen und der flachen Nase eines Boxers, machte eine unwillige Handbewegung, ohne zu antworten. Der andere, drahtig, von gedrungenem Wuchs und einem offenen Gesicht, das trotz finsterer Miene eine gewisse Güte nicht verheimlichen konnte, antwortete knapp, zu al-Hussein, er würde schon sehen.

Nagibs Skepsis wuchs und begann ihn zu beunruhigen, als die Baracken in Sicht kamen, die selbstgezimmerten Holz- und Blechhütten der Ärmsten am Fuße der Hügel von Mokattam. Hier lebten die Namenlosen, die Gesetzlosen, denen das Schicksal die geringsten Bedürfnisse versagte. Sie lebten von den Abfällen der Märkte und Müllhalden und dem, was sie, vor allem ihre Kinder, in Heluan, Roda und Gezira erbettelten und nicht selten auch stahlen. Des Nachts war die Gegend gefürchtet, weil jeder, der nicht hierhergehörte, Gefahr lief, erschlagen zu werden. Tagtäglich verschwanden Menschen im undurchdringlichen Wegenetz der Hütten von Mokattam und tauchten nie wieder auf.

Was hatte al-Hussein mit ihm vor? Wollte er ihn als Mitwisser seiner Opiumgeschäfte beseitigen? Daran, daß er hierhergebracht wurde, um seinen Lohn abzuholen, glaubte Nagib jedenfalls nicht.

Die Erfahrungen der letzten Tage hatten dazu geführt, daß Nagib, der von Natur aus gewiß kein Hasenfuß war, mehr und mehr Angst empfand, Angst, die von jener Unsicherheit herrührte, mit der al-Hussein seine Leute mißbrauchte. Nagib hatte ein feines Gespür für andere Menschen, und er merkte ihre Absichten, ehe sie ihm voll zu Bewußtsein kamen. Und so ist auch das folgende zu verstehen: Nagib machte einen gewaltigen Satz zur Seite, stieß dabei eine Frau und ihr halbwüchsiges Kind um; Aufruhr entstand. Er hetzte die schmale Flucht zwischen zwei Häuserzeilen entlang, verschwand um die nächste Ecke, ging dann betont ruhig und gelassen, damit er durch seine Hast nicht in Verdacht gerate, die schmutzige Straße entlang.

Im Gewühl der Gesetzlosen glaubte sich Nagib schon in Sicherheit, hoffte, wenn er auf die Asunkor-Moschee zugehe, deren Kuppel und Minarett er erkannte, aus diesem Labyrinth herauszufinden, aber im selben Augenblick nahm er vor sich auf der Straße eine Menschenkette mit dem Boxer in der Mitte wahr. Nagib wandte sich um, aber auch hier trat ihm eine Phalanx entgegen. Beide näherten sich langsam, und der Boxer trat hervor und schlug ihm mit solcher Wucht ins Gesicht, daß Nagib für einen Augenblick die Sinne schwanden und er erst wieder zu sich kam, als er von seinen beiden Begleitern vorwärtsgestoßen wurde wie ein Stück Vieh.

Vor einem Haus, dessen Wände verrostete Blechteile zierten, machten sie halt. Es gab keine Fenster, nur eine Tür, deren Querbalken zurückgeschoben war. Der Boxer öffnete und stieß Nagib in den düsteren Innenraum.

Als seine Augen sich an das spärliche Licht, das durch eine Luke in der Decke fiel, gewöhnt hatten, erkannte er Nagib al-Hussein. Er hatte auf einer der Kisten Platz genommen, die von ihm nach Kairo gebracht worden waren, und seine Augen funkelten wild.

»Hast du ernsthaft geglaubt, du könntest mich betrügen?« begann er leise zu sprechen; aber gerade in diesem leisen Ton lag etwas Drohendes. »Du Wurm willst mich, Ali ibn al-Hussein, hinters Licht führen?«

»Ali Effendi«, erwiderte Nagib, »wovon redest du? Ich habe deinen Auftrag ausgeführt, wie du aufgetragen hast. Und das war, wie du weißt, mit großen Gefahren verbunden . . .«

Al-Hussein unterbrach mit einer abweisenden Handbewegung: »Du Ausgeburt eines stinkenden Kamels hast dich an fremdem Besitz vergriffen. Ich werde dich lehren, Ali ibn al-Hussein zu betrügen.« Dabei schnappte er mit dem Finger, und der Boxer erkannte darin die Aufforderung, vor Nagib hinzutreten und wild auf ihn einzuschlagen, bis er, nach einem Fausthieb in die Magengrube, zu Boden sank. Der andere Begleiter leerte über seinen Kopf einen Eimer stinkendes Wasser, daß Nagib wieder zu sich kam. Er erhob sich. Aus dem rechten Nasenloch sickerte ein schmales Rinnsal Blut.

»Bei Allah, dem Allbarmherzigen«, stammelte Nagib, »ich weiß nicht, was du willst. Dies sind die Kisten, die ich in Assuan in Empfang genommen habe, und ich habe sie dir zum vereinbarten Termin übergeben. Warum läßt du mich schlagen?«

»Du kennst den Inhalt der Kisten?«

Nagib zögerte. Sollte er darauf bestehen, daß er den Auftrag in Unwissenheit ausgeführt hatte, oder sollte er eingestehen, daß er eine der Kisten geöffnet und Opium gefunden hatte? Er hatte den Sack aufgeschlitzt, das war nicht zu leugnen, und das hatte seine Spuren hinterlassen. Also gestand Nagib seine Tat; ja, er habe in unverzeihlicher Neugierde eine der Kisten geöffnet, sei auf Opium gestoßen und habe die Kiste sofort wieder verschlossen.

Ali ibn al-Hussein erhob sich und öffnete der Reihe nach jede der fünf Kisten. Die gefüllten Säcke lagen noch darin. Nagib sah Ali fragend an, als wollte er sagen, sieh doch, was hast du mir vorzuwerfen. Doch noch ehe Nagib irgend etwas bemerken konnte, griff al-Hussein wütend in jeden der aufgeschnittenen

Säcke, holte eine Handvoll hervor und schleuderte sie Nagib ins Gesicht, daß es schmerzte.

»Weißt du, was das ist?« brüllte al-Hussein in höchster Erregung. »Weißt du, was du für mein Geld von Assuan nach Kairo transportiert hast?«

»Sand?« antwortete Nagib verängstigt.

»Fünf Kisten Sand!«

»Aber ich habe doch mit eigenen Augen das weiße Pulver gesehen!«

Al-Hussein lachte hämisch. »So, du hast das Pulver gesehen! Und es gefiel dir wohl so gut, daß du es deinem Begleiter übergeben, die Kisten mit Sand gefüllt und obenauf einen Sack mit dem wahren Inhalt gelegt hast, damit bei oberflächlicher Kontrolle kein Verdacht aufkäme.«

»Beim Barte des Propheten, nein!« rief Nagib. »So war es nicht!«

Ali ibn al-Hussein trat nahe an Nagib heran, und mit bedrohlicher Langsamkeit legte er seine Hände um Nagibs Hals. Sein Blut schien zu kochen, denn sein Gesicht verfärbte sich dunkelrot und machte den Anschein, als würde es im nächsten Augenblick platzen. Die finsteren Züge verzerrten sich zu einer häßlichen Fratze, und al-Hussein riß, während er zudrückte, den Mund auf und schrie: »Wo ist dieser Omar? Ich werde ihn mit bloßen Händen erwürgen!« Dabei schüttelte er Nagib, als wollte er das Geständnis aus ihm herausschleudern.

Nagib machte keine Anstalten, sich zu befreien. Er wußte, daß das keinen Sinn hatte, und ergab sich, der Ohnmacht nahe, seinem Schicksal. Tausend Gedanken schossen durch sein Gehirn, von denen seltsamerweise jener, al-Hussein könnte ihn töten, den geringsten Raum einnahm. Wer wollte den Reitern der Karawane trauen? Der Weg von Khartum nach Assuan war weit und dauerte drei Wochen. In dieser Zeit wäre es ein Leichtes gewesen, die Ladung auszutauschen. Und da war dieser Einäugige auf dem Nildampfer. Er hatte sich allzu zuvorkommend erboten, auf die Fracht aufzupassen. Und ihn befiel noch ein ganz absurder Gedanke: Konnte er Omar trauen? War seine

Geschichte mit den beiden Engländern nur erfunden, um sich abzusetzen?

»Wo dieser Omar ist, will ich wissen!« Wie ein Ruf aus weiter Ferne drang al-Husseins Stimme auf ihn ein. Der lockerte seinen Griff, und Nagib rang gierig nach Luft. »Effendi«, keuchte er, »wie ich schon sagte, Omar ist in Luxor zurückgeblieben; aber er wird wiederkommen, glaube mir, Ali-Effendi. Auf Omar ist Verlaß!« Nagib sagte das, obwohl er sich keineswegs mehr sicher war, ob er Omar vertrauen konnte.

»Ich werde ihn suchen!« stammelte al-Hussein. »Ich werde ihn suchen, und ich werde ihn finden. Und Allah möge dir gnädig sein, daß ich ihn finde! Sonst —« Dabei machte er eine unzweideutige Bewegung mit der flachen Hand, indem er sie waagerecht vor den Hals hielt.

Dann gab er den beiden Leibwächtern ein Zeichen. Diese zerrten Nagib in einen fensterlosen Nebenraum, fesselten ihn an Händen und Füßen und stießen ihn in eine Ecke, wo er allein in der Finsternis zurückblieb.

Ali ibn al-Hussein nahm noch am selben Tag in Begleitung der beiden den Postdampfer nach Luxor.

Sieben Tage waren vergangen, seit Omar und Nagib sich getrennt hatten, sieben ziemlich erfolglose Tage, wenn man einmal davon absieht, daß Omar Lady Dawson als Agentin des britischen Geheimdienstes entlarvt hatte. Auch die beiden Männer, denen er sich tagelang an die Fersen geheftet hatte, brachten ihn nicht weiter; vor allem Omars Vermutung, irgendwo würde plötzlich Professor Hartfield auftauchen, erwies sich als falsch. Dabei hatte er fest damit gerechnet, als Lady Dawson und die beiden Männer am dritten Tag den beschwerlichen Weg zum Tal der Könige nahmen, unterwegs im Hause Carters haltmachten und mit ihm gemeinsam den steilen Saumpfad über die Klippen gingen. Omar war auf dem befestigten Fahrweg außen herum gelaufen, der zwar gut doppelt so lang, aber dennoch in der halben Zeit zurückzulegen ist. Aus der Ferne hatte er sehen können, wie Carter mit einem großen Plan in der Hand ein Areal abschnitt und mit den Armen ungestüme Bewegungen vollführte, als versuche er die Besucher auf diese Weise von etwas Unwahrscheinlichem zu überzeugen.

Mit einem knorrigen Stock in der Hand wie ein Fellache aus der Gegend hatte Omar sich der Gruppe auf Hörweite genähert, freundlich winkend gegrüßt und dabei versucht, ein paar Worte ihrer Unterhaltung aufzuschnappen. Was er hörte, vermittelte aber nicht den Eindruck, als suchten sie nach Imhotep; vielmehr ging es um einen unbekannten Pharao, von dem Carter ein Tonsiegel, einen Becher und einen Holzkasten gefunden zu haben glaubte. Lady Dawson, die sich mit einem zierlichen Schirm gegen die Sonne schützte, und die beiden Agenten in ihren breitkrempigen Hüten scherten sich nicht um den heimlichen Lauscher, schon weil sie glauben durften, ein Mann dieses Standes spreche nicht ihre Sprache. So bekam Omar, der abseits auf einem Stein rastete, mit, daß Lord Carnarvon, in dessen Auftrag Carter im Tal der Könige schürfte, ein Geizhals war, der nur auf billige Art und Weise an Kunstschätze kommen wollte und für die Wissenschaft nichts übrig hatte, und daß er, Carter, sich mehr als einmal mit dem Gedanken getragen habe, alles hinzuschmeißen.

Die Unterhaltung vermittelte, soweit Omar ihr folgen konnte, den Eindruck, als verfügte Carter über brisante Informationen, die er mit der Lady und ihren Agenten teilte und von denen Lord Carnarvon nichts wissen durfte. Zu seiner Verwunderung ergaben sich jedoch keine Hinweise auf das Grab Imhoteps, und auch von Professor Hartfield, dem eine Schlüsselrolle zukam in dieser Angelegenheit, war kein einziges Mal die Rede. Bemerkenswert erschien Omar allein der Hinweis der beiden Agenten, sie würden für Carter von der kommenden Woche an im Hotel *Mena House* in Kairo erreichbar sein. Daraus durfte Omar entnehmen, daß sich alle weiteren Aktivitäten des britischen Geheimdienstes in Unterägypten abspielen würden, und bevor er Verdacht erregte, beschloß er, sich zurückzuziehen und mit dem Postdampfer am nächsten Tag zurück nach Kairo zu reisen.

In seinem Zimmer im Hotel *Royal* warf sich Omar aufs Bett und dachte nach. Er hatte die beiden Agenten bespitzelt, weil er glaubte, sie würden ihn auf die Spur Hartfields führen. Nun aber, hier in Luxor, war er von seinem Ziel weiter entfernt als je zuvor; ja, er begann zu zweifeln, ob er, als er die beiden nächtens auf dem Schiff belauschte, richtig gehört hatte. Hatte er sich vielleicht auf der Suche nach dem Professor in irgend etwas hineingesteigert, das ihn nicht mehr unterscheiden ließ zwischen Phantasie und Wirklichkeit? Bei diesem Gedanken kam Wut in ihm auf. Wut über sich selbst, der offenbar nicht in der Lage war, den Überschwang seiner Gedanken im Zaum zu halten.

»Allah akbar – Gott ist groß«, stand in arabischer Schrift an die gegenüberliegende Wand gekritzelt, die sich grau und verwahrlost seinen Blicken darbot, und darunter hatte ein europäischer Reisender mit zierlicher Bleistiftschrift ein Liebesbekenntnis gesetzt: »Jane for ever« – Jane zweimal unterstrichen. Strichmännchen wechselten mit Tierdarstellungen, wie man sie von Hieroglyphen in den Königsgräbern am jenseitigen Ufer kannte, und natürlich waren auch die üblichen Obszönitäten vorhanden, von denen Omar eine besonders komisch fand: die Darstellung eines Penis, der eher einem sechsschüssigen Revolver als dem gewöhnlichen Geschlechtsorgan eines Ägypters ähnelte, hatte ein nachfolgender Hotelgast mit Rötelstift und der Bemerkung kommentiert: *Ma'alesch* – was soll's.

Omar war mutlos. Er genierte sich beinahe, nach Kairo zu fahren und Nagib gegenüberzutreten, von dessen Schicksal er nichts wußte, und für Augenblicke beschäftigte ihn die Überlegung, ob er nicht die Gelegenheit nutzen sollte, sich aus den Fesseln des Tadaman zu befreien. Der Gedanke lag nahe, und eine günstigere Gelegenheit würde sich nicht so schnell ergeben; aber schon nach kurzer Zeit kamen Omar Bedenken: Der Tadaman würde ihn, der eingeweiht war in die zahlreichen Verstrickungen der Organisation, nicht einfach ziehen lassen, und die Folge wäre, daß er von Briten *und* Nationalisten gejagt würde.

Also kehrte Omar nach Kairo zurück. Er fand die Wohnung

verlassen, was ihn zunächst nicht beunruhigte; das einzige Zeichen von Nagib, das er fand, war ein Zettel auf dem Tisch mit einem seltsamen Gekritzel, aus dem er aber nicht klug wurde. Erst als Nagib nach zwei Tagen immer noch nicht aufgetaucht war, beschloß Omar, den Gefährten zu suchen. Im Kaffeehaus *Royal* an der Ecke blieben seine Fragen unbeantwortet; der Ober, der die Kunst beherrschte, ein an drei Kettchen befestigtes Messingtablett mit gefüllten Tassen sicher über den Köpfen der Gäste zu transportieren, hatte Nagib schon länger nicht mehr gesehen, und einen Mann namens Ali ibn al-Hussein kannte er überhaupt nicht – behauptete er jedenfalls.

Einen ganzen Tag irrte Omar ziellos durch das Häusermeer. Kairo wirkte verwirrend auf ihn, ja, die Stadt flößte ihm Angst ein: drängende, lärmende Menschen; Taugenichtse, welche keiner anderen Tätigkeit nachgingen als dem Stehlen; halbverhungerte Kinder, mit dürren Ärmchen um Bakschisch bettelnd; barfüßige alte Weiber, verhüllt bis zu den Augen, mit riesigen Lasten auf dem Kopf; britische Soldaten, die ihre Uniformen ausführten; dazwischen Eselsgespanne, Händler mit hochrädrigen Handkarren, eine zunehmende Zahl schnaubender, krachender Automobile, herrenlose kläffende Straßenköter und überall Katzen, Katzen mit stumpfem, struppigem Fell, schmutzig und verwahrlost wie die Straßen, in denen sie lebten. Auch wenn er nicht wußte wohin, Omar wollte diese Stadt so schnell wie möglich verlassen.

Spät am Abend kehrte er in seine Behausung in dem namenlosen Gebäude in der namenlosen Straße zurück. Seine Hoffnung, Nagib oder irgendein Lebenszeichen von ihm anzutreffen, bewahrheitete sich nicht. Statt dessen betrachtete Omar das Papier, das schon seit seinem Eintreffen auf dem Tisch lag, dem er bisher aber keine Beachtung geschenkt hatte.

Verwirrende Linien ergaben, wenn man sie lange genug betrachtete, eine Art Stadtplan, und wenn auch kein einziges Wort zur Erklärung darauf geschrieben stand, so erkannte Omar den nahen Platz Midan Salah el-Din, die Sultan-Hassan-Moschee und den leichten Bogen der Sharia Assaliba, von der ein paar

Schritte entfernt seine Behausung lag. Ein Kreuz in dem Straßengewirr markierte eine Besonderheit.

Mit der Skizze in der Hand machte Omar sich am nächsten Morgen auf den Weg. Er konnte sich nicht vorstellen, wohin der Plan ihn führen sollte, am allerwenigsten erwartete er, auf Nagib zu stoßen, aber ein unerklärlicher Drang trieb ihn in Richtung der gekennzeichneten Stelle. Es war dies einer der merkwürdigen Zufälle im Leben, die man Schicksal nennt, und die, im nachhinein betrachtet, nur ungläubiges Kopfschütteln hervorrufen.

Vor dem grünen Haus in der namenlosen Straße machte Omar halt. Das mußte es sein. Nachdem er schon so weit gekommen war, beschloß er anzuklopfen. Er hatte nicht die leiseste Ahnung, was ihn erwarten würde, war eher noch halb davon überzeugt, einem Hirngespinst aufgesessen zu sein. Aber, dachte er, er würde sich schon eine Geschichte zurechtlegen ...

Ein Diener öffnete, musterte Omar mit abschätzendem Blick und sagte vornehm-barsch, aber keineswegs abweisend: »Mein Herr Ali ibn al-Hussein weilt nicht im Hause. Was ist dein Wunsch?«

Jeden anderen hätte die unerwartete Begegnung sprachlos gemacht oder so verwirrt, daß er ins Stottern geraten und davongelaufen wäre. Zu Omars Eigenschaften gehörte es jedoch, daß er in unerwarteten Situationen bei kühlem Verstand blieb und schnell zu reagieren verstand.

»Ich bin«, erwiderte er ruhig, »ein Freund deines Herrn Ali ibn al-Hussein. Wir gehören beide derselben Gemeinschaft an – wenn du verstehst, was ich meine. Ich muß ihn sprechen!«

Der verschlüsselte Hinweis verunsicherte den Diener, er konnte sich keinen Reim auf die Andeutung machen und legte auf einmal Freundlichkeit an den Tag: »Glaube mir, Effendi, ich würde dich niemals zurückweisen, aber, Allah ist mein Zeuge, Ali ibn al-Hussein ist verreist!«

Da schob Omar den Diener beiseite und trat in die düstere Eingangshalle des Hauses. Auf dem steinernen Boden lagen reiche Teppiche, Kandelaber aus Messing hingen von der hohen

Decke, in ein steinernes Becken zur Rechten plätscherte Wasser. Daneben führte eine in Stein gehauene Treppe nach oben.

»Ich darf dich nicht hier hereinlassen, Effendi. Ich werde die Herrin rufen!« protestierte der Diener mit schriller, hoher Stimme.

Noch ehe er um Hilfe rufen konnte, erschien die Herrin, vom Geschrei angelockt, auf der Treppe. Sie war schwarz verschleiert, wie es einer verheirateten Frau zukam, und ihr langes Gewand zeichnete sich durch erlesene Schlichtheit aus. »Es ist gut, Yussuf«, sagte sie und gab dem Diener ein Zeichen, sich zu entfernen. Dann trat sie ganz nahe an Omar heran und nahm den Schleier von ihrem Gesicht.

Omar stand wie angewurzelt. Verflogen war die Sicherheit, die er eben noch an den Tag gelegt hatte. Als schraube sich eine eiserne Klammer unerbittlich um seine Brust, als hindere sie das Schlagen seines Herzens, als blockiere sie den Atem seiner Lungen, als vereitele sie jede Bewegung, stand Omar regungslos da und sah der Frau ins Gesicht. Die hob ihre rechte Hand und legte sie wortlos auf Omars Brust.

»Ya salaam!« sagte Omar leise und stockend, und ungläubig schüchtern fügte er hinzu: »Halima.«

Halima nickte. Ihre Augen glänzten, und auch Omar kämpfte mit den Tränen. Er mußte an sich halten, Halima nicht in seine Arme zu reißen, sie zu herzen und ihren Körper zu spüren wie ein Heimkehrer nach jahrelanger Entbehrung.

Wie lange hatte er Halima nicht mehr gesehen? Waren es sechs oder acht Jahre her, seit er das Haus in el-Kurna verlassen gefunden hatte? Wie enttäuscht, ja, verbittert war er damals gewesen über ihren Brief, in dem sie von ihm Abschied nahm für immer. Er kannte ihn auswendig, hatte ihn hundertmal gelesen, jedes einzelne Wort, hatte ihn geküßt wie ein Kind, das sein Liebstes an sich zieht, und hatte ihre Abschiedsworte doch nicht verstanden. »Halima«, wiederholte er tonlos, »Halima, du hier?«

Halima hob die Schultern. Über ihr Gesicht huschte ein zartes Lächeln, als wollte sie eine Entschuldigung ausdrücken, eine

Entschuldigung für die unerwartete Begegnung. Das gedämpfte Licht der steinernen Halle gab sie einander nicht vollkommen preis, es verhüllte mehr, als es offenbarte, aber Omar wurde Halimas auch so gewahr, er fühlte, spürte, witterte sie, weil sie ihm nie abhanden gekommen war in all den Jahren. Ihre Nähe wirkte wie der Chamsin in der Wüste, dessen unsichtbare Hitze schmerzhaft die Haut spannt, sie ließ ihn glühen und frösteln zugleich und machte ihn unfähig, seine Gefühle zu ordnen. Omar sah Halima mit dem Herzen, mit dem Verstand sah er sie nicht. Irgend etwas in ihm widersetzte sich diesem Anblick, sie *durfte* nicht hier sein, nicht im Haus dieses Ali ibn al-Hussein.

Die Herrin! Mein Gott, es konnte nicht sein! Ausgerechnet der, dem er sie am wenigsten gegönnt hätte, er hatte Halima weggeholt. Warum in aller Welt war sie ihm gefolgt, einem Scheusal wie Ali ibn al-Hussein? Warum sagte sie nichts? Warum erklärte sie ihm nicht das Unfaßbare dieser Situation? Warum sagte sie nicht, daß sie ihn noch immer liebte, so wie er nichts von seiner Liebe zu ihr verloren hatte?

Er hatte Hemmungen, sie zu streicheln, obwohl sein Verlangen groß war. Die Zeit hatte Halima verändert. Nicht daß sie unansehnlicher geworden wäre, weniger schön oder weniger reizvoll, die Veränderung lag in ihrem Auftreten, das nicht mehr dem eines Mädchens entsprach. Vor ihm stand eine lebenskundige, erwachsene Frau, deren Erscheinung ihn zum Tölpel degradierte.

Angst kam in ihm hoch, die Angst, Halima könnte in dieser unfaßbaren Situation etwas sagen, was alles zwischen ihnen zerstörte, sie könnte sagen: Geh und kehre nie wieder, wir dürfen uns nicht mehr sehen! – So wie sie es schon einmal getan hatte. Also mühte er sich beinahe verzweifelt, ihrer Rede zuvorzukommen, irgend etwas zu sagen, nur damit sie ihn nicht abweise, und er stotterte – anders waren seine unzusammenhängenden Worte nicht zu bezeichnen – etwas von Nagib, seinem Freund, den er hier zu finden hoffte, weil er im Auftrag al-Husseins gehandelt habe.

Halimas Antwort ließ lange auf sich warten. Sie musterte

Omar, soweit es der düstere Raum zuließ, und für Omar verging eine Ewigkeit; dann meinte sie leise und mit der Überlegenheit, die ihn von Anfang an eingeschüchtert hatte: »Sonst hast du mir nichts zu sagen?«

O hätte er nie so geredet! Jetzt kam ihm die Albernheit seiner Worte erst richtig zu Bewußtsein. Er fühlte, wie das Blut in seinen Kopf schoß, und er hoffte nur, Halima würde nicht erkennen, daß er rot wurde. Er sah nur, wie sie sich kurz umwandte, einen scheuen Blick zur Treppe hin warf, dann einen Schritt auf ihn zutrat und ihn in ihre Arme riß.

Omar hatte diese unverhoffte Wendung nicht erwartet, er ließ es mit sich geschehen wie ein willenloses Kind, das in den Armen der Mutter wohltuende Geborgenheit findet und nicht fähig ist, deren Gefühle zu erwidern, ja, er ertappte sich dabei, daß er sich schüchtern wehrte gegen den Ausbruch von Zärtlichkeit.

Halima nahm seinen Kopf in beide Hände und bedeckte ihn mit Küssen, und Omar empfand, wie er noch nie empfunden hatte. Allmählich löste sich seine Verkrampfung, sein Innerstes öffnete sich, und er klammerte sich an die Geliebte wie ein Ertrinkender an das rettende Treibholz, so unbeherrscht, so ungestüm, daß es Schmerz verursachte.

Weder Omar noch Halima wußten, wie lange sie so verharrten. Als erwachten sie aus einem wohligen Schlaf, öffneten beide die Augen zur selben Zeit. Omar erschrak zu Tode: Vor ihnen stand Yussuf, der Diener. Er hielt den Blick gesenkt und sagte, ohne Halima anzusehen: »Herrin, es ist Zeit.«

Halima schien weniger beeindruckt vom Auftreten Yussufs, und um Omar die Angst zu nehmen, die ihm ins Gesicht geschrieben stand, sagte sie: »Du kannst ihm vertrauen, er ist mein treuester Diener.« Und dabei faßte sie Yussufs Hand.

Jeden Tag zur selben Zeit ging Halima in Begleitung des Dieners zum Markt, um die Einkäufe zu tätigen, die Yussuf in Körben nach Hause brachte. Der Gang glich einem Ritual, und es zu verschieben oder gar ausfallen zu lassen, hätte umfangreicher Erklärungen bedurft; denn Halima stand einem großen Haus vor, dem ein gutes Dutzend Diener und Knechte und eine ständig wechselnde Zahl Dienerinnen angehörte, Mädchen, die sich auf dem Markt gegen Kost und Logis anboten, weil sie von ihren Familien verstoßen oder trotz heiratsfähigen Alters noch nicht geehelicht worden waren. Darüber hinaus gab es im Hause al-Husseins noch eine zweite Frau, ein junges Ding, beinahe noch ein Kind, aber mit den Vorzügen einer reifen Frau. Ali ibn al-Hussein hatte sie als Zweitfrau zu sich genommen, was zwar nicht gegen Sitten und Gebräuche des Landes verstieß, aber Halimas Stolz zutiefst verletzt hatte.

»Wir haben uns viel zu erzählen«, sagte Halima, und Omar nickte: »Aber nicht hier.«

»Nein, nicht hier«, erwiderte Halima. »Du kennst das große Tor am Bazaar Khan el-Khalili. Hinter dem Tor zweigt rechter Hand die Gasse der Teppichhändler ab. Der erste Laden trägt den Namen Achmed Amer. Achmed ist mir sehr verpflichtet. Ich werde um die Mittagsstunde bei ihm sein und auf dich warten. Leb wohl.«

Wie benommen trat Omar auf die Straße. Ihm war, als wankten die Fassaden der Häuser vor seinen Augen, und der Straßenlärm drang wie aus weiter Ferne an sein Ohr. Er taumelte, jedenfalls glaubte er zu taumeln, als er in die Sharia Assurugiya einbog, von der er wußte, daß sie nach Norden zum großen Basar führte. Er sah die Menschen auf der Straße nicht und nicht die Fuhrwerke und Automobile, die sich durch die Straßen quälten, Omar sah nur das Bild Halimas, die Anmut ihrer Gestalt auf der Treppe und ihr Gesicht im Zwielicht der Eingangshalle, und ohne die Lippen zu bewegen, formte er in seinem Kopf immer nur das eine Wort: *Halima.*

Am großen Turm angelangt, wo das Handeln, Feilschen und Verramschen begann, fand Omar schnell den Teppichhändler. Omar nannte seinen Namen, und Achmed Amer geleitete den Besucher über eine steile Holztreppe nach oben, wo Halima in einem beengten Raum auf ihn wartete.

Sie saß auf einem zu einem Bündel verschnürten Teppich, wie sie überall herumlagen oder an den Wänden bis zur Decke gestapelt waren. Durch die geschlossenen Fensterläden warf die Sonne gleißende Lichtstreifen. Es roch nach Wolle und einem Mittel zur Vertilgung von Ungeziefer, aber in diesem Augenblick nahm Omar nur Halima wahr.

Ohne ein Wort kniete er sich vor sie auf den Boden, schlang seine Arme um ihre Hüften und legte seinen Kopf in ihren Schoß, als schämte er sich, als wollte er sich verstecken. Halima verstand die Geste und strich ihm über das Haar. So ruhten sie eine Weile, ein jeder, um seine Gedanken zu sammeln.

Omar spürte die Wärme, die von ihren Schenkeln ausging, und Halima fühlte, daß Tränen ihr Gewand benetzten.

»Mußt nicht weinen«, sagte Halima, selbst den Tränen nahe, und sie fuhr in sein Haar und zog seinen Kopf hoch, daß sie ihm ins Gesicht sehen konnte.

»Ich weine nicht«, erwiderte Omar und wischte sich die Tränen mit dem Ärmel von den Wangen. Und nach einem tiefen Seufzer fragte er zaghaft: »Warum mußte das alles so kommen?«

»Das Schicksal mischt seine Karten selbst, wir können nur spielen.« Halima lächelte, aber in ihrem Lächeln lag Wehmut.

»Warum mußte das alles so kommen?« wiederholte Omar kopfschüttelnd. »Bist du glücklich?«

»Glücklich?«

Halima gab keine Antwort auf die Frage, und Omar bemerkte, daß sie nur deshalb ihren Kopf zum Fenster wandte, damit er ihre Tränen nicht sehen konnte.

»Warum hast du dann diesen Ali ibn al-Hussein geheiratet? Warum?« Als er merkte, daß Halima nicht antworten wollte, erhob sich Omar und setzte sich neben sie, so daß sie seinem Blick nicht ausweichen konnte. »Warum, Halima?«

»Du willst es wirklich wissen?«

»Du mußt es mir sagen, Halima!«

»Aber es wird dich nicht glücklicher machen.«

»Ich werde nicht mehr leiden, als ich es ohnehin tue.«

Da schob Halima den Ärmel von Omars Galabija hoch, bis das Brandmal zum Vorschein kam. Sie streichelte es sanft mit ihrer Wange, und stockend, als überlegte sie sich die Wahl jedes Wortes, begann sie zu sprechen:

»Ich weiß nicht, ob du dir je Gedanken gemacht hast, wie das damals alles kam, in el-Kurna.«

»Wovon redest du, Halima?«

»Ich rede davon!« Und dabei legte sie ihren Finger auf Omars Brandmal. »Wenn du wüßtest, wo sie dich damals gefangenhielten . . .«

Omar schluckte, dann erwiderte er: »Ich weiß es, Halima. Es hat mir keine Ruhe gelassen. Eines Tages kam mir der Zufall zu Hilfe. Ich hörte den Lärm des Steinschleifers, das einzige Geräusch, das damals in das Grabverlies gedrungen war. Also suchte ich im Umkreis eines Steinwurfs und stieß auf das Haus deines Vaters. Es war ein Schock.«

»Und was dachtest du von mir?«

Omar hob die Schultern und blickte zur Seite. »Ich konnte mir, ehrlich gesagt, keinen Reim darauf machen. Vor allem wußte ich nicht, welche Rolle du dabei spieltest.«

»Und heute?«

»Heute? Heute ist das nicht anders, und die Tatsache, daß du diesen al-Hussein geheiratet hast, macht es nicht gerade einfacher, dich zu verstehen.«

Als fürchtete sie ein böses Wort, legte Halima ihre linke Hand zärtlich auf Omars Mund. »Sprich nicht weiter, mein Geliebter!« flehte sie. »Ich werde dir alles erklären. Aber du mußt mir Glauben schenken, versprich es!«

Eine Weile saßen sie schweigend nebeneinander, dann begann Halima zaghaft: »Yussuf, mein Vater, war ein angesehener Mann in Schech abd el-Kurna. Sein Stolz, ein Ägypter zu sein, machte ihn weit über die Grenzen unseres Dorfes bekannt. Yussuf bot als einziger den arroganten Briten, die sich als Herren unseres Landes aufführten, die Stirn. Ich liebte meinen Vater, weil er das tat, und bemerkte erst viel zu spät, daß immer mehr zwielichtige Gestalten, Nichtstuer und Phrasendrescher seine Nähe suchten. Sie forderten mit großen Worten ein neues, eigenständiges, freies Ägypten, und dabei fiel immer wieder das

Wort ›Tadaman‹. Ich wußte nicht, was es zu bedeuten hatte, und fragte Yussuf, meinen Vater. Er erklärte mir, hinter dem Begriff Tadaman verberge sich eine Organisation ägyptischer Patrioten, die sich die Befreiung des Landes zum Ziel gesetzt habe, und ihr Erkennungszeichen sei eine Katze, jenes Tier, das geheime Kräfte kennt, im Dunkeln sieht und allen Mächten heilig ist. Dann zog er mich an seine Brust, strich sanft über mein Haar und sagte in einem Tonfall, der auf erschreckende Weise seinem Tun entgegenstand, ich dürfe nie und niemandem ein Wort davon verraten, Verräter müßten sterben. In der folgenden Zeit verschwanden immer wieder Menschen, Ägypter, aber auch Ausländer, über die mein Vater, wenn die Rede auf sie kam, abfällig sprach, es seien Feinde des Landes, und ihre Strafe sei nur gerecht. Auf meine Frage, welche Strafe diese Feinde des Landes treffe, erklärte mein Vater, sie würden bei lebendigem Leibe in Gräbern der Pharaonenzeit eingemauert. Die Kälte, mit der Yussuf von diesem Grauen berichtete, erschreckte mich zutiefst, und von diesem Tag an verachtete ich meinen Vater.

Deine Begegnung mit dem Tadaman beruhte auf einer Verwechslung. Yussuf hielt dich für einen Spion der Briten; jedenfalls glaubte der Tadaman von Anfang an nicht, daß der Professor in Luxor Antiquitäten kaufen wollte. Sie sahen in ihm einen britischen Agenten, der ihre Organisation auskundschaften sollte. Deshalb beschlossen sie, den Professor, seine Frau und seinen Diener zu töten.

Du fielst ihnen zuerst in die Hände. Das war nicht geplant, es ergab sich so. Mir stockte das Blut in den Adern, als sie dich nachts brachten und in das Grab warfen. Ich habe dich sofort erkannt und war verzweifelt. Wie sollte ich dir helfen? Yussuf kannte keine Gnade, wenn es um die Belange des Tadaman ging, und du wärst elend in dem Loch verhungert, hätte ich meinem Vater nicht dein Leben abgetrotzt, man könnte auch sagen: abgehandelt. Es war ein unwürdiger Handel, aber die Hauptsache war, daß du mit dem Leben davonkamst.«

»Ein unwürdiger Handel? Wie soll ich das verstehen, Halima?«

Omar erkannte an der Unruhe in ihren Augen, wie schwer es der Geliebten fiel, die Wahrheit zu sagen. »Kannst du dir nicht denken, welchen Preis mein Vater für dein Leben verlangte?« Omar erschrak. »Ich ahne es«, erwiderte er tonlos.

Und Halima begann von neuem: »Unter den Genossen meines Vaters befand sich einer, der sich durch besondere Rücksichtslosigkeit und Härte auszeichnete: Ali ibn al-Hussein. Obwohl ich beinahe noch ein Kind war, hatte er ein Auge auf mich geworfen. Er wollte mich zur Frau, und Yussuf hatte mich ihm versprochen. Aber ich wehrte mich mit der Leidenschaft meiner sechzehn Jahre. Ich drohte, ihm das Gesicht zu zerkratzen, wenn er sich mir nur näherte, und bei der nächsten Gelegenheit davonzulaufen und nie mehr zurückzukehren. So hielt ich mir al-Hussein vom Leibe. Als ich keinen anderen Ausweg sah, dich zu befreien, da gab ich das Versprechen ab, al-Hussein zu heiraten, wenn sie dich freiließen ...«

Halima hielt den Blick gesenkt. Sie schämte sich, Omar in die Augen zu sehen, und so konnte sie seine Tränen nicht erkennen, Tränen verzweifelter Wut, die die dumpfen Farben des Raumes verschwimmen ließen wie den Horizont in der Mittagsglut. Und Omar begann zu schluchzen, laut und hemmungslos wie ein Kind, und er ließ seinen Tränen freien Lauf. In diesem unwirklichen Zustand der Fassungslosigkeit quälte ihn zunächst nur der eine Gedanke, daß dies alles nicht wahr sei, daß Halima diese Geschichte nur aus Verlegenheit erfunden habe. Aber je länger ihr betroffenes Schweigen anhielt, desto mehr wurde ihm zur Gewißheit, daß sie die Wahrheit gesagt hatte. Und in seine wilde, ungestüme Verzweiflung mischte sich der Vorsatz: Früher oder später bringe ich diesen Kerl um, bis er es laut herausschrie: »Ich bringe ihn um, ich bringe ihn um!«

Halima riß, um seinen Schrei zu ersticken, Omars Kopf an ihre Brust und streichelte seinen Nacken, und sein Schluchzen wich einer wohligen Gelassenheit, wie sie nur versiegende Tränen bewirken. Durch das Kleid drang die Wärme ihres Körpers. Er fühlte Begierde, mehr noch, nackte Gier drängte ihn, sie im nächsten Augenblick zu lieben, ohne Rücksicht auf die Unanständigkeit, die das in dieser Situation bedeutet hätte. Omar wollte Halima nur für sich haben, sie besitzen und nicht mehr hergeben. Sie war sein ein und alles, sein Liebstes, sein Leben, und er mochte einfach nicht daran denken, daß Halima im nächsten Augenblick aufstehen und zu diesem al-Hussein gehen könnte, niemals. Und wenn sie es täte, dann sähe er keinen Sinn mehr in seinem Leben.

Aber noch während er so dachte, spürte er, wie Halima seine Hand über ihren Körper führte, eine sanfte Aufforderung und zugleich Zeichen, daß ihre Gefühle die gleichen waren wie die seinen, und ihn überkam ein großes Glücksgefühl, und Zuversicht machte sich breit, es könnte einen Ausweg aus dieser Situation geben. Im Taumel ihrer Gefühle und in dem Bewußtsein, daß nur sie für einander geschaffen waren und daß nichts auf der Welt sie würde trennen können, wälzten sich beide auf dem staubigen Stapel orientalischer Teppiche, liebkosten und küßten sich, bis sie ermattet von dem wilden Spiel in sanfter Umarmung nebeneinander liegenblieben.

Wie ein aus dem Schlaf Erwachender, dem allmählich das Bewußtsein des neuen Tages in den Sinn kommt, fand Omar langsam in die Wirklichkeit zurück.

»Wie soll das weitergehen mit uns?« fragte er hilflos.

Halima setzte sich auf. Mit dem Finger fuhr sie verlegen die geometrischen Muster des Teppichs nach. »Ich weiß es nicht, Omar. Ich weiß nur, daß ich dich liebe.«

»Wir müssen fliehen«, entgegnete Omar.

»Fliehen, wohin?«

Omar hob die Schultern.

»Al-Hussein und seine Leute würden uns durch ganz Ägypten verfolgen«, sagte Halima, »und sie würden nicht aufgeben, bis sie dich und mich gefunden hätten, glaube mir.«

Omar faßte Halima bei den Schultern: »Wenn du mich wirklich liebst, dann kommst du mit mir. Laß uns nach Europa fliehen, nach England oder Frankreich. Dort werden sie uns gewiß nicht suchen.«

»Täusche dich nicht«, erwiderte Halima, »der Tadaman hat

auch in Europa seine Leute, und ein in seiner Eitelkeit gekränkter al-Hussein würde nicht davor zurückschrecken, uns durch halb Europa zu jagen. Er versteht es ausgezeichnet, sich irgendwelcher Mittelsmänner zu bedienen, die nicht einmal seinen Namen und seinen Wohnort kennen, und er scheut auch vor Mord nicht zurück, ohne sich dabei die Finger schmutzig zu machen. Al-Hussein bedient sich allerlei Tricks, wenn es darum geht, sein eigenes Leben zu schützen. In seinem Schlafzimmer entdeckte ich hinter einem mannshohen Spiegel eine verborgene Tür, die zu einer Feuerleiter führt, über die er jederzeit den Hinterhof erreichen kann. Wahrscheinlich fürchtet er Rache aufgrund seiner zahlreichen dunklen Geschäfte. Mir hat er von diesem Gang nie erzählt.«

»Aber ausgerechnet diese dunklen Geschäfte haben uns zusammengeführt!«

»Ich weiß«, antwortete Halima.

Omar starrte auf den verschlossenen Fensterladen, durch dessen Lüftungsschlitze die untergehende Sonne grelle Strahlen schickte, so daß sich graublaue Staubkegel in dem engen Raum abzeichneten. Er dachte nach. Man konnte glauben, das ganze Land habe sich gegen sie verschworen. Ein Gefühl der Mutlosigkeit überkam ihn; aber Omar hätte sich lieber die Zunge abgebissen als dieses Gefühl den fragenden Blicken Halimas preisgegeben. Er empfand Bewunderung für diese Frau, wenn er daran dachte, wie ruhig und gelassen sie ihren Leidensweg beschrieben hatte, ohne Selbstmitleid und ohne Dank von ihm zu fordern. Fast schämte er sich seiner Verzagtheit.

Halima schien seine Gedanken zu erraten, sie faßte tröstend seine Hand, vermied es jedoch, ihm in die Augen zu sehen, um ihm jede Art von Verlegenheit zu ersparen, und Omar empfand Dankbarkeit für diese Geste. Im Verlauf der weiteren Unterhaltung, bei der sich beide bemühten, betont Belangloses zu reden – als wollten sie von ihrer verzweifelten Lage ablenken –, stellte Halima plötzlich die Frage, wie er sie überhaupt gefunden habe. Omar berichtete von der Skizze, die sein Weggefährte Nagib ek-Kassar hinterlassen und die ihn, Omar, nachdem Nagib tagelang verschwunden blieb, auf die richtige Fährte gebracht hatte.

»Nagib ek-Kassar?« Halima machte ein ungläubiges Gesicht. Dann schüttelte sie den Kopf und begann zu erzählen, daß ihr Mann al-Hussein ek-Kassar gefangenhalte und daß er sich mit einigen seiner Kumpane auf den Weg gemacht habe, dessen Freund in Luxor zu suchen.

»Der Freund bin ich«, sagte Omar gelassen.

»Ich hatte es beinahe vermutet«, entgegnete Halima.

»Was will er nur von mir?«

»Al-Hussein behauptet, du hättest ihn um eine Lieferung Opium aus dem Sudan betrogen.«

»Du glaubst doch nicht etwa daran?«

»Und wenn?«

»Bei Allah, dem Allbarmherzigen, nein«, rief Omar entrüstet, »wir haben uns gemeinsam nach Assuan aufgemacht, um al-Husseins Auftrag zu erfüllen, aber in Luxor trennten sich unsere Wege. Ich habe Nagib seither nicht mehr gesehen.«

»Wie dem auch sei«, erwiderte Halima, »auf jeden Fall ist al-Hussein hinter dir her.«

Yussuf, der Diener, kam räuspernd die Treppe hoch. Auf halbem Wege blieb er stehen und rief leise: »Herrin, es ist Zeit!«

Halima war mehr noch als früher darauf bedacht, ihren Tagesablauf streng einzuhalten. Nur so konnte sie sicher sein, keinen Verdacht zu erregen.

Deshalb fiel ihr Abschied kurz, beinahe kühl aus; aber Halima versprach, morgen zur gleichen Zeit wieder hierzusein.


Die Lage, in der sich Omar befand, hätte verworrener und aussichtsloser nicht sein können, und sie schien geeignet, einen mutlosen Menschen in tiefe Verzweiflung zu stürzen. Aber im Laufe seines Lebens hatte Omar gelernt, daß gerade Mutlosigkeit und Verzweiflung ungeahnte Kräfte mobilisieren und den Verstand schärfen, um in aussichtsloser Situation das einzig Richtige zu tun.

Der Tadaman, der ihm jahrelang Vorbild und Ansporn gewesen war und dem er sein Leben verdankte, wurde ihm, je mehr er über die Hintergründe und seine Mitglieder erfuhr, immer verhaßter. Sa'd Zaghlul mochte ein ehrenwerter Mann sein. Die Briten hatten ihn als Führer der ägyptischen Nationalbewegung nach Malta, später auf die Seychellen verbannt, und seine Anhänger der Wafd-Partei waren gewiß gleichfalls meist ehrenhafte Leute. Aber hinter den Extremisten, die dem Tadaman angehörten und die in der Hauptsache durch Attentate von sich reden machten, verbargen sich viele kriminelle Elemente, die nichts als den eigenen Vorteil im Sinn hatten und denen der persönliche Mißerfolg im Leben Grund genug war, sich dieser Organisation anzuschließen.

Zu den hervorstechenden Eigenschaften dieser Organisation gehörte die Anonymität ihrer Mitglieder. Nur die wenigsten kannten ihre Namen, und wenn sie sie kannten, wußten sie nicht, wer in der Hierarchie der Organisation über wem stand, wer also wem zu gehorchen, wer wem Befehle zu erteilen hatte. Auch der eigentliche Kopf der Einheit war unbekannt und gab zu Spekulationen Anlaß; aber gerade aus dieser Unsicherheit seiner Mitglieder heraus lebte der Tadaman.

Omar wußte natürlich, daß sein Leben keinen Schuß Pulver mehr wert war, falls er sich von der Organisation, die ihn auf so verhängnisvolle Weise vereinnahmt hatte, lossagte. Für ihn stellte sich jetzt die Frage, ob er al-Hussein scheinbar unwissend gegenübertreten oder ob er einfach untertauchen sollte, bis sich für ihn und Halima eine Fluchtmöglichkeit ergäbe.

Falls er untertauchte, würde al-Hussein mit seinen Leuten nach ihm suchen und nicht ruhen, bis er ihn gefunden hätte, denn sein Verschwinden wäre für ihn Beweis seiner Schuld. Stellte er sich aber, so würden alle Beteuerungen, mit der Opium-Affäre nichts zu tun zu haben, bei al-Hussein auf taube Ohren stoßen. Zudem bestand dabei die Gefahr, daß al-Hussein Omars Identität entdeckte, denn bisher schien er nicht zu wissen, daß Omar jener Junge war, dem er den Besitz Halimas verdankte. Sie waren sich nicht begegnet, damals, als Omar das Opfer eines verhängnisvollen Irrtums wurde. Er wußte nicht, ob al-Hussein überhaupt seinen Namen kannte, und vermutlich hatte er den Grund, warum Halima nach anfänglicher Ablehnung sich ihm hingegeben hatte, längst vergessen. Al-Hussein war kein Mann, der an der Vergangenheit hing, und es widersprach seiner Natur, sich Gedanken zu machen über eine Angelegenheit, die nach seinem Willen abgelaufen war. Und damit stand er in krassem Gegensatz zu Omar.

Der empfand, sobald die ersten Gefühle der Leidenschaft verflogen waren, Zweifel, ob Halimas Zuneigung noch dieselbe sein konnte wie in ihren jungen Jahren, ob nicht die unverhoffte Begegnung nur ein Flämmchen zum Lodern gebracht und mit Erinnerungen geschürt hatte, das schon im nächsten Augenblick verlöschen konnte. Der Gedanke verfolgte ihn mit der Kraft des Verhängnisses, so daß Omar, wenn sie sich in den folgenden Tagen an gewohntem Ort trafen, sich dabei ertappte, wie er Halimas Reden, die kleinste ihrer Gesten, wie zufällig und nichtssagend sie auch sein mochten, mit Mißtrauen verfolgte, ob nicht hier oder da ein Beweis für seinen Verdacht zu erkennen sei.

Halima, die ein feines und sicheres Gespür hatte für derlei Schwankungen, konnte diese Unruhe nicht entgehen, und sie stellte ihn bei ihrem dritten Zusammentreffen, während er in ihren Armen lag, zur Rede.

Waren seine Zweifel ein Wunder? Omar gab sich keine Mühe, die steten Schwankungen seiner Gefühle zu verteidigen. Das Leben hatte ihn gelehrt, daß Gefühle sich wie die Wipfel eines Baumes neigen; und seit ihrer ersten Begegnung war eine lange Zeit verstrichen. Was Omar jedoch vor allem beunruhigte, war der Gedanke an ihre gemeinsame Zukunft. Halima lebte das Leben einer vornehmen Dame, sie gebot über eine vielköpfige Dienerschaft und den Wohlstand eines noblen Hauses. Die Vorstellung, Halima müßte ein Leben auf der Flucht, ein armseliges Leben ohne Zukunft führen, machte ihn rasend, und er durchlebte in diesen Tagen, an denen sie sich heimlich bei dem Teppichhändler trafen, eine Zeit tiefer Verzweiflung. Mehr als einmal faßte er den Entschluß, fortzulaufen und am folgenden Tag nicht mehr wiederzukommen; aber dann, vor die Entscheidung gestellt, vergaß er alle Vorsätze und wartete wieder unruhig auf Halimas Erscheinen.

Halima hatte ihn gewarnt, seine Wohnung in der Vorstadt noch einmal zu betreten, wahrscheinlich, meinte sie, werde das Haus längst beobachtet. Dafür bot ihm der Teppichhändler, ein gütiger alter Mann mit weißem Kinnbart und einer kleinen, dikken Brille aus Horn, Unterschlupf in einem Lagerraum auf dem Hof; und Omar zeigte sich erkenntlich, indem er tagsüber beim Teppichwaschen half, einer schweißtreibenden Arbeit mit rauher Bürste und stinkender Seife, die die Hände rötet und anschwellen läßt wie unförmige Gummibälle.

Kaum hatten Halima und Omar ihre Bedenken verdrängt und waren sich einig geworden, gemeinsam nach Europa zu fliehen, da überkam den jungen neue Wehmut. Halima hatte von al-Husseins erfolgloser Rückkehr berichtet und von der rücksichtslosen Gereiztheit, mit der er ihr deshalb begegnete. Seither schwankte Omar zwischen Ungeduld und blinder Wut auf al-Hussein. Die Vorstellung, Halima müsse diesem Mann nach ihren Stunden gemeinsamen Glücks zu willen sein, machte ihn krank. In solchen Augenblicken der Verbitterung sprang Omar auf und ging in dem engen Raum, in dem sie sich ihrer Liebe hingaben, mit geballten Fäusten auf und ab wie ein Gefangener. Früher oder später, wiederholte er immer wieder, bringe ich ihn um, ich bringe ihn um!

Al-Husseins Wut steigerte sich noch, als ihm einer seiner Lakaien die Nachricht überbrachte, Nagib ek-Kassar sei aus seinem Gefängnis geflohen, nachdem er sich auf unerklärliche Weise seiner Fesseln entledigt habe. Al-Hussein tobte, warf einen Stuhl nach dem Überbringer der Nachricht, zog seinen Revolver, den er stets bei sich trug, und feuerte blind gegen die Decke des Raumes. Nicht zum ersten Mal empfand Halima Angst vor al-Hussein, pure Angst; doch dieses Gefühl der Angst bestärkte sie nur noch mehr, ihren Mann zu verlassen. Denn der Tag, an dem sich sein Zorn gegen sie richtete, würde kommen, und der Tag, an dem al-Hussein von ihrem Zusammentreffen mit Omar erführe, würde ihr Todesurteil bedeuten.

Sie schliefen jeden Nachmittag, an dem sie sich trafen, miteinander, weil ihre Körper es verlangten, weil sie ausgehungert waren wie nach einer langen Dürre; aber die Liebe zwischen verschnürten Teppichballen und gestapelten Brücken geriet zunehmend zu einer Verzweiflungstat, der es nicht mehr gelang, die Angst zu verdrängen. Halima vermochte nicht zu sagen, wer hinter der Befreiung ek-Kassars steckte; ob er Hintermänner hatte oder ob ihm selbst die Flucht gelungen war. Jedenfalls geriet ihre anfängliche Sicherheit zum Gehemmtsein, das ihre Beziehung stark belastete.

Nagib ek-Kassar war welterfahren, er hatte viele Jahre in Europa gelebt und hätte ihnen in ihrer Situation, da sie Zuflucht in einem unbekannten, fremden Land suchten, sicher behilflich sein können; doch wo sollten sie Nagib suchen? Schließlich erinnerte sich Omar des Mikassah. Der Krüppel vor dem Hotel *Mena House* war der einzige, der ihnen helfen konnte. Ek-Kassar wußte von seiner Freundschaft zu dem Mikassah, er wußte, daß er ihm vertrauen konnte, und gewiß würde er, falls er nach Omar suchte, den verkrüppelten Alten um Hilfe bitten.

Halima hatte ihm eine größere Summe Geld zugesteckt, die er erst entrüstet zurückgewiesen, dann aber mit Dankbarkeit angenommen hatte; jetzt war er froh darum und konnte sich sogar für den langen Weg zu den Pyramiden den Omnibus leisten. Hassan kauerte am gewohnten Platz. Er schien alterslos zu sein; seit Omar denken konnte, hatte er sich kaum verändert.

Hassan erkannte sofort die Hilflosigkeit in Omars Gesichtsausdruck und wies stumm mit dem Kopf auf eine Parkbank, die von Oleander umwuchert und vom Hoteleingang nicht einsehbar war.

»Man hat schon nach dir gefragt«, sagte der Mikassah, nachdem er sich unter Zuhilfenahme seiner kräftigen Arme auf die Parkbank geschwungen hatte.

»Nagib ek-Kassar?«

Der Krüppel nickte.

»Wo ist er?«

»Weiß nicht«, antwortete Hassan, während er ein Oleander-blatt abriß und zwischen die Zähne schob. »Er machte einen sehr mißtrauischen Eindruck und gab auf alle Fragen nur knappe, nichtssagende Antworten. Ich wußte nicht, was ich von ihm halten sollte. Zum Schluß sagte er, er werde wieder-kommen. Merkwürdiger Kerl!« Dabei spuckte er das zerkaute Blatt weit von sich.

Omar begann nun zu erzählen, was vorgefallen war, seit sie sich zuletzt gesehen hatten: von dem mysteriösen Auftrag des Ali ibn al-Hussein, seiner vergeblichen Verfolgung der beiden britischen Agenten und dem unerwarteten Auffinden Halimas, und Omar hielt sich auch nicht zurück, seine Liebesabenteuer mit Halima und ihre gemeinsamen Fluchtpläne, aber auch ihre Ratlosigkeit zu beschreiben, und irgendwie fühlte er sich da-nach erleichtert.

Erst starrte Hassan wortlos vor sich hin, dann begann der Mikassah langsam seinen sonnengegerbten Schädel zwischen den Schultern zu wiegen, als habe er sich noch keine abschlie-ßende Meinung gebildet. Schließlich holte er tief Luft und rich-tete sich auf, daß sein kurzer, aber stämmiger Körper eine bei-nahe drohende Haltung einnahm, und er sagte, ohne Omar anzusehen: »Das darfst du nicht tun, das darfst du nicht.«

»Was?« schrie Omar den Krüppel an.

»Sie ist seine Frau. Du darfst sie ihm nicht wegnehmen.«

»Aber er ist ein Verbrecher. Er hat sie gequält, und ich fürchte, er wird sie umbringen, wenn er von unseren Zusam-menkünften erfährt!«

»Trotzdem. Halima ist vor Allah, dem Allbarmherzigen, die rechtmäßige Frau des Ali ibn al-Hussein, und niemand diesseits oder jenseits des Nils hat das Recht, ihm diese Frau wegzuneh-men.«

»Aber ich habe dir gesagt, wie diese Heirat zustande kam!«

»Die heiligen Gesetze des Koran fragen nicht nach den Um-ständen, wie eine Heirat zustande kam, sie fragen, *ob* eine Heirat zustande kam oder nicht. Gab Halima al-Hussein ihr Jawort?«

»Ja, aber –«

»Also ist sie sein rechtmäßiges Weib, und niemand, auch du nicht, hat das Recht, ihm diese Frau streitig zu machen.«

Die Härte und Unnachgiebigkeit, mit der der Mikassah redete, versetzte Omar in tiefe Bestürzung. Er hatte nie geglaubt, den Worten dieses weisen alten Mannes je zu widersprechen. Hassan war für ihn bis zum heutigen Tag eine Autorität gewesen, vor allem in moralischer Hinsicht; aber nun war das mit einem Schlag anders. Omar zweifelte keinen Augenblick an der Richtigkeit seiner eigenen Haltung. Halima diesem Scheusal überlassen? Niemals.

Omar nannte dem Mikassah seinen Aufenthaltsort. Falls Nagib wiederkäme, sollte er ihm seine Adresse mitteilen. Der Alte versprach es mit ernstem Gesicht, und Omar machte sich auf den Heimweg. Im Omnibus fand er einen Sitzplatz in der letzten Reihe. Omar dachte nach. Den Ratschlag des alten Mikassah in den Wind schlagen zu müssen bedrückte ihn, aber die Vorstellung, von Halima zu lassen, deprimierte ihn noch viel mehr. Gewiß, Hassan war ein weiser alter Mann, und alle seine Ratschläge hatten sich bisher als richtig erwiesen, doch Alter ist ein schwacher Trost. Omar wollte mit Halima leben, und sie mit ihm, auch wenn alle Gesetze der Welt gegen sie zu sein schienen.

Bei ihren gemeinsamen Überlegungen hatten Omar und Halima zunächst den Plan gefaßt, nach England zu fliehen. Omar sprach die Sprache des Landes und hatte von Professor Shelley viel über Kultur und Geschichte Großbritanniens mitbekommen. Das Geld für die Überfahrt stellte kein Problem dar. Wenn Halima ihren Schmuck versetzte – und sie ließ keinen Zweifel daran, daß sie dazu bereit war –, verfügten sie über genügend Mittel, um ein ganzes Jahr davon zu leben. Als Omar aber bei *Cooks* an der Nilpromenade sich nach einer Schiffspassage von Alexandria nach Southampton erkundigte, erfuhr er zu seiner Bestürzung, daß Passagen nur in Verbindung mit einem Visum verkauft würden, und als die freundliche Miss hinter dem weißen Schalter nach Namen und Adresse zu fragen begann, da hatte Omar auf dem Absatz kehrtgemacht und das Bureau überstürzt verlassen.

Omar war fest davon überzeugt, daß sein Name noch immer auf den Fahndungslisten der Engländer stand, auch wenn seit dem Eisenbahnanschlag vier Jahre vergangen waren. Wie aber sollte er davon Kenntnis erhalten, ohne sich und Halima in Gefahr zu bringen?

Es verging kaum ein Tag, an dem es in Kairo nicht ausländerfeindliche Demonstrationen gab. Attentate auf britische Beamte und Streiks bei Post und Eisenbahn verschärften die Lage. Aus Protest gegen die Besatzer sprengten aufgebrachte Horden Telegraphenmasten, Eisenbahngleise und Bewässerungskanäle. Zaghlul war verbannt, das Land seit geraumer Zeit ohne Regierung, auf der Zitadelle von Kairo wehte die britische Fahne, und der britische Hochkommissar Lord Allenby versuchte verzweifelt, den Premierminister Seiner Majestät, Lloyd George, zu einer Änderung der Verhältnisse zu bewegen.

Diese Umstände verdienen erwähnt zu werden, weil gerade sie den größten Einfluß auf die weitere Entwicklung nahmen.

An einem der ersten heißen Frühlingstage erschien unerwartet Nagib ek-Kassar in dem Teppichladen am großen Turm. Omar hatte die Hoffnung schon aufgegeben, Nagib jemals wieder zu begegnen.

Er habe, berichtete Nagib, Omars Aufenthaltsort von Hassan erfahren, aber der Mikassah habe im Gegensatz zu ihrer ersten Begegnung einen verhaltenen, eher unwilligen Eindruck gemacht, so daß er Zweifel haben mußte, ob der Alte ihm nicht eine Falle stellte. Aus diesem Grund habe er den Teppichladen drei Tage überwacht, jedoch außer einer verschleierten Frau, die täglich um die gleiche Zeit den Laden betrat und wieder verließ, keine auffälligen Beobachtungen gemacht.

Es bedurfte umständlicher Erklärungen, Nagib zu überzeugen, daß die Verschleierte al-Husseins Ehefrau, aber auch jenes geliebte Mädchen war, dem er sein Leben verdankte, und daß er hier an diesem Ort nichts zu befürchten habe. Sein Mißtrauen wich erst, als Omar von ihren Fluchtplänen erzählte und dem gescheiterten Versuch, nach England zu reisen.

Das traf sich gut; denn auch Nagib trug sich mit dem Gedanken, das Land zu verlassen, und er hätte, so beteuerte er glaubhaft, Kairo längst verlassen, wenn er das Geld für eine Schiffspassage hätte. Halima fand an Nagib Gefallen. Vor allem seine Lebenserfahrung und sein kühles Denken, das Omars Emotionen so entgegenstand, machten Eindruck auf sie. Zu dritt, meinte sie, seien ihre Fluchtchancen größer, und sie erbot sich, für Nagibs Passage aufzukommen. Nagib wußte zu berichten, daß in wenigen Tagen das britische Protektorat aufgehoben und Sultan Fuad zum König von Ägypten ausgerufen werde. Verbunden damit sei eine Generalamnestie, so daß sie von den Briten nichts mehr zu befürchten hätten.

Halima drängte. Ihre Situation wurde von Tag zu Tag bedrohlicher, denn von al-Hussein war inzwischen ein Kopfgeld von hundert Pfund auf Omar und Nagib ausgesetzt worden, und ihr war klar, daß, würde einer der beiden entdeckt, auch sie verloren war. Nagib hatte bei der Schwester seiner Mutter Unterschlupf gefunden. Dort konnte er sicher sein, und er mied es auch, zusammen mit Omar auf die Straße zu gehen, denn selbst im geschäftigen Trubel des großen Basars konnten sie vor Denunzianten nicht sicher sein.

Am Tag vor der Proklamation, die dem Land die Unabhängigkeit bringen sollte (wobei es sich freilich um eine Scheinunabhängigkeit handelte, denn die Regierung Seiner Majestät behielt sich nach wie vor die Sicherheits- und Verteidigungspolitik im Lande vor), an diesem denkwürdigen Tag fügte der ergründliche Wille Allahs ein Ereignis, das Omar in seiner festen Überzeugung erschütterte und Zweifel wachrief, ob nicht der alte Mikassah Recht hatte mit seinen Warnungen.

Omar und Nagib hatten sich vor der großen Uhr in der Sharia abd el Khalig verabredet, wo die meisten Schiffahrtsgesellschaften ihre Bureaus unterhielten. Interessiert verfolgte Omar die Anfahrt eines weißen Automobils, das sich dadurch auszeichnete, daß der Chauffeur ohne Dach im Freien saß, während der Herr, offensichtlich ein vornehm gekleideter Engländer mit blitzendem Monokel, den Vorzug eines geschlossenen, Staub und Sonne abschirmenden Coupés genoß. Vor dem Portal der *United Mediterranéen,* keinen Steinwurf von Omar entfernt, blieb der Wagen stehen. Im selben Augenblick kam Nagib.

Omar winkte Nagib zu, aber noch ehe die beiden Gelegenheit hatten, sich zu begrüßen, stürzten drei Männer aus verschiedenen Richtungen auf sie zu, stießen sie beiseite und feuerten, beinahe gleichzeitig, auf den Engländer, der gerade dabei war, das Automobil zu verlassen. Omar und Nagib standen wie angewurzelt; sie waren auch noch unfähig, sich von der Stelle zu bewegen, als die Gangster ihre Revolver leergeschossen, auf die Straße geworfen und die Flucht ergriffen hatten in eine der Seitenstraßen, die zur Oper führen.

Der Engländer lag mit einer grotesken Verdrehung des Körpers auf der Straße, mit dem Gesicht nach unten. Unter seinem Bauch quoll schwarzes Blut hervor. Die Finger der linken Hand, die grauenhaft in die Höhe ragte, zitterten mit großer Heftigkeit wie von Stromstößen geschüttelt; dann klatschte die Hand leblos auf das Pflaster. Von allen Seiten eilten schreiende Menschen herbei, und erst jetzt wurde Omar gewahr, daß sie es waren, die dem Opfer am nächsten standen. Omar packte Nagib am Ärmel und drängte mit ihm durch die Reihen der Gaffer, die sich im Nu um den Tatort gebildet hatten. Dies sah der Chauffeur, ein Ägypter, der sich vor den Attentätern hinter das Automobil geflüchtet hatte, und er rief in Panik, während er auf die beiden zeigte:

»Haltet sie fest! Mörder!«

Ein paar Mutige, die sich Omar und Nagib in den Weg stellten, wurden zu Boden gestoßen. Omar und Nagib rannten um ihr Leben. Sie wußten, daß sie unschuldig waren, daß nur der Zufall sie zu Zeugen des Attentats gemacht hatte, aber sie waren sich auch bewußt, daß sie als einfache Zeugen ihre Anonymität preisgeben mußten, und das hätte für jeden furchtbare Folgen gehabt. Weil er die Gegend mit ihren verwinkelten Straßen und Gassen kannte, lief Omar in Richtung Bahnhof, Nagib folgte. Als sie sich sicher vor Verfolgern glaubten, verlangsamten sie das Tempo und tauchten im Getümmel des Bahnhofsplatzes unter. Dort trennten sie sich und gingen auf verschiedenen Wegen zum Teppichladen im Basar.

Halima rang nach Luft, als sie erfuhr, was geschehen war. Schließlich ließ sie sich auf einen Teppichballen nieder, vergrub ihr Gesicht in den Händen und weinte verzweifelt wie ein kleines Mädchen. Alles schien so ausweglos. Omar schwieg. Ihm gingen die Worte des alten Mikassah nicht aus dem Kopf. Nagib stand zwischen den beiden Fenstern an die Wand gelehnt und starrte an einen imaginären Punkt an der Decke.

»Und?« fragte Omar mit jenem herausfordernden Unterton, der an Zynismus grenzte. Er kannte Nagibs Gesichtsausdruck, wenn er nachdachte, schließlich hatten sie lange genug auf engstem Raum zusammengelebt.

»Ich kenne da einen Hafenmeister in Alexandria«, begann er zögernd, und Halima sah ihn erwartungsvoll an. »Nun ja, kennen ist vielleicht zuviel gesagt, ich weiß zumindest, daß er durch und durch korrupt ist. Pfundnoten wirkten bei ihm wie Opium. Für ein paar braune Lappen tut er alles. Mehr als einmal setzte er seine Stellung aufs Spiel, indem er im Freihafen die Tore zu den Lagerhallen unversperrt ließ. Die Männer des Tadaman transportierten amerikanische und britische Zigaretten lastwagenweise ab. Nach verrichteter Tat verschloß er die Lagerhallen wieder, und die Polizei rätselte, wie die Waren verschwinden konnten.«

»Wir brauchen keine amerikanischen Zigaretten!« warf Omar unwillig ein.

»Nein«, erwiderte Nagib, »wir brauchen keine Zigaretten, aber wir könnten uns auf andere Art seiner Hilfe bedienen.«

»Sag schon!« drängte ihn Halima.

»Ich könnte mir vorstellen, daß Georgios – so heißt der Hafenmeister, denn er ist griechischer Abstammung wie viele in

Alexandria – uns an den Paß- und Zollbehörden vorbei auf ein Schiff nach Europa bringt.«

»Als blinde Passagiere?« Halima machte eine abweisende Handbewegung.

»Was heißt blinde Passagiere! Georgios kennt die Mannschaften der Schiffe, und Schiffsmannschaften sind nicht weniger korrupt als Hafenangestellte.«

»Du meinst, wir könnten uns Schiffspassagen an den Behörden vorbei erkaufen?«

»Davon bin ich überzeugt.«

Halima wurde mit einem Male heftig. Geld, meinte sie, solle keine Rolle spielen bei dem Unternehmen. Sie könne ihren Schmuck versetzen und habe Zugriff auf einige hundert Pfund Bargeld, das al-Hussein in seinem Haus aufbewahre.

»Er wird dich umbringen, wenn er das Fehlen des Geldes bemerkt«, sagte Omar, aber seine Stimme klang nicht sehr besorgt, denn er wußte, daß es ihre einzige Chance war.

Halima faßte Omars Hand. »Daran zweifle ich keinen Augenblick«, entgegnete sie mit einem bitteren Lächeln, »aber es wird ihm nicht gelingen. Ich vertraue dir.« Omar drückte sie.

Nagib, der bisher abseits auf einem Teppichballen gesessen hatte, kniete sich vor den beiden auf den Boden und redete leise auf sie ein: »Es muß nur sehr schnell gehen!« zischelte er. »Wenn al-Hussein Halimas Flucht bemerkt, müssen wir schon auf einem Schiff, zumindest aber im Hafen von Alexandria sein. Verstanden?«

Omar und Halima nickten.

»Es wird das beste sein, wenn wir uns trennen. Das heißt, jeder von uns sollte versuchen, sich allein nach Alexandria durchzuschlagen. Auch du, Halima. Zu dritt, auch zu zweit wäre das zu gefährlich.«

»Gut«, sagte Omar, dem das Argument einleuchtete. »Und wann?«

»Morgen«, erwiderte Nagib knapp. »Wir haben keine Zeit zu verlieren. Der erste Zug nach Alexandria fährt gegen sechs.«

»Das ist unmöglich!« entgegnete Halima. »Al-Hussein verläßt das Haus nie vor neun. Vorher kann ich mich nicht entfernen, ohne Verdacht zu erregen.«

Deshalb verständigten sie sich, Halima solle den für sie am nächsten erreichbaren Zug nach Alexandria nehmen. Als Treffpunkt wurde der Turm an der Hafenmole vereinbart, jeweils zur vollen Stunde. An der Stelle herrsche ständiges Kommen und Gehen, und sie müßten keine Furcht haben, entdeckt zu werden.

Aus den Falten ihres Gewandes zog Halima ein Bündel Geldscheine, teilte es nach Augenmaß und reichte Omar und Nagib je eine Hälfte. Beide steckten das Geld schweigend ein. Dann umarmte Halima Omar. Sie drückte ihn kurz, aber so heftig, daß es schmerzte, an sich, und Nagib drehte sich zur Seite.

»Mit Allahs Hilfe«, sagte sie, bevor sie über die schmale Treppe nach unten kletterte, »mit der Hilfe Allahs wird es gelingen.«

Als sie verschwunden war, stand Omar wie gelähmt, verwirrt vom Aufruhr seiner Sinne. Eine Stimme sagte ihm: Hol sie zurück! Du darfst sie nicht fortlassen, nicht in dieser Situation! Eine andere mahnte zur Ruhe, zur Besonnenheit. Nur so könnten sie alle drei ihr Schicksal bewältigen.

»Du zitterst ja.« Nagib trat an Omar heran und faßte ihn bei der Hand. Der drehte sich zur Seite.

»Du brauchst dich nicht zu schämen«, brummte Nagib, »es ist keine Schande, wenn man um eine Frau zittert. Du liebst sie sehr?«

Omar reagierte nicht, aber Nagib erwartete ohnehin keine Antwort.

In dieser Nacht, der letzten, die er in Kairo zu verbringen dachte, fand Omar keinen Schlaf. Zu sehr quälte ihn der Gedanke, sein Land für immer verlassen zu müssen. Nie mehr den heißen Chamsin, der Sand und Staub vor sich her treibt, auf der Haut zu spüren, auf ewig des schalen Geruchs zu entbehren, den der Nil an seinen Ufern verbreitet, und auf die Nächte verzichten zu müssen, in denen die Sterne des Südens am Himmel funkeln wie kostbarer Schmuck. Er empfand Furcht, eine fremde Sprache zu sprechen in einem fremden Land und gekleidet zu sein wie ein Europäer. Omar liebte Ägypten, er liebte dieses Land, obwohl es nur allzu verständlich gewesen wäre, wenn er es gehaßt hätte. Denn in diesem Land gab es nur zwei Arten von Menschen, die im Schatten und die im Licht, und Omar hatte zeit seines Lebens im Schatten gelebt. Der Mensch gewöhnt sich an die Dunkelheit schneller als an das Licht.

Allein die Vorstellung, mit Halima ein neues Leben zu beginnen, machte ihm Mut und rang ihm ein unerwartetes Lächeln ab, das freilich mehr seiner Unsicherheit entsprang als der Freude auf den nächsten Tag. Den begann Omar, indem er von dem Geld, das Halima ihm zugesteckt hatte, eine Fünf-Pfund-Note nebst einem kurzen Brief mit Worten des Dankes an den Teppichhändler zurückließ und mit dem Besuch in einer der zahlreichen Kleiderkammern im Basar, wo es abgelegte Kleidung zu kaufen gab für jeden Geschmack und jeden Beutel. Sie hatten verabredet, bei ihrer Flucht europäische Kleidung zu tragen, um jeden Verdacht von sich abzulenken, und Omar entschied sich für helles Leinen, die Hosen leicht ausgebeult und an den Ärmeln unübersehbar verschlissen, einen Anzug, der billig und nicht dazu angetan war, seinen Träger auffallend erscheinen zu lassen. Eine khakifarbene Tasche aus Segeltuch, in der er seit den Tagen des Eisenbahnbaues bei den Engländern seine Habseligkeiten aufbewahrte, trug dazu bei, seine wahre Herkunft zu verschleiern.

So erreichte er nach ermüdender Bahnfahrt Alexandria. Die Stadt vermittelte, hatte man erst einmal den orientalischen Bahnhof verlassen, einen unverkennbar europäischen Eindruck. Nicht minder geschäftig als Kairo, erschien Omar das Stadtbild moderner, überschaubarer und weit weniger verwirrend als die namenlosen Gassen der Hauptstadt.

Nagib war schon da und tat ziemlich aufgeregt, weil Georgios, der Hafenmeister, sich nur unter Aufbietung aller Überredungskünste und der doppelten Summe wie veranschlagt bereit erklärt hatte, für sie tätig zu werden. Das nächste Schiff nach

England gehe erst in fünf Tagen, und es sei ungewiß, ob er, Georgios, da etwas für sie tun könne. Morgen verlasse ein Schiff Alexandria in Richtung Neapel, aber die Mannschaft stehe unter ständiger Beobachtung, seit ein gesuchter Nationalist auf dem Schiff nach Italien habe fliehen können, wo er in Zeitungsberichten hämische Erklärungen abgegeben habe. Noch heute nacht verlasse jedoch die *Königsberg* den Hafen, ein Schiff des Baltischen Lloyd, dessen Kapitän dem Hafenmeister aus mancherlei Gründen verpflichtet sei; kurz, auf dem Schiff sei eine Kabine frei, Unterdeck, der Kapitän könne ihnen sogar entsprechende Papiere ausstellen, so daß sie in Hamburg unbehelligt von Bord gehen könnten.

Deutschland? Omar machte ein verzweifeltes Gesicht, weil er gehofft hatte, sie würden nach England gelangen, wo er sich wenigstens hätte verständigen können. Aber Deutschland?

Nagib, der lange Jahre in Berlin zugebracht hatte, sah die Sache anders. Gewiß, seine Erinnerungen an Berlin waren nicht die besten, hatte er sich doch in der Hauptsache mit Gelegenheitsarbeiten und meist am Rande der Legalität durchs Leben geschlagen, aber um sein Leben fürchten mußte man dort nicht. Und vor die Wahl gestellt, noch heute allen Verfolgern zu entfliehen oder bangend zu warten, bis sich eine günstigere Möglichkeit ergebe, sagte Omar zu.

Aber wo blieb Halima? Omar schaute die Mole entlang, ob er sie irgendwo in der brodelnden Menge entdeckte, aber Halima kam nicht, und in seine Wehmut, die ihn beim Anblick des lärmenden Treibens befiel, mischte sich Angst, Halimas Flucht könnte entdeckt worden sein, jemand von der Dienerschaft könnte sie verraten haben, und al-Hussein sei bereits hinter ihnen her. Omar fühlte sich elend; in diesem Augenblick wäre er nicht einmal fähig gewesen fortzulaufen, so sehr quälte ihn die Angst.

Nagib, der Omars Zustand erkannte, meinte beschwichtigend: »Kopf hoch, sie wird schon kommen!« und zog den Freund zu einer halbhohen Mauer am Kai, von wo sie, die untergehende Sonne im Rücken, mit den Ellbogen aufgestützt, über die ankernden Schiffe hinweg den Blick aufs Meer genossen.

»Das Schicksal ist gerecht«, begann Nagib und spuckte in weitem Bogen ins Wasser, »wenn Halima kommt, so ist es der Wille des Allerhöchsten, daß ihr eins seid; kommt sie nicht, so mußt du dich seinem Willen fügen.«

Omar nickte stumm, obwohl ihn dieser Gedanke quälte wie ein Dolch in seinen Gedärmen. Ein Ägypter kennt kein Selbstmitleid. Er weiß, daß alles, was ihm geschieht, der Wille Allahs ist.

»Wir warten noch bis zur vollen Stunde«, bemerkte Omar und sah Nagib ängstlich an, er könnte seinen Vorschlag ablehnen. »Andernfalls fahren wir allein.«

»In Ordnung«, stimmte Nagib zu, »aber nur noch bis zur vollen Stunde. Sonst läuft das Schiff ohne uns aus.«

Vor Omar tat sich nichts als eine finstere Leere auf. Sein Leben erschien ihm nie sinnloser als in diesem Augenblick. Das Verlangen, die unbeschreibliche Begierde, zusammen mit Halima in die Ferne zu flüchten, ein neues, besseres, glückliches Leben anzufangen, war verflogen. Allein, ohne Ziel, stellte sich die Frage nach der Zukunft ganz neu. Warum wollte er überhaupt fliehen, warum, wofür?

Angst macht die Zeit unendlich, und Omar wußte nicht, wie lange er vor sich hin ins Wasser gestarrt hatte. Er spürte nur Nagibs Hand auf seiner Schulter, als wollte dieser ihn wachrütteln aus seinen schwarzen Gedanken. Omar blickte auf, und Nagib machte mit dem Kopf eine Bewegung zur Seite: Ein paar Schritte entfernt ging eine vornehme, europäisch gekleidete Dame mit zierlichen Schritten auf und ab. Sie trug ein enganliegendes, halblanges Reisekostüm und ein keckes Hütchen nach neuester Mode, in der Hand einen Koffer. Halima? War es Wahrheit oder Trug? Nein, gewiß, die vornehme Dame war Halima.

Zögernd, als müßte er befürchten, sich getäuscht zu haben, ging Omar auf die Dame zu. Die brauchte auch eine Weile, bis sie Omar erkannte.

»Halima!«

»Omar!«

Nagib drängte zur Eile und ermahnte die beiden, sich nicht allzu auffällig zu benehmen.

In einem ebenerdigen Haus der Hafenverwaltung mit verwirrend vielen Türen, die mit großen Zahlen und Buchstaben versehen waren, wartete Georgios, der Hafenmeister. Er wirkte sichtlich aufgeregt, aber weniger wegen seiner Handlungsweise als wegen der unverschämten Summe, mit der er sich diese bezahlen ließ. Georgios war ägyptischer Beamter, und jedermann wußte, das ein solcher von seinem Gehalt nicht leben konnte. Beamter zu sein bedeutete in diesen Tagen die beste Entschuldigung für Korruption, und Georgios, der eine Frau und vier Kinder zu versorgen hatte, hätte ohne diese mehr oder weniger regelmäßigen Einkünfte überhaupt nicht existieren können. Er brachte öfter Illegale auf ausländische Schiffe, Menschen, die mit dem Gesetz in Konflikt gekommen waren, oder Männer, die einfach verschwinden wollten, ohne Spuren zu hinterlassen. Für gewöhnlich verlangte Georgios zwanzig Pfund für seine Dienste, was einem Monatseinkommen entsprach; aber Georgios pflegte seine Leute, für die er sich einsetzte, sehr genau anzusehen, und aus ihrem Auftreten schloß er auf ihre Vermögenslage. Von den Dreien forderte er beinahe das Doppelte des gewöhnlichen Preises, nämlich hundert Pfund; sie könnten es, falls der Preis zu hoch sei, ja an anderer Stelle versuchen.

Um ein Haar hätte Nagib die Fassung verloren, jedenfalls hatte es so ausgesehen, als würde er sich jeden Augenblick auf Georgios stürzen, ihn zur nächsten Polizeistation zerren und Anzeige erstatten. Aber wem hätte das genützt? Natürlich hätte der Hafenmeister alles abgestritten, und – was viel schlimmer gewesen wäre –, sie selbst hätten ihre Identität preisgeben müssen, und das durfte keiner von ihnen. Also gab Halima dem Hafenmeister hundert Pfund, und Georgios regelte mit dem Kapitän der *Königsberg* alle erforderlichen Maßnahmen, einschließlich falscher Papiere, so daß sie bei Einbruch der Dunkelheit »völlig legal« an Bord gehen konnten.

Die MS *Königsberg* war ein kombiniertes Personen- und Frachtschiff von 3800 BRT und versah einmal im Monat den Liniendienst zwischen Hamburg und Alexandria, wobei das Frachtaufkommen das Passagieraufkommen bei weitem übertraf. Zwar mochte man zu Schiff bequemer nach Deutschland reisen, doch der Seeweg nach Neapel und die Weiterfahrt mit der Eisenbahn hätte die Reise auf ein Drittel der Schiffspassage verkürzt.

Den drei späten Passagieren wurde eine Kabine auf dem Unterdeck zugewiesen, wo in der Hauptsache Diener und Reisebegleiter der Herrschaften untergebracht waren, die auf den beiden Oberdecks logierten. Nagib, der als einziger schon das Meer befahren hatte, meinte, die Lage der fensterlosen Kabine sei zwar miserabel, komme ihnen aber insofern entgegen, als sie auf diese Weise der Aufmerksamkeit der übrigen Passagiere entgingen.

Beim Ablegen des Schiffes, eine Stunde vor Mitternacht, standen Omar, Halima und Nagib mit den übrigen Passagieren an der Reling. Omar hielt, während die Lichter von Alexandria kleiner und kleiner wurden, Halima von hinten umschlungen. Halima weinte leise, sie zitterte. Omar drückte sie fester an sich. So entging ihr, daß auch Omars Körper bebte.

Obwohl keiner ein Wort redete, empfanden beide gleich. Es war das Glück, gemeinsam entkommen zu sein, und die Furcht vor der Zukunft. *Inscha'allah.*

## 9

# Berlin, zwischen Gendarmenmarkt und Urania

O Gläubige, nehmt weder Juden noch Christen zu Freunden; denn sie sind nur einer des anderen Freund. Wer von euch sie zu Freunden nimmt, der ist einer von ihnen. Ein ungerechtes Volk leitet Allah nicht.

*Koran, fünfte Sure (52)*

SIE HATTEN GEHOFFT, IHR ENTSCHLUSS, NACH EUROPA ZU fliehen, würde sie von dem Fluch der Vergangenheit befreien; sie hatten gehofft, ein neues, unbelastetes Leben frei von Angst vor Verfolgung führen zu können. Dafür hatten sie Ägypten verlassen und sich einer ungewissen Zukunft zugewandt. Aber der Mensch kann der Gegenwart entfliehen, vor der Vergangenheit flüchten kann er nicht.

Als Omar, Halima und Nagib nach zweiwöchiger Seereise in Hamburg von Bord gingen, unschlüssig, wohin sie sich wenden sollten in dem fremden Land, da näherte sich ihnen ein in vornehmes Grau gekleideter Mann. Er trug eine Chauffeursmütze mit goldener Kordel und Handschuhe und bewegte seine Arme steif wie ein Uhrpendel, pedantisch-eigen. Unerwartet trat er den dreien in den Weg und sagte mit kultivierter Zurückhaltung: »Die Herrschaften kommen aus Ägypten?«

Nagib, der als einziger seine Sprache verstand, bejahte und fragte zurück, warum ihn das interessiere.

Der Mann in Grau überging die Frage mit einem unwilligen Augenaufschlag und fuhr fort: »Dann sind Sie die Herren Omar Moussa und Nagib ek-Kassar?«

Als Omar seinen Namen aus dem Mund des Fremden hörte, packte ihn panische Angst; er faßte Halima am Arm und machte

Anstalten, fortzulaufen, um in der Menge unterzutauchen. Nagib, neugierig, woher der Mann ihre Namen kannte, hielt Omar am Ärmel fest und zischte: »Ganz ruhig. Abwarten.« Und an den Fremden gewandt erwiderte er: »Das sind zweifellos ägyptische Namen. Was wollen Sie von den Leuten? Werden sie von der Polizei gesucht?«

Die Frage entlockte dem vornehmen Mann ein Lächeln. Er hatte Nagibs Taktik durchschaut und versuchte nun auf andere Weise das Vertrauen der Reisenden zu gewinnen. »Ich darf mich vorstellen«, sagte er mit einer kleinen Verbeugung des Kopfes, wobei der übrige Körper steif und gerade blieb wie ein Baumstamm, »mein Name ist Hans Kalafke, aber man nennt mich nur Jean. Ich bin Sekretär, Chauffeur und Hausdiener von Gustav-Georg Baron von Nostiz-Wallnitz, wenn Ihnen der Name etwas sagt.«

Und ob ihm der Name etwas sagte! Nagib schluckte. Nostiz-Wallnitz war einer der reichsten Männer in Deutschland, er beherrschte gut zwei Dutzend Firmen der Schwerindustrie, ein eigenes Bankunternehmen, galt als graue Eminenz der Deutschen Zentrumspartei, und jedes Kind kannte seinen Namen: der Stahl-Baron. *Ya salaam!* Was wollte der Stahl-Baron von ihnen?

Omar, der Nagibs Verblüffung, ja, Bestürzung, an dessen Mienenspiel erkannt hatte, sah ihn mit fragendem Blick an.

»Der Herr Baron wünscht Sie zu sprechen«, bemerkte Kalafke, um jeder weiteren Frage zuvorzukommen, »ich soll Sie nach Berlin bringen. Wenn ich bitten darf?« Und ohne jede weitere Stellungnahme abzuwarten, nahm der Chauffeur Halima, Omar und Nagib das Gepäck aus der Hand und ging auf ein am Hafenkai parkiertes Stoewer-Automobil zu.

Nagib versuchte verzweifelt, Omar und Halima die Situation zu erklären. Halima klammerte sich an Omar, und der redete beschwörend auf Nagib ein, das Ganze sei ein übler Trick der Polizei, man wolle sie gewiß verhaften und mit dem nächsten Schiff zurück nach Ägypten schicken.

Vor dem Fahrzeug angelangt, bat Nagib um Geduld, er müsse sich erst mit seinen Freunden besprechen. Der Diener, gewohnt zu gehorchen, setzte sich hinter das Steuer der dunklen Limousine und blickte scheinbar unbeteiligt ins Leere.

»Seit wann schickt die Polizei Limousinen mit Chauffeur?« fragte Nagib mit einem Blick auf Hans Kalafke.

Omar hob die Schultern. Er mußte Nagib recht geben. Nach einem Trick der Polizei sah das nicht aus. »Aber woher kennt er unsere Namen? Woher weiß er von unserer Ankunft?«

»Vor allem, was will dieser Mann von uns?« warf Halima in die Debatte und blickte ratlos um sich, ob sich nicht doch irgendwo eine Polizeiabordnung versteckt hielt.

Als die Diskussion sich unerwartet in die Länge zog und Kalafke die Unsicherheit der Ägypter erkannte, verließ er sein Automobil, trat an Nagib heran und sagte: »Ich verstehe Ihr Mißtrauen, Herr, aber seien Sie versichert, Baron von Nostiz hat die besten Absichten!«

»Sie wissen, worum es sich handelt?« erkundigte sich Nagib.

»Herr!« Die Anrede bereitete Kalafke sichtlich Mühe, aber dann fuhr er fort. »Es steht mir nicht zu, mich in die Angelegenheiten des Herrn Baron einzumischen; aber selbst wenn ich Kenntnis hätte von den Plänen des Herrn Baron, würde ich mich verpflichtet fühlen zu schweigen. Aber seien Sie versichert, Baron von Nostiz ist ein Ehrenmann.«

Nagib übersetzte Kalafkes Worte, und Omar und Halima sahen sich ratlos an.

»Was ist ein Ehrenmann?« erkundigte sich Halima.

»Ein Ehrenmann? Den Begriff kennt unsere Sprache nicht. Er bedeutet soviel wie, er ist ein rechtschaffener Mensch, dem man trauen kann.«

»Und du glaubst diesem Kutscher?«

Nagib hob die Schultern. Schließlich ging er zu dem Chauffeur, der bereits wieder hinter dem Steuer Platz genommen hatte: »Und wenn wir uns weigern mitzukommen?« fragte er und stemmte die Hände in die Hüften.

»Herr, ich kann Sie nicht zwingen. Meine Aufgabe ist es nur, Ihnen den Auftrag des Herrn Barons zu überbringen. Allerdings – Baron von Nostiz ist es nicht gewöhnt, daß ihm ein

Wunsch abgeschlagen wird. Ich weiß nicht, wie er reagieren würde.«

»Sie wollen damit sagen, daß wir auch unseres Weges gehen könnten, ohne daß uns etwas geschähe?«

»Ich könnte Sie nicht daran hindern.«

Auf diese Worte des eigentümlichen Dieners hin faßten die drei dann den Entschluß, das Abenteuer auf sich zu nehmen und zu Kalafke ins Auto zu steigen.

Zwischen Gendarmenmarkt und Urania an der Friedrichstraße lag das Stadtpalais des Stahlbarons. Zwar verfügte Baron von Nostiz-Wallnitz auch noch über eine Villa im Grunewald, wo er in der Hauptsache seinem Steckenpferd, der Brieftaubenzucht, nachging; aber seit dem Tod seiner Frau Edigna, genannt »Edi«, vor ein paar Jahren hielt der Baron sich nur noch selten auf dem Lande auf und bevorzugte den Trubel der Stadt.

Berlin war ein Pulverfaß. Rechtsextremisten hatten Außenminister Walther Rathenau ermordet. Politische Attentate waren an der Tagesordnung. Und als Folge der Reparationen, die die Siegermächte den Deutschen abverlangten, trabte die Inflation. Der Mittelstand verarmte; aber einige wenige mehrten ihr Vermögen ins Unermeßliche. Zu ihnen gehörte Baron von Nostiz-Wallnitz.

Das Palais in der Friedrichstraße, ein ockerfarbener trutziger Bau aus der Gründerzeit mit hohen, glänzenden Fenstern und Jalousien, war umgeben von einem Zaun aus schwarzem Eisen, und das mächtige Eingangstor wurde Tag und Nacht von einer Mannschaft bewaffneter Aufpasser bewacht, was dem Besitz bei den vorwitzigen Berlinern den Spitznamen »Café Reichswehr« eintrug.

Trotz dieser sichtbaren Attitüden unverschämten Reichtums in einer Stadt der Hungerleider und Arbeitslosen war der Stahlbaron nicht unbeliebt; denn zu seinen zahlreichen Eigenheiten gehörte auch das regelmäßig wiederkehrende Bedürfnis, Gutes zu tun und lautstark darüber zu reden oder besser – reden zu lassen. Wenn er – und das kam gar nicht so selten vor – in seinem

Stoewer über die Prachtstraße Unter den Linden fuhr und einem Bettler begegnete, so stieg er aus, erkundigte sich nach Namen und Schicksal des Bemitleidenswerten und bedachte ihn, je nach Bedürfnis, mit einer Wohnung, einer Arbeitsstelle oder einer Schuldübernahme, und wie der Zufall es wollte, befand sich auch immer ein Fotograf oder Reporter der *BZ* oder *Morgenpost* in der Nähe, der über den Vorfall in angemessener Form berichtete.

Von Nostiz-Wallnitz tat gerne Gutes, weil – wie er sich auszudrücken pflegte – Werte vergänglich seien, Gefühle aber ewig, und dabei nannte er stets das Beispiel der *Berliner Illustrirten,* deren Neujahrsnummer zwei Mark gekostet habe, die Silvesternummer aber achtzig Mark, obwohl die Zeitung nicht besser, nicht dicker und nicht schöner geworden sei.

Es ging schon auf Abend zu, als Omar, Halima und Nagib in der Friedrichstraße eintrafen. Der Wagen hielt vor dem Säulenportal, und ein haarloser Diener in graugestreifter Weste nahm die fremden Besucher mit den Worten in Empfang, der Herr Baron lasse bitten.

Das Haus öffnete sich nach innen zu einer Halle, die zwei Stockwerke einnahm und in der Mitte von einer weißen Marmortreppe geteilt wurde. Auf dem wie ein Schachbrett schwarz-weiß gemusterten Steinfußboden lagen persische Teppiche. Zwei wulstige Ledersessel, ein Rauchtischchen und, abseits, ein weißes Pianoforte stellten das einzige Mobiliar dar. Von der Decke hing ein kristallener Lüster, der auch dem Sultanspalast von Kairo zur Ehre gereicht hätte, und geraffte Vorhänge aus Samt vermittelten einen ernsten, beinahe musealen Eindruck.

Inzwischen hatten die drei ihr Mißtrauen abgelegt, ihre Unsicherheit war einer aufgeregten Neugierde gewichen, als der Diener, der ihnen über die Treppe vorausging, im Obergeschoß vor einer zweiflügeligen Tür haltmachte und den Besuchern bedeutete zu warten. Er verschwand wortlos, kehrte nach kurzer Zeit zurück und hielt die Tür auf, was Omar, Halima und Nagib als Aufforderung verstanden einzutreten.

Der Raum, der sich vor ihnen auftat, war in diffuses Licht getaucht: an den Wänden Bücher bis zur Decke, zwischen zwei Fensternischen ein schwarzer, verschnörkelter Schreibtisch von riesigen Ausmaßen, dahinter ein Mann mit rotem Kopf und spärlichem weißen Haarkranz, in der Linken eine Zigarre, mit der Rechten auf einem Aktendeckel Unterschriften leistend, mechanisch, ohne einen Blick auf die Dokumente zu werfen: Gustav-Georg Baron von Nostiz-Wallnitz.

Als er von dem kahlen, penibel polierten Schreibtisch aufsah, erhellte sich sein pralles Gesicht für einen Augenblick zu dem Versuch zu lächeln, was jedoch irgendwie mißlang und zu einer unglücklichen Fratze ausartete, denn von Nostiz war nicht gewohnt zu lächeln. Es bereitete ihm sogar ausgesprochen Mühe, seiner Physiognomie eine gewisse Freundlichkeit zu verleihen, und seine Begründung dafür lautete: Ich bin reich, ich habe nichts zu lachen.

Von Nostiz erhob sich, und jetzt konnte man sehen, daß der Baron zwar von gewaltiger Leibesfülle, aber ungewöhnlich klein von Wuchs war und den linken Fuß nachzog. Seine Schritte, mit denen er auf die Besucher zutrat, wirkten unbeholfen und forderten – jedenfalls hatte es den Eindruck – große Anstrengung. Der Baron begrüßte die Besucher, komplimentierte sie in eine gemusterte Sitzgruppe und begann ohne Umschweife:

»Sie haben sich natürlich gewundert, als Sie bei Ihrer Ankunft in Hamburg erwartet wurden, und gewiß hatten Sie Bedenken, meiner Einladung zu folgen; ich verstehe Sie gut. Aber ich möchte Ihnen versichern, daß Sie von meiner Seite nichts zu befürchten haben. Im Gegenteil, ich bin es gleichsam, der als Bittsteller an Sie herantritt.«

Bittsteller? Nagib, der die Worte des Barons übersetzte, sah Omar an, der blickte auf Halima, ratlos.

»Woher wußten Sie überhaupt von unserer Ankunft?« erkundigte sich Nagib höflich.

»Das sollen Sie erfahren, und dann werden Sie auch erkennen, worum es geht.« Umständlich, beinahe linkisch zündete sich von Nostiz eine neue Zigarre an, und während er kurze, kleine Wölkchen von sich paffte, begann er, an Nagib gewandt, zu sprechen: »Sie haben sich gewiß schon Gedanken gemacht, wer die Leute waren, die Sie aus den Fängen dieses Ali ibn al- . . .«

»Al-Hussein?«

»– richtig, al-Hussein befreit haben. Ich meine, eigentlich müßten Sie doch noch in dieser Wellblechbaracke in einem Kairoer Vorort als Gefangener dieses Gangsters sitzen.«

Halima war, als der Baron den Namen al-Hussein erwähnte, aufgesprungen, und ihr Blick ging unsicher zur Tür und dann wieder zu Nagib, als warte sie nur auf das Zeichen zur Flucht. Der aber machte eine beschwichtigende Handbewegung und deutete an, sie solle sich wieder setzen.

»Woher wissen Sie davon?« fragte Nagib ungläubig.

Der Baron streckte das linke, steife Bein weit von sich, betrachtete genüßlich seine Zigarre und sagte, ohne den Frager anzusehen: »Schauen Sie, unsere Welt ist klein geworden. Straßen und Eisenbahnen verbinden Länder, Luftschiffe und Flugzeuge fliegen über Kontinente. Sie können von der Telegraphenstation der Reichspost in Königs Wusterhausen überallhin in Europa telegraphieren. Während der Konferenz von Genua wurde die Rede Lloyd Georges in siebzig Minuten via Berlin nach London übermittelt. Ich will damit sagen, heute weiß jeder alles, und es ist schwer, wirklich etwas geheimzuhalten – wenn Sie verstehen, was ich meine.«

»Nein, ich verstehe überhaupt nicht«, erwiderte Nagib.

Baron von Nostiz-Wallnitz räusperte sich umständlich: »Ein paar Straßenzüge von hier residiert der Reichsgeheimdienst, und man sagt, er ist einer der besten Geheimdienste der Welt. Seit geraumer Zeit beobachten diese Leute besondere Aktivitäten des französischen und des britischen Geheimdienstes in Ihrem Land. Das Ziel blieb ihnen lange verborgen, und sie waren höchst irritiert, als immer mehr Archäologen hinzugezogen wurden. Die Vorstellung, archäologische Forschungen könnten für den Geheimdienst eines europäischen Landes von Interesse sein, erschien geradezu absurd. Geheimdienste leben nicht von der Vergangenheit, Geheimdienste leben von der Zukunft. Was war, ist uninteressant; das Interesse eines Geheimdienstes konzentriert sich auf das, was sein wird oder sein könnte. Es mußte also einen anderen Grund geben, warum sich Franzosen und Briten für Archäologie interessierten. Unser Reichsgeheimdienst fand den wahren Grund bald heraus.

In verschiedenen Museen der Welt lagerten Fragmente einer Tontafel, die – zusammengefügt – die Lage eines mysteriösen Grabes aus alter Zeit bezeichnen. Ein britischer Archäologe namens Hartfield hielt angeblich das größte Teilstück in seinem Besitz, und er behauptete, in dem Grab befänden sich unermeßliche Schätze, neben Gold, Schmuck und kunstvollen Geräten auch Dokumente mit verlorenem Wissen der Menschheit.

Vor allem letzteres war es, das die Geheimdienste interessierte. Da gab es wilde Gerüchte, was in dem Grab zu finden sei: chemische und physikalische Geheimformeln, Wundertränke und Hinweise auf weitere Geheimverstecke. Seit den Zeiten Napoleons geistern wundersame Geschichten durch die Welt, und ernsthafte Wissenschaftler beschäftigen sich mit abenteuerlichen Theorien, nach denen die Ägypter eine uns unbekannte Energieform gekannt und die Theorie beherrscht hätten, die Magnetkraft der Pole umzukehren. Kurzum, würde auch nur ein Teil dieser Mutmaßungen und Vorstellungen zutreffen, so befände sich ihr Entdecker gegenüber der übrigen Menschheit in einem Wissensvorsprung, der ihn in die Lage versetzte, die Welt zu beherrschen. Denn wenn etwas die Welt beherrscht, dann ist es das Wissen.«

Von Nostiz-Wallnitz redete sich in eine nicht enden wollende Begeisterung, die erkennen ließ, daß er sich ausgiebig mit dem Thema beschäftigt hatte, und allmählich wurden den Besuchern Zusammenhänge klar, warum der Baron ausgerechnet auf sie gestoßen war. Nur das *wie* stand nach wie vor unerklärbar und rätselhaft im Raum wie die Sphinx von Gizeh.

In einer Atempause, die der Baron nutzte, Cognac aus einer

kristallenen Karaffe anzubieten, was die Besucher jedoch dankend ablehnten, wagte Nagib die Frage zu stellen, wie es ihm gelungen sei, sie ausfindig zu machen.

»Das will ich Ihnen sagen«, holte Gustav-Georg von Nostiz-Wallnitz aus, und über sein Gesicht huschte wieder so ein zaghafter, aber mißlungener Versuch zu lächeln, wie er schon einmal erkennbar gewesen war. »Ich beziehe meine Informationen aus erster Hand. Friedrich Freienfels, Chef des Reichsgeheimdienstes, ist mit mir in die Schule gegangen; wir teilten jahrelang eine Schulbank und ein und dieselbe Frau – wir haben beide keine Geheimnisse voreinander. Als mein Freund Friedrich mir die Geschichte von dem mysteriösen Grab in Ägypten erzählte, wurde in mir der Wunsch wach, mich selbst auf die Suche zu machen.«

Nagib, Omar und Halima sahen sich wortlos an.

»Ich weiß, was Sie jetzt denken«, sagte Nostiz und kippte ein Glas Cognac mit einem einzigen Schluck in sich hinein. »Sie glauben, das ist die einsame Idee eines spleenigen Millionärs, und in ein paar Wochen hat er das alles wieder vergessen; aber ich kann Ihnen versichern: So ist es nicht. Seit ich von der Sache gehört habe, läßt mich der Gedanke nicht mehr los, ich, Gustav-Georg von Nostiz-Wallnitz, könnte etwas von bleibendem Wert schaffen, könnte etwas erreichen, was meinen Namen mit einem Schlag weltberühmt macht.« Bei diesen Worten leuchteten seine Augen wie die eines Kindes im Anblick eines unerwarteten Geschenkes, und die Erregung, die dem Augenblick innewohnte, zeigte sich deutlich an den hervorquellenden Adern an beiden Schläfen.

»Wer weiß«, nahm der Baron seine Rede wieder auf, »wer weiß, wie lange ich noch zu leben habe! Überblicke ich heute mein Leben und frage ich mich: Was hast du eigentlich erreicht?, so muß ich sagen: Das einzige, was du geschafft hast, ist Geld, eine Menge dreckiges, nutzloses Geld; Geld, das von Tag zu Tag weniger wert wird und das bald nur noch dazu taugt, dir den Hintern abzuwischen. Und eines Tages werde ich nicht mehr sein, und es wird überhaupt niemandem auffallen. Mir war es nie vergönnt, Kinder zu haben, müssen Sie wissen, und mit mir stirbt mein Name. In fünfzig Jahren werden die Leute sagen: Baron Nostiz? Nie gehört. Diese Vorstellung macht mich krank – sechzig, siebzig Jahre gelebt zu haben, und eine Generation später bist du vergessen!

Wenn Sie wüßten, wie ich einen Rosenzüchter beneide, der einer Blume seinen Namen geben kann, oder einen Astronomen, der einen winzigen Stern entdeckt, völlig wertlos für die Entwicklung der Menschheit; aber dieser nutzlose, unbedeutende Stern trägt seinen Namen, und noch in tausend Jahren wird sein Name in den Astronomiebüchern stehen. In dieser Gewißheit zu sterben muß eine Lust sein. Wenn ich morgen sterbe, werde ich mir klein, unbedeutend und schäbig vorkommen, weil das, was ich aus diesem meinem Leben gemacht habe, klein, unbedeutend und schäbig ist.«

Die Worte des Barons ließen diesen kleinen, häßlichen Mann, der mit allen Reichtümern dieser Erde gesegnet war, in einem ganz anderem Licht erscheinen. Was aber wollte er von ihnen?

»Sie haben meine Frage nicht beantwortet, Herr Baron«, beharrte Nagib. »Wie sind Sie gerade auf uns gestoßen und was erwarten Sie von uns?«

Wieder lächelte von Nostiz unbeholfen und linkisch. »Ich sagte Ihnen doch, der Reichsgeheimdienst ist der beste der Welt, besser als das Deuxième Bureau in Paris, besser als der Secret Service Seiner Majestät. Freienfels und seine Leute stießen schon sehr früh auf Sie, präzise gesagt an dem Tag, als Omar Moussa die beiden britischen Agenten auf dem Nildampfer verfolgte. Die Agenten ihrerseits standen nämlich unter unserer Beobachtung. So mußte jemand, der dasselbe Interesse an den Tag legte, zwangsläufig auffallen. Zuerst hielten wir Sie für einen Agenten einer fremden, uns unbekannten Macht, aber nach wenigen Tagen, nachdem sich unsere Leute näher mit Ihnen beschäftigt hatten, brachten sie in Erfahrung, daß Sie dem Tadaman angehören und – was wir bis dahin nicht wußten –, daß auch der Tadaman hinter dem Geheimnis her war. Alles weitere ergab sich beinahe von selbst. Zuerst stießen wir auf die Person des Ali ibn al-Hussein, dann auf Nagib ek-Kassar und schließlich auf Halima al-Hussein.«

Omar rutschte unruhig auf seinem Sessel hin und her. Die Vorstellung, daß dieser Mann mehr über sie wußte, als ihnen lieb sein konnte, beängstigte ihn sehr. Aber wußte er wirklich alles?

»Sage ihm«, meinte Omar an Nagib gewandt, »daß wir beide unfreiwillig Mitglieder des Tadaman geworden sind und daß der Tadaman hinter uns her ist, weil wir uns seiner Aufträge entledigt haben. Er soll das wissen!«

Nagib dolmetschte Omars Worte, und Baron von Nostiz bekräftigte, auch das sei ihm bekannt und im gewissen Sinne sei es eine Beruhigung; denn Extremisten, gleich welcher Couleur, seien unberechenbar und damit unzuverlässig und für Aufgaben außerhalb ihres Interessenbereichs unbrauchbar.

Im Laufe der Unterredung wurde deutlich, daß sie seit Wochen von den Deutschen beobachtet worden waren und daß diese ihr Privatleben bis ins Detail durchleuchtet, ja, unbemerkt ihr Schicksal gesteuert hatten. Die Eile, mit der sie der Hafenmeister in Alexandria auf ein deutsches Schiff verfrachtet hatte, kam nicht von ungefähr: Georgios war von deutschen Agenten geschmiert worden; er hatte also doppelt kassiert, von ihnen für die Überfahrt und von den Deutschen dafür, daß er sie auf die *Königsberg* gebracht hatte.

Es ist mehr als unbehaglich, Schritt um Schritt zu erfahren, wie man in den letzten Wochen gelebt hat. Was wußte dieser wahnsinnige Baron noch alles und was hatte er mit ihnen vor?

»Sagen Sie endlich, was Sie von uns wollen!« begann Nagib unwillig. »Sie haben unser Vorleben durchleuchtet – gut; Sie haben uns hierher nach Berlin gebracht – auch gut; wir dürfen wohl davon ausgehen, daß Sie nicht ganz selbstlos gehandelt haben. Also, was wollen Sie von uns?«

»Ich will Ihnen dreien ein Angebot machen.«

»Und das wäre?«

»Arbeiten Sie für mich. Finden Sie für mich, finden Sie mit mir das Grab des Imhotep!«

Von Nostiz erhob sich, ging zu einer Bücherwand, klappte einen Buchrücken heraus, und wie durch ein Wunder rollte die Wand zur Seite und gab ein Regal mit zahllosen Akten und gebündelten Dokumenten frei. Dabei nahm das Gesicht des Barons einen unwirklichen, beinahe verklärten Ausdruck an. Er genoß sichtlich das Staunen seiner Gäste, jedenfalls bereitete es ihm sichtliches Behagen, als er mit einer ausholenden Handbewegung sagte: »Ich war nicht untätig. Was nach dem heutigen Kenntnisstand über Imhotep dokumentiert ist, können Sie hier finden – auch die Erkenntnisse der ausländischen Geheimdienste, auch Ihre Aktivitäten.«

Omar und Nagib traten an die Aktenwand heran und bestaunten die sorgfältig beschrifteten Dokumente, Manuskripte und Umschläge, und von Nostiz zog scheinbar wahllos eine Akte hervor, blätterte sie auf und hielt bei einer Fotografie inne. Halima trat hinzu, sah das Bild und stieß einen entsetzten Schrei aus.

»Das ist mein Vater!«

Sie zeigte auf einen glatzköpfigen Mann in einer Reihe mit anderen. Ja, jetzt erkannte Omar die Fotografie von einem der Feste des Mustafa Aga Ayat. Er erkannte Professor Shelley und seine Frau Claire, den Direktor der Eisenbahn von Luxor, Lady Dawson, den Polizeichef Ibrahim el-Nawawi in übermütiger Gesellschaft.

»Das Bild«, meinte Omar voll Bewunderung, »stammt aus der Zeit vor dem Krieg, unglaublich. Ich war damals noch ein Junge und stand in Diensten des Professors, *ya salaam.*«

Von Nostiz nickte zufrieden. »Daran mögen Sie die Gründlichkeit meiner Nachforschungen erkennen.«

Omar schüttelte den Kopf: »Sie haben soviel Material gesammelt, *ya Saidi,* Sie haben, wie es scheint, Recherchen aller Geheimdienste. Warum legen Sie gerade auf unsere Mitarbeit Wert?«

»Ganz einfach.« Der Baron legte die Akte an ihren Platz zurück. »Ich habe den Eindruck, daß Sie dem Geheimnis am nächsten sind. Mir ist aufgefallen, daß sich die Wege aller, die nach

Imhotep suchen, immer dann mit Ihnen kreuzten, wenn diese Leute wieder einmal ein Stück weitergekommen waren, egal, ob es sich um Archäologen, Abenteurer oder Agenten handelt. Mit anderen Worten: Sie sind allen anderen immer einen Schritt voraus.«

Das alles klang schmeichelhaft, aber dennoch waren die Worte des Barons nicht geeignet, ihre Bedenken zu zerstreuen. Gewiß könnten sie sich hier in Berlin unter dem Schutz eines so einflußreichen Mannes erst einmal in Sicherheit fühlen, aber zwischen den Mühlsteinen der Geheimdienste, in die sie früher oder später geraten würden, könnte ihre Identität nicht lange verborgen bleiben, und al-Hussein würde nichts unversucht lassen, sie aufzuspüren; dann müßten sie alle drei um ihr Leben fürchten. Nach Ägypten zurückzukehren sei für sie in nächster Zeit undenkbar. Wie er sich das vorstelle?

Von Nostiz ließ derlei Einwände nicht gelten. Er hatte den Entschluß gefaßt, das Grab des Imhotep zu finden, und dazu brauchte er die Hilfe dieser drei Ägypter. Sein Blick sagte deutlich genug, daß ihn das Zögern seiner Gäste in bezug auf sein Angebot ärgerte, was auch in der Art und Weise zum Ausdruck kam, wie er seine Havanna – bereits die dritte oder vierte – zwischen Daumen und Zeigefinger ungehalten hin und her rollte.

»Das Problem Ali ibn al-Hussein wird sich in absehbarer Zeit von selbst lösen«, sagte er bedeutungsvoll, ohne sich näher zu erklären, »und was Ihre Identität betrifft, es ist mir ein leichtes, Ihnen jeden gewünschten Paß zu beschaffen.«

Dieser seltsame Baron war nicht gewohnt, um etwas zu feilschen, jemandem etwas aufzudrängen oder jemanden um etwas zu bitten. Selbst der Kaiser, pflegte er zu sagen, als es noch einen solchen gab, selbst der Kaiser ist käuflich, es sei nur eine Frage des Preises; und je länger die drei diesem kleinen unansehnlichen Mann zuhörten, desto mehr kamen sie zu der Gewißheit, daß er es ernst meinte mit der Durchsetzung seiner Ziele.

Menschen wie Baron von Nostiz oder seinesgleichen, vom Schicksal mit allen irdischen Gaben bedacht, empfinden Zufriedenheit in dem Gedanken, unglücklich zu sein, und sie setzen sich immer neue, unerreichbar erscheinende Ziele. An privatem Glück, schien es, war dem Baron nicht mehr gelegen, sei es, daß er es gelebt hatte oder – auch das hätte seinem Charakter entsprochen – daß er diese Art Glück für schlechtweg undenkbar hielt; aber der quälende, schier unerreichbare Gedanke an das Niedagewesene und in Folge davon an ein Stück Unsterblichkeit brachte seine Augen zum Leuchten.

Das Angebot eines solchen Mannes abzulehnen erschien nicht nur töricht, es war auch gefährlich. Denn wie einem Kind, das gut zu haben ist, solange alles nach seinem Willen abläuft, aber zu toben beginnt, wenn sein Wille nicht erfüllt wird, durfte man diesem unscheinbaren Mann folgenschwere Zornesausbrüche zutrauen, ja, man mußte sich vor ihnen fürchten.

Und ohne eine Stellungnahme oder Antwort abzuwarten, so als seien sie längst handelseinig, erhob sich von Nostiz, drückte auf einen elektrischen Klingelknopf und sagte in freundlichem Tonfall: »Ich habe ein paar Schritte von hier, im Hotel Kempinski, Zimmer für Sie reservieren lassen. Kalafke wird Sie hinbringen.«

Kalafke erschien und geleitete Omar, Halima und Nagib durch die Halle ins Freie, wo die Limousine wartete.

## 10

## *Vom Tal der Könige nach Sakkara*

Allah kennt die Geheimnisse im Himmel und auf Erden. Er kennt das Innerste des menschlichen Herzens, und er ist es, der euch auf Erden eueren Vorfahren hat nachfolgen lassen. Wer ungläubig ist, über den komme sein Unglaube; der Unglaube vermehrt den Ungläubigen nur den Unwillen ihres Herrn, und der Unglaube vergrößert nur das Unheil der Ungläubigen.

*Koran, fünfunddreißigste Sure (39, 40)*

UNTER DEN EIGENTÜMLICHEN GESTALTEN, DIE JAHREIN, jahraus das Tal der Könige im Westen von Luxor bevölkerten, war Howard Carter gewiß der eigentümlichste. Kaum siebenundvierzig Jahre alt, machte er, gramgebeugt, verhärmt und verschlossen, den Eindruck eines Greises. Er ließ sich nur noch selten in Luxor erblicken, meist mittwochs, wenn er seine Post holte, oder auf dem Markt, wo er Fladenbrot und etwas Gemüse in einen Sack verstaute und Körner für seinen Papagei. Zum Schutz vor der Sonne trug er stets einen breitkrempigen Hut; sein staubiger Anzug, auf den er auch bei größter Hitze nicht verzichtete, hatte schon viele Sommer erlebt, ebenso der Spazierstock, ohne den er niemals ausging.

So gesehen war Howard Carter für jedermann als Engländer kenntlich, aber diese Tatsache schuf ihm weder Feinde noch Freunde, er gehörte einfach zum Tal der Könige wie die Sphinx zu Gizeh, und sein Nichterscheinen an einem Tag außer Sonntag hätte die Bewohner der Gegend irritiert. Carter, dem in vielen Dingen englische Gleichgültigkeit nachgesagt werden konnte, lebte mit der Präzision eines Uhrwerks, jedenfalls, was seinen Tagesablauf betraf. Punkt sieben Uhr morgens verließ er, nachdem er sich der genauen Zeit auf seiner Taschenuhr aus reinem Nickel versichert hatte, das niedrige Ziegelhaus unweit der Straße, das er mit einem Papagei und einem Esel teilte, was für mancherlei Anekdoten Anlaß gab, und machte sich auf den Weg ins Tal. Abends um sieben kam er zurück (winters um fünf), ebenso regelmäßig wie am Morgen. Dazwischen lagen zwölf Stunden aufopfernder Tätigkeit in Hitze, Staub und Dreck und der unzerstörbare Traum, ein Pharaonengrab zu entdecken, das noch nicht unter die Räuber gefallen war.

Am ersten Sonnabend im November kehrte Carter sehr viel später als gewöhnlich zurück. Pflichtbewußt versorgte er seinen Esel, dann betrat er sein Haus, zog seine Schuhe aus und begann sich mit dem Papagei zu unterhalten: »Spät geworden heute, tut mir leid.«

»Good boy«, krächzte der Papagei, der damit beinahe die Hälfte seines gesamten Sprachschatzes demonstriert hatte, denn außer »good boy« konnte er nur noch »take it easy«, und das nur morgens beim Aufstehen, so daß mit dieser Erklärung an diesem Abend nicht mehr gerechnet werden konnte.

»Wie lange buddeln wir nun schon in dieser gottverdammten Mulde? Du weißt es nicht. Fünf Jahre!«

»Good boy, good boy!« tönte es aus dem Hintergrund.

»Fünf Jahre für nichts und wieder nichts. Die Leute mußten uns ja für verrückt halten; aber« – Carters Stimme wurde lauter – »ich habe nie die Hoffnung aufgegeben, und diese Beharrlichkeit hat sich offensichtlich gelohnt. Ich bin fündig geworden. Jenny, ich habe eine Entdeckung gemacht!«

Während Carter auf umständliche Weise Tee zu kochen begann, meinte er, ohne von seiner Arbeit aufzusehen: »Du fragst gar nicht, was ich gefunden habe. Interessiert dich wohl nicht, he?

»Good boy, good boy.«

Nun trat Carter vor den verbogenen Käfig, und während er redete, unterstrich er jedes seiner Worte mit anschaulichen Handbewegungen: »Sechzehn Stufen, dann eine gemauerte Wand, in der Mitte ein Siegel. Weißt du, was das bedeutet? Das bedeutet, daß seit über dreitausend Jahren kein Mensch hinter diese Mauer geblickt hat. Das bedeutet, daß ich, Howard Carter aus Swattham in Norfolk, der erste bin, der ein unversehrtes Grab gefunden hat, eines, das noch nicht von Räubern ausgeplündert ist. Hörst du, Jenny?«

Es war nicht ungewöhnlich, daß Carter mit seinem Papagei redete. Er liebte ihn beinahe abgöttisch und ließ ihn die meiste Zeit frei im Haus herumfliegen. Die Zutraulichkeit, mit der Jenny selbst Fremden begegnete, machte sie zu einer Berühmtheit.

An diesem Abend war Carter außer sich; denn er hatte schon selbst nicht mehr geglaubt, daß ihm das Glück seine Mühen noch lohnen würde. Die Bilanz der Jahre im Tal der Könige war dürftig, der Wert der Funde, die er bisher gemacht hatte, bescheiden. Und die Gräber, die er bisher entdeckt hatte? Allesamt ausgeraubt und von minderer Qualität in der Ausstattung. Zuwenig, um Anerkennung zu finden, ein bißchen Anerkennung.

Howard Carter war, was man zu Hause in Norfolk eine arme Kröte nannte, ein Habenichts und Niemand, was gewiß kein erstrebenswerter Zustand ist wie Glück und Reichtum; aber er hatte nie darunter gelitten oder es gar als Schande betrachtet. Bis zu jenem Tag im vergangenen Herbst, als ihn Lord Carnarvon beiseite genommen hatte.

Der Unterredung war eine kurze Affäre mit Evelyn, der Tochter Seiner Lordschaft, vorausgegangen. Evelyn hatte ihren Vater zum ersten Mal begleitet, der zweimal im Jahr nach Luxor gereist kam, um den Fortgang der von ihm finanzierten Grabungen zu begutachten. Das Mädchen war gerade zwanzig, klein von Wuchs und ungewöhnlich hübsch, und seine dunklen, wachen Augen hatten Carter in Schwärmereien versetzt wie einen verliebten Oberschüler. Dabei hätte er gut und gerne ihr Vater sein können, und von sich aus hätte er es auch nie gewagt, sich Evelyn zu nähern, hätte sich nicht das Mädchen ihm erst mit zarten Berührungen zu erkennen gegeben und dann bewundernde, glühende Briefe geschrieben, wie sie nur ein verliebtes junges Mädchen zu schreiben in der Lage ist.

Seiner Lordschaft wäre das platonische Verhältnis gewiß lange verborgen geblieben, hätte Evelyn sich nicht unerwartet für ägyptische Geschichte und für die Ausgrabungen im Tal der Könige interessiert und Modejournale und gesellschaftliche Verpflichtungen vernachlässigt, die ihr bis dahin Lebensinhalt zu sein schienen.

Die Bindung zwischen Carter und Carnarvon stand ohnehin auf tönernen Füßen. Carter verachtete Carnarvon wegen seines Geldes und dieser jenen wegen seiner Mittellosigkeit, die der Lord mehr als einmal unverblümt bekundet hatte. Auch bei der erwähnten Unterredung der beiden, bei der es um – wie Lord Carnarvon sich auszudrücken pflegte – »die Schwärmereien eines unreifen Mädchens« ging, war nicht etwa von Liebe die Rede oder – was Carter akzeptiert hätte – von dem großen Altersunterschied der beiden, sondern es ging in der Hauptsache um Geld oder besser: um Besitztum, ohne das niemand in der vornehmen englischen Gesellschaft bestehen könne. Er möge sich keine Hoffnungen machen.

Natürlich, hatte Carter gesagt, er hätte es wissen müssen, und wie ein Tolpatsch, der ahnungslos eine große Dummheit beging, hatte er sich entschuldigt und Evelyn einen Abschiedsbrief geschrieben, sie möge vernünftig sein und sie dürften sich nicht wiedersehen. Tags darauf reisten der Lord und seine Tochter ab.

Doch was als Ende einer schwärmerischen Liebelei gedacht war, erwies sich, wie so oft, erst als ihr wahrer Anfang. Ohne Wissen des Vaters schrieb Evelyn regelmäßige Briefe nach Luxor, jede Woche einen, ohne auf Antwort zu hoffen. Das wäre viel zu gefährlich gewesen. Die ehrlichen Briefe rührten Carter bisweilen zu Tränen, und einen jeden trug er eine ganze Woche mit sich herum, um ihn wieder und wieder zu lesen, bis er ihn nach dem Vorbild der alten Ägypter in einen tönernen Krug ablegte und einem neuen Platz schuf.

Seither grub Carter nur noch aus Trotz und Verzweiflung und in der Hoffnung, eine einzige große Entdeckung könnte ihn weltberühmt machen wie Sir Francis Drake, den Freibeuter.

Und in seinen Träumen, die einsame Menschen weit häufiger und mit größerer Heftigkeit überkommen als andere, legte Carter Gräber und Schätze frei und Kisten voll Gold, das den Pharaonen als Wegegeld diente in die Ewigkeit.

In der Nacht vor der Entdeckung der geheimnisvollen Mauer hatte Howard Carter einen Traum, der sich von allem, was ihm bisher im Schlaf erschienen war, dadurch unterschied, daß die sonst schattenhaften Gestalten von besonderer Klarheit und Farbigkeit waren und mit verständlicher Sprache auf ihn einredeten. Schakalköpfig und mit glühenden Augen kam Anubis, der die Herzen beim Totengericht auf die Waage legt, über eine endlos scheinende Treppe aus der Tiefe, und hinter ihm folgte eine lange Schlange weißer, mumienförmiger Uschebti mit über der Brust gekreuzten Armen, die, gemäß ihrem Auftrag, den Menschen im Jenseits zu helfen, hundertfach kleine, spitze Schreie ausstießen: »Hier bin ich! Hier bin ich!«

Da sah sich Carter selbst schlafend auf seiner Pritsche, und Anubis kam ihm mit lechzendem Maul ganz nahe, so nahe, daß er seinen stinkenden Atem roch, und mit tiefer heiserer Stimme begann er zu sprechen. Tut-ench-Amun, sagte er, ruhe zehn Schritte nach Westen und abermals zehn Schritte nach Norden in der Erde verborgen, aber Carter solle sich hüten, seine Ruhe zu stören, denn den, der die Ruhe des Pharaos stört, treffe die Rache des Totengottes Osiris. Dann zählte er ihm sechzehn schwarze Kiesel in die Hand und sagte, jeder weitere Stein, den er aufsammle, sei ein Frevel gegen die Götter der Unterwelt, und noch ehe Carter eine Frage stellen konnte, lösten sich Anubis und die endlose Prozession hinter ihm in Luft auf, und er erwachte.

Zehn Schritte nach Westen und zehn Schritte nach Norden. Seit Carter die versiegelte Mauer unter der Erde entdeckt hatte, ging ihm der Traum nicht mehr aus dem Kopf. Waren die sechzehn Steine, die ihm Anubis in die Hand gezählt hatte, ein Hinweis auf die sechzehn Stufen, die zu der versiegelten Mauer führten?

Für einen Mann wie Carter, der ein Leben lang nach Schätzen

der Vergangenheit gegraben und in unterirdischen Labyrinthen zugebracht hatte, war Angst ein Fremdwort. Das Fürchten lehrten ihn eher Menschen wie Carnarvon, kaltschnäuzig und selbstsicher, die über andere hinweggingen. Und so schlug er auch die Traumwarnung des Anubis in den Wind, die Ruhe des Pharaos zu stören.

Jenny, der Papagei, war eingeschlafen, und Carter dachte, während er Tee schlurfte und ein trockenes Fladenbrot hinunterschlang, nach, wie er sich verhalten sollte. Die Grabungsverträge mit der Altertümerverwaltung in Kairo und die Vereinbarungen mit Lord Carnarvon forderten die sofortige Meldung einer Entdeckung. Sowohl Rex Engelbach, der englische Generalinspektor der Behörde, als auch Carnarvon hatten ihre persönliche Anwesenheit angemahnt. Aber wer wollte es ihm andererseits verdenken, wenn Carter sich jetzt heimlich auf den Weg ins Tal der Könige machte. Dies war *sein* Grab, *seine* Entdeckung, die ihn viele Jahre seines Lebens gekostet hatte. Er hatte mittlerweile eingesehen, daß es nur zwei Sorten Menschen gab, Gewinner und Verlierer, und er gehörte zu den Verlierern. Seit Jahren zog er eine Niete nach der anderen, und selbst jene, die anfangs zu ihm standen, begegneten ihm nur noch mit Mitleid.

Die Unruhe, die Carter befiel, wenn er an die versiegelte Mauer dachte, war daher nur allzu verständlich. Er war unsicher, ob die Pechsträhne, die sich durch sein ganzes Leben zog, nun mit einem Male beendet sein würde. Er, Howard Carter aus Norfolk, ein Glückspilz? Vielleicht würde er sich unsterblich blamieren, vielleicht würden sie über ihn lachen, ihn sogar verhöhnen, wenn sich hinter der Mauer eine leere Höhle auftat.

All diese quälenden Gedanken hatten zur Folge, daß Carter kurzerhand aufbrach, den Esel sattelte und, vom fahlen Mondlicht geleitet, zum Tal der Könige ritt.

Das Tal, eine steinige Senke zwischen schroffen Felswänden, mag vor Jahrtausenden nicht anders ausgesehen haben als in der Gegenwart. Es gibt in ganz Ägypten keinen anderen Ort, wo die Landschaft mit der Ewigkeit so eins ist, und sicher war das der Grund, warum die Pharaonen des Neuen Reiches gerade hier ihre letzte Ruhestätte suchten. Tags kreisen ständig Geier über den Klippen, nachts sind die steinigen Pfade Beutewege für hungrige Schakale.

Vor dem Gatter zu dem Grab, das den Ausgräbern als Magazin für Werkzeuge und Gerätschaften, vor allem aber als Wasserreservoir diente, machte Carter halt. Er band seinen Esel an das Gitter und holte eine Lampe und eine schwere eiserne Brechstange aus dem Inneren. Dann schritt er, in der einen Hand die Stange, in der anderen die Laterne, die Stufen nach unten. Etwa in der Mitte stellte er die Lampe ab, damit sie die gesamte Mulde ausleuchtete, dann ließ er sich auf der untersten Stufe nieder, verschränkte die Arme über den Knien und ließ den Kopf darauf sinken.

Und während er so vor sich hin döste, unsicher, ob sein Vorhaben richtig und der Bedeutung des Ereignisses angemessen war, hatte Carter auf einmal das unerklärliche Gefühl, daß ihn aus dem Dunkel der Nacht zwei Augen anstarrten und sein Vorhaben verfolgten. Zuerst versuchte er, den absurden Gedanken zu verdrängen, schrieb ihn seiner inneren Erregung zu, aber dann hörte er deutlich Schritte auf dem steinigen Boden, und er sprang auf.

»Ist da jemand?« rief er nun zaghaft, als fürchte er eine Antwort.

Die Laterne verhinderte, daß er irgend etwas außerhalb der Grube erkennen konnte. Aufgeregt hastete er die Stufen nach oben.

Vor ihm stand eine kleine Gestalt, er erkannte sie sofort, trotz eigentümlicher Verkleidung: Lady Dawson.

Die Lady trug enge, unterhalb der Knie weit ausladende Reithosen und ein strenges Sakko, wie es sonst überhaupt nicht ihre Art war; aber noch mehr setzte Carter das Pistolenhalfter in Erstaunen, das Joan Dawson an der Seite über ihrer Jacke trug.

»Sie?« sagte Carter mit einer Mischung aus Ungläubigkeit und Ratlosigkeit.

»Haben Sie jemanden anderen erwartet?« konterte die Lady schlagfertig.

»Wenn ich ehrlich sein soll, ich habe eigentlich niemanden erwartet.«

»Das geht mir nicht anders; aber ich sah von weitem den Lichtschein. Das machte mich neugierig.« Lady Dawson redete mit großer Natürlichkeit, als sei es die selbstverständlichste Sache der Welt, nachts durch das Tal der Könige zu streifen; und neugierig fügte sie hinzu: »Was machen Sie zu so später Stunde hier, oder soll ich sagen zu so früher Stunde?«

Carter überlegte. Eigentlich wäre es an ihm gewesen, die Lady nach dem Grund ihrer Anwesenheit zu fragen; aber diese war für Carter eine so geheimnisvolle Person, daß er die naheliegende Gegenfrage unterließ und mit dem Kopf eine Bewegung in Richtung auf die Mulde mit den sechzehn Stufen machte und sagte: »Für einen Pharao ist es nie früh und nie spät, ein Pharao kennt nur die Ewigkeit.«

Carter gab sich betont rätselhaft, jedenfalls lag es nicht in seiner Absicht, die ungebetene Besucherin über seine Entdeckung aufzuklären. Um so erstaunlicher erschien es ihm, daß Lady Dawson keine weiteren Fragen stellte und, als hätte sie seine Bemerkung voll und ganz verstanden, erwiderte sie gelassen: »Sie glauben also das Grab eines Pharaos gefunden zu haben, Carter?«

Die Überheblichkeit, mit der die Dame ihm begegnete, versetzte den Ausgräber in Wut, und er antwortete mit dem höchsten Maß an Arroganz, dessen er fähig war: »Wie Sie vielleicht wissen, habe ich schon eine ganze Reihe Pharaonengräber gefunden, sie waren nur allesamt mit einem Makel behaftet, Grabräuber hatten sie bereits in alter Zeit geplündert, in diesem Fall jedoch scheint mir mehr Glück beschieden.«

»Und was bringt Sie zu dieser Auffassung?«

Carter nahm die Lampe und ergriff den Arm der Lady. »Kommen Sie!« Vor der Mauer auf dem Grund der Mulde angelangt, leuchtete er auf ein in den Mörtel gepreßtes Band. Das Band, kaum eine Hand breit, zeigte zwei sich gegenüberliegende Schakale. Man konnte deutlich ihre spitzen Köpfe und hochaufgerichteten Ohren erkennen.

Lady Dawson, bisher kühl und gelassen, wurde auf einmal von Unruhe erfaßt. »Was bedeutet das?«

»Das will ich Ihnen sagen, Lady Dawson!« Carter fuhr mit der Hand über den seltsamen Abdruck. »Dies ist das Siegel der Grabarbeiter der Totenstadt. Jedes Grab, jeder unterirdische Raum, der von diesen Leuten fertiggestellt war, wurde auf diese Weise versiegelt. Das zeugt von Stolz über die geleistete Arbeit, hatte gleichzeitig aber auch den Sinn, Einbrecher abzuhalten oder Einbrüche nachzuweisen.«

»Man sagt, die Grabarbeiter seien nach verrichteter Arbeit getötet worden?«

»Das ist eine Legende wie so vieles auf dem Gebiet der Ägyptologie. Sie müssen nicht alles glauben, was die Fremdenführer von Luxor erzählen.«

Lady Dawson lachte. Voll Bewunderung fuhr sie mit der Hand über das Siegel. »Und was wollen Sie jetzt tun?« fragte sie schließlich.

»Darüber habe ich eben nachgedacht«, log Carter.

»Ich sehe schon, Sie werden noch ein berühmter Mann!« ereiferte sich die Lady. »Hat man überhaupt schon jemals einen Pharao unversehrt in seinem Grab gefunden?«

»Noch nie«, erwiderte Carter. »Die Königsmumien, die wir kennen, stammen alle aus zwei Verstecken, die in alter Zeit von Priestern angelegt worden sind. Aus Angst vor Grabräubern hatten die Priester alle ihnen bekannten Gräber geöffnet und die Mumien der Pharaonen an geheimen Orten zusammengetragen. Das mag pietätlos erscheinen, erwies sich aber, wie sich gezeigt hat, als notwendig, denn in der folgenden Zeit blieb kein einziges Grab von Räubern verschont.«

Schweigend starrten Carter und Lady Dawson auf das Siegel. Obwohl das Jahr fortgeschritten war und die Sonne tagsüber schon schräg stand, hatte das Felsgestein noch genug Wärme gespeichert, um der Kühle der Nacht entgegenzuwirken. Aus der Ferne drang das Geheul der Schakale, und hier und da wurde die Stille der Nacht durch das Aufschlagen von Steinen unterbrochen, die sich von den Felswänden lösten und, andere mitreißend, zu Tal hüpften wie Springmäuse auf der Flucht vor Verfolgern.

»Ich weiß, was Sie jetzt denken«, nahm der Ausgräber seine Rede wieder auf, »Sie fragen sich, woher dieser Carter die Gewißheit nimmt, auf das unversehrte Grab eines Pharaos gestoßen zu sein. Ich will es Ihnen sagen: Archäologie ist zwar auch eine Wissenschaft. Aber Wissenschaften leben von Tatsachen, Archäologie lebt von Möglichkeiten. Sähe ich nicht die Möglichkeit, daß Grabräuber und Priester in ihren gegensätzlichen Geschäftigkeiten ein Grab übersehen haben, so müßte ich in tiefe Depressionen verfallen und meinen Beruf aufgeben. In der Archäologie ist nichts undenkbar. Als man das Grab der Königin Hatschepsut gefunden hatte, eine ziemlich scheußliche Ruhestätte für eine Frau ihres Formats, kam niemand auf die Idee, nach einem zweiten Grab der Königin zu suchen. Wozu auch, selbst eine Pharaonin kann nur in *einem* Grab bestattet werden. Und dennoch: Hatschepsut hatte zwei Gräber. Das erste erschien ihr nach halber Arbeit nicht kunstvoll genug. Ungünstige Bodenformationen zwangen die Steinmetze zu grobschlächtiger Arbeit; deshalb gab sie an anderer Stelle, wo besseres Gestein zu erwarten war, ein zweites Grab in Auftrag. Das erste wurde zugeschüttet. Die Wahrscheinlichkeit, daß sich so etwas ereignet, ist beinahe null – und doch hat es sich zugetragen. Da erscheint meine Theorie, daß das Grab eines Pharaos von aller Welt vergessen wurde, viel wahrscheinlicher.«

»Einverstanden«, erklärte Lady Dawson, »aber woher wollen Sie wissen, daß dies das Grab eines Pharaos ist; ich meine, hier könnte doch genauso ein Minister oder Wesir begraben sein.«

Carter schmunzelte überlegen. »Theoretisch haben Sie recht, Lady, aber wie die Praxis zeigt, wurden in diesem Tal nur Könige des Neuen Reiches bestattet, und dann sind da noch die Funde . . .«

»Funde?«

»Seit Jahren bin ich hier an dieser Stelle immer wieder auf Tonscherben, Amulette und Plättchen mit dem Königsnamen Tut-ench-Amuns gestoßen, Funde, die man nirgendwo anders gemacht hat in ganz Ägypten. Können Sie mir dafür eine andere Erklärung geben als die, daß hier Tut-ench-Amun begraben liegt?«

Lady Dawson hob die Schultern, und etwas von oben herab fragte sie: »Wie, sagen Sie, soll dieser Pharao heißen?«

»Tut-ench-Amun. Zugegeben, er war kein bedeutender König wie zum Beispiel Sethos oder Ramses, aber er war ein König, der letzte einer glorreichen Dynastie. Er muß noch ein Kind gewesen sein, als er an die Regierung kam, und ein Jüngling, als er starb, und es besteht kein Zweifel, daß er mit allen Ehren bestattet wurde, die einem Pharao seiner Epoche zukamen.«

Die Lady starrte auf die Wand, die ihnen den Weg versperrte. Hinter dieser unscheinbaren Mauer sollte ein Pharao begraben liegen?

»Sie werden sich natürlich fragen, warum wurde gerade dieser Pharao vergessen? Darauf gibt es zwei Antworten: Die eine ist, daß Tut-ench-Amun so unbekannt blieb, daß man schon nach ein paar hundert Jahren seinen Namen nicht mehr kannte. Die andere ist technischer Natur.« Carter hob die Lampe in die Höhe, damit etwas Licht auf die Umgebung der Mulde fiel.

»Das hier ist der Eingang zum Grab Ramses VI., ein ebenso unbedeutender Pharao, nebenbei gesagt, aber dieses Grab wurde schon in alter Zeit geplündert. Bei den Ausschachtungen warfen die Grabarbeiter den gesamten Bauschutt zur Seite, genau auf die Stelle, unter der sich der Zugang zum Grab Tut-ench-Amuns verbarg. Ob das Zufall war oder ob man damit den Zugang verbergen wollte, vermag ich nicht zu sagen. Tatsache ist, daß dieser Vorgang Tut-ench-Amun vor Plünderung bewahrt hat. Einer dieser berühmten Zufälle, von denen die Archäologie lebt.«

Lady Dawson nickte. »Da kann man nur gratulieren, Carter. Es scheint, Sie sind ein Glückspilz.«

Bei diesem Wort zuckte Carter unwillkürlich zusammen. Er ein Glückspilz? Beinahe wagte er nicht daran zu denken. Schließlich meinte er in seiner resignierenden Art: »Wissen Sie, Glück kann man das eigentlich nicht mehr nennen, eher Penetranz. Glauben Sie, ich weiß nicht, daß mich die Leute hier alle für verrückt halten, die Herren Archäologenkollegen eingeschlossen? Es gibt Arbeiten von berühmten Professoren mit Beamtengehalt und Pensionsberechtigung, die besagen, daß im Tal der Könige alles entdeckt wurde, was zu entdecken ist. Und da kommt so einer wie ich, aus Swattham in Norfolk, ohne einen Pfennig Geld und auf die Unterstützung eines exzentrischen Lords aus Highclere angewiesen, und schaufelt ein halbes Leben herum, wo andere schon vor Jahrzehnten aufgegeben haben. Ich kann es niemandem verdenken, der mich für verrückt hält.«

»Aber wenn der Erfolg Ihnen nun recht gibt«, bemerkte die Lady. Und nach einer Pause: »Sie mögen Lord Carnavon nicht besonders? Ich meine, Ihre Beziehung ist rein geschäftlicher Natur.«

»So könnte man es ausdrücken. Seine Lordschaft läßt graben. Carnarvon sammelt Antiquitäten, und die Regierung hat ihm von allen Funden die Hälfte versprochen. Bisher hat ihn das Unternehmen jedoch mehr gekostet, als es einbrachte. Ein paar Alabasterkrüge, eine Schatulle, das ist alles. Eine schlechte Rendite. Ich würde vermutlich auch nicht in Begeisterung ausbrechen.«

»Und Sie haben nie daran gedacht, ein anderes Projekt zu beginnen?«

»Mylady!« Carter wurde laut. »Das ist für einen Mann wie mich nicht eine Frage des Wollens, das ist eine Frage des Könnens. Ich kann es mir schlechtweg nicht leisten, meinen Neigungen nachzugehen, es ist mein Schicksal, die Neigungen anderer zu befriedigen. Erst war ich Knecht des *Exploration Fund,* dann Diener Seiner Lordschaft. Ich hatte immer den Mund zu halten und zu tun, was man von mir erwartete. Warum fragen Sie?«

»Es gibt da ein Projekt, für das ich mich begeistern könnte.«

»Sie machen mich neugierig.«

»Imhotep.«

»Imhotep?« Carter hielt erschreckt inne. Es schien, als löste allein der Name bei ihm eine Art Schock aus, als hätte die Lady etwas Unaussprechliches, Geheimnisvolles angesprochen, über das zu reden der Anstand verbot. »Hinter Imhotep«, bemerkte er schließlich, und dem Tonfall seiner Worte konnte man entnehmen, daß es ihm unangenehm war, »verbirgt sich eines der größten Geheimnisse der Archäologie, vermutlich unfaßbar für den Menschen. Es gibt Geheimnisse, die den Menschen herausfordern und die nach einer Lösung verlangen; aber ebenso gibt es Geheimnisse, die den Horizont der Gegenwart übersteigen und die, würde man sie heute ergründen, nur Schaden anrichteten und Unglück über die Menschheit brächten.«

Carters Worte versetzten Lady Dawson in Unruhe. Die kühle Engländerin, von der man sich einfach nicht vorstellen konnte, daß sie jemals die Fassung verlor, trat einen Schritt auf Carter zu und sagte erregt: »Sie wissen mehr über Imhotep. Erzählen Sie alles, was Sie wissen, alles!«

Dem auf solche Weise Bedrängten war die Annäherung der Lady unangenehm, er wich zurück und machte Anstalten, die Brechstange, die er aus dem Grabeingang geholt hatte, an ihren Ort zurückzutragen. Im Gehen sagt er mürrisch, eher beiläufig: »Ich weiß nichts davon, gar nichts, hören Sie, und ich bin ganz froh darum.«

Und ohne weiter auf Lady Dawson zu achten, verschloß er das Eisengitter vor dem Grab, band seinen Esel los und machte sich auf den Heimweg.

Eine Weile gingen sie schweigend nebeneinander her. Die Lady hatte das Angebot, auf dem Esel zu reiten, abgelehnt. Als sie an die Gabelung kamen, wo sich ihre Wege teilten, leuchtete im Osten über dem Nil das erste Morgenrot.

»Ich wünsche Ihnen viel Glück«, sagte die Lady knapp und wandte sich ohne weitere Umstände ihrem Weg zu, so daß Carter nichts anderes übrigblieb, als ihr einen Gruß hinterherzurufen. Und nachdem er sich auf seinen Esel geschwungen und die östliche Richtung zu seinem Haus eingeschlagen hatte, begann er über das merkwürdige Zusammentreffen nachzudenken.

Gewiß, die seltsame Lady hatte schon immer etwas Geheimnisvolles an sich gehabt, und wer sie näher kannte, mußte den Eindruck haben, daß sie dieses Erscheinungsbild sogar förderte, aber in diesem Fall war ihr Auftritt so unversehens, daß sich Carter außerstande sah, eine halbwegs logische Erklärung zu finden. Außer den Arbeitern wußte bisher niemand von der Entdeckung, und selbst die Grabungsarbeiter hatten keine Ahnung, was ihnen möglicherweise bevorstand. War ihre nächtliche Begegnung also ein Zufall? Es fiel schwer, daran zu glauben.

Carter hatte die Lady noch nie gemocht, schon allein deshalb, weil sie Lord Carnarvon schöne Augen machte – zugegeben, äußerst verführerische Augen; aber Carter hatte einen treffsicheren Instinkt, wenn es darum ging, die Aufrichtigkeit eines Menschen zu erkennen, und diese Lady hielt Carter für hinterhältig und intrigant – auch wenn ihm der letzte Beweis fehlte. Menschen dieses Charakters zeichnen sich durch die immer wiederkehrenden Extreme von Ablehnung und Schmeichelei aus, Eigenschaften, die Carter ein Greuel waren wie die Standesdünkel Lord Carnarvons.

Immerhin hatte ihn das unerwartete Auftreten der Lady vor einer großen Dummheit bewahrt; denn je mehr er darüber nachdachte, desto plumper erschien ihm sein Plan, heimlich das Grab zu öffnen und wieder zu verschließen. Das wäre nicht nur gegen alle Abmachungen gewesen, es hätte vor allem seinen Ruf ruiniert, ein seriöser Ausgräber zu sein, und das hätte das Ende seiner Karriere bedeutet. Nein, Carter beschloß, nicht mehr an Evelyn zu denken und Carnarvon ein Telegramm zu schicken, er möge, so es seine Zeit erlaube, bei Öffnung der Mauer zugegen sein.

Zu Hause angekommen versuchte er noch etwas zu schlafen, aber im gleichen Maß, wie die Müdigkeit seine Glieder lähmte, erfaßte Carter eine wachsende Unruhe und er erhob sich, setzte über den Nil nach Luxor, eilte zur Post und gab ein Telegramm auf an Lord Carnarvon:

*Habe endlich wunderbare Entdeckung im Tal gemacht + großartiges Grab mit unbeschädigtem Siegel + bis zu Ihrer Ankunft alles wieder zugedeckt, gratuliere.*

Das entsprach zwar nicht exakt der Wahrheit, aber Carter hatte sich fest vorgenommen, den Grabeingang mit Steinen und Geröll aufzuschütten, bis der Lord neue Anweisungen gab. Das hinderte ungebetene Gäste, nicht zuletzt aber auch ihn selbst, vor neuerlichen Versuchungen.

Bei seiner Rückkehr am Vormittag merkte Carter sofort, daß etwas geschehen sein mußte. Als er die Tür öffnete, blieb es still. Es war jene Art Stille, die aufgrund ihres ungewohnten Auftretens Unruhe hervorruft. Carter wollte nach dem Papagei rufen, damit dieser sein morgendliches »take it easy« schmettere, da wurde er auf dem Boden inmitten des Raumes einer armdicken Schlange gewahr. Sie wand sich mit schlagenden Bewegungen, und ihr schwarz glänzender Körper wies an der Vorderhälfte eine Ausbuchtung auf, über deren Ursache es keinen Zweifel geben konnte. Über den Boden lagen gelbe Federn verstreut, Zeichen eines ungleichen Kampfes.

Professor Francois Milléquant war von Anfang an überzeugt, daß das Grabungsareal nördlich der Pyramide von Sakkara unergiebig und eher geeignet war, die Spannungen im Team untereinander zu verstärken, und er hatte recht behalten. Obwohl sie gemeinsam ein Haus bewohnten, noch dazu ein beengtes Gebäude mit nur einem Schlafraum für alle vier, verkehrten Milléquant und d'Ormesson nur noch schriftlich oder über Toussaint und Coursier als Mittelsmänner miteinander.

Das hörte sich dann etwa so an: »Monsieur Toussaint, würden Sie bitte Monsieur d'Ormesson mitteilen, daß seine neuerlichen Theorien ebenso unqualifiziert wie unlogisch sind und uns in der Sache keinen Schritt weiterbringen.« Worauf d'Ormesson, obwohl im selben Raum und in Hörweite, erwiderte: »Monsieur Toussaint, übermitteln Sie bitte Monsieur Milléquant die folgende Antwort: Mir ist es leid, meine Zeit mit einem Dilettanten zu vergeuden.« Für gewöhnlich legten sie jedoch das wenige, das sie sich zu sagen hatten, schriftlich nieder und verbrannten es aus Sicherheitsgründen nach gegenseitiger Kenntnisnahme.

Drei namhafte Wissenschaftler, zwangsverpflichtet für ein und dasselbe Projekt, sind Grund genug, sich wie Gegner zu bekriegen, aber drei Wissenschaftler, deren persönliche Integrität in Frage steht und von denen ein jeder von der zweifelhaften Vergangenheit des anderen ahnt, werden zu Todfeinden, bemüht, jeden Erfolg des anderen zu schmälern, neue Erkenntnisse abzustreiten und so ihrer eigentlichen Aufgabe zu schaden. Während Coursier noch das größte Maß an Selbstsicherheit an den Tag legte und sowohl mit Milléquant als auch mit d'Ormesson gewisse Formen höflichen Umgangs wahrte, hatten diese beiden sich schon nach wenigen Wochen derart verfeindet, daß d'Ormesson seinen alten Adel vergaß und Milléquant mit flacher Hand ins Gesicht schlug, so daß dessen goldgeränderte Brille in hohem Bogen auf die Erde fiel. Ursache war eine Unterhaltung beim gemeinsamen Abendessen, die nach anfänglichen Wortplänkeleien in heftigem Streit endete, in dessen Verlauf Milléquant den Kollegen einen bemitleidenswerten Kunstfälscher nannte, dem schon lange das Handwerk gelegt werden müßte.

Ein Glück, daß Emil Toussaint vom Deuxième Bureau dem Team vor Ort angehörte. Obwohl er der Jüngste war, verliehen ihm sein hartes Aussehen und seine ebenso derbe wie direkte Sprache eine gewisse Autorität, sogar den Professoren gegenüber, und mehr als einmal mußte Toussaint bei verbalen Angriffen und drohenden Handgreiflichkeiten schlichtend eingreifen.

Nach wochenlangen Suchgrabungen nördlich der Pyramide des Pharaos Djoser, bei denen zwar zahlreiche Scherbenfunde und Uschebti ans Tageslicht kamen, die im übrigen aber keinen Anhaltspunkt zu möglichen größeren Entdeckungen gaben, hatten sie sich noch weiter abseits begeben in Richtung auf den verfallenen Isistempel, wobei sie aufs geradewohl begannen, Suchgräben zu ziehen, nach dem Kompaß von West nach Ost ausgerichtet. Sie hätten das auch an der Straße nach Dahschur tun können oder östlich des Grabkomplexes des Sechemchet oder vor der Türe ihres Grabungshauses; jedenfalls leitete sie kein Motiv außer jenem, eine Spur von Imhotep zu entdecken.

Ihr ursprüngliches Vorhaben, mit ihren Grabungen von Nachforschungen über andere Dokumente abzulenken, hatten sie längst aufgegeben, weil Konsul Sachs-Villatte trotz massiver Unterstützung des französischen Geheimdienstes keine neuen Erkenntnisse lieferte, die Ansatz für Nachforschungen gewesen wären. So glich ihre Arbeit der berühmten Suche nach der Nadel im Heuhaufen, wobei sich das Team noch den Anschein geben mußte, es suche nach allem, nur nicht nach Imhotep.

Ihre Stimmung war auf dem Nullpunkt, als die Franzosen Anfang November auf ein geschichtetes Gewölbe stießen, unter dem sich ein Hohlraum auftat. Die Stelle lag nur wenige hundert Meter von jenem Punkt entfernt, an dem Mariette vor gut siebzig Jahren das Labyrinth der Apis-Stiere entdeckt hatte, und auch die Umstände ähnelten einander. Nur hatte Mariette ihnen etwas vorausgehabt: Er hatte sich bei seinen Forschungen gezielt auf antike Schriften stützen können, in denen die Lage einer Gruft in dieser Gegend beschrieben wurde.

Voreilig hatte Professor Milléquant das Codewort »Pharao« ausgegeben, das die Einstellung der öffentlichen Arbeiten zur Folge hatte, und nur im kleinsten Kreise wurde weitergegraben. Aber der Schritt erwies sich als voreilig. Bei dem entdeckten Gewölbe handelte es sich um das Grab des Nefer, eines Steuereintreibers unter König Djoser, somit immerhin eines Zeitgenossen des Imhotep. Wie viele andere Gräber in dieser Gegend hatte es mehrfach Plünderungen über sich ergehen lassen müssen und enthielt außer Affen- und Ibismumien und einigen ramponierten Krügen keine nennenswerten Funde.

Obwohl das Grab wissenschaftlich unergiebig und auch für die Suche nach Imhotep keine Bedeutung hatte, feierte Milléquant seine Entdeckung wie ein großes Ereignis, und Konsul Sachs-Villatte konnte ihn nur mit Mühe davon abhalten, den Fund der Presse bekanntzugeben. Milléquant bestand darauf, das Grab zu erforschen. Er vertrat die Ansicht, man könne erst nach Entschlüsselung aller Hieroglyphentexte, mit denen die Wände übersät waren, feststellen, ob nicht doch ein Hinweis auf Imhotep verborgen sei.

Wie nicht anders zu erwarten, sprach sich d'Ormesson dagegen aus. Das Grab, argumentierte der Professor aus Grenoble, sei mehr als einmal entdeckt, aufgebrochen und durchsucht worden, und man könne davon ausgehen, daß dabei auch die Hieroglyphentexte untersucht wurden, um weitere Aufschlüsse über andere Grabverstecke zu erhalten.

Milléquant wollte das nicht gelten lassen. Man könne nicht erwarten, meinte er, daß Grabräuber und Abenteurer im vorigen Jahrhundert Kenntnisse in Hieroglyphen gehabt hätten. Das leuchtete ein, und Sachs-Villatte entschied, das Nefer-Grab mit seinen zwei Nebenkammern zuerst vom Schutt zu befreien und sich dann an die nähere Untersuchung zu machen.

Noch während die Arbeiter mit dem Ausräumen beschäftigt waren, ging Pierre d'Ormesson an die Entschlüsselung der Wandinschriften, die an einigen Stellen mutwillig zerstört oder schlecht erhalten waren. Dabei handelte es sich um die aus anderen Gräbern bekannten Totenklagen an Horus und seinen Vater Osiris, die den Verstorbenen in die Lage versetzen sollten, sein Leben im Jenseits nach eigenem Willen zu gestalten. Nach einer Woche war die Stätte von Sand, Schutt und Geröll so weit befreit, daß an die Untersuchung der Tiermumien und Tonkrüge gedacht werden konnte, die sich östlich der eigentlichen, bis auf einen schlichten Steinsarkophag ausgeraubten Grabkammer befanden.

Die Krüge, zwei davon etwa mannshoch und gesprungen, sieben weitere mit Hieroglyphen versehen und kaum halb so hoch, waren allesamt leer, wenn man von Sand und Steinen absah. Es war nicht ganz ungefährlich, in dieser Kammer zu arbeiten, denn die Gewölbe aus der Frühzeit der Architektur wurden noch flach oder spitz zulaufend eingedeckt, und oft genügte eine geringe Lastverschiebung, um sie zum Einsturz zu bringen.

Professor d'Ormesson brauchte zwei Wochen, wobei er es vorzog, nachts zu arbeiten, um die Hieroglyphentexte im wesentlichen zu entschlüsseln. Er lobte die Poesie der einzelnen Gesänge und pflegte sie bei den gemeinsamen Mahlzeiten im Grabungshaus aus dem Gedächtnis vorzutragen wie ein Koran-Rezitierer in der Moschee.

In der ohnehin nicht geräumigen Unterkunft wuchs die Enge, als Milléquant und Toussaint damit begannen, ein paar hundert Affen- und Ibismumien und die kleineren Krüge, beziehungsweise das, was von ihnen erhalten war, aus dem Nefer-Grab zu holen und im Innern ihres Hauses zu stapeln. Die Mumienbündel, von denen die kleinsten armlang, die größeren aber so groß wie ein Kind waren, erwiesen sich zwar – wie der Pariser Professor beteuert hatte – als geruchlos, aber der feine Staub, den sie verbreiteten, nahm schon bald ein solches Ausmaß an, daß die Franzosen über Atembeschwerden und tränende Augen klagten und dringend nach einer neuen Unterbringungsmöglichkeit suchten.

Außer Milléquant, dem die Entdeckung des Grabes zukam und der sich dabei wie Mariette fühlte, war keiner im Team von den Ausgrabungen begeistert. Die Hieroglyphentexte hatten nur geringen archäologischen Wert, weil sie in dieser oder ähnlicher Form in zahlreichen anderen Gräbern vorhanden waren, die wenigen Reliefs waren durch Erdverschiebungen oder von Plünderern zerstört, und das Inventar erwies sich bei näherer Betrachtung als so uninteressant, daß sogar Milléquant dem Vorschlag Coursiers zustimmte, die Mumien und Krüge wieder an Ort und Stelle zu deponieren. Auf Imhotep fand sich im übrigen kein einziger Hinweis.

In dieser Situation schien es nicht ratsam, die Tierkörpermumien und Scherbenfunde von den Arbeitern zurücktragen zu lassen; denn selbst wenn das Nefer-Grab zugemauert oder auf andere Weise verschlossen worden wäre, hätte die vielfache Mitwisserschaft Diebe und Grabräuber angelockt. Dabei ging es den Franzosen weniger um den Inhalt des Grabes als darum, daß dieser Schritt zwielichtiges Gesindel angelockt hätte, und daß sie fortan ständig beobachtet und so bei ihrer eigentlichen Aufgabe behindert worden wären.

Also beschlossen die vier, die Grabbeigaben in einer nächtlichen Aktion zurückzuschaffen, das Grab zu verschließen und am nächsten Morgen mit Grabungen an anderer Stelle zu beginnen. Der ägyptische Vorarbeiter sollte informiert werden, man habe das Inventar in das Museum in Kairo gebracht. Gegen Mitternacht war die Arbeit, die sich für einen heimlichen Beobachter eigentümlich ausgenommen hätte, beendet. Die Franzosen gingen daran, den Eingang zuzumauern, und vor dieser abschließenden Arbeit, die Edouard Coursier übernehmen sollte, machten sie eine Pause.

Die Luft im Haus war stickig heiß, trotz nächtlicher Abkühlung, und so staubig, daß die Männer den Aufenthalt im Freien vorzogen. Eine Flasche Rotwein machte die Runde, und über dem Gräberfeld herrschte Totenstille. Es schien, als hätten sich sogar die Schakale und das übrige Wüstengetier zur Ruhe begeben.

»Nutzlos, absolut nutzlos!« sagte d'Ormesson und scharrte wie ein zorniger Gaul auf dem Boden. Obwohl er sich von Milléquant abgewandt hatte, verstand der sehr wohl, daß die Anspielung auf ihn gemünzt war, und er erwiderte an Toussaint gewandt:

»Morgen wird Professor d'Ormesson eine neue Grabung beginnen, die auf die Fährte Imhoteps führt!«

Toussaint lachte und nahm einen Schluck aus der Flasche. »Wenn man nur wüßte, wie weit die anderen sind. Manchmal frage ich mich, ob wir nicht die Arbeit hier ganz einstellen und neu beginnen sollten.«

»Wie meinen Sie das?« erkundigte sich d'Ormesson.

»Nun, für mich stellt sich die Frage, ob wir nicht in irgendwelchen Archiven erfolgreicher wären als hier vor Ort. Denn wenn wir ehrlich sind, dann stammen doch die brauchbarsten Hinweise aus irgendwelchen Akten in irgendwelchen Museen, und manche davon sind schon Jahrzehnte alt.«

»Ich breche die Arbeit hier lieber heute als morgen ab«, fiel ihm d'Ormesson ins Wort, aber im nächsten Augenblick hielt er erschrocken inne. Ein dumpfes Grollen erschütterte den Boden, als bebte die Erde.

»Wo ist Coursier?« rief Milléquant in die Nacht. »Coursier?« Stille.

Milléquant, d'Ormesson und Toussaint rannten in Richtung des Nefer-Grabes. Toussaint schwenkte eine Karbidlampe. »Coursier?« rief er in die Dunkelheit. »Coursier?«

Im Schein der Laterne war zu erkennen, daß sich der Boden über dem Grab des Nefer gesenkt hatte.

»Coursier? Coursier?« riefen die Männer abwechselnd.

Dort, wo sie den Eingang gefunden hatten, klaffte ein tiefes Loch. Staub stieg empor.

»Mein Gott, Coursier«, stammelte Milléquant.

Toussaint fand als erster die Fassung wieder, er band sein Taschentuch um Mund und Nase und stieg in den Krater.

»Sind Sie verrückt?« Milléquant lief kopflos um das Erdloch, das sich vor ihnen auftat, und wiederholte immer wieder: »Sind Sie verrückt?«

So hart, wie er gegenüber anderen auftrat, so hart war Toussaint auch gegen sich selbst. Mit der Karbidlampe am Gürtel kletterte Toussaint unbeirrt in die Tiefe. Das war ungeheuer mühsam, weil die Steinplatten des Gewölbes geborsten oder ineinander verkeilt waren und weil Toussaint gefaßt sein mußte, daß sie sich unter seinem Gewicht weiter verschoben.

Auf dem Grund des Kraters angelangt, erkannte Toussaint, daß der Zugang zu dem Grab ebenfalls eingebrochen war; doch die Steinquader hatten sich so ineinander verkeilt, daß ein niedriger Kriechgang erhalten war. Ohne zu überlegen, klemmte Toussaint den Henkel seiner Laterne zwischen die Zähne und kroch auf allen vieren, sorgsam darauf bedacht, keinen Stein zu berühren, in das Innere. Im Augenblick war er sich der Gefährlichkeit seines Handelns überhaupt nicht bewußt.

Die Hauptkammer war eingestürzt, aber die vordere linke Ecke, in die der Korridor mündete, bot noch Raum, um sich aufzurichten. Toussaint hielt die Lampe in die Höhe. Das zischende Karbidgas, das aus Luftschlitzen unter dem Henkel der Laterne entwich, hatte ihm beinahe die Sinne geraubt. Dichter, feiner Staub vernebelte den Blick, so daß Toussaint kaum weiter als zwei Meter sehen konnte. Doch der Lichtschein genügte, um ihm zu zeigen, daß die steinerne Platte, die bisher den totalen Einsturz des Gewölbes verhindert hatte, nur am seitlichen Mauerwerk eingeklemmt war und nach menschlichem Ermessen längst abgestürzt sein mußte.

Unwillkürlich zog Toussaint den Kopf ein und machte, um der drohenden Gefahr zu entgehen, ein paar Schritte nach vorne in Richtung der seitlichen Kammer, in der sie die großen Tonkrüge gefunden hatten. Der Durchgang hatte dem Druck von oben standgehalten, ebenso das Mauerwerk zur Linken. Soweit er im diffusen Schein seiner Lampe erkennen konnte, hatte die herabstürzende Decke die Krüge zermalmt, jedenfalls lagen die Scherben des vorderen wie nach einer Explosion verstreut, während der hintere von herabstürzenden Quadern zugedeckt war.

Aber welche Quader! Zum Teil mannshoch, aber nicht einmal handbreit steckten sie wirr geschichtet im Schutt, übereinandergetürmt wie von Riesenhand oder in einzelne Teile geborsten. Auf diese Weise hatten sie Höhlen gebildet und zeltartige Schlupflöcher. Toussaint leuchtete in jeden Hohlraum; aber von Coursier keine Spur.

Hatte das Gewölbe Coursier unter sich begraben, so kam jede Hilfe zu spät, aber vielleicht, ging es Toussaint durch den Kopf, war er im Augenblick der Katastrophe gar nicht in der Grabkammer gewesen, vielleicht war er dem Einsturz entkommen und blind in die Nacht gelaufen, Gott weiß wohin. Und während er so dachte, überkam Toussaint auf einmal lähmende Angst, ein Gefühl, das er im ersten Impuls, Hilfe zu leisten, verdrängt hatte; jedenfalls beeinträchtigte der Gedanke, jeden Augenblick könnte das Gestein über ihm herabstürzen und ihn unter sich begraben, sein Gehirn derart, daß die Beine dem Kopf nicht mehr gehorchten.

Wie versteinert stand Toussaint da und versuchte vergebens, einen Fuß vor den anderen zu setzen, und da er nicht wußte wie ihm geschah und weil seine Angst, verschüttet zu werden, eher zunahm, zwang er seinen verkrampften Körper in die Knie, indem er die Fäuste in die Kniekehlen drückte. So schleifte er sich schließlich, obwohl er aufrecht hätte gehen können, auf allen vieren in Richtung des Ausgangs, die zischende Karbidlampe vor sich her schiebend.

Dort, wo das eingestürzte Gestein nur einen niedrigen Durchlaß freigelassen hatte, in der Hauptkammer des Grabes, sah Toussaint sich plötzlich einer starren Hand gegenüber. Der dazugehörende Unterarm war etwa in der Mitte von einem meterlangen, geborstenen Quader abgequetscht. Man konnte nur ahnen, daß er noch mit einem Körper in Verbindung stand. Coursier!

Toussaint schob die Karbidlampe ganz nahe an den Arm heran. Blut hatte den Staub im Umkreis dunkel verfärbt. »Coursier!« stammelte Toussaint leise vor sich hin. »Coursier!« Neben der Hand lag ein dunkles, eingerolltes Papier; es erweckte den Anschein, als sei es Coursier aus der Hand gefallen, und Toussaint nahm es an sich.

Der Schmerz um den Mann, mit dem er seit Wochen auf engstem Raum zusammengelebt hatte, wirkte sich bei Toussaint auf unerwartete Weise aus. Seine Augen füllten sich mit Tränen, und der harte Kerl, der sich nicht erinnerte, wann er zuletzt geweint hatte, mußte auf einmal heulen; und gleichzeitig fühlte er, wie ihm seine Beine wieder gehorchten, ja, er konnte sie bewegen, und mit hastigen Schritten tauchte Toussaint an der Oberfläche auf.

Milléquant und d'Ormesson standen stumm und sahen Toussaint fragend an. Der nickte nur und machte mit der flachen Hand eine Bewegung in Richtung des Grabungshauses.

Das bedeutete soviel wie: Nichts mehr zu machen. Gehen wir!

Im Grabungshaus schilderte Emile Toussaint, wie er Coursier gefunden hatte. Sie saßen um den einzigen Tisch, schütteten Unmengen Rotwein in sich hinein, und dabei redeten Millé-quant und d'Ormesson zum ersten Mal seit langer Zeit wieder miteinander. Eher beiläufig zog Toussaint das gerollte Papier aus der Jacke, das er neben dem Arm Coursiers gefunden hatte. Die beiden anderen folgten interessiert seinem Bemühen, den Fetzen zu glätten.

»Das lag neben Coursiers Arm«, sagte Toussaint, während er das Papier über die Tischkante zog. Es war ein älteres Packpapier von graubrauner Farbe, mehrfach eingerissen und bestoßen und etwa so groß wie ein aufgeschlagenes Buch. Toussaint legte es in die Mitte des Tisches, damit es alle gleichzeitig betrachten konnten.

Das Papier wirkte ziemlich alt und häufig gebraucht, denn die Strichzeichnungen mit einem derben Zimmermannstift waren an manchen Stellen kaum zu erkennen. Es handelte sich in der Hauptsache um kleine geometrische Symbole, um Dreiecke, Quadrate und Kreise, durch Linien miteinander verbunden. Rätselhafte, zwei- und dreistellige Zahlen vervollständigten das Bild.

»Kann sich jemand vorstellen, was das sein soll?« fragte Toussaint mit schwerer Zunge.

D'Ormesson zog das Papier näher zu sich, drehte es nach allen Seiten, hielt es gegen das Licht, schob es Milléquant hin und antwortete schließlich: »Keine Ahnung.«

»Aber das Blatt muß Coursier aus der Hand gefallen sein. Wie sollte es sonst dorthin gelangt sein?«

Milléquant lehnte sich in seinem hölzernen Stuhl zurück, hielt das Papier mit beiden Fäusten, so daß das Licht von der Deckenlampe darauffiel, und begann dann, irgend etwas vor sich hin zu brummen, dem die anderen keine Beachtung schenkten.

»Hätte jeden von uns erwischen können«, sagte d'Ormesson,

nahm einen tiefen Schluck, wischte sich mit dem Ärmel über den Mund und versuchte mühsam, ein paar passende, der Situation angemessene Worte zu finden. »Wir müssen ihn morgen herausholen. Sehen Sie eine Möglichkeit, ihn da herauszuholen, Toussaint?«

Toussaint hob die Schultern: »Was wir brauchen, ist eine Winde. Wenn es uns gelingt, die Steinplatte, von der Coursier erschlagen wurde, hochzustemmen, steht einer Bergung nichts im Wege – allerdings, ungefährlich ist das nicht!«

»War ein feiner Kerl«, bemerkte Professor d'Ormesson vor sich hin, »dabei mochte ich ihn anfangs überhaupt nicht. Er machte den Eindruck, als verstünde er mehr von Frauen als von alter Geschichte; ich hielt ihn für einen Kerl, der zu allem fähig ist, was Geld bringt. Es gibt solche Leute.«

Toussaint schüttelte den Kopf: »Er war ein ausgezeichneter Wissenschaftler, er hätte ohne weiteres von seinem Ererbten leben können, aber er arbeitete am Collège de France, weil es ihm Spaß machte.«

Umständlich begann Milléquant seine Brille zu putzen, ohne dabei den Blick von dem Papier zu wenden, das nun vor ihm auf dem Tisch lag, und in unregelmäßigen Abständen nuschelte er: »Interessant, interessant!« und nickte dabei mit dem Kopf.

Toussaint und d'Ormesson rückten näher. »Was halten Sie davon, Professor?« fragte Toussaint.

Der setzte seine goldgeränderte Brille in der gewohnt umständlichen Weise auf, klopfte mit der Hand auf das abgegriffene Papier und sagte: »Ich bin mir nicht sicher, aber mein Verdacht geht dahin, daß es sich hier um einen Lageplan von Sakkara handelt.«

Die beiden anderen sahen Milléquant verblüfft an. Der Plan, falls es sich um einen solchen handelte, sah so ganz anders aus als die Lagepläne, deren sie sich bedienten.

»Natürlich ist das ein *alter* Plan!« fügte Milléquant hinzu. »Bestimmt fünfzig Jahre alt. Sehen Sie mal, hier!« Er zeigte auf die rechte untere Ecke, wo deutlich die Buchstaben A. und M. zu erkennen waren.

»A Punkt, M Punkt? Was soll das bedeuten?« erkundigte sich Toussaint.

»Was meinen Sie?« fragte Milléquant an d'Ormesson gewandt.

»Ich glaube, wir denken beide dasselbe«, sagte dieser. »Auguste Mariette.«

»Richtig.«

Mit einem Male waren die Männer am Tisch stocknüchtern. D'Ormesson zog das Blatt näher zu sich heran, die anderen folgten mit langen Hälsen.

»Hier«, sagte Milléquant und klopfte mit dem Zeigefinger auf ein Dreieck in der Mitte des Papiers. »Das ist die Pyramide des Djoser. Nordöstlich davon die Pyramide des Userkaf, südwestlich die des Unas und noch etwas weiter entfernt die des Sechemchet. Vier Dreiecke, die beinahe eine Linie bilden.«

»Nehmen wir einmal an, Ihre Theorie ist richtig«, bemerkte Toussaint, »dann müßte nordwestlich der Pyramide des Djoser das Labyrinth der Apis-Stiere eingezeichnet sein.«

»Stimmt!« rief d'Ormesson aufgeregt. »Sehen Sie hier diesen Rechen, das ist das Serapeum.«

Nach und nach orientierten sich die Männer auf dem geheimnisvollen Plan, orteten Gräber, die als Quadrate eingezeichnet waren, und Kreise, die eine besondere Bedeutung zu haben schienen wie Mariettes Haus nahe dem Serapeum, und lasen die Meterangaben der Abstände voneinander.

Natürlich warf die Existenz des Planes eine Menge Fragen auf. Zum Beispiel jene, wie Coursier in seinen Besitz gelangt war, warum er ihn im Grab des Nefer bei sich trug und warum er ihnen die Existenz dieses Dokumentes verschwiegen hatte. Es erschien mehr als unwahrscheinlich, daß Coursier das Papier im Grab des Nefer gefunden hatte, ausgerechnet nachdem das wertlose Inventar in die Gruft zurückgebracht worden war. Barg dieser Plan einen Hinweis, den Coursier ihnen, aus welchen Gründen auch immer, verheimlichen wollte? Gab es in diesem Grab des Nefer doch irgend etwas von Wichtigkeit, das ihnen allen entgangen war?

Noch in der Nacht wurde der Entschluß gefaßt, das Codewort »Pharao« auszugeben, Konsul Sachs-Villatte vom Tode Coursiers zu informieren, die Arbeiten einzustellen und die Bergung der Leiche aufzuschieben, bis nähere Weisungen aus Alexandria einträfen. Die Arbeiter sollten tags darauf in einer ganz anderen Gegend nördlich des Grabungshauses mit neuen Suchgrabungen beginnen, der Zugang zum Grab des Nefer fürs erste mit einem Eisengitter verschlossen werden.

An Schlaf dachte in dieser Nacht niemand; Milléquant nicht, der davon träumte, daß *sein* Grab doch von größerer Bedeutung war, als alle wahrhaben wollten; d'Ormesson nicht, der seinem Kollegen zwar den Erfolg neidete, aber lieber heute als morgen das Suchspiel beendet hätte; und Toussaint nicht, der ständig die unter dem Stein herausragende Hand Coursiers vor Augen hatte.

Statt dessen machten sich die Franzosen daran, alle Eintragungen auf dem Plan Mariettes mit den eigenen Plänen nach neuestem Stand zu vergleichen. Diese Arbeit gestaltete sich vor allem deshalb besonders mühevoll, weil bei jedem Objekt berücksichtigt werden mußte, ob seine Entdeckung neueren Datums oder schon zu Mariettes Zeiten bekannt war. Auf diese Weise wurde indes deutlich, daß es sich bei den Aufzeichnungen mit zweifelsfreier Sicherheit um einen Lageplan von Sakkara handelte.

Grundsätzlich hatte ein solcher Plan nichts Geheimnisvolles an sich, nichts, das die Geheimhaltung von seiten Coursiers gerechtfertigt hätte. Jedenfalls blieb nach Auflistung aller in dem alten Lageplan erfaßten Objekte ein mit einem Kreuz versehener Kreis übrig, dessen Bedeutung den Franzosen Rätsel aufgab. Der Punkt lag weit westlich der Pyramide des Djoser, trug keine Vermessungsangabe und lag offensichtlich in einem Gebiet, das bisher von archäologischen Grabungen übergangen worden war.

Milléquant stellte daraufhin die Frage, ob nicht Mariette bereits Imhotep auf der Spur gewesen sein könnte, erntete mit seinem Einwurf aber nur schallendes Gelächter von seiten d'Ormessons, Mariette sei zwar nachlässig in der Dokumentation seiner Forschungen gewesen und habe lieber Sprengstoff als alte Schriften verwendet, wenn es darum ging, in irgendeiner Sache fündig zu werden, aber die Suche nach Imhotep hätte sich in keinem Fall verheimlichen lassen.

Um ein Haar wären die beiden wieder aneinandergeraten, hätte nicht Emile Toussaint schlichtend eingegriffen mit dem Hinweis, sie seien in den vergangenen Wochen viel geringeren Hinweisen nachgegangen und es sei einen Versuch wert, die mysteriöse Spur Mariettes aufzunehmen; in der archäologischen Forschung sei nichts unmöglich. Damit, betonte Toussaint, wolle er keinesfalls den Anschein erwecken, auf Milléquants Seite zu stehen, er schlage vor, das Mariette-Papier vom Deuxième Bureau auf Alter und Echtheit prüfen zu lassen, aber absurd sei Milléquants Gedanke keinesfalls.

Am nächsten Morgen wurde das Nefer-Grab mit einem Eisengitter provisorisch verschlossen. Der Vorgang erregte keinen Verdacht, weil auch alle anderen Gräber in der Gegend auf die gleiche Art und Weise versperrt waren. Milléquant sandte Konsul Sachs-Villatte in Alexandria ein Telegramm mit folgendem Wortlaut:

*Pharao + stop + Anwesenheit dringend erforderlich + stop + Milléquant.*

Dr. Paul Sachs-Villatte kam am folgenden Tag, sein Motorcabriolet von Lorraine-Dietrich eigenhändig steuernd, in Sakkara an, hielt es aber für angeraten, die letzten zwei Kilometer auf einem angemieteten Esel zurückzulegen, zum einen zur Schonung des Automobils, zum anderen, um kein Aufsehen zu erregen. Das schien in der Tat angeraten, denn das weite Feld von Sakkara war in diesen Tagen bevölkert wie ein Ameisenhaufen. Touristen aus aller Welt absolvierten, angelockt durch groß aufgemachte Reiseberichte in Magazinen, Besichtigungstouren. Hochrädrige Autobusse von *Cook's* schaukelten auf dem gestampften Wüstenweg bis auf wenige hundert Meter an die Pyramide des Djoser heran, und wohlpräparierte Fremdenführer priesen das Bauwerk des weisen Imhotep in allen Sprachen.

Bei einer Besprechung im französischen Grabungshaus wurde über das weitere Vorgehen beraten. Emile Toussaint vom Deuxième Bureau hatte inzwischen wieder zu der ihm eigenen Kaltschnäuzigkeit und Härte zurückgefunden und plädierte dafür, Coursiers Leiche an Ort und Stelle zu belassen und als vermißt zu melden; alles andere, so meinte er, würde nur zu unerwünschten Komplikationen führen. Die Professoren legten dagegen Protest ein, und auch Konsul Sachs-Villatte wollte sich mit dem Plan nicht anfreunden, schließlich würde eine offizielle Vermißtenmeldung die Behörden mobilisieren, und sicher würden sich auch die Zeitungen dafür interessieren, unter welchen Umständen das Unglück passiert sei. Das alles gefährde die Geheimhaltung ihrer eigentlichen Aufgabe.

Schließlich einigte man sich auf Vorschlag des Konsuls, den toten Coursier in einer Nacht-und-Nebel-Aktion zu bergen, in einem Krankenwagen der Französischen Mission nach Alexandria zu bringen und dort mit offiziellem Totenschein auf das nächste Schiff nach Marseille zu verfrachten. Die gesamte Aktion sollte bei präziser Planung nicht mehr als achtzehn Stunden in Anspruch nehmen, von der Bergung der Leiche bis zum Ablegen des Schiffes. Toussaint übernahm die Ausführung.

Das nächste erreichbare Schiff, die *Fraternité,* legte am Abend des übernächsten Tages ab; deshalb sollte die Leiche Coursiers in der Nacht des folgenden Tages geborgen werden. Winden und Hebelstangen standen bereit. Toussaint und d'Ormesson hatten sich freiwillig bereit erklärt, die gefährliche Aufgabe zu übernehmen. Eine Stunde nach Sonnenuntergang machten sie sich auf den Weg.

Still lag die Ebene von Sakkara, und obwohl erfrischende Kühle vom sternklaren Himmel fiel, strahlte der Sand der Wüste noch die Wärme des Tages ab. Zwei Esel, die zum Grabungshaus gehörten, hatten Werkzeug, Lampen und eine faltbare Tragbahre aus Segeltuch zum Eingang des Grabes transportiert. Unter dem Vorwand eines Krankentransports war der Sanitätswagen für Mitternacht bestellt. Für Toussaint und d'Ormesson blieben ganze drei Stunden.

Sachs-Villatte hielt vor dem Eingang Wache, Milléquant blieb im Grabungshaus zurück. Sie hatten Lichtzeichen vereinbart für den Fall, daß unvorhergesehene Ereignisse die sofortige Einstellung der Bergungsarbeit erforderlich machen sollten.

Als erster wagte Emile Toussaint den Abstieg, ohne Werkzeug und nur mit einer Lampe ausgerüstet. An einem Seil ließ d'Ormesson die beiden Winden und die Hebelwerkzeuge hinab; dann folgte er selbst. D'Ormesson zitterte am ganzen Körper, der Professor von altem Adel war derlei Strapazen nicht gewöhnt. Vielleicht war es aber auch die höchst ungewöhnliche Aufgabe, die ihn derart aus dem Gleichgewicht brachte.

»Mensch, Sie zittern ja wie Espenlaub!« rief Toussaint, als der Professor unten ankam.

»Kunststück«, gab der mit Galgenhumor zurück, »ich mache so etwas nicht alle Tage.«

»Dabei steht das anstrengendste Stück erst bevor.«

D'Ormesson versuchte sich zu orientieren. Der zerklüftete Kriechgang, der sich vor ihnen auftat, wirkte bedrohlich, und es hätte nicht viel gefehlt und der Professor hätte aufgegeben, wäre nicht Toussaint, ohne ein Wort zu verlieren und in gebückter Haltung, unter den ineinander verkeilten Steinquadern verschwunden. D'Ormesson konnte nicht anders, er mußte folgen. D'Ormesson holte tief Luft, ging in die Knie und rutschte auf allen vieren hinter Toussaint her. Sechs, sieben Meter mochte der enge Durchlaß lang sein, aber im Bewußtsein, die übereinander getürmten Gesteinsbrocken könnten jeden Augenblick über einem zusammenstürzen, werden sieben Meter zur Unendlichkeit. Und dabei kam d'Ormesson der Gedanke, wie wollten sie überhaupt den toten Coursier durch den niedrigen Kriechgang transportieren?

D'Ormesson war gerade am Ende des Kriechganges angelangt, als Toussaint, der aufgerichtet vor ihm stand, einen lauten Schrei ausstieß. Toussaint rief irgend etwas, was er nicht verstehen konnte, und d'Ormesson glaubte zunächst, er habe sich an einem Bruchstein verletzt; aber Toussaint stand starr, hielt die

Lampe am weitausgestreckten Arm und stierte mit irrem Blick auf den Boden.

»He, was ist los?« D'Ormesson schüttelte Toussaint mit beiden Armen.

Der zeigte nur stumm auf eine Steinplatte vor ihnen.

»Was ist damit? Um Himmels willen, Toussaint, was ist los?« Er hatte diesen abgebrühten Mann, der sonst jeder Situation gewachsen schien, noch nie so gesehen.

»Coursier!« stammelte Toussaint. »Er ist weg.«

»Was soll das heißen: Coursier ist weg? Ist er vielleicht von den Toten auferstanden wie der liebe Herr Jesus?«

»Ich weiß nicht«, erwiderte Toussaint kleinlaut.

»Sie machen Witze, Toussaint!«

»Nein!« rief dieser wutentbrannt, er packte d'Ormesson beim Kragen und stieß ihn mit dem Kopf nach unten. »Da sehen Sie. Unter diesem Stein ragte seine Hand hervor. Ich habe es mit eigenen Augen gesehen; so verstehen Sie doch, und jetzt ist die Steinplatte hochgehievt, und Coursier ist weg. Weg!«

D'Ormesson leuchtete mit seiner Lampe in die Höhlung, die sich unter dem Stein auftat, dann drehte er sich langsam im Kreis, und der Lichtkegel huschte über das geborstene Gestein, schließlich hielt er inne und leuchtete Toussaint ins Gesicht.

Geblendet hielt dieser den Unterarm vor die Augen. »He, was soll das? Sind Sie verrückt geworden, d'Ormesson?«

D'Ormesson ließ die Lampe sinken, die nun, von unten, gespenstische Schatten in Toussaints hartes Gesicht zeichnete. So sahen sie sich eine Weile schweigend an.

»Ich weiß, was Sie jetzt denken«, begann Toussaint. Sein Blick war fassungslos auf die Steinplatte gerichtet.

D'Ormesson machte eine unwillige Handbewegung. »Ich würde sagen, Sie sind uns zumindest eine Erklärung schuldig.«

»Was für eine Erklärung?« brauste Toussaint auf. »Ich kann mir die Sache selbst nicht erklären! Ich weiß, daß Sie jetzt an meinem Verstand zweifeln, aber ich schwöre Ihnen, ich habe mit diesen meinen Augen den Arm Coursiers unter diesem Stein herausragen sehen. Da, hier ...« Toussaint stellte seine

Lampe auf den Boden. »Dieser dunkle Fleck, das ist Blut. Und da, das sind Schleifspuren. Vielleicht glauben Sie mir jetzt.«

D'Ormesson bückte sich. Kein Zweifel, an der Vorderseite der Steinplatte war ein großer dunkler Fleck zu erkennen, der bei näherer Betrachtung so etwas wie im Staub verkrustetes Blut vermuten ließ. D'Ormesson erhob sich, fuhr sich nachdenklich über die Stirn und sagte: »Toussaint, angenommen, Sie hätten wirklich Coursier hier unten liegen sehen, dann gestatten Sie mir die Bemerkung – dann sind Sie uns erst recht eine Erklärung schuldig.«

»Zum Teufel mit Ihren Erklärungen! Ich weiß selbst nicht, was ich davon halten soll. Aus eigener Kraft kann sich Coursier jedenfalls nicht befreit haben. Außerdem war er tot. Tot, tot, tot!« Toussaint schrie d'Ormesson an, daß es von den Wänden hallte, und während er sorgfältig jede Ecke ausleuchtete, schüttelte er immer nur den Kopf.

Es war nicht einfach, Konsul Sachs-Villatte die Situation zu erklären. Er lachte, als sie ihm nahebrachten, daß Coursiers Leiche verschwunden sei, weil er es schlicht für einen Scherz hielt, und es bedurfte der ganzen Überzeugungskraft von beiden, ihn von der Wahrheit zu überzeugen. Der sonst so vornehm-zurückhaltende Konsul stieß Flüche aus, daß der Professor, gewiß kein Kind von Traurigkeit, zusammenzuckte, und stampfte mit zornigen kurzen Schritten vor dem eingefallenen Grabeingang auf und ab.

»Wissen Sie überhaupt, was das bedeutet?« rief er leise in die Nacht. »Wir werden bei unserer Arbeit seit längerem beobachtet. Aber das ist noch nicht alles! Coursier arbeitete vermutlich für die andere Seite.«

»Andere Seite?«

»Für die Briten, Deutschen, Nationalisten, Amerikaner, was weiß ich!«

»Wenn ich mir die Bemerkung erlauben darf«, gab d'Ormesson zu bedenken, »logisch ist Ihre Argumentation nicht. Nehmen wir einmal an, Edouard Coursier hätte wirklich, aus Gründen, die wir nicht kennen, für jemand anderen gearbeitet, und nehmen wir einmal an, er wäre dabei wirklich tödlich verunglückt, dann wäre es doch mehr als blödsinnig von diesem jemand, den verunglückten Coursier da herauszuholen; denn das hätte uns doch erst auf seine Doppelagentenschaft aufmerksam gemacht.«

Der Einwand war nicht von der Hand zu weisen. Aber es mußte einen Grund geben, weshalb irgend jemand Coursier da heimlich herausgeholt hatte. Die Situation war nahezu grotesk. Da mobilisierte das Deuxième Bureau einen Topagenten und ein hochqualifiziertes Forschungsteam, um die Aktivitäten fremder Geheimdienste zu beschatten, und dann stellte es sich heraus, daß sie selbst unter deren Beobachtung standen.

Professor Milléquant weigerte sich, unter diesen Umständen weiterzuarbeiten, denn, so bekräftigte er, vielleicht habe Coursier doch irgend etwas gewußt, vielleicht sei er Imhotep auf der Spur gewesen und dabei irgend jemandem in die Quere gekommen, jemandem, der vor nichts zurückschreckte. Unter diesen Umständen müsse man sich fragen, ob das Nefer-Grab überhaupt von selbst eingestürzt, ob es nicht zu einem bestimmten Zeitpunkt zum Einsturz gebracht worden sei.

Möglicherweise lag die Antwort auf all diese Fragen in dem Plan, der bei Coursier gefunden wurde. Milléquant und d'Ormesson glaubten fest daran; Sachs-Villatte war zu erschüttert, um sich eine Meinung zu bilden; Toussaint zweifelte.

Tags darauf lief in Alexandria die *HMS Alexandra* aus, Richtung Southampton. An Bord befand sich ein verlöteter Zinksarg. Der Totenschein war ausgestellt auf den Namen Charles Whitelock, Glasgow. Für die Passage kam das britische Außenministerium auf, Abteilung »Intelligence Service«.

## 11

## Berlin – London – Berlin

Männer sollen vor Frauen bevorzugt werden, weil Allah auch die einen vor den anderen mit Vorzügen bedachte und weil jene diese erhalten. Rechtschaffene Frauen sollen gehorsam, treu und verschwiegen sein, damit auch Allah sie beschütze. Denjenigen Frauen aber, von denen ihr fürchtet, daß sie euch durch ihr Betragen erzürnen, gebt Verweise, enthaltet euch ihrer, sperrt sie in ihre Gemächer und züchtigt sie.

*Koran, vierte Sure (35)*

**D**AS ZUSAMMENTREFFEN MIT DEM SPLEENIGEN BARON hatte ihrem Schicksal eine unerwartete Wendung gegeben. Omar, Halima und Nagib waren auf ein Leben voll Entbehrungen gefaßt gewesen, aber auf einmal gehörten sie zur feinen Berliner Gesellschaft, und allein der Hinweis, Freunde des Barons von Nostiz-Wallnitz zu sein, öffnete alle Türen. Der Baron stellte ihnen in einem seiner hochherrschaftlichen Mietshäuser zwischen Reichsbank und Schauspielhaus eine elegante, geräumige Wohnung zur Verfügung, in einer Gegend, wo man weder die Arbeitslosen, die allerorts herumlungerten, noch die endlosen Schlangen der Armen vor den Suppenküchen sah. Zweimal am Tag erteilte Nagib seinen Freunden Deutschunterricht, die übrige Zeit verbrachten sie im Privatarchiv des Barons.

Sichtung und Studium des vorhandenen Materials nahm drei Wochen in Anspruch und verschaffte ihnen einen ungeahnten Informationsstand, der sie in eine wahre Euphorie versetzte. Freiwillig verbrachten Omar und Nagib ganze Nächte in dem Archiv, machten Notizen, entwickelten Theorien und verwarfen sie wieder. Dabei fanden sie bestätigt, was sie bisher nur vermutet hatten: daß Lady Dawson alle Fäden des britischen Geheimdienstes in Händen hielt und daß ihre Organisation dem Geheimnis um Imhotep am nächsten war, bisweilen bedrängt von der Gruppe um Mustafa Aga Ayat. Die ägyptischen Nationalisten, unter denen Ali ibn al-Hussein eine Schlüsselrolle spielte, schienen heillos zerstritten und in der Hauptsache auf persönlichen Nutzen bedacht zu sein, und das war ihrer eigentlichen Aufgabe hinderlich. Was das Deuxième Bureau anbelangte, so war die Arbeit der Franzosen ziemlich undurchsichtig, weil sie häufig Ort und Objekt ihrer Nachforschungen wechselten, und man hätte den Franzosen bei oberflächlicher Betrachtung Inkompetenz und Naivität vorwerfen können, wäre da nicht jener verschlagene Toussaint gewesen, dem man auch jede Art Doppelspiel und verschlagene Täuschungsmanöver zutrauen konnte.

Allein die Tatsache, daß der deutsche Geheimdienst alle übrigen Geheimdienste und Gruppierungen bei ihrer Arbeit beobachtete, dabei jedoch so unauffällig agierte, daß die anderen zweifelten, ob die Deutschen überhaupt von der Operation Imhotep Kenntnis hätten, bewies seine solide Arbeit. So konnte es Freienfels, der alle Aktivitäten des Barons als liebenswerte Spinnerei abgetan hatte, auch nicht entgehen, daß von Nostiz mit einem eigenen, noch dazu ziemlich kompetenten Team arbeitete, das unter Zuhilfenahme aller Informationen, die er dem Freund ausgehändigt hatte, durchaus in der Lage war, mit dem Reichsgeheimdienst in Wettbewerb zu treten; ja, er mußte befürchten, daß man ihm sogar die Butter vom Brot nahm.

So kam es zu einer Aussprache in der Bar des Hotels *Adlon*, bei der auf beiden Seiten harte Worte fielen. Von Nostiz kündigte Freienfels nach vierzig Jahren die Freundschaft, und dieser schimpfte jenen einen gewissenlosen Egoisten. Die Angelegenheit sei inzwischen zu wichtig geworden, um sie einem Spinner wie ihm zu überlassen; wenn er das nicht begreife, tue er ihm leid.

Baron von Nostiz-Wallnitz begriff nicht. Er rief Omar und Nagib zu sich, erklärte ihnen die neue Lage und stellte anschließend die Frage, ob sie dennoch einen Weg sähen, für ihn weiterzuarbeiten, er sei bereit, ihnen jede erdenkliche personelle Hilfe zuteil werden zu lassen.

Bisher hätten sich weder Engländer noch Franzosen oder Deutsche unter Einsatz eines großen Apparates nennenswerte Vorteile verschafft. Dies, entgegnete Omar, sei die Antwort auf seine Frage. Es sei sinnlos, mit Schaufeln die Wüste umzugraben und nach dem Grab des Imhotep zu suchen, wenn nicht einmal der Ort bekannt sei, an dem der Göttliche begraben liege.

Von Nostiz war wie elektrisiert: »Sie glauben nicht an Sakkara?«

»Was heißt schon glauben: nicht wissen!« warf Nagib ein. »Es gibt in keinem Pyramidentext einen Hinweis, daß der Pyramidenbaumeister des Pharaos am selben Ort wie sein König, also gleichsam im Schatten der Pyramide, zu bestatten sei. Es mag nicht ganz unwahrscheinlich sein, Imhotep in Sakkara zu finden, denn Sakkara war die Totenstadt von Memphis, und Memphis die Hauptstadt des Alten Reiches; aber sicher ist das keinesfalls.«

»Das klingt, als verfolgten Sie eine ganz andere Spur!«

»Zumindest die Spur einer Spur!« meinte Omar. »Ich meine, wir sollten dort weitermachen, wo der, der dem Geheimnis am nächsten war, gescheitert ist.«

»Von wem reden Sie, Omar?«

»Ich rede von Professor Hartfield. Hartfield verfügte über den größten Wissensstand und vermutlich über ein entscheidendes Fragment jener Tafel, die der Schlüssel für alle Nachforschungen ist.«

»Aber Hartfield ist tot. Irgendwelche Agenten haben ihn umgebracht. Das liegt doch auf der Hand.«

»Nichts liegt auf der Hand«, entgegnete Omar, »nichts liegt auf der Hand, solange nicht Hartfields Leiche gefunden ist!«

Der Baron fuchtelte erregt in der Luft herum: »Sie glauben doch nicht allen Ernstes, daß Mrs. Hartfield ermordet und der Professor entführt wurde und jetzt irgendwo im verborgenen seine Arbeit fortsetzen muß?«

»Unmöglich ist das nicht . . .«, sinnierte Omar.

»Und worauf gründet sich Ihre Vermutung?«

Omar zuckte mit den Schultern. »Vielleicht ist es nur eine fixe Idee; aber ich habe da so ein komisches Gefühl. Und selbst wenn Hartfield nicht mehr am Leben wäre, wir müssen herausfinden, was mit ihm passiert ist.«

Nagib nickte, und der Baron wiegte den Kopf von einer Seite zur anderen. »Wie lange ist es her, seit Hartfield verschwunden ist?« erkundigte sich von Nostiz schließlich.

»Nach Ihren Akten ziemlich genau vier Jahre. Ich entnehme das einem Bericht der Londoner *Times* vom 4. September 1918. Hartfields Frau Mary wurde später fünf Kilometer westlich von Sakkara tot aufgefunden. Von dem Professor fehlte jede Spur.«

»Fünf Kilometer westlich von Sakkara, sagen Sie? Was, in aller Welt, suchte Mrs. Hartfield in der Libyschen Wüste?«

Omar lachte bitter: »Wenn wir das wüßten, wären wir ein ganzes Stück weiter; aber wir wissen es nicht. Bei Durchsicht Ihrer Dokumente stieß ich allerdings auf eine interessante Einzelheit. Der Reichsgeheimdienst will erfahren haben, daß die tote Mrs. Hartfield einen Brief bei sich trug . . .«

»Ach, hören Sie auf mit solchen Briefen! Tote tragen für gewöhnlich keine Briefe in den Taschen. Den hat man der Toten doch bestimmt zugesteckt, um von irgend etwas abzulenken. Viel interessanter wäre es, die Todesursache zu erfahren. Wie ist Mrs. Hartfield umgekommen?«

»Das geht aus den Akten nicht hervor. Nur soviel: Es gab keine Zeichen äußerer Gewaltanwendung.«

Der Baron ging nachdenklich auf und ab. Unvermittelt fragte er: »Und was stand in dem Brief?«

»Es war von einem Treffen im Kairoer *Savoy*-Hotel die Rede. Dabei sollte der Abdruck einer Steinplatte übergeben werden, gegen eine Summe, die einem den Atem verschlägt.«

»Wieviel?«

»Zehntausend Britische Pfund!«

»Zehntausend Pfund? Das ist eine Menge Geld.«

»Das ist ein Vermögen. Nur – die Hartfields waren keine armen Leute. Sie waren auf das Geld nicht angewiesen. Seine Mietshäuser in Bayswater und Paddington warfen mehr ab, als er im Leben verbrauchen konnte. Folglich kann man davon ausgehen, daß Mrs. Hartfield auf das Angebot auch nicht eingegangen ist.«

Inzwischen blätterte Nagib in den Unterlagen, er zog die Kopie eines Dossiers des Geheimdienstes hervor, das auf den mysteriösen Brief Bezug nahm. »Hier«, sagte er und klopfte auf das Papier, »am 12. Oktober 1918, 11 Uhr, sollte die Übergabe erfolgen. Aber dazu ist es offensichtlich nicht gekommen.«

Von Nostiz dachte nach. »Gehen wir einmal davon aus, Sie hätten recht und Hartfield sei noch am Leben. Wo würden Sie mit Ihren Nachforschungen beginnen?«

»Hören Sie«, erwiderte Omar, ohne zu zögern, »ich würde nicht dort suchen, wo sich bisher alle versucht haben, in Sakkara, sondern ich würde zunächst einmal sein Umfeld erforschen, in London, wo Hartfield herkommt. Ich halte nichts davon, die Erkenntnisse fremder Geheimdienste auszuwerten. Wenn wir erfolgreich sein, vor allem, wenn wir den anderen voraus sein wollen, müssen wir eigene Wege gehen.«

Die Entschlossenheit, mit der Omar an die Sache heranging, gefiel dem Baron, und schon am nächsten Tag verschaffte er ihm Paß und Visum und schickte Omar, ausgestattet mit einer bemerkenswerten Summe Handgeld, nach England. Halima, die am Berliner Leben zunehmend Gefallen fand, blieb zurück, während Nagib allerhöchste Erlaubnis erhielt, das Archiv des Neuen Museums zu durchforsten. Offiziell zur Katalogisierung ägyptischer Exponate, in Wirklichkeit interessierte sich Nagib jedoch für die Grabungsberichte und Korrespondenz aller in Ägypten tätigen deutschen Archäologen.

Zunächst war diese Erlaubnis vom zuständigen Ministerialbeamten abgelehnt, auf Intervention des Barons jedoch vom Minister persönlich erteilt worden. Hintergrund dieser Prüderie war eine Affäre, die weltweit Schlagzeilen gemacht hatte. Ein Berliner Archäologe hatte vor zehn Jahren in Ägypten eine

Kalksteinbüste der Königin Nofretete gefunden und sie unter Umgehung der Gesetze nach Deutschland gebracht. Als die Sache bekannt wurde, löste das sogar diplomatische Verwicklungen aus, und die Ägypter bemühten sich seither vergeblich, ihr Eigentum zurückzuerhalten.

Omar reiste mit dem Liniendampfer nach Dover, dort nahm er den Schnellzug nach London, wo er pünktlich 18 Uhr 10 Victoria Station ankam, ein schwarzes Taxi bestieg und vorbei an Buckingham Palace, Park Lane und Marble Arch Richtung Bayswater fuhr. In der Nähe von Paddington Station, wo die Harrow Road eine Biegung macht, mietete sich Omar im *Midland* ein, einem Hotel der ersten Kategorie – wenn man dem Prospekt glauben durfte –, und fragte, während er den Meldezettel ausfüllte, wie weit Gloucester Terrace entfernt sei.

Der Portier lobte das hervorragende Englisch des Fremden, zupfte seine gestärkten Manschetten in die richtige Lage und wies Omar mit angewinkelten Armen den Weg um drei Ecken, höchstens fünf Minuten entfernt. Ohne einen Bissen zu essen, ging Omar ins Bett und schlief sich aus.

Am nächsten Morgen schien die Sonne, was in London häufiger vorkommt, als gemeinhin behauptet wird, Omar nahm ein üppiges englisches Frühstück zu sich und machte sich auf den Weg. Obwohl er zum ersten Male in London war, kam ihm die Stadt vertraut vor. Straßennamen und Häuserfassaden erschienen ihm weit weniger fremd als in Berlin, was Omar Professor Shelley und seiner Frau Claire verdankte, die ihm an langen Winterabenden in Luxor England und besonders London nahegebracht hatten.

Was London von Kairo und jeder anderen Stadt in Ägypten unterschied, war die Sauberkeit auf den Straßen und der gesittete Verkehr. Es gab viel mehr Automobile als Pferdekutschen, doppelstöckige Omnibusse mit hohen Rädern, und selbst die fliegenden Händler, die Kairo bevölkerten wie Fliegen den Kamelmist, trugen hier vornehme Zurückhaltung zur Schau.

Die erste Überraschung erlebte Omar, als er vor dem Haus

Gloucester Terrace 124, einem zweistöckigen, weißgetünchten Stadthaus frühviktorianischer Zeit, was sich vor allem in dem strengen Säulenportal zeigte, ein Messingschild mit dem Namen Hartfield vorfand, das, um sein blinkendes Aussehen zu erhalten, mindestens einmal pro Woche poliert werden mußte. Das gleiche galt auch für den Klingelgriff, den Omar mutig nach unten zog, worauf ein weißhaariger alter Mann mit den devoten Bewegungen eines Butlers öffnete, kurz gefolgt von einer Dame mittleren Alters und ebensolcher Manieren, wenn man ihre Eigenheit, Männerhosen zu tragen und eine Zigarette ohne Einsatz der Hände zwischen den Lippen zu halten, so bezeichnen kann.

Omar wußte nicht, wie Professor Hartfield aussah; aber er war sicher, daß dieser Mann nicht Hartfield sein konnte. Also gab er vor, früher für den Professor gearbeitet und im Rahmen eines England-Besuches das Bedürfnis empfunden habe, Hartfield zu sprechen, er habe ihn seit vier Jahren nicht mehr gesehen. Allein dieser Hinweis löste den mürrischen Ausdruck im Gesicht der Frau, sie schob den weißhaarigen Alten zur Seite und fragte nach Omars Namen, den dieser auch wahrheitsgemäß nannte. Warum sollte er ihn verschweigen?

Nach kurzer Vorrede, die sich in der Hauptsache auf ihr Äußeres bezog, das wiederum mit eigenhändiger Gartenarbeit in ursächlicher Verbindung stand, nannte sie ihren Namen, Amalia Dounce, und den Grund ihrer Anwesenheit, ihre Verwandtschaft mütterlicherseits mit Mrs. Hartfield; diese, Gott habe sie selig, sei ihre Tante gewesen. Einmal im Redefluß, berichtete Mrs. Dounce, daß sie schon seit fünfzehn Jahren der gute Geist des Hauses sei und während der oft monatelangen Abwesenheit der Hartfields die Geschäfte geführt habe und noch führe, vor allem seit Mrs. Hartfield tot und der Professor verschollen sei. Ihrem Antrag, Professor Hartfield für tot zu erklären, hätten die Behörden nicht entsprochen, weil gewisse Indizien dagegen sprächen.

Amalia Dounce war die einzige, rechtmäßige Erbin des Hartfield-Vermögens, und ihre Bemühungen in dieser Hinsicht waren durchaus verständlich und legitim. Was Omar bei der Unterredung zwischen Tür und Angel aber stutzig machte, war jene auffallende Zurückhaltung der sonst so redseligen Dame, als er sich nach den erwähnten Indizien erkundigte, die ihrer Erbschaft hinderlich seien. Sie selbst behauptete, Professor Hartfield zuletzt im Sommer 1918 begegnet zu sein, wenn man davon absehe, daß er ihr jüngst im Traum erschienen sei, als Bettelmönch in einer grauen, gegürteten Kutte. Sie lachte verbittert und sagte, das liege inzwischen drei Wochen zurück, und seither schrecke sie manchmal im Schlaf hoch, weil der Mönch oder Hartfield oder das Traumgesicht sich ihr mit unverschämtem Grinsen nähere.

Um weiteren Traumberichten zu entgehen, verabschiedete Omar sich höflich, aß im *King's Arms* eine Kleinigkeit und begab sich über die Bayswater Road in den nahen Hyde Park, wo er auf einer Parkbank hinter der Serpentine Bridge den Schwänen und Wasservögeln zusah, die sich hier in großer Zahl tummelten, und darüber nachdachte, was von dieser Mrs. Dounce zu halten sei. Bemerkenswert erschien ihm der Hinweis, der Antrag, Professor Hartfield für tot zu erklären, sei vom Gericht abgelehnt worden aufgrund gewisser Indizien. Also machte er sich auf den Weg nach Bayswater-Court.

Das alte Gemäuer hatte in seiner Wucht und Größe etwas Bedrohliches wie alle Justizbehörden dieser Welt, und es dauerte beinahe eine Stunde, bis Omar sich zu der zuständigen Abteilung durchgefragt und Richter Kitterbell angetroffen hatte, einen hochgeschossenen, drahtigen Mann mit kurzgeschorenen Haaren, der seit beinahe einem Vierteljahrhundert sein Brot und den damit verbundenen Pensionsanspruch verdiente, indem er von Montag bis Freitag an einem dunkelgebeizten, abgewetzten Schreibtisch nach den vorliegenden Akten über Entmündigungen und Toterklärungen im Stadtteil Bayswater entschied, eine Aufgabe, die ihm tiefe, senkrechte Falten über die Nasenwurzel gezeichnet hatte.

Omar legte seinen Paß vor und erklärte, zur Sache Hartfield etwas beitragen zu können, dessen Toterklärung von dieser

Stelle abgelehnt worden sei. Die Ankündigung traf bei Richter Kitterbell nicht gerade auf Begeisterung, störte sie doch seinen von zwei Aktenstößen vor ihm bestimmten Tagesablauf empfindlich und zwang ihn, nach Miss Sparkins zu rufen, einem sommers wie winters schwarzgekleideten Fräulein, das der »Women's Social and Political Union« angehörte, in der sich die Suffragetten organisierten. Diese brachte nach geraumer Zeit den Fall in Form von Akten herbei, und Kitterbell begann sich darin zu vertiefen.

Unterdessen erzählte Omar dem Richter die gleiche Geschichte, die er bereits Mrs. Dounce vorgetragen hatte, daß er für Hartfield gearbeitet und ihn seit vier Jahren nicht mehr gesehen habe und daß er glaube, der Professor sei seit langem tot. Auf diese Weise hoffte Omar den Richter dazu zu bringen, die ihm vorliegenden Beweise, daß dem nicht so sei, preiszugeben. Und er hatte recht.

Kitterbell reagierte ziemlich ungehalten auf Omars Geschichte, forderte Beweise für seine Behauptung, zog aus den Akten eine Geldanweisung über zwanzigtausend Pfund der Westminster Bank Marylebone und legte sie vor ihm auf den Tisch. Die Anweisung trug die Daten: Kairo, 4. April 1921, und eine zittrige Unterschrift »Hartfield« und als Adresse ein Konto der Misr Bank Kairo, von wo der angeforderte Betrag, wie eine Rückfrage ergeben habe, mittels Vollmacht ordnungsgemäß und ohne Komplikationen abgehoben worden sei. Weder die Westminster Bank noch die Misr Bank hätten Zweifel an der jeweiligen Unterschrift geäußert, und da Tote keine Unterschriften leisteten, könne man davon ausgehen, daß Hartfield unter den Lebenden weile. Archäologen seien oft eigenwillige Menschen, die die Öffentlichkeit mieden, was einem Mann wie Hartfield in diesen unruhigen Zeiten bei Gott nicht zum Vorwurf gemacht werden könne. Ob er, Omar Moussa, den Tod Professor Hartfields beeiden oder Zeugen nennen könne, die sein Ableben beschwören können.

Das aber konnte Omar nicht, er wollte es auch gar nicht; was er wollte, hatte er erreicht, und was er seit langem vermutet hatte, schien sich zu bestätigen: Hartfield lebte irgendwo in Ägypten, und es gab keinen Grund anzunehmen, daß er seines Wissens verlustig gegangen und in Sachen Imhotep untätig geworden sei.

Aber wo war der Hebel anzusetzen? Es erschien sinnlos, in einem Land größer als England, Frankreich oder Deutschland nach einem Mann zu suchen, der noch dazu nicht gesehen werden wollte. Das gliche der Suche nach der Nadel im Heuhaufen und hätte seine Kräfte deutlich überfordert. Was wußte Mrs. Dounce?

Für Omar gab es keinen Zweifel, daß sie mehr wußte, als sie zugeben wollte. Was aber war der Grund für ihre Zurückhaltung? War es die erhoffte Erbschaft, oder machte sie mit dem Professor gemeinsame Sache? Warum hatte sie die Geldtransaktion nicht erwähnt? Wenn sie sich um die finanziellen Belange des Professors kümmerte, dann mußte sie davon Kenntnis haben.

Also ging Omar am folgenden Tag ein zweites Mal nach Gloucester Terrace, um Mrs. Dounce zu befragen, ob sie von der Geldanweisung des Professors im April des vergangenen Jahres Kenntnis habe, die doch zweifelsfrei ein Beweis dafür sei, daß Professor Hartfield lebe. Die Frage des Fremden war für Mrs. Dounce der Beweis, daß – was sie ohnehin schon vermutet hatte – dieser ein ganz anderes Ziel verfolgte, als Hartfield einen freundlichen Besuch abzustatten. Sie schalt Omar, ohne ihre Zigarette von den Lippen zu nehmen, einen Schnüffler und drohte mit der Polizei, falls er seine Ermittlungen nicht einstelle; die Unterschrift auf der Bankanweisung sei im übrigen gefälscht, er solle sich nie mehr blicken lassen.

Es entsprach nicht seiner Art, in verfahrenen Situationen wie dieser einfach aufzugeben; deshalb suchte er auch Richter Kitterbell nochmals auf und berichtete mit beflissener Miene, Mrs. Dounce behaupte, die Unterschrift auf der Überweisung sei eine Fälschung; ob ihm das bekannt sei. Kitterbell ging es vor allem darum, den lästigen Informanten loszuwerden, er rollte ungehalten mit den Augen und bestätigte, daß Mrs. Dounce Zweifel an Hartfields Unterschrift geäußert habe; ein Gutachter habe jedoch die Echtheit zweifelsfrei bestätigt.

Als der Richter daraufhin begann Fragen zu stellen, warum ihn der Fall interessiere, da zog es Omar vor, sich augenblicklich zu empfehlen.

Während er in London Nachforschungen anstellte, ahnte Omar nicht, daß in Berlin das Schicksal zu einem Schlag ausholte, der ihn schwerer treffen sollte als alles, was er bisher erlebt hatte. Es war eine von jenen Niederlagen, die man ein Leben lang nicht vergißt, selbst wenn die Wunden schon längst verheilt sind.

Begonnen hatte alles bei einer der Cocktailpartys, die Gustav Georg Baron von Nostiz-Wallnitz donnerstags zu geben pflegte. Wäre es unsere Aufgabe, Ereignisse dieser Art zu klassifizieren, so würde »sehen und gesehen werden« dem Umstand wohl am nächsten kommen: ein Jahrmarkt der Eitelkeiten, daran teilzunehmen jedem Berliner von Stand zur Ehre gereichte. Wer von Baron Nostiz geladen war, gehörte dazu, und wer nicht geladen war, wußte, wie es um ihn stand.

Da sah man Schauspieler, Regisseure und Autoren genauso wie Autokonstrukteure und Kraftwerksbesitzer, die, um zu reüssieren, den Weg von der Oberlausitz und dem Zittauer Gebirge nicht scheuten. Hier wurden Stars geboren, Premieren verrissen, Boxer engagiert, Geschäfte eingefädelt und Politik gemacht. Noch zwei Tage vor seiner Ermordung hatte Außenminister Walther Rathenau hier fröhlich mit F. W. Murnau geplaudert, dessen Stummfilm »Nosferatu« alle Besucher entzückte.

Auf einer dieser Cocktailpartys erschien zur Freude vieler Herren auch Halima, und mit ihrem arabisch gefärbtem Deutsch erntete sie viel Bewunderung. Dabei kam es zu einer belanglosen Zufälligkeit, die, im nachhinein betrachtet, so zufällig nicht gewesen sein konnte, wie es zunächst den Anschein hatte. Jedenfalls prallte Max Nikisch, Starreporter der *Berliner Illustrirten*, im Gedränge so unglücklich mit Halima zusammen, daß sich der Inhalt seines Rotweinglasés – Nikisch trank nur Rotwein – über Halimas Kleid ergoß und einen häßlichen Fleck hinterließ.

Nikisch, bekannt dafür, daß ihn nichts aus der Ruhe zu bringen vermochte, seit er mit dem Motorrad eines Artisten über ein Drahtseil auf den Turm der Kaiser-Wilhelm-Gedächtniskirche gefahren war, dieser Nikisch stammelte nun hilflose Entschuldigungen, wie peinlich ihm die Sache sei und erbot sich, Halima nach Hause zu chauffieren und den Schaden zu ersetzen. Und weil Halima so verunstaltet nicht bleiben wollte, nahm sie das Angebot an.

Nikisch, ein eher kleiner, schmächtiger Mann wie Rudolpho Valentino, trug die dunklen, glänzenden Haare streng zurückgekämmt, der Mode jener Tage entsprechend. Man sah ihn nie ohne Fliege, welche gestreift oder gepunktet, aber immer rot sein mußte, und sein ausgesuchtes Schuhwerk stammte von Waldmüller am Kurfürstendamm. Der graue Mercedes-Benz, den er fuhr, überstieg eigentlich seine Verhältnisse, aber das wußte nur Nikisch selbst.

Warum er trotz seiner vierzig Lebensjahre noch keine Ehe eingegangen war, wußte auch nur Nikisch selbst. Jedenfalls zählte er zu den am meisten umschwärmten Junggesellen in Berlin, und eine Frau, der er den Hof machte, was nur selten vorkam, konnte sich darauf etwas einbilden. Nikisch zeigte sich stets altmodisch höflich, ja, sogar überkorrekt, immer darauf bedacht, das verehrungswürdige Wesen nicht zu kompromittieren. Ihm ein Verhältnis mit dieser oder jener anzudichten, war bisher nicht einmal den übelsten Klatschmäulern gelungen, von denen es nicht wenige gab in den Clubs und Salons zwischen Leipziger und Dorotheenstraße.

Dies sei vorausgeschickt, um das Aufsehen zu begreifen, welches Nikischs Haltung in den folgenden Tagen überall erregte. Wie man es von ihm nicht anders erwarten durfte, hatte Nikisch Halima artig nach Hause chauffiert, und wie ein Droschkenfahrer gewartet, bis sie umgezogen war, und sie zum Cocktail des Barons zurückgebracht, wie versprochen. Nikisch hatte sie jedoch an diesem Abend keine Sekunde aus den Augen gelassen, ihr vielerlei Komplimente gemacht und sie beim Abschied gebeten, sie am nächsten Tag wiedersehen zu dürfen.

Als Ägypterin war Halima weder an Komplimente noch an Einladungen zum Rendezvous gewöhnt; Nikischs feine Art schmeichelte ihr, und sie sagte zu. Zum Frühstück brachte ein Bote einen Strauß gelber Rosen und einen Brief. Halima konnte sich nicht erinnern, jemals im Leben Blumen bekommen zu haben, und der Brief enthielt eine Einladung zu einem Schaufensterbummel und das Angebot, das Kleid durch ein neues zu ersetzen.

Dies geschah in einem Salon nahe dem Alexanderplatz, wo die besseren Kreise ein und aus gingen – wie das so hieß. Das Ersatzkleid war gelb, wadenlang und eng nach der Mode der Zeit und an der linken Hüfte gerafft, so daß es einseitig in großen Falten fiel. Halimas Bedenken, das Kleid sei zu auffallend für eine Frau aus dem Orient, zerstreute Nikisch mit dem Hinweis, eine schöne Frau müsse schöne Kleider tragen, und für sie seien die schönsten noch immer nicht schön genug.

Komplimente dieser Art, mit denen Nikisch nicht geizte, prickelten wie Champagner und versetzten sie in ein nie gekanntes Glücksgefühl. In all den Jahren ihres bisherigen Lebens war sie Dienerin und Dulderin gewesen, und sie hatte sich nie beklagt, weil es ihrer Herkunft und Erziehung entsprach. Nun auf einmal sah Halima sich in der Rolle einer Dame, die über alle Maßen verwöhnt und verehrt wurde, und sie fühlte sich wie neugeboren.

Sogar Omar, den sie trotz allem in Berlin vermißte, begegnete ihr nicht mit jener Art von Respekt und Ehrerbietung wie der Deutsche, der *konnte* nicht anders, denn in ihm steckte die Seele des Orients. Von Baron von Nostiz erfuhr sie, daß Omar noch länger in London bleibe, unerwartete Ereignisse machten seine Anwesenheit erforderlich, er sende ihr Grüße, und so kam es, daß ihre Gefühle eine unerwartete Wendung nahmen, zu Max hin (den sie »Mats« nannte, weil das x für sie unaussprechlich war).

Zusammen besuchten sie die »Scala«, das berühmte Varieté-Theater, wo ein Kapitän namens Westerhold ein drahtlos ferngelenktes, wie von Geisterhand bewegtes Schiffsmodell vorführte – eine Sensation damals. Sie streiften durch die zwielichtigen Tingeltangels und Kabaretts an der Friedrichstraße und sahen die berühmtesten Stummfilme der Zeit, Fritz Langs *Dr. Mabuse* im Osten, und Mumaus *Nosferatu* am Kurfürstendamm, im aufstrebenden Westen der Stadt, wo Orchester im Frack das zitternde Geschehen auf der Leinwand begleiteten. Man sah sie im *Adlon* dinieren und gegen Mitternacht vor Meier's Bulettenbude, Friedrich-, Ecke Taubenstraße, stehen, wo es die besten ihrer Art gab.

Vor dieser Bulettenbude zwischen Urania und Schauspielhaus war es auch, wo Max nach Tagen unbeschwerter Begegnungen Halima eine Liebeserklärung machte. Beschwörung wäre vielleicht das bessere Wort, denn Nikisch beschwor Halima, ihn zu erhören, er könne ohne sie nicht mehr leben.

Wie versteinert stand Halima im Schein einer zischenden Gaslaterne, sie zitterte ein bißchen, aber nicht wegen der Kühle der Nacht, sondern aufgrund des bedeutungsvollen Antrages. Max zog Halima fest an sich, er spürte ihr Zittern und die Wärme ihres Körpers, und er mahnte sie zu schweigen. »Sag jetzt nichts!« bat er inständig. »Es gibt Situationen im Leben, da wäre jedes Wort verkehrt. Dies eben ist so eine Situation.«

Halima kämpfte mit den Tränen – warum wußte sie nicht. Sie war so ergriffen von der Eigenart dieses Mannes, seiner Stärke und Überlegenheit, die sich in unerwarteten Augenblicken in anziehende Schwäche verwandeln konnte und umgekehrt. Tausend Dinge wollte sie, *mußte* sie ihm sagen, sie mußte Max aufklären, bevor es zu spät war, und so begann Halima mit ihrer Geschichte, fröstelnd in seinen Armen unter einer Gaslaterne Tauben-, Ecke Friedrichstraße.

Zuerst erzählte sie von ihrer armseligen Kindheit, wie sie mit ihrem Vater barfuß auf den Zuckerrohrplantagen gearbeitet hatte, von ihrer ersten Begegnung mit Omar und dem hohen Preis, den sie für sein Leben hatte bezahlen müssen. Halima ließ nichts aus, nicht die Isolation und Unmenschlichkeit, die sie in ihrer Ehe erfahren, und die Überwindung nicht, die sie jedes Zusammensein mit al-Hussein gekostet hatte. Sie berichtete von dem unerwarteten Zusammentreffen mit Omar und ihrem gemeinsamen Entschluß, aus Ägypten zu fliehen. Nur den eigentlichen Hintergrund ihrer Bekanntschaft mit Baron von Nostiz-Wallnitz, den verschwieg Halima.

»Du siehst«, endete Halima, »du hast es mit einer Ehebrecherin zu tun, die ihrem Mann davongelaufen ist, was nach dem heiligen Buch des Islam eine furchtbare Sünde ist. Ich bin eine von jenen Frauen, von denen Allah predigt, sich von ihnen fernzuhalten, sie in ihre Gemächer zu sperren und zu züchtigen nach eigenem Ermessen. Denn ein Mann darf sich von seiner Frau scheiden, eine Frau von ihrem Mann jedoch nicht.«

Halima hatte erwartet, daß ihre Worte Abscheu und Ablehnung hervorrufen würden, sie hatte geglaubt, Max würde eine passende Entschuldigung finden und sich zurückziehen. Jedenfalls hätte sie das nicht gewundert, ja, sie hatte es heimlich erhofft, weil dann alles ausgestanden gewesen wäre, was ihr im anderen Fall nur noch Schmerz bereiten konnte.

Aber nichts dergleichen geschah. Max zog Halima noch fester an sich und bedeckte ihr Gesicht mit Küssen. Verständnisvoll wie ein Vater erwiderte er: »Halima, du kommst aus einem fernen Land, wo eine andere Moral und andere Gesetze herrschen. Aber nun bist du in Europa, und hier in Deutschland ist vieles anders. Du bist eine Frau und hast dieselben Rechte wie ein Mann. War dein Mann schlecht zu dir, so hast du genauso das Recht, dich von ihm zu trennen, wie er von dir. Im übrigen sind das unbedeutende Einwände für einen Mann, der dich liebt.«

»Aber da ist noch Omar!« Verzweifelt versuchte Halima sich aus der Umklammerung zu lösen, sie hämmerte mit den Ellbogen wild gegen Nikischs Brust. »Er liebt mich, und ich liebe ihn!«

Die Behauptung schien Max nicht zu erschrecken. Er preßte ihre Hände zusammen und antwortete ruhig. »Liebe hat ihre eigenen Gesetze, und die entbehren jeder Logik. Wenn du mir heute sagst, du liebst Omar, so kann das morgen schon anders sein. Ich werde tun, was du von mir verlangst. Wenn du mich fortschickst, werde ich gehen; aber ich werde nicht aufhören, dich zu lieben.«

Da brach es aus Halima heraus, während Tränen über ihr Gesicht rannen: »Dann geh, ich bitte dich, geh! Wir dürfen uns nie wiedersehen, nie wieder!«

Als hätte er die Reaktion erwartet, ohne das geringste Zeichen von Trauer und Erschütterung, nahm Max Halima am Arm und winkte ein Taxi herbei. Er öffnete ihr die Wagentür und küßte, während sie einstieg, flüchtig ihre Hand. Sein Winken am Straßenrand sah Halima nicht mehr, denn sie weinte und schluchzte wie ein kleines Kind.

Unterdessen hatte Omar sich in den Fall verbissen wie ein Frettchen in seine Beute. Was er bisher über Hartfield erfahren hatte, schien ihm allzu nutzlos für weitere Nachforschungen. Er *mußte* mehr über die Verhältnisse in Gloucester Terrace 124 in Erfahrung bringen.

Für Omar gab es keinen Zweifel, daß die kettenrauchende Mrs. Dounce eine zwielichtige Rolle spielte, aber er wußte nicht, wie er an weitere Informationen kommen konnte. Die Idee, bei den Nachbarn Erkundigungen einzuholen, verwarf er nach kurzer Zeit. Zum einen erschien es ihm wenig erfolgversprechend, denn wer kannte in einer großen Stadt wie London schon seine Nachbarn? Zum anderen war darüber hinaus das Risiko damit verbunden, man könnte die Fragerei eines Fremden Mrs. Dounce zutragen, so daß sie gewarnt wäre. Also entschied sich Omar für die einfachste und zermürbendste Sache der Welt: Er legte sich auf der gegenüberliegenden Straßenseite auf die Lauer und beobachtete, wer in Gloucester Terrace 124 ein und aus ging – von morgens um sieben bis abends um zehn.

Nichts ist so aufreibend langweilig wie eine Observation dieser Art. Stunden, die sonst wie im Fluge verstreichen, dehnen sich auf einmal in endlose Länge. Während Omar auf der gegenüberliegenden, durch eine Verkehrsinsel getrennten Straßenseite auf und ab ging, zählte er die Platten des Gehsteiges, lernte die Nummern der vorbeifahrenden Automobile auswendig, und zweimal am Tag, mittags und abends, besorgte er sich die neueste Ausgabe der Zeitungen, die er, an ein Hauseck gelehnt, las.

Am ersten Tag passierte überhaupt nichts, wenn man davon absieht, daß morgens gegen halb acht die Haustür einen Spalt geöffnet wurde und eine nicht zu identifizierende Hand die Milchflaschen hereinholte, die der dunkelhäutige Milchmann kurz zuvor dort abgestellt hatte. Der Milchmann! Milchmänner und Friseure wissen mehr als andere Menschen.

Omar paßte am nächsten Morgen den Milchmann ab, drückte ihm eine Pfund-Note in die Hand, was viel Geld war für einen Mann seines Standes, erklärte, er sei Privatdetektiv, keine Seltenheit im London der zwanziger Jahre, und erkundigte sich nach den Verhältnissen im Hause Gloucester Terrace 124. Der Milchmann erwies sich als ein von der Natur mit geistigen Gaben nicht gerade gesegnetes Wesen, dessen Horizont nicht über die Eingangsstufen der Haustüren reiche und der alle weitergehenden Fragen mit einem ebenso freundlichen wie blöden Lächeln und drei vor den Augen gespreizten Fingern und der Bemerkung beantwortete: »Mrs. Dounce, drei Flaschen, Sir.«

An diesem Tag bekam Omar immerhin den Butler zu Gesicht, der, offenbar Einkäufe erledigend, nach zwei Stunden zurückkehrte. Eines war also schon jetzt erkennbar: Mrs. Dounce führte nicht gerade ein gastliches Haus; wie es schien, lebte sie sehr zurückgezogen.

Eingelullt von Langeweile bemerkte Omar am folgenden Abend zu spät, wie jemand das Haus verließ. Er erkannte gerade noch einen großen, mit einem Trenchcoat bekleideten Mann; aber noch ehe er die Straße überquert hatte, um sich ihm an die Fersen zu heften, war der Unbekannte in der Dunkelheit verschwunden. Bei dem Mann – das stand fest – handelte es sich nicht um den Butler, der Unbekannte war von größerer Statur und hatte nicht den schweren Gang jenes Mannes. Vor allem aber stimmte Omar nachdenklich, daß er nicht gesehen hatte, wie der Fremde das Haus betrat.

Am folgenden Tag, einem Freitag, wiederholte sich, was Omar schon kannte, morgens der Milchmann, der Briefträger ging an Gloucester Terrace 124 vorbei, gegen zehn Ausgang des Butlers, danach keine besonderen Vorkommnisse.

Es mochte gegen acht Uhr gewesen sein, und es dunkelte schon, als das Unerwartete, das, woran Omar schon nicht mehr geglaubt hatte, geschah. Die Haustür wurde geöffnet, und heraus trat Mrs. Dounce in Begleitung eines Mannes. Der Mann war der Unbekannte im Trenchcoat. Arm in Arm schlenderten beide Gloucester Terrace hinab in Richtung Sussex Gardens, von Omar in gebührendem Abstand gefolgt. Sie scherzten und schienen guter Dinge zu sein und begaben sich nach kurzem Fußweg in eines der zahlreichen chinesischen Lokale, die hier an jeder Straßenecke aus dem Boden schießen.

Als er sicher sein konnte, daß Mrs. Dounce und ihr Begleiter einen Platz gefunden hatten, folgte Omar nach. Die beiden hatten sich an einen der Tische in der hinteren Ecke gesetzt, die voneinander durch Gitter aus Bambusrohr und allerlei Grünpflanzen getrennt waren, so daß Omar es wagen konnte, an einem Tisch gegenüber Platz zu nehmen, ohne erkannt zu werden. Ihm ging es nur darum, sich das Gesicht dieses Mannes einzuprägen.

Über den Rand seiner Speisekarte, die ihm ein kleinwüchsiger Chinese mit einer Verbeugung aushändigte, beobachtete Omar das Paar von der Seite. Erst als der Ober kam, um ihre Bestellung aufzunehmen, war der Mann gezwungen, den Kopf zur Seite zu wenden, so daß Omar sein Gesicht sehen konnte.

Bei Allah, dem Allmächtigen! Der Mann neben Mrs. Dounce war William Carlyle. Ja, es gab keinen Zweifel, William Carlyle, der Journalist, den er vor vielen Jahren in den Arkaden des Hotels *Winter Palace* in Luxor kennengelernt hatte und der eines Tages aus seinem Hotel verschwunden war unter Zurücklassung seines Sakkos, eines Kuverts mit 15 Pfund Inhalt und eines

Buches mit einem zerknitterten Zettel, auf dem nur ein Wort geschrieben stand: *Imhotep* – zweimal unterstrichen.

Es fiel Omar nicht leicht, in dieser unerwarteten Situation seine Gedanken zu ordnen. Mrs. Dounce – Professor Hartfield – Carlyle – zwischen diesen drei Menschen gab es irgendeine Verbindung, ein seltsames Zusammenspiel dreier Schicksale um eine gemeinsame Mitte. Auf jeden Fall mußte es einen Grund haben, daß Hartfield – falls er noch unter den Lebenden weilte – und Carlyle – an dessen physischer Existenz kein Zweifel bestehen konnte – von einem Tag auf den anderen verschwunden waren. Auf einmal strömten tausend Gedanken auf Omar ein, aber nicht einer erschien ihm schlüssig. Die Situation, die er gerade beobachtete, ließ jedenfalls keinen zwingenden Schluß zu.

Während Carlyle und Mrs. Dounce ihre Bestellung aufgaben, verfolgte Omar jede ihrer Bewegungen und Gesten, die ja oft verräterischer sein können als Worte. Mit dem Mund kann man lügen, mit den Augen nicht. Kaum hatte der Ober sich zurückgezogen, da nahm Carlyle Mrs. Dounce' Rechte in beide Hände und sah ihr lange, ohne ein Wort zu sprechen, in die Augen. *Ya salaam!* So schauten sich nicht Verwandte, Bekannte und schon gar nicht Geschäftspartner an! Die beiden hatten ein Verhältnis miteinander.

»Ihre Bestellung, Sir?« Plötzlich stand der kleine, lachende Chinese vor Omar, schreibbereit. Verwirrt legte Omar die Speisekarte zurück und erwiderte freundlich: »Danke, ich habe es mir anders überlegt!« Und unauffällig verließ er das Lokal.

Es war kühl geworden, und vom Long Water im nahen Hyde Park zogen die ersten Nebel des Herbstes herauf. Omar schlug seinen Kragen hoch. Wenn, überlegte er, William Carlyle und Amalia Dounce ein Verhältnis haben, was nach Lage der Dinge eher wahrscheinlich als unwahrscheinlich ist, dann stellte sich die Frage, was hatte Amalias Onkel Edward Hartfield mit der Sache zu tun? Hartfield und Carlyle mußten sich kennen, ihr gemeinsames Interesse an Imhotep konnte kein Zufall sein, aber wenn sie sich kannten, warum verfolgten sie dann ihr Ziel auf getrennten Wegen?

Omar, der sich bisher strikt geweigert hatte, Hartfields Verschwinden mit seinem Tod gleichzusetzen, konnte sich nun auf einmal des Gefühls nicht erwehren, daß der Professor tot war. Das war vielleicht unsinnig und keinesfalls beweisbar, aber Omar war ein Kind der Wüste, und Wüstensöhne urteilen in der Hauptsache aus dem Bauch heraus. Unschlüssig, wie er sich nun verhalten sollte, erreichte er das *Midland*-Hotel.

Mit dem Zimmerschlüssel übergab ihm der Portier ein Telegramm aus Berlin. Nagib telegraphierte, er möge umgehend zurückkommen, falls ihm an Halima gelegen sei. Was meinte Nagib? Omar verstand ihn nicht.

Auch wenn Omar die Warnung seines Freundes begriffen hätte, es wäre zu spät gewesen, denn in Berlin hatte sich vieles verändert. Unter den Linden peitschte der Wind die Blätter der Bäume, es roch nach Nebel, wenn man morgens aus dem Haus trat, vor allem am Lustgarten und am Reichstag, wo die Spree durch die Stadt fließt. Es regnete noch mehr als in dem ohnehin verregneten Sommer, und die Preise für Brot, Fleisch und Gemüse stiegen beinahe täglich. Viele Automobile am Straßenrand trugen die Aufschrift »Zu verkaufen«, und Männer mit Schildern »Suche Arbeit« um Bauch und Rücken geschnallt, gehörten zum Straßenbild.

Überall begegnete man Schwarzhändlern und Schiebern, vor allem aber Rauschgifthändlern. »Coco« – wie das Kokain genannt wurde, war groß in Mode, ebenso Morphium, und beide kosteten in Berlin nur einen Bruchteil des Preises, der zu dieser Zeit in Paris oder London gefordert wurde. In einem Kellerlokal in der Leipziger Straße sang eine grellgeschminkte, ältliche Diseuse allabendlich:

>»Ach, dieses Reglement der Küsse
>Ist so pedantisch und so dumm.
>Ich kenne hübschere Genüsse:
>Ich pieke mich mit Morphium.«

Das kam an, und die Leute schlugen sich vor Vergnügen auf die Schenkel. Das Leben in jenen Tagen glich einem Tanz auf dem Vulkan und hatte den Anschein, als gierten die Menschen nach jedwedem Vergnügen, sie lebten in den Tag hinein, als wäre es ihr letzter – Hauptsache Zerstreuung. Charleston und Shimmy hießen die Favoriten in den Tanzpalästen, und die Gassenjungen in den Hinterhof-Mietskasernen pfiffen das Lied von »Onkel Bumba aus Kalumba«, ein Liedchen, das sechs singende Herren im Frack, genannt »Comedian Harmonists«, populär gemacht hatten.

Die Affäre mit Max Nikisch hatte Halima so aufgewühlt, daß sie sich in ihrem Zimmer einsperrte und eine Nacht und einen Tag nur heulte vor Verzweiflung. Sie liebte Omar, und es gab keinen Grund, ihn nicht mehr zu lieben; das Fatale war nur: Sie liebte auch Max, und der einzige Grund, ihn nicht zu lieben, war Omar.

Hin und her gerissen zwischen diesen beiden Gefühlen und verfolgt von der Angst, einem von beiden Unrecht zuzufügen, stürzte Halima sich am folgenden Tag allein in das lärmende Nachtleben und zog durch die Kneipen an der Jerusalemer Straße – zugegeben, keine vornehme Gegend –, wo sie am frühen Morgen eine Streife der Polizei betrunken an das eiserne Tor einer öffentlichen Bedürfnisanstalt gelehnt entdeckte, einer Institution mit gewissem Bekanntheitsgrad, weil dort ausschließlich Herren verkehrten, die sich selbst und dem eigenen Geschlecht genug waren.

Auf das Angebot der Polizisten, sie nach Hause zu bringen, reagierte Halima mit wilden Beschimpfungen in Arabisch und Deutsch, sie verweigerte die Bekanntgabe von Namen und Adresse und drohte, Baron von Nostiz-Wallnitz werde sie alle einsperren lassen. Auf diese Weise verbrachte Halima den kurzen Rest der Nacht in einer Polizeizelle der Sicherheitswache Leipziger Straße. Eine Anfrage bei Baron von Nostiz klärte schließlich ihre Identität, und Nagib brachte Halima nach Hause, wo sie gegen Abend nach tiefem Schlaf ernüchtert zu sich kam und in Tränen ausbrach.

Nagib hatte längst mitbekommen, in welch tiefer Verzweiflung Halima steckte, und er versuchte sie zu trösten. Er warnte sie vor den deutschen Männern, deren Verhältnis zu Frauen anders sei als das eines Ägypters. Wenn ein Ägypter einer Frau Liebe schwöre, so habe der Schwur ein ganzes Leben Gültigkeit, bei einem deutschen Mann nur eine Nacht. Sie solle sich also hüten vor Männern, die ihr Komplimente machten, sie wollten alle doch nur das eine.

Darauf schrie Halima Nagib an, sie brauche keine Belehrungen, und im Vergleich zu deutschen Männern seien Ägypter rücksichtslose Egoisten, die nur eines kennten, sich selbst, und er, Nagib, mache da keine Ausnahme. Und während sie miteinander stritten und sich wechselseitig Gemeinheiten an den Kopf warfen, die darin gipfelten, daß Nagib Halima ein Flittchen nannte, stopfte diese ein paar Kleidungsstücke in eine Reisetasche aus rotem Leder und rief, bevor sie die Tür hinter sich zuschlug, der Rest werde abgeholt.

Mit einer Motordroschke fuhr Halima zum Kurfürstendamm im Westen der Stadt. Hier lebten vorzugsweise Künstler, Schauspieler und Journalisten. Nikisch bewohnte das oberste Stockwerk eines sechsstöckigen Hauses mit einem Kino im Erdgeschoß; aber Nikisch war nicht zu Hause. Halima genierte sich, in der Redaktion der Illustrierten anzurufen, und sie setzte sich vor der Flurtür unter dem Klingelgriff auf den Boden. Nach kurzer Zeit schlief sie ein.

Gegen Mitternacht kam Max Nikisch nach Hause und fand Halima schlafend an die Tür gelehnt. Halima schreckte hoch, als Max sich anschickte, sie nach drinnen zu tragen, aber als sie ihn sah, huschte ein Lächeln über ihr Gesicht. Sie wollte etwas sagen, eine Entschuldigung oder eine Erklärung, doch sie war zu keiner Rede fähig, und Max, der ihre Hemmungen erkannte, legte seinen Zeigefinger auf ihre Lippen, als wollte er sagen: Pst, du mußt nichts erklären.

Ohne Widerspruch ließ Halima sich in den Salon tragen, einen großzügig möblierten Raum mit zwei riesigen, schrägen Glasfenstern. Unter dem einen stand eine kantige Couch, mit blaugefärbtem Leder bezogen, wie es dem Geschmack der Zeit entsprach. Max legte Halima auf die Couch, daß sie den nächtlichen Himmel sehen konnte, und Halima ließ es mit sich geschehen. Sie hätte jetzt, da sie Max nahe war, alles mit sich geschehen lassen, sie war glücklich. Das alles schien beinahe wie ein Traum.

»Du bist gar nicht erstaunt, daß ich gekommen bin«, sagte Halima, während Max ganz nahe an sie heranrückte.

»Sollte ich das?« Max beugte sich über sie und sah ihr in die Augen.

»Ja«, erwiderte Halima. »Es hätte mir gezeigt, daß du meinen Abschied ernst genommen hast.«

»Oh, ich habe ihn ernst genommen, sehr ernst sogar. Ich war traurig. Aber ich habe gewußt, du würdest wiederkommen. Kein Verstand kann das Gefühl in dir töten.«

»Wenn du nur nicht so verdammt selbstsicher wärest«, meinte Halima verlegen, »und so unverschämt selbstbeherrscht!«

Nikisch lachte. »Selbstbeherrschung, sagt einer unserer Dichter, ist die Wurzel aller Sittlichkeit.«

»Und du wirst nie so richtig unsittlich? – Ich meine, was muß eine Frau tun, damit . . .«

»Ja?«

». . . damit du mit ihr schläfst?«

Max sah Halima lange an, und nachdem er jede Regung ihres Mienenspiels aufmerksam registriert hatte, das aufgeregte Zucken in den Augenwinkeln und das Beben ihrer kleinen Nasenflügel, legte er sich behutsam auf sie. Er faltete ihre Arme über dem Kopf und begann seinen Körper langsam vor und zurück zu bewegen. Halima schloß die Augen und ließ es geschehen.

Die sanften Bewegungen des Mannes versetzten Halima in einen Rauschzustand, der – was sie erträumt hatte – sie alles vergessen ließ, und auf einmal begann ihr Körper sich aufzubäumen, sie verfiel in wilde, ekstatische Bewegungen wie ein gequältes Tier und schlug zügellos um sich, als wollte sie sich wehren gegen den Mann, gegen ihre Gefühle, dabei wollte sie nichts sehnlicher als diesen Mann lieben.

Zwei Tage später kehrte Omar nach Berlin zurück, und als er erfuhr, was inzwischen geschehen war, brach für ihn eine Welt zusammen. Verzweifelt und ratlos irrte er durch die große Stadt, unfähig, einen klaren Gedanken zu fassen. Warum nur, warum nur, stammelte er immer wieder vor sich hin.

An der Kaiser-Wilhelm-Brücke hinter dem Dom blieb er stehen und starrte lange in das träge fließende Wasser. Ihm war nach Sterben zumute; aber je näher er dem Gedanken trat, desto mehr kam Wut in ihm hoch, Haß auf den Mann, der ihm die Frau weggenommen hatte. Eine Waffe! Er brauchte einen Revolver, sechsschüssig, das würde genügen. Am Bahnhof Alexanderplatz wurde so etwas angeboten. Benommen schlurfte er die Kaiser-Wilhelm-Straße hinab in Richtung Markthallen, bog in die Neue Friedrichstraße ab und gelangte so zum Bahnhof Alexanderplatz.

Es war Abend geworden, und die Stadt war in tausend trübe Lichter getaucht. Scharenweise quollen die Menschen aus den viel zu engen Ausgängen des Bahnhofs. Allenthalben lungerten Schieber und Arbeitslose herum, und Omar musterte jeden einzelnen, ob er nicht unter seinem Kittel verberge, wonach er suchte. Einer bot ihm Kokain in Tütchen, ein anderer ein halbes Schwein, wenn er ein Klavier anzubieten habe, ein dritter wisperte, er habe eine Partie Creme Mouson, sechzig Stück im Karton. Revolver? – Nein. Vielleicht bei Kalle Elsner. Wo? – Bei Aschinger am Alexanderplatz, aber nicht vor zehn.

Auf dem Alexanderplatz tobte der Verkehr. Man hätte meinen können, alle Autos, Omnibusse, Taxis und Straßenbahnen, die es in Berlin gab, begegneten sich auf diesem Platz zur selben Zeit.

Ein kleines blondes Mädchen, noch keine achtzehn, zupfte Omar am Ärmel: »Hallo, der Herr, kleenes Vergnüjen jefällig?«

»Ich will kein Vergnügen, ich will einen Revolver!« brummte

Omar unwillig in seinem holprigen Deutsch und versuchte die Kleine abzuschütteln.

Die aber ließ das nicht zu, tippelte mit kleinen aufregenden Schritten neben Omar her und sagte: »'nen Revolver? Bist wohl verrückt. Mach dir nich unglücklich, Junge.«

Jetzt sah Omar das Mädchen an. Mach dir nich unglücklich! So schlicht und einfach ausgesprochen, und doch klang es wie ein Satz aus dem Koran. Es war beinahe zum Lachen. Da kam eine unbekannte, kleine Göre und rückte ihm den Verstand zurecht.

»Ich bin Tilly«, sagte die Kleine, weil sie glaubte, bei dem Herrn Interesse erregt zu haben; sie hielt ihm die gespreizten Finger der rechten Hand vors Gesicht und meinte mit einem Augenzwinkern: »Fünf, weil's du's bist!«

»Was fünf?«

»Na fünf Tausender. Fürs Vergnüjen!«

Omar begriff. Soviel kosteten in Zeiten wie diesen ein Pfund Tee oder ein billiges Hemd.

»Bei mir is jeheizt. Gleich neben det Polizeipräsidium. Na, gib deinem Herzen einen Stoß! Kannst so ein unmündiges Mädchen doch nich allein uff de Straße stehen lassen!«

Tilly hatte ein offenes, hübsches Gesicht. Das widerspenstige Blondhaar fiel ihr in wilden Büscheln in die Stirn, und um sich dem zu erwehren, blies sie es in unregelmäßigen Abständen mit vorgeschobener Unterlippe zur Seite. Sie war schlank und zierlich, aber ihr kecker Busen war nicht zu übersehen.

»Bist wohl nich von hier, wa?« fragte sie, als Omar noch immer keine Antwort gab. »Machst so 'nen traurigen Eindruck. Ick werde dir schon aufheitern.«

Als hätte er plötzlich einen Entschluß gefaßt, griff Omar in die Tasche, holte ein Bündel Scheine hervor und gab es dem Mädchen. Tilly machte einen Knicks wie ein kleines Mädchen und steckte das Geld in einen abgegriffenen Beutel aus Samt, der ihr als Handtäschchen diente.

Das geheizte Zimmer lag drei Höfe nach hinten im Parterre, gleich neben dem Eingang, und Tilly verkündete stolz, sie teile die Stube mit einer Freundin; die sei Zigarettengirl in einem Nachtlokal in Charlottenburg, so daß sie nachts über eine sturmfreie Bude verfüge. Omar ließ sich in einen auffällig geblümten Ohrensessel fallen, der deutliche Spuren des vergangenen Jahrhunderts trug, und betrachtete das Mädchen, das sich auszuziehen begann, als sei dies die selbstverständlichste Sache der Welt.

»Du willst wohl die Klamotten anlassen dabei«, bemerkte Tilly mit einem ulkigen Augenaufschlag, als sei damit ein besonderer Genuß verbunden. »Von mir aus.« Als sie jedoch merkte, daß Omar irgendwie durch sie hindurchblickte und mit seinen Gedanken weit weg war, da kniete sich Tilly vor ihn hin, faßte seine Hände und sagte: »Ik glaube, du brauchst keine Frau zum Liebe machen, du brauchst eine Frau zum Reden. Also komm, erzähl mal. Ick koch' dir 'n Muckefuck.«

Und als hätte er nur auf diese Aufforderung gewartet, begann Omar zu erzählen, er schüttete sein Herz aus und redete sich in einen nicht enden wollenden Rausch, erzählte von seiner Liebe zu Halima, ihrer abenteuerlichen Flucht, dem unerwarteten Ende, der Leere, die er nun in sich fühle, und der Ratlosigkeit, mit der er dieser Situation begegne.

Tilly hörte Omar zu, ohne ihn auch nur ein einziges Mal zu unterbrechen, und als er geendet hatte, sagte sie nach langem Schweigen: »Wenn du mir fragst, keine Frau ist es wert, daß man ihr nachläuft. Glaub mir, wenn sie dir liebt, kommt sie zurück – wir haben alle mal unseren Kurzschluß –, und wenn sie nicht zurückkommt, dann hat sie dir nie geliebt.«

Die einfachen Worte der Göre bewirkten eine unerwartete Linderung in Omars Schmerz, und Tilly beobachtete mit Zufriedenheit, daß er versuchte, seiner Miene ein verlegenes Lächeln abzugewinnen. »Du bist ein nettes Mädchen«, bemerkte er, »warum tust du das?«

Alles hätte Tilly dem seltsamen Gast in dieser Situation verziehen, alle Gemeinheiten und Unverschämtheiten, denen sie sich schon vielfach ausgesetzt sah, nur nicht diesen Satz, diese dümmlichen Worte, die jeder zweite Freier an sie richtete. Und sie erwiderte ebenso dümmlich: »Also gut, wenn du es ganz genau wissen willst: Weil es mir Spaß macht und weil ick mehr Geld dafür kriege als ein Telefonfrollein, wa.«

»Entschuldige«, sagte Omar, »war nicht so gemeint.«

»Jedenfalls«, bemerkte Tilly, »die Mutter meiner Mutter, also was meine Oma war, verkehrte, als sie noch jung war, auch mal am Alex, trotzdem ist aus ihr eine anständige Frau geworden. Und nach dem Gesetz von dem Herrn Mendel geraten Kinder eher nach den Großeltern als nach Vater und Mutter.«

Die wissenschaftliche Begründung für ihren Lebenswandel amüsierte Omar, und sie kamen ins Gespräch über das Leben im allgemeinen und die Beziehung der Geschlechter im besonderen; und unverrichteterdinge gingen sie zu Aschinger, wo auch nachts auf den blanken Tischen kostenlose Brötchen standen, und tranken Bier, und redeten und gaben ihr Innerstes preis, weil sie wußten, sie würden sogleich auseinandergehen und sich nie mehr im Leben begegnen.

An seiner Situation hatte sich nichts geändert, trotzdem fühlte Omar sich besser nach diesem merkwürdigen Stelldichein. Die Selbstverständlichkeit, mit der das Mädchen dem Leben begegnete, hatte ihn beeindruckt, und er verdrängte das Selbstmitleid, dem er sich zwei volle Tage mit Vehemenz hingegeben hatte.

Am folgenden Tag erschien Omar bei Baron von Nostiz, der allerlei Entschuldigungen vorbrachte, schließlich habe Halima Nikisch auf einer seiner Gesellschaften kennengelernt, und er war erstaunt, aus Omars Mund zu hören, keine Frau sei es wert, daß man ihr nachlaufe, und wenn sie ihn liebe, komme sie zurück, und wenn nicht, dann habe sie ihn nie geliebt. So ging man zur Tagesordnung über.

Omar überraschte den Baron mit der Feststellung, in Sachen Imhotep eine neue Spur entdeckt zu haben, eine Fährte, die er vor Jahren schon einmal gekreuzt, aufgrund widriger Umstände aber aus den Augen verloren habe. Kurz, ein Mann namens Carlyle, der aus einem Hotel in Luxor unter Zurücklassung persönlicher Dinge, darunter eines Zettels mit der Aufschrift »Imhotep«, spurlos verschwunden sei, sei nun in London wieder aufgetaucht, zweifelsfrei identifiziert und in inniger Umarmung mit Professor Hartfields Nichte. Von Hartfield selbst gebe es ein umstrittenes Lebenszeichen aus dem vergangenen Jahr, eine Bankquittung, die ein beflissener Londoner Richter zur Grundlage seiner Ablehnung genommen habe, den Professor für tot zu erklären.

»Sie glauben also, daß Hartfield lebt?« rief Baron von Nostiz begeistert.

Omar hob ratlos die Schultern: »Es gibt mindestens ebenso plausible Gründe, die für seinen Tod sprechen, wie Gründe, daß er am Leben ist. Sicher scheint mir nur eines: Wer Hartfield findet, tot oder lebendig, ist der Lösung ein gutes Stück näher. Und ich habe mich entschlossen, Hartfield zu finden!«

Gustav-Georg Baron von Nostiz-Wallnitz stocherte nervös mit seiner Zigarre im Aschenbecher. »Und wie – wenn ich fragen darf – haben Sie sich das vorgestellt?«

»Ich rechne mit Ihrer Unterstützung«, sagte Omar kühl. »Wie Sie wissen, habe ich Feinde in Ägypten, die mir nach dem Leben trachten, und als Omar Moussa nach Ägypten zurückzukehren wäre glatter Selbstmord. Aber wenn es Ihnen gelänge, mir einen falschen Paß zu besorgen, wäre alles anders. Ich würde nach Ägypten reisen und nicht eher zurückkommen, bis ich Hartfield gefunden habe.«

»Wenn das alles ist!« Der kleine, dickliche Baron lachte. »Alles, was wir brauchen, ist eine Fotografie und ein Name.«

»Hafiz el-Ghaffar«, sagte Omar, eingedenk des Namens seines ehemaligen Hausbeschließers, den er schon einmal in Luxor gebraucht hatte, »Sharia Quadri 4, Kairo.«

Als Nagib von Omars Plan, nach Ägypten zurückzukehren, erfuhr, versuchte er mit allen Mitteln, den Freund davon abzubringen. Er könne, meinte er, sich gleich eine Kugel in den Kopf jagen und so die Reise sparen, denn mit al-Hussein, beteuerte er, sei nicht zu spaßen. Er verstehe ja sein Herzeleid wegen Halima, aber für ein derartiges Selbstmordkommando habe er kein Verständnis; ihn würden jedenfalls keine zehn Pferde nach

Ägypten bringen, selbst wenn er seinen Lebensunterhalt als Zeitungsverkäufer verdienen müßte. Omar solle vielmehr Allah, dem Allmächtigen, danken, daß sie Befürchtungen dieser Art nicht in Erwägung ziehen müßten. Mit seiner, Nagibs, Hilfe könne er jedenfalls nicht rechnen.

Er wolle, entgegnete Omar, auf Nagibs Hilfe gerne verzichten, und seine Pläne stünden im übrigen in keinem Zusammenhang mit Halima. Er wolle Hartfield finden, tot oder lebendig, und dazu verschaffe ihm der Baron einen falschen Paß. Er habe vor, sich wie früher einen Bart wachsen zu lassen, so sei er einer von sieben Millionen Ägyptern.

Wie nicht anders zu erwarten, endete die Unterhaltung der beiden in einem heftigen Streit, in dessen Verlauf sich Omar und Nagib heftig entzweiten. Zwei Tage später reiste ein Mr. Hafiz el-Ghaffar mit der Eisenbahn nach München und von dort weiter nach Triest, wo für ihn beim Norddeutschen Lloyd eine Schiffspassage nach Alexandria gebucht war – erster Klasse, versteht sich.

## 12

### *Sidi Salim*

O Gläubige, fürchtet Allah und strebt nach Vereinigung mit ihm und kämpft für seine Religion, damit ihr glücklich werdet. Die Ungläubigen aber, und hätten sie auch alles, was in der Welt ist, und noch viel mehr dazu – um sich am Auferstehungstage von der Strafe loszukaufen –, nein, es wird nichts von ihnen angenommen, auf sie wartet große Strafe.

*Koran, fünfte Sure (36, 37)*

WIE IMMER, WENN DER NIL, EINEM EWIGEN RHYTHMUS folgend, über die Ufer trat, hatte sich sein heftiges Grün in jenes nährende Braun verwandelt, das ganz Ägypten am Leben erhielt. Die *Isis,* das alte Hausboot der Lady Dawson, für gewöhnlich friedfertig-träge vor sich hin dümpelnd, zerrte heftig an ihren Tauen, und die Wellen klatschten ungestümer als bei Niedrigwasser gegen die Bordwand, dazu wehte eine heftige Brise von Westen.

Von Luxor, am anderen Ufer des Stromes, kämpfte ein Fährmann gegen den Wind. Er hatte die Fremden gewarnt, zur Zeit der Nilschwelle sei es nicht ungefährlich, bei Einbruch der Dunkelheit gegen den Wind zu kreuzen. Ein großzügiges Bakschisch hatte seine Bedenken jedoch zerstreut. Nun lag der Segler gefährlich schräg im Fluß, und der Fährmann begann, ein breites »*Inscha'allah!*« in die Dämmerung zu rufen, Stoßgebet und Aufmunterung zugleich, der Angst zu trotzen.

Lady Dawson beobachtete das Schauspiel vom Salon aus. »Das muß er sein!« sagte sie eher kühl und deutete auf die Nußschale im Wind. »Franzosen kommen immer zu spät, sie sind das unpünktlichste Volk, das ich kenne.«

Der Agent Gerry Pincock, den sie den »Kläffer« nannten, trat hinzu. Er war kaum wiederzuerkennen; denn seit er sich in Ägypten aufhielt, trug er sein Haar kurz geschoren, und das wirkte sich eher vorteilhaft auf sein Aussehen aus. Lord Carnarvon war mit Tochter Evelyn aus England angereist; und wo Evelyn sich aufhielt, da war auch Carter nicht weit. Er saß an dem hellerleuchteten Tisch in der Mitte des Raumes vor einem Stapel Karten und Dokumente und interessierte sich mit keinem Blick für das, was auf dem tobenden Fluß vor sich ging.

»Er hätte besser im Hotel bleiben sollen«, bemerkte Pincock, dem es gewiß nicht an Mut fehlte, aber als er sah, wie der Segler in eine immer bedrohlicher werdende Schräglage geriet, bekam er Bedenken; schließlich war der Mann im Boot wichtig für sie.

Es sah nicht so aus, als käme der Fährmann voran; man mußte eher annehmen, er kämpfe nur gegen den Wind und sei in der Hauptsache bemüht, den Segler vor dem Umschlagen zu bewahren. Schließlich wurde die Lady ungeduldig, und sie bat die Gäste, Platz zu nehmen.

Wie gewohnt saß Joan Dawson an der schmalen Stirnseite des Tisches. Zu ihrer Rechten Lord Carnarvon, daneben Pincock, links von ihr Carter und Evelyn, die von ihrem Vater nicht aus den Augen gelassen wurde. Ein ägyptischer Diener in weißer Galabija servierte Sherry und Whisky auf einem runden Messingtablett, und Pincock erhob sich und sein Glas und sprach mit ernstem Gesicht: »Ich trinke auf das Wohl des ehrenwerten Charles Whitelock, der in verantwortungsvoller Tätigkeit für das Britische Empire umgekommen ist. Er wurde, nach unseren Informationen, am gestrigen Tage in Glasgow, Schottland, beigesetzt. Auf Charles!«

»Auf Charles!« Die Anwesenden erhoben sich.

»War Whitelock verheiratet?« erkundigte sich Carnarvon nach einer Minute des Schweigens.

»Verheiratet?« Lady Dawson lachte spöttisch. »Agenten und Ausgräber können es sich nicht leisten, verheiratet zu sein. Nein, Charles Whitelock hatte nur eine Geliebte, der er sich allerdings mit Haut und Haar verschrieben hatte, den Intelligence Service. Trotzdem – eine peinliche Geschichte.«

»Eine peinliche Geschichte«, wiederholte Pincock und kippte einen weiteren Sherry in sich hinein, »es hätte jeden von uns erwischen können.«

Lord Carnarvon rückte näher: »Wie kam es überhaupt dazu? Ich meine, wie kam es zu der Konfrontation mit den Franzosen?«

»Das will ich Ihnen sagen«, erwiderte Pincock. »Wir beobachten die Männer vom Deuxième Bureau seit längerer Zeit – wobei ich allerdings gestehen muß, manchmal kommt es mir so vor, als ob die Franzosen *uns* überwachten. Sie meinen wohl, wir hielten Hartfield irgendwo verborgen. Wie dem auch sei – Paul Sachs-Villatte, offiziell französischer Konsul in Alexandria, ist in Wahrheit ein Spitzenagent des französischen Geheimdienstes. Er leitet eine kleine, wissenschaftlich wie agentenmäßig hervorragend bestückte Mannschaft, und diese Leute schienen über Informationen zu verfügen, die wir nicht kennen. Jedenfalls beschäftigten sie sich mit Dingen, die uns völlig unverständlich erschienen, begannen mit Grabungen an Stellen, die unseren Experten ziemlich unsinnig erschienen. Wir mußten also davon ausgehen, daß ihr Wissensstand dem unseren überlegen war. Eine entsprechende Meldung nach London mit der Bitte um personelle Verstärkung ließ bei Colonel Dodds die Alarmglocken schrillen. Er versprach jede gewünschte Hilfe und forderte uns auf, uns konkret zu äußern. Aber noch ehe wir geantwortet hatten, erreichte uns über die Botschaft in Kairo ein Telegramm von Dodds: Nichts unternehmen, neue Weisungen abwarten. Später erfuhren wir dann, daß einer aus dem Team der Franzosen, der Sprachforscher Edouard Coursier, sich an den britischen Geheimdienst gewendet hatte. Er sei auf schändliche Weise erpreßt und zur Mitarbeit an dem Imhotep-Projekt gezwungen worden; er verspüre jedoch nicht die geringste Lust, die Erpressermethoden des Deuxième Bureau zu unterstützen und wolle, falls gewünscht, sein Wissen den Briten zur Verfügung stellen.«

»Wir mußten«, fiel Lady Dawson dem »Kläffer« ins Wort, »zunächst einmal vorsichtig sein. Der Franzose hätte ja ein falsches Spiel treiben können. Ich schlug deshalb vor, Charles Whitelock sollte zunächst mit Coursier Kontakt aufnehmen und ihm auf den Zahn fühlen. Whitelock war der beste Schauspieler in unserer Mannschaft. Keiner konnte so gut einen britischen Touristen mimen wie er, und ohne den geringsten Verdacht zu erregen, kam er mit Coursier in Kontakt. Er schilderte den Franzosen als seriös und seine Haltung als glaubhaft, und es schien ihm ein besonderes Vergnügen zu sein, sich vorzustellen, über Nacht aus dem Lager der Franzosen zu verschwinden. Sachs-Villatte und seine Leute waren inzwischen auf das Grab eines Zeitgenossen Imhoteps gestoßen, das sich jedoch hinsichtlich der ihnen gestellten Aufgabe als nutzlos erwies, so daß sie beschlossen, es nachts wieder zuzumauern und den Zugang mit Sand und Geröll aufzufüllen. Whitelock beobachtete den Vorgang aus sicherer Entfernung und wagte sich erst in die Nähe, als die Franzosen sich für eine kurze Pause in ihr Grabungshaus zurückgezogen hatten. Nur Coursier war zurückgeblieben. Er hatte im Grab seine wichtigsten Habseligkeiten versteckt, und Whitelock erbot sich, ihm behilflich zu sein. Aus gutem Grund übrigens. Whitelock führte einen gefälschten Grabungsplan mit sich. Er sollte den Eindruck erwecken, als habe schon Auguste Mariette vom Grab des Imhotep gewußt. Dazu hatten wir in mühseliger Recherchenarbeit alle Informationen über Mariette zusammengetragen und eine Stelle bezeichnet, von der angenommen werden kann, daß dort auch bei akkuratester Arbeit nichts außer Sand und Geröll zu finden ist. Der Plan sollte die Franzosen auf eine falsche Fährte locken und sie somit uns eine Weile vom Leibe halten. Und dabei passierte es dann: Das Gewölbe stürzte ein. Coursier entkam; aber Whitelock wurde von einer großen Steinplatte begraben.«

»Gegen ein Uhr nachts«, fuhr Pincock fort, »kam Coursier, völlig verstört. Die *Isis* ankerte zu diesem Zeitpunkt etwa drei Meilen von der Unglücksstelle entfernt bei el-Bedraschein. Wir waren wie gelähmt, als wir erfuhren, was passiert war. Als einzige bewahrte Lady Dawson einen klaren Kopf. Sie meinte, wenn Whitelock gefunden werde, seien wir alle verraten, jedenfalls wüßten die Franzosen dann definitiv, daß wir hinter ihnen her sind. Also faßten wir den Beschluß, Coursier und ich sollten zu dem Grab zurückkehren und versuchen, Whitelocks Leiche herauszuholen. Die Franzosen hatten Winden zurückgelassen. Mit deren Hilfe gelang es uns, die Steinplatte hochzuhieven, unter der Whitelock begraben lag. Nicht ganz ungefährlich, im nachhinein betrachtet. Wir schleppten den toten Whitelock eine halbe Meile durch die Wüste, dann verscharrten wir ihn mit bloßen Händen im Sand. Im Schutze der Dunkelheit besorgten wir alles weitere am folgenden Abend. Armer Charles!«

Die Lady erhob sich und ging zum Fenster. Noch immer tobte der Sturm. Von dem Segler war in der Dunkelheit nichts mehr zu sehen. »Sie werden umgedreht haben«, bemerkte Lady Dawson.

Carter hatte sich noch immer in seine Papiere vertieft, er bekam von den Erklärungen kaum etwas mit. »Sie müssen das verstehen«, sagte der Lord entschuldigend, »aber Carter ist einfach zu aufgeregt«, und dabei klopfte er ihm gönnerhaft auf die Schulter. »Für uns stellt sich nun die Frage, wie wir verfahren sollen.«

Als wollte sie ihrer Aussage damit höheres Gewicht verleihen, änderte die Lady auf einmal den Tonfall ihrer Stimme, und sie sagte schroff: »Das ist der Grund, warum ich Sie zu mir gebeten habe.«

»Ich verstehe nicht«, erwiderte Lord Carnarvon, und Carter sah auf. »Was hat meine Entdeckung mit Ihrem Projekt zu tun?«

Carter blickte betreten zur Seite, und Evelyn wußte warum. Ihr Vater hatte »meine Entdeckung« gesagt, als habe er zwanzig Jahre im Dreck gewühlt, als habe nicht Howard sein Leben dafür geopfert, eine Entdeckung wie diese zu machen, und jetzt sagte er »meine Entdeckung«. Sie spürte, daß es ihm weh tat, und es schmerzte auch sie.

357

Lady Dawsons Gesicht nahm noch herbere Züge an, ihre Augen blitzten, und schließlich erwiderte sie mit einem unwilligen Seufzer: »Lord Carnarvon, ich glaube, Sie gehen von verkehrten Voraussetzungen aus. Wir reden hier nicht von meinem oder von Ihrem Projekt, sondern es handelt sich um eine Angelegenheit von nationaler Bedeutung. Der Kriegsminister als zuständiger Vertreter der Regierung Seiner Majestät hat in Anbetracht der Wichtigkeit des Falles die Kontrolle über die Akte Imhotep übernommen. Das bedeutet, im Ernstfall ist den Anordnungen des Kriegsministers Folge zu leisten.«

»Interessant!« antwortete Carnarvon in der unnachahmlich spöttischen Art, wie sie nur Briten, insbesondere britischen Lords, eigen ist. »Ich frage mich nur, was hat Ihre seit vielen Jahren ziemlich erfolglose Suche nach einem namenlosen Pyramidenbaumeister mit meiner Entdeckung zu tun? Es ist vermutlich das erste Mal, daß das unversehrte Grab eines Pharaos gefunden wird, und wir haben überhaupt noch keine Vorstellungen, was uns hinter der versiegelten Mauer erwartet.«

»Eben«, bemerkte Lady Dawson mit der ihr eigenen Gelassenheit in heiklen Situationen. »Eben weil zum ersten Mal ein ungeöffnetes Pharaonengrab entdeckt wird, eben weil wir nicht wissen, was uns in diesem Gewölbe erwartet, deshalb wird die Aufregung und der Rummel, der das Projekt begleitet, größer sein als alles bisher Dagewesene.«

Carter schüttelte den Kopf. »Vielleicht könnten Sie sich etwas klarer ausdrücken. Worum geht es eigentlich?«

Pincock griff in die Diskussion ein. »Die Idee stammt von Geoffrey Dodds, und ich finde sie brillant. Bisher verwendeten wir ein Großteil unserer Anstrengungen darauf, unsere eigentliche Arbeit zu vertuschen. Ihre Entdeckung, Lord Carnarvon, wird bei Bekanntgabe nicht nur die gesamte Weltpresse nach Luxor locken, es steht zu erwarten, daß Wissenschaftler und Archäologen aus aller Welt ins Tal der Könige drängen, und an anderen Ausgrabungsstätten in Ägypten wird es leer sein wie nie zuvor.«

»Ich begreife«, warf Carnarvon ein. »Sie wollen, während

wir hier den Pharao ausgraben, unbehelligt in Sakkara arbeiten.«

»So ist es. In der nächsten Woche kommt ein Archäologenteam aus Oxford in Kairo an. Unser Innenminister persönlich hat eine Grabungslizenz erwirkt. Der Leiter der Grabungen, Professor Winberry, hat eine Karte erstellt, in der alle bisherigen Grabungen in Sakkara verzeichnet sind, und ist dabei auf ein Gebiet gestoßen, kaum größer als ein Fußballfeld, wo aus unerfindlichen Gründen noch nie gegraben wurde.«

»Klingt nicht schlecht.«

»Ich darf in der Angelegenheit um größte Geheimhaltung bitten. Über die Hintergründe des Unternehmens ist nur Winberry informiert. Nicht einmal seine Mannschaft weiß Bescheid, was sie eigentlich sucht.«

»Großartig, großartig!« lobte der Lord.

Carter hingegen brummelte irgend etwas von Blödsinn und Hilflosigkeit und meinte schließlich: »Entdeckungen lassen sich nicht erzwingen, die Wahrscheinlichkeit einer Entdeckung muß wachsen, und Wachstum erfordert Dünger. Der Dünger einer archäologischen Entdeckung ist Information, Information und noch einmal Information. Ich hätte das Grab des Tutench-Amun nie gefunden, hätte ich nicht über Informationen verfügt, an die niemand vor mir gelangt war. Im Tal der Könige gibt es noch viele Orte, an denen noch nie der Spaten angesetzt wurde, und es wäre ganz und gar unsinnig, dort zu graben, nur, weil an gewissen Stellen noch nie gegraben wurde. Aber das ist meine ganz persönliche Meinung.«

Lady Dawson überging die Bemerkung des Ausgräbers mit einer unwilligen Handbewegung und fragte, an Lord Carnarvon gewandt: »Wie lange, glauben Sie, werden Öffnung und wissenschaftliche Auswertung Ihres Pharaonengrabes in Anspruch nehmen?«

»Hören Sie, Lady«, unterbrach Carter barsch, »wir« – ja, er sagte *wir* – »haben eine Entdeckung gemacht, die vielleicht – ich sage vielleicht – die bedeutsamsten Funde ans Tageslicht bringt, die je von Ausgräbern gemacht wurden, und da fragen Sie, wie lange wir dazu brauchen werden, um sie herauszuholen.« Er schlug mit der flachen Hand zornig auf den Tisch: »Dreitausend Jahre ruht ein Pharao in seiner Gruft, und dann glauben Sie, einen Zeitplan aufstellen zu müssen für seine Bergung. Das ist absurd und wissenschaftlich nicht zu verantworten. Dieses Grab ist meine« – er sagte *meine* – »Entdeckung, und *ich* werde entscheiden, welcher Zeitaufwand für eine sachgemäße und wissenschaftlich vertretbare Bergung notwendig ist«, und er sprang auf, verließ den Salon und blickte, auf die Reling des Schiffes gelehnt, in die Nacht.

Der Sturm hatte nachgelassen, und mit leisen Schritten näherte sich Evelyn. Sie legte eine Hand auf seine Schulter und sagte besänftigend: »Ich verstehe deine Aufregung, Howard, aber Leute vom Geheimdienst sind nun einmal Banausen. Du darfst dir das nicht so zu Herzen nehmen.«

»Sie sind böswillig, anmaßend und dumm«, zischte Carter und faßte Evelyns Hand. »Aber sie sollen mich kennenlernen.«

Im selben Augenblick trat Carnarvon hinzu. Er machte ein besorgtes Gesicht; aber wohl mehr aus Sorge um seine Tochter, sie könnte dem Ausgräber zu nahe treten, als um die Verfassung seines Ausgräbers.

»Carter«, sagte er beschwichtigend, »Sie haben ja recht, aber die Geschichte mit Imhotep scheint nun einmal von nationaler Bedeutung zu sein, jedenfalls glaubt das die Regierung Seiner Majestät, und ich hielte es für falsch, den Kriegsminister zu brüskieren. Vielleicht kann er uns bei unserer Aufgabe noch behilflich sein. Es gibt Situationen im Leben, da ist es klüger, nachzugeben, als auf seinem Recht zu beharren. Ich glaube, Sie sollten sich das Ganze noch einmal überlegen, bevor es zum Eklat kommt.«

Evelyn faßte Carter am Arm, und ohne seine Antwort abzuwarten, führte sie ihn in den Salon zurück.

Carter setzte sich, er wühlte irritiert in seinen Papieren und fragte, ohne dabei aufzusehen: »Also, was wollen Sie von mir?«

»Verstehen Sie mich recht«, erwiderte die Lady, »dem Geheimdienst der Regierung Seiner Majestät liegt es fern, Ihre wissenschaftlichen Verdienste zu schmälern. Was wir von Ihnen erwarten, ist folgendes: Wir möchten, daß Sie Ihre Termine mit uns abstimmen, das heißt, wir wären Ihnen verbunden, wenn Sie sich bei Ihren Aktivitäten nach uns richten würden.«

Noch ehe Carter dagegen etwas einwenden konnte, stimmte Lord Carnarvon zu.

Vom Ufer wurden Rufe laut. Pincock ging nach draußen, um zu sehen, was geschehen sei. Als er zurückkam, war er bleich im Gesicht. »Das Boot ist verschwunden. Ich fürchte, es ist gesunken.«

»Und was ist mit Coursier?« fragte die Lady aufgeregt.

Pincock hob die Schultern.

Er hieß jetzt Hafiz el-Ghaffar, trug gepflegte europäische Kleidung und einen Bart auf der Oberlippe, der ihn deutlich älter machte und ihm ein beinahe vornehmes Aussehen verlieh. Aber man kann den Namen wechseln, die Kleidung, ja sogar seine Ansichten, und doch bleibt man immer derselbe. Omar befiel Wehmut, als er in Alexandria ankam, wo er vor wenigen Monaten mit Halima aufgebrochen war in der Hoffnung auf ein neues, glückliches Leben. Und nun? Er war todunglücklich und schleppte mit sich die Wut des Betrogenen herum, ein Gefühl, mit dem kein Mann fertig wird, jedenfalls nicht so schnell.

In der Eisenbahn nach Kairo wählte Omar die erste Klasse, wie es seiner Erscheinung zukam, schließlich hatte ihn Baron von Nostiz-Wallnitz mit entsprechenden Mitteln ausgestattet, und zum ersten Male in seinem Leben sah er, daß Ägypten auch ein reiches Land war: Kaufleute und hohe Beamte, Mudirs und Nazirs mit ihren buntgekleideten Frauen hatten so gar nichts gemein mit dem Volk in den hinteren Wagen, in denen auch Omar bisher gereist war.

Wie immer, wenn er Rat brauchte, kam Omar als erstes der Mikassah in den Sinn. Gewiß, der hatte seine Beziehung zu Halima mißbilligt, und sie waren sich darüber sogar in die Haare geraten, aber der Krüppel war der einzige, dem er blind vertrauen konnte. Nachts kam Omar an, und er quartierte sich im

*Mena House* ein, und er erinnerte sich, obwohl es zwanzig Jahre zurücklag, wie er einst als Kind aus dem vornehmen Hotel getrieben worden war. Und am Morgen schweifte sein Blick aus dem Hotelfenster auf die nahe Karawanserei, wo der alte Moussa ihn den Gebrauch des Nabut gelehrt und erklärt hatte, er versinnbildliche die Macht des Mannes. Die gekalkten Hütten hatten sich in keiner Weise verändert, nur die Menschen waren nicht mehr dieselben.

Außer Hassan. Der Krüppel ohne Beine war, seit Omar denken konnte, ein uralter Mann, und obwohl er rein rechnerisch noch viel älter geworden sein mußte, machte er auf Omar eher einen jüngeren Eindruck. Die Begrüßung verlief herzlich, der frühere Streit war vergessen, und Omar erzählte, wie es ihm ergangen war.

»Habe ich es dir nicht gesagt?« meinte Hassan und kniff sein rechtes Auge zusammen, das das andere an Sehkraft deutlich übertraf. »Aber einem alten Krüppel glaubt man ja nicht.« Dabei puffte er Omar freundschaftlich in den Bauch.

»Das Schlimme ist nur«, erwiderte dieser, »ich liebe sie noch immer, und wenn sie morgen zurückkäme und sagte . . .«

»Du bist verrückt!« rief der Mikassah zornig. »Du bist wirklich verrückt. Eine Frau wie diese verdient die Peitsche! Du solltest sie in die Wüste treiben, bis sie zusammenbricht und verdurstet. Dummkopf!« Anerkennend und um vom Thema abzulenken prüfte Hassan die Qualität von Omars feinem Anzug: »Ein richtiger Said bist du geworden, mein Junge. Wer hätte das gedacht! Ich kann ja von Glück reden, daß du dich überhaupt noch mit einem armen Mikassah abgibst.«

Da nahm Omar den Krüppel beiseite und berichtete von dem wahren Grund seiner Rückkehr nach Ägypten, daß er mit einem falschen Paß als Hafiz el-Ghaffar eingereist sei, aus Furcht vor al-Hussein und seinen Leuten; bei Allah, dem Allbarmherzigen, er möge ihn nicht verraten. Sein erstes Interesse gelte der Suche nach Professor Hartfield; denn wer Hartfield gefunden habe, der sei dem Geheimnis ein gutes Stück nähergekommen. Und er erzählte von seiner London-Reise und der unerwarteten

Entdeckung des damals aus Luxor verschwundenen William Carlyle, der mit der Nichte Hartfields, einer kettenrauchenden, Männerhosen tragenden Mistress aus Bayswater, ein Verhältnis habe.

Der Mikassah dachte angestrengt nach. »Männerhosen, sagst du, und kettenrauchend? Und sie ist dünn und rotblond?«

»Ja«, erwiderte Omar.

»Und dieser Carlyle? Unscheinbar, etwas kleiner als sie und mit einer hohen Stirn?«

»Ja, woher weißt du?«

»Sie waren hier. Hier im Hotel *Mena House.* Ich erinnere mich gut. Sie verhielten sich wie ein frisch verliebtes Paar, hielten Händchen und turtelten miteinander wie Schwalben im Frühling. Dabei hatte die Lady den Frühling längst hinter sich. Ich schätze sie auf über fünfzig.«

»Wann war das?« Omar bückte sich und schüttelte den Krüppel an den Schultern. »Ist dir sonst noch etwas aufgefallen an den beiden?«

Hassan nickte. »Teures Schuhwerk. Sie trugen beide feingegerbtes Kalbsleder, britisches Boxcalf, alt, aber gepflegt. Wirklich feine Leute!«

»Du könntest dir also nicht vorstellen, daß die beiden den Professor ermordet haben, um in den Genuß einer riesigen Erbschaft zu kommen?«

»Ausgeschlossen.«

»Und warum?«

»Hartfield lebt.«

»Woher willst du das wissen?«

»Das will ich dir sagen, mein Sohn. So wie mir Menschen mit teurem Schuhwerk auffallen, so entziehen sich auch Menschen mit schlechtem Schuhwerk nicht meiner Beobachtung. Wenn aber Menschen mit gutem Schuhwerk auf Menschen mit schlechtem Schuhwerk stoßen, dann macht mich das neugierig, denn gute wie schlechte Schuhe bleiben für gewöhnlich unter sich.«

»Könntest du dich nicht etwas klarer ausdrücken?«

»Nun, eines Tages kam eine finstere Gestalt ins Hotel, ein Mann mit abgetragenem Anzug. Irgendwie paßte er nicht in diese Kleider, und man sah jeder seiner Bewegungen an, wie unwohl er sich in seiner Aufmachung fühlte. Und dann sah ich sein Schuhwerk, und ich wußte Bescheid: Er trug selbstgefertigte Sandalen aus billigem Lederflechtwerk, und dieses Flechtwerk bildete ein Muster, ein Andreaskreuz in einem Kreis, ein X in der Schrift der Ungläubigen, und dies ist das Symbol der Felsenmönche von Sidi Salim. Da war mir klar, daß die seltsame Gestalt ein verkleideten Mönch war, und natürlich interessierte ich mich für ihn. Und siehe da, er traf sich in der Hotelhalle mit der Mistress und dem Mister mit den feinen Schuhen aus England. Feine Leute weisen einen Schuhputzer niemals ab, also fragte ich, ob ich dem Mister dienlich sein könne. Gut Ding will Weile haben, und so wurde ich Zeuge eines interessanten Gesprächs, aus dem ich schließen konnte, daß Professor Hartfield sich an einem geheimen Ort aufhalte, den bekanntzugeben der Mann sich weigerte. Natürlich wußten die Engländer nicht, daß sie es mit einem Mönch zu tun hatten. Der Professor hatte offensichtlich irgendwelche Akten angefordert, die dem Boten auch ausgehändigt wurden, vermutlich, weil sie glaubten, auf diese Weise Hartfield auf die Spur zu kommen. Aber damit hatte der Mönch gerechnet. Er suchte unter einem Vorwand die Telefonzelle in der Hotelhalle auf. Was die Engländer nicht wußten, dem Mönch aber bekannt war: Die Telefonzelle hat zwei Türen, eine vorne und eine hinten. Und er verschwand durch die rückseitige Tür.«

Omar, der die Worte des Mikassah staunend verfolgt hatte, fragte zögernd, so als fürchtete er, die Antwort zu kennen: »Aber du wußtest doch, wo der Mönch herkam. Hast du es den Engländern gesagt?«

Hassan tippte mit der flachen Hand auf seine Stirn: »Warum sollte ich? Feine Leute haben die Unart, nur das zu bezahlen, was man von ihnen fordert. Bakschisch ist für sie ein Fremdwort; jemand, der einem Schuhputzer kein Bakschisch gibt, darf nicht erwarten, daß er ihm behilflich ist. *Ma' alesch.*«

»Aber Carlyle und Mrs. Dounce haben gewiß nicht einfach aufgegeben!«

»Ach was!« erwiderte Hassan. »Zwei Wochen haben sie nach dem Überbringer der Akten gesucht! Aber sie hätten noch zwei Wochen forschen können, ohne eine Spur zu finden. Sie wußten ja nicht, daß es ein Felsenmönch war. Ich habe mich köstlich amüsiert.«

»Du bist ein Teufel!« bemerkte Omar. »Aber deine Teufelei ist mir von großem Nutzen. Und du bist sicher, daß sie das Felsenkloster nicht gefunden haben?«

»Wie sollten sie? Sie hatten nicht den geringsten Hinweis und sind nach zwei Wochen völlig entnervt abgereist.« Und bei diesen Worten kicherte Hassan übermütig in sich hinein wie ein bösartiger Ifrit aus Tausendundeiner Nacht.

Die Sache mit Hartfield erschien immer verwirrender. Bei Allah, dem Allmächtigen, welchen Zusammenhang gab es zwischen dem Professor und den Felsenmönchen von Sidi Salim?

Neben dem Schlüsselkasten des Hotels hing eine Karte von Unterägypten. Sidi Salim war als kleines Dreieck eingezeichnet, was immer das bedeuten mochte. Zu seiner Überraschung stellte Omar fest, daß unweit des Felsenklosters der Ort Raschid lag, wo Hartfield jenes Fragment ausgegraben hatte, das den entscheidenden Hinweis auf Imhotep gab. Es schien, als bestünde hier ein Zusammenhang.

»Du bist ein Tor«, sagte Hassan, als er das nachdenkliche Gesicht Omars sah, »du hast dich da in eine Sache verrannt, die du besser vergessen solltest. Das ist doch auch so ein Hirngespinst, wie es nur Europäer hervorbringen können. Als ob die alten Ägypter über Kenntnisse verfügt hätten, die uns heute unbekannt sind. Das«, sagte der Mikassah, und er deutete auf ein luxuriöses Automobil, das gerade vor dem Hotelportal anhielt, »das ist die neue Zeit, das ist eine der größten Erfindungen der Menschheit. Oder glaubst du, so etwas im Grab des Imhotep zu finden?«

»O nein«, entgegnete Omar, »ich glaube, der Inhalt dieses

Grabes ist viel bedeutsamer für die Menschheit als so ein Automobil. Willst du nicht mit mir kommen?«

»Ich? Wohin?«

»Nach Sidi Salim zu den Felsenmönchen.«

»Allah schütze mich vor soviel Hochmut!« rief der kleine Krüppel. »Sidi Salim, mein Sohn, liegt mehr als hundert Meilen von hier, irgendwo im endlos weiten Delta. Ich habe nur einmal im Leben Gizeh verlassen, ich war noch keine zwanzig, und wollte nach Benha zu einem Kamelrennen; aber ich kam nur bis Kairo. Im Bahnhof herrschte solches Gedränge, daß ich vor einem einlaufenden Zug auf die Gleise gestoßen wurde. Nun, du siehst ja, wie das ausgegangen ist.« Er zeigte auf die Stummel seiner Oberschenkel. »Und da soll ich mit dir nach Sidi Salim reisen? Nein, einen alten Krüppel wie mich bringst du nicht fort von hier.«

Auch Omars Versprechen, ein Automobil anzumieten – Hassan hatte noch nie in einem solchen Fahrzeug gesessen –, vermochte ihn nicht zu überzeugen.

Sollte Omar das Wagnis auf sich nehmen, allein zu dem Felsenkloster zu reisen? Schließlich wußte er nicht, was ihn dort erwartete. Man konnte zweifeln, ob Mönche, die sich verkleideten und auf raffinierte Weise durch doppelte Türen verschwanden, besonders friedfertig waren einem Fremden gegenüber. Andererseits durfte Omar niemand anderen einweihen. Nein, Omar mußte, wollte er mit seinen Nachforschungen weiterkommen, sich allein auf den Weg machen nach Sidi Salim.

Wenn ein Mann wie Emile Toussaint, den für gewöhnlich nichts so sehr erschüttern konnte, daß er seine Pfeife beiseite legte, auf einmal begann, schwarze Zigaretten zu rauchen, dann mag das ein sichtbares Zeichen seiner Verfassung gewesen sein; doch wie es in dem Mann wirklich aussah, das bekamen nur die Leute aus seiner Umgebung zu spüren. Toussaint hatte von Anfang an die Briten als jene Macht bezeichnet, die hinter dem Komplott im Zusammenhang mit dem Einsturz des Nefer-Grabes stecken mußten, und eingestanden, daß er zu sorglos an das Projekt herangegangen sei. Nach dieser Selbstkritik war er jedoch zum An- griff auf das Deuxième Bureau übergegangen, dessen Aufgabe es gewesen sei, die Agenten vor Ort gegenüber anderen Ge- heimdiensten abzuschirmen, und er fand dabei Unterstützung von Konsul Sachs-Villatte.

So kam es, daß das französische Team in der folgenden Zeit seine Anstrengungen mehr auf die Auskundschaftung mögli- cher Gegner als auf seine eigentliche Aufgabe, die Suche nach Imhotep, verlagerte. Toussaints Forderung nach zwei weiteren Spitzenagenten wurde vom französischen Geheimdienst umge- hend stattgegeben, doch schon die Ankunft der beiden in Alex- andria verursachte neue Unruhe, hatten sie doch das Ergebnis der Untersuchung des Grabungsplanes im Reisegepäck, der ne- ben der vermeintlichen Leiche Coursiers gefunden worden war, und Toussaint sah seine Ahnung bestätigt: Der Plan war ge- fälscht und auf Papier gezeichnet, das kaum älter als zehn Jahre und aller Wahrscheinlichkeit britischer Herkunft war.

Damit stellte sich natürlich die Frage, was wollten die Briten mit ihrer Aktion bezwecken? War es nur ein plumpes Ablen- kungsmanöver, eine Verlegenheitslösung, weil sie selbst nicht weiterkamen und befürchten mußten, die Franzosen seien ih- nen überlegen? Oder gab es einen Hinweis auf das Grab Imho- teps, So daß die Franzosen ihnen in die Quere kamen?

Geheimdienstleute wie Toussaint nehmen von zwei Mög- lichkeiten immer die schlechtere an, und so kam es zu einer Kri- sensitzung im Konsulat von Alexandria, bei der über das wei- tere Vorgehen beraten werden sollte, vor allem darüber, wie man in den Besitz aller Informationen des britischen Geheim- dienstes kommen könne.

Man mußte den Eindruck haben, daß sogar die Zentrale des Deuxième Bureau mehr von den Briten wußte als die Agenten vor Ort: Ein dechiffriertes Telegramm aus Paris nannte, was bisher weder Toussaint noch Sachs-Villatte bekannt war, das Hausboot von Lady Joan Dawson als Zentrale des britischen Geheimdienstes in Ägypten und die Eignerin als Kopf des Un- ternehmens. Moniac und Malraux, die beiden neuen Agenten, zwei junge, unverbrauchte Kerle, von denen der eine die Statur eines Gorillas der andere die einer Bohnenstange hatte, so daß ihr gemeinsames Auftreten allein deshalb gewisse Beachtung hervorrief, erboten sich, das Hausboot mit einer Taktik zu versenken, die im zurückliegenden Weltkrieg große Beachtung gefunden habe. Konsul Paul Sachs-Villatte lehnte jedoch ab. Ein versenktes Hausboot sei für den französischen Geheimdienst ohne Nutzen. Es gehe vielmehr darum, den Wissensstand des britischen Geheimdiensts auszuforschen, und dazu sei die Einschleusung eines eigenen Agenten bei den Briten oder die Anwerbung eines Doppelspions erforderlich.

Auf Skepsis stieß bei den Franzosen die Mitteilung, Lord Carnarvon und sein Ausgräber Carter hätten im Tal der Könige das unversehrte Grab eines unbekannten Pharaos entdeckt. Milléquant hielt es für möglich; Toussaint sah darin nur ein neuerliches Ablenkungsmanöver. Alle Zeitungen waren voll davon, seit die Londoner *Times* in großer Aufmachung berichtet hatte; aber bisher hatte noch niemand einen Blick in das vermauerte Grab geworfen, und es gebe auch noch keinen Termin, wann das Grab geöffnet werden solle. Allein dieser Sachverhalt, meinte d'Ormesson, sei geeignet, an der Seriosität der Geschichte zu zweifeln, jedenfalls könne er sich nicht vorstellen, daß Ausgräber in Erwartung einer solchen Entdeckung stillhalten und Einladungen verschicken für die vorgesehene Öffnung.

Mitten hinein in die Beratungen im französischen Konsulat platzte der Anruf des Sub-Mudirs von Kus, einer Provinzstadt, fünfzig Kilometer nilabwärts von Luxor. Fellachen hätten in der Biegung des Flusses die Leiche eines Franzosen aus dem Wasser gezogen, dessen Papiere auf den Namen Edouard Coursier lauteten.

Sachs-Villattes erste Reaktion war, dies sei unmöglich, es müsse sich um einen Irrtum handeln. Auf die Frage des Sub-Mudirs, wo Coursier, falls er am Leben sei, sich aufhalte und ob er seine Papiere vermisse, mußte der Konsul eingestehen, daß Coursier seit zwei Wochen verschwunden sei – die näheren

Umstände erwähnte er nicht. Als aber der Sub-Mudir eine Beschreibung der Wasserleiche gab und eine Narbe auf der rechten Wange erwähnte, wurde Paul Sachs-Villatte blaß.

Die Anwesenden weigerten sich, die Erklärungen des Konsuls zur Kenntnis zu nehmen, und in der Tat war es für sie schwer zu begreifen, wie sich einer aus ihrer Mitte aus einem eingestürzten Gewölbe befreien und sechshundert Kilometer nilaufwärts schwimmen konnte, bis er ertrank. Professor Milléquant, für gewöhnlich der ruhende Pol in diesem bunt zusammengewürfelten Team und durch nichts aus der Ruhe zu bringen als durch Erkenntnisse der Wissenschaft, riß sich die goldgeränderte Brille von der Nase, rieb sich ungläubig die Augen und verstieg sich zu einer Aneinanderreihung ungehobelter Flüche, die für einen Mann seines Niveaus so unschicklich waren wie die Sünde der Wollust für einen Pfaffen. Milléquant nannte den Ablauf des Geschehens ein Affentheater und beteuerte mehrmals hintereinander, er bereue, sich an diesem Unternehmen beteiligt zu haben, und er verweigere jede weitere Mitarbeit, solange der mysteriöse Tod von Edouard Coursier nicht geklärt sei.

Noch am selben Abend reisten der Konsul und Emile Toussaint nach Luxor, wohin man die Leiche Coursiers gebracht hatte, und im Keller von Dr. Mansurs Krankenhaus identifizierten sie ihren ehemaligen Kollegen.

Man konnte in Luxor keinen Schritt tun, ohne einem Journalisten zu begegnen. Hektik und Aufregung herrschte allerorten, die Hotels waren überbelegt und der Fährverkehr zum jenseitigen Ufer des Nils auf Tage ausgebucht, es sei denn, man machte ein nicht unerhebliches Bakschisch locker.

Lord Carnarvon gab täglich im Hotel *Winter Palace* Pressekonferenzen, ohne irgend etwas Neues zu berichten. Zur eigenen Mobilität hatte er ein amerikanisches Ford-Automobil erworben, schwarz, wie alle Exemplare dieser Marke. Howard Carter wurde Tag und Nacht bewacht, der Lord stellte ihm einen eigenen Leibwächter, um zu verhindern, daß er von Reportern bedrängt wurde, denn Carnarvon hatte die Exklusivrechte an der Veröffentlichung seiner Ausgrabungen der *Times* verkauft, mit deren Chefredakteur ihn eine enge Freundschaft verband.

Erfolg macht selbst Gegner zu Freunden. Lord Carnarvon und Howard Carter fanden in diesen Tagen zu nie gekannter Eintracht, nur Carters Liebe zu Evelyn blieb auch weiterhin tabu. Von Lady Dawson war die Öffnung des Grabes auf den 29. November festgesetzt worden, bis dahin sollte ein zwölfköpfiges Team des britischen Geheimdienstes unter Leitung von Geoffrey Dodds in Ägypten eingetroffen sein und in einer umfassenden Aktion mit der Suche nach Imhotep beginnen. Weder Carter noch Carnarvon verfügten jedoch über soviel Selbstbeherrschung, dem Termin tatenlos entgegenzufiebern. Nachdem die Öffnung wie ein gesellschaftliches Jahrhundertereignis angekündigt und Einladungen verschickt waren, kamen den beiden Bedenken, ihr Abenteuer könnte mit einem Fiasko enden, das Grab könnte schon in alter Zeit ausgeraubt, wieder zugemauert und mit einem neuen Siegel versehen worden sein.

Diese Möglichkeit mußte in Erwägung gezogen werden, nachdem Carter rechter Hand des eigentlichen Grabumfanges ein vermauertes Loch entdeckt hatte. Inzwischen war Pecky Callender eingetroffen, ein britischer Archäologe, der weiter südlich tätig war und den mit Carter eine gewisse Freundschaft verband (soweit man mit einem Mann wie Carter überhaupt befreundet sein konnte), und nach einer endlos langen Diskussion beschlossen die vier, in der folgenden Nacht den Erdtrichter, in dem der Zugang zu dem Grab lag, zu verbreitern, um eventuell durch ein Mauerloch von der Seite in das Grab einzudringen.

Das Tal der Könige war weiträumig abgesperrt, und dank dieser Absperrung erregte ihr Vorhaben auch keinen Verdacht. Carter und Callender räumten rechts von der verriegelten Tür Schutt beiseite, nach knapp zwei Metern stießen sie auf ein zugemauertes Mauerloch. Ihre Hoffnungen sanken auf den Nullpunkt.

Also doch! Also war auch dieses Grab schon einmal geöffnet

worden, nur hatten die Eindringlinge nicht den Weg durch die Tür, sondern – vermutlich, um unentdeckt zu bleiben – durch ein seitliches Mauerloch gewählt.

Den Tränen nahe und mit unsagbarer Wut im Bauch ging Carter mit einer Eisenstange gegen die Mauer vor, und schon nach kurzer Zeit gaben die locker gefügten Steine nach. Callender kam hinzu, und gemeinsam zogen sie Stein für Stein aus der Mauer, in der schon bald ein so großes Loch gähnte, daß ein Mensch auf dem Bauch kriechend hindurchschlüpfen konnte.

Zuerst verschwand Carter, eine Petroleumlampe vor sich her schiebend. Nach kurzer Zeit kehrte er zurück, aber er fand auf die bohrenden Fragen der anderen keine Antwort, er schien wie betäubt und deutete nur auf die tiefliegende Öffnung, sie sollten sich selbst ein Bild machen. Lord Carnarvon kam der Aufforderung als erster nach, gefolgt von Evelyn, dann schlüpften Callender und Carter durch die Mauer.

Die einzige Lampe warf bedrohliche Schatten an die Wände des länglichen, etwa vier mal acht Meter großen Raumes, der über und über mit Truhen, Figuren und Gerätschaften verstellt war. Linker Hand lagen die Einzelteile zweier vergoldeter Wagen, rechter Hand standen zwei lebensgroße, lebensechte Wächter mit Speeren bewaffnet und Augen aus Glas, deren Natürlichkeit die Eindringlinge das Fürchten lehrte. Gegenüber Kästen, Kistchen, Schatullen, Stoffbündel und Krüge von höchster Kunstfertigkeit.

Es roch nach trockenem Staub, und jeder Schritt wirbelte so viel Staub auf, daß es schon bald schwerfiel zu atmen. Wie viele Jahrtausende war dieser Staub, diese Luft nicht bewegt worden? Wie viele Jahrtausende hatte kein Lichtstrahl einen dieser Gegenstände getroffen? Wie viele Jahrtausende war es her, seit zum letzten Mal eines Menschen Fuß diesen heiligen Boden betreten hatte?

Keiner wagte ein Wort zu sprechen. Carter nicht, Lord Carnarvon nicht und nicht Callender, ja, selbst Evelyn, deren sonst so munteres Plappern Carter so gut gefiel, blieb stumm. In diesem Augenblick fühlten sie sich wie Eindringlinge. Und während sie alle ergriffen auf die Güter blickten, die ein gläubiges Volk einem sterblichen Pharao für seine letzte Reise bereitgestellt hatte, versuchte Carter seine Gedanken zu ordnen. Natürlich war dies nur die Vorkammer zu einer Grabanlage, vielleicht eine von mehreren Kammern. Wo aber lag der Raum mit dem Sarkophag des Königs?

Carnarvon und Evelyn entfernten sich ehrfurchtsvoll. Der kaltschnäuzige Lord war ergriffen, und seine Tochter suchte wie trunken Halt bei ihrem Vater. Sie zitterte, was zum einen auf die Kühle der Novembernacht, zum anderen auf ihre Erregung zurückzuführen war. Nachdem auch Carter und Callender das Grab verlassen hatten, fielen sich alle vier in die Arme. Carter küßte Evelyn mit einer Heftigkeit, die dem schüchternen Ausgräber fremd war, und selbst der gestrenge Lord sah sich außerstande, irgend etwas dagegen einzuwenden.

In den frühen Morgenstunden, als der Tag graute und über dem Felsental die ersten Rufe der Geier erschallten, war das Mauerloch wieder verschlossen und mit Geröll zugedeckt. Und die vier schworen einen heiligen Eid, nie ein Sterbenswörtchen über die Vorgänge der letzten Stunden zu verlieren.

Omar schlug die Warnungen des Mikassah in den Wind. Mochte das Felsenkloster von Sidi Salim noch so einsam gelegen, der Ruf der Mönche zweifelhaft und jede Reise dorthin mit unabwägbaren Gefahren verbunden sein, er wollte, er *mußte* ergründen, wohin Hartfields Spuren führten.

Auf dem Weg dorthin, wofür er zunächst die Eisenbahn wählte, um in Damanhur auszusteigen, kam ihm der Brief in den Sinn, den man bei der toten Mrs. Hartfield gefunden hatte und der mit »C.« unterzeichnet war, was darauf hindeutete, daß die Frau des Professors »C.« kannte. Verbarg sich möglicherweise hinter »C.« kein anderer als William Carlyle? Wenn dem so war, dann ließen dies und der in seinem Hotel in Luxor zurückgelassene Zettel darauf schließen, daß Carlyle nicht nur hinter der Nichte des Professors, sondern auch hinter Imhotep her war. Ja, es stellte sich die Frage, ob seine Zuneigung zu

Amalia Dounce nicht nur geheuchelt war, um an Hartfield heranzukommen. Omar konnte sich nur schwer vorstellen, wie ein Mann an einer herben, Zigaretten qualmenden, Männerhosen tragenden Suffragette Gefallen finden konnte. Um der Wahrheit die Ehre zu geben – er konnte sich überhaupt nicht vorstellen, wie ein Mann sich in eine Frau verlieben konnte, die nicht wie Halima aussah. Aber das bemühte er sich zu vergessen. Und noch etwas kam ihm in den Sinn, während sich der Zug nordwärts durch das endlose Nildelta quälte: Hatte nicht Mrs. Dounce bei seinem Besuch in London von Alpträumen berichtet, die sie bisweilen verfolgten, und davon, daß ihr der Professor in einer schwarzen Kutte erschienen sei? Bei Allah, dem Allbarmherzigen, dachte er, das Schicksal zeichnet seltsame Wege.

In Damanhur verließ Omar die Eisenbahn, kaufte schlichte Arbeitskleidung und versorgte sich mit Proviant für drei Tage. Mit der einzigen Motordroschke der Stadt ließ er sich in das 25 Kilometer entfernte Disuk chauffieren, das am linken Mündungsarm des Nils liegt, eine Kleinstadt, an der die Zeit vorbeigegangen war, ohne sichtbare Spuren zu hinterlassen. Die Nacht verbrachte er im Hotel *El-Shati*, von wo aus Omar ein Telegramm an Baron von Nostiz-Wallnitz aufgab, er befinde sich etwa hundert Kilometer östlich von Alexandria und sei auf dem Wege nach Sidi Salim, wo er Professor Hartfield zu finden hoffe, Gruß el-Ghaffar.

Das Hotel vermittelte die Schäbigkeit einer Karawanserei, und entsprechend waren die Gäste, in der Hauptsache Händler aus Alexandria und Kairo, welche sich mit griechischen Freudenmädchen amüsierten, die hier, Gott weiß warum, in großer Zahl ihre Dienste feilboten. Omar hatte keine Schwierigkeiten, sich der Situation anzupassen und zierte sich nicht und mischte sich unter die derben Pöbel, er lachte über die gewöhnlichsten Zoten und trank den billigen, weißen Rakischnaps, der die Zunge löste wie der Regen die ungebrannten Ziegel aus Nilschlamm.

Auf diese Weise kam Omar mit den Besitzern des *El-Shati* ins Gespräch, zwei schwammigen Glatzköpfen von beachtlicher

Leibesfülle. Kaum hatten sie von Omars Reiseplänen erfahren, da verfinsterten sich ihre Mienen. Das Vorhaben des Fremden schien sie zu beunruhigen, ja, in ihren Gesichtern stand Furcht, als Omar das Kloster von Sidi Salim erwähnte. Zu seinem Erstaunen erfuhr er, daß die koptischen Mönche von Sidi Salim mit allen Menschen verfeindet waren wie Wasser und Feuer. In regelmäßigen Abständen versuchten die schwarzen Mönche die Bewohner des gleichnamigen Dorfes Sidi Salim auszurotten, und sie benutzten dabei moderne Waffen und uralte Zauber und Gifte, deren Rezepte in ihren unergründlichen Katakomben, tief unter der Erde, aufbewahrt würden. Näheres wisse niemand, denn niemand habe je das Kloster betreten, und jene, die einen Fuß über die Schwelle gesetzt hätten, hätten ihren Mut mit dem Leben bezahlt.

Das Kloster von Sidi Salim umgab eine Aura des Unheimlichen und Bösen, und Omar hatte Schwierigkeiten, einen Fellachen zu finden, der ihn mit dem Eselkarren in die verrufene Gegend bringen wollte. Ein Alter, der in der hintersten Ecke des Restaurants seinen Tee schlürfte und mit einer seltsam duftenden Wasserpfeife, die brodelnde Laute von sich gab, Trost fand, erklärte sich schließlich bereit, den Fremden gegen zehn ägyptische Pfund bis zu jener Stelle zu bringen, wo der Weg sich gabelte und in westlicher Richtung nach Raschid, in östlicher Richtung nach Sidi Salim führte. Der Alte, mit Namen Ali, hieß es, fürchte weder Tod noch Teufel, er sei schlecht, korrupt und käuflich (was der von ihm geforderte Wucherpreis bestätigte), aber er war der einzige, der dieser Aufgabe ohne Bedenken nachkam.

Natürlich sparten die Männer in dem Hotel nicht mit Warnungen, vor allem wollten sie wissen, was einen jungen Mann bewegte, sich freiwillig in diese Gegend zu begeben. Ein Professor aus England sei der letzte gewesen, der diesen Versuch von Fuwa aus, ein paar Meilen flußabwärts, unternommen habe. Er sei verschwunden und nie mehr zurückgekehrt. Wann, wie oder die näheren Umstände wußte niemand zu sagen, vor ein oder zwei Jahren sei das gewesen.

Der unerwartete Hinweis auf Hartfield versetzte Omar in solche Aufregung, daß er am liebsten noch am selben Abend aufgebrochen wäre; aber der Alte weigerte sich, sagte, er brauche jetzt Schlaf und hielt fordernd die Hand auf. Die Hand war verkrüppelt, das heißt, nur Daumen und Zeigefinger waren vorhanden, die übrigen fehlten, was, wie Omar später erfuhr, seine Ursache darin hatte, daß man vor der Jahrhundertwende Dieben die Finger, Räubern die ganze Hand abhackte. Indem er die verbliebenen zwei Finger heftig aneinanderrieb, verlieh Ali seiner Forderung nach Vorschuß deutlich Nachdruck. Omar gab ihm fünf Pfund, der Alte verneigte sich vor dem großzügigen Said und kündigte an, morgen bei Tagesanbruch vor dem Hotel zu warten.

Die Nacht verbrachte er halb wachend und angezogen auf seinem Bett, ungewohnten Geräuschen lauschend, welche die Wüste hervorbringt. Keines der Zimmer verfügte über einen Schlüssel; anders gesagt, der einzig verfügbare Schlüssel des Hauses sperrte an allen Türen, was aber keinen der anwesenden Gäste zu stören schien. Gewiß hätte Omar auch hinter einer verschlossenen Tür keinen Schlaf gefunden, zu groß war die Aufregung um das, was ihn erwartete. Der Gedanke, daß nicht weit von hier, in einem entlegenen Teil des Nildeltas, die Lösung verborgen sein könnte, nach der Geheimdienste aus aller Welt suchten, versetzte ihn in Unruhe. Daß jedoch koptische Mönche Drahtzieher dieses Komplotts sein sollten, machte ihn ratlos.

Beim ersten Hahnenschrei in der frühen Dämmerung war Omar hellwach, packte sein Bündel und schlich die knarrende Holztreppe hinab. Schon von weitem hörte er den Karren sich nähern, ein zweirädriges Gefährt, das mindestens ebenso alt war wie der Kutscher und jammervolle Geräusche erzeugte. Von dem Karren ging ein entsetzlicher Gestank aus, weil er für gewöhnlich dazu diente, Hühnerkäfige zum Markt zu transportieren.

Der Alte schwieg beharrlich, er hing wie tot auf seinem Sitz, nur ab und zu schnalzte er mit dem Zügel, der das winzige Eselchen lenkte, und dann blinzelte er zum fernen Horizont, als hätte er Zweifel, ob der Tag noch jemals grauen würde. So fuhren sie schweigsam zwei Stunden gen Norden, zum Teil auf ausgefahrenem Wege, manchmal aber auch über spurlose Erde, um abzukürzen, wie Omar bald feststellen konnte. Der schweigsame Alte orientierte sich, längst hatte der Horizont jede Siedlung verschluckt, an der Sonne, die sich gelblichweiß durch die Trübe des Geländes, eine Mischung aus Staub und schwüler Feuchte, bohrte. Alles schien tot zu sein in dieser verlassenen Gegend; selbst das stachelige Gestrüpp, das hier und da aus dem Boden ragte und dabei bizarre Formen annahm, war verdorrt und zeigte kein Leben. Hier sollten Menschen hausen?

Keinen Lufthauch konnte man spüren, und die Schwüle nahm zu. Auf der Ladefläche des Karrens lag eine dicke Wulst aus Ziegenleder, wie sie den Hirten der Gegend als Trinkwasserbehälter diente, und der schweigsame Alte nahm regelmäßig einen Schluck, einen, nicht mehr, aber so groß, daß er seine Bakken blähte wie die eines Frosches.

Unerwartet – sie mochten gut drei Stunden unterwegs sein – fand Ali die Sprache wieder, deutete nach Osten, wo am Horizont eine Hügelkette auftauchte, und sagte, dies sei ihre Richtung, und die Hälfte hätten sie wohl zurückgelegt. Dann verfiel er wieder in endloses Schweigen, und es dauerte gewiß eine Stunde, bis er erneut einen Laut von sich gab. Mit zusammengekniffenen Augen blickte er über die rechte Schulter nach Süden, wo der Himmel sich zu verfinstern begann, und sagte »Chamsin«, was soviel wie »fünfzig« bedeutet, aber auch den gleichnamigen Wüstenwind bezeichnet, der vor allem in den fünfzig Tagen, die der Tagundnachtgleiche folgen, auftritt, mit besonderer Heftigkeit aber auch in Herbsttagen wie diesen.

Omar kannte die Gefahren, in die der Chamsin jeden bringen konnte, der vor dem Sandsturm keinen Schutz fand, und hielt nach irgendeinem Unterschlupf Ausschau; aber es war nichts zu sehen, das ihnen Schutz hätte bieten können. Der Rückweg schien allein deshalb unvernünftig, weil er dem Sandsturm entgegenlief, also galt es, die Hügelkette zu erreichen, die im Osten näher kam. Omar trieb den Esel mit anfeuernden Rufen an, die jedoch nicht geeignet waren, das Tier aus seinem langsamen Trott zu bringen. Da riß er Ali die Peitsche aus der Hand und schlug auf den Esel ein, daß er zu springen begann wie ein Bock und seinen Lauf forcierte.

Das aber ging gegen die Ehre des Wagenlenkers, er entwand Omar die Peitsche, wobei er ungeahnte Kräfte entwickelte, schrie ihn an und schalt ihn einen Tölpel, weil ein überforderter Esel stehenbleibe und durch nichts auf der Welt dazu gebracht werden könne weiterzutraben. Auf diese Weise kam es zu einem Handgemenge zwischen den beiden, in dessen Verlauf Ali ein Messer aus einer Gewandfalte zog und schreiend auf Omar einstach und ihn am linken Arm traf, daß sich sein Ärmel rot verfärbte. Und weil er fürchtete, Ali würde ihn töten, griff Omar nach seinem Bündel und sprang vom Wagen.

Als hätte der Alte nichts anderes bezweckt, zügelte er den Esel in weitem Bogen um Omar herum und fuhr in der Richtung davon, aus der sie gekommen waren, und noch aus der Ferne hörte man seine Flüche.

Omar betrachtete die Wunde an seinem Unterarm. Eine Handbreit unterhalb des Gelenks hatte die Klinge den Ärmel zerfetzt und war ins Fleisch gefahren. Um den Blutfluß zu stillen, riß er den Ärmel entzwei und wickelte den Stoffetzen fest um die Wunde. Dann sah er sich um, blickte ratlos in alle vier Himmelsrichtungen und beschloß, in Richtung der Hügelkette zu laufen, wo das Felsenkloster liegen mußte. Er war froh, den merkwürdigen Alten los zu sein, und er zweifelte nicht, daß er sein Ziel auch ohne dessen Hilfe erreichen würde.

Omar hatte jedoch nicht mit dem Durst gerechnet, der ihn in der unerträglichen Schwüle mehr und mehr quälte. Nachdem er Ali lange als unruhigen Punkt in der unendlichen Weite sehen konnte, löste er sich nach gut einer Stunde – es mußte gegen Mittag sein – plötzlich in nichts auf wie ein Tropfen im Sand. Zur selben Zeit begann die Luft sich zu regen, kaum spürbar zuerst, dann den Schweiß im Nacken kühlend und schließlich kleine Staubwolken vor sich her treibend. Omar begann zu laufen, um in den Schutz der Felsen zu gelangen, die vor ihm näher kamen und doch unabschätzbar blieben in ihrer Entfernung.

Ohne sich einen Augenblick Ruhe zu gönnen, hetzte Omar weiter nach Osten. Die Zunge klebte am Gaumen, und zwischen den Zähnen knirschte Sand. Seine Augen begannen zu tränen, so daß die Wüste vor ihm zerfloß wie das Spiegelbild einer Pfütze. Nur nicht aufgeben, hämmerte es in seinem Kopf, der schwerer wurde, je länger er rannte. In Augenblicken wie diesen verfiel Omar einem seiner bisweilen auftretenden Anfälle von Selbstzweifel, ob er überhaupt stark genug sei, das alles durchzustehen, ob es den Aufwand rechtfertigte, ob der Alte ihn nicht irregeführt hatte und irgendwelche Kumpanen bereitstünden, ihn in eine Falle zu locken. Zu schweigsam war ihm Ali erschienen, und die Bedenken der Männer im Hotel *El-Shati* erschienen im nachhinein begründet. Doch für derlei Besinnung war es zu spät, es gab keine Umkehr.

Sein Atem wurde lauter und schwerer und hörte sich an wie ein Pferd, das die Nüstern bläht. Omar fluchte, schnaubte und schrie seine Wut heraus. Das half. Beim Eisenbahnbau für die Engländer hatte er größere Strapazen durchgestanden, und der Gedanke daran setzte neue Energien frei. Aber nicht mehr als für ein paar hundert Meter. Omar spuckte – der Sand im Mund, scheußlich. Im Brustkorb ein Stechen, wie die Spitze eines Dolches. Fassungslosigkeit stellte sich ein über den Verfall, den sein Organismus nach so kurzer Anstrengung erlitten hatte, Zweifel, das Ziel zu erreichen.

Ein grauschwarzer Himmel und immer dichtere Staubwolken raubten ihm die Sicht und verbargen das Ziel immer häufiger vor seinen Augen, und auf einmal hielt Omar inne, er wußte nicht mehr, wohin er eigentlich lief; die Hügel, die Felsen waren verschwunden. Wolken von Sand rasten über den Boden und ließen ein helles Zischen vernehmen wie kochendes Wasser. Was tun? Omar trottete weiter in die Richtung, in der er sein Ziel vermutete. Der Sturm wurde stärker, zerrte an seinen Kleidern. Jetzt nur nicht schlappmachen, nicht so kurz vor dem Ziel. Das Atmen fiel schwer. Omar hatte das Gefühl, mehr Sand als Luft einzuatmen, hustete und spuckte und zog den Kopf zwischen die Schultern, um dem Wind weniger Angriffsfläche zu bieten, sein Gepäckbündel vor Bauch und Brust gepreßt.

Er fühlte, wie sein Gesicht purpurrot anlief unter millionenfachem Beschuß wirbelnder Sandkörner. Als Kind, vor den Pyramiden von Gizeh, hatte er ein Wonnegefühl empfunden, wenn der Wind den Sand peitschte, und er hatte sich ihm mit geschlossenen Augen entgegengestellt und das Prasseln empfunden wie einen erfrischenden Wasserstrahl. Aber jetzt, orientierungslos umherirrend, überkam ihn die Angst, irgendwo erschöpft liegenzubleiben und vom Sand zugedeckt zu werden wie Mrs. Hartfield. Dabei war er sich ziemlich sicher, daß er – so er nicht die Richtung verloren hatte – seinem Ziel nahe sein mußte.

Der Sand wurde tief, wie er am Fuße wandernder Dünen zu finden ist oder an der dem Wind abgewandten Seite befestigter Straßen; aber so sehr Omar auch in das zwielichtige Dunkel blinzelte, in der Hoffnung, eine Bodenerhebung auszumachen, er konnte nichts sehen. Verzweifelt und mit seinen Kräften am Ende, kauerte er sich nieder, den Rücken dem Sandsturm zugewandt, weil er glaubte, auf diese Weise dem Chamsin am ehesten Widerstand zu leisten. Der alte Moussa, der ein Sohn der Wüste war und ihre Pflanzen und Steine beim Namen zu nennen wußte, hatte immer vor Hochmut gegenüber der Wüste gewarnt. Die Wüste, hatte Moussa gesagt, sei wie ein Gott, und Götter forderten Demut. Unwillkürlich mußte Omar an diese Worte seines Stiefvaters denken, ja ihm war, als hörte er seine dunkle Stimme. *Ya salaam,* er hörte wirklich Stimmen, die mit dem Chamsin sangen. Omar hielt den Atem an, glaubte zu phantasieren; doch da war es wieder; ein undeutliches, vom Sturmwind zerfleddertes Rufen, ein Flehen wie frommer Gesang.

Omar versuchte auf die Beine zu kommen und, gegen den Sturm ankämpfend, in die Richtung zu gehen, aus der die Klagelaute kamen. Aber woher kamen sie überhaupt? Er konnte es nicht ergründen und faßte den Entschluß, sich rechter Hand durchzuschlagen. Aber schon nach ein paar Schritten begann er zu zweifeln, ob er nicht seit geraumer Zeit im Kreise lief, und in dem Augenblick, als Omar in tiefer Verzweiflung gerade dabei war, sich erneut auf dem Boden niederzulassen, da riß der Sturm plötzlich und unerwartet ein Loch in die Dunkelheit, und ein Sonnenstrahl bohrte sich durch den staubigen Nebel wie ein glänzendes Schwert und traf mit greller Gewalt einen hohen, halb zerfallenen, steinernen Bogen, eine Ruine, durch die der Chamsin heulte und eine schwarzgraue Sandfahne peitschte.

Sidi Salim! Was anders als das Kloster konnten diese verlassenen Reste menschlicher Zivilisation sein?

Einen Steinwurf, nicht weiter, lag die Erscheinung entfernt, aber noch ehe Omar einen Schritt in die Richtung getan hatte, hatte sich das Wunder verflüchtigt. Nur der Klagegesang, den er schon vorher vernommen hatte, war noch zu hören; aber jetzt schien er aus anderer Richtung zu kommen. Omar arbeitete sich vorwärts, er ließ die Richtung nicht aus den Augen, und auf einmal stand er vor dem hohen, verfallenen Torbogen, dessen Einlaß nirgendwohin führte, weil sich dahinter ebenso Sand ausbreitete wie davor.

Rechter Hand von der hoch aufragenden Ruine erkannte Omar eine Mauer, oder besser: die Reste einer Mauer, die bisweilen nur kniehoch und vom Sand zugeweht, an manchen Stellen aber auch mehrere Meter hoch, seltsam verwinkelt fortlief. Hinter einem Vorsprung fand Omar Schutz vor dem Südsturm und Zeit, sich zu orientieren.

Es gab noch mehr Mauerbögen von ähnlicher Form und Größe, und es sah so aus, als hätten vor vielen hundert Jahren Menschen eine Stadt in der Wüste verlassen. Nicht weit entfernt knickte die Mauer in rechtem Winkel und führte geradewegs auf eine langgestreckte Wand zu, die eine Türöffnung und Fensterhöhlen aufwies und gewisse Ähnlichkeit mit den Häusern der Gegend hatte. Im Schutz der Mauer gelangte Omar dorthin und fand, nachdem er den Eingang durchschritten hatte, die Ummauerung eines Hauses vor – das Dach fehlte. Immerhin bot ihm das Geviert ein wenig Schutz vor dem Sturm, und er beschloß, in eine Ecke gelehnt, erst einmal auszuruhen, und ließ sich erschöpft auf seinem Bündel nieder.

Omar war ausgelaugt wie der Boden im Fruchtland des Nils im zeitigen Frühjahr, er fühlte sich hundeelend, und sein verletzter Arm schmerzte. So dämmerte er eine Weile vor sich hin, bis er durch schauerlichen Gesang, der überaus fremd in seinen Ohren klang, in die Gegenwart zurückgeholt wurde. Ein Loch im Boden, mit armdicken Eisen vergittert, wirkte wie ein Schalltrichter. Omar näherte sich der Öffnung auf allen vieren, aber er konnte in der Tiefe nichts erkennen. Dagegen drangen Schmerzensschreie an sein Ohr, der inbrünstige Choral wurde immer wieder von Lauten unterbrochen, als ob Menschen ausgepeitscht würden.

Unwillkürlich blickte Omar sich um nach dem Zugang in die geheimnisvolle Unterwelt, wurde aber nicht fündig und beschloß daher, das Haus, aus dem die Laute drangen, zu umrunden. Gerade wollte er durch den Einlaß schlüpfen, durch den er in das Innere gelangt war, da nahm er unter seinen Füßen das hohle Geräusch einer losen Steinplatte wahr. Breitbeinig prüfte er das Gleichgewicht des Steines, und dabei machte er eine erstaunliche Entdeckung: Die beinahe zwei Meter lange Platte, kaum zwei Finger dick, lag so präzise in der Waage, daß, sobald man auf das eine Ende trat, sich das andere langsam in die Höhe erhob wie das Maul eines riesigen Fisches, während das andere bis in Kniehöhe im Boden versank. Eine Eisenstange als Sperre verhinderte, daß die Platte in die Waagerechte zurückschwang.

Von der Öffnung führte eine steile, schmale Treppe nach unten, grobschlächtig in den Fels geschlagen und mit einem Knick von neunzig Grad versehen, der eiliges Ab- und Aufsteigen unmöglich machte, was sicher in der Absicht der Erbauer lag. Eigentlich hätte Omar Bedenken haben müssen, in dieses unterirdische Labyrinth einzudringen, ja – sagen wir es deutlich –, es war töricht, so zu handeln; aber da gab es irgend etwas, das ihn anzog wie ein Magnet, etwas, das keine Skrupel aufkommen ließ und jede Vernunft auslöschte.

Die Treppe endete in einer Halle mit Gewölben und drei Stützpfeilern, an denen Öllämpchen flackerten, die ein diffuses, gelbgrünes Licht verbreiteten. Der Raum war leer bis auf eine Reihe von kniehohen, zum Teil auch mannshohen Tonkrügen, welche die ganze rechte Seite der Halle einnahmen und mit Wasser gefüllt waren, Wasser aus einer Zisterne, deren gemauerte Öffnung man im Boden erkennen konnte. In der Halle herrschte drückende Schwüle, und in der Luft lag ein süßlicher Geruch, der Ekel bereitete.

Omar durchschritt die Halle in der Richtung, aus der er die nun immer lauter werdenden Gesänge hörte. Es mochte ein halbes Dutzend Sänger sein, nicht mehr; aber ihr sonores Klagen in einer Sprache, die Omar nicht verstand, dröhnte lauter als die Stimme jedes Muezzin durch die Gewölbe, ja, es schien, als nutzten die Mönche das Höhlensystem ihres Klosters als Resonanzraum, um so ihren Litaneien mehr Inbrunst zu verleihen.

Am anderen Ende der Halle öffneten sich zwei Türen, zwei Durchlässe vielmehr, denn hier unten gab es keine Türen. Der rechte Durchlaß führte in einen unbeleuchteten Korridor, aus dem keine Geräusche zu vernehmen waren, der linke markierte den oberen Absatz einer weiteren Treppe. Sie ging geradewegs nach unten, war im Gegensatz zu dem Einstieg aber breit und bequem und mit hellen Steinplatten belegt. Unten öffnete sich ein langgestreckter, im rechten Winkel zu dem oberen liegender Raum, der wie das säulengestützte Schiff einer christlichen Kirche aussah. Linker und rechter Hand standen zwischen den Säulen schmale, lange Tische aus Holz mit rohgezimmerten Bänken, die Platz boten für fünfzig Menschen oder mehr. An den Wänden dahinter erkannte Omar uralte mannshohe Heiligendarstellungen, zum Teil von Ruß geschwärzt und abblätternd und von dumpfer Harmonie in den Farben.

Die klagenden Gesänge wurden immer deutlicher, aber auch harte Kommandos und Peitschenhiebe und in deren Folge Wimmern und Wehgeschrei. Bei Allah, dem Allerbarmer, dies sollte ein Kloster sein? Bisher hatte Omar noch keinen Menschen gesehen, und das ließ alles nur noch unheimlicher erscheinen. Einen Augenblick verharrte er unschlüssig hinter einer Säule, dann trat er mutig auf das seitliche Portal zu, durch das heller Lichtschein fiel, und was er sah, ließ ihn erschauern.

In einem breiten, hellerleuchteten Gang mit zahlreichen vergitterten Zellen zu beiden Seiten stand ein bärtiger, schwarzgekleideter Mönch mit einer Peitsche, und um ihn herum tanzte singend und mit ekstatischen Bewegungen ein Dutzend bedauernswerter Geschöpfe mit kahlgeschorenen Köpfen, zum Teil nackt oder halbbekleidet, von weißfahler Haut und mit aufgeblähten Bäuchen, wie Omar sie bei hungernden Kindern auf dem Sinai gesehen hatte. Unberechenbar wie gezähmte Tiere verrichteten sie, grölend im Kreise schreitend, ihr Stundengebet, in Gedanken weit weg von dem eigentlichen Geschehen. Verrückte! schoß es durch Omars Gehirn. Dies war kein Ausdruck übersteigerter Frömmigkeit, aus diesen Gesichtern blickte der Wahnsinn; und bisweilen, wenn einer der jammervollen Männer Anstalten machte, über seinen Nachbarn herzufallen aus nichtigem Grund, schlug der schwarze Mönch mit der Peitsche zu, daß sie sich krümmten und winselten wie gequälte Tiere.

Fasziniert von diesem vielfachen Delirium stand Omar wie angewurzelt in der Tür und trat auch nicht beseite, als der peitschenschwingende Mann in der Kutte ihm seinen Blick zuwandte. Der Mönch erschrak mehr als Omar; es schien, als traute er seinen Augen nicht, als glaubte er an eine spukhafte Erscheinung, und ohne einen weiteren Blick auf die tanzenden Mönche zu verschwenden, trat er langsam mit ausgestreckter Hand auf Omar zu, als wollte er sich durch eine vorsichtige Berührung überzeugen, daß er keinem Trugbild erlegen war.

Mit einem Kopfnicken versuchte Omar die Andeutung von Freundlichkeit, was jedoch mißlang, weil der Mönch erschreckt innehielt und zur Abwehr seine Peitsche erhob und sie erst sinken ließ, nachdem er Omars Furchtlosigkeit erkannt hatte.

»Wer bist du, Fremder?« fragte der Mönch betont höflich, als wollte er den feindlichen Eindringling gnädig stimmen.

»Mein Name ist Hafiz el-Ghaffar«, rief Omar laut, damit

seine Stimme den rituellen Gesang übertönte. Und als hätte ein unsichtbarer Dirigent ein Zeichen gesetzt, brachen die Irren ihren verzückten Klagegesang ab, sie betrachteten den Fremden mit blöden Augen, einige wandten sich verschämt zur Seite, und zwei alte, ausgemergelte Gestalten, in deren Gesicht etwas von der Weisheit des Alters geschrieben stand, während ihre Glieder deutliche Zeichen körperlichen Verfalls trugen, wagten sich näher heran, um den unerwarteten Eindringling mit Staunen zu mustern. »Es herrscht Chamsin«, fügte Omar wie zu seiner Rechtfertigung an.

»Chamsin.« Der Mönch nickte ein paarmal mit dem Kopf und entgegnete: »Wir kennen keinen Unterschied zwischen den Launen der Natur; denn nichts ist vergänglicher als Wind und Wetter. Was ist schon ein Sandsturm im Ablauf der Ewigkeit? Nicht mehr als ein Funke im ewigen Feuer. Aber wie kommst du überhaupt hierher?«

Nun zeigte sich, daß Omar auf diese Frage überhaupt nicht vorbereitet war, und er gab eine Antwort, die er am liebsten sofort zurückgenommen hätte, aber dazu war es zu spät – er sagte: »Ich bin Archäologe und habe mich in der Gegend verlaufen, ich wollte nach Raschid.«

»Nach Raschid?« Der Mönch wirkte beunruhigt, und plötzlich klatschte er in die Hände, und er wandte sich an die Gaffer, die einen Kreis um sie gebildet hatten, und rief: »Im Namen Jesu Christi, ab in die Zellen!«

Murrend, klagend – ein paar begannen zu weinen wie Kinder – tappten die Irren in ihre Zellen, und der Mönch beeilte sich, die Gitter der achtlosen Löcher, in denen, soweit man erkennen konnte, nur eine mit Schilfrohr belegte Pritsche stand, zu schließen.

»Es ist selten, daß sich ein Fremder hierher verirrt«, erklärte der Kuttenmann, nachdem er alle Käfige geschlossen hatte, »um der Wahrheit die Ehre zu geben, seit ich hier lebe, und das übertrifft das Durchschnittsleben eines Ägypters bei weitem, kam noch niemand, wenigstens nicht bis in diese Räume. Einen Ausländer haben wir einmal vor dem Verdursten errettet. Er lag zwei Meilen von hier in der Wüste. Wir fanden ihn bei der Schlangenjagd halb tot.«

»Schlangenjagd?«

»Wir jagen Schlangen, um uns zu ernähren. Wir fangen mehr, als wir verzehren können. Zweimal im Jahr, zu Epiphanie und am Fest des Apostels Andreas, der seine Hand schützend über dieses Kloster hält, erhalten wir vom Patriarchen von Alexandria Getreide, einen Sack pro Seele, viel zuviel für einen Bruder, der das Fasten zum Lebensinhalt gewählt hat. Komm und sieh!«

Er schob Omar durch einen niedrigen Durchlaß am Ende des Raumes über fünf Stufen nach oben in ein niedriges Gewölbe, das von der Decke durch einen hohen Abzugsschacht Licht bekam. Aus Steinen geschichtete Vorratsbehälter und eine rundgemauerte Feuerstelle in der Mitte ließen das Gewölbe als Küche erkennen. Über eine Ecke waren Leinen gespannt mit seltsamen Girlanden. Omar erkannte beim Nähertreten zum Trocknen aufgehängte Schlangen. Noch mehr ließ ihn ein anderer Anblick erschauern: Als der Mönch den hölzernen Deckel eines Steintroges hochhob, bedeutete er dem Fremden, einen Blick hineinzuwerfen. Omar prallte zurück. In dem Trog wanden sich Dutzende von Schlangen, armdick zum Teil und offensichtlich damit beschäftigt, sich gegenseitig zu verschlingen.

Zurück im Zellengang, faßte der Mann in der Kutte Omar am Arm und zog ihn durch die gegenüberliegende Pforte über eine gewundene Treppe in das darüberliegende Stockwerk, das einer Kirche glich, mit gedrehten Säulen und einem abknickenden Chorraum, der offensichtlich nach Osten wies. Betstühle aus rohem schwarzem Holz standen sorgsam ausgerichtet, und ihre Zahl verriet, daß in dem Kloster noch viel mehr Mönche leben mußten, als er bisher gesehen hatte, oder daß es einmal bessere Zeiten für das Kloster gegeben hatte.

Rechts des Einganges lagen in einfachen Bretterverschlägen Hunderte von Totenköpfen aufgereiht, ein jeder mit dem Andreaskreuz und dem Sterbedatum auf der Stirn, darunter die

Knochen in Trögen gemischt. Auf der linken Seite, aus dem gleichen dunklen Holz gezimmert, Regale mit uralten Büchern. Einige Folianten lagen aufgeschlagen in x-förmigen Leseständern, manche so groß wie eine Armspanne und mit kostbaren Malereien versehen, deren Farben noch nie das Tageslicht erblickt hatten.

»Hier«, sagte der schwarze Mönch, und es schien, als erhelle sich sein finsterer Gesichtsausdruck, »hier findest du alle Weisheit des Lebens verzeichnet, die von unseren Vorfahren überliefert ist, die Weisheit des Orients und des Okzidents, in Buchstaben und Zahlen festgehalten für ewige Zeiten.«

Fasziniert von den Worten des frommen Mannes trat Omar an eines der aufgeschlagenen Bücher heran, um darin zu blättern, doch der trat ihm entschlossen in den Weg: »Halt, Fremder. Hüte dich, eine der Schriften zu berühren. Es ist gefährlich!«

»Gefährlich? Was meinst du?«

Da schlug der Mönch weit ausholend ein Kreuzzeichen und nahm Omar beiseite. Er sprach jetzt leise flüsternd: »Gewiß hast du dich gewundert über das Verhalten meiner Mitbrüder. Sie alle sind weiser als ich, aber alle sind von einer rätselhaften Krankheit befallen. Man nennt sie Mumienkrankheit oder auch koptische Krankheit. Mumienkrankheit, weil sie Forscher befällt, die mit Mumien in Berührung kommen; koptische Krankheit, weil sie ebenso bei Mönchen auftritt, die sich mit koptischen Büchern und Manuskripten beschäftigen. Jeder meiner Brüder hat Hunderte von diesen Büchern gelesen, und jeder trägt die Weisheit unserer Vorfahren in sich, die der Weisheit der Gegenwart weit überlegen ist. Aber es scheint, als hätte Gott der Herr, einen natürlichen Schutz gegen Allwissenheit eingerichtet, indem er jene, die sich der Vollkommenheit des Wissens nähern, mit der Seuche bestraft.«

»Und du«, fragte Omar erregt, »wer bist du und was hast du getan, daß dich die koptische Krankheit bisher verschonte?«

»Ich bin Menas, der Geringste aller Brüder, mit dem Wissen

eines geistigen Krüppels, wie es die Koranschulen und Universitäten lehren.«

»Und du hast nie eines der Bücher gelesen?«

Menas schüttelte den Kopf. »Nie. Ich habe mir manches berichten lassen; aber was sind Berichte gegen die eigene Erfahrung! Seit Jahrhunderten, seit diese Seuche bekannt ist, ist es Brauch, daß einer, und zwar jener, der von Gott mit der geringsten Gabe der Weisheit versehen wurde, mit dem Verbot belegt wird, in diesen Büchern zu lesen. Ihm kommt die Aufgabe zu, über die anderen zu wachen, wenn sie der in unregelmäßigen Abständen über sie hereinbrechenden Geistesschwäche verfallen.«

»Der Zustand dieser Männer verändert sich?«

»Laufend. Du hast sie in der Phase des Taumelns erlebt; dann sind sie wie Kinder. Sie benehmen sich wie Kinder und bedürfen strenger Aufsicht, damit keiner dem anderen schadet. Darauf folgt die Phase der Erleuchtung, in der sie die Bücher der Weisheit studieren und zu höchster Erkenntnis gelangen.«

»Und wie oft vollzieht sich dieser Wechsel?«

»Manchmal von einer Hälfte des Tages zur anderen, dann wieder im Abstand von drei Tagen. Es gab schon eine Phase, die dauerte zwei Wochen. Wir wissen nie, was uns erwartet, und vielleicht ist das auch gut so. Denn richtete die koptische Krankheit sich nach der Uhr und den Stunden des Tages, so könnte sich einer so lange mit einer Sache beschäftigen, bis er die volle Erkenntnis erlangt hätte. So aber sind dem von Gott Grenzen gesetzt, und ein jeder lebt in dem Bewußtsein, daß der nächste Augenblick das Ende seiner Einsicht bringen kann.«

Bei diesen Worten hatte Menas seinen Fuß auf die Kniebank eines Betschemels gesetzt, und unter der schwarzen Kutte war eine schwarze, geflochtene Sandale zum Vorschein gekommen mit einem Andreaskreuz in einem Kreis. Der unbedeutende Vorgang erinnerte Omar an den Grund seines Hierseins, und er überlegte, ob er nicht geradeheraus nach Professor Hartfield fragen sollte. Aber, bedachte Omar, Menas würde sagen, er habe den Namen nie gehört und er würde darauf beharren, daß der letzte Fremde das Kloster vor mehr als einem Lebensalter betreten habe – und was sollte er dann tun? Also entschloß er sich, erst einmal Zeit zu gewinnen, Zeit, in der er nachdenken konnte, wie er diese Situation nutzen sollte. Raschid lag eine Tagesreise von hier entfernt, und es erschien durchaus denkbar, daß der Professor und die Mönche sich irgendwann begegnet waren; aber über das, was dabei geschehen sein könnte, vermochte sich Omar kein Bild zu machen.

»Und Ihr verlaßt dieses Kloster nie?« erkundigte sich Omar.

»O doch«, erwiderte Menas, »wir sind nicht weltfremd. Der Weg zur Erkenntnis führt mitten durch diese Welt, er orientiert sich nur nicht an Alltäglichem. Denn das Alltägliche ist der Feind alles Metaphysischen. Für uns sind andere Dinge von Bedeutung als für die meisten Menschen. Die meisten Menschen werden nicht von ihren Köpfen regiert, sondern von ihren Bäuchen. Volle Bäuche schaffen friedliche Menschen, in jeder Beziehung. Satte machen keine Revolutionen, Satte denken nicht, Satte lassen leben – wenn du verstehst, was ich meine.«

Omar nickte, obwohl er nicht begriff, worauf der Mönch hinauswollte, und er fragte höflich, ob er die Nacht hier verbringen dürfe, gewiß sei der Chamsin morgen abgeflaut.

Wenn er sich mit dem zufriedengebe, was er hier vorfinde, erwiderte Menas, könne er bleiben, und er führte Omar zunächst in den Zellentrakt zurück und dann über die hintere Treppe in ein tiefergelegenes Stockwerk mit einzelnen Zellen, die allesamt leerstanden und den Eindruck vermittelten, als stünden sie für unerwarteten Besuch bereit. Im Gegensatz zu den darüberliegenden Zellen der Mönche waren sie mit rohem Holzmobiliar ausgestattet; einer Pritsche, einem Tisch, einem Stuhl und einem Kästchen mit einem Wasserkrug aus gebranntem Ton. Omar trank gierig, und Menas entzündete ein Öllämpchen und wünschte Ruhe im Namen des Herrn.

Mit dem Wasser versorgte Omar seine Wunde, dann legte

er sich auf die harte Liegestatt und überlegte sein weiteres Vorgehen. Er wußte nicht, was er von Menas und seinen wahnsinnigen Brüdern halten sollte; ob sie fähig waren, einen Mann wie Hartfield gegen seinen Willen hier festzuhalten. Eine Weile dämmerte er im Halbschlaf vor sich hin, dann erhob er sich, nahm das rußende Lämpchen und begann, einem unerklärlichen Drang folgend, das seltsame Felsenkloster zu erkunden.

Es war still, man hörte keine Gesänge mehr, nur die Luftschächte hier und da verursachten gespenstisches Rauschen. Um sich in dem Labyrinth nicht zu verlaufen, trug Omar Schilf von der Auflage seiner Pritsche mit sich, so markierte er den Weg, den er zurücklegte. Die meisten Räume, die er entdeckte, standen leer. Ihre Steinfußböden waren sauber gefegt, als erwarte man neue Bewohner. In einer unverschlossenen Kammer lagen Waffen gestapelt, Gewehre, Revolver und Pistolen und zwei Kisten mit Sprengstoff.

Am meisten interessierte Omar die Kirche des Klosters mit der verbotenen Bibliothek. Er hatte nie von der koptischen Krankheit gehört. Vielleicht wollte ihm der Mönch nur Furcht einflößen, ihn davon abhalten, in den alten Folianten zu lesen. Und wie ein Sünder, den die Sünde um der Sünde willen reizt, ging Omar daran, die ineinander verschachtelten Bücherwände zu erforschen, ohne jedoch auch nur ein einziges Buch zu berühren.

Irgendwo in der Mitte entdeckte Omar, daß die Urkunden, Bücher und Manuskripte nicht nach Sachgebieten geordnet waren, wie es einer Bibliothek mit wissenschaftlichem Anspruch zukam, sondern daß sie nach Erscheinungsdatum Aufstellung gefunden hatten, von links nach rechts, von oben nach unten, entgegen der arabischen Schrift. Die meisten Titel konnte Omar ohnehin nicht lesen, weil sie in Sahidisch, Achmimisch oder Baschmurisch gehalten waren und wie die koptischen Sprachen alle hießen.

Selbstvergessen gelangte er bei seiner Betrachtung zu den Büchern der Neuzeit, die in der Hauptsache in Arabisch und

Englisch gedruckt waren und deshalb sein besonderes Interesse erregten. Am Ende der endlosen Bücherreihen, zeitlich gesehen also in der Gegenwart, stieß er auf eine ganze Wand, die nur ein Thema kannte: Imhotep. *Ya salaam,* da stapelten sich Folianten, Pergamente und Karten, eine jede mit der Aufschrift Imhotep, und am untersten Ende ein Stapel von Aufzeichnungen mit dem Namen Edward Hartfield.

Jetzt konnte kein Zweifel mehr bestehen, es gab eine Verbindung zwischen den Mönchen von Sidi Salim und dem Professor aus Bayswater, und Omar war geneigt, Karten und Manuskripte hervorzuziehen, weil sich vermutlich nie mehr eine so günstige Gelegenheit ergäbe; aber Menas' Warnung und der Anblick der irren Mönche, der immer wieder vor seinen Augen vorüberzog, ließen ihn zögern.

Nie in seinem Leben hatte Omar größeren Zwiespalt verspürt, war er so hin und her gerissen vom Für und Wider einer Sache wie in diesem Augenblick. Vielleicht lag da vor ihm, in Tinte gefaßt oder mit dem Stift auf Papier gezeichnet, die Lösung des Geheimnisses um Imhotep. Vielleicht waren die Mönche längst auf seiner Fährte, vielleicht wußten sie Dinge, von denen kein Mensch auf dieser Welt eine Ahnung hatte. Vielleicht waren sie bereits die heimlichen Beherrscher der Welt, ohne daß die Menschheit davon wußte.

Omars Herz schlug bis zum Hals. Behutsam hielt er seine Öllampe an jedes einzelne Schriftstück, und bisweilen züngelte das Flämmchen bedrohlich nahe an dem spröden, alten Papier. Mit Hilfe eines Federkiels, der neben einem Folianten lag, versuchte er, übereinandergestapelte Karten und Pläne zu verschieben, ohne auch nur eines von den Papieren zu berühren, aber er scheiterte bei dem Versuch, und ein ganzer Stoß Akten und Dokumente fiel zu Boden und blieb, verstreut wie das Laub eines Feigenbaums, liegen.

Omar lauschte, ob das Geräusch, das er verursacht hatte, irgend jemanden aufgeschreckt hatte. Aber es blieb still, und er begann die Papiere mit Hilfe des Federkiels zusammenzuschieben. Dabei kam eine flache, gerade handtellergroße Scherbe zum Vorschein. Sie mußte zwischen den übrigen Dokumenten gelegen haben und war von schwarzer Farbe. Omar erkannte demotische Schriftzeichen, ohne auch nur eines entziffern zu können. Bei Allah, dies mußte das fehlende Fragment des Steins von Raschid sein, der letzte Hinweis einer Kette von Indizien, die über halb Europa verstreut lagen.

Warum ausgerechnet hier in diesem abgelegenen Felsenkloster? Die Frage drängte sich auf, aber Omar versuchte sie zu übergehen; die Lage, in der er sich befand, war viel zu gefährlich, als daß sie erlaubte, sich mit den Gesetzen der Logik zu befassen. Zuerst dachte er daran, das Fragment einzustecken und zu verschwinden. Aber darin steckte eine Reihe von Risiken: Selbst wenn ihm die Flucht gelänge, selbst wenn er dem Chamsin entkäme, würde der Verlust sehr schnell bemerkt werden, und die Mönche wüßten dann von seinen Aktionen. Schriftzeichen abzumalen, die er nicht kannte, schien ihm zu unsicher, vor allem wenn sie nur undeutlich zu erkennen waren, und darüber hinaus hätte diese Arbeit zuviel Zeit in Anspruch genommen.

Bei diesen Überlegungen kam ihm eine Methode in den Sinn, deren sich Professor Shelley mit Vorliebe bediente und die er auch bei anderen Archäologen gesehen hatte. Aber dazu benötigte Omar ein Stück Papier, so groß wie die Vorlage. Auf dem Altar der Kapelle stand aufgeschlagen eine Missale. Omar schlug es zu, daß die Rückseite nach oben lag. Er öffnete nun den Buchdeckel und riß die hintere unbedruckte Seite heraus; dann tauchte er das Papier in den Kessel mit Weihwasser, bis es viel Flüssigkeit aufgesogen hatte, legte es auf die Vorlage und preßte es mit der Handfläche nieder, so fest er konnte.

Nach ein paar Minuten hatte das feuchte Papier die Strukturen der Steintafel angenommen, und Omar schwenkte es zum Trocknen durch die Luft, dann knöpfte er sein Hemd auf und ließ es darunter verschwinden. Auf dem Weg zur Zelle, die ihm der Mönch zugewiesen hatte, kam Omar an einem Durchlaß vorbei, der sich kaum von einer der zahllosen Türen unterschied, wäre da nicht eine Besonderheit gewesen, die ihn neugierig machte. Hinter dem Türbogen hing ein uralter zerschlissener Vorhang und versperrte die Sicht.

Omar horchte, und als er keinen Laut vernahm, schob er den Vorhang behutsam beiseite. Vor ihm tat sich ein großes, heller als die übrigen Räume beleuchtetes Gewölbe auf, das sich auch in anderer Weise von seiner Umgebung unterschied. Rohgezimmertes Mobiliar, ein Tisch, Stühle und schrankartige Kästen, auf denen sich Bücher, Karten und Akten stapelten, vermittelten den Eindruck einer mittelalterlichen Studierstube. Spinnweben überzogen das heillose Durcheinander und ließen die Vermutung aufkommen, der Raum sei schon längere Zeit nicht mehr betreten worden. Warum war er hell erleuchtet?

Während Omar versuchte, sich in dem Chaos zu orientieren, fiel sein Blick auf einen offenen Schrank zur Linken, der überquoll von beschriebenem Papier, und inmitten der Zettel, Bogen und Fetzen saß reglos auf dem Boden eine fahle Gestalt mit weißem Haar und verstaubten Kleidern. Erst dachte Omar, der Mann sei tot, aber als er vorsichtig näher trat und sich niederbückte, kam Leben in die Augen des Mannes, ja er verzog das faltige Gesicht zu einer Art Lächeln, das ihn erschreckte.

Regungslos, die Beine verschränkt wie ein ägyptischer Schreiber, saß der Alte da, mehr Geistererscheinung als Mensch aus Fleisch und Blut, und es hätte nicht verwundert, wäre er so unvermutet, wie er aus dem Boden gewachsen war, wieder verschwunden. Aber nichts dergleichen geschah.

»Professor Hartfield?« fragte Omar vorsichtig.

Da hob der fahle Mann den Kopf und stierte mit toten Augen an Omar vorbei. »Hartfield ist tot«, erwiderte er monoton, »ich bin sein Ka, die Kraft, die ihn am Leben erhält – wenn du verstehst, was ich meine.«

Aber Omar verstand nicht. Von den alten Ägyptern wurde der unsterbliche Schutzgeist des Menschen als Ka bezeichnet, weshalb man Menschen oft mit doppeltem Umriß darstellte. Was meinte er: Ich bin sein Ka?

Noch während er darüber nachdachte, fuhr der Alte fort in seiner ausdruckslosen Sprache: »Im Horus-Auge, im Weltenei verweile ich. Das Horus-Auge verleiht ewiges Leben. Es beschützt mich, auch wenn es sich schließt. Von Strahlen umringt, durchziehe ich die Bahnen. Dem Wunsche des Herzens gehorchend, gelange ich überallhin. Ich bin und ich lebe . . .«

Kaum hatte er geendet, da sank die angsteinflößende Gestalt in sich zusammen wie ein Schlauch ohne Wasser, der Kopf fiel nach unten, schlaff hingen die Arme herab, als hätten seine Worte übermenschliche Kraftanstrengung gefordert.

Der fremdartige Klang seiner Stimme konnte nicht den englischen Akzent des Mannes verbergen. Der Mann mußte Hartfield sein, und es schien, daß er demselben Wahn verfallen war wie die übrigen Insassen des Klosters. Bemüht, ihn nicht zu erschrecken, kniete Omar sich vor ihn hin, berührte ihn vorsichtig mit der Hand und sagte leise: »Professor Hartfield, hören Sie mich?«

Die leise Berührung hatte zur Folge, daß der Mann seinen Oberkörper aufrichtete, sich schüttelte wie ein Hund, der aus dem Fluß steigt, und von neuem zu reden begann: »Berühre mich nicht, Fremder; denn ich bin der Ka. Der Ka des Edward Hartfield. Und jeder, der den Ka eines Menschen berührt, ist dem Tode geweiht.«

Unwillkürlich zuckte Omar zurück; aber so nahe am Ziel gab er nicht auf, er ging auf die Rede des Wahnsinnigen ein und sprach mit beschwörendem Tonfall: »Ka des Edward Hartfield, sage mir, wie kamst du hierher, und nenne mir deine Feinde.«

Mit offenem Mund lauschte Hartfield Omars Worten. Die Unruhe in seinen Augenlidern zeigte, daß er seine Worte verstand, und nach einer Zeit beklemmender Stille entgegnete der Mann, ohne den Blick Omar zuzuwenden: »Meine Feinde sind die Koptenmönche. Sie halten mich hier gefangen wie ein wildes Tier, und gewiß hätten sie mich schon lange getötet, brauchten sie nicht das Wissen in meinem Kopf.«

»Und wie kamst du hierher?«

Hartfield schwieg beharrlich. Sein stumpfer Blick senkte sich, der Kopf fiel der Schwerkraft gehorchend nach vorne, und seine Arme hingen leblos an ihm herab. Es schien, als hätte ihm der eine klare Satz so viel Kraft abverlangt, daß er nun Ruhe brauchte.

»Wie kamst du hierher, Ka des Edward Hartfield?« wiederholte Omar eindringlich. Verzweifelt faßte er den Leblosen an den Schultern und schüttelte ihn; doch ihm war kein Erfolg beschieden. »Ka des Edward Hartfield, hörst du mich?« rief Omar mit unterdrückter Stimme, immer darauf bedacht, daß er außerhalb des Raumes nicht gehört wurde. »Was weißt du von Imhotep?«

Kaum hatte er den Namen ausgesprochen, da schien es, als führe Leben in die toten Glieder des Mannes. Er riß den Mund weit auf und rang nach Luft, dann schloß er die Augen wie zum Gebet, hielt die angewinkelten Arme zur Seite, wobei die Handflächen nach oben zeigten, und mit einer Stimme, die sich deutlich vom früheren Tonfall unterschied, begann er zu deklamieren: »O der du die Kraft des Weltalls zum Keimen gebracht hast, Imhotep, dessen Körper leuchtet wie der Sonnengott Ra, der uns den Weg öffnet zum Licht und das Dunkel der Unwissenheit verdrängt mit seinem Geist, o Größter der Großen, die je auf Erden wandelten, der Besitz hat am Nektar der Götter, der Augen hat aus Lapislazuli und einen Körper weiß wie eine Lotosblüte, der so vor das Antlitz des Weltenherrschers tritt und das jenseits durchstreift wie ein Jäger das Fruchtland des Nils, du bist der wahre Schöpfer des Lebens, und ich verneige mich vor deiner Allmacht. Die Götter haben den Himmel geschaffen, wo sie schweben, goldenen Falken gleich, aber du, Imhotep, hast die Erde geschaffen mit ihren Wundern. Du hast die Pyramiden bewegt mit geflügeltem Geist wie das Spielzeug der Kinder, du hast das Licht des Himmels verflüssigt und in Glas gesperrt zur Verwendung bei Nacht, du hast mit einer einzigen Formel den Menschen das ewige Leben zurückgegeben, das die Götter ihnen genommen haben. Heil dir, o Göttlichster der Menschen auf Erden, heil dir, großer Imhotep.«

Hartfield sprach stockend, in abgehackten Sätzen, sein Gebet ähnelte dem Singsang der Mönche des Klosters, und als er geendet hatte, fiel der Körper des Mannes wieder in sich zusammen wie ein Balg, aus dem die Luft weicht, und in dieser Haltung verharrte er reglos.

»Wo ist Imhotep, Ka des Hartfield?« rief Omar aufgeregt. »Kennst du den Standort seines Grabes?« Aber der Wahnsinnige gab keine Antwort. Totenstarr dämmerte er vor sich hin, und als Omar ihn an der Schulter berührte, sank er, ohne seine Haltung zu verändern, zur Seite und blieb liegen.

Angelockt von den Stimmen, die durch die Gänge hallten, erschien Menas in der Türe. Begleitet wurde er von zwei stämmigen Mönchen, deren stumpfsinniger Gesichtsausdruck Omar Furcht einflößte. Die drei stellten sich ihm in den Weg, und Menas, der ihm zuvor mit großer Freundlichkeit begegnet war, herrschte ihn an: »Was spionierst du hier herum, Fremder? Haben wir dir nicht Gastfreundschaft gewährt, und du mißbrauchst unsere Güte? Was suchst du hier, und wer hat dich geschickt?«

Omar wollte antworten, er habe nicht schlafen können, sei hilflos umhergeirrt und habe sich dabei verlaufen, aber noch ehe er etwas erwidern konnte, gab Menas den beiden Mönchen einen Wink, diese faßten ihn an den Armen und führten ihn eine Treppe hinauf durch zwei Korridore in einen kreisrunden, gewölbten Vorraum, mit vier vergitterten Türen nach allen Seiten. Menas, der ihnen gefolgt war, schob den armlangen Riegel eines der Gitter beiseite, und die Mönche stießen Omar in eine finstere Zelle. Dann verschlossen sie die Tür und ließen ihn allein.

Wie im Traum hatte Omar das Geschehen der letzten Stunden erlebt, und erst jetzt, zusammengekauert auf dem sandigen Boden, fand er Zeit, über all das nachzudenken. Nüchtern betrachtet war sein Leben keinen Schuß Pulver mehr wert. Menas ahnte wohl den wahren Grund seiner Anwesenheit – daß er Hartfield suchte –, und die wahnsinnigen Mönche würden ihn in dieser Zelle elend verhungern und verdursten lassen. Irgendwann würden sie vielleicht seine Leiche in den Wüstensand legen wie die bedauernswerte Mrs. Hartfield, die für die Kopten auch nur eine Belastung bedeutet haben mußte. *Insha'allah.*

Dunkelheit schärft die Gedanken, und Omar vergegenwärtigte sich das seltsame Gebet, das Hartfield in seinem Wahn an Imhotep gerichtet hatte. Der Professor hatte Gebetsformeln gebraucht, wie er sie aus dem Ägyptischen Totenbuch, einer vielzitierten Sammlung von Fürbitten, kannte. Gebete dieser Art sind in allen Gräbern aus alter Zeit in die Wände gemeißelt und stellen keine Besonderheit dar. Was aber sollte er von dem Hinweis halten, Imhotep habe die Pyramiden bewegt, das Licht des Himmels verflüssigt und den Menschen das ewige Leben zurückgegeben? Damit berührte Hartfield drei uralte Träume der Menschheit. Seit Jahrtausenden wird gerätselt, wie die noch heute größten Bauwerke von Menschenhand, die Pyramiden, astronomischen Gesetzen folgend, errichtet wurden, und Licht in einer anderen Energieform zu speichern, ist ebenso ein Wunschtraum moderner Wissenschaft wie die Suche nach dem ewigen Leben. Was wußte Hartfield?

Aus der Ferne drangen Geräusche an sein Ohr, mit deren Hilfe Omar den Tagesablauf der Mönche verfolgen konnte, der in der Hauptsache aus immer wiederkehrenden Gebeten und Gesängen bestand. Er hatte gehofft, sie würden ihm wenigstens einen Krug Wasser bringen, und nach Ablauf eines Tages an seinem Zellengitter gerüttelt und in blinder Wut, vielleicht war es auch Todesangst, um Hilfe gerufen, daß es durch die Gänge hallte; aber nachdem er die Aussichtslosigkeit dieses Unterfangens erkannt hatte, war er, sitzend in eine Ecke gelehnt, eingeschlafen.

Wie lange er so vor sich hin gedämmert hatte, wußte Omar nicht, jedenfalls schreckte er hoch, als sich vor seinen Augen ein flackerndes Lämpchen bewegte, und er erkannte Hartfield. Der legte einen Finger auf den Mund zum Zeichen, er solle keinen Lärm verursachen. Der Professor machte einen veränderten Eindruck. Stumpfsinn und Schlaffheit waren aus seinem Gesicht gewichen, und er machte, sah man von seiner ängstlichen Haltung einmal ab, einen ziemlich normalen Eindruck.

»Wer sind Sie, und wie sind Sie hierhergekommen?« fragte der Professor mit flüsternder Stimme.

»Hafiz el-Ghaffar heiße ich«, erwiderte Omar, »und ich habe Sie gesucht, Professor!«

»Mich?« Hartfield schien verwundert. »Wie in aller Welt haben Sie mich gefunden?«

Omar überlegte, dann antwortete er: »Ich glaube, wir sind beide hinter derselben Sache her.«

»O mein Gott«, bemerkte Hartfield leise, »das sollten Sie nicht tun. Vergessen Sie es, falls Ihnen Ihr Leben lieb ist. Sie sind jung, Sie haben Ihr ganzes Leben vor sich. Hören Sie auf, nach Imhotep zu suchen. Ich flehe Sie an!«

Hartfield hatte kaum geendet, als er blitzschnell seine flache Hand auf Omars Mund preßte und seine Lampe ausblies. In der Dunkelheit näherten sich Schritte; doch sie entfernten sich wieder in die Richtung, aus der sie gekommen waren.

»Ich bringe Sie hier raus«, sagte der Professor im Dunkeln, »kommen Sie!« Und er faßte Omar bei der Hand.

Der wußte nicht, wie ihm geschah, er zweifelte, ob Hartfield das ernst meinte, ob er überhaupt dazu fähig war; aber dabei wurde ihm bewußt, daß dies vielleicht seine einzige Chance war, dieses furchtbare Kloster lebend zu verlassen.

Hartfield verschloß das Gitter von außen, und Omar tappte orientierungslos hinter ihm her. Der Engländer kannte sich aus, er mußte den Weg schon unzählige Male gegangen sein, denn er fand den Weg mit traumwandlerischer Sicherheit. Als sie den erleuchteten Raum mit den Tonkrügen erreichten, von dem die steile Treppe nach oben ins Freie führte, sagte Hartfield: »Fliehen Sie, so schnell Sie können, und holen Sie Hilfe. Wir brauchen ein Dutzend bewaffneter Männer. Ich weiß nicht, ob draußen Tag oder Nacht ist. Wenn es Tag ist, gehen Sie immer nach Nordwesten, der untergehenden Sonne nach; wenn es Nacht ist, gehen Sie immer auf den Sirius zu, er ist der hellste Stern und nicht zu verkennen. So erreichen Sie Raschid. Gott mit Ihnen!« Und er schob Omar zu der steinernen Treppe.

»Professor!« wehrte sich Omar. »Ich gehe nicht ohne Sie. Warum kommen Sie nicht mit?«

Da wurde Hartfield ärgerlich: »Wir haben keine Zeit für große Erklärungen. Mein Gesundheitszustand ist nicht der beste. Ich falle in unregelmäßigen Abständen in eine Art Delirium, das mir das Bewußtsein raubt. In diesem Zustand wäre ich für Sie nur ein Hindernis. Ich würde mein und Ihr Leben aufs Spiel setzen.« Und bekümmert fügte er hinzu: »Im übrigen würde ich dieses Kloster nie ohne meine Frau verlassen. Sie halten sie hier irgendwo versteckt . . .«

»Aber . . .«, entfuhr es Omar; den Rest des Satzes schluckte er hinunter.

»Ich suche nach ihr, sooft es mein Gesundheitszustand erlaubt. Ich war auf der Suche nach Mary, als ich Sie entdeckte. Und jetzt verschwinden Sie!«

Omar zögerte; aber dann zog er es vor zu schweigen. Er stieg die Treppe empor, brachte den schwebenden Stein aus dem Gleichgewicht und schlüpfte durch die Lücke ins Freie. Es war Nacht. Omar blickte zum Himmel. Über ihm leuchteten die Sterne. Er suchte, bis er den hellsten fand, und ging entschlossen darauf zu.

## 13

## Im Schatten der Pyramide

Es ziemt sich nicht für die Sonne, daß sie den Mond in seinem Lauf
einhole (auch nicht für die Nacht, daß sie in den Tag falle), sondern
ein jedes dieser beiden Lichter bewege sich in seiner bestimmten
Bahn. Auch sei es ihnen ein Zeichen, daß wir ihre Nachkommen zur
Zeit Noahs in jener beladenen Arche sicher getragen und daß wir
später ähnliche Schiffe für sie geschaffen haben, welche sie weiterhin
tragen. Wenn wir aber wollen, so können wir sie ertränken, und niemand kann ihnen helfen und sie retten, außer nur unsere Barmher-
zigkeit, damit sie sich noch eine Zeitlang dieses Lebens erfreuen.

*Koran, sechsunddreißigste Sure (41–45)*

DER 29. NOVEMBER, DER TAG, AN DEM DAS GRAB DES TUT-
ench-Amun geöffnet werden sollte, rückte näher. Und
wenn es je einen Mann gab, dessen Charakter durch eine archäologische Entdeckung verändert wurde, so war dies Howard Carter. Der einst so schüchterne, in sich gekehrte und von
allen belächelte Archäologe hatte, da er das Augenmerk der
ganzen Welt auf sich gerichtet sah, jene schwermütigen Eigenschaften abgelegt und gab sich auf einmal als Mann von Welt,
der Reporter und ungestüme Fragensteller abschüttelte wie lä-
stige Fliegen. Selbst der Lord, der ihn viele Jahre gedemütigt
hatte wie einen armseligen Hungerleider, sah sich auf einmal einem forschen und selbstbewußten Mann gegenüber, der sich in
seinem späten Ruhm sonnte.

Zwar wußte niemand außer den vieren, die heimlich in die
Vorkammer eingedrungen waren, was die Menschheit erwartete, aber unter den Journalisten und sensationsgierigen Nichts-
tuern, die Luxor um diese Zeit bevölkerten, kursierten tagtäg-

lich neue Gerüchte, und besonders gut informierte Kreise wollten von einem Goldschatz im Wert von einer Million Pfund Sterling wissen, der im Innern des Grabes gehortet sei. War es ein Wunder, daß Carter keinen Schritt tun konnte, ohne verfolgt und heimlich beobachtet zu werden?

Für Lady Dawson und die Männer des Intelligence Service verlief das Komplott wie geplant.

Fast hätte man glauben können, Luxor sei der Nabel der Welt, jedenfalls was das Interesse an Abenteuer und archäologischer Forschung anbelangte, und die Entdeckung im Tal der Könige stellte sogar die Pyramiden von Gizeh in den Schatten – von dem Gräberfeld von Sakkara ganz zu schweigen.

Zuerst hatte die Lady den Plan gefaßt, mit der *Isis* nilabwärts zu fahren und bei el-Bedraschein zu ankern, ein paar Kilometer von Sakkara entfernt; aber dann wandte Gerry Pincock ein, das Ablegen des Schiffes gerade zu diesem Zeitpunkt müsse Verdacht erregen, und sie einigten sich darauf, ohne Aufsehen mit der Bahn nach Heluan zu reisen, sich dort in einem Touristenhotel einzuquartieren und vom östlichen Nilufer alle weiteren Aktivitäten zu lenken.

Aus London hatte Geoffrey Dodds ein Archäologenteam gesandt, ein Dutzend qualifizierte Mitarbeiter, die in die Problematik des Unternehmens eingeweiht waren und in einer Touristenherberge in dem Dorf Mitrahine Quartier bezogen, eine gute Meile östlich von Sakkara.

Der Leiter dieses Teams, ein Engländer polnischer Abstammung, die seinen ungewöhnlichen Namen John Kaminsky erklären mag, hatte die Vermutung geäußert – welcher ohne sein Wissen auch die Franzosen nachgegangen waren –, Auguste Mariette, der die Gegend wie seine Westentasche kannte, könnte im vergangenen Jahrhundert bereits das Grab des Imhotep entdeckt, aber aufgrund ungewöhnlicher Umstände geschwiegen und den Zugang wieder zugeschüttet haben. Nach Sichtung aller verfügbaren Dokumente aus dieser Zeit hatte Kaminsky alle je von Mariette begonnenen Grabungen – auch jene, die schon nach kurzer Zeit wieder eingestellt worden waren – aufgezeichnet und dem Intelligence Service den Vorschlag unterbreitet, an den bezeichneten Orten Nachgrabungen in die Wege zu leiten, und so möglicherweise auf eine unbekannte Spur zu stoßen. Der Umstand, daß gegenwärtig alle Welt nach Luxor drängte, wo Carter die Öffnung des Tut-ench-Amun-Grabes vorbereitete, kam den Briten, die ja möglichst unbeobachtet arbeiten wollten, sehr entgegen.

Die Chance, auf diese Weise voranzukommen, war denkbar gering; aber wenn sie schon umfangreiche Recherchen nicht weitergebracht hatten, so mußte Dodds *jede* Möglichkeit in Erwägung ziehen, und dies war *eine* Möglichkeit.

Allmählich stand Dodds nämlich unter Erfolgszwang. Seine Aktivitäten in Sachen Imhotep währten nun schon einige Jahre, sie hatten nicht unerhebliche Kosten verschlungen, und der Kriegsminister, der inzwischen an dem Unternehmen mehr Gefallen gefunden hatte, als dem britischen Geheimdienst lieb sein konnte, ließ sich in regelmäßigen Abständen Bericht erstatten und zeigte sich enttäuscht; ja, er meinte leicht süffisant, der Geheimdienst Seiner Majestät tue sich leichter, einen Deserteur im ostasiatischen Dschungel aufzustöbern als eine Mumie, die nicht mehr weglaufen könne, in einem Friedhof von der Größe des Londoner Hyde Park. Dodds hatte diese – wie er sich auszudrücken pflegte – Beleidigung an Lady Dawson weitergegeben, und seither herrschten zwischen London und Luxor gewisse Spannungen.

Anders als die Franzosen, die sich bei ihren Grabungen in einiger Entfernung der Unterstützung einheimischer Dorfbewohner bedient hatten, verzichtete Kaminsky auf fremde Helfer, zum einen, um die Zahl der Mitwisser so gering wie möglich zu halten, und zum anderen, weil er die Ansicht vertrat, es komme weniger darauf an, viel Erde zu bewegen, als darauf, wenig Erde zielgerecht umzuschichten. Ungewöhnliche Abschnitte wie das Labyrinth der Apis-Stiere, auf das Kaminsky aus vielerlei Gründen sein besonderes Augenmerk gerichtet hatte, sollten sogar nachts angegangen werden, um jeder Beobachtung und unnötiger Rechtfertigung gegenüber der Altertümerverwaltung zu entgehen. Zu ihrer Ausrüstung gehörten Zelte und Planen, wie sie bei Ausgrabungen durchaus Gebrauch fanden als Schutz gegen Sonne und Wind; das den Engländern zur Verfügung gestellte Material erlaubte ihnen jedoch, im Freien zu kampieren, und diente vor allem als Sichtschutz. Insgesamt waren die Engländer bemüht, möglichst wenig Aufsehen zu erregen.

Lady Dawsons Rechnung schien aufzugehen. An dem Tag, für den Howard Carter die Öffnung des Tut-ench-Amun-Grabes vorgesehen hatte, war das Gräberfeld von Sakkara wie leergefegt. Die Ankündigung der archäologischen Sensation hatte alle Touristen und Forscher an dem *einen* Ort versammelt, und wenn auch nur wenigen von ihnen die unmittelbare Teilnahme vergönnt war, so wollten doch alle dem Ereignis zumindest nahe sein.

Carter hatte den Ablauf perfekt in Szene gesetzt. Nur geladene Gäste fanden Zutritt zum Tal der Könige, unter ihnen ein einziger Journalist, Arthur Merton, Korrespondent der Londoner *Times.* Sein Bericht über die Öffnung der Vorkammer, deren Inhalt Carter bereits kannte, so daß er mit Gelassenheit ans Werk gehen konnte, fand weltweite Beachtung, und die ersten fotografischen Aufnahmen der goldenen Prunkbetten, Stühle, Wagen und Opfergaben aus Alabaster und Elfenbein erregten die Menschen in nie gekanntem Ausmaß. Luxor und das Tal der Könige waren in aller Munde. Sakkara schien vergessen, so daß die Engländer freie Hand hatten bei ihren Grabungen.

Zu Beginn zog Kaminsky mit seinen Leuten einen Suchgraben quer zum Eingang am Labyrinth der Apis-Stiere, in der Hoffnung, die Situation, wie sie Carter bei seiner Entdeckung vorgefunden hatte, könnte sich wiederholen. Aber schon nach zwei Tagen wurde klar, daß sich Glücksfälle nicht wiederholen, daß also mit dem Aushub des Labyrinths kein anderer Grabzugang verschüttet worden war.

Ein zweiter Verdacht richtete sich auf einen unbefestigten Weg, auf dem bisweilen bildungshungrige Touristen herangekarrt wurden und dessen Fahrspuren sich durch halb Sakkara schlängelten. Kaminsky legte über diesen Weg in unregelmäßigen, wahllos entschiedenen Abständen Suchgräben und drang etwa zwei Meter in das lockere Erdreich vor. Nach vierzehn erfolglosen Versuchen gab er auf und ließ die Gräben wieder zuschütten, und Lady Dawson konnte eine gewisse Schadenfreude nicht verhehlen.

Am Abend traf sich die Mannschaft in einem runden Militärzelt, das die Engländer nordöstlich der Stufenpyramide ein paar Schritte abseits des Weges nach Dahschur errichtet hatten. Die Stimmung war äußerst gereizt. Kaminsky meinte, der Geheimdienst Seiner Majestät sei gewiß eine ehrenwerte Einrichtung, aber im Umgang mit der Geschichte der alten Ägypter überfordert; man habe sich da in eine Sache verrannt, die jeder Grundlage entbehre, ein Hirngespinst irgendwelcher Schreibtischhengste am Victoria Embankment, man könne nicht etwas finden, was nie existiert habe.

Joan Dawson erinnerte den Professor daran, daß alle bisherigen Grabungen an von ihm selbst vorgeschlagenen Stellen erfolgt seien, und stellte die Frage, wo Imhotep sonst, wenn nicht hier in Sakkara, begraben worden sein könnte. Nach kurzer, heftiger Diskussion bildeten sich zwei Parteien, von denen die eine unter Kaminsky die Einstellung der Grabungen forderte, während die andere unter Lady Dawson für eine Fortsetzung plädierte.

Mitten hinein in die erregte Diskussion der Engländer fiel ein Schuß. In geringer Entfernung vom Zelt preschten Reiter vorbei, gefolgt von einer ganzen Horde, und als die Engländer aus dem Zelt stürzten, um zu sehen, was geschehen war, erkannten sie, keine Viertelmeile entfernt, das Mündungsfeuer von vier oder fünf Gewehren, und einen Augenblick später peitschten weitere Schüsse durch die Nacht. Das alles erschien wie ein Spuk, und so schnell wie die Reiter gekommen waren, entfernten sie sich gen Norden in Richtung Abu Gurab.

Die lähmende Stille, die sich daraufhin verbreitete, wurde auf einmal vom Todesschrei eines Pferdes zerschnitten. Der furchtbare Ton fuhr den Engländern in die Knochen, und da er nicht endete, sondern sich im Gegenteil noch steigerte in seiner Schauerlichkeit, griff Pincock zu seinem Revolver und forderte die übrigen Männer auf, ihm zu folgen.

Mit Fackeln, ihre Waffen im Anschlag, gingen Pincock und sechs Männer in die Richtung, aus der die Schreie kamen. Schon von weitem waren die Zuckungen des auf dem Boden liegenden Tieres zu erkennen. Im Näherkommen erkannten sie ein zweites Pferd. Es war tot. Zwei Männer lagen niedergestreckt daneben. Pincock hob seine Waffe, zielte auf den Kopf des brüllenden Gauls und drückte ab. Ein kurzes, heftiges Aufbäumen, ein letzter Schlag mit den Hinterläufen, dann herrschte Stille.

Die Körper der Männer am Boden waren von Kugeln durchlöchert. Keiner gab ein Lebenszeichen von sich. Pincock drängte, den Ort zu verlassen, das Zelt abzubauen und sich nach Mitrahine zurückzuziehen; aber Kaminsky und die übrigen Wissenschaftler protestierten. Unter diesen Umständen würden sie erst recht in Verdacht geraten. Je zwei Mann packten eine Leiche und schleppten sie zu ihrem Zelt.

Gewehrkugeln hatten in den Bauch des einen, eines grauhaarigen Mannes von mittlerem Alter mit kantig geschnittenem Gesicht und auffallend kleinen Augen, eine blutige Wunde gerissen. Der andere, dunkelhäutig, deutlich jünger und mit einem schmalen Kinnbart, wies im Brustkorb mehrere Einschüsse auf, eine Kugel hatte seine Halsschlagader getroffen.

Lady Dawson wandte sich angewidert ab. Kaminsky preßte die Hand vor den Mund. Die übrigen standen geschockt und ratlos herum. Der einzige, der in dieser Situation die Nerven behielt, war Pincock.

»Was mag das bedeuten?« fragte er kühl, beinahe unbeteiligt, während er die Taschen der blutverschmierten Jacke des Älteren untersuchte und ein Bündel brauner Pfundnoten hervorzog, mindestens fünftausend Pfund. Die Taschen des anderen, der ebenfalls europäische Kleidung trug, waren leer, doch trug dieser einen breiten Patronengürtel um den Bauch, eine kunstvolle, alte Lederarbeit.

Als Pincock einen der Riemen öffnete, mit denen die einzelnen Hüllen verschlossen waren, pfiff er leise durch die Zähne. Er zog ein weißes Säckchen hervor, öffnete die Verschnürung, benetzte den Zeigefinger mit Speichel, tupfte hinein und probierte. »Kokain«, sagte er und blickte in die Runde. Dann wälzte er die Leiche des Mannes zur Seite und löste den Verschluß des Gürtels.

Beim Öffnen der übrigen Munitionshüllen kamen weitere Säckchen mit dem weißen Pulver zum Vorschein, und Pincock bemerkte: »Eine verdammt unangenehme Sache!«

»Finde ich nicht!« erwiderte John Kaminsky. »Damit dürfte klarsein, daß der Anschlag nicht uns gegolten hat. Vermutlich treiben sich mehrere von diesen Rauschgiftbanditen in der Gegend herum. Ich habe kein Mitleid mit ihnen.«

Pincock gab jedoch zu bedenken: »Es wird sich nicht vermeiden lassen, daß die Polizei hier aufkreuzt. Das paßt mir gar nicht.«

»Wir haben nichts Unrechtes getan!« meinte Kaminsky. »Ich wüßte nicht, was wir zu befürchten hätten.«

Da trat Lady Dawson nahe an den Professor heran, und ihre Augen funkelten zornig. »Das will ich Ihnen sagen, Sir. Wir haben uns allein durch unsere Anwesenheit verdächtig gemacht. Oder wollen Sie allen Ernstes behaupten, ein gutes Dutzend Archäologen und Agenten des britischen Geheimdienstes habe in Sakkara seine Ferien verbracht? Sie dürfen eines nicht vergessen: Die Ägypter sind genau wie wir seit einer Reihe von Jahren hinter Imhotep her, und ich möchte nicht, daß wir durch so einen dummen Zufall auffliegen!«

»Was wollen Sie tun?« fragte John Kaminsky verunsichert.

»Wir werden«, entgegnete die Lady, während sie eine schwarze Zigarette in ihre lange Zigarettenspitze steckte, »die Leichen zu ihrem Fundort zurückbringen, das Zelt noch in dieser Nacht abbauen und bis zum Morgen alle Spuren beseitigen.«

Obwohl die Lady an der Ausführung ihres Planes keinen Zweifel aufkommen ließ, begann eine aufgeregte Diskussion, in deren Verlauf Pincock den Patronengürtel in die Höhe hielt und eher beiläufig bemerkte: »Der Mann heißt Hafiz el-Ghaffar. Jedenfalls ist dieser Name auf der Rückseite seines Gürtels eingebrannt.«

Lady Dawson hob die Schultern. Der Name war in Kreisen des britischen Geheimdienstes unbekannt.

Als acht Stunden später die Sonne über dem Gräberfeld von Sakkara aufging, hatten die Engländer alle Spuren verwischt und sich nach Mitrahine zurückgezogen. Wenig später erreichte die Polizeistation von el-Bedraschein ein anonymer Anruf. In der Nacht habe es nördlich von Sakkara eine Schießerei zweier Rauschgiftbanden gegeben. In einer Sandmulde neben dem Weg nach Abu Roasch lägen zwei Tote.

Wenn Gustav-Georg Baron von Nostiz-Wallnitz, der gewohnt war, mit Millionen zu jonglieren und Entscheidungen großer Tragweite zu treffen, seit zwei Tagen aufgeregt umherrannte und in freudiger Erregung ausrief: »Er ist ein Teufelskerl, wirklich, ein Teufelskerl!«, so lag das an einem handgeschriebenen Brief aus Ägypten und einem beigelegten, verschrumpelten Papier, auf dem seltsame Abdrücke zu erkennen waren.

Omar hatte nach zwei Tagen Alexandria erreicht und sich abseits des Zentrums im *Al-Salamlek*-Hotel einquartiert, wo er ein Telegramm an Baron Nostiz sandte mit der Mitteilung, er habe Professor Hartfield unter fragwürdigen Umständen gefunden, vor allem habe er das gesuchte Tafelfragment entdeckt, ein Abdruck sei nach Berlin unterwegs, und er erwarte nähere Anweisungen.

Nun saß Nagib ek-Kassar über dem Abdruck, und der Baron, in dessen Arbeitszimmer im Stadtpalais, umgeben von Büchern, Akten und Dokumenten sie ihrer Arbeit nachgingen, ließ den Vorgang auf seinem Schreibtisch nicht aus dem Auge.

Mit Hilfe eines schräg über das Papier geführten Kopierstiftes hatte Nagib die Schrift sichtbar gemacht, und er versuchte jetzt die einzelnen Schriftzeichen, die zum Teil nur schwach oder in ihrer eigenartigen Schreibweise überhaupt nicht zu identifizieren waren, auf ein Blatt Papier zu übertragen. Erste

Zweifel, ob es sich dabei wirklich um das gesuchte Bruchstück aus der Basaltplatte von Raschid handelte – Nagib wollte lange nicht daran glauben, und irgendwie gönnte er Omar den Erfolg auch nicht –, waren verflogen, als er die ersten beiden Zeilen entschlüsselt hatte und in der dritten Zeile das Wort »Imhotep« erkannte.

Auch Nagib war indessen nicht untätig gewesen. Bei seiner Museumsarbeit im Alten Museum hatte er zwei interessante Entdeckungen gemacht.

Zum einen war er auf einen alten Briefwechsel zwischen dem Louvre in Paris und dem Berliner Museum gestoßen, in dem es eben um jene Tafel ging. Dabei hatte ein Austausch von Abdrücken stattgefunden, so daß sich nun in den Berliner Archiven ein Faksimile fand, das der linken unteren Ecke der Tafel entsprach.

Zum anderen war Nagib bei der Suche nach Hintergrundmaterial auf einen alten Artikel mit dem unverfänglichen Titel »Some Unpublished Demotic Fragments from the Rashid Area« in einer britischen Fachzeitschrift gestoßen, als dessen Autor ein gewisser Christopher Shelley verantwortlich zeichnete.

Eines dieser Fragmente, das er ob dessen Kleinheit gewöhnlich nie beachtet hätte, hatte ihn von Form und Schrift her an die ihm bekannten Teile der Tafel erinnert. Der Text begann mit der altägyptischen Grußformel: »Heil euch –«, und Nagib kam spontan der Anfang auf der Tafel des Mustafa Aga Ayat in den Sinn »– erhabene Götter –«. Es erforderte keine große Kombinationsgabe, die beiden Stücke zusammenzusetzen und dem Berliner Fragment anzufügen, so daß ein durchaus sinnvoller Satz entstand: »Heil euch, erhabene Götter, die ihr voll Jauchzen und Freude in der Ewigkeit weilt.«

Weitergebracht hatte sie der Text freilich nicht; jedenfalls fehlten bisher konkrete Hinweise auf Imhoteps Grab und seinen mysteriösen Inhalt.

Von Nostiz paffte nervös eine Zigarre nach der anderen und hielt Nagib mit Unmengen von Kaffee und Cognac bei Laune.

»Ich lasse Sie hier nicht raus, bis Sie den Text entschlüsselt haben!« bemerkte er und verlieh seinen Worten Nachdruck, indem er mit der geballten Faust auf den Schreibtisch pochte.

Nagib brummte irgend etwas, und man hätte vermuten können, der übermäßige Alkoholgenuß habe sein Bewußtsein getrübt; aber im Gegenteil, Nagib war hellwach, er spürte die Nähe der Erkenntnis, und keine zehn Pferde hätten ihn fortgebracht von diesem Schreibtisch.

Spät am Abend, trübe Rauchschwaden vernebelten den Raum, und gemeinsam hatten sie eine ganze Flasche geleert, warf Nagib auf einmal seinen Stift auf den Tisch, räusperte sich bedeutungsvoll, als wollte er mit klarer Stimme eine äußerst wichtige Mitteilung machen, und sagte: »Ich hab's!«

Von Nostiz, der seit geraumer Zeit in einem Fauteuil vor sich hin sinniert und zwischen Hoffen und Bangen mehrere brennende Zigarren mit den Fingern zerfleddert hatte, sprang auf und schlurfte, so schnell es sein linkes, steifes Bein zuließ, auf den Schreibtisch zu, wo fünf etwa handgroße Papiere in einer gewissen Ordnung ausgebreitet lagen, und meinte aufgeregt: »Nun so reden Sie schon, Nagib! Reden Sie!«

Der genoß den Augenblick höchster Spannung mit dem scheinbaren Gleichmut des Wissenden; aber die Ruhe, die Nagib zur Schau trug, war nur scheinbar, in Wirklichkeit fühlte er, wie sein Blut in den Schläfen pochte, und er hatte Mühe, seine zitternden Hände im Zaum zu halten.

»Ich flehe Sie an, reden Sie endlich!« wiederholte der Baron, und der Tonfall seiner Stimme nahm wirklich etwas flehentlich Bittendes an, wie er es von diesem Mann noch nie gehört hatte. »Es wird Ihr Schaden nicht sein!« fügte er devot noch hinzu. »Sie haben, falls wir erfolgreich sind, einen Wunsch frei, Nagib, ich stehe zu meinem Wort!«

Das Versprechen aus dem Munde des Barons war von nicht geringer Bedeutung. Es konnte kein Zweifel bestehen, daß von Nostiz sein Wort halten und daß er auch keinen Einwand machen würde in bezug auf Umfang, Größe und Wert dieses Wunsches, und für einen kurzen Augenblick ging Nagib diesem Gedanken nach; aber dann nahmen ihn wieder die Aufzeichnungen gefangen, die vor ihm lagen. Er schob sie zusammen wie ein Puzzle, so daß sie annähernd ein Quadrat bildeten, und begann langsam und bedacht zu lesen, und dabei deutete er mit dem Zeigefinger auf jedes einzelne Wort:

| | | |
|---|---|---|
| Heil euch, | erhabene Götter, die ihr voll | Jauchzen |
| und voll | Freude in der Ewigkeit | weilt. |
| Schaut, | die Priester von Memphis, welche | des Ra und |
| Osi | ris Beschlüsse mit Ehrfurcht | empfangen, |
| wir | haben den Auftrag vernommen, | das Grab |
| des | göttlichen Imhotep zu schützen, | das der heiße |
| Wind im | Schatten des Pharaos Horus | Djoser vom Sand |
| befreit | hat und das mehr | und Gold |
| birgt als | alles Gold und | der Menschen. |
| | | Ra flüssig |
| | | Nacht auf |
| | | dieses |
| | | und wer es |
| | | Deshalb |
| | | der Stelle |
| | | Arme des |

Eine Weile sprach keiner ein Wort, und beide ließen den Text aus einem vergangenen Jahrtausend auf sich wirken. Als erster fand Nagib die Sprache wieder: »Baron, ich denke, Sie werden es gemerkt haben . . .«

»Was?«

»Die Tafel der Priester ist auch jetzt noch nicht komplett.« Er deutete auf die rechte untere Ecke.

»Hier, an dieser Stelle, fehlen drei Zeilen. Es ist wie verhext, denn mir scheint, gerade die drei Zeilen enthalten den wesentlichen Hinweis auf den Grabeingang.«

»Gut, gut«, erwiderte von Nostiz, »aber beginnen wir doch erst einmal beim Positiven. Vorausgesetzt, die Tafel ist echt und wir sind nicht irgendeinem Machwerk auf den Leim gegangen . . .«

»Darüber haben wir lange genug, gesprochen«, unterbrach Nagib unwillig, »und nachdem sich namhafte Archäologen mit den Fragmenten auseinandersetzen, können Sie, wenn Sie schon meinen Kenntnissen skeptisch gegenüberstehen, davon ausgehen, daß die Stücke echt sind, Herr Baron.«

»Ich wollte Sie nicht beleidigen, Nagib, ich will Ihnen nur meine Gedanken entwickeln. Also, was aus dem Text hervorgeht ist, wenn ich ihn richtig verstanden habe: Es gibt ein Grab des Imhotep, und es enthält, nach Aussage von Menschen, die es noch vor dreitausend Jahren gesehen haben, eine Ansammlung von Gold und Erkenntnissen, die schon damals, zur Zeit der Wiederentdeckung, vergessen waren und von denen die Priester meinten, sie seien brisant genug, um die Welt zu beherrschen. Mein Gott!« Von Nostiz rang nach Luft.

»Was Sie sagen, ist vollkommen richtig«, entgegnete Nagib, »und allein diese Information ist dazu angetan, einen sprachlos zu machen; aber so nahe am Ziel, und dann fehlen ein paar lumpige Wörter, und noch dazu die wesentlichen – es ist zum Verrücktwerden!«

Von Nostiz betrachtete die Fehlstelle am rechten unteren Rand, verglich sie mit dem Abdruck, den Omar geliefert hatte, schüttelte den Kopf und sagte: »Die fehlenden drei Zeilen könnten sowohl zu dem Berliner Fragment als auch zu Hartfields Bruchstück gehören . . .«

»Und Sie halten es für einen Zufall, daß gerade dieses entscheidende Stückchen fehlt?« Nagib lachte bitter.

Von Nostiz hob die Schultern.

»Nie im Leben!« rief Nagib. Seine Augen funkelten zornig. »Ich will Ihnen sagen, was ich glaube: Der, der den Grabzugang kennt, hat dieses winzige, aber alles entscheidende Stück abgebrochen! In Berlin wußte niemand von Hartfields Fragment, und nur mit Hilfe seines Teiles ergibt der Text überhaupt einen Sinn. Man darf aber davon ausgehen, daß Hartfield, ein anerkannter Ägyptologe, von dem Berliner Fragment wußte, und so die genaue Lage des Grabes lokalisieren konnte. Aber Hartfield ist ein vorsichtiger Mann. Er schlug die wesentliche Ecke an seinem Bruchstück ab und ist so der Alleinwisser um dieses Geheimnis. Es sei denn . . .«

»Es sei denn?«

»Es gäbe noch eine weitere Möglichkeit: Omar steckt mit Hartfield unter einer Decke, die beiden machen gemeinsame Sache und führen ein Doppelspiel.«

»Das würden Sie Omar zutrauen?«

Nagib preßte die Lippen zusammen und verzog sein Gesicht.

»Ihr Verhältnis ist nicht mehr das beste«, bemerkte von Nostiz.

»Das kann man sagen; aber ich will nichts behaupten.«

»Ich kann mir das nicht vorstellen. Wäre Ihre Annahme richtig, so hätte Omar telegraphiert: Tut mir leid, dieser Hartfield ist nicht aufzufinden. Jedenfalls hätte er nicht diesen Abdruck geschickt. Nein, da sind Sie auf dem Holzweg, und Sie sollten Ihre persönlichen Antipathien aus dem Spiel lassen.«

»Es war nur so ein Gedanke«, entschuldigte sich Nagib.

Der Baron dachte nach. »Omar weiß, wo Hartfield sich aufhält. Also, worauf warten wir noch? Wir werden Hartfield aufsuchen!«

Nagib wollte protestieren, sagen, daß er nie mehr nach Ägypten reisen wolle, weil er um sein Leben fürchte; aber dazu kam es nicht. Ein Diener meldete den Besuch einer Dame, und noch ehe er sie in den Salon bitten konnte, stand Halima in der Tür. Tränen rannen über ihr Gesicht, und in Abständen wurde ihr Körper von heftigen Stößen geschüttelt.

Er hatte Halima, seit sie zu Max Nikisch gezogen war, nicht mehr gesehen, und Nagib hatte ihr diesen Schritt auch nie verziehen, schon deshalb nicht, weil er seit langem selbst ein Auge auf sie geworfen hatte, aber nun, da sie vor ihm stand, hilflos wie ein Häufchen Elend, ging er auf sie zu, nahm sie in die Arme und fragte nach dem Grund ihres Schmerzes.

Stumm zog sie eine gefaltete Zeitung aus der Tasche, deutete auf eine Meldung auf der ersten Seite, und mit weinerlicher Stimme rief sie: »Und ich habe ihn so geliebt!« Dann sank sie ohnmächtig zu Boden.

Von Nostiz läutete nach dem Diener, die Hausdame solle erscheinen, ein Arzt müsse kommen, aber rasch, und sie betteten Halima auf die geblümte Couch im Salon. Die Hausdame brachte feuchte Tücher und legte sie der Bewußtlosen auf die Stirn. Nach kurzer Zeit kam Halima wieder zu sich. Sie entschuldigte sich, aber der Baron bedeutete ihr, sich zu schonen und zu schweigen. Erst jetzt fanden die beiden Zeit, einen Blick auf den Zeitungsartikel zu werfen:

*Schießerei in der Wüste*
   *Kairo – Bei einem Feuergefecht zwischen zwei rivalisierenden Banden von Rauschgiftschiebern sind südlich von Kairo zwei Ägypter erschossen worden. Es handelt sich um den aus dem Libanon stammenden Gewürzhändler Ali ibn al-Hussein, der als Kopf einer der Banden galt, und um einen der Polizei unbekannten Mann namens Hafiz el-Ghaffar.*

Nagib ließ die Zeitung sinken. Er sah von Nostiz an, Halima ins Gesicht zu sehen, wagte er nicht.

»Ich habe ihn so geliebt«, schluchzte Halima, und es herrschte kein Zweifel, daß sie nicht al-Hussein meinte, sondern Omar, dessen falscher Paß auf den Namen Hafiz el-Ghaffar lautete.

»Wir reisen noch morgen nach Ägypten«, sagte von Nostiz und ließ Kalafke kommen, er solle alles Notwendige besorgen.

Halima erhob sich: »Ich komme mit!« sagte sie.

In Kairo führte sie der erste Weg zum Karakol im Zentrum der Stadt, wo sie Näheres über die Affäre zu erfahren hofften. Es war Frühsommer, und die Menschen drängten sich trotz Sturmes ausgelassen auf den Straßen – eine Stimmung, die so ganz ihren eigenen Empfindungen widersprach.

Halima hatte sich von Nikisch mit einem ehrlichen Kuß verabschiedet und Worte der Entschuldigung gefunden, die ihr im Augenblick einfielen. Aber sie hatte ihm auch die bittere Wahrheit gesagt, daß es aus sei zwischen ihnen und daß alles ein Irrtum gewesen sei, ein Irrtum ihrer Gefühle, wie er jeder Frau einmal im Leben begegne; und Max hatte das verstanden und ihr alles Glück gewünscht im Leben und ihr zum Abschied ein Medaillon der Heiligen Jungfrau geschenkt, das er seit seinem vierzehnten Lebensjahr bei sich trug.

Es hatte keine Tränen gegeben und nur gute Worte, weil beide in den Wochen, die sie glücklich wie Kinder verbrachten, eingesehen hatten, daß Orient und Okzident sich zwar mit ihren Körpern begegnen können und daß die Fremdartigkeit des einen der Reiz des anderen ist, aber das ihre Seelen sich nie finden.

Nagib gab sich Mühe, Halima in ihrem Schmerz zu trösten, und dabei kamen sich beide, so schien es, in ihren Gefühlen nahe wie nie zuvor. Trauer öffnet die Herzen, und wer weiß, wie alles geendet hätte ohne ihren Gang zum Karakol, wo ihnen der zuständige Beamte aufgrund eines zuvorkommenden Bakschisch alle Fragen bereitwillig beantwortete, ohne seinerseits – was zu erwarten gewesen wäre – Fragen zu stellen in bezug auf ihr auffallendes Interesse.

So erfuhren sie, daß al-Husseins Leiche von Leila, seiner zweiten Frau identifiziert und zur Bestattung freigegeben worden sei, während der unverheiratete Hafiz el-Ghaffar von seiner Mutter erkannt worden sei, um ihm die letzte Ehre zu erweisen.

Der Hinweis, el-Ghaffar sei von seiner Mutter identifiziert worden, versetzte zuerst Halima, dann aber auch Nagib und den Baron in Verwirrung. Schließlich wußten sie, daß Omar weder Vater noch Mutter hatte, und mit einemmal schien es zweifelhaft, ob der tote Hafiz el-Ghaffar mit Omar identisch war.

»Wie kam er überhaupt auf diesen Namen?« fragte Nagib den Baron.

»Er nannte ihn ganz spontan, und auch die Adresse. Ich hatte keinen Grund nachzufragen«, beteuerte von Nostiz. »Einen Paß, gleich welchen Namens und welcher Nationalität, ausstellen zu lassen ist nur eine Frage des Preises.«

In einem der vornehmen Kaffeehäuser an der Nilpromenade diskutierten die drei, was nun zu tun sei, und in ihrer Ratlosigkeit, die sie zutiefst verunsicherte und die in Halima sogar den Verdacht aufkommen ließ, das ganze sei eine Finte irgendeines Geheimdienstes, um sie in eine Falle zu locken, kam Nagib der Gedanke, Hassan aufzusuchen, den Krüppel vor dem Hotel *Mena House* in Gizeh. Wenn einer ihnen helfen könne, dann er.

Von Nostiz machte der Sobaa, ein den Himmel verdunkelnder Sandsturm, zu schaffen, und er zog es vor im Hotel *Semiramis* zu bleiben, wo sie Quartier bezogen hatten, während sich Nagib und Halima auf den Weg nach Gizeh machten.

Hassan drückte sich mit seinem Schuhputzkasten in einen Mauervorsprung neben dem Hoteleingang. Obwohl Staubwolken um das Hotel heulten und den Menschen die Sicht nahmen, erkannte der Mikassah Nagib sofort.

»Wo ist Omar, mein Freund?« fragte er, während Nagib ihm Halima vorstellte. Er konnte nicht ahnen, welche Gefühle er bei den beiden mit seiner Frage auslöste.

Ohne auf die Frage einzugehen, begann Nagib sich umständlich zu erkundigen, ob er von der Schießerei bei Sakkara gehört habe.

Hassan sah Halima an und nickte ihr zu, als wollte er ihr sein Beileid kundtun, aber statt dessen sagte er: »Ich glaube, du bist froh, daß du diesen al-Hussein los bist. Omar hat mir viel von dir erzählt!«

»Und dieser el-Ghaffar?« fragte Nagib ungeduldig.

»Der gleiche Gangster wie sein Herr. Offiziell war er Hausbeschließer in einem der Miethäuser al-Husseins, in Wirklichkeit aber war er sein treuester Gefolgsmann, wenn es darum ging, neue Gaunereien auszuführen. Allah straft jeden, der es verdient hat.«

Da fiel es Nagib wie Schuppen von den Augen. Er wußte, daß er diesen Namen schon einmal gehört hatte; jetzt war ihm klar, warum Omar diesen Falschnamen gewählt hatte. Hafiz el-Ghaffar war Hausbeschließer in jenem Mietshaus gewesen, in dem sie vor Jahren gemeinsam gewohnt hatten.

Als Halima die Zusammenhänge begriff, da fiel sie Nagib um den Hals, und sie weinte vor Freude und rief in den Sturm, daß sie Omar liebe, nur ihn, und keinen anderen.

Wo aber steckte Omar?

Erleichtert erfuhr Baron von Nostiz-Wallnitz von der neuen Situation. Eine Telefonverbindung mit dem *Al-Salamek*-Hotel in Alexandria brachte Klarheit, daß ein gewisser Hafiz el-Ghaffar noch immer dort logiere, zur Zeit aber aushäusig sei; ob man ihm etwas bestellen könne.

Überstürzt reisten von Nostiz, Halima und Nagib noch am selben Tag nach Alexandria. Ein Taxi brachte sie gegen Abend zum genannten Hotel, keiner sehr vornehmen Herberge und etwas abseits gelegen, aber gerade deshalb geeignet für Leute, denen nicht daran gelegen war, in irgendeiner Weise aufzufallen.

El-Ghaffar, so war zu erfahren, befinde sich im Speisesaal. Vom Portier wurde ein Hoteldiener geschickt, um ihn gleich zu holen.

Halima zitterte. Sie preßte die geballten Fäuste vor den Mund und ging mit kleinen, kurzen Schritten auf und ab. Sie würde nicht wagen, ihn anzusehen. Aber vielleicht, dachte sie, würde Omar sie keines Blickes würdigen, vielleicht würde er sie eine Houriyat schelten und sich abwenden; sie könnte es ihm nicht verdenken.

Durch die mit weißen Ornamenten gerahmte Glastür sah sie ihn kommen. Kein Zweifel, er war es. Sie wollte auf ihn zustürzen, in seine Arme fallen, aber sie stand wie angewurzelt. Die Beine, die sie ihm entgegentragen sollten, blieben steif. Halima hatte Angst.

Ohne ein Wort zu sagen, trat Omar auf Halima zu, er nickte mit dem Kopf, als wollte er sagen: Ich wußte, du würdest zurückkommen. Aber er sagte nichts und nahm Halima in seine Arme. Er schwieg auch, als Halima mit leiser Stimme sagte: »Verzeih mir. Ich liebe dich.«

Eine Weile blieben Nagib und Baron von Nostiz abseits; dann bestürmten sie ihn mit Fragen, und Omar berichtete die halbe Nacht, wie er von Disuk aus das Felsenkloster von Sidi Salim erreicht hatte und wie er auf Hartfield und die wahnsinnigen Mönch gestoßen war. Er erzählte von der Entdeckung der Basalttafel im Archiv des Klosters und dem merkwürdigen Verhalten des Professors, der in unregelmäßigen Abständen in Wahnzustände verfiel und die Haltung einer leblosen Statue annahm. Omars Erzählungen versetzten den Baron in einen wahren Rausch, und er betonte im Verlauf dieser Nacht mehr als einmal, dies sei der glücklichste Tag in seinem Leben, und dabei strahlte er über das ganze Gesicht.

Von Nagib erfuhr Omar die Übersetzung des von ihm gefertigten Abdruckes, aber auch den Hinweis, daß die wesentliche Ortsangabe fehle, was den Verdacht nahelege, Hartfield habe dieses Teilchen aus der Tafel gebrochen, um alle Spuren zu verwischen. Schließlich einigten sich die vier, am nächsten Morgen nach Raschid und weiter nach Fuwa zu reisen. Dort planten sie, Maulesel zu mieten, um so nach Sidi Salim zu gelangen. Ihr Ziel war, Professor Hartfield aus dem Kloster zu befreien.

Omars Bedenken, die Strapazen könnten für den Baron zuviel sein, schob dieser beiseite. Er lasse sich nicht um die Früchte seiner Arbeit bringen; wenn es sein müsse, hole er Hartfield allein aus dem Kloster heraus.

Mit einem Mietautomobil legten sie tags darauf die Strecke nach Fuwa zurück, und von Nostiz zeigte in der Junihitze großes Durchhaltevermögen. Bei einem Hufschmied in Raschid erwarben sie Waffen, der Nazir verkaufte ihnen ein altes Militärzelt, und für sich und die gesamte Ausrüstung, die Wasser für eine Woche umfaßte, kaufte von Nostiz fünf Maultiere, welche der Händler zu bescheidenem Preis zurückzunehmen versprach, falls sie seinen Erwartungen nicht entsprächen. So machten sich Omar, Nagib und der Baron auf den Weg. Halima blieb im Hotel zurück.

Anders als bei seiner ersten Reise nach Sidi Salim, bei der er sich dem Eselkutscher Ali blind ausgeliefert hatte, verfügte Omar nun über eine hervorragende Karte. Von Raschid nilaufwärts führte eine gut ausgebaute Strage in Richtung Fuwa. Nach zwei Stunden Wegs zweigte nach Osten ein Karawanenpfad ab, führte zunächst am südlichsten Arm des salzwasserführenden Burullussees vorbei und weiter durch sumpfiges Gebiet schnurgerade nach Osten. Bei einem namenlosen Flüßchen, das sich träge von Süden nach Norden schlängelte, knickte der Pfad nach rechts ab und führte geradewegs in Richtung Sidi Salim.

Von Nostiz, der noch nie im Leben auf dem Rücken eines Pferdes, geschweige denn eines Maultieres, gesessen hatte, ertrug die Strapazen mit bemerkenswertem Gleichmut. Er hatte sich mit Tropenhelm und einer Khakiuniform ausgerüstet, wie sie vor allem Engländer trugen, wenn sie nach Ägypten kamen, und er sah seine Hauptaufgabe darin, den Horizont mit seinem Feldstecher abzusuchen, um eine unliebsame Begegnung mit den Mönchen von Sidi Salim zu vermeiden.

Omar hatte folgenden Plan gefaßt: Etwa drei Stunden Wegs von Sidi Salim entfernt wollten sie im Schutz des niedrigen Gestrüpps ihre Zelte aufstellen, Rast einlegen und sich dann bei Einbruch der Dämmerung und unter Zurücklassung allen Gepäcks an das Kloster heranpirschen. Das kräftigste Maultier wollten sie mitnehmen – man konnte nicht wissen, in welchem Zustand sich Hartfield befand.

Sie redeten kaum, während sie ihre Waffen prüften. Nagib und Omar waren seit dem Eisenbahnbau durch den Sinai im Umgang mit Waffen geübt. Nagib trug ein großkalibriges arabisches Gewehr, altmodisch, aber – wie er meinte – treffsicher, leicht und gut zu handhaben. Omar war mit einem Nagant-Revolver, Kaliber 7.62, ausgerüstet. Der Baron trug eine langläufige Mauser-Kriegspistole im Halfter, brachte seiner Waffe aber höchstes Mißtrauen entgegen, weil er dem Weltkrieg und damit dem Waffendienst aufgrund seines steifen Beines entkommen war und, wie er ankündigte, von dem Schießeisen nur in allerhöchster Not Gebrauch machen wolle.

Ihre einzige Chance gegen die wahnsinnigen Mönche, die in der Überzahl waren und ebenfalls über Waffen verfügten, bestand in einem Überraschungseffekt. Es mußte gelingen, unbemerkt in das Gängelabyrinth einzudringen, den Professor zu befreien und sich ebenso schnell davonzustehlen, wie sie gekommen waren. Während sie schwitzend in ihrem Zelt saßen, spielten sie alle Möglichkeiten der Befreiungsaktion durch. Omar zeichnete mit einem Dolch den Grundriß des Klosters, soweit er ihn im Kopf hatte, auf den festgestampften Boden, und den Weg, den sie nehmen mußten, um zu dem Gewölbe zu gelangen, in dem der Professor vegetierte. Dabei beschrieb er alle Details, an die er sich erinnerte.

»Es gibt da nur noch ein Problem«, sagte Omar, nachdem er mit seiner Beschreibung geendet hatte. »Was machen wir, wenn Hartfield sich weigert, mit uns zu kommen?«

Der Baron sah Omar erstaunt an: »Warum sollte er sich weigern? Er wird von den Mönchen gefangengehalten!«

»Gewiß. Aber als ich ihn fragte, warum er nicht mit mir komme, da meinte er, er wolle nicht ohne seine Frau gehen, die ebenfalls irgendwo in dem Kloster versteckt sei.«

»Aber Mrs. Hartfield ist doch tot!« entrüstete sich von Nostiz.

»Eben. Ich könnte mir vorstellen, daß der Professor einen Schock erleidet, wenn er davon erfährt.«

»Dann müssen wir eben Hartfield unter dem Vorwand, ihn zu seiner Frau zu bringen, aus dem Kloster locken!« unterbrach Nagib die Diskussion. »Das ist zwar irgendwie unanständig, aber in diesem Fall vermutlich die einzige Möglichkeit, ihn zum Mitkommen zu bewegen.«

Gegen Abend brachen sie auf, Omar, Nagib, von Nostiz und das Maultier, das sie mangels anderer Namensgebung Suleika nannten. Vor ihnen tauchte die dunkle Silhouette der Hügelkette auf, an deren Hängen das Ruinenkloster lag. Zur Linken wuchsen an beiden Ufern des Rinnsales Büsche und niedriges Baumwerk. Obwohl der abnehmende Mond meist von tiefhängenden Wolken verdeckt war, gewöhnten sich ihre Augen so an die Dunkelheit, daß ihnen die Orientierung nicht schwerfiel.

»Da!« Omar zeigte mit ausgestrecktem Arm gen Westen.

»Mein Gott!« Von Nostiz blieb stehen. »Eine Kirchenruine mitten in der Wüste.«

Vor dem matt leuchtenden Himmel ragte ein hoher Gewölbebogen empor. Ein unwirkliches Bild, verzaubernd wie eine Opernkulisse. Und obwohl Omar seinen Begleitern das Kloster von Sidi Salim mit größter Präzision beschrieben hatte, zeigten sich beide überrascht, ja frappiert, weil sie sich das, was sie erwartete, ganz anders vorgestellt hatten. Die nächtliche Erscheinung inmitten der unbelebten Natur wirkte eher romantisch als bedrückend, und es fiel nicht leicht, sich zu vergegenwärtigen, was hier irgendwo unter der Erde vor sich ging.

Omar lauschte in die Nacht: »Hört ihr die Gesänge?«

Nagib und der Baron hielten den Atem an. »Es klingt wie entferntes Rufen im Wald und bisweilen wie das Winseln eines getretenen Hundes«, meinte von Nostiz leise.

»Das ist die Litanei der Mönche. Die Gelegenheit ist günstig. Solange sie in ihre Gesänge vertieft sind, haben wir nichts zu fürchten; denn Bruder Menas ist mit ihrer Beaufsichtigung beschäftigt.«

Das weitere verlief exakt nach Omars Plan. Der Baron bezog in einer Ecke des dachlosen Gebäudes, von dem aus die steinerne Treppe in die Tiefe führte, Position, seine Mauser-Pistole im Anschlag. Omar trat auf die im Gleichgewicht schwebende Steinplatte, der Abstieg öffnete sich wie von Geisterhand, und Nagib und Omar verschwanden.

Obwohl er wußte, daß die Mönche bewaffnet waren, und obwohl Omar von ihrer Unberechenbarkeit und Gefährlichkeit berichtet hatte, verspürte von Nostiz nicht die geringste Angst. Was ihn so mutig machte, war das unbeschreibliche Gefühl, zum ersten Mal im Leben etwas Verwegenes, Waghal-

siges, Draufgängerisches, Tollkühnes zu tun, etwas Außerge-
wöhnliches fernab seines geordneten, von Terminen, Gepflo-
genheit und Konvention bestimmten Lebens. Um dies zu
empfinden, mußte er ein alter Mann werden, und nicht zum
ersten Male kam ihm in den Sinn, daß er alles falsch gemacht
hatte im Leben.

In dem Vorraum mit den Vorratskrügen zur Rechten hatte
Omar Mühe, Nagib zum Weitergehen zu bewegen. Immer
lauter wurden die Gesänge der Mönche, und Nagib entsi-
cherte sein Gewehr. »Weißt du, was ich nicht begreife?« flüsterte er Omar zu. »Warum sind hier nirgends Wachen aufgestellt?«

»Der einzige«, antwortete Omar, »der bei klarem Verstand
und somit geeignet wäre für diese Aufgabe, ist Menas, und der
ist vor allem damit beschäftigt, seine eigenen Leute zu bewachen, damit sie sich nicht gegenseitig umbringen. Sie gehen aufeinander los wie wilde Tiere, wenn er sie auch nur einen Mo-
ment aus den Augen läßt. Im übrigen finden nur Verrückte
hierher, Verrückte wie wir.«

Omar hielt Nagib mit dem Arm zurück. Am Ende des Gan-
ges leuchtete helles Licht. Die Gesänge klangen lauter. Behutsam setzten sie einen Fuß vor den anderen. Am Ende angelangt,
spähte Omar mit dem Rücken zur Wand um die Ecke. Dann bedeutete er dem Freund, seinerseits ein Auge auf die singenden
Mönche zu werfen.

Nach einem kurzen Blick wandte sich Nagib, angewidert
von soviel Elend, ab. Die furchtbaren Fratzen, das irre Verhalten der vergreisten Männer, die seit Jahren keinen Sonnenstrahl gesehen hatten, flößte ihm Abscheu ein. Was war der
Grund für ihr seltsames Treiben? Nagib verstand es nicht,
und Omar zog ihn fort. Sie schlichen zurück, stiegen über
eine steile Treppe in ein anderes Stockwerk und erreichten
endlich – Nagib hatte längst die Orientierung verloren – die
Höhle des Professors.

Behutsam schob Omar den Vorhang beiseite, der den Eingang verschloß. Hartfield saß in derselben Haltung mit ver-

schränkten Beinen auf dem Boden, wie Omar ihn beim ersten Mal angetroffen hatte, und obwohl sein Blick starr auf den Vorhang gerichtet war, schien er die Fremdlinge nicht wahrzunehmen.

»Komm!« Omar gab Nagib ein Zeichen, und sie schlüpften in das hellerleuchtete Gewölbe. Schweigend knieten sie sich vor den geistesabwesenden Professor, und Omar begann leise zu sprechen:

»Ka des Edward Hartfield, hörst du meine Stimme?«

Der bleiche Mann begann sich mit einemmal mechanisch wie eine Marionette zu bewegen, und seine Stimme tönte unwirklich: »Ich bin der Ka des Edward Hartfield. Wer ruft nach mir?«

»Ka des Edward Hartfield, wir sind gekommen, um dich von hier fortzuholen. Wir bringen dich an einen sicheren Ort, wo du die Macht der Mönche nicht fürchten mußt.«

»Ich will an keinen anderen Ort«, erwiderte Hartfield mit tonloser Stimme, »dies hier ist mein Zuhause, dies ist mein Leben. Schert euch weg, sonst werden sie auch euch fangen.«

»Ka des Edward Hartfield«, begann Omar von neuem, aber nun klangen seine Worte noch eindringlicher, »wir sind gekommen, um dich zu deiner Frau Mary zu bringen . . .«

»Ich bin der Ka des Edward Hartfield«, wiederholte der Professor monoton, »ich weiß nicht, wovon ihr redet, ich bin der Ka des Edward Hartfield.«

Omar und Nagib sahen sich an. Was sollten sie tun? Das einzige, was Erfolg versprach, war abwarten – zu warten, bis die Phase des Wahnsinns vorüber war. Doch bis dahin würden die Mönche ihre Litanei beendet haben, und niemand konnte sagen, wie Hartfield reagieren würde, wenn man ihn mit Gewalt fortbrächte.

»Wo ist Mary?« Auf einmal, ganz unerwartet, fragte Hartfield: »Wo ist Mary?«

Nagib ging sofort auf die Frage ein: »Ihre Frau ist in Alexandria. Wir sind gekommen, um Sie zu ihr zu bringen. Machen Sie keine Umstände, und kommen Sie mit uns!«

»Wo ist Mary?« wiederholte der Professor, und jetzt klang seine Stimme eindringlich und drohend.

»Wenn Sie mit uns kommen«, wiederholte Nagib, »bringen wir Sie zu Ihrer Frau!«

Da entstand eine lange Pause. Der Professor blieb stumm, und sein stumpfer Blick war von jener Unberechenbarkeit, die nichts von dem verriet, was in ihm vorging. Und dann geschah das Unerwartete: Hartfield erhob sich aus seiner ungewöhnlichen Haltung, wandte den Blick der Tür zu und schritt tapsig wie ein Traumwandler durch den Gang, die schmale Steintreppe hinab, vorbei an dem Korridor, der zu den betenden Mönchen führte, zu der Eingangshalle mit den Vorratskrügen – gefolgt von Omar und Nagib. Die waren von der unerwarteten Wendung so verblüfft, daß sie vor Staunen stumm blieben und unsicher, wohin Hartfield seine Schritte lenken würde, hinter dem Mann herschlichen.

So hatten sie sich die Befreiung des Professors nicht vorgestellt. Sie hatten erwartet, Hartfield, wenn nicht mit Gewalt, so doch unter körperlichem Einsatz durch die Korridore drängen zu müssen, und jetzt ging er ihnen zielsicher voraus.

Vor der schmalen Treppe, die ins Freie führte, machte Hartfield halt. Sein Blick war starr auf die Stufen gerichtet, es schien, als überlasse er einem von ihnen den Vortritt, weil er zwar die Tür, aber nicht ihren Mechanismus kannte. Ohne Zögern ging Omar voraus, stemmte sich gegen die Steinplatte, und einer nach dem anderen schlüpfte durch die Öffnung nach draußen.

Von Nostiz hielt seine Waffe in Anschlag und stieß, als er sah, daß drei Männer aus dem Boden hervorkrochen, einen Schrei des Erstaunens aus. Die Aktion hatte kaum länger als eine halbe Stunde gedauert, viel kürzer, als sie veranschlagt hatten. In der Schwüle der Nacht, die ihn auf einmal umgab, begann der Professor zu taumeln. Weiß Gott, wann er zuletzt frische Luft geatmet hatte. Omar und Nagib mußten ihn stützen. Jetzt galt es, keine Zeit zu verlieren. Zwar waren sie sich sicher, daß die Mönche, sobald sie das Fehlen Hartfields entdeckten, zuerst das Kloster durchsuchen würden, was nicht geringe Zeit in Anspruch nahm, doch sie mußten darauf gefaßt sein, daß sie die Verfolgung aufnehmen würden, wenn sie ihn nirgendwo fanden.

Unter Mühen hoben sie den geistesabwesenden Professor auf das Maultier. Der ließ es geschehen. Und während sie nordwärts gingen, zur Rechten das bewachsene Ufer des Flüßchens, sprachen sie kaum ein Wort. Omar, Nagib und der Baron waren in Gedanken weit weg, und ein jeder suchte seinen eigenen Weg zum Grab des Imhotep.

Das größte Problem, vor das sie sich nun gestellt sahen, war, den Professor zum Reden zu bringen. Es schien ziemlich sicher, daß Hartfield den Grabeingang kannte; man konnte sogar davon ausgehen, daß er das Grab schon betreten hatte, allein oder unter dem Druck der Mönche. Aber wie konnten sie ihm sein Geheimnis entlocken?

Noch im Schutze der Nacht erreichten sie ihr Zeltlager und die zurückgelassenen Maultiere. Omars Vorschlag, sofort abzubauen und sich auf den Rückweg nach Raschid zu machen, fand bei Nagib Ablehnung, aber die Zustimmung des Barons, der in dieser Situation ungeahnte Energie freisetzte. Nach kurzer Rast bauten sie das Zelt ab und setzten ihren Weg fort.

Hartfield ließ alles mit sich geschehen, trank und aß, was man ihm reichte, und ritt schweigend auf seinem Maultier. Als der Morgen dämmerte, erkannten sie von ferne die Häuser von Raschid. Und noch am Abend desselben Tages erreichten Omar, Nagib, von Nostiz und Professor Hartfield in einem angemieteten Automobil das *Al-Salamek*-Hotel in Alexandria, wo sie Halima erwartete.

Halima verunsicherte sie mit dem Hinweis, sie fühle sich seit Tagen beobachtet, ein Mann von europäischem Aussehen, jedenfalls kein Ägypter, habe sie auf Schritt und Tritt verfolgt und sei nun bei ihrer Rückkehr plötzlich verschwunden. Von Nostiz nahm dies zum Anlaß, zur sofortigen Abreise nach Kairo zu raten, und bestellte für den nächsten Morgen eine Motordroschke.

In der Hektik der vergangenen Tage zeigten sich bei Hartfield zunehmend klare Momente, er antwortete korrekt auf entsprechende Fragen, unterließ es aber seltsamerweise, auch nur eine einzige Frage zu stellen. Hartfield gehorchte, wie er es seit langer Zeit bei den Mönchen gewohnt war.

Auf Omars Vorschlag stiegen sie im Hotel *Mena House* ab, weil dort, wie er meinte, Ausländer am wenigsten auffielen, und Sakkara war auf der Wüstenstraße erreichbar.

»Wer sind die Fremden?« erkundigte sich der Mikassah bei Omar, den Blick auf von Nostiz und Hartfield gerichtet.

Omar gab Auskunft, und der Krüppel staunte, mit welch bedeutenden Leuten sein Freund Umgang pflegte.

»Hast du von Lord Carnarvon gehört?« fragte Hassan.

»Von Carnarvon? Was ist mit ihm?«

»Er ist tot.«

»Carnarvon tot?«

»Vor zwei Tagen. Sie haben ihn hier durch diese Tür hinausgetragen.«

»Wie ist das möglich. Er war ein Mann in den besten Jahren!«

Der Mikassah nickte. »Eine ganz merkwürdige Geschichte. Carter und Carnarvon haben in Luxor die Sargkammer des Pharaos geöffnet. Sie haben die Mumie herausgeholt, und ein paar Tage später fiel der Lord in Ohnmacht. Als er wieder zu sich kam, begann er zu phantasieren, er redete von einem großen schwarzen Vogel, und als er starb, nachts um zwei, gingen überall in Kairo die Lichter aus. Kein Mensch weiß warum; aber jetzt reden alle vom Fluch des Pharaos. Du solltest dich hüten!«

»Erstens«, erwiderte Omar, »war Imhotep kein Pharao. Und zweitens bin ich nicht abergläubisch. Was ist mit Carter?«

»Nichts. Er ist damit beschäftigt, das Grab auszuräumen.«

»Siehst du. Er glaubte nicht an dieses Gerede.«

Der Mikassah, für gewöhnlich ein Mann von nüchternem Verstand, hob die Schultern, als wollte er sagen: Was weiß schon einer wie ich!

Baron von Nostiz-Wallnitz übernahm freiwillig die Aufgabe, Hartfield vom Tod seiner Frau in Kenntnis zu setzen. Er wartete dazu einen der nun immer häufiger werdenden klaren Momente des Professors ab und erklärte mit einfühlenden Worten, die man diesem kühlen Mann gar nicht zugetraut hätte, wie und wo Mary Hartfield gefunden und daß der Verdacht bestehe, daß sie von den wahnsinnigen Mönchen umgebracht worden sei.

Hartfield, dessen Zimmer zwischen dem des Barons und Nagibs lag und der rund um die Uhr von einem von ihnen bewacht wurde, nahm die Hiobsbotschaft gefaßt auf, so als empfange er die Bestätigung einer lange gehegten Vermutung.

»Haben Sie mich verstanden?« fragte der Baron eindringlich.

Und der Professor erwiderte: »Ja, ich habe Sie verstanden. Meine Frau ist tot.«

»Es tut mir leid«, entschuldigte sich der Baron, »daß Omar und Nagib Sie unter dem Vorwand, Sie zu Ihrer Frau zu bringen, aus dem Kloster gelockt haben. Aber es schien die einzige Möglichkeit in dieser Situation. Verzeihen Sie.«

Der Professor nickte, und gleichzeitig traten Omar, Halima und Nagib ins Zimmer. Eine Weile saßen sich alle schweigend gegenüber. Dann stellte Hartfield eine Frage – es war das erste Mal, daß der Professor etwas fragte: »Warum habt ihr mich da rausgeholt?«

»Sie brauchen dringend ärztliche Behandlung!« meinte Omar hastig. »Wir bringen Sie ins Britische Hospital.«

»Das ist sehr freundlich von Ihnen«, erwiderte Hartfield, »aber dafür haben Sie nicht Ihr Leben riskiert. Machen wir uns nichts vor. Ich weiß, was Sie von mir erwarten, doch ich muß Sie enttäuschen – von mir werden Sie nichts erfahren, nichts!«

»Professor«, begann Nagib, »wir wissen mehr über Imhotep, als Sie glauben. Wir kennen nicht nur die Informationen der britischen, französischen und deutschen Geheimdienste . . .«

»Geheimdienste?«

»Wußten Sie nicht, daß sich längst alle Geheimdienste mit der Sache befassen?«

»Nein, das wußte ich nicht. Und wozu gehören Sie?«

»Wir haben mit Geheimdiensten nichts zu tun. Wir suchen nach Imhotep, weil wir keinem Geheimdienst der Welt diesen Erfolg gönnen.«

»Erfolg?« Hartfield schüttelte den Kopf. »Ich weiß nicht, ob man es als Erfolg bezeichnen kann, das Grab des Imhotep zu finden.«

»Wir kennen«, nahm Nagib seine Rede wieder auf, »nicht nur die Informationen der Geheimdienste, wir haben auch Kenntnis von Ihrem Tafelfragment aus Raschid.« Er zog einen Zettel hervor, auf dem der gesamte Text aufgeschrieben stand.

Edward Hartfield zögerte. Er schien überrascht, und der Baron machte eine abwehrende Handbewegung, weil er fürchtete, sie könnten dem Professor zuviel zumuten. Aber der überflog hastig die Zeilen, und als er geendet hatte, huschte ein kaum erkennbares Lächeln über sein Gesicht, und er gab das Blatt zurück.

»Wenn ich Ihnen einen Rat geben darf . . .«

Weiter kam er nicht. War es die Anstrengung oder die furchtbare Krankheit – der Professor sank in seinem Stuhl zusammen und atmete schwer. Sie legten ihn auf sein Bett, und Halima übernahm die Krankenwache.

Der Baron, Omar und Nagib begaben sich zum Dinner in den vornehmen Speisesaal des Hotels, der den Blick freigibt auf die Pyramiden von Gizeh. Abends, wenn sich ihre Silhouette violett vom helleren Himmel abhebt, erscheinen sie wie unüberwindbare Gebirge, und sie wirken beinahe bedrohlich.

Alle drei stocherten lustlos in ihrem Essen herum. Nicht, weil ihnen die der vielen Ausländer wegen europäisch gehaltene Küche nicht schmeckte, das Essen war vorzüglich, aber ein jeder von ihnen machte sich Gedanken darüber, wie sie dem bedauernswerten Professor beikommen könnten. Vor allem von Nostiz dachte über die Hintergründe nach, die Hartfield zu seinem Schweigen veranlaßten. Hartfield war nicht der Mann, der seine Informationen zurückhielt, um daraus persönlichen Nutzen zu ziehen. Und daß er mit den wahnsinnigen Mönchen unter einer Decke steckte, daran konnte er einfach nicht glauben.

Unerwartet erschien Halima. »Er phantasiert«, sagte sie leise und blickte sich um, ob niemand ihr Gespräch belausche. »Er redet von Imhotep, mehr verstehe ich nicht. Er redet englisch.«

Omar erhob sich, gab den anderen ein Zeichen zu bleiben, und ging zusammen mit Halima hinauf in das Zimmer des Professors. Hartfield hatte jetzt einen kurzen, unregelmäßigen Atem, er warf sich unruhig von einer Seite auf die andere, und dabei redete er wirres Zeug vom Schatten des Pharaos, von Ras glänzenden Armen und von einer verbotenen Tür.

»Verstehst du das?« fragte Halima aufgeregt.

Omar hielt seinen Kopf ganz nahe vor dem Gesicht des Professors, als wollte er jedes Wort erkennen, das seine Lippen formten. »Nein«, meinte er schließlich, »ich weiß nur, daß ihn dasselbe Problem bewegt wie uns. Er redet von der Tafel, auf der das Grab des Imhotep beschrieben ist. Seine Worte sind wirr im fortlaufenden Sinn, aber einzeln für sich genommen sind sie durchaus erkennbar.«

Schließlich begann Omar die Wortfetzen aus dem Munde Hartfields zu notieren. »Vielleicht ergeben sie später einen Sinn.«

Halima hatte neben Omar Platz genommen. Sie legte ihre Hand auf seinen Unterarm und sah schweigend zu, was Omar notierte. Die Sache mit Hartfield erregte sie sehr, aber mehr noch erregte sie Omars Nähe. Sie war glücklich, ihn wiederzuhaben, und wenn er auch eine gewisse Zurückhaltung spüren ließ, so konnte sie ihm das nicht übelnehmen.

Auf einmal zog Omar seinen Arm zurück. Hartfield sprach plötzlich arabisch, das er, wie Omar erfahren hatte, zwar fließend beherrschte; aber dieser Wechsel im Fiebertraum war doch ungewöhnlich. Damals, im Kloster von Sidi Salim, als er redete, er sei der Ka des Edward Hartfield, hatte er auch arabisch gesprochen, ja, es schien, als kämpften zwei Wesen mit unterschiedlichem Charakter in diesem Menschen.

»Tausend – Schritte – vom Grabe des – Königs – die Tür zur Erkenntnis – Wasser – Imhotep.«

Als habe er eine schwierige Tat vollbracht oder eine große Anstrengung geleistet, ließ Hartfield den Kopf zur Seite sinken. Sein Atem ging nun ruhig und regelmäßig. Er schlief tief.

»Ich glaube«, bemerkte Omar, während er auf das Blatt vor sich blickte, »Hartfield hat uns mehr verraten, als ihm lieb ist.«

Er stürmte in die Hotelhalle hinab, fand den Baron und Nagib an der Bar trinkend, und legte das Papier, ohne ein Wort zu sagen, vor sie auf den Tresen.

»Was bedeutet das?« erkundigte sich von Nostiz.

»Ich habe alles mitgeschrieben, was Hartfield im Traum phantasiert hat. Das hier ist das Interessanteste. Er sprach es seltsamerweise in Arabisch.«

»Tausend Schritte vom Grabe des Königs?« Der Baron dachte nach.

Nagib wandte ein: »Tausend Schritte in welcher Richtung? Nach Süden, nach Norden, nach Osten, nach Westen?«

Sie sahen sich an. »Zumindest wissen wir jetzt«, meinte von Nostiz, »daß sich das Grab des Imhotep im Umkreis von tausend Schritten von der Pyramide des Pharaos Djoser befindet. Wüßten wir noch die Schrittlänge, könnten wir einen Kreis ziehen, und auf diesem Kreisbogen läge der Eingang.«

»Die Maßangabe in Schritten«, bemerkte Nagib, »entspricht einer exakten Maßangabe der alten Ägypter. Ein Schritt ist soviel wie zwei Fuß, also 66 Zentimeter. Der Radius, ausgehend von der Mitte der Stufenpyramide, würde also 660 Meter betragen.«

»Phantastisch!« In den Augen des Barons sah man jenes Leuchten, das seine Aufgeregtheit kenntlich machte, wenn es um Imhotep ging. Von Nostiz war überzeugt, seinem Ziel ganz nahe zu sein. Für ihn trat das Unternehmen nun in eine neue Phase, und nichts, weder Mahnungen noch Drohungen, schon gar nicht die Unsicherheit vor dem, was sie erwartete, hätte ihn von seinem Vorhaben abbringen können. Es war die Sucht nach dem Ungewöhnlichen – anders kann man sein Verhalten in diesem Fall nicht bezeichnen –, die jeden Menschen einmal im Leben befällt, die jedoch in den unterschiedlichsten Erscheinungsformen auftritt und die manchen in sein Verhängnis treibt.

So ist es verständlich, daß der Baron Omar und Nagib drängte, am folgenden Tag nach Sakkara zu fahren, während Halima bei Professor Hartfield zurückblieb.

Was zunächst den Anschein einer präzisen geographischen Angabe gehabt hatte, entpuppte sich an Ort und Stelle als schier unlösbares Problem, weil der Kreisbogen um die Stufenpyramide des Djoser mehrere Kilometer umfaßte, und es beinahe unmöglich war, den Radius in dem welligen Gelände zu vermessen. Sie behalfen sich mit einer hundert Meter langen Schnur, die sie jeweils sechseinhalbmal aneinanderreihten, beginnend im Westen, wo das Terrain am wenigsten erforscht war. Und obwohl sie auf jede Art Grabungswerkzeuge verzichteten, weil sie hofften, auf den in der Tafel von Raschid erwähnten Steinwall zu stoßen, hatten sie nach mehrstündiger Suche in unerträglicher Hitze kaum den dreißigsten Teil des Kreisbogens erforscht. Omar und Nagib waren ausgelaugt, erschöpft, nur von Nostiz arbeitete mit der Kraft der Besessenheit.

Im Hotel *Mena House* mühte sich Halima indes, die Fieberanfälle des Professors zu lindern, indem sie ihm feuchte Tücher auf Stirne und Brust legte. Bisweilen waren seine Krämpfe so stark, daß sie fürchtete, Hartfield könnte den nächsten Anfall nicht überleben, und sie war versucht, entgegen der Anweisung des Barons nach einem Arzt zu rufen.

Als er gegen mittag für kurze Zeit aus seinem Delirium erwachte, verlangte Hartfield nach kaltem Essigwasser, das, wie er behauptete, die Mönche von Sidi Salim verabreichten, und das die Anfälle linderte. Danach wurde er ruhiger.

»Du bist gut zu mir«, sagte Hartfield, »wie heißt du?«

»Halima.«

»Wie kann ich dir danken.«

»Schon gut«, erwiderte Halima und streichelte die Hand des Professors.

»Wo sind die anderen? – Wo sind die anderen?« wiederholte Hartfield, als er bemerkte, daß Halima nicht antworten wollte.

Sie hatte Bedenken, den Mann mit ihrer Antwort unnötig zu belasten; aber als sie seine Hartnäckigkeit erkannte, erwiderte sie wahrheitsgemäß: »Sie sind nach Sakkara gefahren.«

»Wie kann man nur so töricht sein. Sie werden Imhotep nicht finden.«

»Sie haben in Ihren Fieberträumen geredet ...«

Hartfield richtete sich auf. »O mein Gott«, murmelte er in Englisch, um dann in Arabisch fortzufahren: »Was habe ich gesagt?«

»Sie haben gesagt, daß Imhotep tausend Schritte von der Stufenpyramide entfernt begraben liegt, nichts weiter. Jetzt vermessen sie die ganze Gegend und hoffen so auf den Grabeingang zu stoßen.«

»Das dürfen sie nicht tun!« rief Hartfield in höchster Erregung. »Du mußt sie zurückhalten.«

»Das kann ich nicht. Von Nostiz ist wie besessen; er läßt sich von niemand aufhalten, und Omar und Nagib führen seine Befehle aus.«

»Willst du, daß sie so enden wie ich, Halima?«

Halima sah den Professor fragend an. Was meinte er?

»Mein Leben«, begann Hartfield, »ist vertan. Vertan, weil ich ihm mehr abverlangt habe, als mir zusteht.«

»Ich verstehe nicht, was Sie meinen, Professor.«

»Hör zu, die Wissenschaft stößt bisweilen an Grenzen der Erkenntnis, die zu überschreiten der Glaube verbietet. Ich will sagen, es gibt Dinge, deren Einsicht dem Menschen möglich, aber dennoch nicht ratsam ist, weil sie seinen Horizont übersteigen. Ein Mensch, der an die Götter glaubt, wird seine Vermessenheit zügeln; doch Hochmut ist eine ureigene Eigenschaft des Menschen. Schon im Alten Testament versuchten die Menschen so zu sein wie Gott. Aber Gott strafte sie. Imhotep war so ein Mensch. Die Fähigkeiten, mit denen er von den Göttern ausgestattet wurde, erlaubten ihm, Dinge zu tun, die den Menschen verboten sind. Imhotep war dabei, das, was die Ägypter seit Jahrhunderten auf symbolische Weise versuchten, in die Wirklichkeit umzusetzen: die Erhaltung nicht der menschlichen Seele, sondern des Ka, der Lebenskraft, in seinem Körper. Er suchte, wenn man so will, nach einer Form der Unsterblichkeit, des ewigen Lebens. Er entdeckte ein geheimes Mittel – ein Bakterium, einen Virus, wie immer wir es nennen wollen; die Kenntnisse der alten Ägypter in diesen Dingen waren größer, als man vermutet . . .«

»Lord Carnarvon!« rief Halima aus.

»Carnarvon?«

»Er war dabei, als Howard Carter das Grab des Tut-ench-Amun öffnete. Ein unversehrtes Grab«, fügte sie erklärend hinzu. »Und jetzt ist er tot.«

»Der Fluch der Pharaonen«, sagte Hartfield, »mag viele Formen annehmen. Als Imhotep den Ka in die menschliche Zelle bannte, damit sie ewig werde, unveränderlich, bedachte er nicht, daß der Mensch eine solche Existenz nicht bei klarem Verstand überleben würde. Und so wird jeder, der von dem Schatten des Imhotep gestreift wird, in unregelmäßigen Abständen und immer häufiger wiederkehrendem Maße von einem Wahnsinn befallen, dessen beraubt, was ihn eigentlich zum Menschen macht.« Er lachte bitter. »Welch ein Ende für Imhotep. Als Gott verehrt zu werden, zum Leben verdammt zu sein und herabgewürdigt auf die Stufe eines Tiers – wie die koptischen Mönche, die mir das Geheimnis entrissen, und wie ich, wenn mein Wille nicht stark genug ist, diesen Zustand zu beenden.«

»Ich glaube, ich verstehe, was Sie meinen«, sagte Halima.

»Imhotep«, fuhr Hartfield fort, »war der Unsterblichkeit nahe, erlangt hat er sie nicht. Er beging Selbstmord in geistiger Umnachtung, und seine Zeitgenossen haben ihn mit all seiner Hinterlassenschaft bestattet wie einen Pharao, mit Gold und allen Kostbarkeiten. Und seine Erkenntnisse haben sie in die Wände gemeißelt, damit die Gedanken des Genies nicht verlorengingen.«

Zögernd erhob Halima einen Einwand: »Sie – Sie haben das Grab gesehen, Professor?«

Da entstand eine lange Pause. »Sieh mich doch an«, erwiderte er schließlich. »Drei Türen führen zu Imhoteps Grab. Die erste heißt ›Tor des Friedens‹, die zweite ›Tor der Sehnsucht‹, die dritte trägt den Namen ›Tor des Wahnsinns‹. Wer dieses Tor durchschreitet, auf den dringen millionenfach die ›Schatten des Todes‹ ein, jene Erreger, die sich seit Jahrtausenden tagtäglich vermehrt haben, und es gibt keine Chance, ihnen zu entrinnen. Ich war der erste, der das zu spüren bekam; dann erpreßten mich die Mönche von Sidi Salim. Ich gab ihnen den Grabeingang preis. Aber sie glaubten mir nicht, und alle bis auf einen drangen in das Grab ein, und schon bald hielt in dem Kloster der Wahnsinn Einzug. Jetzt zerfleischen sie sich gegenseitig.«

»Bei Allah, dem Allbarmherzigen!« rief Halima entsetzt. »Sie dürfen das Grab nicht finden.«

Hartfield blickte ausdruckslos vor sich hin und nickte. »Deshalb habe ich dir alles erzählt.«

Durch Halimas Kopf schossen wilde Gedanken. Sie sah Omar in das Grab eindringen. Sie sah ihn das erste, zweite, das dritte Tor durchschreiten, und mit einem Schrei, der klang, als habe sie selbst der »Schatten des Todes« getroffen, stürzte sie aus dem Zimmer, den Professor auf seinem Bett zurücklassend, hetzte durch die Halle zum Eingang des Hotels, riß die Tür eines wartenden Taxis auf und rief aufgeregt: »Nach Sakkara – so schnell Sie können!«

Hassan, dem kein Ereignis von Bedeutung im *Mena House* verborgen blieb, beobachtete die Szene aus der Ferne. Er konnte sich keinen Reim machen.

»Können Sie nicht etwas schneller fahren?« herrschte Halima den Chauffeur an.

Der trieb den alten Ford-Tourer zur höchsten Leistung, bemerkte aber mit dem Gleichmut eines Kameltreibers: »Inscha'allah, ya Saidi, Allah schuf die Zeit, von Eile war nie die Rede.«

Sie hatte Omar schon zweimal verloren, ein drittes Mal würde sie den Verlust nicht ertragen. Es *durfte* nicht geschehen. Omar durfte das Grab nicht betreten. Und auf einmal ertappte sie sich, daß sie betete, Allah anflehte, er möge das Furchtbare verhindern. Schickte Allah ihr nun die Strafe für ihre Dreistigkeit, al-Hussein, dem sie Treue geschworen hatte, verlassen zu haben? Sie wollte büßen und war bereit, jedes Schicksal zu tragen, nur nicht diesen hohen Preis, daß Omar dem Wahnsinn verfiel.

Das Automobil wirbelte eine dichte Staubwolke auf, und man sah es schon von weitem heranpreschen. Von Nostiz gab den anderen ein Zeichen, ihre Arbeit einzustellen. Irgendwo auf halbem Weg hielt das Taxi an, Halima sprang heraus und rannte durch das steinige Gelände auf die drei Männer zu, die erst jetzt die Frau erkannten.

»Was ist geschehen?« rief Omar schon von weitem.

»Habt ihr Imhotep gefunden?« fragte Halima aufgeregt.

Der Baron machte eine unwillige Handbewegung, die ihre Erfolglosigkeit zu erkennen gab.

Da fiel Halima Omar um den Hals. Sie bedeckte ihn über und über mit Küssen und rief in freudiger Erregung: »Allah hat es so gewollt. Es ist der Wille Allahs!«

Zunächst verstand keiner, am allerwenigsten Omar, was überhaupt vor sich ging. Erst als Halima sich beruhigt hatte und von Hartfields Warnungen erzählte, veränderten sich ihre Mienen. Der Baron zeigte deutliches Mißtrauen und gab zu bedenken, ob dies nicht ein übler Trick des Professors sei, um sie von weiteren Nachforschungen abzuhalten; aber Omar und Nagib wiesen auf seinen Zustand hin und meinten, ein Mann in seiner Verfassung sei zu derartigen Winkelzügen nicht fähig. Jedenfalls einigten sie sich, sofort nach Gizeh zurückzukehren und mit Hartfield zu sprechen.

Vor dem *Mena House* wartete der Mikassah. Er machte einen aufgeregten Eindruck.

»Dieser Carlyle war da«, raunte er Omar zu.

»Carlyle?« Omar war so überrascht, daß er nichts anderes hervorbrachte.

»Er hat überstürzt das Hotel verlassen; aber was noch merkwürdiger ist, ich habe nicht gesehen, wie er gekommen ist. Und mir entgeht, wie du weißt, nichts.« Der Krüppel hob die Schultern.

Noch während Omar versuchte, eine Erklärung für Carlyles unerwartetes Auftreten zu finden, versetzte ihm Nagib einen Stoß in die Seite und sagte: »Komm!«

Sie hasteten über die breite Steintreppe in den ersten Stock zum Zimmer des Professors.

Hartfield lag mit weit aufgerissenen Augen auf seinem Bett. Seine Beine waren in einer verkrampften Haltung erstarrt. Die Rechte lag mit geballter Faust auf der Brust, die Linke hing schlaff über die Bettkante. Vor dem Bett lag ein Strick mit doppelten Knoten an seinen Enden, wie ihn die Kameltreiber gebrauchten, um ihre Tiere anzutreiben. Hartfield war tot. Erdrosselt.

Von Nostiz und Halima traten in das Zimmer. Keiner sagte ein Wort. Bei Omar mischte sich Trauer und Wut. Wut, weil es für ihn keinen Zweifel an der Täterschaft gab.

Aber alle Mörder machen irgendeinen Fehler, und in diesem Fall hatte er den unscheinbaren Schuhputzer vor dem Hoteleingang übersehen.

»Man muß die Pohzei verständigen«, sagte Omar.

Von Nostiz nickte.

Omar trat an das Bett heran und versuchte Arme und Beine des Toten geradezurichten. Die Faust auf seiner Brust stand unter Spannung, und Omar hatte Mühe, die Hand zu strecken. Es schien, als hielte sie ein Medaillon umklammert, das an einer Kette am Hals hing; doch als er es befreit hatte, erkannte er einen kleinen, dunklen, beinahe rechteckigen Scherben. Man konnte meinen, Hartfield sei es im Augenblick seines Todes um nichts anderes gegangen als darum, dieses Objekt zu verbergen.

Nagib nahm den Anhänger an sich und betrachtete ihn lange. Irgendwie ahnte von Nostiz, worum es sich dabei handelte. Er erkannte die Schriftzeichen, die denen auf dem Stein von Raschid gleichsahen. Und dann passierte etwas, worauf keiner in dieser Situation gefaßt war: Nagib begann furchtbar zu lachen.

Im Anblick des toten Professors klang sein krampfhaftes, sardonisches Gelächter grauenhaft, und Omar war geneigt, ihm ins Gesicht zu schlagen wegen dieser Unverfrorenheit. Aber dann erkannte Nagib selbst sein unpassendes Verhalten und beendete es abrupt.

»Vier Wörter«, sagte er ernst, »sind das ganze Geheimnis, unglaublich.«

Der Baron zog den Text des Steins von Raschid hervor, dessen Übersetzung er ständig bei sich trug. Er hielt ihn Nagib vors Gesicht, aber der schob ihn beiseite. Er hatte den Inhalt im Gedächtnis.

»Vier Wörter!« wiederholte Nagib und deutete auf die drei Zeilen.

> gleichen
> damit das
> bleibe.

»Der letzte Satz auf dem Stein von Raschid lautet: ›Aus diesem Grunde haben wir, die Priester von Memphis, an der Stelle Steine gehäuft, wo die glänzenden Arme Ras enden, wenn Tag und Nacht sich *gleichen* beim Untergang am westlichen Horizont, *damit das* Tor zu dem Gott auf ewig verschlossen *bleibe.*‹«

Von Nostiz war wie elektrisiert von der unerwarteten Aufklärung. Wie lange waren sie im dunkeln getappt, und nun war die Lösung so einfach. Es gab zur Zeit Imhoteps nur ein Bauwerk, das einen Schatten werfen konnte. Und bei untergehender Sonne wies dieser Schatten nach Osten. Also lag der Zugang zum Grab des Imhotep östlich der Pyramide, genau an jenem Punkt, wo er zur Nachtgleiche, am 21. März oder 23. September, endete. Aber welche Nachtgleiche meinten die Priester? Jene im Frühling oder jene im Herbst?

»Ihr wißt, welches Datum wir heute schreiben?« fragte der Baron und blickte in die Runde.

Nagib nickte, Omar und Halima reagierten nicht. Von der

Herbstnachtgleiche trennten sie noch drei Tage. Aber wen interessierte das noch? Ein jeder von ihnen hatte mit dem Thema abgeschlossen. Ihnen war klargeworden, daß es Geheimnisse gibt, die keiner Lösung, und Fragen, die keiner Antwort bedürfen, Geheimnisse und Fragen, die für die Ewigkeit bestimmt sind.

Omar meldete den Mord auf dem Karakol von Gizeh. Er berichtete von den dunklen Machenschaften des William Carlyle und Hartfields Nichte Amalia Dounce und daß Carlyle unmittelbar nach dem Mord gesehen wurde, als er eilig das Hotel verließ. Eine Fahndung der Polizei machte Carlyle im *Hotel d'Orient* nahe dem Esbekija-Garten ausfindig, einer vornehmen Adresse, die in der Hauptsache von Engländern genutzt wurde. Omar identifizierte Carlyle als den Gesuchten, und der Mikassah bezeugte, er habe den Mann beim Verlassen des *Mena House* beobachtet.

Als Omar dem Beschuldigten wütend ins Gesicht schleuderte, er habe Hartfield ermordet, um sich mit seiner Nichte das Erbe zu teilen, da brach Carlyle, dessen Nerven weit schwächer waren, als es eine derartige Tat erfordert hätte, zusammen, und er legte ein Geständnis ab, Mrs. Dounce habe ihn zu der Tat angestiftet und gedroht, sich von ihm zu trennen. Das aber hätte für ihn, Carlyle, das Ende bedeutet, denn er sei ihr verfallen.

Zwei Dinge beschäftigten Omar, während er mit einem offenen Taxi zurück zum *Mena House* fuhr: Zum einen stellte er sich die Frage, wie ein Mann einer Suffragette wie Amalia Dounce verfallen konnte. Aber wie ihn das Leben gelehrt hatte, sind nur die Bahnen der Gestirne berechenbar, alles Menschliche ist eigen und unvorhersehbar. Die zweite Frage zielte darauf ab, dem Baron klarzumachen, daß er augenblicklich mit der Angelegenheit, für die er ihn engagiert hatte, nichts mehr zu tun haben wollte. Er wollte mit Halima ein neues Leben beginnen, irgendwo, möglichst weit weg von Sakkara.

Beim Dinner im *Mena House*, zu dem sie sich regelmäßig trafen, fehlte an diesem Abend Baron von Nostiz. Die Turbulenz der vergangenen Tage hatte ihr Leben so erschüttert, daß weder Omar noch Halima oder Nagib dem irgendeine Bedeutung beimaßen. Als sie bereits beim Nachtisch, einer Süßspeise aus geröstetem Reis und braunem Zucker, angelangt waren und der Baron noch immer nicht erschienen war, ging Omar zu seinem Zimmer und fand es verlassen vor.

»Er ist fort«, sagte Omar, an den Tisch zurückgekehrt.

Die drei sahen sich an, und in diesem Augenblick dachte ein jeder von ihnen dasselbe. Von Nostiz war nicht der Mann, der auf halbem Wege aufgab, schon gar nicht kurz vor dem Ziel. Er hatte es sich in den Kopf gesetzt, irgend etwas Bedeutendes zu leisten, damit sein Name der Nachwelt erhalten bliebe. Er hat es getan – jedenfalls glaubte er daran.

Aber über den Ruhm entscheidet die Nachwelt. Am nächsten Morgen wurde Gustav-Georg Baron von Nostiz-Wallnitz 660 Meter östlich der Stufenpyramide von Sakkara tot aufgefunden. Er hatte sich mit seiner eigenen Mauser-Kriegspistole in den Kopf geschossen. Die Leiche des Stahlbarons lag nur wenige Schritte von einer gemauerten Zisterne entfernt, die seit Generationen versiegt ist und den Fellachen bisweilen als Müllhalde diente.

Ein paar Tage später fanden Touristen in der Nähe eine in den harten Boden gekritzelte Inschrift: DAS EWIGE IST UNERGRÜNDLICH.

## Wo die Spuren enden

DIES ALSO WAR DIE GESCHICHTE DES OMAR MOUSSA, WIE er sie in seinem Tagebuch beschrieben hat; aber Moussas Geschichte ist noch nicht zu Ende. Er verzichtete darauf, das Ende niederzuschreiben, und ich glaube den Grund für seine Zurückhaltung zu kennen. Omar wollte nicht mehr an diese Sache erinnert werden.

Mit dem kleinen Vermögen, das Gustav-Georg Baron von Nostiz-Wallnitz ihm, Halima und Nagib in seinem Testament zu gleichen Teilen hinterließ, baute er sich eine neue Existenz auf. Er kehrte mit Halima nach Berlin zurück, übernahm in der Königstraße ein kleines Antiquitätengeschäft, und irgendwann um das Jahr 1930 heirateten die beiden.

Nagib blieb zunächst in Kairo zurück, folgte aber zwei Jahre später ebenfalls nach Deutschland, um sich in Düsseldorf niederzulassen, wo er in kurzer Zeit alles Geld durchbrachte. Man muß, um der Wahrheit gerecht zu werden, eingestehen, daß Omar und Nagib nie richtige Freunde waren. Das Schicksal hatte sie auf unerfindliche Weise zusammengeführt, und dies und nichts anderes war der Grund für ihre jahrelange Verbindung. Nur so ist zu verstehen, daß sich ihre Wege für manchen vielleicht unerwartet trennten und daß der eine im selben Land und doch fern von dem anderen lebte.

Um an den Ausgangspunkt unserer Geschichte zurückzukehren, die mit einem unscheinbaren Zettel mit der Aufschrift »MURDERER No 73« begann, muß ich noch einmal auf den Mord an Professor Hartfield zurückkommen, der scheinbar in keinem Zusammenhang mit dieser Angelegenheit steht – oder doch?

Nach seinem Mordgeständnis, das William Carlyle auf Betreiben Omars abgelegt hatte, wurde jener von den ägyptischen Justizbehörden, da es sich um die Tat eines Ausländers an einem Ausländer handelte, abgeschoben und in London zum Tode verurteilt. Man begnadigte ihn jedoch zu lebenslanger Haft.

Ich erfuhr das in London, Gloucester Terrace 124, wo ich

Amalia Dounce, die Nichte Professor Hartfields, zu finden hoffte. Omar hatte das zweistöckige Haus aus frühviktorianischer Zeit so genau beschrieben, daß es mir ein leichtes wurde, es schon von weitem auszumachen. Das Messingschild mit dem Namen Hartfield war einer kaum fingerbreiten Plastikausführung mit dem Namen Clayton gewichen, was mir zunächst keinen Anlaß zur Verwunderung gab. Erst als auf mein Klingeln eine äußerst attraktive Dame in mittleren Jahren öffnete, die ich schon irgendwo gesehen zu haben glaubte, erinnerte ich mich jener Juliet Clayton, die ich bei Christie's kennengelernt hatte, und deren Verhalten mir damals – die Angelegenheit lag nun schon gut zwei Jahre zurück – Rätsel aufgegeben hatte.

Frauen geben einem in bezug auf ihr Äußeres (und nicht nur auf dieses!) immer wieder Rätsel auf, und manche legen es geradezu darauf an, sich alle paar Jahre mit neuer Frisur, anderem Make-up und neuem Outfit so zu verändern, daß man sie kaum wiedererkennt; aber in diesem Fall schoß es mir durch den Kopf, jene elegante Dame müsse eine Schwester von Juliet Clayton sein. Und damit lag ich nicht falsch.

Ohne Juliet Clayton zu erwähnen, erklärte ich, Mrs. Dounce gekannt zu haben, und dabei erfuhr ich, daß Mrs. Dounce ihre Mutter und vor wenigen Jahren gestorben sei, an Lungenkrebs. Amalia Dounce hatte in den dreißiger Jahren einen gewissen Herbert Clayton aus Sussex geheiratet, und aus der Ehe waren zwei Töchter, Juliet und Sarah, hervorgegangen.

Sarah Clayton lebte in dem großen Haus allein, und Damen dieses Standes pflegen, hat man erst einmal ihr Zutrauen gewonnen, zu reden wie ein Wasserfall. Allein diesem Umstand verdanke ich wertvolle Informationen, vor allem jene, daß die Ehe ihrer Eltern nicht gerade glücklich genannt werden konnte, weil ein Mann namens Carlyle ständig zwischen ihnen gestanden habe. Zwar hätte dieser eine lebenslange Haftstrafe verbüßt – auf Einzelheiten über die Gründe wollte sich Miss Clayton zunächst nicht einlassen –, aber allein die Erwähnung des Namens habe in der Familie bisweilen zu Konflikten geführt. Und schließlich sei Carlyle wegen seines Alters – er war bereits siebzig – begnadigt worden, und sein erster Weg habe ihn zu ihrer Mutter geführt. Am selben Tag habe Clayton, ihr Vater, das Haus verlassen; er habe von einem Tag zum anderen zu trinken begonnen und sich nach einem halben Jahr zu Tode gesoffen. Carlyle hingegen sei hier ein und aus gegangen. Er sei, beteuerte Sarah Clayton, obwohl er ein halbes Leben im Gefängnis gesessen habe, von ungewöhnlicher Tatkraft gewesen und habe die beiden Töchter wie ein Vater behandelt.

Ich ertappte mich dabei, daß ich auf einmal Miss Clayton gar nicht mehr richtig zuhörte. Ihre Erzählung löste bei mir eine Reihe von Assoziationen aus, und ich erkundigte mich zurückhaltend, ob sie, die Töchter, diesem Carlyle nicht sogar Sympathie entgegengebracht hätten.

O ja, entgegnete Miss Sarah Clayton und betonte, der arme Mann habe schließlich seine Strafe verbüßt, im übrigen sei es eine dunkle, weit zurückliegende Geschichte, deretwegen er verurteilt wurde. Er habe, so erfuhr ich weiter, nicht nur oft von dem Fall gesprochen, ich hatte sogar den Eindruck, daß der alte Mann nur ein einziges Thema kannte, seinen »Fall«, und daß ihn dieser aufs äußerste beschäftigte.

Ob er dabei von Amalia Clayton unterstützt worden sei?

Gewiß.

Auch von den Töchtern?

Soweit es im Bereich ihrer Möglichkeiten gelegen habe, ja.

Ob er jemals den Namen Omar Moussa, eines wichtigen Zeugen, genannt habe?

Bei Nennung dieses Namens endete die Unterhaltung jäh. Miss Sarah fragte, ob ich von der Polizei sei und was ich überhaupt von ihr wolle, sie habe mir, einem Fremden, schon viel zuviel erzählt. Ich möge gehen.

Das tat ich auch; doch sandte ich ihr vom Blumenstand des *Hotels Gloucester* ein Gebinde mit meiner Karte und ein paar Zeilen des Dankes für die Informationen. Ich brauchte nicht lange zu warten, und im Hotel erreichte mich Sarah Claytons Anruf. Sie entschuldigte sich für die Unhöflichkeit, aber die Geschichte sei zu delikat, als daß man sie einfach ausplaudern

441

dürfe. Da ich jedoch allem Anschein nach mehr über die Angelegenheit wisse, als ihr lieb sein könne, bäte sie mich am folgenden Tag zum Tee – wenn es mir recht sei.

Natürlich war es mir recht, und der Tee *(Whittard Darjeeling first flash)*, den sie servierte, war vorzüglich. Aber noch mehr überraschte mich die Anwesenheit von Juliet Clayton, ihrer Schwester. Sie hatte sich, als Sarah ihr von meinem Besuch erzählte, sofort an mich erinnert und dieses Gespräch vorgeschlagen, weil sie fürchtete, hartnäckig, wie ich nun einmal sei, würde ich nicht ruhen, bis ich den Hintergrund jener Geschichte erfahren hätte, und ich könnte mit falschen Informationen mehr Schaden anrichten, als wenn sie mir gleich die Wahrheit sagten.

Auf diese Weise erfuhr ich, was damals wirklich vorgefallen war, und zusammen mit den mir vorliegenden Recherchen ergab sich der folgende Sachverhalt:

William Carlyle kannte nach seiner Freilassung aus dem Gefängnis nur einen Gedanken: Rache an Omar Moussa. Er war überzeugt, das er ohne Omars Zeugenaussage nach dem Mord an Hartfield entkommen wäre. Jahrelang suchte er nach ihm, zuerst in Ägypten, später in Berlin, und schließlich brachte er in Erfahrung, daß Omar im Krieg ausgebombt und nach Düsseldorf übergesiedelt war, und wie so oft spielte bei dieser Entdeckung der Zufall die Hauptrolle.

Juliet versandte bei Christie's die Auktionskataloge und stolperte eines Tages über den Namen Omar Moussa, Königsallee, Düsseldorf. Als Carlyle erfuhr, daß Omar für die Ägypten-Auktion eine Bieternummer angefordert hatte, faßte er einen teuflischen Plan.

Aus irgendwelchen dunklen Quellen, die er wohl von seinem Gefängnisaufenthalt gekannt haben mußte, besorgte sich Carlyle eine sogenannte Todesspritze, die den Kreislauf lähmt und in Sekunden den Tod herbeiführt. Die beiden Damen betonten, nichts davon gewußt zu haben, vor allem Juliet beteuerte unter Anrufung des Allerhöchsten, sie hätte sonst nie die Bieternummer 135 verraten.

Im Trubel des Auktionsgeschehens war Juliet jedoch entgangen, daß sich zwei Männer mit demselben Namen im Auktionssaal aufhielten; denn – wie sich später zeigte – wurde Omar seit Jahren von Agenten verschiedener Geheimdienste beschattet. In Sachen Imhotep war kein Geheimdienst auch nur einen Schritt weitergekommen; allerdings hatten Deutsche und Engländer (das Deuxième Bureau hatte seine Ermittlungen sogar eingestellt) die Überzeugung erlangt, Omar Moussa wisse mehr über die Geschichte. Ein verdecktes Angebot des britischen Geheimdienstes über 100000 Pfund hatte Omar mit der Begründung zurückgewiesen, er wisse nicht, worum es überhaupt gehe.

Natürlich konnte Juliet Clayton nicht ahnen, daß jener Bieter mit der Nummer 135 nicht Omar war, sondern ein Agent, der denselben Namen führte, vermutlich, um den gegnerischen Geheimdienst irrezuführen.

Carlyle hatte Omar beinahe fünfzig Jahre nicht gesehen und war obendrein derart in seine Rachegefühle verstrickt, daß auch er den Irrtum nicht bemerkte. Er floh nach der Tat nach Bristol zu einem Kumpel aus dem Gefängnis, aber wenige Tage später erlitt er in der Aufregung einen Schlaganfall und starb.

Die Frage, wer den Zettel mit der Aufschrift »MURDERER No 73« schrieb und in den Sockel der Bastet-Katze steckte, bleibt unbeantwortet. Geht man davon aus, daß ein britischer Agent im Besitz von Omars Personalpapieren war, käme ein Agent eines anderen Landes, der die Szene beobachtete, in Frage. Es könnte aber auch genau umgekehrt sein, und für unsere Geschichte ist das überhaupt nicht wichtig.

Baiernrain, im August 1990
P. V.

**»Seine Bestseller sind Reiseführer
in die Vergangenheit.«** FOCUS

In einem mitreißenden Roman erzählt Erfolgsautor Philipp
Vandenberg die abenteuerliche Lebensgeschichte von
Howard Carter. Der verspottete Amateur-Ausgräber stieg
auf zum »König von Luxor«. Doch er fand ein tragisches
Ende und nahm ein großes Geheimnis mit ins Grab.
Das größte Abenteuer der Archäologie gerät bei Vanden-
berg unversehens zur schönsten Liebesgeschichte des
vergangenen Jahrhunderts – einer Geschichte, die den
Geist der ausgehenden Kolonialzeit atmet und bis in die
aufregenden zwanziger Jahre reicht.

ISBN 3-404-14956-4

**Ein historischer Roman um das Schicksal
einer schönen Hetäre**

Sie ist schön wie Aphrodite, und sie ist eine Frau ganz
besonderer Art. Die reichsten und klügsten Männer
Griechenlands liegen der Hetäre Daphne zu Füßen. Doch
sie verliebt sich ausgerechnet in einen Mann, der von ihr
nichts wissen will: Themistokles aus Athen. Als Daphne
jedoch von den Persern entführt wird, macht er sich auf, sie
zu suchen.
Bestsellerautor Philipp Vandenberg schrieb diesen farben-
prächtigen Roman nach authentischen Quellen aus der Zeit
der Perserkriege.

ISBN 3-404-15050-3

BASTEI
LÜBBE

Das versunkene
Hellas
3-404-64070-5

Das fünfte
Evangelium
3-404-12276-3

Der  Schatz
des Priamos
3-404-61423-2

# Philipp
# VANDENBERG

## Der Meister des archäologischen Thrillers

Der Fluch des
Kopernikus
3-404-12839-7

Das Pharao-
Komplott
3-404-11883-9

Der
Pompejaner
3-404-11366-7

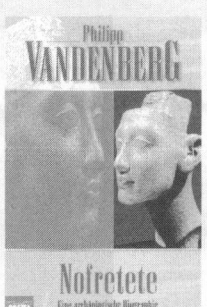

Ein Kernforscher wird in seinem Schweizer Labor ermordet aufgefunden. Auf seiner Brust finden sich merkwürdige Symbole eingraviert, Symbole, die nur der Harvardprofessor Robert Langdon zu entziffern vermag. Was er dabei entdeckt, erschreckt ihn zutiefst: Die Symbole gehören zu der legendären Geheimgesellschaft der „Illuminati". Diese Gemeinschaft scheint wieder zum Leben erweckt zu sein, und sie verfolgt einen finsteren Plan, denn aus dem Labor des ermordeten Kernforschers wurde Antimaterie entwendet ...

ISBN 3-404-14866-5